Sebastian Faulks

BIRDSONG

SEBASTIAN
FAULKS

鳥歌

賽巴斯欽・福克斯——著

陳佳琳——譯

寫給台灣讀者們

當我在一九九二年撰寫這本書時，感覺人們對於歐洲大戰（一九一四年～一九一八年）的記憶已漸漸褪色——也許我的感覺並不準確，因為在停戰百年的紀念儀式上，仍有許多令人動容的畫面。隨著烏克蘭戰爭的白熱化，和平的脆弱與人性的淪喪仍日日警醒著我們。《鳥歌》描繪了那些被捲入無奈人生中的男男女女。這是一部講述了何謂愚蠢與破滅的小說，但也是一則承載著希望與愛的故事。

——賽巴斯欽・福克斯

國際盛讚

雄心勃勃、震撼人心，是一部偉大而美麗的小說。

——美國《紐約時報》年度最佳圖書獲獎人、英國爵士學士西蒙・沙馬（Simon Schama）

《鳥歌》比我多年來讀過的任何作品都更令我感動……這是一部充滿關懷、振奮人心的作品。

——美國國家圖書獎候選人法蘭克・康羅伊（Frank Conroy）

過去數十年最好的小說之一。

——英國《週日郵報》

宏偉、感人至深。

——英國《週日快報》

引人入勝、令人難忘。

——英國《泰晤士報》

這是一則偉大的愛情故事。

——英國《每日快報》

一部令人驚奇的作品。

——英國《每日郵報》

本書是文學作品的巔峰，將我們難以想像的事物完整揭示了出來，強烈推薦！

——英國《暫停》雜誌

《鳥歌》逼真地重現了大戰末期的場景。

——美國《紐約時報》

令人難以抗拒的美麗作品。

——美國《紐約客》

這是我讀過最精采的戰爭描寫之一！那非凡的精妙描寫、以及令人目眩的精湛寫作技巧，讓我必須向作者深深致敬。

——美國《洛杉磯時報》

寫作技巧與故事編排極為出色，這本書是在向永恆的人類靈魂致敬。

——美國《時人》雜誌

作者為了描述這段沉痛的歷史記憶所付出的努力，令人感佩。

——美國《新聞日報》

CONTENTS

序言

閣樓有個快解體的紙箱，裡面有六百七十三頁的打字稿，是我從一九九二年六月十日開始寫、並於一九九三年一月九日清晨完稿的《鳥歌》。紙箱裡還有一小罐果醬瓶，標籤上印著「黑醋栗傳統果醬」，我在上頭寫下「低塹路[1]的泥土，索姆省（Somme）博蒙阿梅勒市（Beaumont-Hamel）」。

果醬罐下方是一本硬皮藍色活頁筆記本，約A4大小，裡面是胡亂塗鴉的筆記，應該是我看了一本名叫《最後的七月》（*The Last of July*，暫譯）的書之後的心得。其中一頁寫了一些小角色的名字，包括「連長伍德維斯」。我後來把這個名字劃掉，改寫為「格雷」，我之後的作品也與這位角色的女兒有關。最後是一張圖表——記錄了困住史蒂芬與傑克的地道系統，我不僅記下了時間順序，最後還註記「修改〈第一部〉中傳門葉女兒們的年齡」。

回想起來，我仍頗為驚訝。這本外界看似雄心勃勃的長篇小說，我本人的事前準備竟然如此不充分；但也許在很久之前，我心底早已勾勒出了故事情節。動筆寫《鳥歌》時，我已經三十九歲了，但早在我還是十二歲的小男孩時，腦海中就不斷浮現出第一次世界大戰的畫面：那一年，還記得是十一月十一日的朝會那天，我被要求朗誦在兩次世界大戰中壯烈犧牲的學長名單。我的學校很小，但那份名單卻如此漫長，讓我第二天甚至因為喉嚨痛請假。我想，這就是預兆了吧，因為那段過往是如此令人錐心、難以啟齒。當歷史老師講完穀物法與斯圖亞特王朝，準備進入第一次世界大戰時，他只是哀傷地搖搖頭，好似呼吸困難地想迅速結束這個主題。我納悶他是否曾在戰爭失去了兄弟，但總之，想來一切都有跡可循，那時我心底便下了個小小的決定：有朝一日，我絕對要了解這場戰爭的來龍去脈。

在我一九八九年撰寫《金獅酒店的女孩》（*The Girl at the Lion d'Or*，暫譯）時，曾經針對三〇年代的法國史做了一些研究；本書主角是一位懷著童年創傷的二十多歲女服務生，簡單回推就不難猜測到，她的傷痛應與第一次世界大戰有關。起初，我不太想將她設計為背負著戰爭創傷的角色，因為那場大戰就像潘朵拉的盒子，我甚至還沒準備好要打開；然而最終我決定還是要認真面對，於是找了蓋伊・佩德隆西尼（Guy Pedroncini）的作品《一九一七年法軍譁變》（*Les Mutineries de 1917*，暫譯）參考。接著我又循線到南特市（Nantes）一所大學的圖書館（當時沒有網路，且期間我進行了多次長程旅行），後來我又讀了阿利斯泰爾・霍恩（*Alistair Horne*）的《榮耀的代價》（*The Price of Glory*，暫譯），其中詳實記錄了凡爾登戰役[2]〔及羅伯特・派克頓（Robert Paxton）的《維琪法國》（*Vichy France*，暫譯）〕，讓我對二十世紀法國的認知完全改觀。一九八八年，我在倫敦《獨立報》（*Independent*）擔任文學編輯，為紀念終戰七十週年，市面上

1 一種明顯低於兩側土地的道路，常見於西歐。兩次大戰期間，德軍曾在低塹路上建造防禦據點。

2 一九一六年二月至同年十二月，法軍與德軍於法國凡爾登市的山丘上交戰，是第一次世界大戰中最長的戰役，亦為軍事史上死傷最為慘烈的戰役之一，德軍與法軍傷亡總計約達五十萬人。

的相關新書如雨後春筍般冒出來，其中最吸引我的是一本關於地道系統的紀錄。我從未想過在無人地帶[3]、在那根本無法挺身站直的低矮暗黑地道中，竟然還有另一場戰役要打：那是地獄中的地獄。書中也有一小段故事，描寫一位怕鳥的軍官帶著金絲雀回到地面、逃出地底。在許多第一手資料的佐證下，我明白了在戰爭趨緩時期，人們為何將鳥鳴聲視為活下去的希望。金絲雀的故事文字平凡簡單，卻充滿了深刻的象徵意義。

一九八八年十一月，報社派我隨一群退伍老兵前往西線，同行的還有歷史學家林恩・麥克唐納（Lyn Macdonald）。我與曾於一九一五年在新沙佩勒市（Neuve-Chapelle）與奧伯斯山脊打過仗的老兵站在泥濘中；其中一位牽著我的手，回憶他撿拾好友屍塊的往事，「每一塊都比羊排還小。」他將屍塊裝進沙袋、草草埋在路旁，便繼續行軍前進了。十六年前的那個冬日清晨，戰爭對我而言不再是「歷史」，而是活生生的真實事件，那是當下；那是眼前這位握著我手的溫暖老人；那是血，那是肉；雖然我不明白為什麼，但了解歷史對我來說至關重要。那天下午，當我與那位老兵在奇特絕美的烈士墓園漫步時，對方忽然被嚇了一跳，原來那位他原以為再也不復見、血肉模糊的戰友，竟然被人遷葬到這裡了，而那人的名字就刻在我們面前的潔白墓碑上。「天啊，原來在這兒呢，」他深深吸了一口氣，這是七十年後，他第一次與好友面對面。「天啊，原來在這兒呢。」

接下來三年，我讀了很多與大戰相關的作品，但只能斷斷續續地研究，因為我還在寫另一本書。多數的戰爭小說都很令人失望，而那幾部有名的回憶錄都是以軍中長官的視角撰寫的，筆調戲謔，讓人感到與這場戰爭很有距離。而劍橋歷史學家丹尼斯・溫特（Denis Winter）寫的《死亡的部屬》（*Death's Men*，暫譯），讓我想起還能參閱豐富的歷史檔案，促使我再次走進帝國戰爭博物館，並在那裡度過許多美好時光。不過，當時的我卻陷入相當大的矛盾。一方面，我感覺大眾對世界大戰的理解相當有限；即使受過教育的人們，似乎也不太清楚當年的戰況。而另一方面，則是因為老兵對於戰爭往事總是閉口不言。畢竟人類歷史上從未有過如此血腥殘暴的殺戮場面，這又該讓人們如何開口細述？然而，大戰結束不過二十年，全世界便迎來了第二波風暴。一方面，大眾只記得烈士家屬獲得的哀悼與表彰，卻遺忘了大屠殺帶來的教訓。另一方面，第一次世界大戰也催生出幾部偉大的文學作品（歐文（Owen）、雷恩（Renn）、巴比賽（Barbusse）、雷馬克（Remarque）[4]等等），熟悉這些作品的人們也不在少數。

我銘記在心的是作家詹姆士・芬頓（James Fenton）[5]給年輕詩人的建議：在你的詩中放進一些人們不知道的事。假使我能在戰爭的描寫中增添一些新事物，或許有興趣的人們就會願意

3 專指第一次世界大戰期間交戰國雙方戰壕間空無一人的對峙地帶，為一片中立的灰色地帶。

4 威爾弗雷德・歐文（Wilfred Owen，一八九三年～一九一八年），第一次世界大戰最重要的詩人之一，同時也是一名軍人；路德維希・雷恩（Ludwig Renn，一八八九年～一九七九年），德國作家，曾在西線擔任指揮官；亨利・巴比賽（Henri Barbusse，一八七三年～一九三五年），法國小說家；埃里希・雷馬克（Erich Remarque，一八九八年～一九七〇年），知名小說家，最著名的作品為《西線無戰事》（*All Quiet on the Western Front*）。

5 生於一九四九年，英國詩人、記者與評論家，詩集《戰爭記憶》（*The Memory of War*，暫譯）奠定了其當代最偉大戰爭詩人之一的地位。

駐足聆聽，如此說來，士兵在地道中的經歷就能派上用場。但我仍須回答一個讀者必定會問的問題：我為何如此在意這場戰爭？這遙遠的恐怖歷史，對我的現代人生又有什麼意義？我決定讓書中的時代象徵人物之一——伊莉莎白——回答這個問題。

一九九二年春天，我蒐集的素材多半已經就位，小說主題自然而然從我閱讀的諸多歷史資料中浮現了：人性的極限在哪裡？士兵能夠撐到什麼時候？有件事我一直百思不解，這場戰爭讓一千萬人無謂犧牲，是否有人曾經提出：夠了、我們撐不下去了，都已經這麼慘烈了，人類竟還自稱是高等生物？其實，法國軍隊曾在一九一七年叛變，雖然軍中問題始終沒有解決，但最後士兵們也不過是拒絕進攻罷了；一九一六年七月一日，幾名德國機槍手停止了攻擊——他們也被自己的所作所為嚇到了。但最緊迫的問題仍然存在，因為彷彿只要人類願意，就可以無限上綱、毫無極限地殺戮。

我造訪了西線幾次，那裡似乎被歷史遺忘了，這很令人欣慰；位於阿爾貝省（Albert）的小博物館只有兩個房間，以一個小小的告示提醒訪客，除了法國，也有其他國家參與一九一四年到一九一八年的戰爭，連我訪問的當地人也很訝異，英國曾經參戰。四月時，我帶著帝國戰爭博物館的戰場地圖前往索姆前線。我向來很好奇，這些知名地點在得到那些可怕的名稱前會是什麼模樣，例如廣島熱鬧的港口，以及喀爾巴阡的美麗山麓——現在那邊以奧斯威辛集中營[6]著稱。索姆在成為「那個索姆」之前，又是什麼樣子？假使這本書在探討人類的身體與心靈在殺戮之際可以被驅使到哪種極限，那麼我們是否也該探究，人類在面對愛時會有哪些表現？打從一開始，我便計劃將第一部的背景設定在和平時期，當中一些血與肉的情節，會與之後血肉模糊的場景有所關聯——這是我預見到的，但書中的人物並不知曉。我住在昂克爾河河畔、鄰近英軍前線的一間農莊裡，儘管我身在其中，卻沒有感受到任何火花；我無法理解當年英國同胞待在這些小農村的心情。後來，我悵然若失地回到毫無魅力的亞眠區（Amiens），時常聽見有人在街頭吹奏音樂，大教堂也望之儼然。旅遊手冊上一篇名為〈歷史的亞眠〉（Historic Amiens）的文章寫道，經過兩次世界大戰的摧殘，當地只剩下斷垣殘壁了；不過我仍心繫著當地知名的水岸庭園。

我心不在焉地與其他六位遊客坐在一艘類似平底船的交通工具上，思考著該如何下筆。接著我看見一隻老鼠出現在運河河岸的木頭棧板，我想挖壕溝的地道工兵應該非常熟悉老鼠吧。水岸邊的植被腐爛不堪——我彷彿回到了一九一〇年的炎熱午後，看見小船上有位女孩雙腿靠著愛人，而戰爭的氣息隱隱約約漂浮在那腐爛溼潤的河畔。航行結束後，我匆匆回到大教堂旁的車上，隨便從汽車前座的置物箱中抽出一張紙，潦草地寫下：伊莎貝爾、紅色房間、十幾歲的繼女，還有一些性愛場面……接著我走到相鄰的杜康熱大道，看見了將會出現在小說中的房子：莊嚴、堅固、爬滿了蔓生植物；史蒂芬當然不是農夫，但他必定得在與英國相關的亞眠紡織業工作。當晚在農莊中，一位肥胖的住客想向農場女主人擺出高人一等的派頭，在他同樣

6 納粹德國最主要的集中營，一九四二年啟用後，約有一百一十萬名猶太人在此被殺，後於一九四五年被蘇聯軍攻陷，如今則被波蘭政府改建為紀念納粹大屠殺的人權博物館。

豐滿妻子的鼓勵下，這傢伙先是謙讓了一番，之後便得意洋洋地放聲高歌。我周遭的所有事物彷彿都在乞求我將它們寫進書裡。

我在昂克爾河旁的英國戰線漫步了幾日，當時英軍挺進的距離短得可悲，還在一天內死了六萬人。我在小墓園坐了幾個小時，不太確定自己想找尋什麼，只是沉浸在周遭的環境裡，渴望最終能擁有寫下此地故事的權利。有時候，我會忽然感到一股憤怒衝上心頭；有時候，我又感覺從小立定的這份志向已在心底漸漸冷卻；而在其餘的時間裡，我身處在春陽照耀的墓碑之間，心情卻出乎意料地平靜輕鬆，覺得它們都是我的朋友。這樣的心情恰當嗎？我真的可以寫這本小說嗎？種種疑慮如烏雲罩頂，我會有這種感覺理所當然，包括對小說涵蓋廣度的疑問、我自認配不上這重責大任，以及一些我毫無興趣的小細節（例如軍團的類別與徽章的樣式等等）。在蒂耶普瓦勒市（Thiepval）樹林的上坡，我被彈殼的碎片絆倒——原來它一直在那兒，始終沒有離開。當我之後在低塹路上蒐集泥土時，甚至發現了博蒙阿梅勒市的德國機槍；想來，我寫作時有這些泥土相伴，必然能與過去有所連結。最後，我站在蒂耶普瓦勒的偉大拱門下，上面刻著許多失蹤士兵的名字——他們沒有殉國，只是始終沒有現身——這些就猶如鐫刻蒼穹的註腳。最後，我還了車，朝英吉利海峽前進。

史蒂芬必須挺過大戰，這我非常篤定。最重要的是，他不能像那些掌權的軍官一樣陳腐，也不能成為高喊「打包你的麻煩」[7]的這種傢伙。小說主題將主導文字的敘述方式，事件的多寡則決定了什麼樣的角色足以承受事件，在某種程度上，我也感染了史蒂芬的性格。我想這就是最理想的順序吧——先有主題，後是事件，再來是角色人物——但總是很難依序推進。比方說金妮和格雷，這兩人在後續情節中變得越來越重要，完全超乎我的預期。我決定讓伊莎貝爾有家人、童年以及某種程度的個人故事，這在當代小說可說是非常罕見，但假使她必須展現出我期望她擁有的特質，這些背景交代似乎又相當關鍵。麥克·威爾和傑克·費爾布雷斯兩位人物，正好與史蒂芬形成一種和諧的對比：前者天真，後者世故；前者敏感，後者冷酷；前者沮喪時，後者則持續質疑。一開始，伊莉莎白的角色是要代替讀者發問，並滿足主題的要求：過去與現在、公眾與私人，彼此互相依存，而這也是主宰三部曲的關鍵，《夏洛特·格雷》（*Charlotte Gray*，暫譯）讓法國三部曲儼然成形。對我而言，伊莉莎白最令人振奮的貢獻在於她扮演著穿針引線的功能：她到安養院拜訪布倫南，解碼史蒂芬的筆記，並讓故事跳接回一九一七年的他；她致電給住在蘇格蘭的格雷時，過往的聲音躍動而出，彷彿電話線路正劈啪作響。我想這一切的呈現，就是我本人以及我希望讀者可以心領神會的：愛與救贖，以及對過往歷史的致意。

寫小說時，作者總有自己的策略，而《鳥歌》的策略很簡單：全面攻擊。我前一部小說使用旁敲側擊的手法，不按照時間順序敘事，因為我認為這樣才能清楚表達主題。我在《鳥歌》則反其道而行，因為我想盡可能將這本書寫好；為了故事的一致性，我選擇直言不諱，從不扭

7〈打包你的麻煩〉（Pack up your troubles）是一首英國在第一次世界大戰的募兵歌曲。

曲事實；且這本書提到的戰爭應該是英國軍事史上最聲名狼藉的一天。倒不是我認為所有小說都該這麼寫，只是我深信這本小說應當如此，畢竟它不是諷刺小說；我只在標題稍微屈服，讓文意更為含蓄（偶爾會有人問起，我也許該在此解釋一下，書名並不僅僅是為了象徵「新生命」或「新希望」；它承載了許多意義，但最重要的是暗示著自然界對人類的冷漠——在此的人類行為，如菲力普·羅斯（Philip Roth）[8]所說，人類展露了最糟糕的那一面）。

在開場的章節中，我在文句上費了一番功夫，以強調主角對社交與性的恐懼，並展現出當代社會的合宜禮節。儘管很少人會注意到這類題材，不過一些人偶爾會提到福婁拜（Gustave Flaubert）——我想這可能因為他是英國人唯一認識的法國小說家。我相信所有注重現實細節的作家，寫到情感強烈的故事時，多少都從福婁拜那兒學了一兩手；我還得感謝兩位偉大的法國作家：司湯達（Stendhal）與左拉（Zola）[9]。

描述戰爭場面時，我設法運用不同的語法營造出不安感，例如減少形容詞、增加動詞數量；當情節進入當代後，我則以更短的篇幅、中性化的敘述，強調伊莉莎白認定自己的人生「不再那麼劇烈了」。

我寫《鳥歌》的過程（原本的副標是「血與肉」，中途被我剔除了）極其瘋狂，我能夠每天寫完一千五百字後，再搭地鐵到帝國戰爭博物館，埋首閱讀無數的館藏檔案，直到閱覽室闔門。晚上，我會夢到自己身在戰壕，無人對我開槍、也無人下令我攻擊；戰壕只是純粹在那裡，猶如我就是在那裡生活。寫作時，我偶爾會被情緒淹沒，但在這種時刻，我又有個不變的原則：停筆。因為讓每頁文字填滿我的感受並非我的目的，我應做的是篩選出那些足以觸動讀者的細節。儘管我已經十年沒有拾起這本書，我仍必須承認《鳥歌》是快筆完成的作品；因為某些章節的結尾鬆散（多半是刻意），也有些草率收筆之處，但我當下真的無法壓抑那股一氣呵成的衝動。

完成這部小說時，我將它寄給了軍事史家馬丁・米德爾布魯克（Martin Middlebrook），他在林肯郡（Lincolnshire）經營雞舍為生，但他的作品《索姆河戰役首日》（*The First Day of the Battle of the Somme*，暫譯）是我許多細節的借用來源。起初，他下了一些無禮唐突的註解（「不可能！」「他們屬於兵團！不是師團！」），到後期已很少見。

我也曾請教倫敦大學的教授道格拉斯・強森（Douglas Johnson），他在法國文學上的造詣，為拙作《金獅酒店的女孩》助力頗深。最後我寄給出版社，三位專業人士閱讀完畢後，全體一致希望我多加考量以下幾點：第一，伊莉莎白應當成為女權主義的典範，擁有成功事業；第二，應釐清她與同事在當地義大利小餐館吃午餐時，誰點了什麼餐點。得知他們對驚悚的血肉模糊場景無議，我確實感到如釋重負。我將「從石拱門站搭地鐵回家」，改成「從希斯洛機場搭計程車回家」；我也將伊莉莎白公司的周轉金提高了百分之五十，還讓艾琳點了千層麵；以上

8 一九三三年～二〇一八年，美國小說家，常於作品中探討猶太人與美國人的身分認同問題。

9 兩者皆為十九世紀法國的重要作家，斯湯達（一七八三年～一八四二年），原名馬利－亨利・貝爾（Marie-Henri Beyle），以細膩的心理描寫聞名，埃米爾・左拉（Émile Zola，一八四〇年～一九〇二年）則是自然主義文學的代表人物。

修飾，或許就是柏第・伍斯特（Bertie Wooster）[10]口中的「不出幾秒就完成了」。

我借用了泰戈爾的詩句寫墓誌銘，引自一九一八年十一月戰死沙場的威爾弗雷德・歐文回到前線前寫給母親的訣別信。修潤完一些細節後，我便靜候著本書的出版；然而在小說付梓之前，我就先飛到了紐約，此時我的前一本作品《傻瓜的字母表》（*A Fool's Alphabet*，暫譯）才剛剛發行。編輯致電給我，請我前往她位於曼哈頓摩天大樓中的辦公室。她從《鳥歌》的打字稿抬頭，哀傷地望著我，表示小說太長了，除非我大幅刪減戰爭章節，否則無法出版。她還說，要不要考慮將時空背景設定在近代戰事？我說，不要，我不打算這麼做。當時腦袋因時差而迷迷糊糊的我，就這樣蹣跚地走回第六大道，滿懷挫折。

我們花了近乎三年的時間，才在美國找到願意出版這本書的出版社。藍登書屋最後以略低於我為一家八卦雜誌寫「名人評論」的稿酬買下精裝與平裝版的版權。我並不介意；我很高興這部小說終於付梓了，總算有出版社願意發行。一九九三年九月十五日，《鳥歌》於英國出版，翻閱日記時，我回想起曾在當天下午兩點接受了當地電台的個人專訪；我還接受了倫敦《旗幟晚報》（*Evening Standard*）的專訪，但這段專訪只出現在賽馬版，標題是〈這種長相的人寫的書，怎麼會讓人感到不舒服呢？〉。還有讀者寫信為我打氣，也有一些針對小說的評論（迴響五花八門），但僅止於此；《鳥歌》沒有出現在暢銷排行榜，也沒有入圍任何年度文學獎。精裝本只賣了九千本，但就一本題材被認定為如此強烈鮮明的小說而言，已經很不錯了。那一年十二月的行銷期結束後，先前因感染肺炎而住院的我也康復了，便開始著手寫作自傳《致命的英國人》（*The Fatal Englishman*，暫譯）。

其實，《鳥歌》的最終任務就是奉獻，我原本想藉此對為國捐軀的諸君致意，但為免太過虛假刻意，所以我將本書獻給我的兄長愛德華。在我寫下每個字時，他都在外工作奮鬥，無論我如意或是不順遂，他都一路陪伴我，一直是我最要好的朋友。兒時的我們對人生滿懷豐富的憧憬，也帶給了我寫作的靈感。伊莉莎白父親打高爾夫球的日期，愛德華看了一定覺得很熟悉，因為那也是他的生日，還有他弟弟打球的分數實在很低，愛德華看了也許很不以為然……

賽巴斯欽．福克斯

二○○四年

10 英國作家伍德豪斯（P. G. Wodehouse）所創作的喜劇《吉夫斯》（*Jeeves*）中的角色。

「在我離別之際，這就是我的遺言，我之所見，無與倫比。」

——泰戈爾《頌歌集》（Rabindranath Tagore，*Gitanjali*）

第一部——

法國 一九一〇年

杜康熱大道是條寬闊安靜的街道，位於亞眠東側。來自北方里爾市（Lille）及阿拉斯市（Arras）的貨車得以直接進入聖勒區（Saint-Leu）的製革廠和磨坊，無須行經這條綠樹成蔭的大道。道路靠近市區一側是茂密蓊鬱的正方形花園，精確地分割給毗鄰的房屋。潮溼的如茵草地種有歐洲栗樹、丁香花叢與柳樹，為屋主帶來了涼爽的遮蔭處與靜謐的環境。花園乍看蔓草叢生，高高的草坪與錯落的樹籬足以遮蔽房子的狹窄空地及安靜水池，還有幾處連住戶都未曾涉足的區域長滿了野生花草，上方懸掛著低垂的大樹枝椏。

花園後的索姆河分成好幾條小運河，造就了如詩如畫的聖勒區；大道的另一頭改建成一座座的水岸庭園，土壤潮溼肥沃的小島被河水支流劃開。必須划槳航行的長形平底船，在週日下午載著居民在水道悠遊。河畔可見幾群釣客散坐在魚竿旁等待；他們戴著帽子、穿著襯衫，打扮隨性，坐在大教堂旁的水岸河床邊，將釣線浸入水裡，等著鱒魚或鯉魚上鉤。

亞札爾家的大宅外觀堂皇肅穆，鑄鐵欄杆一路延伸到大馬路上。通往河岸的曲折車道，讓人一看就知道這家人坐擁可觀財富。石板屋瓦堆疊的角度交錯，掩映了宅邸不規則的形狀。其中一片屋瓦下方有扇天窗能俯瞰大道。一樓的岩石露台欄杆被五葉地錦盤據，蔓生到屋頂。

宅邸內部比外表看起來侷促，卻也可說是寬敞。缺少令人生畏的宏偉氣派，沒有璀璨華麗的水晶吊燈與大宴會廳，不過空間陳設與迴廊卻處處給人驚喜，轉一個彎，就能發現有幾個台階引人走進花園；室內有幾間小型沙龍，裡面放了寫字桌和朝內擺放、掛著披毯的座椅。即便站在草坪，也很難看出這些錯綜複雜的房間迴廊，是如何塞進這棟平靜的矩形大宅。走在這棟建築物裡，每一處地板都會因為步伐輕重發出不同聲響，又因室內錯落曲折，回音繚繞，屋內向來都是只聞腳步聲，不見人影現身。

史蒂芬・瑞斯福德的金屬行李箱早他一步送達，放在床腳。他打開行李，拿出衣物，將備用西裝放進巨大的雕花衣櫥。窗台下有彩釉洗手盆與木頭毛巾架，他必須踮腳才能看見外面的大道，有一輛馬車正在對街等待，馬兒不顧身上的鞍具，伸長脖子啃食著萊姆樹的枝葉。他測試了床的彈性後，便躺下，將頭靠在枕墊上。房間看似簡樸，卻經過悉心裝飾。桌上放了一尊插滿野花的花瓶，門板上貼著翁弗勒爾市（Honfleur）的街景複製圖。

這是春天的黃昏，夕陽在大教堂後緩緩西沉，大宅兩側後方傳來烏鶇的啼聲。史蒂芬敷衍地梳洗一番，試著在小鏡子前梳平他的黑髮。他清空了外套中不需要的火車票、藍色皮革筆記本，以及一把細心削尖的小刀，再將半打香菸放進金屬菸盒，塞進外套。

他下樓吃晚餐，踩了兩級階梯，竟能聽見自己的腳步聲。走下這兩級台階就已能到達一樓與家中的主臥，然後是門廳走廊。他感受到背心與外套下的熱氣，有那麼一瞬間，他不太確定該往哪裡走，眼前有四扇鑲嵌玻璃的門，不知哪扇通往他要去的門廳。他將其中一扇門打開一條小縫，發現另一頭是蒸氣氤氳的廚房，一位女僕正將餐盤放在一個大松木桌上的托盤中。

「先生，這邊請，晚餐已經上桌了。」女僕說道，經過他身後走進另一扇門。

主人一家已在飯廳裡就座，亞札爾夫人起身。

「啊，先生，您的位置在這裡。」

亞札爾先生咕噥著為史蒂芬介紹，但史蒂芬只聽到「我內人」這幾個字。他牽起夫人的手簡短鞠躬示意，兩個小孩正從餐桌的另一端看著他。

「這是莉瑟特，」亞札爾夫人說道，指著大約十六歲、黑髮上繫著緞帶的女孩——她露出神祕的微笑，朝史蒂芬伸出手，「以及谷瑞瓦。」雖然在餐桌上幾乎看不見這個十歲男孩露出的頭，但他的雙腿在桌底下不停地前後晃動。女僕端著湯碗，在史蒂芬的座位附近徘徊，他舀起一匙斟入湯盤，那是他不熟悉的香草氣息。當上頭點綴的香草緩緩懸浮時，他還能看出讓湯變得更加濃稠的馬鈴薯。

亞札爾先生已經吃完了，他用手裡的餐刀以一種規律的節奏不停敲打銀製餐具架。史蒂芬一面啜飲口中的湯，一面從湯匙邊緣打量眼前的畫面。

「你幾歲了？」男孩問。

「谷瑞瓦！」

「沒關係，」史蒂芬對亞札爾夫人說。「二十歲。」

「你喝酒嗎？」亞札爾問道，拿了一瓶酒準備倒進史蒂芬的酒杯。

「謝謝你。」

將酒放回原位之前，亞札爾為史蒂芬和妻子倒了近五公分高的酒。

「所以，你對紡織業的了解有多少？」亞札爾問道。他才四十出頭，但看起來像是五十幾歲。他年邁的身體僵硬而鬆垮，像是會維持這副模樣到永遠，但眼神充滿警覺，幾乎可說是毫無幽默感地瞪視著史蒂芬。

「有一點概念，」史蒂芬說。「我待在這個產業快四年了，大多數時間都在處理財務。我的雇主希望我能更深入了解製造的流程。」

女僕將湯盤端走，亞札爾開始談到當地的產業以及他遇到的勞動力問題。他擁有兩間工廠，一間在鎮上，另一間在幾公里外的地方。

「因為工會成員深入企業聯盟，讓我沒有轉圜的餘地，又抱怨如果我們引進機器，就會讓他們失業。但是如果我們輸給西班牙和英國的競爭對手，就真的一點希望也沒有了。」

女僕端進一道淋有醬汁的肉片佳餚，放在亞札爾夫人面前。莉瑟特開始聊起學校當天發生的事，說著一名女孩對另一名女孩惡作劇，她說話時不斷地咯咯笑，又甩了甩頭。莉瑟特講述的方式，彷彿讓這個故事有了第二層意思：她也覺得整件事很幼稚，但又想藉此接近史蒂芬，同時對父母暗示她其實很成熟，對同學的惡搞根本不感興趣。不過，她似乎也不太清楚自己究竟對什麼感興趣；她結巴了一會兒，便結束了這個話題，轉頭斥責大笑的弟弟。

史蒂芬深色的眼眸打量著莉瑟特的臉龐。亞札爾替自己添了沙拉，而他將沙拉碗遞給妻子時，也沒專心聽女兒說話，拿麵包又抹了一次肉汁。

亞札爾夫人並沒有太注意史蒂芬，史蒂芬也就忽略了她，雖然他也多少期待夫人有點回應，不過，當他環顧四周時，他發現夫人有著一頭栗紅色的長髮。今天她穿了一件白色蕾絲襯衫，脖頸上還有一條紅寶石項鍊。

剛用完晚餐，前門門鈴響起，他們聽見大廳傳來男性的爽朗嗓音。

「伯納德先生和夫人來訪。」女僕在開門時說道。

亞札爾首次露出微笑。「好樣的，老伯納德，總是剛好出現！」

「晚安，亞札爾。夫人，很高興見到你。」伯納德是一位五十幾歲、體格強壯的灰髮男性，他低頭親吻亞札爾夫人的手。他的妻子幾乎和他一樣壯碩，一頭厚重的頭髮盤在頭頂，她也與大家握手，親吻孩子們的臉頰。

「很抱歉，剛才勒內向我們介紹時，好像沒有提到你的名字。」伯納德對史蒂芬說道。

在史蒂芬重複他的名字、拼給他聽的時候，孩子們則被趕上床，伯納德夫婦在他們的座位坐下。兩人的來訪讓亞札爾再度重拾了活力。

「要喝點白蘭地嗎，伯納德？夫人，妳要喝花草茶，對吧？伊莎貝爾，請搖鈴，讓他們送點咖啡。現在——」

「在你繼續交代前，我有壞消息要說，」伯納德說道，舉起他肥滋滋的手。「染坊工明天開始要發動罷工，聯盟首領今晚五點會和雇主代表見面，這是雙方的決定。」

「這是今天最新的消息，親愛的勒內，我不想讓你不愉快，但假使你明天才從領班那裡聽來，你可能寧願現在先感激我。至少我認為這件事不會立即影響到你的工廠。」

伯納德顯然對能夠宣布消息這件事感到很開心。伯納德夫人則以欽佩的眼神看著丈夫。

亞札爾繼續咒罵員工，還質問這樣一來如何能期望維持工廠正常運作。史蒂芬與現場的女士不太願意發表意見，伯納德在宣布完消息後，似乎也不太想繼續討論這個話題。

「所以，」等到亞札爾差不多要停止長篇大論時，伯納德開口說：「染坊工罷工。真的太慘了、太慘了。」

看來這話題就此畫下句點，亞札爾也覺得夠了。

「你是怎麼來的？」伯納德問道。

「搭火車，」史蒂芬說，猜想對方是想跟他聊天。「這趟路途很遠。」

「啊，搭火車啊，」伯納德說。「法國的鐵路系統很棒，我們這裡正好是交通樞紐，可以去巴黎、里爾、布洛涅市（Boulogne）……我很好奇，英國有火車嗎？」

「有。」

「英國是從什麼時候開始有鐵路的？」

「讓我想想……已經有七十年的歷史了。」

「但是我想你們英國有點問題，對吧？」

「我不確定，我沒聽說過英國有什麼問題。」

「原來如此啊。英國現在有火車了。」伯納德一面愉快地微笑，一面喝著白蘭地。

這段對話完全由伯納德主導；他認為鼓勵各種不同的聲音、總結大家貢獻的一字一句，是自己身為指揮官的責任。

「而且英國人每天早餐都吃肉。」他說。

「我認為大多數人都是如此。」史蒂芬回答。

「想像一下，親愛的亞札爾夫人，每天早餐都吃烤肉！」伯納德想請女主人發言。她婉拒了，但嘀咕說想把窗戶打開。

「也許有一天我們都會這樣做，對嗎，勒內？」

「喔，我不這麼想、我不這麼想，」亞札爾回答。「除非有一天我們這裡和倫敦一樣天天起霧。」

「喔，還有雨，」伯納德大笑。「我相信，倫敦六天之中有五天都在下雨。」他再次看向史蒂芬。

「不過我在報紙上讀到，去年倫敦下的雨比巴黎還少——」

「六天之中有五天下雨，」伯納德微笑了。「你們能想像嗎？」

「我們家爸爸受不了雨。」伯納德夫人告訴史蒂芬。

「妳又是如何度過這美麗的春天，親愛的夫人？」伯納德說，想再次請女主人發表意見。這次他成功了，亞札爾夫人或是出於禮貌又或是熱情，直截了當地回答。

「今天早上我出門到鎮上處理一些事情，一間鄰近大教堂的房子開著窗，裡面有人正在彈鋼琴。」亞札爾夫人的聲音低沉冷靜。她細細描述聽見了什麼樣的琴聲。「琴聲很美，」她說。「雖然我只聽見了幾個音符，但我想停下腳步，去敲敲那間屋子的門，詢問是誰在彈琴、彈的又是哪首曲子。」

伯納德先生和夫人看起來很吃驚，顯然他們不是想聽到這些。亞札爾彷彿很習慣妻子天馬行空的幻想，轉而用撫慰的口吻詢問她。

「所以那首曲子是什麼，親愛的？」

「我不知道，我從來沒有聽過，好像是……貝多芬或蕭邦。」

「假使連妳都聽不出來，我想應該不是貝多芬，夫人，」伯納德開始獻殷勤。「應該是什麼民間歌曲，這我願意打賭。」

「我自己是受不了這年頭隨處可聞的民間歌曲了，」伯納德繼續說。「我年輕時可不是這樣。現在一切都不一樣了。」他自我解嘲地苦笑。「但拜託讓我聽見任何一位偉大作曲家所寫的美妙旋律吧，舒伯特的樂曲或者蕭邦的《夜曲》都好，那種讓人聽了會起雞皮疙瘩的偉大作品！音樂的功能就是要釋放人類靈魂深處那些深埋在內心角落的感受。昔日的偉大作曲家都能做到這一點，但現在的音樂家光靠在街角販賣那些一小節只有四個音符的作品，竟然就心滿意足了。天才可不是這麼容易就能得到賞識肯定的！我親愛的亞札爾夫人！」

史蒂芬望著亞札爾夫人緩緩轉頭，與伯納德的眼神交會。他發現當夫人專注盯著伯納德微笑的臉龐時，眼睛又睜得更大了，而伯納德臉上的小滴汗水在餐廳凝滯的氣氛中更為醒目。史蒂芬心想，她怎麼可能是和他們一同用餐那兩個孩子的母親？

「我真的認為該開窗了。」她冷冷地說，絲綢裙擺在起身時沙沙作響。

「你也是音樂人嗎，亞札爾？」伯納德問。「孩子在熱愛音樂的家庭中成長是一件很棒的事，夫人和我總是鼓勵孩子唱歌。」

伯納德滔滔不絕，史蒂芬的思緒也轉個不停。亞札爾夫人無視這位可笑男子的模樣，真的很不可思議。這傢伙確實只是小鎮的惡霸而已，而看起來他已習慣這樣自行其是。

「我很喜歡聽音樂會，」亞札爾客氣地回答：「當然我不能因為這點就說自己是『音樂人』。我只是——」

「胡說！音樂是藝術的民主形式。你不需要錢才能買到音樂、或者受教育才能研究音樂。你只需要一對這個。」伯納德抓住他那對粉紅大耳搖了搖。「耳朵，這是神賜予你與生俱來的厚禮。你絕對不用因為喜愛音樂而感到不好意思，亞札爾。你虛偽的謙遜只會讓人們低俗的品味勝出而已。」伯納德向後靠坐椅背，望向剛才打開的窗戶。室內吹進了一陣冷風，這似乎毀了他對佯裝是自己發明的雋語所帶來的樂趣。「但原諒我，勒內，」他說道。「我打斷了你的話。」

亞札爾正埋首於他的黑色石楠菸斗，他用手指壓緊菸草，接著大聲抽菸，細品菸斗的氣味。他對味道很滿意，於是點了根火柴，藍色輕煙繚繞著他光禿禿的頭頂。他沉默了半晌才打算回答朋友，此時，他們聽見外頭花園傳來一陣鳥鳴。

「愛國歌曲，」亞札爾說道。「我對這種曲子情有獨鍾，樂團的演奏加上眾人激昂高歌〈馬賽曲〉（Marseillaise）[11]，彷彿隨時要出發去與普魯士人打仗了——那絕對是最美好的一天啊！」

「抱歉打擾你的興致，不過，」伯納德說：「這是有目的性的音樂——為了燃起士兵的鬥志。任何藝術只要有了實際用途，就喪失了本質的純粹。我說錯了嗎，亞札爾夫人？」

「我想你是錯的，先生。瑞斯福德先生有什麼看法？」

史蒂芬嚇了一跳。他立刻看向亞札爾夫人，發現她正望著自己。「我對此沒有意見，夫人，」他說道，恢復泰然自若的神情。「但我認為任何能觸動人心的歌曲，都應該被好好珍惜。」

伯納德突然伸出手。「可以給我一些白蘭地嗎？亞札爾。謝謝你。現在，我要做一件可能會讓各位留下壞印象的蠢事。」

伯納德夫人難以置信地大笑出聲。

「我要唱一首歌——我是認真的，不用勸退我——我要唱一首兒時很流行的小曲，而且我可以保證，它的年代已經非常久遠了。」

伯納德剛宣布要演唱，便立刻開口高唱，令眾人大吃一驚。畢竟一分鐘前大家才剛吃完晚餐、正輕鬆閒聊，下一分鐘他們就被迫成了聽眾。伯納德的身子前傾，手肘靠在餐桌上，開始以男中音的嗓音高歌。他緊盯坐在對面的亞札爾夫人，夫人完全無法直視他，只能低頭看著餐盤，但她的不安沒有讓伯納德放棄。亞札爾撥弄著菸斗，史蒂芬則研究著伯納德頭頂的天花

11即現今的法國國歌，由法國軍官克洛德・約瑟夫・魯日・德・李爾於一七九二年創作，創作期間時值法國大革命。

板。伯納德夫人仍然帶著自豪的微笑，望著夫婿對女主人致意歌唱。亞札爾夫人臉紅了，在椅子中忸怩不安，但演唱者仍然緊盯著她不放。

在伯納德搖頭晃腦、演繹歌曲中最感人的段落時，他脖子上鬆垮的皮膚也隨之晃動。這是一首情感豐沛的歌謠，訴說了一名男子不同階段的人生。副歌是「當時我仍年少，樹梢正綠／如今玉米已採收，而小船已然遠颺」。

每到副歌結尾，伯納德總會戲劇化地停頓，史蒂芬則會匆匆偷看一眼，想確認這個傢伙是不是唱完了。每到這時，悶熱的餐廳就會陷入死寂，伯納德會來一次深呼吸，然後將副歌再唱一遍。

「有一天年輕士兵自戰場歸來，玉米已經高高抽穗，而我們的戀人仍在等待……」

伯納德一面唱歌，一面微微搖頭，當他想強調旋律時，聲音就愈發高昂，而他布滿血絲的眼睛仍緊盯著亞札爾夫人。夫人似乎憑著意志力打起了精神，她坐直身軀，與他緊迫盯人的注意力抗衡。

「『而小船已然遠颺……』就這樣，」伯納德說道，驟然結束歌曲。「我就說我會看起來像個傻瓜！」

眾人卻稱讚說這首歌唱得真好。

「我家爸爸有副好歌喉。」伯納德夫人說道，驕傲地脹紅了臉。

雖然不是出於同樣的心情，但亞札爾夫人也臉紅了。亞札爾裝出愉快的樣子，史蒂芬則感覺有一滴汗就要流到衣領後方，只有伯納德絲毫不感到尷尬。

「好了，亞札爾，來玩牌吧？要玩什麼呢？」

「失陪一下，勒內。」亞札爾夫人說：「我有點頭痛。我想我應該要就寢了，也許瑞斯福德先生會願意代替我玩牌。」

亞札爾夫人起身時，史蒂芬也禮貌地站起來。伯納德夫婦連忙問候夫人的健康狀況，挽留了一番後，她只是微笑地揮揮手，向他們保證自己完全安好。伯納德低頭靠近她的手，伯納德夫人則親了親亞札爾夫人依舊脹紅的臉頰。她轉向門口時，史蒂芬忽然覺得她的身影充滿威嚴，目送著她拖著鮮紅色的裙襬走過大廳。

「我們去客廳吧，」亞札爾說。「先生，我相信你會加入我們的牌局。」

「我當然會參加。」史蒂芬說，試著擠出贊同的微笑。

「可憐的亞札爾夫人，」當他們在牌桌就位時，伯納德夫人說道。「希望她不是感冒了。」

亞札爾笑了。「放心，她沒事。她只是神經緊張罷了，別想太多了。」

「真是精緻細膩的可人兒，」伯納德咕噥道。「該你了吧，亞札爾。」

「不過，頭痛可能表示她發燒了。」伯納德夫人說。

「夫人，」亞札爾說道：「我可以保證伊莎貝爾沒有發燒。她只是神經質，很容易頭痛或染上其他小毛病，沒什麼大礙的。相信我，我非常了解她，也已經學會跟她的這些小毛病相處了。」他拋給伯納德一個複雜的眼神，伯納德心領神會地笑出聲。「你很幸運，身體如此強健。」

「她常常頭痛嗎？」伯納德夫人持續追問。

亞札爾抿嘴，露出淺淺的微笑。「這是人類得付出的小小代價，該你了，先生。」

「什麼？」史蒂芬低頭看著他的牌。「抱歉，我沒有注意聽。」他一直在觀察亞札爾的微笑，猜測其中有什麼意義。

他們將牌放回桌上，伯納德又跟亞札爾聊起了罷工。

史蒂芬努力專注在牌局上，還要分心陪著伯納德夫人閒聊。她彷彿對史蒂芬渙散的注意力不以為意，但無論何時只要她丈夫回話，她的臉色便會明亮起來。

亞札爾說：「需要有人揭穿這些虛張聲勢的罷工者。這些貪得無厭的懶鬼想讓我的事業停擺——我絕不會讓他們得逞。應該要有雇主挺身而出給點顏色，將他們全部解僱才對。」

「我擔心這些人會失控抓狂，出現暴動。」伯納德說道。

「如果有填飽肚子的話就不會。」

「你只是個小鎮議員，勒內，我不確定你參與這種爭議是否明智。」

伯納德拿起整副牌，開始洗牌；他粗厚的手指熟稔地動作著。洗好牌後，他點了一根雪茄，坐回椅子，又將西裝背心往下拉，蓋住肥肚腩。

女僕進來詢問，還有沒有需要什麼。

史蒂芬忍住了一聲呵欠。他前一天就啟程來亞眠了，現在他滿腦子只有舒適的客房、乾淨的床單，以及能俯瞰美麗景致的窗戶。

「不用了，謝謝妳，」亞札爾說道。「等等妳休息之前，請先到亞札爾夫人的房間，轉告她我稍後會過去看看。」

有那麼一瞬間，史蒂芬懷疑自己又看見了兩位男士互換充滿暗示的眼神。但當他看向伯納德時，他的臉完全被手上如扇子般打開的牌遮住了。

賓客終於起身準備離開，史蒂芬與他們道別。他站在客廳的窗戶旁，看著他們站在門廊的光線下。伯納德戴上禮帽，彷彿是聽完歌劇後準備返家的男爵；伯納德夫人神采奕奕，一襲披肩環繞在肩頭，挽著丈夫的手。亞札爾彎下腰，像在悄聲說著什麼重要的事情。

外頭下起綿綿細雨，路面上車轍兩旁的泥土也鬆動了，梧桐樹的葉子被雨水打得滴答作響。雨水彷彿在客廳窗戶塗上了一層油膩的薄膜，又匯聚成更大的雨滴落在草坪上。史蒂芬目送離去的客人，臉色蒼白地站在玻璃後方——他的身形高大，雙手插入口袋裡，眼神耐心而專注，他年輕的軀體散發出淡漠的感覺，那是由意志力與必要性培養起的無動於衷。而因為難以猜透他的心思，多數人更會小心翼翼地應對。

史蒂芬上樓回到房間，傾聽暗夜中的聲響。一片鬆動的百葉窗緩慢轉動著絞鍊，拍打著屋後的牆面。花園深處住了一隻貓頭鷹，原來悉心栽種的花草已雜草叢生。水管偶爾會發出不規律的嘶叫與流水聲。

史蒂芬坐在窗戶旁的寫字桌前，打開粗藍格線的筆記本。這本筆記他已經寫了一半，有時字跡都超出格線到紅色邊線以外了。每隔幾段文字就註記有日期，有時相隔幾天、有時則相隔好幾週。

自從學校老師鼓勵他定期寫筆記後，他已經維持這個習慣五年了。即使他無意學習希臘文和拉丁文，仍建立起深厚的語言知識，他也善用這些文字，將它們作為暗語。當主題敏感時，他會改變文中人物的性別，以片語記下他們的行為與自己的回饋，即使偶爾有人翻閱筆記，也絕對無從知曉箇中含意。

他一面寫，一面自顧自地輕笑。為了壓抑天生的坦率與急性子，他必須培養起這種隱密的感受。十歲或十一歲時的他既率直又熱情，而他那股非黑即白的憤世嫉俗，也讓他成為老師們眼中不受教的學生，但他也漸漸學會了深呼吸與保持冷靜——應該要耐心等待、謹慎觀察，而不是被情緒沖昏了頭。

他將袖口鬆開，雙手撐住臉，瞪著面前的空白牆壁。他忽然聽到了一個聲音，這次不是來自百葉窗或者水管，而是某種更刺耳的聲音，像是誰正在喊叫。當聲音再度響起，史蒂芬走過房間仔細傾聽。他打開門時，想到了自己剛才在屋內激起的沉重腳步聲，便輕輕踏上了走道。他幾乎可以確定那是女人的聲音，而且是從樓下傳來。

他脫下鞋子，安靜地將它們塞進房門口，才躡手躡腳走下階梯。屋內漆黑的伸手不見五指，應該是亞札爾回房時將燈都關了。史蒂芬感覺襪子下的木地板微微陷了下去，手心還能感受到樓梯扶手的紋路，他絲毫不感到害怕。

但當他走到一樓時，卻開始猶豫了。宅邸這麼大，聲音可能是來自各個方向。他眼前就有三條走廊：往上一級台階就可以通往宅邸前廊，往前走一段後，又能通往其他兩條走廊。這家人以及僕人——更不用說浴室、洗衣間與儲藏室都在這一層樓。他有可能會直接闖入廚師的臥室，或是掛有中國織錦與路易十六時期絲緞的沙龍。

他暫時屏住了呼吸，開始專注傾聽。現在又出現不同的聲音了，他不太確定是不是女人，但聲音更低沉，對方幾乎像是在抽泣，這個聲音隨即又被一個短促的巨響打斷了。史蒂芬躊躇著是否該繼續。他衝動地離開房間，深信出了什麼事；但又感覺會侵犯某位家庭成員的隱私。不過史蒂芬沒有猶豫很久，因為他明白這聲音非比尋常。

他謹慎地走向通往右手邊的走廊，又伸出一隻手臂擋住眼睛，唯恐受傷，另一隻手則摸索著牆壁。到了走廊一處轉角，史蒂芬向左看，一絲光線從一扇緊閉的門下透出來。他計算著該走近這扇門幾步，因為他離走廊的轉彎處越近越好，他才能夠隨時回頭，不被走出房間的任何人發現。

他又前進了六步，這已經是極限了。他呼吸急促，停下腳步傾聽，又再度壓低了呼吸聲，免得漏聽任何聲響。

他聽見一個女人低沉的嗓音，絕望讓她的語氣更顯冰冷。她正在哀求，儘管因為她壓低了聲音而無法聽清楚內容，但史蒂芬依舊能感受到她話語中的迫切。史蒂芬聽得出來「勒內」，接著是「我拜託你」，最後是「孩子」。儘管證據微不足道，但他聽得出來這名女子是亞札爾夫人。他剛才聽到的短促巨響停止了，而後是一陣急喘，聲音接著又變得更高亢——想必是因為痛苦。

史蒂芬又往前了幾步，他的手不再小心翼翼地舉在眼前，而是握緊拳頭放在身體兩側。他努力壓下那股難以言喻的憤怒，只要再一兩步他就能湊近那扇門了。他第一次聽見了男人的聲音，對方以一種虛偽的語氣斷斷續續地重複同一個字，隨即轉為啜泣，接著門內便傳來了腳步聲。

史蒂芬轉身奔回走廊，以免被發現，他曉得自己超過原本設定的界線。他轉過角落時，聽見了亞札爾懷疑地詢問：「外面有人嗎？」衝回房間的路上，他有點擔心會碰到人。走上二樓時，他發現光線從臥室中透了出來，便衝上前想關上檯燈，卻讓檯燈猛力搖晃發出「砰」地一聲。

他站在房內傾聽。他聽見腳步聲走到樓下的階梯前，假使亞札爾上樓，一定會納悶他為何穿戴整齊站在黑漆漆的房間裡，於是他爬上床，滑進被單下。

十分鐘後，史蒂芬心想應該可以更衣就寢了。他關上門、拉起小窗的百葉窗簾，穿著睡衣坐在書桌前。他看著先前寫下的內容，從倫敦啟程、搭上法國的火車，然後抵達杜康熱大道。他提筆繼續簡短評論了虛偽的伯納德夫婦，也寫下了對亞札爾一家的印象，這才訝異地發現，那件最令自己感到震驚的事物，他竟然隻字未提。

經過一番充分休息之後，史蒂芬起床時頭腦清醒，興致勃勃地想要探索新環境。他努力不去多想昨晚發生的種種，準備好觀摩亞札爾的企業了。

他們離開繁華富裕的林蔭大道，步行到聖勒區，山牆房屋[12]斜斜搭建在運河上方的鵝卵石街道，在史蒂芬眼裡，宛如走進了中世紀的鐫刻畫中。不平整的牆面與彎彎曲曲的排水管上掛著晒衣繩；衣著破爛的小孩在橋上玩捉迷藏，不然就是舉著木棍沿著水道旁的鐵欄杆奔跑。婦女提了水桶，到鎮上高級住宅區的噴泉汲水回家，有些家庭擠在家中唯一的一間房裡，有些家庭則寄宿在房舍後院的臨時小屋中，他們大部分是來自皮卡第區（Picardy）鄉間的外地人，來到亞眠找工作。孩子們的嬉鬧聲、母親的叫罵聲，或是與鄰居閒聊聲，各種聲音在街上此起彼落。家家戶戶毗鄰而居，喧鬧聲不絕於耳，擁擠的麵包店與雜貨店吵吵鬧鬧，馬車小販也推著手推車在街上不斷大聲叫賣。

亞札爾敏捷地穿過人群，兩人走過木橋時，他將史蒂芬從一位正大聲謾罵的青年身旁拉開。他們爬上一棟大樓外牆的鍛鐵階梯，進入正對著工廠廠房的一樓辦公室。

「請坐，我現在要和梅羅斯要開會，他是工廠的資深員工，也是勞工們的領袖——不知道我上輩子犯了什麼罪，老天才要派他來懲罰我。」亞札爾指了指遠處一張皮椅，就在堆滿文件

12 山牆是建築側面上部呈山尖形的橫牆，山牆房屋是哥德式與古典希臘建築的特徵。

的辦公桌旁，說罷就走下廠房的內部階梯，史蒂芬則透過辦公室的玻璃牆望著底下的工廠。

工人們坐在房間另一頭的紡紗機前，多數都是女工，不過也有一些男人或戴著扁平皮帽的男孩，他們會推著小木輪推車運送線團或螺栓。古董紡紗機有節奏的咔噠聲幾乎壓過了領班的吼叫聲，一位蓄著八字鬍、身穿及踝大衣的紅臉男人大步走來走去。在接近工廠尾端的地方，有一排工人坐在勝家牌的縫紉機前，膝蓋隨著踩踏上下起伏，雙手反向迅速挪動衣料，彷彿在調整巨型螺絲。對於已經非常熟悉英國廠房的史蒂芬來說，這裡的製造過程有些過時了，正如聖勒區的街道看起來像是幾個世紀前蘭開夏郡（Lancashire）的磨坊小城一樣。

梅羅斯隨亞札爾回到了辦公室，此人又矮又胖，厚重濃密的深色頭髮蓋住了前額。梅羅斯看起來就是個天性多疑的老頑固，他和史蒂芬握手，但眼神有所保留，史蒂芬曉得這應當不算正式的寒暄。亞札爾請他坐下時，梅羅斯考慮了一會兒，認定這個動作並不代表著自己示弱，這才坐下。他正襟危坐，但手指在大腿上躁動著，像是在編織隱形的棉線。

「是這樣的，梅羅斯，瑞斯福德先生從英國遠道而來拜訪我們。這位年輕人想要更深入了解我們的事業。」

梅羅斯點頭，史蒂芬也對他微笑。他的年紀尚輕，還無法負起什麼責任或許下任何承諾，也因此樂得輕鬆。他在這位老人身上感受到深深的倦怠。

「然而，」亞札爾繼續說道：「如你所見，瑞斯福德先生在曼徹斯特的同事與我們製造一樣的布料，成本卻只要我們的三分之二。由於他的公司是我們最大的英國客戶之一，我們得要讓他刮目相看才行。我從他的雇主、同時也是一位很有遠見的先生那裡得知，他希望英法兩國未來能更密切合作。他還提過，想要購買公司的股票。」梅羅斯輕蔑地說道：「另一位科塞拉特[13]。」

亞札爾微笑。「我親愛的梅羅斯，你的疑心病別那麼重！」他轉向史蒂芬，「他是指法國的大廠老闆尤金．科塞拉特，他在前幾年引進了英國工人和技術——」

「剝奪了許多當地人的工作機會。」

亞札爾繼續向史蒂芬解釋：「政府希望我們能提高營運的效率與產能。雖然這是時勢所趨，但必定得使用更多機器，相對地也會讓勞力工作逐漸消失。」

「產業需要的——」梅羅斯說：「從我父親的年代開始——政府便希望多方投資，但資方也不得過於惡毒小氣。」

亞札爾的表情突然變得僵硬，也許是憤怒或單純厭煩了，令人難以捉摸。他坐下並戴上了眼鏡，從面前一疊文件中抽出一張紙。

「現在我們的處境艱難，既然缺錢投資，就只能減少開銷了。以下是我的特別提案：砍掉領月薪的員工百分之一的薪水；按件計酬者不會被減薪，但產能必須提高平均值的百分之五，且產能不再以公尺計算，而是以件數計算。目前約有一半的勞工不會操作新機器，他們會被重

13 亞眠的紡織業在十九世紀迎來了蓬勃發展的巔峰，造就了許多地方豪門，科塞拉特家族（the Cosserat）便是當時最具代表性的紡織業大亨之一。

新編列為未培訓的員工，酬勞也會隨之調整。」

他拿下眼鏡，將那張紙推到梅羅斯面前。史蒂芬很訝異，亞札爾竟然可以如此簡潔直白地說出口。他沒有假意解釋新的政策能使勞工獲益，或是會設法補貼勞方損失，又或者這可能只是首次協商時，亞札爾打算採取的立場。

面對老闆鉅細靡遺的條件，梅羅斯出乎意料的冷靜。「跟我預期中差不多，」他說。「老闆，顯然你要我們接受的未來，絕對不會只有染工的問題。我想也用不著提醒你，他們現在的處境有多糟了。」

「究竟是誰在主導這些無禮的行為？」亞札爾一面詢問，一面替菸斗加上菸草。

「背後的主導者，」梅羅斯說：「就是勞方企圖奴役勞工，壓低自己需要付出的酬勞。」

「你明明知道我在說什麼，」亞札爾說。「有人提過路西恩・雷朋這個名字。」

「小路西恩！我不認為他有這種膽量。」

玻璃辦公室內明亮耀眼，窗外透進來的陽光映照在桌上的書籍與文件上，也照亮了兩名對立者的臉孔。史蒂芬看著兩人唇槍舌戰，卻彷彿他們正在以方言交談，只感到了疏離。現在他們提到了亞札爾的財富，史蒂芬的思緒又自然而然轉移到亞札爾擁有的財產：大道上的豪宅、精緻的花園、健康的孩子——眼神乏味的谷瑞瓦，與帶著暗示性微笑盯著他看的莉瑟特，還有最關鍵的亞札爾夫人，每每想起她，總讓史蒂芬湧起一股複雜的感受。

「……這就是製程獨立後會導致的結果。」亞札爾說。

「那麼，我也想看看如何完成染色的工序，」梅羅斯說道：「但是你也知道……」

他不確定亞札爾夫人的年齡，但當花園的冷風拂過她細膩嬌弱的肌膚時，他瞥見了夫人手臂上浮起的雞皮疙瘩。最重要的是，當她側過頭時，史蒂芬注意到她為了掩飾眼神，露出了不耐煩的神情。

「……你不同意嗎，瑞斯福德先生？」

「我有同感。」

「如果要投資在更大的廠房就不行。」梅羅斯說道。

史蒂芬努力忍住笑意，心想自己大概是瘋了；我還坐在這間悶熱的玻璃辦公室中，看著這傢伙正討論著數百名員工的就業問題，腦子裡卻想著連自己都不敢承認的事，還得一面陪笑……我應該是瘋了。

「因為這位年輕人在場，我不想繼續討論了，」梅羅斯說。「原諒我，先生。」他站起身，對史蒂芬客氣地點點頭。「與你個人無關。」

「當然，」史蒂芬說，同時也起身。「與個人無關。」

史蒂芬在筆記中以「脈動」作為暗語，描述亞札爾夫人以及自己的複雜感受。他認為這兩個字已足夠隱晦了，同時也暗示了他的懷疑——夫人體內流動的血液節奏似乎與她的丈夫不同。此外，「脈動」也象徵著她非比尋常的存在感。亞札爾夫人的穿著總是得體合宜，她每天都會花很長的時間沐浴更衣；在走廊擦肩而過時，她的身上總是散發著淡淡的玫瑰香氣。她總是打扮得比鎮上的女人更時尚，卻也將她的本性藏得更深。她的舉手投足大方謙遜，當她滑進座位時，會將雙腿貼緊，想必裙底的雙膝也緊緊地併攏。當她起立時，無須依靠扶手或手臂施力，就能以最隨意的優雅儀態起身。她雪白的雙手似乎鮮少碰觸餐具，雙唇也沒有在杯緣留下任何痕跡。某次用餐時，史蒂芬注意到她的唇有一種微妙的附著力，唇印會黏在杯緣一會兒，後來印子當然消失了，而她的雙唇依舊乾淨透亮。她也看見了史蒂芬盯著自己的嘴唇瞧。

儘管亞札爾夫人非常拘謹客氣，禮節儀態也一絲不苟，史蒂芬仍察覺到在他稱之為的「脈動」中，確實掩藏了一些什麼。他很難解釋是從哪裡得來的這種印象，也許是他曾經看過她手臂肌膚上的細毛，或是她顴骨淺色雀斑下的微血管，但他很肯定，儘管她穿梭在這棟有著橢圓白瓷門把與整齊排列的鑲木地板的宅邸中，但在她窄小安靜的房裡，必然隱藏著更靈動活躍的人生。

一週後，亞札爾請梅羅斯帶史蒂芬到工廠，與大家共進午餐。食堂位於工廠後方，裡頭有兩三張長桌，工人們可以自備餐點，或是享用廚娘烹煮的伙食，那廚娘總是綁著白色的頭巾，嘴裡的牙掉了好幾顆。

第三天，史蒂芬談話到一半時忽然起身，只說「失陪一下」，便衝出了餐廳。

一位叫雅克．博內特的老人隨他走到了外面，發現他靠在工廠的牆上。他和藹地將手放在史蒂芬的肩膀上，又關心了一番他的身體狀況。

「沒事，我很好。」史蒂芬說，但他的臉色蒼白，額頭流下了兩道汗水。

「怎麼回事？你不舒服嗎？」

「可能只是太熱了，我沒事。」他拿出手帕擦拭臉龐。

「你怎麼不進去吃完午餐？今天那老太婆的燉兔肉還不錯。」博內說。

「不用了！」史蒂芬顫抖地回答。「我不回去了，很抱歉。」他拉開博內的手，想要盡快回到鎮上。「告訴亞札爾，我會晚一點回來。」他回頭說道。

第二天晚餐時，亞札爾問他身體是否有好一些了。

「好多了，謝謝你。」史蒂芬說道。「我沒事。昨天只是有點頭暈罷了。」

「暈？聽起來像是血液循環的問題。」

「不曉得。可能是空氣的關係，大概是染工使用的化學原料令我呼吸困難吧，我也不太確定。」

「也許你該去看醫生。我可以幫你預約。」

「不用麻煩了，謝謝你。我沒事。」

亞札爾饒富興味地看著他。「我不希望你是什麼怪病發作。我會很容易——」

「天啊，勒內，」亞札爾夫人回嘴。「他就說沒什麼好擔心的。你就不要管他了，可以嗎？」

亞札爾重重放下叉子，餐盤發出了一聲巨響。有那麼一會兒，他的神情恐慌，彷彿突然受到責備的學生，不但不知道自己犯了什麼錯，還讓死對頭占了上風。接著他戲謔地微笑，似乎想強調自己很清楚狀況，但因為他不屑與地位低下的對手爭辯，決定放對方一馬。他態度輕佻地轉向妻子。

「妳在城裡閒逛時，有再度聽見那位吟遊詩人嗎，親愛的？」

「我沒有閒逛，勒內。我在忙自己的事。」她低頭看著餐盤。

「當然，親愛的。我的妻子是位神祕美人，先生。」他對史蒂芬說。「就像歌詞提到的小溪，沒有人知道——她往何處流，或者要去往何方。」

史蒂芬咬緊牙關，壓下想替亞札爾夫人辯解的衝動。

「我想瑞斯福德先生應該沒聽過那首歌。」亞札爾夫人說道。

「也許伯納德先生會願意唱給我聽。」史蒂芬脫口而出。

亞札爾夫人忍不住笑了。她開始咳嗽，當她的先生怒目瞪視時，史蒂芬看見她臉頰抹上了一絲紅暈。

史蒂芬像往常一樣面無表情，雖然他曉得自己不應該這樣，主人甚至可能會認為他很無禮。亞札爾當下沒有任何反應，不像他的妻子，但也沒有史蒂芬這般不自然。幸好莉瑟特開始咯咯笑，讓他能夠斥責女兒發洩一下怒氣。

「所以伯納德先生唱歌很好聽囉？」谷瑞瓦問，他從餐盤抬頭看著他們，餐巾塞在領口。

「歌聲獨特、與眾不同。」亞札爾挑釁地回答。

「的確如此。」史蒂芬說，直視亞札爾的眼睛，接著又看向亞札爾夫人。她已經恢復了沉著冷靜，也望著史蒂芬，有那麼一會兒，她的臉上仍留著被逗笑的光采。

「妳沒有再路過那間房子嗎？」史蒂芬問她。

「我去藥房時應該有經過，但窗戶緊閉，我也沒有聽見樂聲。」

伯納德夫婦於晚餐後再度現身，這次隨行的還有伯納德的丈母娘，是一位披著黑色蕾絲披肩、滿臉皺紋的老太太，聽說對於宗教事務相當敏感。伯納德為了某種未明的理由，稱她為愛莉絲姨婆，她也要求其他人這麼稱呼自己。史蒂芬猜想，也許是因為她的夫姓會令她想起過世的先生，也或許是伯納德不想讓外界得知他妻子娘家的某些社交祕密。

在那次以及之後的許多場合中，史蒂芬開始密切地觀察伯納德一家，以及他們對亞札爾家族而言究竟扮演著什麼角色。在夜晚變得暖和一些後，他們五個人會坐在露台的柳條木椅上，享受著後院或窗櫺上飄來的忍冬與茉莉香氣。伯納德總是穿著西裝背心與一雙堅固的黑靴，頑強地指揮他的小型交響樂團，儘管他總是把最好的部分留給自己。他與鎮上幾個重要的家族交情不錯，時常高談闊論席利爾、洛朗多和莫維爾家族是如何建立財富與社交人脈。他總是長篇大論地暗示自己的家族早年與莫維爾家關係密切，卻因為族中的波拿巴主義[14]分子刻意疏遠，

14 指十九世紀時，希望恢復拿破崙·波拿巴王朝及其政策的民眾，該群體多半為保守派，倡導民族主義、君主制與帝國主義。

兩家便沒有來往了。伯納德並未直接批評他這位祖輩，改而貶斥巴黎上流社會阿諛奉承的風氣，尤其痛罵他們盲目崇尚爵銜的陋習，如此一來，這位前輩的頑固守舊反倒成為了一種美德，而非與那些狡猾的巴黎人同流合汙。拜這位堅強優雅的老伯納德所賜，他的後代也被公認為擁有同樣端正的美德與良好的教養。

史蒂芬心想，這些話題很適合打發時間，讓大家愉快地度過夜晚。但他也感到很沮喪，他不知道亞札爾夫人要如何忍受這一切。

她是唯一不回應伯納德的人。當伯納德邀請她發表意見時，她幾乎不會多說什麼，而是另選感興趣的話題開口。這顯然讓伯納德束手無策，只能匆匆打岔。他會先稍微低頭道歉，但不久又會開始將話題帶往他想要的方向。亞札爾夫人只會輕輕聳肩，並對伯納德遲來的道歉微笑，讓人感覺她認為自己想要說的話其實也不怎麼重要。

愛莉絲姨婆則總有辦法讓所有話題與宗教搭上關係，好讓大家都能聽她說話。守寡多年的她，素有耐心絕佳、聖潔虔誠的高尚名聲，她在伯納德家的專屬臥室裡，收藏了大量彌撒書、十字架與朝聖紀念品。當她用幾乎沒有牙齒的嘴高聲說教時，彷彿以極其壓迫地方式體現了一項真理——真正的信仰不在隱士蒼白的臉上，而是存在於飽受摧殘、為生存而掙扎的人身上。她的笑聲也算不上神聖，幾乎是庸俗的，但她總是口口聲聲提到諸聖，經常分享早期教會的人物與殉道事蹟，以及教會在小亞細亞的壯大歷程，而這一切便足以讓大家聽得目瞪口呆。

「我提議下週日的午後，咱們約在水岸庭園見面，」伯納德說。「不知道大家是否有興趣加入？」

亞札爾熱烈附和。愛莉絲姨婆表示自己年事已高，不想搭船，又暗示這種自我放縱的行為不適合在主日舉行。

「我想你的開船技術很不錯吧，勒內？」伯納德說。

「我的確對水很有感覺。」亞札爾說。

「聽聽他說的，謙虛的老惡魔，」伯納德大笑。「如果不是因為滿坑滿谷的證據，他甚至不會承認自己善於經商。」

亞札爾樂於被伯納德說成謙虛的討厭鬼。當人們提起他的某種天賦時，他會假意懷疑地吸一口氣，又刻意飲一口酒，讓嘴唇在杯緣嘖嘖作響。而且他不會發表意見，以彰顯自己的謙虛，但每次亞札爾客氣地翻白眼做假動作時，史蒂芬總會想起在臥室外面聽見的疼痛吶喊。

有時候，他會從客廳的隱密角落觀察這一群人，特別是總是沉默的亞札爾夫人。史蒂芬沒有反問自己她是否美麗，因為光是她在場就讓這個問題一點都不重要了。也許以最嚴格的標準而言，她不算是美人，儘管她的五官很女性化，但她的鼻子比起時尚雜誌上的模特兒略大；她的髮色是許多女人渴望的金棕色調，夾雜著幾絲火紅的頭髮。儘管旁人眼中的她輕盈自在，但她散發出的堅韌好強遠遠超越傳統上對於女性美的定義。然而史蒂芬向來不作評判，他的行為只是出於衝動罷了。

一天下午，當史蒂芬返回住處時，發現亞札爾夫人在花園修剪一簇未經修飾的玫瑰花叢，有些花叢甚至比她的頭還高。

「午安。」她以正式的禮數向他問好，並不是太冷淡。

原本不打算回應的史蒂芬，逕直拿走她手上的修枝剪刀，說道：「讓我來。」

亞札爾夫人訝異地微笑，但原諒了他突如其來的魯莽行徑。

他剪斷幾株枯萎的花朵後，才發現自己根本無從解釋剛才的舉動。

「我來吧，」她說，手臂擦過他的西裝前側，當她要拿走剪刀時，碰到了史蒂芬的手。「你要這樣剪。剪刀要稍微傾斜一個角度，從枝幹下刀，在枯萎的花朵下方，像這樣。你看。」

一瓣原本是白色玫瑰的棕色花瓣落了下來。史蒂芬離亞札爾夫人更近了一些，才能聞到她身上剛洗好的衣裙香味。她的裙子是大地色；她的女式襯衫領口呈鋸齒狀，這是早期流行的款式。她小背心最上方的鈕釦打開，露出她鎖骨旁的玫瑰色暈，應該是她在花園忙碌的緣故。透過她的服裝打扮，史蒂芬想像著不同年代的時尚與歷史：或許是瓦格拉姆與博羅金諾之戰[15]的凱旋舞會，也有可能是第二帝國的璀璨黑夜。在史蒂芬看來，她未施粉黛的臉龐，似乎也暗示了她頭銜背後的世故與詭譎。

「我有一兩天沒看到妳的女兒了，」他說道，中斷自己的遐想。「她去哪裡了？」

「莉瑟特這幾天和她的奶奶在一起，在盧昂市（Rouen）附近。」

「莉瑟特多大了？」

「十六歲。」

「妳怎麼會有一個年紀這麼大的女兒？」他開口問道，但其實無意討好。

「她和谷瑞瓦是我的繼子女，」亞札爾夫人說。「我丈夫的第一任妻子在八年前去世，兩年後我們就結婚了。」

「我就知道，」他說。「我就知道，妳年紀輕輕不可能有這麼大的孩子。」

亞札爾夫人再度微笑，但這次有點侷促不安。史蒂芬看著她低頭望著荊棘與枯萎的玫瑰花，想像她的肌膚被丈夫老朽的手毆打。他不假思索地伸出手，握住亞札爾夫人的手，包在自己的掌心中。

她迅速轉向史蒂芬，面頰脹紅，眼神充滿警戒。史蒂芬不發一語，只是將她的手拉進外套的厚實內襯裡。如此衝動行事，卻令他感到滿足又平靜。他挑釁地看著亞札爾夫人的眼睛，彷彿希望她能抛開兩人懸殊的社會地位回應自己。

「拜託，先生，請把我的手放開。」她努力對史蒂芬的動作一笑置之。

史蒂芬注意到，雖然她嘴上如此回應，但似乎並不打算用力抽出手。事實上，她的另一隻手正握著剪刀，激烈地反抗反倒可能會使她失態。

史蒂芬說：「伊莎貝爾，前幾天晚上，我聽見了你們房內的聲音——」

15　兩場戰爭皆為拿破崙戰爭中的戰役，拿破崙先於一八〇九年進攻奧地利瓦格拉姆村（Wagram），大勝奧地利軍隊，後又於一八一二年在俄羅斯博羅金諾村（Borodino）與俄軍作戰，卻遭受了巨大的損失，此戰亦為拿破崙戰爭中規模最大、死傷者最多的單日戰役。

「先生，你——」

「請叫我史蒂芬。」

「該適可而止了，你不能羞辱我。」

「我完全無意羞辱妳，只是想讓妳安心而已。」

史蒂芬雖然也覺得自己的用字遣詞很怪，但還是放開了她的手。

亞札爾夫人凝視著他，眼神比先前更加鎮定。「你必須尊重我的立場。」她說道。

「我會的。」史蒂芬說。亞札爾夫人好像話中有話，他也趁機接話表達自己的立場。

但他知道自己無法再進一步了，於是轉身離開。

亞札爾夫人目送史蒂芬高大的身影跨過草坪、回到屋內。她回頭看著玫瑰花叢搖搖頭，似乎想要拋開某種油然而生的心情。

～

自從那次逃離工廠食堂後，史蒂芬在大教堂另一側找到了一間小餐館，每日都在那裡吃午餐。這是一間受年輕人、學生與學徒歡迎的餐館，大家多半在坐慣了的位子上用餐。老闆是一位堅強的巴黎浪人，身材魁梧，曾在奧德翁廣場經營餐館。他很熟悉學生的口味，所以只提供一種餐點，但是份量十足，每餐都附有麵包與紅酒。史蒂芬最常點附有卡士達醬或水果塔的牛肉套餐。

這天史蒂芬坐在窗邊的座位吃午餐時，瞥見了一個熟悉的身影：她低著頭，手臂挽著一個竹籃匆匆走過。她的臉被圍巾遮住了，但史蒂芬能從走路的姿態與蘇格蘭呢腰帶認出她。

他匆忙丟了幾枚銅板在桌上，便將椅子推回桌下、走上大街。他看見亞札爾夫人轉進了一處小巷，消失在廣場的角落。史蒂芬小跑步追上她，趕到她面前時，她正站在綠漆斑駁的雙扇門前，準備拉開掛著鈴鐺的門把。

「先生……我，我不知道會遇見你。我要拿東西給朋友。」當史蒂芬向她搭話時，亞札爾夫人看起來非常慌亂。

「我剛剛在餐館看見妳經過，想說也許妳會需要我幫忙拿東西，才跟過來看看。」

「不、不用麻煩了，謝謝你。」她猶豫地看著竹籃。

開門的是一位年輕男子，一頭棕色的捲髮，臉上帶著一絲警戒。他的神情因認出對方而放鬆了下來，但又顯得有些急切。

「進來吧。」他說，將手放在亞札爾夫人的肩膀上，示意她走進庭院。

「他是我的朋友。」她語帶遲疑，指著在門邊踱步的史蒂芬。

「請進、請進。」男子說著，將他們身後的門帶上。

男子帶著他們走過庭院、爬上樓梯，來到了一間小公寓。他請他們在促狹的起居室稍等，客廳的百葉窗緊閉，許多疊紙張與傳單攤放在桌面與椅子上。

他轉身拉開窗簾，光線灑進狹小的方形房間。

「現在有五個人住在這個小地方，」他揮揮手道歉，接著向史蒂芬伸出手。「我的名字是路西恩·雷朋。」

兩人握了握手，路西恩接著轉向亞札爾夫人。「妳聽說了嗎？他們同意重新聘用上週解雇的十個工人。但他們在薪水方面不願意退讓，不過至少這是個好的開始。」

亞札爾夫人感覺到史蒂芬落在自己身上的疑惑眼神，說道：「你一定很好奇我在這裡做什麼，先生。我不時會帶一些食物給雷朋先生，他會替我將食物轉交給一些染工家庭。有些家庭有五、六個小孩——有的甚至更多——他們這樣會撐不下去的。」

「原來如此，所以妳的丈夫並不知情？」

「他完全不知道。我無法介入他的事業、插手他的勞工問題，而且我想你也很清楚——染工的家境通常比普通人更糟。」

「不用感到愧疚！」路西恩回答。「餽贈食物也是一種基督徒行善的方式。無論如何，他們對同伴們的所作所為太可惡了。上週聯盟的會議——」

「別再提那件事了。」亞札爾夫人大笑。

「我讓妳感到無聊了，夫人。」路西恩微笑。

史蒂芬不悅地看著兩人熟絡的模樣，尤其介意路西恩對亞札爾夫人說話的態度。他並不特別關心罷工的政治角力，也不在乎亞札爾夫人是如何寬容待下，只想知道為何她與這位年輕氣盛的男子相處時，可以如此輕鬆自在。

史蒂芬開口：「我該回工廠了。妳丈夫準備要帶我觀摩製造流程。」

「你跟亞札爾一起工作？」路西恩驚訝得目瞪口呆。

「我就職於英國的公司，主管派我來這裡駐留一陣子。」

「以一位英國人來說，你的法文說得很不錯。」

「我在巴黎學會的。」

「關於『染工』的罷工議題，他怎麼說？」

史蒂芬想起了亞札爾對「小路西恩」的評價。

「沒特別說什麼。我想如果罷工開始影響到工廠的營運，他才會更加擔心吧。」

路西恩發出動物似的短促笑聲。「我可以保證他不用等太久。夫人，妳想喝點東西嗎？」

「謝謝你，請給我一杯水。」

路西恩離開了，但史蒂芬還不肯走，他不想離開亞札爾夫人。

「你絕對不能曲解我的行為，先生。」她說。

「當然不會。」史蒂芬說，對她如此在乎自己感到很高興。

「我對丈夫很忠誠。」

史蒂芬一句話也沒說。他聽見路西恩的腳步走近。他向前傾，將手放在亞札爾夫人的手臂上，親吻她的臉頰。在被路西恩發現自己臉紅之前，史蒂芬說了聲「再見」便起身離去了，彷佛他的吻不過是出於禮貌性的道別。

伊莎貝爾・亞札爾的本姓是傅門葉，娘家在盧昂近郊。渴望獲得兒子的父親，對她的出生大失所望，因為她的上頭已經有四個姊姊了。

這對夫妻在連續生了五個女兒之後，早已不怎麼關注么女的成長。碧雅翠絲和戴爾芬——這兩個姊姊從小就懂得聯手反抗暴君般的父親，以及母親對她們愛理不理、卻又什麼都想管的態度。這兩位姊姊活潑聰慧，卻從未得到父母的關愛或鼓勵。她們緊緊依存著對方，但這也使得她們害怕離開彼此的保護網。

大姊瑪蒂塔的脾氣暴躁，時常一連生好幾天的悶氣。她有著一頭深色頭髮，眼神冷酷，就連父親也不敢輕易對她發火。十八歲時，她愛上了一名在盧昂教堂附近工作的建築師——那是個狡詐的矮小男人，行動像鼬鼠一樣鬼祟敏捷。他已經結婚十年，還有兩名女兒。兩人超越友誼的關係，後來傳到了傅門葉先生的耳裡，父女倆起了嚴重的衝突。五歲的伊莎貝爾在閣樓的房間內，聽見父親的語氣從苦苦哀求轉為勃然大怒，壞脾氣的姊姊則嚎啕大哭——那是她第一次聽見成年人之間的爭吵。瑪蒂塔甩上身後的大門時，伊莎貝爾感覺連房子都在震動。

伊莎貝爾的個性則是善良可親。她明白父母絲毫不關心自己，而她最親近的知己是大她兩歲的姊姊金妮。金妮是家中最聰慧的孩子，她不如瑪蒂塔那麼衝動，也不是碧雅翠絲與戴爾芬的一份子。伊莎貝爾的初經來潮時，詳細解釋給她聽的是金妮，而不是她們懶散保守的母親。金妮說，初經一般被認為是可恥的，她卻對此很不以為然。金妮認為，初經是生命中的偉大旋律，能夠讓她們遠離狹隘乏味的童年。伊莎貝爾雖然震驚於身體的變化，但也被金妮分享迎接初潮時的喜悅所感染，不過卻沒有打消她的疑慮——這個象徵著新生與解放的女人祕密，卻必須以痛苦的色彩呈現，這讓伊莎貝爾難以接受。

伊莎貝爾的父親是一位律師，他懷抱著政治野心，卻缺乏實現抱負的本事，也無能在業界闖出名聲。他逐漸對滿屋子的女人失去興趣，用餐時總是專注閱讀巴黎的各大報紙，鑽研不同黨派的政治陰謀。他絲毫不關注女兒們複雜活躍的社交生活，只會斥責女孩們行為不端，偶爾嚴懲她們，除此之外，他對女兒的成長經歷漠不關心。丈夫如此冷漠，傅門葉夫人轉而熱衷於時尚與穿著打扮。她猜想丈夫在盧昂有了情婦，才會對自己興趣缺缺。為了補償這種揣測中的冷落，她開始費盡心思吸引其他男人。

瑪蒂塔和已婚建築師的婚外情以失敗收場後，她在隔年嫁給了一位當地的醫師，這讓父母鬆了一口氣，妹妹們也很嫉妒她。等到姊姊們都離家之後，伊莎貝爾似乎就只能留下來照顧父母。

「這難道就是我的本分嗎，金妮？」她問姊姊。「陪著他們老去，永遠待在這裡？」

「我想他們的確是這麼打算的，但他們無權抱有這種期待。妳必須找到自己的人生，我也不例外。如果沒有人娶我，我就要搬去巴黎，或許還會開一間店。」

「我還以為妳會到叢林當傳教士。」

「我才不會——除非我的店倒了，或是被情人甩了。」

與其他姊姊相比，金妮不僅為人風趣，也更懂得獨立思考。與金妮交流之後，她感覺在書報雜誌上讀到的一切，好像並不僅僅存在於他人的生命中了——伊莎貝爾從前總是這樣認為——如今，那些字句也為她的人生開啟了一扇希望之門。她愛金妮勝過任何人。

十八歲時，伊莎貝爾成長為一位獨立又溫柔的女孩，但身處那一成不變的枯燥生活裡，她卻只能將心中蠢動的青春活力壓抑下來。在姊姊碧雅翠絲的婚禮上，她結識了一位年輕的步兵軍官尚恩．艾斯圖內。他為人和善溫柔，似乎很欣賞伊莎貝爾。起初，伊莎貝爾感到手足無措，對於竟然有人認為她很獨特、值得結交深感困惑。但是，尚恩也不是普通人；他有一張英俊的面孔，而且非常細心。他會寫情書給伊莎貝爾，也餽贈了許多小禮物。

尚恩時常輪調，待在盧昂的時間不多，他們多半是透過書信聯繫，兩人相識一年之後，伊莎貝爾的父親忽然罕見地干涉起家人的感情生活。他要求尚恩與伊莎貝爾會面時，也順道來拜訪他。老傳門葉批評尚恩年紀太大、官職太低，家族不夠顯赫，追求步調也太過溫吞。尚恩原本就是個羞赧的男子，因老傳門葉的強力反對便退縮了，陷入了迷惘。他迷戀伊莎貝爾的性格與美貌，認為她與其他同年齡的女孩很不一樣。每當生活變得雜亂無章時，他總會回到房中靜一靜，深深思念起這位活潑的女孩。他會任憑自己的想像棲留在屋裡的家庭瑣事上：他知道兩個待字閨中的姊姊——金妮和戴爾芬——陪伴著伊莎貝爾，她們正靜靜操持著家務。他總愛估量傅門葉姊妹在自己心中的份量，並因自己對老么的評價與常人不同而洋洋得意——她是最美麗、最風趣的一位，卻幾乎被所有人忽略。儘管伊莎貝爾．傅門葉白皙的肌膚、清新的打扮與朗朗笑聲，無疑為他乏味的軍旅生活帶來美好的慰藉，他仍不確定自己是否真心想娶她。如果老傅門葉沒有從中阻撓，兩人也許會自然發展下去吧；但是這突如其來的阻礙，反倒使他開始強烈地自我懷疑。

尚恩幾個月後再次來訪，他邀請伊莎貝爾到花園散步，表示自己被派駐國外，恐怕無法繼續維持這份友誼了。他說兩人並非門當戶對，就此不再提婚姻的話題。事實上，伊莎貝爾並不介意尚恩是否會娶自己，但是當他說兩人再也無法見面時，她心中那股巨大的痛苦，幾近喪親之慟，就像一個孩子失去了僅剩的那一點點愛。

伊莎貝爾萎靡不振了整整三年，人生也頓失光彩。之後的日子裡，儘管她勉強能消解這份苦痛，但那傷口好似一直無法結痂，再細微的小事都可能會重揭瘡疤。那魯莽天真、無拘無束的童年已經結束了，不過她天生的甜美與自持卻保留了下來。伊莎貝爾二十三歲時，家裡已不再將她當成小女孩了；她散發出一種超齡的成熟，擁有不同於雙親與姊姊們的獨特風韻。母親吃驚於她堅持自我的態度與獨到的品味。伊莎貝爾也感覺自己有所成長，曉得眼前已沒有任何罣礙或阻力。

在一場派對上，她的父親聽說有個叫亞札爾的家族準備遷居亞眠。這個家族的女主人已經過世，留下了兩名年幼的子女。老傅門葉看準時機，向對方自我引薦，也很欣賞勒內・亞札爾。然而，伊莎貝爾並不是勒內期望的那種角色；她雖然熟稔家務，卻十分有主見，儘管她是母親的好幫手，卻常常使父親難堪，令他非常頭痛。伊莎貝爾的父親察覺到，古板又處世老練的勒內・亞札爾，正好能一口氣解決自己的諸多煩惱。

兩位男士積極地向伊莎貝爾推銷這場姻緣。老傅門葉趁機介紹亞札爾的孩子——當時兩個孩子正處於最可愛的時期——煽動她對亞札爾的同情心。亞札爾則是向她保證，婚後會給予她足夠的自由，最終，渴望脫離父母身邊的伊莎貝爾同意了。對她而言，最重要的是莉瑟特和谷瑞瓦；在度過了一段令人心灰意冷的童年後，她一心想要陪伴他們快樂成長，她與亞札爾也有共識要生孩子。於是，伊莎貝爾從傅門葉家的么女，搖身變成了亞札爾夫人——這位年輕女子擁有超齡的端莊與獨特的品味，然而細數往事，她心中的激情卻從未得到滿足。

起初，亞札爾感到非常自豪，總喜歡帶著年輕美麗的妻子出門向朋友炫耀。他看著孩子們在妻子的悉心看顧下成長。莉瑟特順利度過了彆扭的發育期；妻子經常鼓勵谷瑞瓦多方探索興趣，兒子的儀態也有所改善。亞札爾夫人在鎮上備受推崇。在他看來，有一個如此重情而忠貞的妻子，他已別無所求；但他也害怕喚起不必要的情緒，那就是妻子其實並不愛他。

亞札爾夫人逐漸成為夫家期許的模樣。她對這個角色心滿意足，心想自己從前的抱負與渴望大概會被永遠塵封。事實也確實如此，但當時她未能明白的弔詭事實是：在擁有一名冰冷的丈夫後，為何自己的渴望仍然蠢蠢欲動。

亞札爾認為，唯有生下兩人的子女才能鞏固自己的社會地位，同時彰顯這是一段完美匹配的婚姻，夫妻年齡與品味的差距根本不算什麼。他與妻子親密時，就像是個公事公辦的掠食者；而她也如丈夫的態度一般，只是順從冷漠地回應。他每晚都會與妻子做愛，但似乎都只是想匆匆完事，事後他也從來不會提起床事。亞札爾夫人則從一開始的羞恥與驚愕，漸漸轉為了挫折；她無法理解，似乎很看重性生活的丈夫，為何卻對此隻字不提，也不明白自己為何難以對親密行為敞開心房，無法勾起她幼年就已萌芽的深刻情感渴望。

她始終沒有懷孕，每當她月事來潮，都會讓亞札爾更加絕望。某種油然而生的愧疚感讓亞札爾非常自責，儘管他已育有兩名子女，卻開始深信問題在自己身上；偶爾夜深人靜之際，他甚至會懷疑自己是因為娶了伊莎貝爾才遭到天譴，但他實在看不出理由為何，也不懂自己犯了什麼錯。到頭來，他的挫折感影響了床上的表現。亞札爾也看出妻子心不在焉，但因為他害怕面對真相，始終不敢追根究柢。

亞札爾夫人也越來越不在乎丈夫，卻對史蒂芬感到恐懼。自從他抵達杜康熱大道的那一天起，他深色的臉龐、深深凝視自己的褐色雙眼，以及輕率迅捷的舉動，這一切都令伊莎貝爾感到驚懼。他不像自己認識的其他男子、也不像父親或丈夫，更不像尚恩——儘管年輕浪漫，最後仍是個無情的懦夫。

由於史蒂芬比她小九歲，她以對待晚輩的態度跟他相處；從他的身上，她看見了自己早已忘卻的青春歲月。她試著將史蒂芬當作第三個孩子，就像是莉瑟特的哥哥；她心想，史蒂芬只比繼女年長四歲而已。某方面來說，她確實以上對下的態度看待他了，但她隨即發現，自己只是在驚慌之餘又增添了一絲母愛的溫柔罷了。

週日早上，史蒂芬起得很早，便下樓到廚房找東西吃。他穿過一樓走廊，腳步聲在凝滯的空氣中迴盪。這棟大宅裡仍有他從未造訪的房間，或是曾經驚鴻一瞥、卻無暇仔細觀察的空間。從小客廳的門出去後，他走進涼爽的花園，一路漫步到了草坪盡頭。他坐在板栗樹下的長椅上，一面吃著從廚房拿來的麵包，一面環顧這棟宅邸。

早晨的空氣清新溼潤，他掏出外套口袋裡的小木雕端詳，這是他前一晚用花園撿來的軟木雕刻的作品。這是一位穿著長裙和小外套的女子；軟木的木紋恰似她髮絲的紋路，隱約能看出她的眼睛與嘴唇。他又用小刀在她腳邊刻出一些刨花，讓裙襬花邊更加逼真。他看見一樓有個房間的百葉窗拉開了，他想像有人在裡頭說話，以及水流與門把轉開的聲音。他一直待到他認為全家都開始整妝打扮、準備下樓集合時，才返回屋內。

孩子們對這場水岸庭園巡禮興致不高。亞札爾夫人側過身，制止谷瑞瓦在餐桌上敲湯匙。她身穿一襲鵝黃色的亞麻布洋裝，上頭綴有天藍色流蘇以及一排假釦。

「所以你也要去那有名的水岸庭園嗎？」莉瑟特看著史蒂芬，眼神挑逗。

「我不知道是否有收到邀請。」

「當然有。」亞札爾夫人說。

「那麼，我很樂意同行。」

莉瑟特說：「這樣就不會太無聊了。」

「伯納德先生願意邀請我們，真是太慷慨了，」亞札爾夫人說。「你們一定要注意禮節。對了，這件洋裝不適合妳，對妳這個年紀的女孩來說太緊身了。」

「但天氣好熱。」莉瑟特說。

「天氣如何不是我能決定的，快去換衣服。」

「快、快、快。」莉瑟特悶悶不樂地推回椅子。她走近門邊時，故意用手臂輕輕擦過史蒂芬的肩膀。這件不合宜的洋裝讓她的胸部更顯豐滿，也看得出來她對此特別自豪。

他們一行五人與女僕瑪格莉特於十一點左右出發，瑪格莉特負責替史蒂芬和亞札爾夫人拿食物籃、遮陽傘、野餐墊與備用衣物。走到水岸庭園的路途不遠，他們走下一小段階梯後，就看見戴著草帽的伯納德先生在浮橋旁等著。伯納德夫人已經在船尾坐定，方形的船頭與船尾向上翹起，這種形狀獨特的平底船在當地擁有悠久的歷史。

「早安，夫人！今天天氣真好。」伯納德的表現再浮誇不過了。他伸手要協助亞札爾夫人上船。亞札爾夫人一手抓緊他的手臂，另一隻手拉起裙襬，輕巧地踏進低矮的船內。谷瑞瓦的興致也來了，興奮地推開其他人跳進船內，船身因此劇烈搖晃了一下。伯納德夫人發出一聲驚呼：「喔，爸爸！」

伯納德大笑。「女士和小孩優先。」

莉瑟特在他的協助下登船，坐在亞札爾夫人旁邊。

「我來當船尾的槳夫，」伯納德自告奮勇。「這樣你可以和莉瑟特面對面，而你，先生，」他又對史蒂芬說道：「你坐在谷瑞瓦旁邊，伯納德夫人會坐在你對面，亞札爾——就是這樣——我們就能達到完美的平衡狀態。」

史蒂芬按照指示，在亞札爾夫人對面坐下，努力讓自己不要碰到她的腳。

伯納德像水手般的吆喝一聲，接著爬到船尾，用一根長長的划槳將船推離河岸。

水岸庭園由索姆河的支流匯集而成，河水蜿蜒於數不清的小島間，河岸則鋪了方便行走的木棧道。陸地上種滿了密密麻麻的蔬菜，小菜園的主人大多住在當地簡樸的房子中，坐擁大片土地的地主則多半住在城裡。對一些富有閒情逸致的人來說，擁有這樣的自然美景是本地的驕傲。

伯納德的划船技巧高明，他巧妙地左右划槳，推動小船前進。他們划經大樹的綠蔭下，偶爾湊近那些週日前來玩樂的遊客，大夥坐在各自的船上問候彼此、聊聊天氣。即使伯納德划得汗流浹背，不斷拿手帕擦拭前額的汗水，他仍然能一面划船，一面鉅細靡遺地講述水岸庭園的歷史。

史蒂芬背對著船的行進方向，不太舒服地坐在木椅上。停滯的河水不見一絲波瀾，這種無風的炎熱令人更加難受。他小心翼翼地不讓腳碰到亞札爾夫人的白鞋，擦得光亮的皮鞋以不自然的角度靠在平底船的木條地板上。由於座位非常低，僅比船底高幾公分，亞札爾夫人只得稍微抬高膝蓋，素雅的白裙稍稍掀起，露出她腳背拉緊的絲襪。史蒂芬心想，她的絲襪精緻柔滑，顯然不是她丈夫工廠的產品。他注意到亞札爾夫人腳踝與小腿肚的細緻線條，不禁開始好奇她的亞麻裙下還穿了什麼，才能讓絲襪如此完美地貼服與輕盈。

「……由羅馬士兵所建。不過就某方面來說，陸塊間的水道是自然形成的，直到好幾個世紀以後，小島之間才架起了木棧道，如各位現在所見。這是人類與大自然和諧共生的成果。」無人能打斷伯納德的解說，他只會在偶爾大口喘氣時暫停介紹，甚至會刻意忽略亞札爾的發言。

史蒂芬看著河流，手指滑過水面，當他對著谷瑞瓦微笑時，也趁機看向亞札爾夫人。夫人只是回以一個沉著的微笑，便轉過頭問莉瑟特問題。

水岸庭園的寬闊水道雖然是公共道路，但河岸狹窄，標示著「私人產業」，夾道滿是扶疏的樹籬與濃密的花叢，通往更隱密僻靜的大宅。伯納德已精疲力竭，亞札爾接手划船，直到眾人答允谷瑞瓦吃午餐的哀求才停下。

伯納德向附近的友人取得許可後，將船停靠在一處多蔭的花園旁，大家接著到一棵蘋果樹下野餐。亞札爾得意地展示將酒用艇索纜懸掛在水中冰鎮的技巧，亞札爾夫人與莉瑟特則將野餐墊鋪在草地上。谷瑞瓦在花園中嬉戲奔跑，偶爾回來報告他的新發現，史蒂芬與伯納德夫人閒聊，但她從頭到尾都望著她的先生，伯納德則在樹下搖頭晃腦，享用葡萄酒與雞肉。

男士們脫下了外套，當史蒂芬躺下時，感覺到了口袋裡的小木雕。他將木雕掏出來，翻到正面。

「那是什麼？」莉瑟特問，在野餐墊上湊近他。

「只是個小雕像。我用這個雕的。」他拿出口袋裡的小刀。

「好漂亮。」

「喜歡的話，可以送妳。」史蒂芬脫口而出。莉瑟特非常高興，她環顧四周，想確定其他人都看見了。史蒂芬又找來一些木頭，好替谷瑞瓦也雕件作品，小男孩正忙著吃午餐。

除了谷瑞瓦，大家似乎沒什麼胃口。亞札爾夫人從食物籃中拿出各種口味的乳酪與派，但最後只被解決了一兩片，便全數回到了食物籃。伯納德吃了一些豬舌凍與雞肉；莉瑟特享用了一點亞札爾夫人做的草莓塔和小蛋糕。她和弟弟喝了柳橙汁，其他人則喝了產自羅亞爾河谷的葡萄酒——結果將酒泡進河水中也沒有冰鎮的效果。

午餐過後，伯納德靠著樹呼呼大睡；亞札爾抽了一會兒菸斗，也跑到隔壁花園打瞌睡。為了谷瑞瓦，史蒂芬好不容易將一塊硬木雕成一尊狀似真人的玩意兒。

午餐結束後，迎來了沉悶的午後時光。眾人爬回船上，史蒂芬慌亂地撐了一會兒槳後，伯納德就重新接手。氣溫逐漸升高，女士們用力搧著扇子。伯納德夫人穿著厚重的正式服裝坐在船頭，看起來就像鬱鬱寡歡、命運多舛的船頭女神雕像，被逼迫要面對眼前的赤道熱風或巍峨冰山。

酒精讓史蒂芬昏沉發熱。他厭惡水岸庭園：在他看來，這裡豐富繁雜的生態就像是日漸凋零的植物園。河流棕黑混濁，時常能看見老鼠匆匆跑過岸上，顯然地底到處都是水溝，只是被精美的木棧板遮掩住了。水面與樹下聚集著成群的蒼蠅，在白菜、蘆筍與朝鮮薊上方飛舞，只因人們忽略了採收期，而任其敗壞腐爛、恣意浪費。此地原本應該是一處美麗的自然佳景，卻早已淪為生命停滯、無人拯救的廢墟。

亞札爾夫人也因午後的高溫悶熱不適，失去了平時的翩翩神采。她鬆開了洋裝的領口，露出了鎖骨附近脹紅的肌膚，一縷栗紅色的髮絲黏在她的頸項上。她的一隻腳靠著史蒂芬伸到她座位下方的腿，絲毫沒有抗拒。當伯納德讓小船緩慢直行時，船身微微晃動，兩人這才驚覺正壓在彼此的腿上。史蒂芬將腿移開，亞札爾夫人或許是因為太熱，一動也不動。當兩人四目相對時，亞札爾夫人並沒有客氣微笑，也不打算閒聊，只是緩緩轉開了頭，彷彿正在欣賞他處的景致。

一條魚忽地躍出水面，但眾人意興闌珊，就連原本雀躍不已的谷瑞瓦也興趣缺缺。因為運河結構的關係，水流幾近停滯，伯納德解釋，這也是為何這種小船不裝設船舵，因為只須划槳就能航行了。

史蒂芬想像著在運河與農地出現之前，這裡原有的遼闊水池與沼澤。河流的功用並沒有太大的改變，它仍灌溉著各種枯萎的植栽，腐爛後的有機物質則會蓄積為潮溼黏膩的土壤回饋大地。

午後的氣溫該轉涼了，但清徐的微風仍不見蹤影，凝滯汙濁的溼熱空氣令人窒息。谷瑞瓦向莉瑟特潑水，莉瑟特卻賞了弟弟一巴掌，惹得他大哭起來。

亞札爾接手伯納德的工作，汗流浹背的他在妻子身旁坐下。

史蒂芬試著從河流引起的腐敗幻象中抽離。亞札爾夫人的腳仍然壓著他的小腿，且越靠越近，最後幾乎貼在他的腿上。這種碰觸帶來的震顫，強烈衝擊著史蒂芬敏銳的感官；此時此刻，這份慾求已經帶給他幾近死亡的衝動了。

他心想，在場所有人終將回歸這片大地：伯納德的舌頭會分解為園丁手指撥弄的鬆散土壤；它嘰哩呱啦的聲音會從此靜止，被朝鮮薊與白菜渴求養分的根部吸收。小谷瑞瓦和莉瑟特將成為河床的淤泥，任由老鼠在上頭掘洞繁衍。而伊莎貝爾……亞札爾夫人……那些在他無恥想像中，她最柔軟溫暖的那些部位，也不可能經久不朽，同樣徒留失去靈魂的淒涼結局。

遙遠的浮橋映入眼簾時，大夥終於重新振作了起來。亞札爾開始談起今天這趟小旅行有多麼美好，伯納德如往常一樣想要主導話題。航程剩下十到十五分鐘時，他統整了下午的活動，將這趟河道之旅描繪得活靈活現，把旅途的成功歸於旅伴們的互相包容，還要大家附和他，卻不讓眾人表態，以免破壞他太平和樂的版本。

亞札爾夫人似乎才剛回過神。她坐直身軀後，才警覺到自己的左腳放在哪裡。谷瑞瓦將玻璃罐浸入水裡，期待著能抓到魚。

眾人下船，同聲感謝伯納德的熱情款待，史蒂芬拿著籃子、野餐墊和遮陽傘走回杜康熱大道。幸好瑪格莉特會負責收拾，他將東西放在一樓大廳後，便上樓回到房間。他扯下主人希望他戴上的正式領結，走向走廊盡頭的小浴室，那裡曾經是女僕的房間。他在浴缸中放滿冷水，將全身浸泡在水裡，甚至將頭沉到水面下，讓冰涼的水滲透到髮根裡。

史蒂芬裹著浴巾回房間後，拾起一副紙牌一一擺開，準備玩接龍。這是他向外公的朋友——一位在流動市集靠算命維生的迷信老頭學來的紙牌占卜。史蒂芬小時候熱衷於觀看老人的各種牌法，如今的他，私下裡仍會重拾這個遊戲。假使左側的方塊十二，能夠比右排的梅花十一更早被抽出來，那麼亞札爾夫人會……他重新洗牌並巧妙地移動，半是自嘲、半是認真地玩牌。

他心想，晚餐至少還要再等上一個小時，便拿了一本書躺回床上。教堂的鐘聲響起，花園又傳來鳥兒的啼囀。儘管耳邊如此嘈雜，他依舊沉沉睡去，還做了個夢，那是他有記憶以來就不斷重複出現的夢境，只是細節上不盡相同：他努力想幫助一隻受困的鳥兒飛出窗外，牠的翅膀瘋狂拍打著玻璃。

忽然間，整個房間擠滿了椋鳥，牠們以一種不言自明的本能默契移動。這些鳥的翅膀拍打著窗格、飛過他的耳際，又用鳥喙不停啄他的臉。

隔天，史蒂芬收到倫敦的電報，要求他盡快結束業務返回倫敦。他回信表示，亞眠的生產線還有許多有待研究的地方，亞札爾也承諾會將他介紹給其他製造商，所以大概還要再待一個月。他也得進一步蒐集亞札爾的財務資訊，才能回報海外投資的可行性。

他當晚發完電報之後有些恐慌，他必須在返回英國之前設法先平息這股洶湧到幾乎淹沒他的熱情。晚餐期間，史蒂芬在光影下凝視亞札爾夫人，她正忙著招呼家人及幾位來訪的亞札爾表親，當他端詳著夫人的臉龐、捲髮以及舉手投足時，不禁悲從中來——他絕不能繼續為她神魂顛倒了。

第二天上班時，史蒂芬發覺染工罷工的影響開始發酵了，紡織工人蠢蠢欲動，生產線可能會完全停擺。梅羅斯在午餐時召開了一場大會，呼籲大夥應要支援糧食與衣物給其他部門的同事，不應該繼續罷工。

「各位都要為自己的家庭和人生打算，」梅羅斯表示。「我相信在長遠的未來，所有產業流程都會被整合在一起，全體勞工終將被取代。但是現階段，我們必須從實際面向著手。尤其國外的競爭對手正虎視眈眈，我們更不應該徒勞表態。」

梅羅斯謹慎地發言。他不信任雇主，正如他不信任魯莽衝動的罷工領袖。然而，在他得出理性的結論前，鄰近大街的門口出現了一陣騷動。大門猛然打開，幾名年輕人揮舞著旗幟衝進來，還一面高呼著口號。台上的梅羅斯要求眾人冷靜，而現場六名警官的制服髒汙凌亂，顯然早就與示威的民眾經歷過一番混戰。雙方開始拳腳相向，嚇得門口附近的女工連連倒退。

第一個闖入者是路西恩．雷朋，他占領了講台，梅羅斯只能一臉不情願地站在一旁。他率直的藍色眼眸與波浪般的棕色捲髮充滿魅力，無形間也說服了那些質疑他年紀尚輕的勞工。他委婉地詢問梅羅斯，懇請他讓自己上台發言，梅羅斯最終同意了。

路西恩發表了一場感性的演說，提到了罷工者困苦的家庭與嚴苛的工作環境，這一切又是如何迫使他們採取極端的行動。他談到了皮卡第地區普遍的貧窮與剝削現象，導致索姆區大批的鄉村人口流入了亞眠與里爾，盼望能在鎮上討生活。

「我懇求支持我的民眾，」他說道。「我們必須團結起來，否則就會滿盤皆輸。我們必須考慮到妻子與兒女，我籲請各位至少簽署這份聲明以示支持。」

他拿出了一紙文件，上頭已經有數百人的簽名。

「提到妻子，」人群冒出一個低沉的嗓音，「年輕人，我們都曉得他們是怎麼談論你的！」眾人爆出一陣粗俗的奚落聲。史蒂芬的神經緊繃了起來，感覺心臟在胸膛撲通作響。

路西恩大吼：「你是什麼意思？」

「在法律面前，我不說第二遍，但我想你很清楚我在說什麼。」

路西恩從台上跳下來衝進人群，想找出帶頭鼓譟的傢伙。

「還有一件事，」同樣的聲音又開口叫喊。「英國間諜不該與我們一起用餐，還參與我們的會議。」

幾個人應聲附和。多數人顯然不曉得史蒂芬在場。

但史蒂芬沒有聽進去。「他們說路西恩做了什麼事情？」他詢問身旁的人。「為什麼說與妻子有關？」

「他們說小路西恩和老闆的妻子交情很好。」這個人發出沙啞的笑聲。

亞札爾的勞工們始終表現得很友善。他們耐心地聆聽梅羅斯的長篇大論，也接受了他的建議；而即便會議被其他工廠的勞工打斷，他們依舊保持著冷靜；他們聽著面前這位年輕人滔滔不絕——他甚至不是鎮上的居民——仍舊淡然接受了。

但是，當路西恩失控地衝進人群時，累積已久的民怨爆發了，眾人同心協力地開始推擠他，一心只想驅逐這個異鄉人。

一些勞工也對史蒂芬產生了敵意，將他擠進了人潮中，不過大部分人只是想將路西恩與其他染工趕出工廠。

路西恩與朋友們上前助陣，包圍了剛才指責亞札爾夫人與他關係匪淺的工人——那是一位面色赤紅、身材魁梧的男子，在廠中負責用木推車運送衣物。他向來淡漠的神情，此刻卻因迫在眉睫的衝突變得機警。路西恩大吼大叫、狂亂地揮舞手臂，試圖殺出一條生路，但亞札爾的勞工人牆默默堆高，無聲地封鎖了他的去路。

警方眼看這場衝突一觸即發，便衝進了人群，開始威脅似地揮舞警棍。梅羅斯爬上了講台，大吼著要求眾人冷靜。路西恩不小心打中了一位女工的臉，她尖聲大叫。女工的丈夫又回敬了一拳，將路西恩打倒在地。當他躺在地上大口急喘時，亞札爾的勞工終於找到發洩的目標，開始對他拳打腳踢。儘管大夥沒有踢得太過火，路西恩仍痛得大聲慘叫。史蒂芬試著推開攻擊路西恩的人群，希望他能找到機會脫身，自己的鼻子卻被某個踹得正盡興的傢伙狠狠揍了一拳。有三、四名染工趕來加入戰局，想要保護路西恩。史蒂芬忍著眼睛的疼痛，盛怒之下也朝前方揮了一拳。他現在一心只想傷害激怒他的傢伙，早已忘了自己原本是來當和事佬的。他發覺那個引起騷亂的紅臉壯漢就在自己面前，便送上一記短拳。雖然他無法在這裡大顯身手，不過這報復的一拳已令他很滿足了，但手也因此血跡斑斑。

在女工與警方的通力合作下，終於平息了這場小型衝突。路西恩渾身瘀青，奄奄一息地被抬了出去，所幸沒有受重傷。警察逮捕了幾名看起來最骯髒猥瑣的染工，接著護送其他人離開現場。那名被史蒂芬攻擊的壯漢用手帕按住流血的嘴唇，似乎不知道是誰打了他。梅羅斯則要工人們迅速解散。

史蒂芬從側門離開工廠，納悶著事態為何急轉而下，反而讓自己和路西恩站在同一陣線了，但他也不想再見到路西恩那張明亮的臉孔——這一點他倒是與其他人有共識。

他朝大教堂走去，進入了市區。他對自己的行為感到羞愧。幾年前，他曾向監護人承諾會冷靜思考，再也不會意氣用事。這次的考驗他徹底失敗了，他想起自己準備出拳時，那位誹謗亞札爾夫人的傢伙的驚訝神情，但這只能稍稍寬慰他的挫敗而已。

他的手在午後腫了起來，看來這一拳比他想像得還要重。他提前返回亞札爾大宅，上樓用冰水浸泡受傷的手，又用手帕緊緊固定關節。

他感覺自己在杜康熱大道的生活與未來的人生，彷彿即將捲入一場難以掌控的危機。或許他應該聽雇主的話，在一週內結束工作、返回倫敦，就不會做出任何讓公司或馮漢先生蒙羞的事。馮漢先生身為他的監護人，總是盡心栽培、幫助他。史蒂芬心想，最好先寫封信給他。

他心情低落，從書桌上抽了一張紙，開始下筆。

親愛的馮漢先生，很抱歉又這麼晚寫信給你，但我會詳細交代一切作為補償。

他停下筆，努力思考如何描述那股令他心潮澎湃的紊亂感受。

我想我墜入愛河了，儘管這名女子並沒有明確回應我，但我深信她也對我抱持著好感。然而，在她還沒有任何表示時，我又該如何確定這份感情呢？難道這就是青春的自負嗎？某方面而言，我希望答案是肯定的。我又是如此深信不疑，然而，這股信念卻絲毫無法振奮我的心情。

提筆至此，他已經描述得太過火了；他當然無法寄出這封信。但他還是繼續寫下去，看看自己還有什麼話好說。

某種無法掌控的強大力量正驅使著我。我想，我可能一輩子也無法明白吧，但我還是相信這股力量有其理由與道義。

他將信紙撕成碎片，丟進垃圾籃。

他解下關節上的手帕，晚餐前與亞札爾夫婦在客廳聊天時，也成功地將手藏在背後。亞札爾一心關注工廠的事務，沒有留意到客人的手，而即使亞札爾夫人偶爾瞥了史蒂芬一眼，目光也是停留在他的臉上。

「我了解有些人不希望你出現在工廠。」亞札爾說道。

「沒錯，我也不太確定那天是否該到場。也許我應該離開一兩天。」

莉瑟特從通往花園的門口走進來。

「好主意，」亞札爾說道。「讓這些人能夠冷靜一下。我不覺得這會引發什麼問題，但在事態更明朗之前，你也許越低調越好。我可以派一名員工帶資料給你。你還有許多法子可以盡一己之力。」

「欸！」莉瑟特問：「你的手怎麼了？」

「早上工人向我展示繞線機時，我不小心夾傷了。」

「整隻手都腫起來了。」

莉瑟特舉起史蒂芬受傷的手查看時，亞札爾夫人小聲地驚呼。史蒂芬好像看見她臉上閃過了一絲擔憂，但她很快恢復為平日疏離的神情。

「可以開飯了。」瑪格莉特在門口說道。

「謝謝，」亞札爾夫人說。「瑪格莉特，餐後幫瑞斯福德先生的手敷藥好嗎？」她一面說，一面走進了餐廳。

第二天，亞札爾出門工作後，史蒂芬卻待在家裡，像個因病不能上學的孩子。工廠派人帶了一些文件過來，史蒂芬全都擱在客廳角落裡。他拿了一本書，坐在花園的一角閱讀。他能聽見屋內晨間活動的聲響，感覺自己像是在窺探家中婦孺的生活。瑪格莉特用雞毛撢子俐落地為瓷器除塵，又擦亮桌面，她不斷來回忙碌著，灰塵飛揚在明亮的晨光中，最後落在了椅子及光亮的木頭地板上。谷瑞瓦從樓梯上蹦蹦跳跳地穿過走廊，直到前門傳來一陣鎖鍊的碰撞聲才停下腳步。有人喊：「出去時把前門關上！」卻無人回應，史蒂芬的想像穿透了那扇未闔上的門，彷彿能清晰地見到長方形的花園、石砌的小路與緊鄰林蔭大道的堅固鐵欄杆。

當瑪格莉特從餐廳端著放滿杯盤的托盤走到廚房、用臀部將門頂開時，托盤上頭的瓷器叮噹作響。門闔上之前，他還聽見刷洗平底鍋和鍋具放上爐台的聲響，堆滿柴木的火爐滋滋燉煮著高湯。

餐廳傳來亞札爾夫人的聲音，她不是在與莉瑟特交談，就是在回應找她的下人們，一直在餐廳待到了十一點。其中一個找她的人是博內太太，她是廠裡一位老員工的妻子，每天都會來替瑪格莉特做一些她認為太卑微或太吃力的清潔工作。亞札爾夫人會交代她哪一間房該打掃，或是否得為客人做一些特殊準備。在這位老婦走到任務地點前，就能先聽見她沉重緩慢的腳步聲。陽光灑落室內，莉瑟特一面坐在鐵線蘭旁欣賞拋光木桌上的光影，一面看著繼母掌管家務。她很享受能參與晨間的例行事項；這讓她覺得備受信任、身膺重責，還可以無視谷瑞瓦的粗魯行徑與幼稚言語，因為弟弟那些粗鄙俗氣的舉動，有時實在讓她難以維持住刻意裝出來的成人氣度。

這場晨間劇還有幾個小角色。第二位女僕與瑪格莉特不同，沒有住在大宅裡；廚師住在一樓的房間中；屠夫請一位男孩來收訂單，雜貨店也派了一個少年送了兩大箱東西到後門。

剛過中午，亞札爾夫人前來找史蒂芬，詢問他是否願意跟莉瑟特與她共進午餐。谷瑞瓦還沒放學，她說。史蒂芬答應後，便埋首於亞札爾辦公室送來的文件中。

下午一點後，亞札爾夫人通知午餐準備好了。窗邊餐桌的盡頭已經擺好了三副餐盤。史蒂芬曾經與一些衣冠筆挺的賓客在暗沉的夜色下用餐，而這個房間感覺不太一樣。莉瑟特穿了遊覽水岸庭園那天被繼母禁止穿著的白色短洋裝，深褐色的長髮用寶藍色緞帶高高紮起，赤裸著雙腳。當她從濃密的長睫毛下盯著自己瞧時，史蒂芬心想，她長得真美；儘管如此，他也只是淡漠地看著她的臉，思緒飄向了別處。

亞札爾夫人今天穿了奶油色長裙，白襯衫外罩著赭紅花紋的背心，領口敞開。

「先生，如果你願意的話，可以脫下外套，」她說。「這不是一頓正式的午餐，對嗎，莉瑟特？」

莉瑟特大笑。史蒂芬說：「謝謝妳。」他看得出來亞札爾夫人因莉瑟特在場而比較放鬆。

瑪格莉特端著一盤朝鮮薊走進來。「也許我們可以喝點酒，」亞札爾夫人說道。「我們通常是不喝酒的，但也許今天可以破例。瑪格莉特，給我們一瓶白酒好嗎？不要拿我丈夫收藏的那些就好。」

朝鮮薊之後，又上了一小盤蘑菇與比目魚。史蒂芬為亞札爾夫人斟酒，在她的堅持之下，也為莉瑟特倒了一些酒。史蒂芬思忖著該說些什麼，最後開口詢問她們是如何結識伯納德夫婦。

聽到這兩個人的名字，莉瑟特咯咯笑了起來；亞札爾夫人請她安靜，雖然她也微笑了。

「莉瑟特，這樣對伯納德先生太失禮了。」她說。

「這樣不公平，」莉瑟特說，轉而詢問史蒂芬：「難道你的父母會要求你對他們愚蠢的朋友有禮貌嗎？」

「我沒有父母，」史蒂芬說道。「至少我不記得了。我是由外公與外婆帶大的，後來被送到了育幼院，最後被一位陌生的男人領養。」

莉瑟特脹紅了臉，用力吞了吞口水；亞札爾夫人的神情閃過一絲關切，說道：「很抱歉，先生。莉瑟特很愛亂問問題。」

「沒什麼好道歉的。」他對莉瑟特微笑。「沒事的，我並不覺得有什麼好丟臉的。」

瑪格莉特端上了牛肋排，將帶有寶藍色花紋的餐盤放在亞札爾夫人面前。「需要我拿些紅酒過來嗎？」她問。「昨晚還剩下一些。」

「也好。」亞札爾夫人在三人的餐盤上各放了一片血淋淋的牛肉。史蒂芬又將酒杯斟滿。他回憶起遊覽水岸庭園時，亞札爾夫人的腿靠在他腳上的感覺。她裸露的手臂是淡褐色的，而她的背心與敞開的領口，卻又替她憑添了幾分嫵媚。

「我要回英國了，」他說。「我收到了一封電報，要求我盡快返回倫敦。」

一陣沉默，氣氛開始變得凝重。他想起臥室傳出亞札爾夫人因疼痛發出的叫喊。

「馬上就要離開這裡了，我真的很遺憾。」史蒂芬說。

「你隨時可以回來拜訪我們。」亞札爾夫人說道。

「好，我會再登門叨擾的。」

瑪格莉特端上了一盤馬鈴薯。莉瑟特微笑，伸了伸懶腰。「喔，我好像有點睏了。」她高興地說。

「大概是因為酒的關係。」亞札爾夫人也微笑，氣氛又和緩了下來。他們以餐後水果結束了這頓午餐，瑪格莉特將咖啡端到了客廳裡。三個人圍坐在牌桌前，史蒂芬抵達的第一晚也是在這裡玩牌的。

「我要到花園走走，」莉瑟特說。「然後回房間睡個午覺。」

「好。」亞札爾夫人說。

莉瑟特輕快地走過房間，消失了蹤影。

氣氛為之一變，而現在大概再也無法回到剛剛那種輕鬆的氛圍了。亞札爾夫人不敢直視史蒂芬，只是低頭看著牌桌，把玩著瓷碟的銀湯匙。史蒂芬忽然感到呼吸困難，他的胸口緊縮了起來。

「再喝一些咖——」

「不用。」

沉默再次降臨。

「看著我。」

她仍舊不敢抬頭，但是站起身說道：「我要回房間縫點東西，所以——」

「伊莎貝爾。」史蒂芬抓住她的手臂。

「不，拜託別這樣。」

他拉過亞札爾夫人緊緊抱住，深怕她逃離自己。他見她閉起雙眼，便吻上了那微張的雙唇。他感受著她輕顫的舌頭，以及她附在自己背上的雙手，但接著她就開始奮力抵抗，卻在掙扎時撕裂了白襯衫，露出了底下貼身的薄緞帶。史蒂芬被慾望沖昏了頭，全身顫抖。

「妳一定得這麼做！天啊，妳必須要這麼做！」他語氣憤慨。

亞札爾夫人緊閉雙眼，哭著說：「不，我不行，我幾乎……我不認為這樣是對的。」

「妳原本要說『我幾乎對你一無所知』。」

「不，我只是想說這樣是不對的。」

「這是對的——妳也心知肚明，這件事情再正確不過了。伊莎貝爾，我懂妳。相信我，我也懂妳——我愛妳。」

史蒂芬再次親吻她，她的唇也回應了。他品嘗著這個香甜的吻，又將臉靠在她肩膀裸露出肌膚的地方。

亞札爾夫人推開他，衝出房間。史蒂芬走向窗前，抓住窗櫺朝外頭望了望。他壓抑不住那份躁動的渴望。他的心早已冷靜接受了現實；而若他已篤定要正視這段感情，那麼餘下的問題，就只差她能否接受自己了。

亞札爾夫人不停啜泣，在自己的房間裡來回踱步。她對史蒂芬的熱情感到窒息，但他也把自己嚇壞了。她想寬慰史蒂芬、想被他征服與占有。她自以為已擯棄這種渴求多年，完全意想不到會被慾望與激情淹沒。她想要史蒂芬鄙棄、摧毀她如今虛構的形象，喚醒她心中埋藏多年的自我。他太年輕了——她仍舊遲疑不決，卻渴望著觸碰他的肌膚。

她輕輕走下樓，沒有發出一點聲響。她看見史蒂芬倚在窗旁的背影，彷彿正在天人交戰。她說：「跟我來紅色房間吧。」

史蒂芬轉過身時，亞札爾夫人已經離開了。紅色房間——他感到一陣恐慌。他確信那是他曾見過、卻遍尋不著的房間之一；這間房伴隨著他，總會在夢中出現，卻又是如此遙不可及。他跑上樓時，看見亞札爾夫人轉了個彎。她穿過主要走廊，進入了一條窄小的廊道，下了幾級階梯後，又穿過了一個小拱門。走廊的盡頭有一扇上鎖的門，通往僕人的起居處。但她在走到那扇門之前，轉向了左手邊最後一扇門，上頭有個橢圓的瓷門把，在鬆脫的鎖頭中嘎嘎作響。亞札爾夫人開門時，史蒂芬一把摟住了她，房間內有著一張罩著赭紅色床罩的老式黃銅大床。

「伊莎貝爾。」他也哭了。他撩起幾縷她的頭髮，看著在指間散開的髮絲。

她說：「我可憐的男孩。」

他親吻她，而這次她的舌頭沒有躲開。

「莉瑟特去哪了？」他問。

「我不知道，也許在花園裡。喔，天啊！喔，拜託！」她顫抖著閉上雙眼。當她再度睜眼時，幾乎要窒息了：史蒂芬正撕扯著她的衣服，心急的她也笨拙地幫忙寬衣解帶，但背心卡在了手肘。他推開她的襯衫，將臉埋進她乳房間的緞綢吊帶中。史蒂芬陶醉於看到、觸碰到的伊莎貝爾，整個人被一股發狂般的急切席捲了，他心想，自己大概要到多年以後，才能靜下心欣賞這一切。

伊莎貝爾感受著他的手與唇落在自己的皮膚上，一想到他看見了什麼，就令她感到一股背德的羞恥；但她越是想著自己墮落的虛偽形象，就越是興奮難耐。她感受著指間史蒂芬的頭髮，雙手滑下了他的肩膀，愛撫他襯衫內光滑的胸膛。

「來吧，拜託你。」她聽見自己這樣說，話語卻因為急促的呼吸而聽不太清楚。她將手探進史蒂芬的褲子裡，觸碰到裡頭的硬挺，心想這個行為就像是妓女一樣。但無人責備她，也無人大驚失色，她可以為所欲為。史蒂芬倒抽一口氣，停下了脫她衣服的動作，她只好自己脫下絲綢內褲，驚覺他對此遐想已久了。伊莎貝爾幾乎一絲不掛，她羞恥得閉上雙眼，卻沒有絲毫罪惡感。她感覺自己被推倒在床，興奮的身體不由自主地拱起，彷彿懇求著對方的注意。接著，她感受到了某種意想不到的觸感——他的舌頭火熱地進入體內，像是一把開啟她禁錮肉體的鑰匙。她震驚於這種全新的感受，只能在這段漫長的前戲中嘆息與顫抖，完全沉浸於激情當中，而每當她感到再也承受不住這種刺激時，快感卻一波比一波強烈。她在床上連連搖頭。她彷彿聽見自己的聲音從遠處的房間中吶喊著不要，但快感又緊接著湧了上來，蔓延到她的四肢與下腹，那股細小的聲音最後在她的耳畔說：「要。」

她睜開雙眼，看見史蒂芬赤裸地站在面前。她凝視他硬挺的下身。他尚未成為伊莎貝爾的男人，卻即將迎來這份歡愉。史蒂芬爬到伊莎貝爾身上，親吻著她的臉頰與胸部，用唇玩弄著她的乳頭。接著他將伊莎貝爾翻過來，手伸進她的大腿內側，直抵她剛剛來不及解下的絲襪上方，在她的雙腿間探索。他開始親吻伊莎貝爾的腰窩，吻過粉嫩的下體，最後到了她的大腿根，將臉頰貼在那裡一會兒。他又吻了吻伊莎貝爾的腳踝，以及他在水岸庭園的小船上瞥見的細緻曲線，一路吻到了她的小腿內側。

伊莎貝爾再度開始急喘。她說：「拜託，親愛的，就是現在！求求你了。」她再也承受不住史蒂芬的調情。她左手握住史蒂芬的硬挺，渴望他深入體內，史蒂芬對她的主動大吃一驚，停下了愛撫。伊莎貝爾將雙腿張得更開，像是迫不及待地歡迎他的深入。她一面引導他進入雙腿之間，一面感受著身下床單的觸感。

她聽見史蒂芬嘆息出聲，他又咬緊了凌亂的床單。他在伊莎貝爾體內一動也不動，彷彿恐懼著即將到來的感受與放手一搏的後果。

伊莎貝爾放鬆了下來，享受著這種被填滿的感覺。這種感受緊緊包裹著她，令她渾身盈滿了肉慾的歡愉。她心想：我終於能做自己了，我就是為此而生的。她長年在家中壓抑著的衝動掠過心頭；從前那位渴求被關愛的傅門葉女孩，終於能如願以償地釋放激情了。

她聽見史蒂芬的呼喊時，內心湧上了一股暖流；他似乎突然在她的體內膨脹，兩人的肉體真正水乳交融了。他將一切留在自己體內，而這令人震驚的親密之舉，令她不住地顫抖，像是一場急促激烈的初夜，而她深深沉溺其中。

當她終於回復心神、睜開雙眼時，發現史蒂芬趴在床上，頭尷尬地歪向一邊，宛如死去一般。兩人都沒有說話，只是靜靜躺著。外頭傳來鳥兒的啼叫。

伊莎貝爾試探性地伸手，手指羞赧地滑下他背部突出的脊椎，接著到了精瘦的臀部，以及他大腿上細軟的黑色毛髮。她抬起史蒂芬受傷的手，親吻著腫脹的瘀青關節。

史蒂芬翻過身凝視她。伊莎貝爾的頭髮凌亂，深淺不一的頭髮披散在她裸露的肩頭，堅挺渾圓的乳房隨著依舊急促的呼吸起伏著。她的臉頰與頸項泛著粉色的光澤，牛奶般雪白的年輕肌膚上有著金褐色的雀斑，幾乎看不見血管。史蒂芬深深望著她好一會兒，便將頭靠在她的肩膀上，伊莎貝爾也撫摸著他的臉龐與頭髮。

兩人躺著沉默良久，依舊感到震驚與不太確定。而伊莎貝爾開始回想剛才發生的種種——她並沒有被迫接受這段感情，是她允許了這一切。她早已下定決心要回應他；事實上，她也的確想讓兩人的關係更進一步——這個念頭讓她嚇壞了。她看見兩人開始沉淪，卻無法看清兩人的結局。

「我們究竟做了什麼？」她說。

史蒂芬坐起身，手臂環繞著她。「我們做了正確的事情。」他熱切地望著她。「妳必須了解這一點，我親愛的伊莎貝爾。」

「史蒂芬。」她說。

她只是點點頭。他只是個男孩，也是最可愛的男孩，從今以後，自己擁有了他。

這是伊莎貝爾第一次喊史蒂芬的名字。在史蒂芬聽來，她的異國口音是如此悅耳動人。

「伊莎貝爾。」史蒂芬對她微笑，而這點亮了她的笑容。她笑著摟住了史蒂芬，感覺眼角滲出了淚水。

「妳是如此美麗，」史蒂芬說。「日後當我在宅邸看著妳時，究竟該如何隱藏這份愛意？當我們共進晚餐時，我會想起那些纏綿的時刻、想起妳現在的模樣。」他撫摸著伊莎貝爾的肩膀，又將手背貼在她的臉頰上。

伊莎貝爾說：「你會隱藏得好好的，我也是。你會因為愛我而變得更加堅強。」

她心想，史蒂芬的眼神平靜，應該不是感到害怕。他開始愛撫伊莎貝爾的乳房，這又使得她意亂神迷了。兩人只交談了一分鐘，她也無心思索這段對話與背後的涵義了。史蒂芬的手在她最柔軟私密的部位游移，她的體內升起了一股強烈的渴望。她斷斷續續低喘著，呼吸又開始不穩，她再度心甘情願地墮落下去，一路沉淪至看不見的盡頭。

亞札爾當晚情緒高昂。梅羅斯眼看就要與新的薪資待遇妥協，而儘管罷工風潮已經在染工間傳開，但目前看來，幾乎不會影響到其他部門。他的朋友伯納德已一週沒有來訪，但答應晚餐後會帶著妻子與丈母娘到家裡玩牌。亞札爾讓瑪格莉特從酒窖取出兩瓶勃根第紅酒。他讚美伊莎貝爾的打扮，又詢問莉瑟特今天做了什麼。

「我在花園散步，」她說。「我一直走到了花園盡頭——就是與其他住戶連通的那條走道，路上都是蔓生的花花草草。我好像坐在一棵樹下睡著了，因為我做了一個很奇怪的夢。」

「是什麼夢？」亞札爾在將菸斗裡塞入菸草。

「我才不告訴你。」莉瑟特咯咯笑。

爸爸沒有追問下去似乎讓她很失望，因為亞札爾隨後轉過頭問妻子：「那妳今天做了什麼？忙著到市區辦事嗎？」

「沒有什麼特別的，就跟平時一樣，」伊莎貝爾說。「我得跟屠夫派來的男孩說他們又送錯牛排了。博內太太不停地發牢騷。我在午後讀了一本書。」

「是有意義的書嗎？還是妳平常看的那些風花雪月？」

「不過是我在市區書店翻到的愚蠢小書罷了。」

亞札爾對妻子輕浮的品味搖搖頭，無奈地笑了。他向外界營造出一種印象，即他只閱讀偉大哲學家的著作，而且只讀原文書，儘管這種艱鉅的任務只能私底下進行。晚餐後，他愜意地坐在檯燈昏黃的光線下，手習慣性地伸向當天的晚報。

伊莎貝爾總會在晚餐前於沙發上縫紉，當她聽見男人下樓的腳步聲時往上瞥了一眼。史蒂芬站在門口。

他迅速與亞札爾握了握手，又轉身向伊莎貝爾道晚安。當她看見他堅毅的深色臉龐時，呼吸有些急促了起來。史蒂芬絲毫不為所動，顯然擁有強大的自制力。

席間，史蒂芬不僅完全沒有與她搭話，甚至盡可能躲避她的眼神。而當他望向自己時，那雙眼睛是如此空洞，讓伊莎貝爾害怕會瞥見冷漠，甚至是敵意。

瑪格莉特忙著送上餐點，亞札爾比平常更為放鬆，提起他與伯納德相約去釣魚一事。他們可以先搭火車到阿爾貝，再租一匹小馬拉的輕便馬車，大夥就能舒舒服服地在昂克爾河畔找個小村莊野餐。

谷瑞瓦興奮不已。「我可以擁有一支馬鞭嗎？」他問。「休斯和愛德華都有馬鞭，為什麼我沒有？」

伊莎貝爾說：「我們會找一支給你，谷瑞瓦。」

「你會釣魚嗎，先生？」亞札爾問。

「小時候，我會拿小蟲和一點麵包釣魚。我家附近有一棟大宅，而我總會坐在大宅花園的池塘邊釣上好幾個小時。我會跟村裡的幾個男孩結伴釣魚，等待魚兒上鉤時，我們就會講一些故事打發時間。我朋友說，他父親曾在那裡見過一條非常巨大的鯉魚，甚至差點就抓到牠——當然可能只是吹牛。不過，我們的確在池塘裡抓過幾條大魚。但我們常常被趕出來，因為那裡是私人土地。」

伊莎貝爾聽著，感到有些吃驚，因為這是史蒂芬寄宿以來，與她的丈夫聊過最長的一段話。除了他上回在午餐時向她與莉瑟特披露了少許童年時光，這是他第一次提起兒時的私人回憶。他侃侃而談，深深沉浸在過去的記憶裡。史蒂芬緊盯著亞札爾，逼得亞札爾只能握著叉起的小牛肉片，等待他結束話題。

史蒂芬繼續說：「我開始上學後，就再也沒有時間釣魚了。我也不確定自己是否還有這種耐性。或許這種活動很有吸引力吧？畢竟男孩們總是感到無聊，更喜歡聚在一起、分享新發現。」

亞札爾說：「那麼，歡迎你隨時加入我們。」這才將小牛肉片放進嘴裡。

「謝謝你的邀請，但我想我已經給府上添太多麻煩了。」

「你一定要來，」莉瑟特說。「蒂耶普瓦勒有著名的『英國茶』。」

「我們不用馬上決定，」伊莎貝爾說道。「再來點小牛肉嗎，先生？」

她為史蒂芬感到驕傲。他一口漂亮的法語優雅有禮，如今甚至提到了一點自己的故事。伊莎貝爾感到與有榮焉，想要向旁人炫耀：這就是贏得自己芳心的男人——但一想到自己離這一步是多麼遙遠，又令她陷入深深的失落。她選擇了亞札爾——原本應該是這個男人讓她感到驕傲與光榮才對。她不確定自己還能維持多久這種虛假的立場。儘管她與史蒂芬極力抗拒，或許他們終究只能向現實低頭。儘管她因為眼前虛偽的一切感到心驚膽戰，同時卻也感到興奮異常，因為她明白這是他們兩人的冒險之旅。

自兩人傍晚五點離開紅色房間後，伊莎貝爾便再也沒有與他交談。她不曉得史蒂芬心裡在想什麼；或許他已經開始後悔了，也或許他已經達成目的、想結束一切了。

對伊莎貝爾而言，即使陷入憂喜參半的恍惚情緒，她依舊不能放過某些重要的事。她在離開紅色房間前整裝了一番，藏起襯衫撕破的一角，並換下床單與床罩，趁著無人看見時拿去洗衣間。她必須反覆檢查房內是否留有交歡的痕跡。

她回到自己的浴室，脫下了上衣。家人都曉得她一天會洗兩次澡，其中一次就是在這個時間點；但襯衫已破破爛爛，只能悄悄丟掉了。她的大腿沾上了黏滑的液體，那深深種入她體內的愛之種子流了出來，沾到了從巴黎里沃利街買來的絲質內褲，這是母親給她的嫁妝之一。她在浴缸中清洗時，發現大腿間有更多史蒂芬的痕跡，之後得細細擦拭。現在最大的問題依舊是床罩與床單。瑪格莉特對布料很敏感，也很清楚哪些房間要打掃、又是何時該打掃，雖然通常是由博內太太清理——也許她應該特別交代其中一位。伊莎貝爾決定讓瑪格莉特第二天下午休假，她就能趁機清洗、熨平床單，趕在這兩人進房前換好。而她只要藉口自己厭倦，就可以丟棄紅色床罩了。她這種魯莽行為向來會惹惱亞札爾，但這也符合丈夫對她的印象。她對那個午後留下的痕跡並不反感，甚至還發現了幾絲血跡。她從金妮身上學到無須為這種事情感到可恥，當她看著眼前的親密印記時，只感到心潮澎湃。

瑪格莉特前去為伯納德一家開門。亞札爾覺得留在客廳消磨夜晚很棒，或者移到一樓的小房間也行，他有時會在那裡指導瑪格莉特關於冰塊、咖啡或是蛋糕的擺盤技巧。然而，伯納德卻非常貼心——

「我們不該打擾你們和樂的全家福，亞札爾！就讓我龐大的身軀坐在這張椅子上吧。如果谷瑞瓦能好心……就是這樣，伯納德夫人就可以坐在我左邊。」

「你當然可以坐得舒服些，如果——」

「這樣我們才不會感到為大家帶來不便。愛莉絲姨婆會與我們同行，因為我們只是以鄰居的身分短暫打擾而已，請別將我們當成得特別招待的客人。」

莉瑟特得到繼母的許可，帶著谷瑞瓦上床睡覺，伯納德便坐進她空出的椅子。莉瑟特迅速吻了一下父親的臉頰，便匆忙離開房間。雖然她很得意可以在早上當大人，但有時還是當小孩更好。

史蒂芬嫉妒她。他大可以離去，不打擾這天倫之樂；事實上，這可能正中他們下懷。然而，當他看著伊莎貝爾時，卻開始渴望留下。他並未對兩人表面上虛偽的關係感到不耐；他深信兩人之間發生的事情改變了一切，再也無法逆轉，也微妙改變了他們在社交場合的舉止。

「妳呢，夫人？妳的幽靈鋼琴家還有彈奏那令人難忘的旋律嗎？」伯納德笨重的頭頂滿是灰髮，右手撐著脹紅的臉，手肘靠在桌上，望著伊莎貝爾。他並不是真心想知道答案，只是在鋪墊接下來的演出。

「沒有，上次聚會之後，我就沒有再經過那棟房子了。」

「啊哈，那妳只能將這段小插曲珍貴地收藏起來，我懂。所以妳午後散步的路線改變了。」

「我今天下午在看書。」

伯納德微笑。「我打賭是羅曼史，真可愛——不過我自己只看歷史書——不妨分享一下故事吧？」

「一個農村出身的中產階級男子，在巴黎成為了知名作家，與錯誤的對象墜入愛河。」

伊莎貝爾如此流暢地講述，令史蒂芬嚇了一跳。史蒂芬看著她侃侃而談的樣子，設法找出一絲破綻，但她的舉止極為自然。也許有一天，伊莎貝爾也會對自己說謊，他會被全然蒙在鼓裡。也許這是女人與生俱來的求生本能。

話題從伊莎貝爾的小說，轉移到那些沒有住在巴黎的家族，眾人開始討論他們的地位是否能與巴黎人比肩。

「你們認識洛朗多家族嗎？」亞札爾問。

「喔，認識，」伯納德夫人愉快回答：「我們與他們會面過好幾次。」

「我啊，」伯納德沉重地說道：「我不認為他們是朋友。我從不邀請他們做客，也不打算拜訪他們。」

也許是因為伯納德語帶暗示，他拒絕洛朗多家族的原因帶著某種高尚的神祕感。但總之，他的朋友們沒有追問背後有何微妙。

「我不覺得他們住過巴黎。」亞札爾說。

「巴黎！」愛莉絲姨婆突然抬頭。「這座城市不過是一棟時髦的大房子罷了。巴黎人每週都在買新衣服——這就是巴黎與其他地方唯一的差別。真是一群愛慕虛榮的驕傲孔雀！」

亞札爾也對這個家族發表高見。「我沒見過洛朗多先生，但我聽說他是一位非常優秀的紳士。我很驚訝你跟他不熟，伯納德。」

伯納德抿起嘴唇，又搖了搖食指，表示自己無話可說。

「我家爸爸不是勢利小人。」伯納德夫人說道。

伊莎貝爾越來越安靜。她希望史蒂芬能看她一眼，或者用動作暗示一切都好。金妮曾說男人與女人不同，即便他們擁有了女人，仍能一面裝作兩人之間清白無事的樣子，一面尋找下一位獵物。伊莎貝爾不相信史蒂芬會這麼做，畢竟他已經在那紅色房間說過那些話、做過那些事了。但她又該如何確認呢？史蒂芬完全沒有給予溫暖的暗示或微笑。原本他的冷靜自持讓她安心；但她如今也暗暗擔心起來。

亞札爾請大家放下咖啡杯，向大夥提議改到另一個房間玩牌。

在這團混亂中，伊莎貝爾渴望史蒂芬能投來一個安慰眼神。史蒂芬的目光轉向她，卻不是看著她的臉。當她以一貫的端莊姿態從椅子上起身時，感覺到對方的眼神落在自己的腰與臀部上。剎那間，她感覺自己再次變得赤身裸體。她憶起自己在那個炙熱的午後，是如何在史蒂芬面前放開一切展示自己——如此反常，卻又如此理所當然。他的眼神變得像是要穿透衣服似的，讓她倏地湧起了羞恥與罪惡感，變得渾身通紅。她體內的血液奔騰，像是在抗議她的不知檢點，連衣服下腹部的與乳房也脹紅了。這股潮熱從她的脖子蔓延到臉頰與雙耳，簡直像在公開譴責她最深藏的祕密，又像是在她熱燙的肌膚上吶喊著，生怕他人不知道似的。伊莎貝爾的雙眼因為激動盈滿了淚水，重重地坐回椅子上。

「妳還好嗎？」亞札爾不耐地問。「妳看起來很熱。」

伊莎貝爾向前靠在餐桌上，用雙手掩住臉。「我覺得有點不舒服。這裡太熱了。」

伯納德夫人伸手環住她的肩頭。

「應該是血液循環的問題，」伯納德說。「沒什麼好緊張的，這種毛病很常見。」

伊莎貝爾緩了緩，感覺好多了。她的心跳平穩，雖然依舊通紅著一張臉。

「如果各位不介意的話，我想我該上床休息了。」她說。

「我讓瑪格莉特上樓照顧妳。」亞札爾說。

史蒂芬見沒有機會與她私下交談，只能客氣地道了聲晚安。伯納德夫人攙扶伊莎貝爾走上一兩級階梯後，就重新加入了牌局。

「循環這種毛病嘛，」伯納德說，用肥短的手指洗著牌。「這種毛病就是這樣、就是這樣。」他垂眼看向亞札爾，這個動作正好能讓人清楚看到他左眼皮上的血管和疣。

亞札爾拾起牌，回了一個淺淺的微笑。伯納德夫人忙著尋找手提包裡的眼鏡，沒有看見男人們神祕的眼神交流。愛莉絲姨婆則退回房間的角落看書。

樓上的伊莎貝爾匆忙脫下衣服後，就溜進了被單下。她將雙膝蜷縮到肚子上，這是她兒時在家裡養成的習慣，她會傾聽著諾曼第田野的蕭颯風聲，鬆動的百葉窗板被吹得乒乓作響，像是屋簷下的嘆息。她想在這令人安心的平靜畫面中睡去。

當她沉浸在這幕絕美幻想的懷抱中時，彷彿從夢裡傳來了微弱的敲門聲，隨後她就被房門上一陣溫柔而急促的輕敲喚回了現實世界。

「進來。」她說，剛睡醒的嗓音很朦朧。

門緩緩打開，史蒂芬站在昏暗的樓梯口。

「你在做什麼？」

「繼續待在樓下，我受不了了。」他將手指舉到唇邊低語。「我得來看看妳怎麼了。」

她焦慮地微笑。「你必須馬上離開。」

他環顧房間。那裡有伊莎貝爾姊姊們的照片、她的梳子，梳妝台上有一面鍍金的鏡子，她的衣服掛在椅背上。

史蒂芬傾身靠向她的床，將手伸入厚實柔軟的被子底下。一陣甜美的香氣飄來，他親吻伊莎貝爾的唇，又在離去前輕拂她的頭髮。

伊莎貝在他離開後打了個寒顫，害怕他的步伐會在走廊發出聲響。史蒂芬靜悄悄地走到樓梯口——至少他的耳朵聽起來是這樣——而後走下樓，重新加入中途退出的牌局。

第二天清晨，史蒂芬到了鎮上。亞札爾勸他這幾天不要去工廠，但他發覺即使自己待在宅邸，也很難避免和莉瑟特、瑪格莉特、其他家庭成員或訪客或交談，沒什麼機會與伊莎貝爾獨處。

他感覺自己的生命猶如一片蔓生的樹林，只能憑藉眼前的兩三條小徑確認方位。從小徑延伸而去的方向，他能夠清晰地看見未來的模樣。但這些小徑也像是切入他生命樹林中的傷痕，而他絲毫不想讓外人窺見。他對伊莎貝爾有滿心感激與欣賞；但這股強烈的情感，也令他湧起想揭露一切的衝動。他並不害怕這種赤裸直接的感覺，但這也不是什麼愉快的體驗。

他站在冰冷的大教堂後，望著唱詩班與東面的窗戶。四下非常安靜，恰好能讓他好好思考。他聽見清潔工刷洗中殿磁磚的聲音，通往主門的小入口也不時傳來遊客的嘈雜巨響。教堂裡只有幾個人在祈禱。他的腳下是一塊紀念某位中世紀主教的石碑，上頭滿滿地刻著緬懷功績的拉丁文，儘管數百年來人們的腳步匆匆來去，他的名字仍然未被歲月流逝所磨滅。看著那些匆忙前來祈禱的信徒，史蒂芬很同情他們遭遇的人生困境，卻也嫉妒他們有信仰能夠寄託。這棟疏離冷漠的建築無法帶來任何安慰，不過是以高大巍峨的形象提醒人們終有一死的事實。以碑文與雕刻賦予平庸的死亡尊嚴——這就是教堂唯一的作用。透過紀念儀式，便以為黑暗間的永恆閃光能拯救、甚至超越時間，但實際上，人們低下的頭顱裡只有屈從與順服罷了。

他心想，所有的亡者只是在等待下一個世代的人們闔上眼皮、加入他們罷了。生與死的本質並無不同，只是時間的早晚而已。

他坐在椅子上，雙手撐著臉。他在心中看見了死者堆疊成塔的恐怖景象。雖然這只是他在教堂中冥想，但浮現出的畫面異常清晰：爛泥中有一個大坑，裡頭堆滿了屍體，像在訴說著：無論生者勤奮工作、發動戰爭或建造偉大的建築，無論他們多麼努力地活著，在時間洪流的重量下，也只不過是翅膀的輕撲拍打罷了。

他跪在地面的軟墊上，雙手抱住頭一動也不動。他不自覺地開始禱告。請從死神手中拯救我。請拯救伊莎貝爾。請拯救我們所有人。請拯救我。

史蒂芬晚了一些回到宅邸，錯過了與伊莎貝爾和莉瑟特的午餐時間。他在涼爽安靜的室內徘徊，找尋人聲。他終於聽見了腳步聲，回頭便看見瑪格莉特準備走進廚房。

「妳有看見亞札爾夫人嗎？」

「沒有，先生。我在午餐後就沒看見她了，或許她在花園裡。」

「莉瑟特呢？」

「我想她去鎮上了。」

史蒂芬開始查看樓下所有房間。伊莎貝爾一定曉得他會回來。她不可能沒有留下任何訊息就離開。

他轉開一間小書房的門把，伊莎貝爾正坐在裡頭看書。史蒂芬進房時，她也放下書本站起身。

史蒂芬走近，不確定能不能觸碰她。伊莎貝爾將手放在他手上。

「我剛剛在大教堂，沒留意到這麼晚了。」

她抬頭。「還好嗎？一切都沒事嗎？」

史蒂芬吻了她，伊莎貝爾也貼緊他。他的手忍不住伸進她的衣服裡探索。

她抬頭凝視史蒂芬。她的大眼睛裡滿是探問，閃爍著熱切的光芒。她發出了一聲興奮的低喘，同時閉起了雙眼。

兩人緊靠在房間牆上，史蒂芬的手滑向她裙後的釦子。他感受著指尖的絲綢，以及後頭渾圓軟綿的乳房。他感覺到她的手指在自己的褲襠前方游移。

「我們該停下來了。」史蒂芬退開了一些。

「不——莉瑟特已經離開了。」伊莎貝爾喘息著。「但是瑪格莉特怎麼辦？」

「到紅色房間？」

「好，你先回房間。十分鐘後再下來。」

「好吧。」他說。「讓我先跟妳吻別。」

他給了伊莎貝爾一個深深的吻，她再度嘆息，磨蹭著史蒂芬。「拜託，」她說。「拜託。」

史蒂芬不確定伊莎貝爾想要停下還是繼續。她靠牆站著，史蒂芬將她的裙子撩高，撫摸她的大腿內側。「到我這裡。」她輕聲低語，溫熱的吐息縈繞在史蒂芬的耳際。「快，就是現在。」他拿出伊莎貝爾在褲襠中摸索的手指，解放了他自己。他將肩膀靠在嵌著玻璃門框的拋光大木頭書櫃上。伊莎貝爾的頭則倚在一幅畫著花卉與紅陶花瓶的畫旁。史蒂芬稍稍抱起她，將她的腿緊扣在腰際。她的肩膀輕輕頂到了那幅畫，讓那幅花卉圖歪了一邊。

伊莎貝爾再度睜開雙眼，對他微笑。「我愛你。」她不停地吻著史蒂芬的臉頰，將全身交給了他。她再次將腳放回地上，又溫柔地將他拉開。他的下身堅挺膨脹。伊莎貝爾的手上下游移，他雙膝癱軟、不停急喘著，最後射在地板與她的裙子上，她則用嘴接住了最後三四滴精華。她從未做過這一切，這一連串嫻熟的動作僅僅是出於本能。

「紅色房間，」她說。「十分鐘後見。」

她將裙子拉好，似乎沒注意到上頭的漬痕。史蒂芬看著她走出房間，她裙底的雙腿如往常一般，以最端莊的姿態走動。他整理好褲襠與襯衫，又拿手帕擦拭拋光的木地板。

他在花園漫步了一會兒，試著冷靜下來，而後便依照指示上樓回到房間。他看著懷錶的分針緩慢地移動。假使他在花園多待了三分鐘，現在他就只要再忍耐七分鐘就好了。時間一到，他便脫下鞋子，靜悄悄地走到一樓，再下樓到主要走廊，轉進一條狹窄的走道，繼續穿過小拱門……他記得怎麼走。

伊莎貝爾正在裡面等著。她套了一件紅綠相間、印有東方紋樣的長袍。

「我好害怕。」她說。

史蒂芬在她旁邊坐下——這張床已經沒有床單了。「怎麼了？」

伊莎貝爾雙手握住他的手。「昨晚你都不看我一眼，我很害怕你改變心意了。」

「對妳？」

「對。」

伊莎貝爾的在意讓他雀躍了起來。她竟如此渴望自己，這對史蒂芬而言宛如天方夜譚。史蒂芬撩起她的頭髮，髮絲在手上散開。他也對她充滿了感激。「我們已經說過、做過這麼多了，妳怎麼還會懷疑呢？」

「你不肯看我，我被你嚇到了。」

「我還能說些什麼呢？我有可能會流露出我的情感。」

「至少要微笑或點頭，什麼動作都好——答應我。」伊莎貝爾親吻他的臉頰。「我們會想出暗號的，答應我，好嗎？」

「好，我答應妳。」

史蒂芬讓她為自己寬衣解帶，將衣服摺起來放在椅子上。他驕傲地展示自己脹大的男性象徵，她則一副沒注意到的樣子。

「該我了。」他說，褪下伊莎貝爾的絲質長袍，露出她美麗的肌膚。史蒂芬將臉頰靠在她雪白的胸脯上，又吻了吻她的喉嚨——當她在花園裡認真修剪枝葉時，史蒂芬曾瞥見她這裡泛起了紅暈。他試著用舌尖品嘗伊莎貝爾那青春鮮活、點綴著些許雀斑的白皙肌膚。史蒂芬溫柔地將她放倒在床上，將臉埋進她芳香的髮際。接著，他讓伊莎貝爾再度站起，以手與舌頭細緻緩慢地品味全身。史蒂芬的手指在她大腿間逗留了一會兒，感覺到她雙腿夾緊。最後，當探索完她身體的每一寸肌膚後，史蒂芬將她轉過身面對著床，並用雙腳將她的腳踝微微打開。

做愛後兩人睡著了，毛毯底下，伊莎貝爾的手臂蓋在史蒂芬身上，他則一絲不掛地躺在床墊上。她還來不及清洗上次弄髒的床單。

史蒂芬醒來後，將頭枕在伊莎貝爾散開的頭髮上，嗅著她肌膚的香氣，又將臉埋進她頸項的柔和線條。她感受到史蒂芬的碰觸，微笑著睜開眼睛。

他說：「下樓梯時，我還以為再也找不到這間房間了。我感覺它已經消失了。」

「這個房間不會消失，它會一直在這裡。」

「伊莎貝爾，聊聊妳丈夫的事吧。有一晚，我聽見妳的房間傳來聲音，聽起來像是他在……傷害妳。」

伊莎貝爾坐起身，將毯子拉起來蓋住自己。她點點頭。「有時候他……會有些挫折。」

「什麼意思？」

她的眼裡滿是淚水。「我們想要有小孩，我卻一直無法懷上。我每個月都很害怕……你懂的。」

他點點頭。

「月經就像是在譴責他。他說這是我的問題。我真的很努力了，但還是不知道該如何是好。他非常粗魯，雖然沒有虐待我，但也只是想快速了事，好讓我懷孕。這跟與你做愛不一樣。」

伊莎貝爾忽然羞怯了起來。用言語說出他們之間做過的一切，似乎比實際行為更讓人感到羞澀。

她繼續說：「我想，他最後開始懷疑自己。一開始，他很確信不是自己的問題，因為他已經生了兩個小孩——但他也越來越沒有信心了。他似乎開始嫉妒我，因為我很年輕。『當然囉，妳這麼健康』、『妳只是個孩子』——他會說一些諸如此類的話。我卻什麼都不能做。我們仍會做愛，但我並不享受。我從未批評過他。他似乎開始厭惡自己，對我冷嘲熱諷。也許你也注意到了，他經常在外人在場時批評我——我猜他是對我感到很內疚。」

「內疚？」

「也許他是對第一任妻子感到內疚，也可能是因為他覺得跟我結婚是一種詐欺。」

「因為他覺得妳該嫁給同齡的人？」

伊莎貝爾沒有回應，只是點點頭。

「然後呢？」

「他不再跟我做愛了，一切變得越來越糟。他說是我將他閹割了，才讓他的感受越來越不好。他開始試著讓自己興奮起來，藉由做一些……奇怪的事。」

「什麼事？」

「不像你跟我……」伊莎貝爾似乎無法恰當形容。

「他會打妳嗎？」

「會。一開始，他只是想讓自己興奮起來，雖然我不懂這為什麼有幫助。後來，我想他是為了減輕心中的挫折與羞愧才打我——但是當我反抗時，他又說這是性愛的一部分，我若想成為好妻子與懷孕，就得服從他。」

「他打得很用力嗎？」

「不，還好。但他會打我的背、賞我巴掌。還會拿拖鞋打我，像把我當成小孩似的。有一次，他甚至想拿棍子打我，但被我阻止了。」

「他曾讓妳受重傷嗎？」

「沒有，只偶爾會留下瘀青或紅印。我介意的不是外在的傷害，而是那種羞辱。他讓我感覺自己像動物一樣。但我也為他感到難過，因為他也羞辱了自己——他真的非常憤怒與羞愧。」

「這種情形持續多久了？」史蒂芬感覺刺痛的嫉妒蓋過了他的同情心。

「快要一年了。荒謬的是，他仍假裝是為了房事來找我。我們都心知肚明他只是想打我，但是我們仍然繼續裝下去。」

史蒂芬對伊莎貝爾這番話並不驚訝，但他仍舊被亞札爾傷害她的事實激怒了。

「妳必須阻止他。妳必須結束這一切。妳不能再讓他進妳房間了。」

「但是我很害怕，如果我不順從，誰知道他會做出什麼事、說出什麼話。他會告訴大家我是個很糟糕的妻子、不願意和他同床共枕。我猜他早就跟朋友們說過了。」

史蒂芬想起伯納德那神祕的暗示眼神。他握住伊莎貝爾的手親吻，又將她的手放在自己臉上。「我會照顧妳。」他說。

「親愛的男孩，」她說。「你真的好奇怪。」

「奇怪？」

「那麼嚴肅，那麼……堅定不移。還有那些你讓我做出來的事情。」

「我讓妳做了什麼？」

「不。我是說，我當然是出於自己的意願，但完全是為了你。我不知道這樣做是對是錯，是否……被允許。」

「像剛才在樓下的事？」

「對。我知道，我當然曉得自己不忠，但我是指那些行為。我從來沒有做過這種事，我不知道這些是否正常，也不曉得其他人是否也會這樣？可以跟我說說嗎？」

「我也不清楚。」史蒂芬說。

「你一定知道，你是個男人、也曾與其他女人交往。我的姊姊金妮曾跟我說戀愛中的人會有哪些舉動，但我也僅僅知道這些而已。你一定懂得更多。」

史蒂芬不太自在。「我只認識兩三個女人。但我們的情況有完全不同。我認為我們所做的一切都有理由。」

「我不明白。」

「我也不太懂。但我能很肯定地告訴妳：絕對不要感到羞愧。」

儘管她看起來對史蒂芬的答案不盡滿意，還是點了點頭。

「那麼妳呢？」他說。「妳會內疚嗎？」

伊莎貝爾搖搖頭。「不會，雖然我想我該感到內疚才對。」

「那麼妳會擔心嗎？擔心自己會失去某些東西，像是羞恥心、判斷力，或是那些會讓妳內疚的價值觀或教養？」

伊莎貝爾回答：「不會。儘管這一切不被教會認同，但我感覺自己曾做過的、以及我們正在做的一切，在某方面來說是正確的。」

「妳相信存在著其他正確或錯誤的選擇嗎？」

伊莎貝爾看起來很困惑，但是她心裡很清楚。「我認為一定有。我不知道怎麼做，也不曉得該如何解釋。當然書上也沒有寫，但我走得太遠，已經無法回頭了。」

史蒂芬緊緊摟住她。他躺回床上，讓伊莎貝爾靠在他的胸膛。他感覺她漸漸放鬆了下來，沉沉睡去。花園傳來了鴿子的咕咕聲。她的頸間隱隱散發出玫瑰花香。他將手放在她纖細的腰上。他因身旁的一切感到無比的滿足，心中再無雜念，全然放鬆。他閉上雙眼，安詳地睡著了。

勒內．亞札爾對自家屋簷下發生的事完全沒有起疑。因為生理上的無能，讓他面對伊莎貝爾時只感到憤怒與挫折，還有隨之而來的無力感。他不愛妻子，但希望她能更積極回應。他察覺到妻子對自己的同情，這卻更激怒了他；即使她不愛他，至少也要畏懼他。正如伊莎貝爾所猜想的，他的內心深處背負著一股深刻的內疚。亞札爾還記得，當他成為伊莎貝爾第一個男人時那種極致的愉悅，當他侵入她的青春肉體、聽見她痛苦地喊叫出聲時，那種快感令他難以抗拒。他回憶起妻子望著自己的複雜眼神。亞札爾認為，與第一任妻子相比，伊莎貝爾更能在親密關係上回應他；但是當他看見妻子困惑的神情時，他一心只想征服，而不是以耐性贏得她的心。儘管在伊莎貝爾的父親眼中，當時的她仍然是個任性的女孩，但她的本性溫順天真，任何能夠展現愛與體貼的男人都能夠擄獲她的心——亞札爾偏偏做不到。她身體與心靈的渴求已被喚醒，卻因為丈夫不斷徒勞地與自己的缺陷鬥爭，這份慾求才就此蟄伏了。

同時，亞札爾也沒有理由不信任史蒂芬。以他的年紀而言，這位英國人很清楚自己所處產業的脈絡，與梅羅斯和工人們的相處也進退得宜。他不怎麼喜歡史蒂芬；如果自問原因，他會說此人冷酷而內斂。史蒂芬以各種不同的形式展現這份特質，這也反映出了亞札爾厭惡自己的地方。史蒂芬太過神祕，似乎無論如何都不會主動追求女性。在亞札爾的想像中，這種男人總愛一面調情、一面炫耀自己；他們比他更加英俊聰明，總會以高調煽情的伎倆吸引女人的注意力。例如，他心想，伯納德年輕時就是那種會迷倒女士們的傢伙。史蒂芬的有禮文靜絲毫不帶威脅，儘管他的確看起來比實際年齡更成熟，但也只是個男孩罷了。他的英式西裝總是一絲不苟，整齊筆挺，頭髮濃密，但亞札爾不會以俊美形容他。他只是房客，一位付費的寄宿客人，地位只比瑪格莉特高上一階，根本不是他家裡的一員。

何況，亞札爾的思緒完全被工廠占據了。在機器的運作聲、擾人的文件往來與重大的決策間，他很少想家，想到孩子們，或伊莎貝爾。

工人鬧事後一週，亞札爾告訴史蒂芬應該可以回廠工作了，但希望他別去參與梅羅斯召開的集會。罷工危機似乎逐漸解除了，亞札爾很高興地發現小路西恩好像再也無法煽動工人。當史蒂芬說等一兩天後再回廠上班時，亞札爾很驚訝；因為他覺得只有伊莎貝爾與莉瑟特作伴，待在家中很無聊，但他也同意史蒂芬暫緩回工廠，也許再等一週。

史蒂芬的雇主詳細回覆了他發到倫敦的電報。他可以待到這個月底，但公司希望他能將報告先寄到利德賀街。史蒂芬發回電報確認，暗暗覺得應該是自己表現優異，才能獲得額外三週的時間。他沒有對伊莎貝爾說過何時要離開；他覺得時間很充足，無須多慮，他每天都過得很充實，感覺人生彷彿轉向另一個階段前進了。

週末到了，大夥規劃的昂克爾河畔釣魚之旅即將到來。伯納德夫婦無法同行，因為愛莉絲姨婆生病了，所以只有亞札爾一家、瑪格莉特及史蒂芬搭車前往阿爾貝。

車站遼闊寬敞的前庭鋪滿了鵝卵石，中央有一道壯觀的玻璃拱門，頂端則是一座是尖塔鐘樓。這些建築據說與巴黎市區的奧斯曼改造計畫[16]有關，亞眠其餘地區也都跟上了首都的潮流，人們也很樂見擁有如此氣派的車站。馬車在大玻璃帷幕的入口右方列隊等待，小型的無馬馬車則停在兩盞煤氣燈下的鵝卵石道路。入口的左邊是一座義式花園，迎接著街上的旅客。

售票大廳擠滿了要到鄉間遊玩的家庭。小販堆滿商品的手推車叮噹作響，販售著酒類或乳酪香腸麵包。亞札爾一家抵達時，站內餐廳的窗戶早因廚房蒸騰的熱氣蒙上一層白霧，廚師正在裡頭忙著燉煮午餐湯品。旋轉門推開時，飄來了水芹與酢漿草的香氣，穿著黑色背心與白色長圍裙的侍者將咖啡與白蘭地端到客人桌前，並回頭對吧檯大聲點餐。廚房最遠的盡頭有個高

16 原文 Haussmann in Paris，又稱巴黎改造計畫，指十九世紀法國塞納省省長喬治－尤金・奧斯曼（Georges-Eugène Haussmann）與拿破崙三世共擬的都市計畫，這場計畫使巴黎成為當今都市的模範。

聳的收銀台，一名灰髮女士正用鋼筆在帳本上仔細作帳。

兩個火車頭一面在鐵軌上嗚嗚作響，一面冒出連綿不絕的蒸氣。駕駛與火伕的臉被煤炭燻得又黑又髒，令人想起了打造這條工業之路的艱辛歷程——鐵路向西到巴黎、向北延伸至海岸地區；而這與光鮮亮麗的彩繪馬車，以及撐著彩色洋傘、穿著亮麗衣服的婦人與孩子們形成強烈對比。他們還得將非常迷戀巴黎快車的谷瑞瓦拉走，一行人朝月台旁的一列小型列車走去，這班車會帶他們前往阿爾貝和巴波姆市（Bapaume）。

在溫暖柔軟的車廂座位上，他們目送著市區緩緩從身後消失。列車往東駛向隆戈市（Longueau）時，大教堂尖塔忽然出現在眾人視野中，車身上下搖晃，通過平交道時劇烈顫動，而後在北向的軌道上開始加速，蒸氣的呼嘯聲逐漸蓋過了車輪的嘎吱聲。

莉瑟特將手放在大腿上，她的繼母與谷瑞瓦分別坐在她兩側，亞札爾則夾在史蒂芬與瑪格莉特中間。

「所以你想要釣最大的魚，對吧？」莉瑟特歪著頭問史蒂芬。

「這當然不可能。我想得先對當地有所了解。法國魚比英國魚聰明多了。」

莉瑟特咯咯笑了。

「總之，魚多大並不重要。重要的是釣魚的樂趣。」

「我會抓到最大的魚，」谷瑞瓦說。「你們等著瞧。」

「我打賭你釣到的魚不會比史蒂芬的還大。」莉瑟特說。

「誰？」亞札爾問。

「妳指的是瑞斯福德先生，莉瑟特。」伊莎貝爾拘謹地糾正，又因為心虛咳了一聲。

莉瑟特平靜地看著繼母，眼神滿是懷疑。「喔。」

伊莎貝爾感覺她怦怦跳動的心正低語著。她不敢看向史蒂芬——儘管她也捕捉不到他的眼神，因為史蒂芬被直呼名字後，感到氣氛變得尷尬，轉而凝視矩形車窗外的翠綠風景。

亞札爾與谷瑞瓦都沒有留意到莉瑟特魯莽的發言，伊莎貝爾則因為孩子可能會到河裡游泳，開始關切瑪格莉特是否帶了替換衣物。

「反正，」莉瑟特對谷瑞瓦說。「無論你釣到什麼，都沒人想吃，對吧，史蒂——先生？」

「什麼？為何不吃呢？我還以為你是好釣手耶，不是嗎，谷瑞瓦？你那支釣竿可是全新的。」

莉瑟特怒視弟弟，他顯然從姊姊身上搶走了史蒂芬的注意力，這讓她在接下來的旅程一句話也沒說。

第二列火車將他們載離阿爾貝，沿著昂克爾河畔旁的鄉村小支線，經過兩個小農莊，直抵博庫爾市（Beaucourt）的車站。太陽從繁茂丘陵上堆積的雲層露臉，點亮了河畔的翠綠山谷。鐵軌間點綴了幾片草地，河道支流間是大片的野草。他們選了一條比較不泥濘的道路，穿過一道圍籬大門，那裡離河岸約有二十公尺。依稀可見遠處河床上的垂釣者，其中幾位是獨自前來，還有一群男孩坐在板凳上，有時會將腳泡進水裡。昂克爾河的河面遼闊，除了自信滿滿的泳客會想渡河，一般人則望之卻步。寬廣的水面幾乎平靜無波，只有燈心草與腐木舔舐著河岸；窄小的河段偶爾會激起一絲絲白色的水花。

亞札爾坐進一張帆布椅，點起了菸斗。他對伯納德夫婦無法同行相當失望；只要伯納德在場，對話總是充滿火花、令人愉快。最近他與伊莎貝爾沒什麼話好說，小孩也令他感到無趣。他將釣線上餌，小心翼翼地投入水中。不管伯納德是否在場，待在令人愉悅的鄉間小河旁、被林間白嘴鴨的嘎嘎叫聲圍繞、欣賞著起伏靜謐的廣闊樹林，也不失為一種度過夏日的好主意。

史蒂芬幫谷瑞瓦為新釣竿上餌後，便到樹底坐下。伊莎貝爾和瑪格莉特在樹蔭下鋪野餐墊時，莉瑟特在一旁凝視著他。

下午一點，眾人仍毫無所穫。河面平靜無波，不過隱約可看見遠處一個小男孩走下對面的河床，他自製的浮標剛剛碰到水，釣線就因某種快速游過的笨重生物而劇烈晃動。他們走回車站，找了一匹小馬套上馬具，往上爬到歐雄維萊爾村（Auchonvillers）的丘陵，伯納德曾推薦在這裡用餐。伯納德其實也沒來過，但是曾有人推薦這間餐廳，說是這一帶的名店。

亞札爾在門外整理領帶。伊莎貝爾的眼神迅速掃過孩子，確保兩人穿著得宜。歐雄維萊爾是個乏味的小村莊，只有一條幹道、幾條田野小徑以及一些不起眼的巷弄，多半通往農舍或其他附屬建物。準確來說，餐廳更像是一間咖啡廳，擠滿了當地的家庭。

他們在門口稍候，直到一位年輕女性領他們到一張餐桌前，才總算坐定。谷瑞瓦因肚子餓而悶悶不樂，伊莎貝爾帶著鼓勵的眼神對他微笑。

「至少這裡的人穿著還算得體。」亞札爾環顧四周。

要與雇主同桌用餐，這讓瑪格莉特很緊張。女侍來點餐時，她還是無法決定要吃什麼餐點，最後請伊莎貝爾替她選。亞札爾替自己倒了些酒，又因為拗不過任性的莉瑟特，也替她倒了一些。

史蒂芬隔著餐桌凝視伊莎貝爾。六天前的她還是亞札爾夫人，史蒂芬只能遠遠地愛慕著她；如今，她的情感與肉體也傾慕著自己。她高束的洋裝衣領鑲著深紅色的寶石，梳著正式的髮型，從她掃視著四周的明亮眼神，史蒂芬一眼就能看穿她隱藏的祕密生活，訝異他人竟無法看出她的獨特。史蒂芬望著她與谷瑞瓦聊天、陪瑪格莉特做決定，而他一心只想與她獨處——不是做愛，而是挖掘她最真實的自我。他看準時機捕捉到伊莎貝爾的眼神，以只有她能察覺的輕微動作歪頭，他看見她的眼神一瞬間柔和了下來。

此時此刻，史蒂芬發現自己不想回英國了。他坦承，在紅色房間所做的一切，稍稍安撫了他對伊莎貝爾的激情。然而，他逐漸明白，這份渴望永遠不會被耗盡、被滿足。這份情感已變化為各種形狀深入他的思緒，早已超脫了肉體。對他而言，這遠比維持生計或事業更為重要；除非知曉終點在哪，否則他已無法停下。這一股勢不可擋的好奇心，幾乎與他對伊莎貝爾的柔情一樣堅定。

雖然史蒂芬向來思緒清晰，對師長或雇主分配的工作也運籌得當，但是他分析事情的本領尚未成熟。他充滿自信，只憑直覺行事，或仰賴一些本能的警覺心。他望著伊莎貝爾，明白自己必須緊緊跟隨這份珍貴的感情。

在一道可口的燉肉後，端上了一條氣味濃郁、嘗起來有金屬味的鱒魚，大夥配著麵包才勉強吃下肚。伊莎貝爾盯著谷瑞瓦用餐，轉向餐桌上的其他人時神情平靜。史蒂芬心想，無論是丈夫的冷言冷語、莉瑟特充滿暗示的評論，還是谷瑞瓦莫名其妙的胡鬧，都無法擾亂她那迷人的內在平衡。

午餐過後，他們回到河邊。亞札爾坐回他的躺椅上，谷瑞瓦去找他在小溪旁找到的小樹幹。史蒂芬朝著博庫爾的方向在河堤散步。平緩起伏的農地上方，是一片開闊晴朗的藍天，雲雀的叫聲此起彼落。他坐在一棵大樹底下，悠閒地將餌鉤上向亞札爾借來的釣竿，忽然，他感覺有隻手輕輕碰了碰他的肩膀，他的雙眼隨即被另一隻手蓋住了。起先他嚇了一跳，隨後因為溫柔的撫觸放鬆了下來。他握住肩上的那隻手來回撫摸——那是女人纖細的手。他抓住手轉過身，才發現是莉瑟特。她得意地笑了。

「你沒想到是我，對不對？」

史蒂芬曉得他驚訝的眼神出賣了自己，但他只是說：「我沒聽見妳偷偷走到我後面。」

「你以為是別人，對吧？」莉瑟特雖然還在賣弄風情，但語氣堅決。

「我沒有以為是誰。」

莉瑟特將手放在背後，在他身邊繞圈子。她穿著一件白洋裝，頭髮用粉紅色的緞帶紮起馬尾。

「其實，史蒂芬先生，我知道你和我繼母之間發生了什麼。」

「妳是什麼意思？」

莉瑟特大笑。史蒂芬想起她在午餐時喝了酒。她壓低聲音，沙啞說道：「我親愛的伊莎貝爾。」接著渴望般地輕嘆喘氣，接著又開始大笑。

史蒂芬微笑著搖頭，假裝無法理解。

「那天午餐之後，我在花園的長凳上睡著了。我醒來後走回屋內，因為有些頭暈便坐在露台上，卻聽見樓上一扇敞開的窗戶中傳來聲音。聲音很小，但是聽起來頗有意思。」莉瑟特再度狂笑。「當天晚餐後，我聽見某人偷偷摸摸沿著走廊進入她房間，又踮起腳尖走回樓下。」

她側頭盯著史蒂芬看。「怎麼樣？」她問。

「什麼怎麼樣？」

「你怎麼說？」

「我認為妳是個想像力豐富的女孩。」

「沒錯，的確如此。我一直在想像你們做的事，我也想試試看。」

這次史蒂芬真的笑了出來。

「這不好笑，你不想要讓我父親知道我聽到了什麼吧？」

「妳只是個孩子。」史蒂芬說，感覺自己開始冒汗。

「不，我不是。我已經快十七歲了，比起她，我與你的年齡更接近。」

「妳喜歡伊莎貝爾嗎？」

莉瑟特看起來有些吃驚。「我原本很喜歡她。」

「她對妳很好。」

莉瑟特點點頭。

「多想想這一點。」史蒂芬說。

「好。但你不應該那樣對待我。」

「怎麼樣對待妳？」

「你給我那個小雕像，我以為……你知道的，你跟我是同輩。我為什麼不能獨自占有你？」

史蒂芬逐漸了解到，眼前不是一個惹麻煩的孩子，而是一名感情受挫的女孩。她說的話有一部分是事實。

「對於那個小雕像，我很抱歉，」他說。「妳就坐在我旁邊。假使是谷瑞瓦在我身邊，我也會送給他。我沒有其他意思。事實上，後來我又做了一個給谷瑞瓦。」

「所以，它一點意義也沒有？」

「恐怕是這樣。」

莉瑟特拉住他的手臂。「史蒂芬，我不是孩子了，即便他們都把我當成小孩。我是女人——至少幾乎是女人了。我有女人的身體，不是小孩子了。」

他點點頭。他心想得保持冷靜才能安撫她。「我懂。妳真的很堅強，尤其是妳失去了媽媽。」

「你又懂什麼？我沒有媽媽又怎麼樣？」

「別生氣，莉瑟特。我也沒有媽媽，甚至也沒有爸爸。我知道那種感覺，我懂妳。」

「好吧，也許你懂，但是我句句屬實。我想要你也對我做同樣的事。」

「我沒辦法，莉瑟特。妳必須了解這一點。這樣對我們倆都好。」

「是不是我不夠美？我難道比不過她嗎？」

史蒂芬看著她。剛喝過酒的莉瑟特心緒紊亂，脹紅著一張臉，其實非常迷人。她有一雙深邃的棕色大眼與長長的睫毛，腰肢纖細，頭髮有些散亂。

「不，妳很美。」

「那麼摸我，就像你摸她那樣。」

她用雙手抓住史蒂芬的手臂。他意識到酒後的莉瑟特完全變成了另一個人；她抬頭凝視自己，眼神卻非常渙散。

莉瑟特抓住他的手放在她的乳房游移。史蒂芬儘管不斷抗拒著，卻依舊感覺到慾望本能地升起。

「莉瑟特，」他說。「這太蠢了。妳的父母就在河岸附近。我不會被妳引誘，也不想讓妳羞辱自己。如果妳想要的話，我可以很快地親妳一下，但妳得保證馬上離開，而且永遠不再提這件事。」

「我不要。」她說。

「妳說『不要』是什麼意思？」

「我的意思是你一定得摸我。」

她再度抓起史蒂芬的手在胸前搓揉，又將他的手拉到自己的腰上。莉瑟特膽大妄為的舉動激起了史蒂芬的情慾，所以當她將史蒂芬的手拉進她掀起的襯衫底下、以及她的大腿上方時，他沒有立刻縮手。接著莉瑟特拉著手滑進她的下腹，他能感覺到那裡濃密的毛髮與溼潤的陰部。

史蒂芬立刻縮手，他知道假使任事態發展下去，事情將一發不可收拾。

莉瑟特也因他方才的反應僵住了；眼前發生的一切似乎嚇得她清醒了過來。她將手移開，史蒂芬卻一把抓住了她的手腕。

他狠狠地看著莉瑟特說道：「現在妳懂了。妳絕對不可以先起頭，而且妳永遠、永遠不能跟任何人或是妳父親，提到剛剛妳說過的那一切。」

莉瑟特點點頭。「我保證不會說出去。我想走了，我想回家。」

她完全忘了蒂耶普瓦勒還有英式下午茶。

又一週過去了，伊莎貝爾和史蒂芬在杜康熱大道以奇怪的方式生活著，儘管兩人如常完成每天的例行公事，雙方卻都心不在焉。他們冷眼旁觀著對方高明的偽裝技巧，心裡既懷疑又欽佩。

史蒂芬發現，擔憂可能被發現的恐懼感，讓兩人短促隱密的交合更顯刺激。只要場合允許，他們會在任何地點做愛：紅色房間、暫時無人的客廳，或花園盡頭的草坪。緊迫的時間反倒更讓他們無所顧忌。

他並沒有停下來思考。熱情使他的思緒亂成一團，整個人都被一種慾念席捲了：一切必須繼續下去。這股篤定也促使他在公共場合始終保持著鎮定。

伊莎貝爾也對這段突然降臨的情慾人生感到困惑，但也在短促刺激的交歡中體驗到了一樣的興奮。她想念他們第一次在紅色房間的對話，這對她而言就如同某種親密的藝術，如同他們尚未發掘的肉體交流一樣微妙。

兩人在大廳小聲商量後，有一天，史蒂芬設法提早下班回家，伊莎貝爾也支開了瑪格莉特和莉瑟特。

史蒂芬發現她已經在紅色房間等著了。事後，他靠著枕頭，盯著壁爐架上一幅中世紀騎士的畫作。爐排已經升起火焰，旁邊是排列整齊的柴火與煤炭。遠處的牆邊擺了一個大型鄉村風衣櫃，裡頭是沒用過的窗簾、地毯、冬衣、各色花瓶、時鐘與屋內擺不下的箱子。木造窗框沒有上漆，木頭早已剝落。微風拂過鐵線蓮，白色花瓣倚著窗戶玻璃輕輕飄動。

這是史蒂芬在那次河畔旅行後，首次有機會向伊莎貝爾述說莉瑟特的舉動。他在衝動之下全盤托出了一切，期待她能珍視自己的坦誠。

「我不懂，她怎麼會學到這些事情。」伊莎貝爾似乎很好奇。

「我猜她比我們想得還要成熟。妳在這個年紀時，沒有過類似的感受嗎？」

伊莎貝爾搖搖頭。「金妮曾經跟我提過男女之間會發生的種種，但我從來沒有那種渴望，至少不像莉瑟特那樣。」

「我想她是因為母親早逝，缺乏母愛。她希望有人注意到她。」

「她很興奮嗎？她有沒有……我不知道該怎麼問。」

「妳是指，她是否準備好跟男人做愛了？」

「對。」

「是的。她的身體已經準備好成為女人，但她肯定選了一個錯的男人。」

「你。」

「有可能更糟。」

伊莎貝爾再次搖搖頭。「可憐的莉瑟特。」

她看向史蒂芬，問道：「你想跟她……嗎？」

「不。我在一瞬間有反應，但那只是身體的本能。但是我不想，我只想和妳在一起。」

「我才不相信。」伊莎貝爾笑道。

「妳在逗我，伊莎貝爾。」史蒂芬對她微笑。

「是啊，當然在逗你。」伊莎貝爾的手滑下他的下腹。「你太壞了。」她在史蒂芬耳邊輕聲呢喃。

史蒂芬覺得自己好像永遠不會疲勞，像是有一股外力操控著這副身軀似的。當他壓在伊莎貝爾身上時，又想起了莉瑟特。他相信讓伊莎貝爾知曉莉瑟特的放浪行為，也會增添她歡愛時的刺激感。

過了一會兒，他說：「我擔心她會告訴妳丈夫。」

伊莎貝爾恢復了她一貫的沉著，回答：「我更擔心得留下來照顧她。」

「留下來？」

「沒錯。而不是……」

「而不是跟我回英國？」

伊莎貝爾知道自己還是得面對這著問題，默默點了點頭。

史蒂芬的內心雀躍不已；儘管是由他說出口，但也說中了伊莎貝爾的願望。

「但妳一定得這麼做，」他說。「妳必須離開會毆打妳的丈夫，與愛妳的人遠走高飛。莉瑟特不是妳的孩子，妳已經對她很好了，也幫了她很多忙。但是妳最終必須擁有自己的人生。妳只有一次機會。」

他不打算掩飾這番話中的宣示意味。他希望伊莎貝爾能記住這些話，希望她獨自抉擇時能想起這一切。

「那我們在英國要做什麼？」伊莎貝爾逗他，不願意好好思考這個問題。

史蒂芬緩緩吸了一口氣。「我不確定。我們可以到某個遙遠的地方定居，遠離倫敦。我可以找一份類似的工作。我們可以有孩子。」

這段話似乎掃去了伊莎貝爾輕鬆的心情。「那莉瑟特和谷瑞瓦……他們又會失去一個母親。」

「如果妳留下來，就會失去自己的人生。」

「我不願去想這些。」

「但是妳一定要想。我應該下週就要回倫敦了。妳可以和我一起走，或者我們可以私奔到法國的某個地方。」

「或者你留在鎮上工作。我們還是可以見面。」

「不能這樣，伊莎貝爾。妳知道這行不通。」

「我要穿衣服了。我得在莉瑟特回來前下樓。」

「在妳離開前，我想問一些問題。路西恩·雷朋，聽說他和妳……」

「路西恩！」伊莎貝爾大笑。「我喜歡他，也很欽佩他，但真的……」

「很抱歉，我不該問的。只是……我很擔心。」

「別擔心，永遠不要擔心。我只有你，現在我真的該穿衣服了。」

「讓我幫妳。」

史蒂芬拿起她掛在椅背的衣服。「把妳的腳放在這裡，另一隻放在這兒。現在站起來。接下來是這件嗎？這應該怎麼繫？我得把這個拉直。妳喘得好厲害，我的愛。是因為我碰到這裡嗎？還是這裡？」

伊莎貝爾半裸著，史蒂芬跪在她面前，她雙手扶著他的頭。

她再度開始喘息時，史蒂芬站起身問道：「妳會和我一起走，對嗎？」

她緊咬的牙回答了一切。

前門砰一聲打開，亞札爾拿著一份晚報走進大廳。

「伊莎貝爾！」他大喊。「罷工結束了，染工明天就會回來上班。」

她出現在樓梯頂端。「太好了。」

「而且明天梅羅斯會向員工講解我的新條件。」

「真讓人開心。」

伊莎貝爾心想，至少這代表亞札爾會很愉快；他不會出言不遜，或到房間找她發洩挫折。

「那麼你何時會離開我們，先生？」亞札爾在晚餐時問道，為史蒂芬斟了一些酒。

「這個週末，跟我們預期的一樣。」

「了解。就像我今天早上向你提過的，工廠近來發生了一些趣事。我希望你享受這段與我們共度的時光。」

「能和您可愛的家人共處是我的榮幸。」

亞札爾看起來很滿意。常常能在他眼神中見到的那種悵然若失似乎消失了。他的人生就要回歸正軌，這顯然讓他很愉快。

伊莎貝爾看著丈夫，他因史蒂芬即將離去以及罷工結束而感到如釋重負，但她無法理解他竟然如此渴望能重返從前的生活。或許他將對待妻子的那種殘暴行徑，視為能提升愉悅感的過渡作法，如今，他應當不會再急著想要這樣對待自己吧？伊莎貝爾不怕他，但亞札爾的態度令她沮喪。她的眼前彷彿展開了漫長寒冬般的孤獨寂寥；如果他滿足於現狀、不願改變，那麼比起獨處，丈夫在場時反而會讓她感到更深沉的寂寞。

與此同時，史蒂芬的存在，更令她無法冷靜思考。她的情感以及兩人可能會發生的改變，一切實在太危險了。她覺得應該依賴史蒂芬，避免自己誤判情勢鑄成大錯；儘管史蒂芬比較年輕，但他似乎很清楚怎麼做才是對的。

自從河畔小旅行回來後，莉瑟特便悶悶不樂；她不再試著以生悶氣或暗示的話語活躍晚餐的氣氛。她不再看史蒂芬，儘管他不時回以肯定的眼神。她面對著桌上的晚餐一言不發。大理石小桌上的時鐘開始大聲報時。

「我聽說了一個很奇怪的故事。」亞札爾突然說道。

「是什麼故事？」伊莎貝爾說。

「他們說在罷工最踴躍的時候，某人拜訪了小路西恩，還帶了些食物給染工們的家庭。」

「對，我也聽說了，」史蒂芬說道。「幾位富有同情心的市民援助了罷工者，其中一位男士還特別要求匿名——這是我從工廠聽說的。」

「喔，親愛的，不是，」亞札爾說道。「那不是男人，而是個女人，還無所不用其極地想找到雷明的住所。」

「我想，罷工的人們得到了多方協助。」

「但最奇怪的是，這名女子嫁給了工廠老闆。」亞札爾停了下來，環顧餐桌。孩子都沒有在聽他說話。伊莎貝爾的姿態變得僵硬。

「真的很怪，對吧？」亞札爾舉起酒杯到唇邊。「我完全不敢相信。」

「我並不覺得奇怪，」伊莎貝爾說：「就是我本人。」

史蒂芬難以置信地看著她。亞札爾則將酒杯重重地放在桌上。

「但是，親愛的——」

「我帶食物過去，只是因為他們都在挨餓。我不清楚這群人是否該罷工，但是我曾看過他們的孩子沿街乞討麵包，還追著推到市場販賣的蔬菜手推車。當我看著他們在聖勒區的垃圾桶翻找東西吃時，真的覺得很難過。」

伊莎貝爾的聲音出乎意料地平靜。她說：「無論他們是紡織工人或鞋匠，無論他們是什麼身分，我都會做同樣的事。」

亞札爾臉色慘白，他的嘴唇逐漸轉為蒼白的紫色，彷彿那層薄膜吸乾了他的血。

「妳給我立刻離開房間，」他對莉瑟特說。「還有你。」

原本在木地板上推著餐椅的谷瑞瓦停了下來，拿走他餐盤裡的一片雞肉。

亞札爾站了起來。「我完全不理會這些謠言。我不相信他們，儘管我一開始就聽說是妳、與妳有關。無論妳多麼任性與自私，我都不敢相信妳竟然會用這樣的方式對我。而你，先生，你最好也馬上離開。」

「不。讓他留下來。」

「為什麼？他是——」

「讓他留下來。」

亞札爾的臉閃過一絲驚恐，似乎想說些什麼，但說不出口。他又喝了一口酒。他似乎想像了更多可怕的可能性，而這個可能性只會令他更怒不可遏。

亞札爾試著開口問最糟的問題：「你……？」他看著史蒂芬，又低頭望著桌子。他的勇氣消失了，內心正天人交戰。片刻後，他又恢復了原先的態度，重新奪回話語權。

「我不相信我的妻子會以這種方式讓我失望。我不相信謠言的另一個原因，是因為工人之間還有流傳其他的八卦，說這位女士同時也……」他揮了揮手，彷彿這樣就可以將那念頭驅趕。「……和雷朋有一腿。」

「不是和路西恩。」伊莎貝爾說道。

亞札爾的臉瞬間垮了下來。他的聲音極其可憐，因為伊莎貝爾不但沒有否認謠言，更證明了他最害怕的事實。

即使無法消弭丈夫的忿恨，伊莎貝爾還是決定一口氣解答他的疑慮。「不是跟路西恩。是史蒂芬。」

亞札爾抬頭。「是……跟他？」

「沒錯。」史蒂芬冷靜地迎上他的目光。「是我。我追求你的妻子、誘惑了她。你要恨的是我，不是她。」

他想要盡己所能保護伊莎貝爾，儘管他也對自己的處境感到震驚：伊莎貝爾大可以輕鬆搪塞一切。他的心跳加速。亞札爾的下顎垮了下來、嘴巴張開，下巴還有幾滴酒。史蒂芬看著亞札爾這副悽慘的樣子，為他感到悲哀。為了保護自己與伊莎貝爾，他下定了決心。他強迫自己不要被同情心影響，幾乎全然是憑藉著意志力在行動。

伊莎貝爾再也無法冷漠對待亞札爾。剛剛短短幾句話證明了自己的不忠，也似乎耗盡了她的決心，她開始哭著為自己的行為道歉。史蒂芬仔細聆聽她的話。他並不嫉妒亞札爾得到妻子的道歉，但他也不希望伊莎貝爾過於讓步。

亞札爾無話可說，只是不斷重複：「和他？在這裡？」

「我很抱歉……真的很抱歉，勒內。我不想傷害你，是我對史蒂芬有了感情。我不想傷害你。」

「是這個……小鬼，這英國小男孩？在我家？哪裡？在妳床上？」

「這不重要，勒內。在哪裡並不重要。」

「對我來說很重要。我想知道，你們是在……哪間房間？」

「天啊。」史蒂芬開口。

亞札爾沉默地坐在餐桌前，仍緊握著杯腳。他再度張嘴，又疑惑地瞇起眼睛，彷彿正直視刺眼的陽光。

「你的父親，傅門葉先生，他會怎麼想……？他們會怎麼說？我的天，我的天啊。」

伊莎貝爾望向史蒂芬，眼中帶著恐懼。史蒂芬看得出來，她根本沒想到這番突如其來的告白，會對丈夫造成多大的衝擊。而今，她的驚慌失措無疑有一部分是因為擔心亞札爾，但有一部分似乎是憂慮她自己：她可能會在這場危機中失去決心，再次向現實低頭，繼續任憑丈夫擺布。史蒂芬不安地旁觀這場風暴的殘局。他深覺自己必須讓伊莎貝爾保持決斷，因為若亞札爾徹底崩潰，一切就很難收拾了。

亞札爾咕噥：「妳這婊子……妳的父親已經警告過我了，我卻當成耳邊風。在我家屋簷下，我還有兩個小孩，他們怎麼辦？妳這婊子。」

「聽著，」史蒂芬迅速繞過餐桌，雙手按住他的肩膀。「你那樣虐待伊莎貝爾，她能對你有什麼期待？你以為她會為了討你歡心，便甘願被你羞辱嗎？你明明每晚都會打她，難道你還期待她能溫順地坐在你身旁嗎？」

亞札爾振作了起來。「妳都跟他說了什麼？」

「她告訴我什麼並不重要。風聲隨時都會在這間屋子裡走漏。你對她做了那些事，怎麼還能坐在這裡喊她的名字？她是擁有自己的人生和感情的女人，結果你做了什麼？你幹了什麼好事？」他用力將亞札爾推回椅子。

亞札爾似乎被史蒂芬的忿恨激怒了。他起身說道：「限你一小時內離開我家，如果你腦子還算清楚，就知道永遠不要再讓我見到你！」

「我當然會離開你家，」史蒂芬說。「而且我還要帶走你的妻子。伊莎貝爾？」

「我不想要這樣。」伊莎貝爾脫口而出，搖了搖頭。「我不曉得現在該怎麼做，或該如何處理眼前的狀況。我可以用最簡單的方式讓自己快樂，就像任何一個擁有自己家庭的女人，而非如此自討苦吃。我不要聽你們的話，我為什麼要聽？我怎麼知道你會愛我，史蒂芬？我要怎麼確定？」她的語調低沉柔和，如同史蒂芬第一晚聽到的那樣。她的嗓音在他的耳裡是多麼美妙：在她脆弱不已的哀求中，感覺又帶著一股堅定的力量。「而你，勒內，我甚至沒有理由喜歡你，為什麼我要相信你？」

兩位男人沉默地看著她。史蒂芬深信兩人的感情能說服她。

伊莎貝爾說：「誰都無法預料這個情況。我無法從信仰、我的家庭、或自己的想法得到任何指引。我不會任你侮辱我為妓女，勒內。我只是個容易受驚的女子，不是淫婦或娼妓。我始終忠於自己，但你從來不用心理解這一切。」

「原諒我，我——」

「是，我原諒你了。我原諒你對我做過的錯事，我也請你寬恕我犯下的錯誤。我要上樓打包行李了。」

她離開房間時，裙襬發出沙沙聲，還有隱隱約約的玫瑰香氣。

「妳如果真要跟他走——」亞札爾在她身後大叫：「就準備下地獄吧！」

史蒂芬轉身離開房間，努力壓抑內心的狂喜。

伊莎貝爾將裝著金妮照片的相框放在行李箱的衣服上。她頓了一會兒，又再放上全家福相片，相片中，她的父母打扮隆重，準備上教堂做禮拜，一頭深色長髮的瑪蒂塔嫵媚地站在父親的右手邊，淺色頭髮的小女孩則是她，就站在母親左側，戴爾芬、金妮與碧雅翠絲則排排站在後方。這張照片是在盧昂公園拍攝的，背景是一片梧桐樹林，遠處有一對情侶在碎石路漫步，傅門葉家的白色小狗坐在父親腳邊。

她凝視父親瞪向前方的臉龐，父親的雙眼深邃疏離，留了厚厚的鬍鬚。伊莎貝爾心想，他應當很難接受自己的行為。其實，他從來就不願意嘗試了解。

她又打包了兩件洋裝，以及一件有著花邊領口的女式襯衫，這趟旅程會需要更多實穿的衣物：大衣、可以走遠路的鞋，剩下的或許到時候可以請人寄到她最後落腳的地點。

伊莎貝爾沒有給自己猶豫的時間，她想要在改變主意前與史蒂芬離開這間房子。

她聽見房間外的走廊傳來腳步聲，回頭看見史蒂芬站在門邊。她跑向他，史蒂芬將她緊緊擁住。

「妳是個了不起的女人。」他說。

「我要怎麼跟孩子們說？」

「跟他們道別，告訴他們，妳會寫信回來。」

「不。」伊莎貝爾退後一步並搖頭，淚水在她眼睛打轉。「我對他們做了不好的事，我不能假裝這件事沒發生。我必須直接離開。」

「不說再見嗎？」

「不。快點，史蒂芬。我們得走了，我已經準備好離開了。」

「等我一會兒，我去拿文件。」

史蒂芬跑上樓時，聽見一個女聲在樓下哭鬧啜泣。接著是一扇門甩上的聲音，他還聽見谷瑞瓦詢問發生了什麼事。他將護照、筆記、工作日誌、刮鬍刀及一些替換衣物丟進一個小皮袋。他走到一樓時，看見莉瑟特穿著睡袍站在房門外，蒼白的臉龐滿是震驚。

「發生什麼事了？」她問。「為什麼大家都在大吼大叫？」

那一瞬間，史蒂芬突然同情起眼前的女孩。他一言不發，轉身走向伊莎貝爾的房間。她已經穿上大衣，頭戴一頂帶有羽飾的綠帽，看起來年輕又迷人。

「好了嗎？」史蒂芬說道。「我們要走了嗎？」

伊莎貝爾緊握著他的手，看著他嚴肅的臉龐。她微笑地點點頭，然後拿起行李。屋頂下的每個空間與隱密走廊都迴盪著人聲，那些腳步聲或是奔跑、或是回頭，或是沉重、或是遲疑。當瑪格莉特與廚師以清理餐桌為藉口，在門廳徘徊偷聽時，開開關關的廚房門讓上頭的鉸鏈不斷來回撞擊。史蒂芬摟著伊莎貝爾出現在樓梯頂端，帶著她走過滿臉震驚與懷疑的人們。

「下地獄吧。」亞札爾在客廳的門口重複說道。

他們經過亞札爾身旁時，伊莎貝爾感覺史蒂芬的手壓在她腰窩上的力道。她走到大門之前時，在階梯的轉彎處瞥見了莉瑟特蒼白的身影。她打了個寒顫，帶著史蒂芬走出大門，進入黑夜。

亞札爾回到屋內，要求孩子們在樓梯附近等待，便走進了伊莎貝爾的房間。他拉開床罩撫摸，床單乾淨上漿，幾乎完全沒有摺痕。他上樓走入客房，扯開毛毯。窄小的床鋪比伊莎貝爾的凌亂，感覺史蒂芬睡得不好，或許女僕也沒有花時間整理，但他依舊看不出男女歡愛的痕跡：床單乾淨，摺痕也非常整齊。

亞札爾走回一樓，巡視每個房間。他憤怒地想找到兩人暗中苟且的汙穢證據，想找出妻子背叛的痕跡、她墮落的污點。當他沉浸在忿恨與恥辱感中時，那已消失數個月的低迷衝動再次浮現了。

當父親仔細檢查他的床時，谷瑞瓦害怕地站在樓梯口。莉瑟特緊緊牽著弟弟的手，兩人被父親的慘樣嚇到了。亞札爾將瑪格莉特的床單拿到光線底下察看，深信看到了某種污漬，但那只不過是蜂蠟或是她手上沒有洗乾淨的亮光油罷了。他撫過客房的床具，又靠在上頭深深吸氣，卻只聞到了樟腦的氣息。

最後，他滿臉脹紅地站在樓梯頂端的燈光下，非常沮喪。他打開了每個房間的門、將每一張床翻得亂七八糟，但只是白忙一場。亞札爾呼吸沉重。事發突然，怒火中燒的他完全沒有想到紅色房間。他漏掉了那條平凡無奇的木造窄廊，此處可以通往花園，也能走到後面的樓梯。自從買下這棟房子後，他就沒有拜訪那裡的理由，即使伊莎貝爾清空了前屋主的物品重新裝潢，他仍從未親眼看過那間房的模樣。就像當初史蒂芬擔心永遠找不到這間房一樣，亞札爾再也找不到這個地方，因為這裡永遠被他遺忘了。

史蒂芬與伊莎貝爾面對面坐著，搭上南下蘇瓦松市（Soissons）與蘭斯市（Reims）的列車。他渾身充滿勝利的喜悅，他贏了，他成功說服伊莎貝爾對抗傳統桎梏、為自己挺身而出，完成了這個危險艱鉅的任務。能與所愛的女人在一起讓他深感幸福，而且無庸置疑的是：她真正屬於自己了。伊莎貝爾帶著微笑，仍然難以置信地左顧右盼，而後閉上雙眼。當她再度睜開眼時，眼裡卻帶著無奈。

「他們會怎麼說？他會怎麼向伯納德與其他朋友說？」她雖然困惑，但語氣並不焦慮。

「妳不是第一位離開丈夫的妻子。」史蒂芬不知道亞札爾會怎麼說，但是他不願意多想，只想專注於自己與伊莎貝爾的未來。

他們搭的是當天最後一班列車，所以能選擇的目的地很少。在車站時，伊莎貝爾用披肩遮住臉，害怕上車時會被人認出來。當列車往南駛過平緩的風景時，她才漸漸放鬆了下來；就算她日後會悔恨多年也無妨，至少這齣鬧劇已經過去了。

列車在一個昏暗的車站停下，他們看見窗外有個搬運工正卸下郵袋，又推了一部裝滿箱子的手推車走向一棟木屋，後方則是空空如也的畜欄。在黑暗中，男人的臉孔顯得蒼白。在他身後是井然有序、伸手不見五指的漆黑街道，往上坡走似乎有座城鎮，家家戶戶的窗簾與百葉窗後透著朦朧的昏黃光暈。

列車震動起來，嘎啦嘎啦駛出車站，繼續在靜謐的夜晚往南疾馳。夏日即將結束，空氣微微變冷了。列車以東可見亞爾登省（Ardennes）的森林，再過去就是萊茵河了。短暫停靠蘭斯後，他們繼續沿著馬恩河河岸穿過茹安維爾市（Joinville）。火車在月色下駛過鄉間，穿越河堤不斷前行，兩側的高地籠罩在黑夜中，灰暗的河面被月光映照得閃閃發光。

他們一路往南，伊莎貝爾坐到史蒂芬身旁，頭靠著他。列車不斷搖晃，讓她的眼皮沉重了起來，最後沉沉睡去。列車繼續前行，筆直朝南往馬恩河與默茲河的交界前進，默茲河又連接了色當市（Sedan）與凡爾登市（Verdun）——最後穿越她家鄉的低地。

她夢見了玫瑰色光暈下的蒼白面孔；莉瑟特站在樓梯角落，暗紅的光線襯著她毫無血色的臉，而其他人也與這名悵然若失的女孩一樣，被困在某種時間的輪迴中，就像列車行進時的規律節奏；夢中還有許多眼神深邃的蒼白臉龐，難以置信地瞪著她。

他們在普隆比埃市（Plombières）的一間溫泉旅館下榻，這是一棟灰色的建築，有著裝了鑄鐵欄杆的陽台與枝葉蔓生的常春藤。他們的房間在一樓；窗外有一座蓊鬱潮溼的花園，裡頭有一座破舊的涼亭以及幾棵待修剪的高聳西洋杉。遠處的磚牆後方就是天然浴池，據說泉水很有療效，可治療風溼、胸痛以及一些血液疾病。旅館內還有十幾名房客，多半是老夫婦，他們會在裝飾華麗的餐廳用餐。初來的前三天，兩人幾乎沒有離開房間。伊莎貝爾除了旅途勞累，也因為近日的壓力深感疲憊。她睡在船型的床上，史蒂芬則會坐在她身旁好幾個小時，讀書、抽菸，或站在陽台凝視平靜的小溫泉區。

晚餐時，一位靦腆的女僕將托盤放在他們房門口，而後匆匆沿著走廊回去工作。第三天，史蒂芬獨自下樓到餐廳，坐在窗邊望著廣場。旅館老闆遞上了菜單。

「尊夫人還好嗎？」他問道。

「還好，謝謝。只是有些疲累。我想她明天就會下樓了。」

許多房客在餐廳坐定後，向史蒂芬點頭致意。他也報以微笑，喝著他點的紅酒。侍者送上一道奶油醬汁濃郁的魚料理，史蒂芬又喝了幾口酒，沉浸在異鄉的靜謐氛圍中：在他的想像裡，這間旅館的日常應當一直以來都如此井然有序，無論是十八世紀傳下來的佳餚食譜、飄散的食物香氣、優良的水質，還是端莊優雅的旅客——一切都從未改變過。

第四天，伊莎貝爾陪他出門散步。她挽著史蒂芬的手，彷彿兩人是結婚多年的夫妻，兩人在街道漫步，又在公園坐了一會兒，還在一所男校對面的廣場旁喝咖啡。

史蒂芬對她的好奇彷彿永無止盡。他請求伊莎貝爾說說從前的生活，似乎對她在盧昂的故事非常感興趣。

「妳可以再多分享一點金妮的事嗎？」

「我把所有能想到的都告訴你了。現在輪到你說說，你是怎麼來這裡的？又是在什麼情況下來到法國？」

史蒂芬緩緩吐出一口氣。「真的沒什麼好說的。我父親住在英格蘭一個叫林肯郡的低地地方，他在郵局裡工作，母親是一名工廠女工。他們沒有結婚，而我的母親懷孕後，父親就離開了。我從未見過他。聽說他只是個普通男人——只能同甘，卻不能共苦。」

「你覺得普通的男人都是這樣？」

「這就是人們過活的方式。我父親或許有點魅力，但也算不上英俊，也不是那種會甜言蜜語的傢伙。他只是喜歡女人罷了，所以我想，我在英格蘭一定有同父異母的兄弟姊妹吧，當然我從未見過他們。我母親後來離開工廠，回去與她父母同住——我的外公外婆也在同一個村莊工作。外公是一名農場工人。我母親最後成為了大戶人家的女僕，就像瑪格莉特那樣。」

伊莎貝爾觀察史蒂芬說話時的神情。他的語氣平淡，臉色卻有些緊繃。

「但我的母親也不算堅強。小時候，我總希望她能證明她即使離開父親也能獨立生活，讓我們能就此遺忘他。結果她又懷孕了，對象是一名同樣在那棟大房子工作的男人。她很愛我，卻不怎麼照顧我。我是被外公帶大的，是他教我釣魚和抓兔子。我是個如假包換的農場男孩。他也教我偷竊與打架。外公那時才五十幾歲，身體還很好。他覺得勞工無所不用其極地賺錢是理所當然的事。假如賞金夠多，他甚至願意赤手空拳打架。他也會偷當地大房子的東西，多半是食物，或是從陷阱捕獲的動物。」

「後來，我的母親與她在大房子遇到的男人私奔了，聽說他們遠走蘇格蘭。不久，外公也因為一些輕微的罪刑入獄，他之後還將照顧我作為辯護的理由。但法院裁定他不適合當我的監護人，想將我送養給當地的育幼院。我原本與外婆過著無拘無束的快樂生活，後來卻得被迫穿上束腰制服，刷洗磚造育幼院內的地板和餐桌。我們也要上課——在這之前，我從未上過學。」

「我想直到我死去那一天，也無法忘卻這些回憶。像是我們刷洗地板時肥皂的氣味，或是制服的觸感。我記得有個天花板非常高、幾乎看不見屋頂的大房間，裡頭擺著用餐的長桌。我先前只是與外婆快樂地生活在一起，所以在被送走之前，我從未看過這麼多人聚在一塊兒，這也讓每個人都變得更加渺小了。每當我坐在那裡時，總會感到一陣恐慌，我們就像成了一個一個的號碼，人人都是無名氏，在彼此的眼中什麼也不是。」

「若有家人或其他人來探視，我們也能偶爾外出一下。那時外公已經出獄，我會花一整天的時間陪伴外公與外婆。有一次，我和一個男孩打了一架，卻不小心下手過重。我已經不記得是誰先挑釁，又是為什麼起爭執了——也或許是我先開始的。我記得當我看到他倒在地上時，心裡想著自己究竟做了什麼。」

「他的父母報了警，現場一片混亂。我因為年紀太小不能接受審判，便被遣送回家。當地報紙還報導了這起事件，而一位我從未聽過、叫馮漢的人，看到新聞後想伸出援手。外婆很高興，因為這個人非常富有。他登門拜訪，與我談了很久。他認為我很聰明，只是需要機會證明自己，便問我是否願意讓法院裁定他成為監護人。為了逃離育幼院，我什麼都願意，而外公外婆也樂見讓別人來承擔養育我的責任。」

「我花了一年的時間才走完法律程序。馮漢先生曾是地方法官，是當地的名人，但一直沒有結婚生子。他堅持要我白天上學，晚上他則親自指導我課業。我住在他家，他則安排我進入文法學校[17]。」

「那是什麼樣的學校？」

「這種學校會教你拉丁文、希臘文和歷史，以及如何使用刀叉。」

「你以前不知道該怎麼使用餐具嗎？」

「完全不懂。不過我掌握了所有課程。一開始很困難，因為我落後其他人很多，但是老師非常鼓勵我。」

「所以他是你的大恩人，就像童話故事中的好心精靈。」

「是的，只除了一件事——我不喜歡他。我以為他會把我當成兒子，但是他沒有。他只是不停要求我工作。我想，他是某種社會改革家，就像走進倫敦貧民窟與裡頭的男孩一塊兒工作的牧師。我想他之所以堅持要我學習各種知識，只是為了填滿他人生中的缺憾。他從來沒有向我表達過任何情感，只關心我的課業進步了多少。」

「但是你應該很感謝他吧。」

「是的，我至今仍非常感激他。我時常寫信給他。在我完成學業後，他推薦我到一間倫敦的公司面試，對方聘用我代表他們到巴黎學習法文，同時考察當地紡織業的現況。後來我回到倫敦工作，寄宿在哈洛威區（Holloway）的一戶家庭。之後我便被派往亞眠。」

史蒂芬如釋重負地看著她。他已經交代完自己的身世了。「就這樣。」

伊莎貝爾對他微笑。「就這樣？這就是你全部的人生？我覺得你好蒼老，有時甚至感覺比我年長許多。而我想，這是因為你那悲傷的大眼睛。」她用指尖輕撫史蒂芬的臉。

回到旅館後，伊莎貝爾走進浴室。她沮喪地發現，儘管她已刻意不去想，月經還是在指定的時間報到了。

待在普隆比埃一週後，他們繼續往南走。史蒂芬寫信給倫敦的公司總部，附上他的觀察報

17 起源可追溯到十六世紀的歐洲，注重學術知識，為學生進入大學接受高等教育做準備。在一九五〇與六〇年代，有異議者認為其加劇了英國的階級分化與鞏固中產階級特權，英國已於一九六五年後逐步廢除此學制，如今大部分文法學校均已關閉或轉型為綜合學校。

告，同時解釋他不會回去了。兩人在格勒諾布爾市（Grenoble）慶祝他的二十一歲生日，他也寫信給馮漢，感謝他在自己成年之前擔任監護人，而他現在責任已了。他們待在原地，等待金妮從盧昂匯錢過來，這段期間伊莎貝爾一直與她保持著聯繫。史蒂芬還有兩張英國大鈔，是監護人之前寄給他備用的。

十月時，他們抵達了普羅旺斯的聖雷米市（St-Rémy-de-Provence），伊莎貝爾的表姨住在那裡。兩人租了一間小房子，伊莎貝爾寫信給瑪格莉特，附上一些錢，請她寄來一箱衣物。伊莎貝爾明確指定需要哪些衣物，因為沿途偶爾添購的服飾，仍然比不上她從亞眠、巴黎或盧昂精心購買的服裝，也不如她親手縫製的精緻。

穿上了赭紅色短裙與亞麻背心後，伊莎貝爾再度變得光采動人。當他們坐在能俯瞰窗外街道的客廳吃早餐時，她將瑪格莉特的信唸給史蒂芬聽。

親愛的夫人，這好像不是妳的字跡，也許妳是請史蒂芬先生代筆。我已經寄出妳在信中要求的東西了。莉瑟特很好，謝謝妳，她對先生很好，也將他照顧得很好，她看起來很快樂。谷瑞瓦也很好，只是他最近沒有去上學。我也過得很好。我們都很想念妳，我們全部人都很想妳，妳離開以後，一切都不同了。伯納德先生和夫人常常在晚上來看望先生，兩位男士有時會聊很久。我已經完成妳要求的事情，也沒有將信給任何人看，所以他們不曉得妳在聖雷米。我很好奇那裡是什麼模樣，妳在那裡過得好不好。家裡一切安好，但我們希望妳能盡快回來。瑪格莉特敬上。

史蒂芬走過荒無人煙的街道，小鎮簡直像是被遺棄了。夏天時，圓形廣場上的噴泉總是圍滿了人，水冷冷地灑在周圍的石頭上，南方吹來的秋風讓鬆脫的百葉窗猛烈地拍打。史蒂芬並不在意孤獨，也不介意枯燥的工作。他找到了一個家具製造商助理的工作，負責初步的切鋸刨削，偶爾還獲准做點設計與雕工。中午時，他會和其他四名同事到酒吧抽菸、喝茴香酒。他曉得他們對自己充滿好奇，便試著讓自己合群一些，畢竟他已很感激他們願意接納自己。

晚上，伊莎貝爾會用市場買回來的食材準備晚餐，她對上桌的菜色很講究。「兔肉和番茄，他們好像只吃這些，」她一面說，一面將一個大鍋放上桌。「我在家至少有十幾種肉可以挑。」

「但皮卡第也不算法國的美食中心。」史蒂芬說道。

「你不喜歡我們的餐點嗎？」

「我喜歡。我特別喜歡和妳與莉瑟特一起享用午餐。但我不認為巴黎來的美食家會對當地的餐廳感到驚豔。」

「那麼，他就甭來了。」伊莎貝爾回嘴，以為這是對她廚藝的批評，有些惱怒。

「別生氣嘛。」史蒂芬說，撫摸她的臉頰。

「我才不會對你發脾氣，親愛的男孩。你手上的傷是哪來的？」

「鑿子，和我之前使用的不太一樣。」

「你應該小心一點，坐下來吃點兔肉吧。」

晚餐後，他們會坐在壁爐的兩側看書。兩人通常會早早回到屋後的臥室就寢。伊莎貝爾替房間上了漆，還縫製了新窗簾。她將幾個相框擺在便宜買來的五斗櫃上，雕花的大衣櫥中塞滿了她的衣服。市場裡沒什麼鮮花，但屋內總可見薰衣草插在角落的藍色花瓶裡。與杜康熱大道的富足生活相比，這間屋子簡陋多了。然而，在史蒂芬看來，屋內添加了伊莎貝爾的個人物品後，又浮現了她原本臥室的氛圍。絲襪偶爾會從沒關好的抽屜掉出來，幾件剪裁細膩的內衣彷彿讓粗糙的木櫃變得柔和了。在這間兩人共享的臥室裡，史蒂芬感受到一股親密的特權——即使她的前夫也無從享受。睡覺時，兩人會緊緊相依，但當史蒂芬發現伊莎貝爾會無意識地貼近他時，卻感覺不太自在，便經常拿了毯子到客廳的沙發睡。

他會獨自躺下看著天花板，再望向壯觀的壁爐，然後是廚房爐台以及懸吊在上頭的黑色器皿。他的思緒與夢境不只有林肯郡的遼闊天空、長餐桌與檢查頭蝨的回憶；他也不願回想自己是如何倉促離職，不用再處理進口許可證、商業時程表，或東印度碼頭的那些棉花。他只思考他與伊莎貝爾現在的生活，他只思考這膠囊般的小世界，以及外頭的大千世界。他深感這是自己贏來的生活，卻是不為世道所容許的。

他會想著第二天該做什麼。有時，他只是端詳著頭頂橫梁的木紋，什麼也不想。

兩個月過去了，冬天靜謐的冰封世界平息了陣陣疾風，人行道結滿冰霜，噴泉的水柱也結凍了。史蒂芬上班時，伊莎貝爾幾乎整天待在屋內。她會花時間更換擺飾，或熬煮濃湯、燉肉等他回家。她在亞眠時，磨坊與雜貨店會請人送貨。她不介意如今要花大半的時間在連瑪格莉特都會丟給博內太太處理的家務瑣事上，絲毫不惋惜離開了從前舒適的人生。那位丈夫開了藥房的表姨也時常來看望伊莎貝爾，所以她並不寂寞。

十二月底時，伊莎貝爾看著黑色小日記本上標註的日子，發現經期推遲了。一月底時，月經仍然沒來。

這對伊莎貝爾來說一切正好。從前，她驚恐地哭著跑去找金妮，金妮說血是希望與新生的象徵，她卻不太認同；如今，體內不再流血後，她感覺像是被治癒了。她的自我不會再無止盡的流失，力量轉向了體內，靜靜地開始創造。但她卻對史蒂芬隻字未提。

某週六的中午，伊莎貝爾接史蒂芬下班後，兩人便在鎮上散步。他們在一間咖啡館逗留，讓勞累了一個上午的史蒂芬吃點東西，接著兩人走過市政廳，沿著一條狹窄的商店街走向郊區。他們爬上離開市區的坡道，呼出的氣息在身後化成細微的輕煙。上坡路的盡頭是一座廣場，廣場後則是一條小路，隱沒在灰紫相間的房舍中。

伊莎貝爾感覺頭暈目眩，便在一張長椅坐下。冬風吹過她額上薄薄的汗珠，增添了些許涼意。

「我替妳找一些嗅鹽[18]。」史蒂芬說罷，開始尋找附近的藥房。

伊莎貝爾默默坐著，不確定應該脫掉大衣感受冰涼的空氣，還是要將自己裹得更緊，抵禦這股刺骨寒風。

她打算告訴史蒂芬自己正期待孩子的到來，不知為何卻遲遲開不了口。伊莎貝爾真希望能跳過漫長的孕期，直接將孩子交給他。她不希望被特別呵護，也不覺得自己體內每分每秒的變化與他人有關，即使是讓她懷孕的男人也不例外。

然而，她已經愛上了孩子。她想像他是個男孩，想像他微笑的開朗臉龐。在她的腦海裡，他不是襁褓中的嬰孩，而是一位比自己高大許多的率直青年，總會在務農前給她一個擁抱。在她的想像中，他從來就不是嬰兒，也不是那種野心勃勃、對物質或成就汲汲營營的男人，在她心中，他就是個青春不老的快樂男孩。

她想到了那些住在鄉村小徑旁的母親們。成千上萬名面帶笑容、身強體壯的年輕男孩們，都在這片大地上工作。他們不認識彼此，也不打算與對方深交，也不會提及效忠國家這類只有戰時的士兵才會談論的話題。

伊莎貝爾開始對自己的父母與他們的人生感到抱歉與懊悔。即將降生的孩子撫平了她的躁動不安。她這才察覺，自己內在的需求被滿足了——就好像吃飽之後，才會意識到何謂飢餓。孩子似乎改變了她的需求多寡與平衡。她覺得彷彿離當年那個小女孩更近了，破碎的圓再度完整。儘管這療癒了她，她卻開始質疑自己的行為；這讓她更想與娘家、或至少與姊姊金妮聯繫。比起任何人，她更渴望與金妮聊聊。伊莎貝爾心想，金妮必須是第一個知道這孩子存在的人。

她對自己和史蒂芬在亞札爾大宅所做的事開始感到極度不安。史蒂芬似乎對一切都很篤定，她則是被慾望所驅使，決定信任他。她跟隨了直覺，而當她心存疑慮時，他的自信與溫柔又會使她安心下來。但隨著恐懼與背德的刺激感消失，伊莎貝爾的激情也退去了。

身處南方的冬天，他們放蕩熾熱的地下情似乎不合時宜。她到聖雷米的教堂找神父告解，卻發現難以細數兩人之間的種種。在她坦承通姦後，神父隨即匆匆結束。她似乎只是破壞了禮數教條，一切卻與原罪無關。但伊莎貝爾並未感覺好過一點，她不後悔發生的種種，卻也開始感到內疚了。

史蒂芬帶了一罐鹽回來，陪她坐在長椅上。

「我想知道妳怎麼了？」他說。「也許妳在家裡吃得不夠營養，而這有時會令人頭昏腦脹。我也替妳帶了一些小蛋糕。」

「沒事，應該不是這個原因。沒有那麼嚴重。」伊莎貝爾輕撫他的手臂。「不要擔心我。」

18 一種流行於十八至二十世紀歐洲的藥物，在維多利亞時代的英國被廣泛用於使暈厥的婦女甦醒，亦有使人頭腦清醒的效果。人們會在容器中放一塊注入嗅鹽的海綿，當人們感到頭暈時，只需要打開、在鼻子下晃動瓶子即可。

她甜美的笑顏中帶著寵溺，這讓史蒂芬感覺需要被照顧或被保護的人是自己。她將蛋糕分成兩半，給了他一些。一些黃色碎屑散落在兩人之間的木椅。

他們的頭頂傳來鳥兒振翅的撲撲聲，一隻胖鴿子被蛋糕碎屑吸引過來，牠從後方建築物飛下，落腳在他們中間。

「我的天啊！」史蒂芬從椅子上驚跳起來。

「怎麼了？」伊莎貝爾也被鴿子的大膽行徑嚇到，警覺地左顧右盼。

「這隻鳥、這隻鳥。拜託把牠趕走。」

「只是一隻鴿子，只是——」

「拜託，趕走牠。」

伊莎貝爾拍拍手，胖嘟嘟的鳥兒倏地騰空飛起，飛越廣場，停在一棵枝葉茂密的大樹上，等著其他碎屑出現。

「你究竟怎麼了，親愛的？你在發抖。」

「我知道、我知道。很抱歉，沒事的。」

「那只是一隻又大又肥的鴿子，牠不會對你怎麼樣的。」

「我不覺得牠會攻擊我，只是有一種怪異的恐懼感。」

「過來坐下，來，坐在我旁邊，我來安慰你。沒事了，可憐的男孩。好一點了嗎？需要摸摸你的頭嗎？」

「不，我很好，很抱歉，我太大驚小怪了。」

「你還大叫。」

「我知道。」

史蒂芬漸漸停下了顫抖。「我一直都很討厭鳥。記得我先前說，我因為毆打一個男孩，被送去育幼院的事嗎？當時，他不斷拿獵人釘在籬笆上的烏鴉挑釁我。我為了表示不害怕，走上前摸了其中一隻死烏鴉。那隻烏鴉的眼睛混濁，翅膀下都是蛆。」他打了個寒顫。

「所以鳥兒會讓你想起那個地方？」伊莎貝爾問。

「這只是一部分原因，但我從小就很討厭鳥。牠們散發出一種古老而殘忍的氣息。」

她起身挽起史蒂芬的手。她望著他深褐色的雙眼與那端正的蒼白臉孔一會兒，又點點頭微笑。

「所以，你真的有害怕的事物呢。」她說。

一週之後，伊莎貝爾切菜時，忽然感到裙子的腰帶附近一陣刺痛，彷彿被一根核桃般大的針刺穿身體。她用手壓著肚子，重重地在桌邊坐下。如果她集中精神不動，就能保住孩子；她不會允許他逃走的。伊莎貝爾指甲修剪整齊的手指，溫柔地在她想像中的生命上方流連。她的脈搏透過洋裝的布料與底下的柔軟肌膚，傳達至讓那生命平衡的空間。她要他留下來，她設法透過溫柔的掌心讓他安心，卻感覺尖銳的刺痛穿透了子宮。她走到臥室躺下，卻發現下體正不斷地出血。

下午，她穿上大衣，前去拜訪表姨建議的醫生。醫生是一位嗓音低沉的禿頭男人，上漿的白袍遮住了他圓潤的身體。醫生似乎沒有被她的焦慮影響，做檢查時還能愉快地與她閒聊，又指示她離開手術房時，去取一個玻璃罐。他告訴伊莎貝爾，檢查結果一週內便會出爐，到時再請她回診，並表示她應該放慢生活步調，不要操之過急。醫生將一張摺起的紙交給她，要她離開前記得到櫃檯付費。

回家的路上，伊莎貝爾再次在教堂逗留，坐在後排的座位上。她再也不想向神父告解了，但她想在心中對自己承認：她對沉迷於肉慾的自己感到內疚。她身處寒冬的教堂，腦海卻浮現了杜康熱大道的午後。她能看見史蒂芬充血脹大的下身在她的面前、在她的嘴裡；她彷彿感受到史蒂芬的肉體探索著，進入她毫無防備的體內，不僅完全沒有違背她的意願，她還飢渴而迫切地懇求著。

她睜開雙眼，拋開腦中那些褻瀆的畫面，即便只是為了認罪，她仍為自己在教堂想到這些感到羞愧。她望著祭壇，燭光照亮了上頭的木造十字架：耶穌的肋骨被刺穿，羅馬士兵的矛上鮮血直流。看著耶穌被鐵釘與鋼條刺穿的額頭、雙腳與雙手，她心想，這是多麼平凡的肉體痛苦。當最神聖的犧牲都只能以這樣的方式呈現，很難想像人類如何才能超越脈搏、肌膚與與腐爛的結局。

伊莎貝爾寫道：

我親愛的金妮，這幾週我非常想念妳，前幾年我們幾乎無法見面，那時我也感到很寂寞。我現在真的非常後悔。我感覺自己像玩耍了一整天的孩子，當我驚覺天色已晚時，卻離家很遠、不知道該怎麼回去。

我非常想見妳，想與妳聊聊最近發生的事情。我懷孕了，上週我還以為要失去孩子了。我出現怪異的痛感與出血，雖然醫生這些是常見的症狀。他說出血可能是因為子宮淤積，也可能會導致流產。我得避免過於勞累，只能多休息。

我還沒有告訴史蒂芬這件事。我也不懂自己為何要隱瞞。我真的很愛他，但是他有點嚇到我了。我不確定他是否能理解我懷孕的喜悅、或是我有多麼害怕失去這個孩子。他很少討論這類事情。即便他提起自己的童年，語氣也彷彿是在講述另一個人的故事，又怎會對尚未出生的孩子產生感情呢？

還有更糟糕的事情，金妮。當我們年輕、甚至我還只是個孩子時，沒有人關心我（當然，除了妳之外），只要我能保持整潔、注意用餐禮節，幾乎能隨心所欲。我想探險，記得我曾說想去非洲嗎？現在我感覺自己已經展開這場探險了，這讓勒內受了傷，儘管他那樣對待我，我早已什麼也不欠他了。這也傷害了莉瑟特與谷瑞瓦，還有妳與父親母親，雖然我已經不清楚近來爸爸究竟在乎的是什麼了。雖然我愛寶寶、會盡全力保護他，但我不會是個理想的母親，因為我的能力真的不足。

在最糟糕的時刻，我總感覺我們太過分了。史蒂芬和我無所畏懼——或者妳可以說是肆無忌憚——但我們對自己的行為毫不懷疑，因為我們知道是正確的：時間終究會證明一切，史蒂芬曾經這麼說。不過我覺得我們迷失了。現在的我就像個孩子，正獨自面臨夜幕低垂的時刻。儘管如此，我仍認為自己如果啟程，依舊能找到回家的路。

這聽起來很站不住腳，我知道。她做了選擇——妳一定是這樣告訴自己，已經不能指望她改變心意了。但我極度期盼見妳一面，我非常希望妳能在孩子出世時抱著他。我想要坐在妳房間的床上，感受妳的手梳理我糾成一團的亂髮。究竟是何等瘋狂的想法與衝動，才將我從妳身旁推離得如此遙遠？

伊莎貝爾哭得太厲害，信也寫不下去了。當她第一次寫信要錢時，金妮便毫不懷疑地一口答應了。她從未見過史蒂芬，但出於對妹妹的愛，她還是寄了一些錢過來；伊莎貝爾心想，如果繼續向她提出更多要求，這對金妮太不公平了。

她坐在廚房的桌子前，將頭靠在手臂上。她感覺好像被騙了。她原本深信自己是這樣的人，卻直到現在才發覺自己的真面目。她該如何堅信當下的信念，且毫不懷疑自己不會被其他更有力的想法說服？在這一切混亂中，只有她對體內孩子的愛是無可動搖的。雖然她也說不出為什麼，但她真的無法保證遠離家鄉、與史蒂芬在這座冰封小鎮生活，究竟能為孩子帶來多少幸福。

史蒂芬也在想家。他外公的小屋就在村莊的盡頭，可以看見教堂，後方有些難看的新房子與一條向北延伸的大馬路。往另一個方向則可以見到平坦的農地，淺綠色的大地一路延伸到當地農夫會去狩獵的落葉林。

他希望未來有一天能帶伊莎貝爾欣賞這片風景。他並不依戀這個家，也從未為當小偷的外公、或從來不在身邊的母親哭泣，但他想看見伊莎貝爾出現在那片風景裡，他的人生碎片才能互相串連、更為完整。

他訝異自己竟然能如此柔情似水，而這一切都只為了伊莎貝爾一人。早晨在木頭工廠工作時，他一心只想到，假使她得赤腳走在木頭上，木頭的表面要多麼光滑才能讓她感到舒適；當他因乏味的工作而氣餒時，便會想著晚上回家時她臉上洋溢的光彩。對他而言，伊莎貝爾不再僅僅是喚起他激情的戀人，而是他這輩子最在乎的人，儘管有了這種轉變，史蒂芬卻從未忘記她的尊嚴——她的階級與年齡都在自己之上。

與此同時，伊莎貝爾正私下計劃到盧昂拜訪金妮。她會告訴史蒂芬自己只是出門幾天，抵達當地後再決定是否要回來。她告訴自己，總有一天還是得跟史蒂芬坦白。

一週又過去了，她懷孕的徵兆越來越明顯。史蒂芬注意到她變得更豐滿了，但這只是個微小的新發現，他也沒有機會好好觀察她赤裸的身體。他注意到伊莎貝爾的話越來越少，這讓他百思不解。她似乎有些困擾，情緒也不太穩定。伊莎貝爾又開始疼痛和出血了。

某一天，史蒂芬出門工作後，伊莎貝爾打包了一個小行李，坐在桌前打算寫一封信。「我感覺我們已經走得太遠，我必須回頭了。」她寫下這段開頭後，又立刻將紙撕掉，把碎片放進口袋。她實在不知道該如何解釋自己的舉動。她環顧擺著開放式爐台與沉重木造壁爐架的前廳，此情此景一開始時是多麼令她喜悅。她走上樓，看了臥室粗糙的地板與她親手縫製的窗簾最後一眼，然後離開了小屋，走向車站。

史蒂芬當晚回家時，立刻發現伊莎貝爾的一些衣物、個人物品、照片與珠寶不見了。他打開衣櫥，發現大部分的洋裝都還在。他拿出抵達杜康熱大道那天她身上穿的洋裝：那是一件裙襬拖地時會沙沙作響的奶油色裙子，有著象牙色的鈕釦與菱紋馬甲。他將洋裝貼近臉龐，緊緊抱在懷裡。

他感覺自己就像上班時在後院劈開的木柴：他會高高舉起被砍穿一半的木柴，再借力使力甩在地上，木頭便被一分為二，沒有任何碎屑或纖維能逃離被粉碎的命運。

接下來的幾天，他依舊準時上工、與同事寒暄。當鋸子卡在木材上時，他咒罵了一聲，向卡住的鋸齒吐了口口水。他將木柴的表面刨起，再以三種尺寸的砂紙打磨完畢後，感受著成品在手指下的觸感。中午時，他品嘗著舌尖上茴香酒的甜味，望著黏稠的液體泡沫湧上酒杯。他若無其事地與同事聊天說笑。

晚上，他忙著料理，試著用家裡現有的食材張羅晚餐，包括兔肉與番茄。餐後，他會坐在壁爐的火堆前，一面將酒一瓶瓶灌下肚，一面凝視火焰燒成餘燼。

伊莎貝爾的離去，是為了拯救她自己的靈魂；伊莎貝爾回家，是因為她害怕未來，並確信能恢復某種自然的秩序。史蒂芬毫無選擇，只能繼續面對自己已經起頭的一切。

醉酒的史蒂芬上樓到房間，靴子沒脫就倒在白色床單上。他已經無法思考了。

他躺著，瞪視窗外的黑夜。

他感覺自己越來越冰冷了。

第二部——

法國　一九一六年

傑克・費爾布雷斯躺在地底十公尺處，頭頂上壓著數百萬噸的法國泥土。他聽見地道中抽氣的聲音，但空氣通常還沒到他的位置就在途中流光了。他面對著敵軍的方向靠在交叉架[19]上，腳下是溼黏的土壤。他拿起一把改裝過的鐵鏟，將大量的土鏟進袋子裡後，再帶去給夥伴伊凡斯，伊凡斯剛剛才摸黑爬離了這裡。傑克聽到敲擊木材的聲音，遠處正在進行加固隧道的工程，畢竟沒有人能保證地道的土牆不會崩塌下來。

汗水流進了眼睛，他因為刺痛甩了甩頭。地道已經有一點二公尺寬、一點五公尺高了。傑克像厭惡土壤似的，惡狠狠地用鏟子奮力挖土。他不確定自己待在地底多久了，同時發現什麼也不想反倒更輕鬆，也更能專注。他越賣力工作，這份任務似乎就越簡單。他至少有六個小時不見天日了，但地面上其實也看不到多少陽光，因為法國與比利時邊境的低地上空瀰漫著一道綠色的薄霧，只是不時會被爆炸的砲彈點亮。

他的連無法返回村莊裡的營地休息。因為此處交戰激烈，若沒有地底弟兄的保護，地面部隊根本不願待在戰壕裡。現在是地雷工兵補眠的時間，有人待在豎井上方的休息室裡，也有人與步兵團一起在戰壕裡歇息。

傑克感覺一隻手抓住他的手肘。「傑克，我們需要你。透納聽見後方二十公尺有動靜，快過來。」

伊凡斯將他從交叉架上拉下來，傑克僵硬地轉過身，脫下被汗水浸透的背心，跟在伊凡斯後頭爬行，直到兩人能夠站直身子。他先前一直面對著泥土，陰暗的木造地道對他來說已經很亮了。他眨了眨眼。

「在這裡，費爾布雷斯。透納說聽起來像挖洞的聲音。」

威爾上尉有著一頭令人印象深刻的亂髮，此時穿著帆布鞋與毛衣，將傑克推向透納——他疲倦到抖個不停，正靠在鎬上休息，似乎被嚇到了。

「就是這裡，」透納說道。「我剛剛湊近這塊木頭時還聽得見。我確定不是從我們的地盤傳出來的。」

傑克將頭貼在地道牆面上。他聽見了頭頂上規律的抽氣聲。「你得關掉供氣，長官。」他對威爾說。

「天啊，」透納說：「我不能呼吸了。」

威爾派人到地面傳信。兩分鐘後，噪音消失了，傑克再度跪了下來。他擁有超乎常人的敏銳聽覺，這也讓他得經常到各處支援。去年冬天，他曾在伊珀爾區（Ypres）以南三公里的戰壕裡將頭壓得跟老鼠一樣低，並維持這個姿勢直到頭幾乎失去知覺。比起麻痺的頭部，他更喜歡地道真空般的寂靜。

威爾將手指伸到唇邊，大夥動也不敢動。傑克深吸一口氣，開始專注聆聽，身體也緊繃了起來。遠處確實傳來一些不規律的聲響，但他無法確定是什麼。萬一他們撤離地道，卻發現那

19 第一次世界大戰期間地道工兵使用的一種木製十字架。當工兵開鑿第一個洞口時，會先以一種小鏟子刺入黏土，再靠在這種約呈四十五度角的支撐架上以雙腿推入工具，將成塊的土撬下來，以順利開展挖掘工程。

只是砲聲或地面活動的聲響，那麼就等於浪費了挖地道的時間。但話說回來，假使他無法聽出德國人是從哪一個方向挖過來，可能就會造成更大的傷亡。他必須非常確定才行。

「天啊，費爾布雷斯。」他聽見威爾在耳畔低語。「大夥快不能呼吸了。」

傑克舉起手。他傾聽著木塊被敲入牆面的獨特聲響。假使德軍的地道離他們很近，有時還能聽見鐵鏟挖掘或拖行袋裝泥土的聲音。

砰砰聲再次響起，但那聽起來不像是空心的木頭，反倒像是地表被轟炸的巨響。傑克再次繃緊了神經。他的注意力被別的聲音打斷，什麼東西重重摔了下來——透納倒在地上。傑克終於下定決心。

「是砲聲。」他說。

「你確定嗎？」威爾問。

「是的，長官。我百分之百肯定。」

「那好。讓他們開始供氣。費爾布雷斯，你回去交叉架那裡。你們兩個，去扶透納起來。」

傑克爬回黑暗中，伊凡斯將鐵鏟遞給他。他將鐵鏟插入前方的土牆，很高興回到了機械性的工作。他雖然看不見，但他知道伊凡斯也在一旁忙著挖掘。換班時間快到了，他開始做起了白日夢。他想像自己站在倫敦酒吧的閃亮吧檯旁，將啤酒杯高舉到燈光前，望著酒吧後頭的大型鍍金鏡子。鏡子的反光讓他不停眨眼，而那道閃光倏地將他帶回現實，面對著眼前的土牆。

伊凡斯的手擦傷了。傑克再次轉向他，他手臂的關節嘎吱作響。

伊凡斯低聲咒罵，傑克伸手抓住他，也責備了他幾句。伊凡斯試著點蠟燭，但這裡氧氣不足，火柴只發出了紅光，卻燃燒不起來。兩人停下動作仔細傾聽。一片寂靜中，他們聽見自己的吐息被放大成了數倍的轟鳴。他們屏住呼吸，四下變得悄然無聲。他們已經挖到了世界的盡頭。傑克嗅到潮溼的土壤以及伊凡斯的汗水味。他通常還會聽見人們在身後堆放木材的細小聲響，但現在連這種微小的聲音也沒有。狹窄的地道包圍著他們，傑克感覺伊凡斯的手緊抓著他的手臂。他的呼吸再次急促了起來。那一頭肯定出事了。

「好了，」傑克說道。「讓我從這裡下來。」

伊凡斯將交叉架拉開，又幫助傑克轉過身，兩人爬回有光的地方。威爾正半蹲在低矮的地道中。他摀住耳朵，用手勢示意他們靠在旁邊的牆上。他無聲地開口，似乎想解釋什麼，但在他說完之前，地道就發出一陣轟隆巨響，泥土與砂石如暴風般襲來。這場爆炸帶走了四位弟兄，他們的頭與四肢被炸得支離破碎，混雜著土石散落在地道中。傑克、威爾和伊凡斯被衝擊波炸向了牆面，及時閃過了瓦礫碎片。傑克看見一塊碎掉的頭骨滾落到透納剛才挖到一半的工作區——那就是透納的頭骨，因為上頭還黏著他的頭髮和殘缺的臉。他腳邊的一隻手臂上還掛著下士徽章，多數人的遺骸都散落在泥土裡。

威爾說：「快在下一次爆炸前走人！」

回戰壕的路上，有人拿了一盞新的煤氣燈點亮了黑暗。

傑克按住伊凡斯的肩膀。「來吧，小子。一起走吧。」

地表上已是黃昏，開始下起了雨。傑克站在地道頂端眨了眨眼睛，感受著潮溼的空氣，幾名擔架兵經過他身旁。威爾解散弟兄要去找野戰電話。傑克從地道口走回了戰壕。

「有你的信，傑克，」比爾．泰森說道。「今天早上送來的。」

大夥蜷縮在一個蓋著防潮布的木架下方。亞瑟．蕭是第三個擠進這個避難所的傢伙，他正設法在汽油爐上烹茶。

傑克收到妻子從愛德蒙頓區（Edmonton）寄來的信。「我親愛的傑克，」信的開頭寫道。「你過得還好嗎？」

他將信摺好，放入口袋。他還沒有勇氣閱讀妻子筆下那遙遠世界的點點滴滴。他害怕自己無法理解她的話語，因為他已經累到無論她說了什麼重要的事情，他都無法認真留意了。他喝著蕭在昏暗天色下泡的茶。

「透納死了，」他說道。「至少還死了兩個人。」

「你什麼都沒聽見嗎？」泰森問。

「有，但我以為是砲聲。底下一定有其他地道。」

「別擔心，」泰森說。「任何人都會犯錯。」

另一次轟炸來襲，他們右方約一百公尺處傳來一陣嗚咽聲。

「有沒有消息說我們要離開這裡了？」傑克問。

「應該是明天，」蕭說道：「但在不停被轟炸的情況下我們還能去哪。威爾有說什麼嗎？」

「沒有，我想他也不清楚。」

三個男人面面相覷，眼神疲憊而空洞。泰森和蕭已經共事一年了，兩人之所以入伍，是因為擁有地底工作經驗的人可以獲得六先令[20]的軍俸。他們曾經是諾丁漢郡（Nottingham）的地雷工兵，不過泰森在地底的工作不多，主要是在保養與維修機器。蕭聲稱自己三十一歲，但實際年齡可能要再長個十歲。他就像地道裡的馬匹一樣勤快，但對步兵團強加給他們的軍事訓練興趣缺缺。

在傑克的生命中，這兩人代替了他在倫敦地鐵中央線的同事：艾倫和莫迪默——兩人去年在伊珀爾附近的梅森市（Messines）爆炸中陣亡。早已對死亡無感的傑克，也漸漸淡忘了他們慘白的臉龐。他只能不情願地和泰森與蕭成為朋友，卻發現他們的陪伴對自己越來越重要。他蜷縮著躺下睡覺時，會讓蕭靠著自己的膝蓋；有時，他醒來後會發現臉上曾被老鼠爬過。其餘時間裡，他則害怕被炸死、或是恐懼會被他們爬過的泥土吞噬，只能強迫自己別去聽那些攻擊的聲響。底下的木板彷彿緊緊靠在他們的骨頭上。即使靠在蕭強壯的肩膀上，他也無法安穩入睡，總是半睡半醒、輾轉反側。

20 曾是神聖羅馬帝國、奧地利與大英國協國家等地的貨幣單位，在英國約等同於十二便士（六元台幣），一九六〇年代後漸漸被淘汰。

威爾上尉從防潮布的一角現身。他在白色毛衣外套了一件防水披風，已經換上了及膝的橡膠靴。

「蕭，你得下去地道，」他說。「我知道你今天早上去過了，但他們需要人手清理殘骸。你最好也去報到，泰森。」

「我十點要站哨，長官。」

「費爾布雷斯會幫你代班。快去。亞當斯中士負責工作小組，去找他報到。」

「喝完我的茶，傑克，」蕭說道。「別讓老鼠喝掉。」

其他人離開後，傑克試著睡著。他的神經太過緊繃。他閉上眼睛，卻只能看見地道裡的黝黑面孔。他繼續聆聽著那陣突然降臨的靜寂——那陣讓他與伊凡斯閉氣傾聽的靜寂。他並不自責誤判德國地道發出的聲響。他盡力了，大家都可能難逃一死，更慘的下場諸如吸進沼氣、或躺在無人地帶等死。他們會連同地底其他碎骨與制服，將透納殘餘的頭骨埋進地底。他想到蕭的大手在土堆裡仔細翻找的畫面。有那麼一刻，他放鬆了下來，終於睡著了，但肉體的鬆懈又讓他警醒地跳起來，全身繃緊，進入了備戰狀態。

他放棄睡覺，拿出口袋的信，點了一根從泰森背包側邊隔層拿來的蠟燭。

我親愛的傑克，你過得還好嗎？願我們的祈禱與你同在。我們每天看報紙時，第一件事就是查看陣亡將士的欄目。最近你駐紮的地點似乎沒發生什麼大事。母親過來陪我們了，她吩咐我告訴你收到你的信了，她會寄另一份包裹給你，裡頭有肥皂、香菸和一些花園裡種的鵝莓——希望送到你手上時還不會過熟。

不幸的是，小約翰生病了。他最近實在很可憐，醫生說是白喉[21]。他上週才剛住進托特納姆區（Tottenham）的醫院，雖然病情稍有起色，但還在發燒。你大概也想像的到，由於前線士兵傷亡慘重，藥物和醫生都很緊缺，我們也無可奈何。

我們有去醫院探望他，他只要醒來，精神就很好。他要我告訴你，他很想你。很遺憾得告訴你這個消息，但我認為你也應該知道。他真的很想念你，我也知道他非常愛你。願我們的祈禱與你同在，我愛你，瑪格莉特。

補給緊跟著信送來了，有午餐燉肉與牛肉罐頭，還有麵包、果醬與紅茶。當傑克在地底飢腸轆轆時，就會在交通壕口[22]的臨時駐紮站迅速解決午餐。有時，送來食物配給的人員，也會透露一些部隊移動的傳言或戰線後方的計畫；但今天什麼消息也沒有。傑克默默吃完，回到了崗位上。

八年前，他的兒子約翰誕生，那時瑪格莉特已年近四十，他們幾乎已經放棄生孩子了。他是一個瘦小白皙、有著明澈大眼的男孩，懵懂的神情時常引來旁人的嘲笑。他心思單純且身體

21　一種急性上呼吸道傳染病，病灶處會形成灰白色膜，四周伴有發炎現象。
22　指連接數條壕溝的防護性深戰壕，通常會高於士兵的身高，戰壕中也設有可放下的障礙跟路阻，防止敵人追擊。

孱弱，街頭的男孩只有在湊足球比賽的人數時才會勉強讓他擔任守門員，而且只允許他在緊急的情況下踢球。

傑克湊近細看妻子嚴整的筆跡，試著回想兒子的臉。昏暗的雨夜中，唯一的光源是泰森的蠟燭，其餘什麼都看不太清楚。他閉上雙眼，想像兒子在破爛灰色短褲下的膝蓋、微笑時露出來的大牙，以及偶爾被他慈愛的掌心揉亂的頭髮。

傑克在前線幾乎不曾想家。他的皮夾裡有一張瑪格莉特的相片，卻沒有約翰的。他有太多事情要思考，無暇留意其他瑣事。他已經離家快一年了。蕭曾告訴他，若在適宜的天氣下，連倫敦都能聽見砲聲，讓他大感驚訝。他待在地底時總會失去方向，連附近的村莊在哪也不知道，如今想起倫敦的街道及房舍總覺得很遙遠，如同是另一個世界。

那一晚，他站在戰壕中最後一個射擊踏台[23]為泰森代班，泰森還沒從地底上來。地雷工兵本應不用站哨，但他們的長官與步兵團的上級達成協議：萬一敵方來襲或遇到其他危險，步兵團會協助掩護地道，但地雷工兵得幫忙做一些苦差事。對傑克而言，區分白天與黑夜已經沒有意義了。他的周遭只剩下幽暗的地道、被轟炸亮光蓋過的微弱夕照，以及深夜裡防水油布下一片漆黑的戰壕。

他聆聽著前方無人地帶的聲響。德軍的夜行軍已經出動，目的是偵查敵方行動與散播焦慮。傑克想像他這邊的部隊也是一樣，一樣會有人在監聽站傾聽任何風吹草動，但他們戰壕的哨兵從來就不會被告知這件事，免得他們鬆懈下來。步兵團來自倫敦；他們戲稱挖地道的人為

「地鼠」，因為他們認為這群毫無效率的傢伙根本不配當士兵。

傑克非常疲倦，卻始終無法睡著。他也說不上是哪來的警覺心，總是能保持著清醒，身體已經習慣了，而此時地面上的士兵開始打瞌睡，有人癱在戰壕的地上熟睡，宛如死去一般，也有人背靠在木板上睡著了。他聽見遠處傳來戰壕維修小隊的聲音。

他的腦海裡清晰地浮現出約翰的面孔：那個寂寞的蒼白男孩，吃力地跟在街頭男孩的後頭。他彷彿能聽見兒子以高亢的倫敦腔喋喋不休地說話，任誰都能感受到他這份與生俱來的開朗。他想像著兒子此刻躺在醫院裡，院內高聳的天花板被煤氣燈染上了黃色的污痕，四周充斥著肥皂與消毒水氣味，還有幾位戴著頭巾的護士走來走去。

睡意忽然來襲。在他眼前閃爍的不是病房裡那種令人心神不寧的光線，而是利橋路一間大型酒吧的燈光：一群穿著西裝、戴著平頂帽的男士，在煙霧繚繞下高舉啤酒杯。其他畫面緊接著浮現：父母在史特普尼區（Stepney）家中的廚房；公園與狗；燈火通明的酒吧中人潮洶湧；他親愛的兒子——約翰的臉。他意識到自己正面對著強大的誘惑，而為了能安詳地睡去，他欣然接受這股誘惑，渾然不察自己早已進入夢鄉。他低垂著頭，雙肩因為數小時不眠不休地挖掘法國的土壤而疼痛不已。

他再次驚醒才發現自己睡著了，隨後又被嚇得身子一軟，因為有隻靴子踢了踢他的腳踝。

23 戰壕前牆的一處小平台，常用於哨兵警戒或是狙擊手射擊。

「你叫什麼名字？」一位軍官問道。

「費爾布雷斯，長官。」

「喔，是你啊，費爾布雷斯。」他認出威爾上尉驚訝的語氣。

「你剛才是睡著了嗎？」第一位軍官的聲音冰冷。

「我不知道，長官，我只是沒有在聽——」

「你站哨時睡著了，這嚴重違反了軍令。明天六點來找我。你的中士會帶你過來。你應該知道會受什麼處罰。」

「是的，長官。」

傑克目送兩個男人走遠，他們在最後一個射擊踏台左轉，菸頭的火光忽明忽滅。

另一位地道工兵鮑伯．惠勒過來代替他。他回頭去找在木架下入睡的泰森與蕭。這裡沒有他的容身之地了，他從背包抓起一把香菸，經過幾個不怎麼專心的哨兵，走回交通壕。他從支援壕後部爬上去，發現一處堆放軍火與補給品的地方，這些東西都存放在一張防水油布下。這裡有幾個人正在巡邏，傑克看到中士也在裡頭，便上前表明身分。他說要去小解一下，他們便放行。

他找到一棵沒有被炸過的樹，坐在樹下點起一根菸。戰前他從來不抽菸；如今這卻是最能寬慰他的事物。

如果他被軍法判刑，可能就會被槍斃。地道工兵越來越像軍人了；如今他們早已失去了原先獨立的地位，被劃入可以戰鬥的名單中，雖然他們壓根沒有受過步兵團羞辱式的訓練。傑克與倫敦的同鄉艾倫及莫迪爾一抵達伊珀爾，就收到了要在那邊待命的消息，他們看著不同的步兵團來來去去，發現他們陷入了一個得去四處支援的尷尬處境，但這些不應該是地雷工兵的職責。最後，他們成為了軍人，除了埋地雷以外，必要時還得用刺刀或徒手殺敵。

這不是傑克志願入伍時想像的人生。三十八歲的他大可不用從軍，但他在倫敦找不到工作。瑪格莉特比他大十歲，她已盡力撫養約翰長大了。她也兼差當清潔婦，但他們的錢似乎總是不夠用。傑克沒有想到戰爭會拖這麼久；他當初還告訴瑪格莉特，一年內他就會帶著一半的軍餉回家。

瑪格莉特是一名務實的女子，有著愛爾蘭血統，愛上了傑克的溫和與風趣。她有八個姊妹，其中一位嫁給了傑克的同事——兩人就是在那場婚禮上結識。在婚禮儀式後的派對上，傑克一面喝啤酒，一面變魔術給孩子看。在他中分的瀏海下是一張四四方方的臉龐。雖然他後來跑去跟婚禮上的男客笑鬧，但在那之前他與孩子們融洽相處的模樣，瑪格莉特都看在了眼裡。

「我是老處女了，」當他一週後回來拜訪瑪格莉特時，她對他說：「你不會想和我出門約會的。」但他似乎很清楚自己真正想要什麼，三個月後兩人就結婚了。

傑克．費爾布雷斯在樹下點了另一根菸，他聽到南方一公里外有砲彈飛越英國戰線的嘶嘶聲，他開始顫抖。

他以為自己對死亡的恐懼免疫了；他以為自己滿不在乎了，事實上卻並非如此。如果長官判處自己有罪，他們就會在破曉時，將他單獨帶到戰線後的某個僻靜處——林間空地或農舍圍牆後方的院子——一槍讓他斃命。他們會要求他部隊的成員、那群地雷工兵與挖掘工兵……那群根本沒有受訓過射殺敵人的夥伴來完成這項任務。有些人會茫然地開槍，有些人不會；沒人知道最後致命的那一槍是誰開的，有可能是泰森或蕭，或是惠勒與瓊斯。他會像數百萬已歸於塵土的死者一樣倒下：德國的烘焙學徒、法國的農場工人、英國蘭開夏工廠的工人……這片大地已經吞噬了如此多的血肉之軀。

一想到這種可能性，他便忍不住顫抖。每當面臨激戰或突襲時，大家都已做好赴死的心理準備；在經歷過狙擊手的射擊、砲彈的轟炸與地道爆炸之後，大夥才開始意識到，他們隨時有可能莫名其妙地死去。就連傑克也慢慢習慣了。每到休息的空檔，他總得睡上一天，才能擺脫那揮之不去的恐懼；而後他會開始講一些故事，試著放鬆下來。然而，傑克必須承認，即使他能淡漠地看待敵人與同袍的犧牲，卻總忍不住想到自己可能會戰死的命運。

他將臉埋在手中，祈求神拯救他。他沒有未完成的責任，命運也並未驅使著他去做什麼。他只想再見瑪格莉特一面、撫摸約翰的頭髮。他坐在雨中思念著，我的兒子，我親愛的男孩。他這個人最終是死或活，對戰爭並沒有什麼影響；無論今天是透納的頭被炸掉，還是明天輪到他、或蕭、或泰森被炸死，這場仗依然會繼續打下去。讓他們死去吧，他羞愧地祈禱；讓他們死，但拜託神讓我活下去。

無人阻攔，他便獨自坐在那整晚，強迫自己疲倦的心靈回顧這一生，假使他必須面對著一整排對準他心臟的步槍，那些往事的畫面多少能撫慰他。哈尼克沼澤（Hackney Marshes）[24]的足球比賽、倫敦地鐵線的同袍之情、兒時身邊的面孔與聲音，以及他的兒子。一切平凡無奇，並不是什麼值得被拯救的人生。最後，他想起了幼年的回憶片段：廚房的爐台前擺著他的嬰兒床，母親湊近吻他時身上飄來的氣味。睡意隨著這個回憶湧了上來，他想就此屈服了。

他起身伸展僵硬的手臂與雙腿，溜回戰壕，躡手躡腳爬到泰森與蕭的旁邊。黎明將至時，他去找亞當斯中士。

「走吧，」亞當斯說。「打理整齊。繫好腰帶。」亞當斯中士不是下屬會畏懼的那種長官。他喜歡以嘲諷的方式展現幽默感，很少斥罵下屬。大夥私底下很敬佩他。

「我已經聽說了，你在值勤時睡著。」他說。

傑克沒回答。他已經準備好赴死了。

「你也許會走運，因為這些年輕軍官總是反覆無常。瑞斯福德是我見過最奇怪的一個，老是我行我素。這邊走。」

亞當斯領他走下一條狹窄的戰壕，後面還有幾個防空洞。他指著遠處盡頭的入口，要傑克

24 位於倫敦，為歐洲足球場最密集的區域。

自己過去。

傑克看著漸漸在昏暗天光下浮現的世界邊緣：被轟炸的燒焦樹林，曾經綠油油的田野如今僅剩深褐色的焦土。這裡沒什麼好留戀的。

他走下木梯，發現粗糙的門前有一道防毒氣簾。他敲了敲門。有個聲音要他進去，他扭開門把。一股強烈的石蠟味撲鼻而來。菸斗中飄出的煙霧讓他一時看不清室內的樣子。傑克看見一張木造的上下鋪，下鋪有個佝僂的身影正背著他睡覺，一旁放著臨時湊和的桌椅。這已經是他進軍隊後見過比較像樣的擺設了，不過粗糙的木牆很髒，又用奇形怪狀的杯子、蠟燭、燈芯與鐵釘來替代一些缺少的物品，讓整個房間散發出一種原始的氣息。

「你是誰？」一個中尉問他，他是坐在桌前的兩名軍官之一。另一位就是傑克的連長威爾上尉，正來探訪步兵團。

「長官，我是費爾布雷斯。你要我今天早上六點向你報到。」

「為什麼？」

「我在站哨時睡著了。」

那名軍官起身走向傑克，將臉湊近他。傑克眼前的男子有著一頭深色頭髮，兩鬢有些灰白，濃密的小鬍子遮住上唇，一雙褐色大眼若有所思地盯著自己。他猜對方的年齡介於二十五歲至四十歲之間。

「我沒有印象了。」

「我以為你要懲罰我，長官。」

「我不認為我能這麼做。你不歸我管。你是地道工兵，不是嗎？」

「沒錯，長官。」

「這是你的人，威爾。」

傑克看向威爾，注意到桌上放著幾乎見底的威士忌酒瓶，一旁還有兩只酒杯。

「坐吧，費爾布雷斯。喝一點。」威爾說。

「不，謝謝你，長官。如果我——」

「你還是坐下吧。」

傑克開始左顧右盼。他不想坐在步兵團指揮官的椅子上——他曾看過那名叫格雷的暴躁男人下令的模樣。傑克納悶他去哪兒了；也許他正在哪裡霸凌哨兵。

傑克坐上威爾踢給他的椅子。威爾換回了軟鞋與白色毛衣。他沒刮鬍子，眼裡布滿了血絲。傑克不敢與他四目相對，於是低下頭。桌上有五張撲克牌，面朝下擺成了星形，每張牌之間灑了一些沙子鋪成的細線，陣法的中央有個木頭人偶與燃盡的蠟燭。

「這位是瑞斯福德中尉，」威爾說道。「他的排就在你們隔壁。我們得掩護他們被地雷炸到。他昨晚派了兩個人去監聽哨，可能是在擔心他們。對吧，瑞斯福德？」

「還好。布倫南和道格拉斯會沒事的。他們知道自己在做什麼。」

「你不跟他說些什麼嗎？」威爾說。

「如果我能想起他是誰的話。」他轉向傑克。「如果你不想喝威士忌，等等會有一些熱茶。我叫萊利再泡一杯。」

在傑克的眼睛習慣煙霧瀰漫的防空洞後，他看見部分牆面上蓋著布料，似乎是昂貴的異國絲棉製品。小型儲物櫃上擺放了幾尊木雕人像。角落的書架上沒有照片，但放著一些人體素描。他注意到中尉正在觀察他在看什麼。

「你會畫畫嗎？」

「一點點，」傑克說。「但我現在沒空安靜畫畫了。」

萊利端著放了三杯茶的托盤走進來，他的頭髮灰白、身形瘦小，一身筆挺的制服。他伸手到天花板垂掛的袋子中拿了一些糖——這樣掛著，老鼠才碰不到。

傑克望著中尉走到架子前，抽了一張素描。「人類解剖學非常簡單，」他說。「就拿腿的構造來說：兩根長骨頭、一個活動關節，而且比例永遠相同。但是當你下筆時，卻很難準確地畫出來。大家可以看見大腿上的這塊肌肉——股四頭肌，我卻一直不曉得這裡還有另一塊肌肉——縫匠肌。而如果你畫畫時過分強調這塊肌肉，人體看起來就會非常僵硬。」

傑克看著中尉一面解說，一面用手指描摹大腿線條。他不確定這傢伙是想戲弄他、加深他的痛苦，或是真的只是想討論畫畫。

「當然了，」中尉嘆了口氣，「這場戰爭讓我們所有人每天都在上解剖課。我甚至可以寫一篇關於英國士兵主要臟器的報告。肝臟切面、大小腸的分段結構，還有英國人碎骨的形狀等等。」

傑克咳了一聲。「不好意思，長官，我可以詢問自己的罪名嗎？」

「罪名？」

「天啊，瑞斯福德，」威爾說。「因為他睡著了，你才讓這個人找你報到。他想知道你會把他送上軍事法庭，還是上一堂美術課，或者被槍斃。」

「沒有犯罪。你不歸我管。」

傑克感覺眼睛一熱。

「如果你的連長想要的話，他也能懲罰你。」

威爾搖搖頭。「不會有進一步的懲戒。」

「謝謝你，長官。謝謝你們。」

傑克感激地看著兩人。他們能理解一個背負著龐大壓力的人是如何艱辛地活著。他確定他們是因為同情而憐憫他。他拿出瑪格莉特的信，知道自己逃過一劫後，他想跟他們聊聊生病的兒子是多麼地讓他心焦。

「在這裡，長官。這是我妻子的信。我的兒子最近病了，我很擔心他。我從地道上來後就沒睡過一次好覺——我真的非常擔心。」

他將信交給威爾，威爾點點頭。「看見沒，瑞斯福德？」他說，將信從推到史蒂芬面前。

「對，我看到了，」史蒂芬說。「信上說是白喉，真嚴重。」

「能否准許我回去探望他？」

史蒂芬對威爾抬了抬眉毛。「恐怕不行。我們人手不足。」威爾說。

傑克問：「長官，你有孩子嗎？」

「我未婚。」威爾搖搖頭。

「你呢，長官？」

「沒有。」史蒂芬回答。

傑克點點頭。「這實在太荒唐可笑了，我身邊天天都有人死去，如今連兒子也病入膏肓。」

史蒂芬回答：「我們殺死的每一個人都是某人的兒子。當你看見這些人死去時，你有想過這一點嗎？那你有沒有想過：當他們的母親第一次將兒子抱在懷裡時，能想像到兒子竟會以這種方式結束性命嗎？」

「不，長官。我從未這樣想過。」

三個人喝著茶。外頭有砲彈呼嘯而過，他們感覺連防空洞都被震得搖晃起來。天花板震下了一些乾燥的土塊。

史蒂芬說：「昨晚，我的兩名下屬在無人地帶的彈坑裡監聽了八小時，你覺得他們那時在想些什麼？我還禁止他們交談。」他看著傑克。

「我不知道，長官。也許就跟我們待在地道裡的時候一樣。你會完全停止思考、失去活著的感覺，整個人就像行屍走肉。」

「我也想下去你們的地道看看。」史蒂芬說。

「不，你不會想去的，」威爾說。「就連地雷工兵都不想下去。」

「我想去看看那邊是什麼樣子。我的一些下屬對你們的效率很不滿，他們覺得你們根本聽不見敵人的動靜，很怕被地雷炸死。」

威爾大笑。「我們早就知道了。」

傑克換了個坐姿。兩位長官有點奇怪，他想他們應該都醉了。他一直覺得威爾很值得信賴。他是皇家工兵連[25]出身，就與其他地道指揮官一樣。儘管他在戰前沒有地底工作的經驗，卻表現得十分嚴謹可靠。然而，他此刻狂野的眼神因威士忌布滿了血絲，而從他臉頰與下巴的褐色鬍渣看來，鐵定已經好幾天沒有刮鬍子了。傑克心想，另一位中尉看起來比較清醒，但某方面而言卻更奇特，令人難以捉摸。他感覺很疏離，但又對地底的一切興趣濃厚。傑克心想，他大概是個怪人吧。他一開始的滿腔熱情與感激退去了，不願再向他們多說私事。他想回去找泰森與蕭，就算是總惱人地喋喋不休的惠勒與瓊斯也好。

「你知道我們什麼時候能休息嗎，長官？」他問威爾。

「應該是明天吧，他們不能再逼我們留下了。你們呢？瑞斯福德？」

25 原文 Regular Engineer，常簡稱為 RE，是隸屬於英國陸軍的工程部隊，起源可以追溯到十一世紀。第一次世界大戰期間，皇家工兵連的職責廣泛，包含建造防禦工事、操作毒氣設備、修理槍砲，也會支援維護鐵路、橋梁、水道與通訊設備。

史蒂芬嘆了口氣。「誰知道。營總部有各式各樣的謠言。即使不是在這裡，我們也遲早得發動攻擊。」

「難道我們得為了安撫法國人，犧牲弟兄生命？」威爾笑著問。

「對，就是這樣。他們不想孤軍奮戰，但我相信他們會有報應的。」

萊利從防空洞後方出現。「快六點了，長官。十分鐘內要整備好。」

「你現在最好離開這裡，費爾布雷斯。」威爾說。

「地道見。」史蒂芬說。

「謝謝你，長官。」

傑克爬出防空洞。外面幾乎快天亮了，法蘭德斯區（Flanders）低矮的天空與大地在遠處融為一線，幾公里外就是德軍後方的戰線。他深吸一口清晨的空氣。他得救了；他望向戰壕後方，那裡裊裊升起了香菸煙霧與煮茶的蒸氣，但一想到那些冰冷的手正緊握著茶杯取暖，他最後一絲的喜悅也消失了。他想到身上惡臭的衣服、沿著接縫往上爬的蝨子，以及他害怕成為朋友的那群人——或許他們明天就會在自己面前被炸得粉身碎骨。泰森淋浴的時間到了，他大概正對著油漆罐清腸胃，再將罐子往外扔。

後方的軍官防空洞傳來鋼琴的聲音，旋律在留聲機的粗大唱針下漸漸上揚。

地雷工兵們終於獲准休息，但歇腳的村莊卻比平時的紮營地還遠。大夥已經累到走不動了。他們在前線後方約八公里處行軍，道路的兩側都是水溝。大夥聽令「便步走」，有人就開始邊走邊抽菸。傑克．費爾布雷斯沉重的背包裡裝滿了挖地道的工具，光要保持直線行走就得費盡全力了。大路的盡頭隱約可看見一座村莊，而他發覺若自己一直分神看遠方，腳下就會失去平衡。他驚醒了兩次，他竟然走著走著就睡著了。在他身後幾列，有人拉起了跌進水溝的惠勒。傑克在刺眼的陽光下閉起眼，但驟然失去平衡的反胃感又讓他迅速睜開了眼睛。

他原以為再也無緣見到了：這些在他狹隘地獄之外生生不息的風景。一位牧師騎著腳踏車過，舉起扁帽向他們致意。道路兩旁是依舊翠綠、未遭戰火蹂躪的草地。樹上開滿了鮮花。

他們在村莊的廣場停下，亞當斯中尉允許大夥坐下歇息一會兒，軍官們則去尋找適合紮營的地方。

傑克靠在村莊水泵的石籬上。泰森眼神空洞地盯著他，絲毫不關心周遭環境的變化。廣場後方的街道上，那裡的房子升起了縷縷輕煙。他們看見了一間賣餐點的小店，一旁肉攤的門口有兩個小男孩在嬉戲。

接著，傑克聽見了一個女人的嗓音。她說著一種陌生的語言，雖然這奇特的口音聽起來很冷峻，但講話的人毫無疑問是一名女子。開口的人是一位年約三十歲的豐滿女士，她正在和一名棕髮女孩說話。在這個早晨，地雷工兵傾聽著這段不期而遇的高聲對談，彷彿也撫慰了他們失去弟兄的痛苦回憶。

歐龍與費爾丁——這兩名與傑克同隊的弟兄躺在鵝卵石小徑上睡著了。傑克這才慢慢放鬆了下來，設法讓自己忘卻恐懼。

他轉頭看著坐在身旁的蕭。他沒刮鬍子的髒污臉龐看起來很暗沉，污垢下那雙蒼白的大眼凝視著什麼。開始行軍後他便一語不發，身體也僵硬了起來。

廣場角落有隻白狗開始狂吠。牠在肉鋪前跑來跑去，肉販只好到店外拍手驅趕牠。狗兒又跑去嗅嗅牠一旁弟兄的雙腳，對著人群興奮地搖著尾巴。牠有一張尖尖的臉，尾巴如羽毛般在身後翹起。牠輕舔傑克的靴子，又將頭靠在蕭動也不動的膝蓋上。蕭低頭望著狗兒明亮的雙眼，狗兒一臉盼望著能得到食物。蕭開始撫摸狗兒的頭。傑克望著蕭，他正用自己粗糙的地雷工兵手掌撫摸著狗兒柔軟的背。蕭溫柔地將頭靠在狗兒側邊的肚子上，閉上了雙眼。

威爾上尉指示他們前往村莊外的穀倉。穀倉主人已很習慣部隊在這紮營，經驗豐富的他開始討價還價。許多弟兄放下背包，一找到乾草堆便就地睡下。泰森發現了一個乾淨的角落，詢問蕭和費爾布雷斯要不要一塊兒睡。他們雖然會埋怨彼此的睡眠習慣，但至少已經熟悉了，其他人的習慣或許更糟也說不定。

午後，傑克睡醒後，去了農舍的庭院。伙房兵正準備在爐台生火。後勤正嚴密監控著一輛運來消毒與除蝨粉末的馬車。

傑克沿著小巷朝村莊走去。他完全不懂法語，眼前的異國建築物、田野與教堂對他而言極為陌生。日益加深的思鄉之情，蓋過了他此刻不受戰火打擾的片刻寧靜。他在戰前從未出國，只離開過倫敦兩三次，短暫告別那些令人安心的聲音與日常。他想念電車的叮噹與嘎嘎聲、北倫敦一列列的連棟屋，與那些令人懷念的站名：登碧巷、曼諾樓與七姊妹。

這裡還有另一個步兵團：村莊如同被喧鬧的軍隊接管了，擠滿了歇息的士兵，準備重新集結。傑克穿過了斷氣的馬兒、咆哮的士官以及幾群吞雲吐霧的人之間，嘻笑打鬧的士兵們彷彿是做著白日夢的男孩。大夥對幾公里外發生的事閉口不言——他們不會承認自己看過、做過了什麼，因為那些都是違背人性的殘酷之舉。傑克心想，誰也不會相信，那個正往後推了推帽子、與朋友在肉鋪窗戶旁談笑的士兵，曾眼睜睜看著戰友死在了彈坑裡，胸口滿是血泡。大夥不會提起這些；傑克也加入了粉飾太平的戲碼，假裝誰也沒有違逆自然的秩序。他責怪士官；士官責怪軍官；軍官責怪參謀；參謀責怪將軍。

伙房兵送來了燉菜與咖啡，同時補上了大夥最渴望的肥美肉汁——其實那只是脂肪與水的混合物罷了。傑克拿了一片新鮮麵包開始狼吞虎嚥。惠勒抱怨食物噁心，嘮叨說這與他老婆泡的茶、以及他在酒吧回家路上買的炸魚薯條完全沒得比。歐隆念念不忘肉派、新鮮馬鈴薯與餐後的海綿布丁。泰森和蕭雖然沒說什麼，但對軍中伙食也很不以為然。傑克解決了泰森不想吃的食物。他不好意思承認，軍隊的伙食儘管品質不穩定，有時甚至被汙染，卻比他家的食物美味太多了。

蕭的精神恢復了。他開始幫忙搬運穀倉裡的新鮮稻草捆；餵完馬匹後，他低沉的嗓音也加入了大夥的感傷合唱。傑克欣慰地看著他們；幸好有這些堅強的弟兄，他才能熬過這段扭曲的生活，而其中英俊、老實又沉靜的亞瑟．蕭，就是最能鼓舞他的力量。

弟兄們準備在穀倉的臨時澡間沖澡，大夥滿心期待地脫光衣服，不顧後面一排洗衣婦的訕笑，她們正等著幫士兵們拿衣服。傑克排在蕭後面，欣賞著他寬闊的背部、肌肉緊實的肩膀、結實的腰與毛髮濃密的豐滿臀部。弟兄們在穀倉裡高歌、辱罵，拿肥皂互丟，或是在酒桶或飼料槽充當的澡盆裡互相潑水。門邊的亞當斯中尉拿起冷水管，以強力的水柱噴灑大夥，督促弟兄們趕緊穿上衣服——儘管洗過了，卻仍然有蝨子。

他們在傍晚領到五法郎[26]的零用金，絞盡腦汁地想花光這筆錢。傑克早就被連裡的弟兄當成開心果，大夥期待著他會帶來什麼娛興節目。泰森、蕭、伊凡斯和歐隆全都將鬍渣刮乾淨，又梳整頭髮、將軍帽的徽章擦亮。「我要你們九點整清醒地回來報到。」亞當斯中尉說，望著大夥搖頭晃腦地走出農場大門。「可以改成九點半嗎？」伊凡斯詢問。

「九點半，老子還心不甘情不願呢。」傑克說。「好啦沒問題。」大夥在前往村莊的路上有說有笑。

一間設有臨時小酒館的店外排著長長的人龍。傑克找到了一間隊伍較短的農舍，裡頭還有一間明亮的廚房。弟兄們跟著他排隊，等到有空位才進屋，擠在桌邊坐下，一位老婦正好端上一盤剛起鍋的炸馬鈴薯。大家將無牌白酒傳來遞去。酒太過乾澀，不合大夥的口味，他們又請另一名婦人拿一些方糖，將糖投入酒杯。大夥勉強將酒喝下肚，比了比難喝的手勢。傑克試著喝了一瓶啤酒——與他記憶中維多利亞式酒吧的啤酒不同，缺少了由肯特啤酒花與倫敦水質釀出的家鄉味。

午夜時分，當泰森在稻草堆捻熄最後一根菸時，眾人已經瞌睡連連。鼾聲大作中，大夥也暫時忘卻了那些不可饒恕的事情。傑克觀察著同袍，惠勒和瓊斯嘰哩呱啦與別人談笑風生，彷彿剛在英國下班似的。他也許無法理解這兩名夥伴，但猜想那兩位軍官大概也是這樣；也許那些關於繪畫與臨摹的話題，不過是想假裝一切如常罷了。他開始專注地回想家鄉的人事物，試著睡去；他努力想像瑪格莉特的聲音、以及她會說一些什麼。在他的心目中，兒子的健康更勝於同伴的性命。酒館裡無人舉杯向透納致意；根本沒有人記得他，或者與他一同犧牲的另外三名戰友。

弟兄們在回前線的前一晚盡情高歌。惠勒與瓊斯傷感地合唱了一首歌，歌詞是關於一名值得一百萬個願望的女孩。歐隆朗誦了一首詩，詩中小屋的門前種滿了玫瑰，樹上還有一隻鳥兒嘰嘰喳喳地叫著。

威爾被慫恿彈鋼琴，他的臉色蒼白，因為他曉得底下的聽眾如亞瑟·蕭以及他的下屬們，這群曾衝鋒陷陣、拿下至少一百名敵人性命的英勇士兵，心中渴望能聆聽一些關於母愛的小曲。他發誓再也不在這種場合出頭了。

26 當年的一法郎約等於三十五元台幣，法國加入歐盟後已逐漸停止流通。

傑克．費爾布雷斯表演了一些音樂廳的有趣橋段[27]。一些弟兄來為他助陣，增加了一些經典笑料，讓底下的觀眾們笑個不停。說笑點亮了傑克嚴肅的面孔，眾人肯定的回饋、吹口哨叫好以及互相歡樂地拍肩，也像是突顯了他們的決心與恐懼。

傑克環視這棟他們暫留的屋子。燈光照亮了一張張通紅的臉孔，大夥正高聲歌唱。傑克站在屋內盡頭倒放的箱子上，從這個遠遠的視角望著底下，每一個人看起來都沒什麼區別。過去他們或許有著不同的人生，但在眼前命運的陰影下，大夥卻能對彼此產生共鳴。他不希望自己再次愛上誰了。

傑克的表演接近尾聲時，他感到四下的氣氛漸漸變得低迷。離開這座不起眼的村莊，對現在的他而言，就是一場最艱難的別離；即使在車站與父母妻兒含淚話別，也遠比不上這段穿越法國鄉間的簡短旅程來得哀傷。每當離別的時刻來臨，他的心情也變得更加沉重。他並沒有變得更堅強或是更習慣這一切。每次的分離都促使他更深入反思，自己為何要如此盲目地堅持下去。

他感到恐懼席捲了自己，也開始同情起面前這群紅著臉的戰友，他以一首歌為表演作結：「如果妳是世上唯一的女孩[28]……」他開始唱。人人都加入了這場大合唱，高聲唱出他們心底的感受。

〔〕

史蒂芬連隊的駐紮地已被連續轟炸三天。眾人都已做好迎接大規模攻擊的心理準備。第三天早上，他在防空洞中疲倦地起床，推開毒氣簾走出去。疲勞使他的眼皮沉重。支撐他身體的是某種未知腺體分泌的化學物質，而不是進食與睡眠。他的口腔灼熱，腸子熱辣辣的彷彿正在酸化。急速跳動的脈搏令他頭痛，手也開始顫抖。他得去安撫一下下屬。

他發現兩名實戰經驗最豐富的下屬——布倫南與道格拉斯——臉色蒼白地坐在射擊踏台上，身旁的地上大約有六十根菸頭。

史蒂芬與他們寒暄幾句。他不是受歡迎的長官。他不相信戰爭有什麼意義、也看不到這場仗的盡頭，所以很難說些什麼鼓舞弟兄。他還曾經被連長格雷訓斥——他是一名精明強幹的上尉——只因為他跟某位士兵說，戰爭局勢只會惡化。

布倫南聊著這幾日的轟炸，少不了夾雜著一些髒話。他實在太常提到他最中意的那個髒字，以至於史蒂芬後來也懶得管了。反正大夥都是這樣。

史蒂芬之所以一路晉升，是因為他的教育程度比其他人高一些，至於他那些讀過大學的同袍，不是陣亡就是早已成為軍官了。格雷從這群人之間挑中他，將他送回英國的預官訓練單位受訓。返回法國後，貝蒂納市（Béthune）的參謀人員又有了進一步指示，史蒂芬事後回想，決

27 十九世紀，音樂廳表演是英國極度受歡迎的娛樂，這種表演形式融合了流行歌曲、喜劇、特色表演和綜藝娛樂，是第一次世界大戰期間最受歡迎的娛樂之一。

28 歌詞出自一九一六年發行的英國流行歌曲〈如果妳是世上唯一的女孩〉（If you were the only girl in the world）。

定性的時刻是他在一場足球賽中展現了足夠的男子氣概。他在比賽中服從了與對手奮戰到底的命令，之後便被一名患有氣喘的少校匆匆帶到前線培訓三週，此人也是第一次接受來自旅總司令部的指示。少校堅持，升官後的史蒂芬不能與從前的同袍見面，他就這樣奇異地成了長官。當少校喘著氣與他道別時，他已經擁有了閃亮的皮帶、新靴子以及一位畢恭畢敬的勤務兵。他從未與從前的戰友見面，儘管只與他們相隔約一百公尺。

「沒有停戰的消息嗎？」道格拉斯問。

「他們沒跟我說，你怎麼看？」

「我只希望他們會休戰一陣子。」

「就像他們會暫停吃午餐那樣嗎？」這是史蒂芬能想到最歡樂的答案了。「你不能阻止德國機關槍手吃香腸。」

空氣中傳來了撕裂般的巨響。這是中型火砲的轟炸聲，大夥起初只是聽著這古怪的聲響，但隨著聲音逼近，他們開始恐慌起來。當砲彈飛過時，布倫南和道格拉斯立刻靠在戰壕前方趴下。地面開始震動，一些土塊輕輕落在他們頭上。史蒂芬看見道格拉斯用手猛抓自己的臉，不斷顫抖著。

他對兩人點點頭。「不會一直這樣的。」

一般來說，敵軍會在晚上瞄準大後方槍枝與彈藥的儲備點轟炸；所以在白天轟炸前線，可能代表著敵方準備展開全面攻擊，不過史蒂芬懷疑這只是擾亂戰術，或只是沒打準罷了。

他一路穿過戰壕問候下屬。他們聽從史蒂芬的命令，但他們之所以表現出尊重的態度，僅僅是因為將他當成是一個遙遠崇高的權威象徵罷了。由於史蒂芬和威爾交情不錯，他對地道工兵幾乎與對自己的下屬一樣熟。當在烽火連天的戰場與他們談天時，他才意識到自己其實對他們的人生一無所知。他們大多是倫敦人，在戰前是英國本地的陸軍。

在這些人之中，他最欣賞的是李維、布萊恩和維金森，這個諷刺三人組與布倫南和道格拉斯不同，他們雖然不會自願參與危險的任務，卻極為憎惡敵人。

史蒂芬注意到，今天這三個人還是待在一塊兒，卻異常安靜。李維回報，野戰砲已猛烈轟炸一小時了。他才剛剛開口，立刻又傳來野戰砲發射的巨響，緊接著是砲彈呼嘯而來的刺耳聲音。

「最近越來越頻繁了，」李維說。「你們聽。」

三人緊緊靠在一起。比起子彈，他們更害怕砲彈碎片，因為他們曾見過被炸到的下場。若被直接命中，就能夠徹底抹去一個人存在的痕跡；就算是被小型碎片砸中，也會斷手斷腳，還有引發感染或是壞疽的可能。

戰壕外忽然傳來一聲尖銳的哀號。那聲音淒厲瘋狂，甚至蓋過了砲聲。一位叫提波的年輕人一路衝過木棧道，又猛地停下腳步抬頭望著天空。他再度尖叫，那飽含恐懼的吶喊，讓所有聽見的人為之顫慄。他瘦弱的身軀僵硬，臉上的神情扭曲。他是因為想家才尖叫。

布萊恩和維金森開始咒罵他。

「幫幫我。」史蒂芬對李維說。他走過去抓住男孩的手臂，試著讓他在射擊踏台坐下。李維抓住他的另一隻手。男孩仍緊盯著天空，史蒂芬和李維怎樣都無法勸服他低下頭。

提波的臉完全失去血色。史蒂芬的臉很靠近他，他的眼白沒有任何血絲；棕色的眼睛黯淡無光。

男孩根本不曉得自己在哪裡，只是反覆地哀求，又吐出一些父母親或是寵物的名字。那是一種最原始的懼怕。史蒂芬突然感到憐憫之心油然而生，但他隨即壓下了這種感覺。

「把他弄走，」他對李維說道。「我不想看見他。你和維金森帶他去找軍醫。」

「是的，長官。」李維和維金森架著僵硬的男孩去交通壕。

史蒂芬動搖了。這股從內心深處爆發的原始恐懼，讓人真切地意識到他們的存在有多麼扭曲；他們已經無法回歸正常的人生了。他走回防空洞的途中，心煩意亂地生起氣來。假使他無法維持住表面的冷靜，將會連累更多人死亡。

大夥似乎只能無助地面對恐懼。早在伊珀爾與其他行動時，他們就已準備從容赴死，卻仍舊被砲火嚇傻了。無論是已準備好面對機關槍槍口、還是保衛戰壕到最後一刻的弟兄，都無法坦然接受這種形式的死亡。李維前來尋找弟弟，卻苦苦不知該拿什麼安葬，因為他連一撮頭髮、甚至連靴子碎片都找不到。他難以置信，苦澀地跟史蒂芬說，帶走他弟弟的那枚砲彈，龐大到得用起重機才能抬走；砲彈在高空飛越了十公里，最後留下了一個足以容納農場和周邊建築的大彈坑。李維說，難怪他連弟弟的一絲痕跡也找不到。「我不在乎是誰被砸中，」他說：

「但那個人是與我骨肉相連的弟弟。」

第三天下午，史蒂芬開始擔心這件事會影響排上的士氣。他感覺自己像鏈條中一個毫無用處的環節。長官並不倚重他；下屬則接受其他士官的命令與寬慰。轟炸仍在繼續。

史蒂芬與哈瑞頓小聊了一會兒，這位中尉與格雷共用防空洞，又在五點喝了萊利泡的茶。他走到外頭望著暮色。又下雨了，漆黑的夜空仍可見一閃而過的砲彈，它們的尾焰如同奇異的星光，在湧動著灰綠的夜色中閃閃發亮。

接近午夜時，威爾回到了防空洞。他已經喝完了威士忌，想跟史蒂芬再要一些。他在外頭等著，直到格雷走出來。

「你們休息得如何？」史蒂芬說。

「感覺像過了很久似的，」威爾說，又一口猛灌下史蒂芬推到面前的酒。「我們已經回來三天了。」

「所以你一直待在地底。那是現在最安全的地方。」

「弟兄們好不容易從地底爬上來，卻發現地面正在被轟炸——真不曉得到底哪一樣比較糟。真的不能繼續這樣下去了，對吧？」

「放輕鬆，威爾。他們不會再進攻了。敵軍會安靜一陣子。他們起碼要花一週的時間挖洞，才能安置好那些大砲。」

「你真是個冷酷的渾蛋，瑞斯福德。拜託說一些不會讓我嚇得發抖的事就好。」

史蒂芬點起一根菸，又將腿放在桌上。「看你想聽砲彈飛過天空的聲音，還是要聽我講別的事情？」

「都怪那個白癡費爾布雷斯，他的聽覺太靈敏了。他教我如何分辨各種槍砲的聲音，我甚至可以告訴你槍砲的管徑、路徑，以及會造成多大的傷亡。」

「但你一開始滿喜歡戰爭的，不是嗎？」史蒂芬問。

「什麼？」威爾在椅子上坐直了。他有一張真誠的圓臉，淺色的髮線已經開始倒退。當他拿下帽子時，只剩一些稀疏的亂髮。他披著睡衣，裡頭穿著白色海軍運動衫。他思索著史蒂芬的話時，又往後坐了一點。「雖然聽起來難以置信，但似乎的確如此。」

「這沒什麼好丟臉的，每個人都有各自從軍的理由。看看我們的士官長普萊斯。他在這裡走路有風，不是嗎？那你呢？你原本很孤單嗎？」

「我不想討論英國了，」威爾說。「我得先想辦法活下去。我有八名下屬在地底，他們正面對著一條越挖越近的德國地道。」

「好吧，」史蒂芬說。「半小時後我也要去排上巡視。」

一枚巨型砲彈爆炸，防空洞開始劇烈震動。煤氣燈在梁上搖晃，桌上的玻璃杯震個不停，天花板也震下落了一些土塊。威爾抓住史蒂芬的手腕。

「和我聊聊，瑞斯福德，」他說。「你想聊什麼事都行。」

「好啊。」史蒂芬吐出一縷煙霧。「我很好奇接下來會發生什麼事。你的地鼠們在地底寬不過一公尺的洞穴裡爬行，我的下屬則因為滿天的砲彈抓狂。我們根本沒收到指揮官的命令。我坐在這裡，我下達命令、四處巡邏，躺在泥濘裡感受子彈從頸邊擦過——英國的人民不會懂那是什麼感覺。如果他們看見了弟兄是怎麼過日子，絕對不會相信自己的雙眼。這不是戰爭，這是在探究人性究竟可以淪喪到何種地步。我很好奇一切還能沉淪到什麼境地；我真的很想知道。我甚至覺得這場仗才剛開始而已。我相信戰況會越來越惡化，並遠遠超出我們見識過的這一切，而且數百萬的弟兄——如我的提波與你的費爾布雷斯——都會被捲入其中。沒有什麼事情是他們做不出來的。如果你在他們歇息時觀察他們的神情，你會感覺他們真的已經受夠了，他們心底也會有聲音說：夠了，沒有人能辦到。但他們在經過一夜好眠、吃下熱騰騰的食物與喝下美酒後，又能繼續熬下去了。戰爭結束前，我覺得大夥甚至能一路撐下去，我也想看看那會是什麼樣的光景。如果我沒有這份好奇心，早就直接走進敵人的戰線送死了，我寧可用手榴彈把自己的頭炸掉。」

「你瘋了，」威爾說道。「你難道不想看到戰爭結束嗎？」

「我當然希望戰爭結束。但我們如今已走了這麼遠，我想知道其中究竟有什麼意義。」砲聲逼近，威爾又開始發抖。「這是混合彈幕。野戰砲跟重型大砲輪流轟炸——」

「安靜，」史蒂芬說。「不要自己嚇自己。」

威爾將臉埋進手心。「跟我聊聊，瑞斯福德。跟我聊戰爭以外的事。英國、足球、女人、女孩。什麼事都好。」

「女孩？男人們口中的甜心嗎？」

「隨你說吧。」

「我很久沒有想起這種事情了。永無止盡的砲火讓我變得清心寡慾。我從沒想過女人。她們是另一種不同的生物。」

威爾沉默了一會兒後說：「你知道嗎？我從沒跟女人交往過。」

「什麼？從來沒有？」史蒂芬看向他，想確定他是認真的。「你幾歲了？」

「三十二歲。我真的想和女人交往，但住在家裡很難辦到。我父母對這種事非常嚴格。我曾在晚上約了一、兩位女孩，嗯……她……她們總是想結婚。我也約過一些在鎮上工作的女孩，但她們只會取笑我而已。」

「你不好奇那是什麼感覺嗎？」

「會啊，我當然很好奇。但當這個目標變成人生中一個重要的課題時，反而越來越難達成。」

威爾停下來傾聽砲聲。他盯著手裡的酒杯，沉浸在思緒中。

「你為什麼不去男人們會光顧的那種地方？你一定能找到親切、價格合理的對象。」

「你不懂，瑞斯福德。沒那麼簡單。我猜你應該跟上百個女人交往過吧？」

史蒂芬搖搖頭。「天啊，完全不是這樣。我老家有個女孩會隨便找人上床。所有男孩的第一次都給了她。不過你得先給她禮物才行——巧克力或錢等等的。她其實是個單純的女孩，但我們都很感激她。後來她果然懷孕了，但沒有人知道誰是孩子的父親。應該是某個十五歲的小鬼吧。」

「就這樣嗎？」

「我們當然也會與其他女孩上床。男孩們都很渴望做這檔事。大家認為憋著才不健康——甚至連他們的媽媽也這麼想。這就是林肯郡裡的一個小村莊與城鎮的差別。你的老家在哪？」

「利明頓溫泉鎮（Leamington Spa）[29]。」

「你看吧！這就是體面的代價。」史蒂芬微笑。「那你運氣很差。」

「那還用說。」威爾也笑出來。

「幹得好。」

「你為什麼說『幹得好』？」

「因為你笑了。」

「我喝醉了。」

「這不重要。」

威爾倒了另一杯酒，將椅子往後仰。「所以，這麼多女孩，瑞斯福德，說說看——」

29 英國華威郡（Warwickshire）中部的城鎮，因有療效的溫泉水聞名，也因此成為受歡迎的度假勝地，吸引了許多上流人士。

「沒有這麼多。大概四、五人而已。」

「無論有幾人——說說看，你有愛過誰嗎？你會想一直跟她做愛嗎？」

「有，確實有。」

「只有一個人？」

「對，只有一個人。」

「那是什麼感覺？與跟其他人在一起的感覺不同嗎？」

「對，應該吧。那真的非常特別。很難描述那種複雜的感覺。」

「你是說，你……你愛上她了，還是怎麼樣？」

「我想我愛上她了。我當時不確定那是什麼，只感覺無法壓下心中的衝動。」

「你們後來怎麼樣了？」

「她離開了。」

「為什麼？」

「我不知道。某天我回家時，就發現她離開了，連紙條也沒留下。」

「你們結婚了嗎？」

「沒有。」

「那你怎麼辦？」

「什麼都沒做。我能怎麼做？我不能糾纏她。我就讓她走了。」

威爾沉默了一會兒。他說：「但是當你……你知道我在說什麼——和她在一起的感覺，與村裡的女孩不同嗎？」

「她剛離開時，我沒有多想什麼。我感覺像是某人過世了，像是一個驟然失去父親或母親的孩子。」史蒂芬抬起頭。「你必須自己開闢出一條路、必須想好下一步該怎麼走。或許我們可以幫助你遠離戰線——我的下屬知道怎麼做。」

「別鬧了，」威爾說。「總而言之，你還會想她嗎？你有沒有留下她的物品當紀念？」

「我本來有一枚她的戒指，但我丟了。」

「當你晚上躺著，傾聽外頭的槍聲時，你會想起她嗎？」

「不，從來不會。」

威爾搖搖頭。「我不明白。如果是我，一定會很思念她。」

外頭出現了片刻的寧靜。朦朧的燈光下，兩個男人看著彼此憂鬱疲憊的臉龐。藏不住心事的威爾神情緊張，但臉上依然可見一絲純真，這讓史蒂芬非常羨慕。他感覺早已與所有世俗的幸福斷聯，只剩隆隆砲聲縈繞在耳。太陽穴旁與耳上稀落的灰髮似乎也在提醒他，自己早已改變、無法回頭了。

「所以，」史蒂芬問。「開戰之前，你一直很寂寞嗎？」

「對，我真的很孤單。我與父母住在一起，似乎怎麼樣也無法逃離這個家。我唯一想到的辦法就是從軍。我父親認識皇家工兵連的人，一九一二年我便加入了軍隊。你說得對，我渴望擁有一席之地，也喜歡與同袍打成一片——我要的就只是這樣而已。我原本孤單一人，突然就擁有了朋友；即使稱不上朋友，至少這裡也有好幾百名與我年齡相仿的弟兄。我發現有些下屬很尊重我這個長官，這種感覺很棒。」

「你一直做得很好，」史蒂芬說。「大家都很尊敬你。」

「才沒有，」威爾嗤之以鼻。「他們可以接受任何人的命——」

「我是認真的。你跟他們都做得很好。」

「謝了，瑞斯福德。」

史蒂芬倒了更多威士忌。他希望酒精能催促他入睡，但事實上沒什麼幫助。如果真能睡著就好了。

「我的下屬並不尊敬我，」他說。「他們尊敬的是普萊斯中士，也很畏懼他。他們還會接下史密斯下士與裴洛西下士交代的任何事情。然而對他們而言，我就是個沒什麼用處的長官。」

「胡說，」威爾反駁。「你跟其他軍官一樣重要。你這麼認真巡邏，他們一定很敬畏你。」

「但他們不尊重我，但他們這麼做也對。你知道為什麼嗎？因為我也不尊重他們。我有時很鄙視他們。他們真的知道自己在做什麼嗎？」

「你真是個有趣的傢伙，」威爾說道。「我記得在伊珀爾見過一位少校，他——」

防空洞的門被推開了，是杭特。「長官，您最好來一下，」他對史蒂芬說。「砲彈落在我們這邊，傷亡慘重——尤其是李維和維金森。」

史蒂芬拿起軍帽，隨著杭特走進夜色。

原本堆成護牆的沙包被炸飛到二十公尺外。戰壕牆面崩塌，鐵絲網也被炸到後方，顫巍巍掛在一片狼藉的瓦礫上。不知從哪傳出了呻吟聲。擔架兵想挖出傷者，正奮力清理殘骸。史蒂芬拿起挖掘工具，也開始幫忙挖。他們拉出一個人的肩膀，是李維。他的表情比平時還要茫然，只剩下半邊肋骨，胸骨下還插著一大片彈殼。

他們在前方幾公尺處挖出了維金森。史蒂芬走近時，維金森黝黑的側臉神情鎮定，這使他燃起了希望。他在腦裡中回想維金森的經歷，接著想起來了：他剛結婚不久，是一名賭彩經紀人，妻子懷孕了。他剛下部隊時，還發表了一番鼓舞士氣的話。但當擔架兵抬起維金森、翻過他的身軀時，史蒂芬才發現他只剩下半邊臉，一邊還留著他光滑的皮膚與英俊的五官，另一邊卻剩殘破不堪的頭骨，腦漿還黏在燒焦的制服上。

史蒂芬向擔架兵點點頭。「把他帶走。」

遠處還有另一個傷者，是早上剛見過的道格拉斯，他也是史蒂芬認為最堅強的下屬之一。奄奄一息的道格拉斯靠在戰壕的牆上。史蒂芬走過去，在他的身旁坐下。

「你要菸嗎？」他問。

道格拉斯點點頭。史蒂芬點起一根，放進他嘴裡。

「扶我起來，」道格拉斯說。「這樣我才能坐直。」

史蒂芬扶起他，他肩上的傷口鮮血直流。

「我腿上的白色東西是什麼？」他問。

史蒂芬低頭看。「是骨頭，」他說。「是大腿骨。沒事的，只是骨頭罷了。你有些肌肉被炸爛了。」

道格拉斯的鮮血沾滿了史蒂芬全身。這股奇特的血味本身其實並不令人反感，但是氣味太濃，令人作嘔。這就像肉鋪飄來的新鮮血味，只是氣味更加強烈。

「湯姆沒事吧？」道格拉斯說。

「誰？」

「湯姆．布倫南。」

「我想他沒事。別擔心，道格拉斯。抓緊我，我們會給你一些嗎啡。試著止血。我要在你肩上敷一些東西。這只是緊急治療。」

他用敷料壓住傷口，當他將手伸向肺部的位置時，感覺道格拉斯的肉從手上掉出來。有一兩根肋骨斷了。

「杭特！」他大喊。「拜託找個擔架過來！給我嗎啡！」

道格拉斯的血不斷滲進史蒂芬的制服。史蒂芬的臉和頭髮都沾滿了血，褲子也被血浸溼了。道格拉斯靠在他身上。

「你有妻子嗎，道格拉斯？」

「有，長官。」

「你愛她嗎？」

「我愛她。」

「好。我會告訴她、我會寫信給她。我會告訴她你是我們最可靠的弟兄。」

「我快死了嗎？」

「不，你不會死的。但是你這樣也無法寫信。我會告訴她你所有的英勇事蹟，例如認真巡邏與完成其他任務，她會很驕傲的。嗎啡呢？杭特！天啊！你愛你的妻子，道格拉斯。你會再見到她，去醫院時你要一路想著她、要一直堅持想著她。別放棄。沒事了、沒事了，他們來了。抓住我的手臂。對，我幫你拿著菸，不然會燙到你。別擔心，我會幫你再點一根。在這裡。」

史蒂芬只是喃喃說著，沒有多想。他快被道格拉斯的血嗆到了。擔架兵終於趕來，但道格拉斯早已失去意識。他們抬起他一動也不動的身體，擔心動作太大會讓傷口惡化。

擔架兵離去時，頭頂上傳來金屬呼嘯而過的尖銳聲響。另一顆砲彈落下，引爆時發出了一陣強光。霎時，史蒂芬看清了整條戰壕的形狀：兩端筆直延伸，中段則是防爆的鋸齒狀壕溝。他還看見了後方數公里的風景；大地、樹林與遠方的農舍。一切在剎那間平靜了下來：只見沐浴在光芒下的法國鄉村。

接著，泥土被炸起、彈殼碎片劃過了空氣，他被炸向前方。後方擔架兵的頭部被擊中，道格拉斯也摔到地上。史蒂芬幸運地毫髮無傷，大吼：「快扶他起來！杭特！把他扶起來！」

他感覺臉上黏黏的，便用手護住頭部繼續吼道：「幫我擦掉這男人的血！」

{

他們終於暫離前線，史蒂芬的連也獲准在貝蒂納休息三天，這座小鎮很受大夥歡迎，因為有數不盡的酒吧及小餐館，還有許多友善的法國女孩。史蒂芬臨時駐紮在小鎮邊緣的一位醫師家中，屋子的前庭鋪滿了三角礫石，還有小紅豆杉圍籬。另外有五名軍官與他同住。這是戰爭開打後，史蒂芬頭一回擁有自己的寢室。他能透過房間的窗戶俯瞰屋後的草坪，草皮雜亂，有幾叢乏人照料的花壇，盡頭還有一棵七葉樹。

史蒂芬忙完時，已經中午了。他將行李放在光亮的地板上，脫下靴子，躺在鋪著乾淨床單的床上，寢具有一股乾燥花草的香氣。他發現自己無法立刻入睡，因為身體放鬆得太快，他總是會因為抽筋痛醒。醫官給了他一盒藥丸，但這又會讓他睡得太沉，不適合現在服用。

他感到全身無力，四肢像被重力拉扯著。他的思緒仍然清晰，卻已失去了時間感。幾天前的轟炸畫面如靜止一般，鮮明地烙印在他的回憶裡。他看見威爾開朗的面孔滿是焦慮，渴求著能被寬慰；維金森柔軟美麗的雙唇以及剩下的半張臉。他依然能嗅到道格拉斯身上那股強烈的血味，他後來傷重不治，鮮血浸溼了整個擔架；如果仔細看插在李維胸口的彈殼，甚至能讀出上頭的製造商序號。還有他們第二天埋葬的那些人——轟炸停止後，送來了一些木頭十字架，倖存的士兵也疊起了小石堆哀悼戰友。德軍的砲聲消失之後，他們在那片美好的寧靜下聽見了烏鶇的歌聲。

史蒂芬揉揉雙眼。他從背包拿出酒壺，喝了點威士忌，立刻睡著了。

他一直睡到第二天早上七點才醒來。他看著錶，驚訝地發現自己竟然穿著制服沉睡了十二小時。沒有人叫他吃晚餐；大房子裡靜悄悄的。

他走到浴室，打開水龍頭。他刮完鬍子後，穿上萊利放在背包的乾淨衣物，又回到房間，躺在枕頭上休息。他推開面向花園的窗戶。今天沒什麼陽光，但空氣清新，也聽不見砲聲；這樣就夠了。史蒂芬發現，他成為了自己原本最鄙視的那種人——依靠睡眠療傷。

他開始思考早餐該吃什麼。這裡有蛋，但會有肉嗎？他想起伯納德的堅持：英國人早餐就該吃烤肉。然而，伯納德人在哪裡？大概在遠離戰線的某個安全地點吧。儘管亞眠區先前曾被德國人占領，但他認為伯納德有自己的生存之道；他總是充滿自信地掌握一切。

一夜好眠後，史蒂芬放鬆下來，任憑自己回想杜康熱大道的大宅。距離他打開大門、挽著伊莎貝爾踏入夜色中的那一晚，至今已將近六年了。對他而言，在那平靜而錯落的屋頂下發生的種種，跟他現在所處的世界一樣怪異而扭曲。他想起了自己那股難以自拔的慾望，伊莎貝爾卻能完全撫平這股衝動。他彷彿仍能看見伊莎貝爾靠在牆上，頂歪了那幅花卉圖；他能嘗到她甜美的舌尖。假使他更努力回想，甚至能看見伊莎貝爾的臉龐，卻只能看見模糊的輪廓而已。如今，她真真切切活著的事實、她的舉止以及她的思緒，已經完全不在史蒂芬的心上；但遺忘這些細節，也如同在折磨他自己——彷彿她已經死去，兇手就是他自己。而現在他與弟兄們承受的苦痛，就是對他過去所做所為的懲罰。

伊莎貝爾離開後，史蒂芬又在聖雷米待了一年。如果她回心轉意，她可能會需要他，他可能得與她攜手面對她的娘家或是她疏遠的丈夫。但她音訊全無，史蒂芬最終只能面對事實：她永遠不會寫信給自己了。

他與家具製造商的同事道別，搭車到了巴黎。他在雷恩大街租房，開始找新工作。他不想重操舊業、再次成為生意人，一心只想遠離紡織與稅務。最後，一位需要木工的營造商聘用了他。

他的鄰居是一名從圖爾市（Tours）來的學生，名叫埃爾韋，他擁有一雙明亮的眼睛，對於能單獨住在首都非常興奮。他邀請史蒂芬到奧德翁廣場附近的餐館與他的朋友碰面。史蒂芬赴約了，他跟著一群人喝著蘭姆酒或咖啡，卻無法體會埃爾韋興奮的心情。他曾想過返回英國，卻不知道自己能做什麼，待在國外反倒更自在。他寫了一封簡短的信給以前的監護人，向他保證自己過得很好，但對方沒有回信。

隔壁房子住了一家人，他們有個十八歲的女兒名叫瑪蒂塔。她的父親在律師事務所工作，替史蒂芬找了一份事務員的差事。這份工作很無趣，但薪水比鋸木頭來得高。他偶爾會與這家人共進晚餐，他們也鼓勵他週末帶瑪蒂塔到盧森堡公園走走。兩人因常一起散步成了好友，史蒂芬和她分享了自己與伊莎貝爾的故事。

由於他沒有鉅細靡遺交代一切，所以故事聽起來不怎麼完整。瑪蒂塔對伊莎貝爾突然改變心意一事百思不解。她說：「大概是發生了你不知道的事。」

這份友誼對他來說是個新鮮的體驗。育幼院裡的男孩都有很重的防衛心，一心只想逃離這個牢籠。儘管他們也會同情別人的遭遇，但人人都只想自保，終究只能靠自己。他在利德賀街工作時，除了兩名來自波普勒區（Poplar）的孤僻男孩外，沒有其他年齡相近的同事。史蒂芬曾在碼頭和工廠看到與他差不多年紀的男子，他雖然有心結識，卻總沒空閒聊。

瑪蒂塔有著一口漂亮的牙齒，棕髮總是用緞帶繫成馬尾。她總是睜著一雙大眼睛，神情認真，時常引得他人發笑。她會帶史蒂芬沿著河堤散步，史蒂芬也會帶她去自己到巴黎出差時拜訪過的地方。瑪蒂塔與他之間的友誼單純，沒有摻雜著一絲激情。逗她笑很容易，而當史蒂芬發現她也試圖逗樂自己時，他也能放鬆下來。他仍想念伊莎貝爾；雖然瑪蒂塔的條件不錯，但又似乎少了什麼。史蒂芬認為那些男人很可憐——對娶到夢寐以求的美女感到得意，但在他看來，這只是一種妥協罷了。

煎熬了一年後，他心中這份炙熱的痛苦終於冷卻。他沒有逐漸痊癒的感覺，時間沒有撫慰他受傷的心，他也無法抽離這段感情。史蒂芬只能當作自己失憶了。他本應將伊莎貝爾永遠刻在心上，她卻忽然消失了。他只留下了一些無處宣洩的情感，沉澱在心底。

沉靜下來後，他的日子變得輕鬆多了；他開始用比較寬容的眼光看待那些只擁有匱乏精神生活的傢伙。但是，突然失去伊莎貝爾的冷酷生活也讓他很不自在。有些事情雖然被他深深埋藏，卻從未消失。

開戰之後，史蒂芬鬆了一口氣。他考慮加入法國軍隊。即便這代表要占領同一片大地、殺戮同一群人，卻跟與英國人並肩作戰不同。他在報紙上看到英軍在倫敦與蘭開夏郡招兵買馬；沙福郡（Suffolk）與格拉斯哥市（Glasgow）的車站也湧現了大批想要保衛比利時的民眾。法國和英國報紙沒有刊登任何會讓人民恐慌的消息。雖然戰爭規模迅速擴大，人們依舊堅信戰火會在一年內平息。他看到一篇關於英軍八月從蒙斯區（Mons）撤退的報導，講述寡不敵眾的英軍是如何抵禦德軍的猛攻。他們拔掉電線、搭建橋梁，展現出了英勇與積極的一面；他們在要塞中毫不留情地開火，讓德國人誤以為前方有機關槍手。史蒂芬一想到同胞正團結對抗這場外國戰爭，就感到非常感動。

他帶著為英國而戰的全新信念回到倫敦。他生命中被壓抑的挫折以及從未展現出來的暴力，轉為對德國人的憎惡。他深深渴望能殺戮敵軍；他小心翼翼地記住這種感受：因為敵人已經近在眼前。

他在維多利亞區（Victoria）遇到一位舊識布雷吉斯，此人已加入了英國陸軍。他說：「我們只差幾人就可以組成一個營了。如果你加入我們，聖誕節就能上戰場了，加入我們吧。」

「這樣我就不能受訓了。」史蒂芬說。

「你週末可以去一趟新森林。沒事的，中士會睜一隻眼閉一隻眼。去吧，我們超想逮到他們。」

史蒂芬聽從了布雷吉斯的建議，但他們沒有在聖誕節前夕趕到法國，而是直到次年的春天才抵達。他們附屬的兩個常備營，也開始自詡為職業軍人。

起初，他以為這場仗會速戰速決，就跟從前那些戰事一樣。後來，他眼睜睜看著機關槍手將雨般的子彈射向不斷挺進的德國步兵團，彷彿這些人的生命毫無價值。他看見半個排的弟兄都被敵軍炸死。他逐漸習慣身旁支離破碎的人體與飄散的血腥味。他看見人們大開殺戒，已經對死亡麻痺了。在他的眼中，自然法則正被劇烈破壞，卻無人能夠阻止。

史蒂芬可以抵抗或者加入其中。他也開始殺戮。他努力表現得無所畏懼，希望能激勵那些弟兄——那些身處於殘肢與爆炸聲之間的茫然面孔。他納悶，如果這場戰爭被默許且被大肆報導，甚至處處掩蓋真相，未來會有停戰的一天嗎？他開始相信戰況會變得更糟；也許日後會有人們做夢也想不到的慘重傷亡。

史蒂芬下樓時，早餐已經上桌了。格雷上尉總能找到絕佳的駐紮地點；他還找來了一名叫華金斯的勤務兵，此人曾在倫敦的康諾特酒店掌廚。前線的配給與村莊有限的食材，讓他的高超廚藝派不上用場，但格雷仍興致勃勃地享用著他端上來的餐點。他是第一位來享用早餐的軍官。

「睡得好嗎，瑞斯福德？」他問，從餐盤上抬起頭。「哈瑞頓昨晚有上樓找你，他說你睡死了。」

「對，我睡得跟嬰兒一樣熟。一定是這裡空氣清新的緣故。」

格雷大笑。「自己來，炒蛋在旁邊。我讓華金斯去找一些培根。你就勉強吃一下吧，法國培根再好吃也不過就是那樣。」

格雷是一名極為奇特的軍官。大夥都很畏懼他；雖然他也像普通軍人那般幹練，卻將大部分的閒暇時間拿來讀書。他的包包中總是塞滿了詩集，防空洞的床頭書架也放了一小排英國寄來的書，時不時會增補。大學畢業後，他成了一名醫生，但他才剛剛取得外科醫師的執照，戰爭就爆發了。他的書架上也有維也納學院派心理學家的作品，就放在湯瑪斯・哈代（Thomas Hardy）[30]的小說旁。他在一場軍事法庭上判了一名年輕士兵死刑，給眾人留下了紀律嚴明的印象，但他也常倡導應多多親近、鼓勵弟兄。他在蘇格蘭低地長大，這也養成了他喜歡冷嘲熱諷的習慣，他雖然時常高談抽象的軍事與心理學理論，但仍然是一名嚴謹的軍官。

他津津有味地享用著麵包與炒蛋，又為自己倒了一杯咖啡。

「這間小房子很不錯吧？」他說道，將椅子推回去，點起一根菸。「醫生必定會讓自己過得舒舒服服的，這點你可以放心。你對法國熟嗎？」

「還可以，」史蒂芬回答，拿了一盤炒蛋坐下。「戰前我在這裡待了一段時間。」

「待了多久？」

「大約四年。」

「天啊，所以你的法文說得跟法國人一樣嗎？」

「現在有些生疏了，但是以前還算不錯。」

「這可能對我們有幫助。當然，現階段我們還不須跟法國人有什麼交集，但未來的事也很難說。戰事還是很激烈……你排上的弟兄還好嗎？你喜歡當長官嗎？」

「我們受到了攻擊，傷亡慘重。」

「我想也是。那你呢？你和下屬處得還好嗎？」

史蒂芬喝了幾口咖啡。「我想還不錯。但我不確定他們是否真心尊敬我。」

「他們服從你的命令嗎？」

「會。」

「你覺得這樣就夠了嗎？」

「也許吧。」

格雷起身走向大理石壁爐旁，將菸丟進壁爐。「你一定得讓他們愛你，這就是訣竅。」

史蒂芬扮了個鬼臉。「為什麼？」

「他們才會更加奮勇殺敵，內心也會比較舒坦。他們才不會想為某個自命清高的傢伙賣命。」格雷觀察著史蒂芬的神色。

史蒂芬說：「也許是吧。我會努力建立好榜樣。」

30　一八四〇年～一九二八年，英國作家，作品常以窮困的農村為背景，對工業文明與道德倫理有深刻的批判。

「我知道你會的，瑞斯福德。我知道你會和他們一起巡邏、幫他們包紮傷口。但你愛他們嗎？你會為了他們犧牲性命嗎？」

史蒂芬覺得自己正被細細地檢視。他大可以回答「是的，長官」，結束這段對話；他儘管對格雷的威嚇姿態感到不安，卻也想坦誠相告。

「不，」他說道。「我想我不愛他們。」

「我想也是，」格雷說，淺笑了一下。「是因為你太看重自己的性命嗎？還是你認為自己的性命比某些頭腦簡單的步兵更珍貴？」

「絕對不是。別忘了，我自己就是頭腦簡單的步兵。你之所以提拔我，就是因為我完全不在乎自己的性命。我不曉得他們是否都死得有價值，我也不知道世上還有什麼東西是重要的。」

格雷再度坐下。「我不太了解你的個性。」他說。他疑惑地打量著史蒂芬，又皺起眉頭笑了。「但沒關係，我遲早會懂的。如果你想，你可以成為好軍人。也許現在還不是，但將來或許可以。」

史蒂芬沉默了一會兒，然後說：「普萊斯是好軍人。」

「普萊斯很棒。允許我自誇一下，他也是我提拔的。這個傢伙在戰前是一名倉管人員，只是成天坐在辦公桌前應付那些數字；而如今，軍團沒有他就無法運作。大夥都很依賴他。你看過他慌慌張張的嗎？」

「從來沒有，感謝老天。我跟大家一樣需要他。」

「當然，」格雷說道。「你認識很多地道工兵，對吧？」

「沒錯。他們有好幾條地道是以我們的連隊為起點。工兵的人數很多。他們在地底辛勤工作——這是大多數人都做不到的事情。」

「那個穿著帆布鞋的傢伙叫什麼名字？」

「威爾？你是指連長嗎？」

「對，他是個怎麼樣的人？」

「他是個奇怪的男人，但在這種情形下，大夥多少都不太正常。他不是地雷工兵出身，他原本是工程師，只是被調來指揮工兵。」

「我也覺得他很怪。但我沒空管他們了。他們挖了好幾個月之後，終於埋好地雷了。但他們引爆後得到了什麼？一個讓敵人能占領的漂亮小坑？」

哈瑞頓中尉走進客廳，他是一名神情憂傷的高大男子，還有點口吃。

「早安，長官。」他對格雷說。他雖然態度恭敬，但總是帶著驚異的神情。史蒂芬完全想不起今天是星期幾，他開始納悶此人為何能如此一絲不苟、守時精準。

「我們剛剛在討論地雷工兵。」格雷說。

「了解，長官。」

「瑞斯福德是他們連長威爾的朋友。」

「我相信他們形影不離，長官。」哈瑞頓說。

格雷大笑。「我就知道。你聽到了嗎，瑞斯福德？」

「我不知道哈瑞頓中尉對我的私生活這麼感興趣。」

「只是開玩笑，瑞斯福德。」哈瑞頓說道。他也在盤中盛滿炒蛋，炒蛋已經開始凝固了。

「當然，」史蒂芬說。「我要去鎮上走走，失陪了。」

「好主意，」格雷說。「我已經放棄等待培根了。哈瑞頓，如果你還想喝咖啡的話，就跟華金斯說一聲。」

「謝謝你，長官。」

格雷上樓回寢室找書，史蒂芬走入戶外。他穿過花園，來到馬路上，閉起眼感受著臉上的陽光。他深吸了一口氣，才繼續走下去。

傑克·費爾布雷斯申請離營探望兒子的要求被否決了。「我認真考慮過，」威爾說。「你已經離家一年了，我也很同情你。但我們有這麼多弟兄，要調配大家的工作真的很困難。路上塞滿了補給物資，你得等一等。」

傑克返回地底。戰壕裡的地道口擺了一塊木板，遮住了底下的兩條地道。第一條地道開鑿了十公尺後，卻遇到了也在挖地道的德軍，他們只得在狹窄的地道裡與敵軍作戰。而即使是溼黏的土，也總比白土好。接連的爆炸粉碎了白土[31]，它們會與無人地帶流下的廢水混合成一種黏稠的液體，有時也會被炸死的工兵血液染紅。

威爾遵從上頭的指示，下令第二條地道至少要二十公尺深，且只能有一公尺寬。

「我不喜歡這樣。」泰森說，他跟在蕭和伊凡斯身後。「我這輩子沒看過這麼窄的地道。」

他們將木材壓實，大夥雖然提著煤氣燈，但眼前的土牆仍舊一片漆黑。

傑克努力不去想上方的泥土有多重，也不敢想像樹根深入土壤的樣子。無論如何，他們真的挖太深了。傑克在倫敦的地道工作時，總得催眠自己只是在夜間的地鐵車廂裡：雖然他身處在百葉窗緊閉的狹小空間中，但窗外廣闊的天空、森林與原野正從身旁呼嘯而過。但當他置身在不足一公尺寬的地方、嘴巴跟雙眼都沾滿泥土時，就很難繼續欺騙自己了。

伊凡斯的手在他的身後奮力扒抓：傑克聽見他用力吸著輸送過來的氧氣。幸好有伊凡斯陪伴著他。在地面上，傑克不怎麼理睬他那精明的面孔與挖苦人的笑話，但在地底時，他們的呼吸和心跳彷彿融為一體。

蕭過來協助傑克。他得先爬過伊凡斯才能將傑克從交叉架上拉開，再平躺在地上，好讓傑克爬過他再返回地道。即使後退了近二十公尺，他們仍舊無法站起來，但大夥至少可以蹲下舒展四肢。空氣中有一種非常刺鼻的氣味，他們藉著煤氣燈的光芒查看木樁，看起來已經固定得

31 又稱白堊，是一種柔軟多孔的白色沉積碳酸鹽岩，常見於西歐的海岸。

很精準了。

「暫停十分鐘，」威爾說。「好好休息一下。」

「你不是應該待在防空洞裡好好喝杯茶嗎？」傑克問。「我打賭沒有連長想下來地道。」

「我得好好監督你們，」威爾說。「至少監督到這條地道可以使用為止。」

在地底時，弟兄們可以不尊稱長官——這也代表上級認可地道工兵的處境艱難。他們會在地道裡聊天，這也能彰顯他們與步兵團有何不同：他們或許像是下水道的老鼠，卻擁有更優渥的薪水。

「我們來玩『德國大兵』。」伊凡斯說。這是地雷工兵間流行的迷信遊戲，軍官們卻無法理解其中的樂趣。

「我希望你們別這樣，」威爾說。「如果一定要玩的話，小聲一點。」

「好，」伊凡斯說。「我覺得他二十五歲，已婚，有兩個小孩。就在我們三公尺外。」

「我覺得有四個人，」傑克說。「他們現在在戰時地道。到了下午茶時間，我們與他們的一定距離不到三公尺，但我們會先挖到。」

伊凡斯針對一天挖了多長的地道制定了計分表。遊戲目的是要預測敵人的位置。贏家就會看見敵軍送命，而輸家只能給其他人香菸以保障自己的安全。威爾不明白規則，也不了解計分方式，他之所以允許大夥玩，是因為這能夠轉移他們的注意力，也能提高弟兄們的警戒心。這個遊戲對他們具有特殊意義，例如透納——直到他被炸死的那天早上前，已經連輸了五天。

當天下午，威爾去找格雷上尉，那時他正在後方巡視補給。

「這是我們第一次見面，對吧？」格雷說。「你的弟兄做得很好。地底的情況一定很糟。」

「不會比被轟炸更糟。我們只是不想被攔截罷了。你的下屬很擔心被地雷炸死，地道工兵也很怕在不到一公尺寬的地道裡被掃射。你收到我的請求了嗎？」

「我收到了。你們當然得有足夠的防護。我很感激你們。但你也得明白，我的下屬也不習慣待在地底。他們都還好嗎？」

「他們做得還不錯。但我們得固定輪班。」

「你真的不能釋出一些人力嗎？」

「現在不行，我們正在挖一條更深的地道。他們已經沒日沒夜地工作了。三四個人才能組成一個巡邏隊，每次只夠派出一批人巡邏。」

「好吧，」格雷說。「你也知道，我不懂炸出一個大洞給敵軍攻占有什麼意義，但我不想因為工兵的安全跟你起爭執。我會請瑞斯福德負責這件事，你知道他吧？」

「是的，我知道。」

「他可靠嗎？」

「還可以吧。」威爾說。

「這人有一點古怪，」格雷說。「我等等跟他說。他們今晚就能夠開始了。」

史蒂芬徵求自願者。「我們會讓一隻地鼠帶路，但我還需要兩個人。我們會進入戰時地道，但不用在地道裡爬行。」

沒人自願。「好吧，那我要帶上杭特和布萊恩。」

他找上了亞當斯中士，詢問是由哪位地道工兵帶路。

「他們馬上就會派一名自願者上來，長官。誰玩輸『德國大兵』就是誰。」

結果是傑克。他已經給了伊凡斯五根香菸，現在還得帶步兵下去地道。他們拿了防毒面罩，又在腰帶掛上了手榴彈。十點整時，他們走到了地道入口。

史蒂芬隨著傑克爬下豎井前，瞥了天空最後一眼。他從未下去地底。他對這無垠天空下的廣闊世界湧起了一絲柔情，儘管對這片殘破的大地及扭曲的鐵絲網而言，這份柔情顯得如此反常。

經過特殊設計的豎井木梯耐用堅固；史蒂芬的手感受著這些未經打磨的木頭。每一級木梯的間隔不一，很難規律爬下去。他費力地跟著傑克・費爾布雷斯。起初他小心翼翼地往下爬，擔心踩到傑克的手指；但不久後，他只能看見底下頭盔閃爍的微光。

史蒂芬終於爬下木梯，傑克已在底下的平台等待著。這裡的幽黑與寂靜，令他想起了童年的遊戲，那時他會與其他男孩比賽，看誰敢走進廢棄已久的地窖或水井。他非常害怕泥土溼冷的氣味與沉重感。比起這種毀滅性的重量，地面上的砲坑完全不值一提。一旦頭頂成噸的土石崩塌，底下的人不但無法反擊、也無法帶傷逃離，必死無疑。若在地面上，即使像李維的弟弟那樣直接被炸到，還是有一絲機會能夠活下來。

杭特和布萊恩不安地環顧四周。他們拿著步槍，將向地雷工兵借來的頭盔戴在軍帽上。史蒂芬有一把左輪手槍，所有人都備有手榴彈，因為威爾告訴他們，如果遇到麻煩，這可能會是最有效的武器。

傑克壓低聲音說：「我聽說德國人正朝這個方向移動。我們得掩護正在安置炸藥的弟兄，還要防止敵方發覺那條地道。我們從這個入口進去，這裡通往一條長廊。末端的兩條戰時地道都有監聽站。我們得一起行動。」

布萊恩看著傑克描述的入口。「我還以為不用爬。」

「入口會越來越大。」傑克說。

布萊恩一面咒罵，一面伸手摸索泥地。

「深入法國[32]，」史蒂芬說。「這才是我們作戰的目的。」

「一天才一先令，我才不幹。」布萊恩說。

傑克在黑暗中爬行。他的眼睛逐漸適應了昏暗，身體也機械性地匍匐前進。他們前進約十分鐘後，狹窄的地道出現了岔路，這是地雷工兵們兩個月前才蓋好的工程。右邊通往一個平行地道的入口，有人正在裡頭填裝火藥。左側通往兩條戰時地道，工兵們曾在其中一條地道中聽

32 原文 La France profonde 意為「深邃的法國」，指法國城鎮文化與鄉村生活內含的深厚法國特色，作者此處使用法文有雙關語意。

見敵軍的挖掘聲。

布萊恩和杭特停止咒罵。杭特看起來糟透了。

「你還好嗎？」史蒂芬問。

杭特緩緩搖頭。「我不喜歡被封閉在地底的感覺。」

「這裡很安全，」史蒂芬說。「他們是專家，看看他們的木造結構做得多好。」

杭特開始發抖。

「這樣不對，」他說。「我只是個步兵，我不應該在這裡。我寧願冒死待在戰壕，也不要被關在這天殺的地洞裡。萬一地道塌下來怎麼辦？天啊。」

「安靜。」史蒂芬說。杭特驚恐地緊抓住他的手。「別鬧了，杭特。你若不下去地道，就等著被懲戒吧。我會把巡邏的工作統統交給你，直到你把從這裡到瑞士的鐵絲網統統剪斷。」

史蒂芬感覺自己也被杭特的恐懼感染了。他一直以來也很害怕處在這種處無法轉身的狹窄空間裡。

傑克消失在戰時地道的入口，史蒂芬在黑暗中望著杭特可憐的臉龐。有那麼一會兒，他試著想像他在戰前的生活。他是個工人，曾經在倫敦和赫特福德郡（Hertfordshire）的建築工地工作；他不想死在異鄉十公尺深的地底。史蒂芬同情起他來，態度也軟化了。

他說：「振作起來，杭特。我會跟著你。」

「我不行，我辦不到。」杭特開始語無倫次。

「如果你不這麼做，你會把我們都害死。」史蒂芬拿出左輪手槍。「你痛恨德國人吧？」

「我恨他們。」

「他們害死了你的朋友。他們還想殺掉你。他們殺了李維和他的弟弟。維金森、道格拉斯，還有你所有朋友。這是你幹掉他們的好機會，振作一點。」他將槍口對準入口，而後轉向了杭特的頭。他很驚訝自己竟如此殘忍，心想這大概是因為恐懼的關係。

杭特緩緩爬進地道，史蒂芬跟在他後頭。他的眼前是杭特的靴子，他還能聽見布萊恩在身後爬行的聲音。如果出事了，他將無處可逃。他緊閉雙眼，又在心中咒罵，努力想激發出一些勇氣。

地道天花板只比他的頭頂高約三十公分。他不斷在心裡咒罵一些最粗鄙惡劣的字眼，以他所能想到最褻瀆的方式咒罵世界、人們及所有人們想像出來的神明。

地道終於變寬了些。大夥可以半蹲著前進了。布萊恩從口袋掏出香菸抽了幾口。史蒂芬鼓勵地點點頭，布萊恩只是微笑。

傑克對史蒂芬低語：「我們判斷有一條德國地道離我們很近。正在埋地雷的弟兄很擔心會挖到他們的地道。我得去監聽，也得帶上一名弟兄掩護。你留一個人在這裡。」

「好，」史蒂芬說。「你最好帶著布萊恩。」

史蒂芬看著兩人離去，回頭就看到杭特雙手抱住膝蓋坐在地道地面上。

他輕聲嗚咽。「那條我們剛剛爬過的狹窄地道要是被德軍炸毀，就回不去了。我們會被困在這裡。」

史蒂芬在他身旁坐下。「聽著，」他說。「不要去想這件事。埋地雷最多只要花兩小時，我們的人會同時巡邏。兩小時一下就過去了，想想時間過得多快，想想那些你巴不得時間慢一些的時光。這不過跟一場足球比賽的時間一樣長——我們已經在地底待了半小時了。」他抓住杭特的手臂。他發現跟杭特說話反倒能讓自己鎮定下來。

杭特說：「你恨德國佬嗎？」

「當然，」史蒂芬說道。「看看他們幹的好事。看看他們把世界弄成了什麼樣子，這是地獄。如果可以的話，我會把他們全部殺光。」

杭特開始呻吟。他雙手抱住頭，又將臉轉向史蒂芬。他有著光滑的皮膚與厚唇，個性開朗而溫和。他的大手捧住了那張驚恐哀求的臉龐，那雙因勞動而變得粗糙的雙手上有著數不清的刮傷與燙傷。

史蒂芬絕望地搖搖頭，伸出手。杭特將他的手握在掌心中開始啜泣。他爬進史蒂芬的懷裡，將頭靠在他的胸口。史蒂芬感覺杭特的身子因為啜泣而顫抖著。他希望杭特能藉此釋放一些內心的恐懼，一分鐘後他卻哭得越來越大聲。史蒂芬將他推開，又在唇邊豎起手指。杭特將臉靠在地面上，努力壓下啜泣聲。

史蒂芬聽見前方傳來靴子走動的聲音。瘦長的布萊恩忽然現身。

他滿是菸草味的氣息朝史蒂芬的臉撲來。「德國佬已經挖進我們的地道。費爾布雷斯在前方三十公尺處監聽。他說你一定要去一趟。」

史蒂芬吞了吞口水。「好。」他搖了搖杭特的肩膀。「我們要去幹掉德國人了！起來！」

杭特跪著站起來，點了點頭。

「一起來吧。」布萊恩說道。

三個人進入了更幽深的黑暗。他們花了五分鐘才找到傑克，他正將耳朵貼在牆面聆聽。他們看見了德軍在木造地道盡頭炸出來的洞口。

傑克在唇邊舉起手指，用嘴形說「德國佬」，指了指洞口。

一片死寂。史蒂芬凝視傑克專心聆聽的面孔。他穿著一件褪色的襯衫，袖子捲起，衣服早已被汗水浸溼了。史蒂芬看著傑克厚實的後頸上被修剪過的粗硬毛髮。

他們身後傳來了一陣爆炸聲，伴隨著四散飛濺的土石。大夥動也不敢動，平行的地道裡傳來一陣急促的腳步聲。德軍往英國戰線的方向移動，似乎逐漸走遠了。

杭特開始尖叫。「我們被困住了，我們被困住了，他們炸毀了地道。天啊，我就知道，我——」

史蒂芬將杭特壓在地道牆上，又捂住他的嘴。腳步聲停下，轉而開始逼近他們。

「這邊走，」史蒂芬說，沿著原路返回。「得在他們碰到弟兄前搶先攔截。」

他們還沒回到分岔口，就發現戰時地道的盡頭被堵住了，顯然是他們先前聽見的爆炸聲摧毀了木造結構，地道因此崩塌了下來。後方響起了槍聲，史蒂芬跟傑克開始設法強行挖開眼前的瓦礫。

「他們進來了，他們進來了，他們已經從那個洞進來了！」杭特尖叫。

史蒂芬將布萊恩從瓦礫堆上拉過來。他看見杭特在奔離爆炸現場前丟出了一枚手榴彈。大約三十公尺外有步槍的開火聲。在杭特的手榴彈冒煙引爆之前，四名德國士兵現身了。史蒂芬看見兩名敵軍倒下，第三個人則側身貼著牆，但幾秒鐘後又響起了槍聲。史蒂芬爬上土堆，朝著眼前的黑暗開火。布萊恩也找到地方架起他笨重的步槍。兩人瞄準閃現的步槍火光射擊。史蒂芬的手伸向腰際的手榴彈。用步槍根本瞄不準；一顆手榴彈的破壞力更強，還能堵住這條地道，那些在平行地道埋地雷的弟兄才有機會逃走。他一面摸索著腰帶，一面大吼著要其他人一起丟手榴彈。史蒂芬的手榴彈似乎卡住了，當他拚命用手指摸索彈勾時，也注意到前方又展開了一輪槍戰，接著，他就感覺像忽然被一棟搖搖欲墜的房子擊中了。一股強大的力量將他猛推向後。

杭特努力在史蒂芬身旁站穩，又朝他剛剛想拋擲的地方丟出手榴彈。他和布萊恩都迅速丟出了三枚手榴彈，結果引發了連環爆炸，地道終於塌陷了。德國人停止掃射，布萊恩則在無意間聽見敵軍說要從地道撤退。大夥咬緊牙關跟著傑克，費力地拖著史蒂芬回到側廊。他們在側廊遇見了其他前來查看的地道工兵，還有四名剛剛在爆破室埋設地雷的弟兄。

大夥一見面就滔滔不絕地分享剛剛發生的事。弟兄們輪流架著史蒂芬返回木梯底下的平台，但渾身是血的他溼滑難抓，苦了這群早已筋疲力竭的士兵。

大夥爬上豎井之後，卻發現地面上一片混亂。猛烈的轟炸讓戰壕中的士兵死傷慘重，約有五十公尺的護牆被炸毀。他們只能設法尋找能夠掩護的地方。布萊恩將史蒂芬架到一個比較安全的地點時，杭特開始四處去求援。他發現連防空洞中最堅固的軍團急救站[33]也被砲彈直接命中，已完全炸毀了。

史蒂芬臉靠著木板側躺著，布萊恩擔心士兵被他絆倒，將他的腿彎了起來。他的臉上滿是砲灰與德軍手榴彈的碎片。他的肩膀被彈殼劃傷，脖子上也有槍傷；他因爆炸而意識不清。布萊恩拿出他的戰地急救包，用碘液消毒史蒂芬的頸傷，又從亞麻袋中找出膠帶，最後拿出了長長的紗布繃帶。

補給在十點鐘抵達。布萊恩想餵史蒂芬喝一點蘭姆酒，他卻張不開嘴。被轟炸的優先事項有兩項：修復防禦工事、轉移尚能行走的傷患。布萊恩替史蒂芬挖了一個安全的坑洞，他在裡頭躺了一天，擔架兵才終於將他抬往前面的包紮站。

史蒂芬感到深深的疲憊。他想要睡上好幾天，最好能在一片寂靜中連續睡二十天。但當他恢復意識後，似乎都只能淺眠一會兒。偶爾，他醒來時會發覺自已被搬到了其他地方，總是睡睡醒醒，腦袋昏昏沉沉的。他完全沒有留意到臉上淅淅瀝瀝的雨滴。每當他甦醒過來，疼痛就變得更為劇烈。他感覺時間倒流回爆炸的前幾秒鐘，最終靜止在彈殼刺進身體的瞬間。他拚命

33 原文 Regimental Aid Post，簡稱 RAP，英國陸軍中的前線軍事醫療單位，是重傷者疏散鏈中的第一站。

用僅存的意志力逃離清醒的世界，希望能沉沉睡去、沉入黑暗之中。

史蒂芬被感染了，他開始冒汗；他在幾分鐘內便發起了高燒，身體抖到連牙齒都嘎嘎作響。他的肌肉不斷痙攣，脈搏急促地跳動。汗水浸透了他的內衣與沾滿汙泥的制服。

弟兄們將他轉送到包紮站後，燒才開始退了下來。他的手臂與脖子不痛了，但他開始聽見血液在體內流動的轟鳴聲。隨著他心跳的快慢，這個聲音有時會變成低沉的嗡嗡聲，有時又會像尖叫般刺耳。他聽著這個聲音，開始產生幻覺：他脫離了自己的肉體，深信自己在法國某條大道的大宅中，他曾經在屋裡呼喚著伊莎貝爾。忽然，他又身在一間英國的小屋裡，場景又變成了一棟大型育幼院，最後回到了他陌生的家鄉。他開始語無倫次地狂吼。

他聞到育幼院刺鼻的石炭皂味，以及教室裡灰塵與粉筆的味道。他就要死去了，而且從未被人愛過、無人真正了解自己；他就要孤獨死去了，也無人會為他哀悼。他無法原諒他們——他的母親、伊莎貝爾，以及那名承諾要成為他父親的人。他尖叫。

「他在喊他的母親。」將史蒂芬抬進帳篷的醫護兵說。

「傷兵總是這樣。」醫官一面說，一面剝開布萊恩在近三十小時前幫他包紮的繃帶。

史蒂芬又被抬出帳篷，等待著轉送至傷兵清理站[34]或等死——看哪一種情況先發生。

在那片冷漠無情的天空下，史蒂芬的靈魂抽離了他那被嚴重感染、羸弱受傷、血肉模糊的身體。他幾乎感受不到打在手臂與雙腿上的雨水。並非出於他自己的意志，而是他心中某種本質的什麼，正渴望踏上一條沒有槍響的道路、渴望著寂靜與幽深。如同曾對其他弟兄敞開一樣，那黑暗的深淵已然向他敞開，如今那些人已深埋地底，距離他不到五十公尺。

他被遺棄的肉體又開始發燒，當他準備欣然投入遺忘的懷抱時，他聽見了一個不是人聲、清晰又急促的聲音——那是生命離開他的聲音。這聲音嘲弄著他，並未給予他渴求的寧靜，卻能賜予他機會重返人間。在這最後關頭，他可以回到自己的肉體中，繼續過著扭曲殘酷的人生，面對烽火連天的大地與支離破碎的血肉；如果他鼓起勇氣，就能回到世俗人間，再度成為笨拙的人類——有時妥協，有時卻不肯屈服。這個聲音呼喚著他；激起了他的羞恥心與尚未被滿足的好奇心：而假使他沒留意到這個聲音的話，必定早已死去了。

～

轟炸停止了。傑克與蕭坐在射擊踏台上抽菸與喝茶。他們聊著隊上的謠言，聽說部隊為了進攻，即將向南移動。兩人從地下的槍戰與地面的轟炸中死裡逃生，這讓他們不禁陷入沉思，同時也感到慶幸。

「傑克，你的兒子最近還好嗎？」蕭問。

「還是不太好，我在等下一封信。」

「振作一點。我的孩子也生過一場大病，幸好後來好轉了。英國的醫院很不錯，沒事的。」

34 原文 Casualty Clearing Station，簡稱 CCS，負責治療從軍團急救站運來的傷兵。重傷者會等其情況穩定後，再轉送到野戰醫院或軍事醫院。

蕭拍拍傑克肩膀。

「那個在地底受傷的中尉怎麼樣了？」

「我不知道。他們將他抬走時，他已經開始胡言亂語了。」

「先前就是他指控你打瞌睡吧？他走了也好。」

傑克看起來有些傷感。「其實他人還不錯，後來也沒有處罰我。」

「他讓你失眠了一整夜。」

傑克笑了。「無論如何，後續的情況我們可以問問威爾上尉。」

「你去問吧，」蕭說。「現在大家都休息了。如果亞當斯中士問起你人在哪裡，我會幫你蒙混過關的。你去看看下面的狀況。」

傑克想了一下。「我得承認，我對那傢伙有點好奇。我可能會去看看，說不定還能拿到紀念品。」

「這樣就對了，」蕭說道。「幫我和大家都拿些紀念品。」

傑克喝完他的茶，又拿了幾根菸放進胸前的口袋。他對蕭眨了眨眼，便走到後方的正在施展重建工程的交通壕。傑克看著四周的道路與田野多半成了鐵路、垃圾場和保留區，或是所謂的「運輸工事」，完全失去了法國風情，想來實在很奇怪。

他找上一位正在挖新茅坑的人，詢問包紮站在哪裡。

「不知道耶，老兄。但再過去一點有幾個醫療帳篷。」

那個人又回到手邊的工作。傑克看見一名醫護兵手上拿著傷者名單，便走上前與他一起核對。

「瑞斯福德，有，就在這裡。他們把他放在牆邊。」

「你是說他死了嗎？」

「他們沒有把他轉移到傷兵清理站，他一定沒熬過去。一小時前才搬過去的，牆後還有幾十位傷患。」

我會替他禱告，傑克心想：身為一名基督徒，我起碼應該做這些。

彼時已是黃昏。傑克沿著泥濘上的車轍，走向一堵低矮的石牆，牆後是一片犁過的田地。地上躺著一排排皺巴巴、沾了深色污漬的破布。蒼白的月光映照著數張面孔，有些屍體已變得臃腫，制服都被繃開了，有的人只剩破碎的殘肢；此情此景令他心中一沉。

傑克的目光掃過這些屍體和屍塊時，忽然訝異地睜大雙眼：有一個他先前沒注意到的身影。史蒂芬在昏暗的天光下朝他緩步走來，他渾身赤裸，腳上只套了一隻靴子，身上滿是污泥以及乾涸的血痕。他嘴裡吐出乾澀的話語，嘴型像是「帶我離開」。

傑克從驚嚇中回過神來，爬過矮牆走近他。史蒂芬又走了一步，便跌入了傑克的懷中。

︸

麥克・威爾回到村裡的紮營處後，便坐在窗前的小桌，看向外頭白楊樹林立的大街，陰沉的天空正下著雨。他努力不去想史蒂芬。他只知道史蒂芬已經被帶回傷兵清理站，卻再也沒有得到進一步的消息。他相信史蒂芬會活下來，因為他命中注定有一些神奇的好運。他深吸一口氣：要是愚蠢迷信的步兵團就會這麼想。

他列出待辦清單。他還頗喜歡這種工作，因為當他專注於眼前的任務時，就能暫時將猛烈的轟炸拋諸腦後。

他開始擔心護牆的情況。來回巡邏的弟兄為了躲開德軍的照明彈，經常不小心把上頭的沙袋踩壞。若沒有經常更換沙袋，就可能會被敵方緊迫盯人的狙擊手趁虛而入，被一槍打穿腦袋——這種防不勝防的攻擊雖然能讓弟兄死得乾淨俐落，卻會大大打擊部隊的士氣。

威爾正努力說服格雷上尉，希望步兵團能加強對地道的守衛，或者讓野戰連來防衛也可以；但他也發現，若要求步兵更嚴密保護地道工兵，弟兄們反倒要替他們處理更多雜務。他不禁納悶，這是否就是他喝光史蒂芬的威士忌得付出的代價。

他清單上的第一條是「檢查鐵牌」，哨兵們使用的鐵牌磨損嚴重。還有一些待修補的鐵絲網。步兵團總是將鐵絲綁在空罐上當警鈴，但根本只有老鼠才會弄響罐子。雨水還會順著鐵絲流到空罐裡。空罐成了步兵團的一種賭注，他們會拿自己的罐子與其他人比較，認為誰罐子裡的雨水比較多，誰就越有可能遭遇不測。

威爾能聽出不同的聲音。有一次，他坐在射擊踏台上等史蒂芬結束巡邏回來時，在一片靜寂中傾聽著鐵罐發出來的旋律。空罐的聲音鏗鏘有力，裝得越滿的罐子聲音越低，快滿出來的罐子則有一種笨重的敲擊聲。他聽著十幾個罐子的聲音，它們因為不同的水量，發出了不同的聲響。接著，他聽到了鐵絲在風中搖曳的聲音。這是一種呻吟似的聲響，隨著風的吹拂忽強忽弱。他必須專注傾聽，才能辨別出每個罐子的旋律，但這總比隆隆砲聲悅耳多了。

現在是午後，威爾想在夜間活動開始前休息一會兒。今晚他們得幫步兵團運送彈藥、挖汙水池，還要維護戰壕的牆面與橫梁，但同時也不能馬虎地底的工程。

他在躺下休息前去巡視了一番，發現弟兄們正在抽菸與維修工具。地雷工兵時不時就得縫補破掉的衣服，雖然大夥的縫紉風格都不同，不過倒是都成了針線專家了。

威爾慰勞了幾句後，便回到紮營處躺下。他早上視察完之後，便再也沒有接到史蒂芬的消息了。不過，威爾深信如果他還活著，一定會想辦法捎信過來。即使醫官還沒通知他的指揮官，史蒂芬也會讓朋友先知道自己的近況。

威爾閉起眼，試著入睡。他想要寫信給史蒂芬的家屬——如果他還有任何家人的話。一些文字開始在他的腦海裡浮現，他無所畏懼……大大激勵我……也是我最要好的朋友、我的力量與後盾。空泛的文字不足以描述史蒂芬在他生命中扮演的角色。威爾的眼眶滿是淚水。如果史蒂芬走了，那他也撐不下去了。他會爬上護牆、張嘴吸入隨雲層飄來的光氣尋死，並請求將電報轉交給他的父母與朋友——他們仍在靜謐的利明頓溫泉街安穩度日，絲毫不在乎這個他與史蒂芬所處的世界。

史蒂芬．瑞斯福德感覺身體的細胞正緩慢地一顆一顆地修復，癒合帶來了新的痛楚，卻也讓他想起了自己是為何而活。床上沒有床單，他臉下墊著粗糙的亞麻布，不過在消毒清洗之後已變得比較柔軟了。

到了夜裡，他的手臂和脖子又開始痛了起來，但他還能忍受，而且隔壁床的弟兄比他嚴重多了，這個人顯然承受著極大的痛苦：醫官每天都會切除他某些肢體，或是移除他身上的壞疽，儘管似乎永遠都清不乾淨。當醫官拆開他的繃帶時，那些不斷從他的血肉中滲出的液體，像是也滲透了他的靈魂。他的身體不斷腐爛脫落，就像那些卡在鐵絲網上的屍體——屍身會先由紅轉黑，最後脆化掉到地上，留下腐爛的人體組織。

一天早上，病房來了一名大約十九歲的男孩，雙眼覆蓋著幾張棕色的紙。他的脖子上掛著供醫護人員辨識身分的標籤，穿著白袍的資深醫官確認完標籤資訊後，暴躁地大吼著要護士過來，接著便有一名不到二十歲的年輕英國女孩過來協助他。

他們脫掉男孩的衣服，他顯然已經好幾個月沒洗澡了。男孩的靴子似乎黏在了腳底。史蒂芬在一旁看著，納悶為何他們連屏風都懶得立起來。他住進這裡時，還估算出自己已經穿著襪子二十二天了。

他們終於撬開男孩的靴子，一股臭味在病房中瀰漫開來，護士忍不住到旁邊的石砌水槽吐了。史蒂芬聽見醫官對她大吼大叫。

他們剝掉男孩的衣服，脫到內衣時，醫官還得用刀才能分離布料與肉。最後，除了臉上的棕色眼罩，男孩赤身裸體地站著。他的表皮幾乎融化了，只剩腰際遮擋著一條帆布的地方留下了一點皮膚。

男孩似乎試著尖叫。他張嘴時，脖子上的青筋暴起，卻發不出聲音，喉嚨似乎也受傷了。

醫官拿開男孩臉上的棕色眼罩。他臉頰和前額布滿藍紫色的斑點，雙眼不斷滲出液體，像得了急性結膜炎。醫護人員沖洗他的雙眼時，護士加入了一些溶劑，男孩的身體僵硬了起來。他們設法洗去男孩身上的汙垢，男孩卻在醫護人員為他抹肥皂時不斷掙扎。

「我們得替你把身上的汙垢洗乾淨，年輕人。坐好。」醫官說道。

醫護人員在病房走動，當他們走近時，史蒂芬可以看見男孩身上的灼傷，他的大腿內側與腋窩全是水泡。男孩呼吸急促，他們勸他躺在床上，但他一碰到床單就立刻拱起身子。最後醫官失去耐心，強迫他將手放在胸前躺下。男孩張嘴想進行無聲的抗議，但口中只流出了黃色的泡沫。

醫生讓護士臨時搭了一個木架，還在上方蓋了一張床單，讓他保有一點隱私。最後，護士終於找來了屏風，將男孩與其他人隔開。

史蒂芬留意到，這名護士妥善照料著隔壁床弟兄的傷口，但也會斥責他小聲一點；但每當她從屏風後方出現時，她細緻的雙手總是糾結的扭在一起。

史蒂芬與護士對到眼時，會給她一個安慰的眼神。他的傷口癒合得很快，疼痛幾乎消失了。醫生前來檢查時，史蒂芬問起男孩發生了什麼事。原來男孩遭到了毒氣攻擊，他的眼睛被氯氣弄瞎，才跌跌撞撞闖進一間被轟炸的燃燒房子中。

「這傻孩子沒有及時帶上面罩，」醫官說道。「他們其實有受過足夠的演練。」

「他會死嗎？」

「可能。他的肝臟受損嚴重，現在情況很危險。」

日子一天天過去，史蒂芬發現，每當護士接近毒氣男孩的屏風時，腳步總會慢下來，眼中滿是不安與恐懼。她有一雙湛藍的雙眼，上漿的護士帽下是一頭紮成髻的棕髮。她停下腳步，深吸一口氣後，又堅定地抬起胸膛。

史蒂芬在第三天早上聽見了男孩的聲音，他正乞求著讓自己死去。

護士稍稍拉開屏風，史蒂芬看見她小心翼翼地將帳篷高舉過男孩燒焦的身軀，又轉身放到地上。她低頭看著那具任何人都不得碰觸的身體，目光一路從他茫然的雙眼，向下至臉孔、脖子、紅腫的胸口與腫脹抽搐的雙腿。她只能無奈地張開雙臂，希望這個母親般的擁抱能稍稍寬慰他。

男孩沒有反應。她從床邊拿出一瓶油，溫柔地倒了一些在他胸口，男孩發出動物般的尖叫。她往後退了一步，抬頭看著天空。

第二天，史蒂芬醒來時，發現男孩不見了。當天晚上他也沒有回來，隔天依舊不見他的蹤影。史蒂芬希望男孩的禱告已經被應允了。護士前來換繃帶時，他問起男孩的去向。

「他去泡浴了，」她說。「我們讓他在膠體食鹽水中浸泡一天。」

「他是躺在浴缸裡嗎？」史蒂芬難以置信。

「不，他泡在帆布吊床中。」

「原來如此，希望他很快就能解脫。」

下午，病房傳來一陣急促的腳步聲。他們聽見醫官大吼：「讓他出來，讓他出來！」一團傳出尖叫聲的毛毯被送進病房，一路滴著水。醫護人員徹夜搶救，試圖讓男孩活下來。他在次日安靜了下來。傍晚，他們又將他抬上擔架，試著帶他去泡浴。男孩的四肢懸在帆布邊緣，血肉模糊的軀幹一動也不動。他被感染的肺部開始發出嘶嘶聲，湧出了黃色的液體。當他們準備將他放進外面的石頭缸時，男孩本想出聲抗議，卻因此嗆咳不止。

那天晚上，史蒂芬祈禱男孩死去。早上，他看見蒼白的護士走了過來，滿臉震驚。他詢問似地抬眼看她，她肯定地點點頭，隨即淚流滿面。

史蒂芬獲准在下午外出走走，他坐在長凳上，望著清徐的微風吹過林間。他安靜地坐著；一點也不急著開口說話。他坐了一會兒，再度起身行走，醫生也告訴他週末就可以出院。他已經住院二十天了。

「你有訪客。」一天早上，那位善良的護士對他說。

「找我的？」史蒂芬問。他的嗓音就像一隻睡醒的貓兒，剛從漫長的睡眠中甦醒、正伸著懶腰。他很欣慰能聽到這個聲音。「英國國王嗎？」

護士微笑了。「不是，是一位格雷上尉。」

史蒂芬問：「請問妳的名字是？」

「艾列芝。」

「不是姓氏，我是說妳的名字。」

「瑪莉。」

「我想跟妳說一件事，瑪莉。妳可以過來一下嗎？」

她遲疑了一會兒才走到床前，史蒂芬握住她的手。

「請先坐下。」

她疑惑地東張西望，不過還是靠著床坐了下來。「你想說什麼？」

「我還活著，」史蒂芬說。「我只是想說這個。妳知道嗎？我活下來了。」

「做得好。」她微笑。「就這樣嗎？」

「對，就這樣。」他放開瑪莉的手。「謝謝妳。」

格雷上尉走進病房。「早安，瑞斯福德。」

「早安，長官。」

「聽說你能走路了，我們可以到外面走走嗎？」

兩張鑄鐵長凳靠在醫院牆邊，可以俯瞰一旁延伸而去的草坪，盡頭還有雪松與一座死水池塘。偶爾可見幾個人倚著拐杖散步。

「你似乎恢復得不錯，」格雷說道。「他們說你撐過來了。」

他摘下軍帽，放在兩人中間的長凳上。格雷一頭蓬亂的棕髮尚未變白，鬍鬚修得乾乾淨淨。史蒂芬雖然臉色蒼白、鬢髮夾雜著幾縷灰絲，但看上去還是很年輕，格雷則有些衰老了。從史蒂芬的眼中仍能看見明亮且未知的潛力，相較之下，格雷則穩重許多。他是自制力極強的人，不拘小節，卻仍具長官威儀。

史蒂芬點點頭。「感染控制住以後，我的病情就開始好轉了。傷勢並不嚴重，雖然還不能做某些手臂動作，不過其他都還好。」

格雷從胸前口袋的菸盒掏出一根菸，在長凳上輕敲菸蒂。「你出院後會有兩週的懇親假。」他說。「你之後會晉升。我要你到亞眠區上課，你接下來得擔任旅級參謀好一陣子。」

「我不要去。」史蒂芬說。

「什麼？」格雷大笑。

「我不打算回家，我也不想擔任文職工作，至少現在不想。」

「我還以為你會很高興，你已經待在前線一年多了，不是嗎？」

「正因如此，」史蒂芬說。「準備了一年，我不想在這種關鍵時刻離開。」

「什麼關鍵時刻？」格雷狐疑地看著他。

「大夥都曉得我們要進攻了，就連醫護都知道，所以他們才拚命讓弟兄們重新振作起來。」

格雷抿了抿嘴唇，說：「也許是這樣。但聽著，瑞斯福德。你已經仁至義盡了，你的排雖然還沒立什麼功勞，但我們之間又有誰做得到？你已經在砲火下盡力保護他們了。你應該要休息一下，沒有人會認為你是在逃避職責。天啊，你知道三週前他們差點放棄你，把你當成死人嗎？他們把你丟在屍堆裡。」

史蒂芬不敢相信自己居然得和一起作戰的弟兄分開。他痛恨戰爭，但他不會一走了之，他一定要見證戰爭的結局。他已經變了，連他都無法理解自己，而且非常執著：這場戰爭的結局與他個人渺小的命運密不可分。

「再說，」他說道：「我在英國沒有家。我不知道要去哪裡。在皮卡迪利廣場閒晃？還是應該到康沃爾郡（Cornwall）海邊找個小屋？我寧願待在法國，我喜歡這裡。」

「你繼續說。那你不想升遷嗎？那我就得讓哈瑞頓升官了。」格雷微笑，一臉好奇。

史蒂芬也笑了。「即便升官也一樣，長官。我認為之後還有晉升的機會，但殺戮並不會就此停止。」

「或許不會，」格雷說道。「但聽好，瑞斯福德。這是我被下達的命令，我沒有置喙的餘地。」

「你可以跟指揮官談談。」

「巴克萊上校？」格雷搖頭。「我不這麼認為。他非常嚴守軍紀，我甚至認為規定是他制定的。」

史蒂芬感覺被鼓舞了。儘管格雷的外表看起來俐落幹練，對軍事行動也有很敏銳的洞察力，但離經叛道的作風顯然也很吸引他。

兩人沉默不語。一輛載滿擔架的卡車駛進醫院，兩名醫護兵上前幫忙。被他們抬下來的幾位士兵看起來都已瀕臨死亡；傷勢最嚴重的人總被留到最後處理，因為他們大概也上不了戰場。史蒂芬心想，眼前的景象對於那些躺在彈坑裡的弟兄來說，就像是死亡預告。

「你知道我們會派駐到哪裡嗎？」他問。

「我知道，」格雷說。「但我現在還不能告訴你。」

史蒂芬沒說什麼，只是攤開雙手聳聳肩。

「阿爾貝，」格雷說。「然後會有進一步的指示。旅總司令部會駐紮在一個叫作歐雄維萊爾的村莊——我不知道這樣發音對不對。上校稱它為海洋別墅[35]。」

「我知道那裡！」史蒂芬興奮起來。「我去過，它就在昂克爾河畔。那裡我很熟，而且我會說法文，我會成為——」

35 歐雄維萊爾（Auchonvillers）的英語發音近似海洋別墅（Ocean Villas）。

「不可或缺的人。」格雷笑道。

「沒錯。」

「那你介紹一下那裡吧。」

「那是個很美的鄉下地方。地勢沒有非常平坦，比較像是低地——我猜你會這樣形容。昂克爾河很適合釣魚，不過我什麼都沒釣到。遼闊的田野上有高大的樹林與矮樹叢，也種植了許多作物與蔬菜，特別是甜菜根。村莊沒什麼特別的。從阿爾貝出發的火車會停靠在博庫爾，還有一座很可愛的村莊叫博蒙阿梅勒。」

「我想你這次不會看到那麼多。那裡是德軍要塞。還有呢？」

「差不多就這樣，不過還有一點須注意：那裡都是丘陵，所以只要占領制高點就贏了一半。你不會想攻擊上坡的；那等於是自殺。」

「我一點也不認為我們想進攻，但是我們得在凡爾登建立防線。假使被他們突破，我們就完了。」

「那麼我們會攻擊上坡嗎？」

「德國佬已經在那裡待一年了，我不認為他們會待在低地。」

史蒂芬什麼也沒說，只是問：「還有誰要去？」

「大多數是新來的弟兄與基奇納（Kitchener）[36]的軍隊，也有些像我們一樣的常備軍來助陣。」

「他們要發動攻擊？」史蒂芬不敢相信。

格雷點點頭。史蒂芬閉上雙眼。他回憶起釣魚的那天，自己就坐在河岸邊。他依稀記得山坡上有一片森林，山腳下有一座村莊，如果他沒記錯的話，那裡叫作蒂耶普瓦勒。他可以想像，經過一年的養精蓄銳之後，德軍的防禦工事會是多麼地難以攻破；即便只花一週的時間，他們的戰壕都蓋得比英國人好。一想到一群群英國商人、勞工、工人與店員要在此地初嘗戰爭滋味，他就感到非常荒謬——他們真的會任憑這種事發生嗎？

「你要不要再考慮一下？」格雷問。「皮卡迪利圓環也不錯，至少你能享用美味的餐點。你可以去皇家咖啡館[37]。」

史蒂芬搖搖頭。「你覺得你能幫上忙嗎？勸他們讓我留下？」

「也不是不可能。長遠來看，說服指揮官留下戰力而非調離人力總是更簡單。我認識他的副手瑟斯比少校。」

「那參謀的工作怎麼辦？你可以緩一緩嗎？或者派其他人去？」

「如果你能讓自己派上用場，而且更守軍紀的話。」

「什麼意思？」

36 赫伯特・基奇納（Herbert Kitchener，一八五〇年～一九一六年），曾於第一次世界大戰期間出任英國的戰爭部長兼內閣部長，曾組織英國有史以來規模最大的志願軍。

37 法國酒商尼古拉斯・泰維農於一八六五年出資興建的餐廳，為十九與二十世紀倫敦政客名流的聚會場所，今已改建為豪華酒店。

格雷咳了一聲，用腳跟把菸蒂踩熄。「你很迷信，對嗎？」

「我們都很迷信。」

「軍官不迷信，瑞斯福德。我們仰賴戰略和戰術活著，而不是火柴或撲克牌。」

「也許我的心仍然是個二等兵。」

「已經夠了。我在你的防空洞見過那些垃圾，雕刻小人偶、撲克牌和蠟燭，你把這些都丟了吧。你要相信戰前的準備、相信優秀的長官、相信你的弟兄。如果你想要接觸超自然事物，就去見牧師。」

史蒂芬低頭。「我從沒想過霍洛克斯牧師了解什麼超自然事物。」

「別鬧了，瑞斯福德。你知道我在說什麼。如果我替你說話，你也得回報我。放棄這種無意義的行為，相信自己。」

史蒂芬說：「你知道，我並不是真的相信這些——撲克牌，算命之類的。但大家都在玩。」

「不，其實沒有。史蒂芬。你只是因為童年的經歷才這樣做。」格雷的聲音柔和了下來。

「什麼意思？」

「我不清楚你的過去，但我認為，孩子想相信存在著自己以外的力量，才會去讀與女巫、巫師的故事，或是其他莫名其妙的書。通常孩子長大後就不會再相信這種事了，只有童年被現實破壞殆盡的人才會繼續相信，只是隱蔽了這個念頭而已。」

「你的奧地利庸醫[38]真的很荒謬——」

「閉嘴，」格雷起身。「我是你的連長，本來就該知道一些你不曉得的事。如果我讓你待在前線，往後你就得照我的方式行事。」

他伸出手。史蒂芬很快地握了一下，便走回了醫院。

{

「你這個瘋子渾蛋！瑞斯福德，」威爾說道。「你的意思是，你本來有機會回家，卻選擇待在這裡？」

「家？」

「你知道我在說什麼。這個時節，英國的景色會是多麼迷人！我曾經和一位住在諾福克郡（Norfolk）海濱謝靈漢姆小鎮（Sheringham）的姨婆一起過聖靈降臨節[39]。五月末的空氣清新得令人沉醉，還有生機蓬勃的田野與樹林。那是一年中最美麗的時刻。在伯納姆村（Burnham）還有一間小酒吧——」

「戰爭結束後帶我去吧，在那之前就別想了。現在我要給你看一些東西——我們接下來要去的地點。你接到命令了嗎？」

38 指格雷喜好的維也納學院派心理學家。

39 俗稱為五旬節，為復活節後第七個週日及其前後，源自猶太人三大節期之一的七七節。

「有，但還不知道細節。我們週五會出發前往阿爾貝。運氣真好，我還以為戰爭結束前會一直待在這裡，但他們要埋的地雷太多了，參謀要求再調來兩連支援。猜猜看誰被選中了，阿爾貝有一座高塔上立著聖母像，對吧？」

「沒錯，我想那也會被炸碎，因為一半以上的英國遠征軍都在那裡。要威士忌嗎？」

「好。」威爾說道。

「週四晚上我帶你到村裡，送你個大禮。」

「是什麼東西？」

「你等著瞧，你想要很久了。」

威爾狐疑地看著史蒂芬。他沒說什麼，但其實已經猜到了史蒂芬的計畫。他曾聽休假回來的弟兄聊起，他們說村莊另一頭有一間農舍，整晚燈火通明。據說有一對母女可以滿足一整排的弟兄。

一想到這裡，威爾就非常焦慮。他只在十七歲時碰過女孩，而且那時還退縮了。女孩只大他一歲，卻讓他感覺自己只是個孩子。他非常壓抑，又因為覺得自己太年輕不敢輕易嘗試，女孩卻世故又幽默，覺得這種事情再正常不過。威爾曾聽說過這種事，卻覺得見不得人、羞愧可恥，他甚至不想被任何人——包括被那女孩看見。他拒絕了女孩；暗想等年紀大一點再說。

他也對認識的已婚人士百思不解，尤其是他的父母。當他們在磚造宅邸的寬敞臥室中讀書玩牌時，他總會睜大眼睛盯著父母瞧，想像著各種放蕩的畫面。母親會疑惑地側頭轉向他，而後放下手中的針線問他在想什麼，他才不得不將焦點轉向她的髮際線、身上的珠鍊以及端莊樸素的打扮，努力拋開方才的胡思亂想。顯然這些行為都很自然，世界也是如此汰換更迭的，但即便如此，當他望著父母與他們的已婚朋友聊天時，總會納悶這些人端正的舉止下隱藏了什麼祕密。

他開始邀請女孩來家中喝茶或跳舞，但是一切與性無關。他偶爾會牽起她們的手，幸運時甚至能在臉頰得到一個晚安吻。上大學時，有一小群女孩與他們分開上課，雖然偶爾會與男孩們開簡短的會議，但總是有監護人陪同。如果他那時能試一次看看，之後就會明白了。二十三歲時，他曾想聯絡先前的那位女孩，詢問她是否仍有意願，卻發現光是思考這件事就讓自己覺得非常荒唐。他也發現女孩結婚了。

戰爭爆發的前兩年，他加入了皇家工兵連，將內心的渴望隱藏在單純的男性友誼中。在這裡，他終於與其他人一樣了：一個想要女人、卻囿於現狀而無能無力的男人。他彷彿解脫了。然而，每當他與其他人開一些可悲的玩笑時，心中卻滿是懊悔與苦惱。

戰爭開打的頭六個月，掙脫束縛的他只覺得雀躍不已。部下眼中的他很古怪，但也非常可靠，總是情緒高昂。他因為大學學歷而迅速晉升，同袍與部屬更讓他感到窩心，但這場越來越激烈的漫長戰事，使他漸漸萎靡不振。他從未受過訓練，不習慣長時間待在戰壕裡備戰，也厭惡自己隨時可能會戰死的感覺。

三十歲時，他缺乏性經驗這件事情，已經不再是他生命中的缺憾，而化為了一種積極的力量。他厭煩自己的無知，卻也不再妒忌他人。他說服自己：那不過是一種簡單的行為，毫不起眼、可以完全被忽略，他並沒有錯過什麼非凡的事物。對於即將完結的禁慾生活，他越想越可笑，誰知道會出什麼差錯；最後，他連想都不想了。

猛烈的轟炸攻擊結束後，敵軍並沒有如大夥預期的那樣大規模進攻。之後只有另一波短暫的轟炸而已，弟兄們終於能喘一口氣了。

巡邏的士兵會在夜晚竊聽德軍的動靜：修復纜線、縫補鈕釦、後勤帶來了除蝨粉末，還來了一名巴伐利亞老理髮師。德國人的地道比英軍的更完善舒適，戰壕中還有流動廚房與充足的啤酒桶。晚上偶爾會傳來德軍吟唱民謠的歌聲。英國士兵不喜愛這種感傷的曲調，但這也強烈喚起了他們濃烈的鄉愁。

史蒂芬與布萊恩躺在砲坑裡，當他聽見德軍的歌聲時只覺得憎惡，他感覺身體緊繃了起來。他許多下屬都很尊重德國人，而在這種戰況沒這麼激烈的時刻，他覺得這種尊重已經近似於喜愛了。但史蒂芬不同，他只有想訴諸暴力的衝動；他想以鋼鐵與炸藥回擊，渴望金屬彈殼能撕裂他們的皮膚、最好能深深插入骨頭裡。戰爭結束後，他或許能重新審視、甚至能寬容看待這一切，但此時此刻，他非常珍視自己的這份仇恨，因為這是能驅使著他去拯救生命的寶貴動力。

他轉向布萊恩，湊到他耳畔輕輕說了幾句話。

「機關槍離我們很遠。他們沒有行動，大概都睡著了。也可能是回去了。」

當晚沒有一絲星光；月亮深埋在烏雲背後。疾風無法吹散雲朵，只能在他們躺下的破碎大地上灑落點點月光。四下只能聽見夜鶯的啼叫，偶爾也會有幾縷微風如呢喃般拂過。

史蒂芬遺憾地撫摸著沒有派上用場的小刀。布萊恩點點頭。他帶了一支六十公分長的橡木棍。他曾用這支木棍一口氣打碎某個德國步兵的頭骨。

他們小心翼翼地離開砲坑，朝英軍的戰線爬去，而接下來是這段短短的路途最危險的部分——他們得悄悄穿越四排鐵絲網溜進戰壕，因為無論是緊盯著英軍戰壕的德國狙擊手，還是從瞌睡中驚醒的英國哨兵，他們只要一聽見任何的風吹草動，就會瘋狂開火。

兩人回到戰壕時，杭特正在站哨。布萊恩敲著掛在鐵絲網上的鐵罐，他們聽見了他將步槍上膛的聲音。

杭特伸手將史蒂芬拉進戰壕，布萊恩隨後也溜了進來。

「幹得好，杭特，」史蒂芬說。「我要賞給這個男人一點酒喝。你有威士忌嗎，布萊恩？」

「剩不到一半。」

「如果裴洛西想知道布萊恩在哪，就跟他說我們待在一塊兒。」

「好。」杭特目送著兩人走過棧板。

戰壕下方幾公尺處，傑克・費爾布雷斯拿著一杯茶坐在射擊踏台上。在地底待了六小時後，他的體力漸漸恢復了。他開始想家。八年半前，他的妻子生下了兒子約翰，傑克的生命就此改變。隨著兒子漸漸長大，傑克驚喜地發現他身上有些自己非常珍視的特質。這個孩子意志堅強、單純天真，總是非常樂觀。但傑克提起這件事時，卻引得瑪格麗特大笑。「他才兩歲大而已，」她說。「他當然很天真。」

傑克不是這意思，但他也很難形容約翰是如何深刻地影響自己。他覺得兒子是來自其他宇宙的生物；而在傑克的眼中，那是個極為獨特、也更加美好的宇宙。他的天真不等於無知；那是一種強大的良善與真誠，而事實上所有人生來就擁有這一份慈悲：也許這就是《公禱書》（*The Book of Common Prayer*）[40]上所說的恩典之道與榮耀的盼望吧。

傑克認為，假使平凡如他的兒子也能擁有這種純粹的心靈，那麼人即使到了老年才變得慈悲為懷，也沒什麼好奇怪的；也就是說，或許人們生來就擁有這份美好的特質。若真是如此，那麼人類也沒有想像中那麼粗鄙。沒有誰天生就是惡人，只因為犯錯才會誤入歧途；他們依舊有可能改邪歸正。傑克對兒子的愛，成了他人生的救贖，也堅定了他的信仰。他的虔誠本是出於充滿恐懼之人的本能，如今也轉化為他對人性本善的信念。

他明白自己的改變不僅僅是因為約翰，但最重要的是：他愛兒子勝過一切。當年離家時，他來不及和兒子好好道別，如今只能透過瑪格麗特的來信想念他。無論待在地底還是上前線，他總是無法靜心思念瑪格麗特與約翰，也無暇在心中細想他們的模樣，但是當他躺在地道裡的交叉架上、或是豎起耳朵站哨時，他總感覺他們與自己同在。他會為了家人繼續熬下去；他小心翼翼地活著，只不過是為了再見兒子一面。

當他看著布萊恩和史蒂芬走遠時，開始深深祈禱約翰能平安活下來。戰壕土牆的氣味令他想起了少年時代，他曾在踢足球時跌入泥巴裡，有時也會在工廠後的小溪遊玩：這裡有著童年與泥土的氣息。他總是孤獨一人，但如今他的心中還住了另一個正努力求生的男孩。

第二天，傑克收到一封瑪格麗特的信。他決定從地底上來後再拆信。倘若他在地道送命，即便醫院是傳來壞消息，他也永遠不會知道；假使是好消息，保留到之後再看也不遲。

今天是平靜的一天。一些師團已經打包好行李準備離開。早上，傑克拿出素描本，畫了亞瑟．蕭的肖像。傑克畫畫時，蕭安靜地坐著，他將鉛筆緊握在指尖，目光在畫紙與臉之間來回掃視。泰森走過來，越過傑克的肩膀看畫，讚嘆地嘟囔了一聲。這幅畫線條簡單，不算精緻，但傑克畫得活靈活現，讓泰森非常佩服，也想找他為自己畫。不過傑克選擇素描的對象令人猜不透。他畫過卡車、商店、他們紮營的村莊，以及偶爾會想起的音樂廳與小咖啡館，但其餘幾乎都是亞瑟．蕭的畫像。

接近黃昏時，亞當斯中士帶著瓊斯和歐隆出現，準備集合弟兄們去地底。

麥克．威爾請亞當斯晚上代管工兵們，他則待在防空洞裡看書。大約八點時，史蒂芬推開

40 英國國教的禮文書，內容以聖經經文為主，包含了聖禮傳說、節日祝文、詩篇、頌歌等內容。

防毒氣簾走進來，一副迫不及待的樣子。

「我們走吧。」他說。

「去哪？」

「去找我告訴過你的驚喜。走吧，帶上那瓶威士忌。」

威爾有些猶豫，但還是站起身。他對史蒂芬的計畫有些害怕。他灌了一大口威士忌，感覺比他先前喝過的都還烈。他看出史蒂芬也喝了一點酒。兩人並肩走入黑暗時，威爾深吸了一口氣。這是個乾燥的夏夜，兩人只聽得見一公里外零星的轟炸聲，就像一首規律的砲火搖籃曲警告著健忘的人們：即便是在睡夢中，死神也可能會隨時降臨。

他隨著史蒂芬走進交通壕，接著穿過預備壕來到大後方，貨車正駛進綠樹成蔭的道路，車燈照亮了一堆堆準備要運走的軍需品，上頭都蓋著大片的帆布。士官長普萊斯在鐵軌一端踱步，有人正費力地用絞盤將一門大砲吊上火車。普萊斯拿著寫字板，又成了一名倉儲人員。

史蒂芬卻步了，他擔心被普萊斯看見，於是趕著威爾穿過泥地走到一排白楊樹的盡頭，那裡有兩名弟兄站在摩托車旁抽菸。

「我需要摩托車，」他說。「少校……華特森需要緊急徵用。」他對威爾點點頭。

「哪位少校？」那個人疑惑地看著威爾問道，今天威爾穿了白色羊毛衣與軟鞋，看起來就像個普通人。

「特殊任務，」史蒂芬說。「這些給你們，但要保密。」他拿出一盒卡斯丹香菸。

「辦不到，老兄。」這位士兵說道，但還是把裡頭的香菸拿走。「但有一輛沒人用的摩托車在棚子後面。騎這台摩托車的派遣兵，被農夫開槍打中了屁股！」他大笑。

史蒂芬找到摩托車，他前後搖晃了一下車身，確定有無汽油。油槽傳來液體流動的微弱聲音，他這才發動引擎，踏上排檔。威爾小心翼翼地爬上後座，緊緊抓住他。摩托車只有一個座位，他只好坐在後輪加裝的鐵架上，雙腳懸掛在車的兩側。

他們沿著車轍騎走，隨著史蒂芬越騎越快，他感覺自己興奮了起來。他們拋下了死亡、汙穢與動盪不安；他們掙脫了束縛，正奔向一個再尋常不過的夜晚，那裡有美食、美酒，女人的嬌笑聲，也沒有殺氣騰騰的男人們。摩托車一路呼嘯而過。

他們看見村莊黯淡稀疏的燈光，最西邊的一扇窗戶燈火通明——這就是大夥口耳相傳的那個地方。史蒂芬感覺威爾的手指掐緊了他的肋骨。

這是一間農舍，一邊是低矮的磚房，另一邊則是畜養牲畜家禽、堆放稻草的穀倉，正中央有個小廣場。史蒂芬在入口停摩托車時，威爾拿出口袋中的酒瓶猛灌。

「聽著，瑞斯福德，別鬧了。看看這裡多髒，而且——」

「來嘛，這裡的女人會給你最棒的享受。這裡可沒有拿槍的男人。」

他拉著威爾穿過庭院。他們快走到門口時，威爾踉蹌了一下。他開始發抖。

「老天，瑞斯福德，讓我離開這裡、讓我回家！我不想要這樣！」

「家？家？你是說全是老鼠的戰壕嗎？」

「如果被上級發現，我們會被槍斃的。」

「沒這麼嚴重。倒是有可能有其他處罰或解職。振作點。」

他們穿過昏暗的客廳，室內有一座爐台。有個老女人在屋裡抽著菸斗。她對站在門邊的兩人點點頭。史蒂芬才開口，她就搖搖頭，指了指自己的耳朵。

「我想走了。」威爾嘶聲說。

「等一下。」史蒂芬抓住他的手腕。

老女人對屋內的門喊了一聲。他們聽見了腳步聲，接著出現了另一位女子的聲音。一名年約五十歲的婦人在漆黑的門口現身。

「我今晚不接客。」她說。

史蒂芬聳聳肩。「我的朋友急著想來找妳。我擔心他可能會有點緊張。妳得有些耐心。」史蒂芬盡可能快速說完，希望威爾沒聽懂他在說什麼。

女人冷笑了一下。「很好。」

「妳有女兒嗎，女士？」

「這跟你有什麼關係？」

「我知道她也有……」

「這不關你的事，叫你朋友跟我來。」

「去吧。」史蒂芬從威爾背後推了一把，看著他害怕又遲疑地走入門後的黑暗。

史蒂芬轉身對老女人微笑，又比了個喝酒的手勢，從口袋拿出一張五法郎的紙鈔。她蹣跚地走到房間角落，拿了一瓶酒和一個滿是灰塵的酒杯。史蒂芬拉過一張椅子坐在爐台旁，又將手肘靠在牆邊的水管上。他向老女人舉杯，開始喝著苦澀的白酒。

他希望威爾能感受與女人在一起的感覺、感受親密的肉體交流。他其實根本不在乎威爾是否會以處男之身死去，但他覺得必須讓威爾明白，自己是怎麼降生在這個世界的。

死裡逃生之後，史蒂芬什麼也不怕了。他是以如此怪誕、如此違背常理的方式重返人間——他只能選擇慘死或是重生；彼時彼刻，其他更細膩的感受，如愛情、喜好或者良善，都不那麼重要了。在他與威爾身處的枯燥現實中，以殺戮賺來的軍俸買下農夫遺孀的肉體，總比跟維金森一樣被炸死來得好——維金森畢生的回憶與希望，都隨著腦漿滴落到肩膀上了。

史蒂芬伸直雙腿，他看見自己的鞋跟沾到了農舍泥土。他幾乎喝光了整瓶酒，感覺酒精澆熄了他最後一絲的小心謹慎，也抹去了他在和平時期學會的那些虛偽的人類行為。他感覺自己蒼老疲憊，心情卻無比冷靜。

老女人睡著了。史蒂芬悄悄走向房間角落，在壁櫥找到另一瓶酒。他在同一張椅子坐下，又為自己倒了一杯，在昏暗的燈光下等待著。

威爾回來了，他一臉蒼白，全身不停顫抖著。即使在昏暗的室內，仍能清晰地看見他的黑眼圈。史蒂芬狐疑地看著他。威爾搖搖頭說。「你去吧。」

「不，謝了。這是你的冒險。我對她沒興趣。」

「她要你去。去找她、去找她，你這個渾蛋！這是你起頭的，也該由你結束。」

威爾看起來比被轟炸時更加激動。

史蒂芬忽然感到一陣恐慌。「你做了什麼？」他問。「你做了什麼，你這個瘋狂的白痴？」

威爾在椅子重重地坐下，臉埋進了手心。

史蒂芬衝進門裡時，心中浮現出恐怖的畫面。他眼前出現了一個岔口，連接著四條走廊。他站在岔口大聲呼喊著。

這裡光線昏暗，他幾乎看不清自己往哪裡走。他摸索牆壁，推開了一扇門。門裡養著雞群，正慌亂地撲動翅膀。他顫抖著關上門。他進入第二條走廊，將門推開，裡頭也沒有什麼恐怖畫面。他如釋重負地關上門，絕望地繼續向前走。

他聽見身後傳來一個女人的聲音。「先生？」那是一位黑髮的年輕女子，有著一雙溫柔的大眼，頭髮用紅色緞帶繫在腦後。史蒂芬不發一語地站在原地。

「你要做什麼？」

「我正在找……妳的母親。」

「這邊請。」

她挽起史蒂芬的手。兩人走進一間有著紅色檯燈以及幾扇東方風屏風的房間。門框上鏤空的木頭雕刻像是清真寺的裝飾。房間地板跟客廳一樣是泥地。史蒂芬一臉不知所措。年輕女子帶他到屏風後方，裡頭有一張雙人床，上方是紫色的絲綢罩篷。地上放了六根蠟燭，窗台上也有一根。

「不要緊張，沒事的。先給我錢吧。」

最後一句話瞬間將他拉回了現實。

「沒關係，我不想要……我只是來確認是否一切都好。」

他聽見屏風另一邊傳來笑聲，是那位剛才領走威爾的中年婦女。「沒事，以後也會沒事的。」她走過來站在史蒂芬身旁，史蒂芬聞到她身上甜甜的香味。「你的朋友非常奇怪，我像這樣將他的手——」她用手托住史蒂芬的襠部——「他馬上後退一步。」她大笑。「他那裡又長又軟，但當我開始撫摸，他就哭了。」

她比史蒂芬想像的還要老。燭光下，他可以更清楚看見女人的長相。她坐在床上將裙子拉至腰際，接著躺下張開雙腿。史蒂芬從來沒見過中年婦女赤裸的樣子。她將手伸進一碗消毒藥水，接著用手指擦拭下體，熟稔地撫摸著粗糙的陰毛與猩紅色的陰蒂。

史蒂芬跟威爾一樣倒退了幾步。然後他笑了，伸手挽住年輕的女人。「就妳了，小姐。其他就不用了。」

女人下床走向他，脫下了裙子。他感覺她的手在他的褲襠前摸索。她將手指伸進去，拉出她想要的那一團軟綿綿的肉，像是準備將架上的肉放上砧板的屠夫。他感覺女人的嘴巴含住自己，她非常飢渴，史蒂芬試著壓下退縮的衝動。他抬頭，看見年輕女子也開始脫衣服。當她褪光內衣褲時，燭光照著她白皙臀部的曲線，史蒂芬感覺自己在女人的嘴裡激動了起來。

女人站起身微笑，手裡還抓著他硬挺的下身。「你們這些英國佬。」說罷，就消失在屏風後面。

史蒂芬沒想到此時的自己看起來有多麼荒謬。

他的下身脹紅腫大，充血的表皮變得有些透明。

女孩坐在床上對他微笑。她的胸部渾圓小巧。

她打開雙腿，手臂疊放在腹部，床上沒有床單。

「脫掉你的衣服。」她說。

史蒂芬笨拙地照做。他赤裸地站在她面前。女孩很有耐心，似乎已經習慣面對尷尬的軍人了。

史蒂芬看著她。距離他上次碰女人已經六年了。她很美，有一對閃亮的深褐色眼眸；她的一舉一動都散發著生命力，年輕的肉體沒有一絲傷痕。他想要沉醉在女孩體內、深深埋進她的肌膚，在那裡忘卻自己。她平靜而溫柔；她還有可能擁有孩子、還有可能繼續去愛。

當他向床走近一步時，想起了那一天，另一個跟她一樣赤裸著的女人在自己面前張開雙腿，而他親吻著她，用舌尖解放她被禁錮的身體，彷彿這樣就能深入她的心。他憶起她驚訝的喘息聲。

史蒂芬在她的身體裡抹去了自己的存在；他撫平了她的渴求與慾望；他將自己留在了她的體內。在她的信任與愛中，他藏起了生命中難以治癒的傷口。也許他的自我仍留存在她的體內

——那備受背叛、傷痕累累的自我。

身體不過是肉塊而已，她已經遠走他方；她不只是肉體缺席，她是遺棄了自己。

他在深色頭髮女孩身上感受到的溫柔消失了。她對他微笑，側身躺著，好讓史蒂芬能欣賞她臀部起伏的曲線。

當他看著女孩上半身的肋骨與脊椎，他想到插在李維腹部的彈殼：他想起道格拉斯肩上大大的傷口，他的手幾乎能碰到他的肺。

他的溫柔先是被一種強烈的厭惡蓋過，而後他的腦袋一片空白。他的腦海中浮現出各式各樣的肉體。他漸漸失去了自制力。他從未見過中年婦女在腿間抹消毒劑的畫面。她女兒的肉體也不過是動物的身軀罷了，與他弟兄的屍體相比毫無價值。

他不知道該要了這個女孩，還是該殺了她。

腳邊褲子的口袋裡有一把刀，他總會在巡邏時隨身攜帶。他彎腰取出刀子，放在手心彈開。他走上前坐在床邊。

女孩睜大眼看著他，嘴巴無聲地大張。對於她無知的恐懼，史蒂芬絲毫不感到憐憫。

他將刀子轉向，握住了掌心的刀鋒，然後將刀柄從她的胸部一路滑至她的大腿。

他不知道自己在做什麼。他恨女孩沒見過他目睹的那些事。他感受到女孩的雙腿在刀下有些畏縮。刀柄滑過之處都留下了一道淺淺的痕跡。他希望這具空虛的肉體下還有別的什麼。他將刀柄停在她腿間的毛髮，刀鋒朝上指著她的腹部。女孩驚恐地向下看著金屬的光芒。史蒂芬放開刀子，刀穩穩地立起。女孩嚇得一動也不敢動。最後，她一面盯著史蒂芬，一面緩緩將手滑下大腿，拿起刀子。她捏住刀刃，闔上刀後立刻將它拋到房間的一角。

史蒂芬低頭看著床。先前他的腦中只有一片空白，如今他只感到百般的自責。

女孩冷靜了下來。她並沒有尖叫求助或者抗議；她只是看著床上心煩意亂、沮喪低著頭的男人。她鬆了口氣，心中湧上了一絲寬容。

女孩碰觸他的手。

史蒂芬大吃一驚，難以置信地抬起頭。她是如此溫柔。她應該要殺了自己才對。

他疑惑地搖搖頭。「到底……？」

女孩將手指放到唇邊。她選擇寬恕眼前這個絕望的男人，讓她頃刻間彷彿變得無比強大。

她說：「戰爭真的太痛苦了。」

「我很抱歉，真的很抱歉。」他說。

「我懂。」

他訝異地望著女孩，接著便拿起他的衣服，匆匆在屏風後穿好。

～

部隊轉移駐地時總是非常混亂，沒人注意到兩名軍官在夜裡消失了。他們將摩托車停在原位，分頭回到了前線，兩人都比自己預想中還要清醒。

隔天，威爾接到了新命令。第二天晚上，他們會先前往一處地點保密的營區，接著再行軍到阿爾貝。他們得協助挖掘某個靠近博蒙阿梅勒的地方。上頭沒有說明這是針對大戰略的部署，或只是普通的工程。所有師團都會轉移過去，顯然謠言不假：他們準備要進攻了。

威爾垂頭喪氣地坐在防空洞的下鋪，用手往後順了順頭髮。所以這就是最後的攻擊了。和平與寧靜都過去了。真是一次大進步。他乾笑起來，又哼了一聲。再也沒有友善的例行巡邏了。他將與新軍並肩作戰，將德國人趕出法國。

他已聽命由命。他好像無法掌控自己的人生：他總算願意去試著改變生活中某個重要的部分，到頭來卻什麼也沒有，徒留恥辱。就算是被轟炸，也不會讓整件事變得更糟了。

傑克夜裡從地底輪班回來後，拿著一杯茶走向戰壕比較安靜的角落，拿出瑪格麗特的信。他細細讀過，生怕會漏看一字一句。

我親愛的傑克，你好嗎？我們真的很想你，總是不斷地為你禱告。謝謝你的回信，這對我們來說是莫大的安慰。你能平安健康就太好了。

我必須告訴你，我們的兒子今天早上過世了。醫生說他沒有痛苦，安詳離開了。他們已經盡力了。我到醫院見了他最後一面，但院方不讓我帶他回家。我相信他們確實有好好照顧他到最後一刻，沒有讓他受苦。

親愛的傑克，很遺憾得告訴你這個消息，我知道你有多麼深愛他。但你絕對不能就此灰心。我只剩下你了，而我會向上帝祈求讓你平安回到我身邊。

今天下午，我會幫我們的小男孩收殮，週五會舉行葬禮。我會為你在教堂點一根蠟燭。

我會再寫信給你，但我現在也難過到寫不下去了。為了能回家、回到我身邊，請好好照顧自己。愛你的瑪格麗特。

傑克將信放在地上，瞪著前方。他心想：我不會因此動搖的。他這一生過得美好而快樂。我要為此感謝神。

他將臉埋在手中祈禱，卻被排山倒海的失落與悲慟淹沒。他一句祈禱都說不出口，耳邊只有喧囂的黑暗與孤寂。「我的兒子，」他抽泣，「我的寶貝兒子。」

他們在六月第一週抵達阿爾貝。地道工兵立即被派往前線，但步兵團還有空休息一會兒，因為他們不用再拚命挖掘與巡視了，伙食中還多了柑橘與核桃。

格雷上尉帶史蒂芬去見巴克萊上校，他待在鎮上西邊的一間大房子裡。

「他很暴躁，」格雷說。「但你不能只看到他的壞脾氣。他是個很厲害的戰士，總是勇於面對困難與危機。」格雷抬起一邊眉毛，彷彿質疑著巴克萊對於困難的定義。

上校正倒著看地圖。他比史蒂芬想像中還要年輕；儘管滿頭灰髮，但身材結實精瘦，就像一隻雪貂。

「很漂亮的房子吧？」巴克萊說道。「但你可別誤會，你上前線打仗時，我會和你的弟兄一起待在戰壕。」

「你真的會親自上戰場嗎，長官？」格雷驚訝地問。

「我真應該這麼想，」巴克萊說道。「我已經和那些虛偽的參謀困在這裡整整六週了。等到氣球[41]升起那一天，我就要在巴波姆用搜刮來的銀器吃晚餐。」

格雷咳了一聲。「那會是很不得了的進展。」在巴克萊面前，他的蘇格蘭腔變得更重了。

「那你知道我要與誰共進晚餐嗎？印度第二騎兵團高層中的高層。」

「我不曉得騎兵團也有參與。」

「當然有。我們已經挖了個洞穴，就等著他們鑿穿。黑格（Haig）[42]將軍堅決要這麼做。」

「原來如此。」格雷緩緩點了點頭。「這是瑞斯福德中尉，他對這裡的地形滿熟的，記得我曾經向你介紹過吧？」

「我記得，」巴克萊說。「索姆專家。你最好自己當心點。」

41　指觀測氣球，為一種用來查探軍事情報或搭載砲兵觀察員的氣球，也被稱作偵察氣球、間諜氣球或監視氣球。法國大革命時期開始使用觀測氣球，其應用又於第一次世界大戰期間來到高峰。

42　道格拉斯・黑格（Douglas Haig，一八六一年～一九二八年），一九一五年底到第一次世界大戰結束在西線擔任英國陸軍元帥。

他們到房子旁邊的花園散步，巴克萊開始向史蒂芬討教這裡的地形。史蒂芬已在格雷的建議下研究過最新的地圖，喚醒了他遙遠的回憶，他開始向巴克萊說明，昂克爾河的兩岸有沼澤，蒂耶普瓦勒的一側是山坡，另一側是山脊。

「山楂嶺，」上校說道。「他們是這樣稱呼的。我們正在攻擊博蒙阿梅勒附近的戰線。他們準備在山脊先炸開一個大洞。」

「我懂了，」格雷說。「這樣就能先威嚇敵軍，同時也是很好的防禦工事。」

巴克萊以一種非常同情的眼神看著他。「我們會先馳得點的，格雷。但那會是漫長的一天。依照戰況的進展，我們得隨時做好增援的準備。」

「不過是由我們展開第一波攻擊嗎？」

「喔，當然，」上校笑容滿面。「會在清晨進攻，別擔心。大夥可以在中午重新整備。我們傍晚就能回來了。大家準備好了嗎？」

「我想差不多了，」格雷回答。「你怎麼看，瑞斯福德？」

「我也是這麼認為的，長官。雖然我有點在意這一帶的地形。而且敵軍已經在這裡紮營一段時間了，對吧？他們的防禦工事就像——」

「我的老天爺啊，」巴克萊說。「我從來沒遇過你們這種膽小鬼。我們會連續轟炸六天，將德國從這裡到三蘭港（Dar-es-Salaam）的鐵絲網全部炸毀，如果有任何德國佬逃過死劫，他一定會慶幸自己全身而退，趕緊舉雙手投降。」

「這聽起來倒不錯。」格雷說。

「還有一件事，」巴克萊說。「我不需要聽排長給我的戰術建議。我底下已經有羅林森每天緊迫盯人，旅部也天天發令給我。你只要按照吩咐，做該做的就好。我們去吃午餐吧。」

巴克萊的副手瑟斯比少校，以及其他三名連長也加入他們，大夥在房子裡一間有著落地窗與高雅餐桌的房間用餐。

史蒂芬納悶自己是否該與這些高級長官聊天，這裡實在有太多侍者了，甚至還有一對年邁的法國夫婦。

「這是什麼？」巴克萊拿起一個酒瓶朝燈光照。「熱夫雷－香貝丹。嗯，口感還不錯，但我不懂為什麼我們吃魚時不能配白酒。」

「酒窖沒有白酒，長官。」上校的勤務兵回答，他是個矮小的白髮倫敦人。「但我知道你喜歡吃魚，先生。這是河裡釣來的鱒魚。」

「非常好，戴維斯。」

巴克萊說，斟滿了自己的酒杯。

接著是一道清爽的燉菜，然後是熟成乳酪與新鮮的麵包。餐席在下午三點結束，隨後大家走進灑滿陽光的客廳享受咖啡與雪茄。

史蒂芬感受著柔軟舒適的椅墊，又伸手撫摸椅面的錦緞。一位名叫盧卡斯的高大連長聊起，他的父母家在漢普郡（Hampshire），他曾到附近的泰斯特河釣魚，其他人則討論起軍中的足球賽。一個新來的連恰好來自愛丁堡，其中幾位弟兄是中洛錫安哈茨職業球隊的核心球員，實力堅強。

上校的勤務兵送上白蘭地，史蒂芬想起排上的弟兄是如何在戰壕牆邊小小的烈酒爐中變出一杯好茶。還有一名總悶悶不樂的士兵名叫史都，總喜歡在刺刀上放乳酪引誘老鼠，再開槍打死牠們。史蒂芬覺得自己在這間優雅的房子裡吃吃喝喝、談笑風生，彷彿像背叛了他們，儘管弟兄們也知道你只是在做該做的事。大夥一有空就會到處去搜刮物品，再拿去跟其他人交換；食物包裹總是會被大夥分食，維金森的包裹在他被炸死幾週後寄達，弟兄們還為此慶祝了一番。

史蒂芬暗自微笑，曉得這段遺世獨立的短暫時光即將結束了。

他們行軍到一個叫柯蘭康（Colincamps）的村莊，弟兄們一面擺動著手臂前進，一面唱著軍歌。這是個溫暖的六月天，太陽照亮了鄉間的蒼綠大地，白嘴鴉在榆樹間發出夢幻般的叫聲，梧桐樹與栗樹相間的樹林迴盪著烏鶇與畫眉鳥的啼叫。村裡一片喧鬧，夾雜著各地口音：蘭開夏、格拉斯哥、倫敦與阿爾斯特省（Ulster）。弟兄們借宿在村民家中。當他們在夜裡踢足球踢得汗流浹背時，也想起了那些關於髒衣服與蝨子的回憶。

史蒂芬領著排上的弟兄到一間穀倉，格雷正設法說服裡頭的母子讓他們借宿。他們原本不太情願，日落後，才終於同意讓弟兄們入住，大夥用攜帶式的炊具烹飪熱食，之後便睡在乾淨的稻草上。

當晚，四周開始響起了砲聲。當時史蒂芬正在穀倉的乾草棚裡藉著燭光看書。一枚榴彈砲緊接著發射，震落了屋梁上已累積了數個世紀的塵土。

起初，只是零零落落的轟炸；就像清了兩下嗓子，但那聲響不斷在柔軟的低地上迴盪著。迴聲漸漸變低，直到變得幾乎細不可聞時，又傳來一陣低沉的轟隆聲，連穀倉的牆壁也震動了起來。史蒂芬感覺這股劇烈的震動幾乎要貫穿閣樓的木地板。他想像那些砲兵開始為任務暖身，他們在砲台裡脫下襯衫、將防護蠟灌進耳朵裡。他被這些砲聲所震懾；這些聲音在二十五公里長的戰線上流轉，最重的砲聲不斷發出隆隆巨響，像是不斷敲擊的定音鼓，較輕的砲聲比較不規律，令人難以預測。整條戰線在一小時內不停發射砲彈，夜空中滿是槍林彈雨，猶如陣陣不息的雷鳴。

英軍強大的砲擊帶給他些許欣慰，但史蒂芬也悲哀地意識到，即將來臨的戰爭必定非常慘烈。他感覺這場戰役凶多吉少，但他已經無法逃避或妥協了；現在他只能祈禱自己的軍隊比敵軍更加強大。

出發去前線之前，他們又在柯蘭康多待了兩天。

「不會花太久時間的，長官。」布萊恩說著熄滅了菸頭，在杭特身旁坐下。「我沒想到你會跟我們一起下去地道。」

「我也是，」杭特說。「希望我們在地底安然無恙。」

史蒂芬微笑。「你那時看來可不怎麼喜歡。沒關係，不會跟上次一樣了。叫史都和伯恩斯過來好嗎？萊斯利，你還有兩天可以清理步槍。開始行軍後就別清了。」

格雷上尉命令普萊斯監督整排的弟兄，他大搖大擺地巡視著破爛的廣場。普萊斯似乎是唯一知道哪輛卡車會將他們載往指定地點的人，他也知道哪一列隊伍會帶領大夥到前線各就各位。已經連續轟炸了三天，整個村莊在他們的腳下震動著。

大夥緊張地踏上了前往歐雄維萊爾的預備道路，但路上擠滿了運送彈藥和補給品的車輛，弟兄們只好改走到了田埂上。

莊稼的灰塵與種子隨風拂來，讓史蒂芬的皮膚和鼻子癢了起來。沉重的背包壓得弟兄們汗流浹背，汗臭在溫暖的夏日空氣瀰漫開來，大夥一路唱著無聊的軍歌。史蒂芬低頭看著道路中央，一些草叢僥倖地沒有被車輪輾過。他想起這裡世世代代的農夫，也都是在晴朗的夏日裡耕耘播種。

轉過一個彎時，他看見二十幾個人赤裸著上身，正在路邊挖一個巨大的坑洞。他困惑了一會兒。這似乎不是為了農事挖的洞；也沒有這麼大量的作物要播種。接著他明白了——他們在挖一個萬人塚。他不想讓弟兄們看到，本想大聲下令轉彎，但大夥早就看見了，有些人認出了那將是自己的墳墓。吟唱軍歌的歌聲消失了，只聽得見鳥兒的叫聲。

他們默默地前進，又回到了預備道路上，終於抵達了歐雄維萊爾。這裡也逃不過戰火的摧殘，早已物是人非。他曾與亞眠人共進午餐的小餐館，如今成了一間陸戰醫院。村莊大街上堆滿了乾草，卡車載著滿滿的動物飼料。巴克萊上校坐在一匹栗色的馬上，腰際掛著閃亮的手槍。當全體肅靜下來、列隊排好看著他時，他咳了一聲，接著宣布了大夥早就猜到的消息。他看起來就像喜劇表演裡那種裝腔作勢的角色，馬兒懶洋洋地噴著鼻息。

「我們就要進攻了。我知道你們聽見這句話後會感到如釋重負，因為這就是你們從軍的目的。你們即將上戰場，而且絕對會贏得這場硬仗。你們會打得敵人潰不成軍。你們應該都聽到砲兵攻擊的聲音了。明天轟炸停止之後，你們就要開始攻擊。敵軍的士氣一定很低落。他們的防線將被粉碎、他們的鐵絲網將被炸斷、他們的防空洞將被摧毀。我相信只有少數的敵軍會開槍反擊。他們若知道可以投降，一定會覺得鬆了一口氣。」

巴克萊上校冷靜了下來。他話語中飽含的熱情與肯定，讓一些年輕士兵也跟著熱淚盈眶。

「然而，我必須警告各位，一定要謹慎對待投降的敵軍。總參謀長的指示是，必須確認敵軍是真心想歸降。只要你有一絲懷疑，我想各位知道該怎麼做。對我而言，刺刀絕對是一種非常實用的武器。」

「我應該無須再提醒各位這個軍團的光榮歷史。我們在半島戰爭[43]贏得了『山羊』的稱號，

43 一八〇八年～一八一四年，是拿破崙戰爭中最重要的戰役之一，地點在伊比利半島，交戰方分別是西班牙帝國、葡萄牙王國、大英帝國和拿破崙統治的法蘭西第一帝國。

證明了我們擅長在岩石地形戰鬥。我們絕不退縮；連威靈頓公爵都盛讚我們的事蹟。我只能告訴各位：你們必須為那些英勇奮戰的前輩爭光。你的行為必須配得上軍團的偉大歷史與光榮事蹟。你必須為家族而戰、為你的國王與國家而戰。我相信各位做得到。我相信我們會在巴波姆共進晚餐。願上帝祝福你們！」

人群爆出一陣歡呼，憲兵開始管制秩序，對各連下達了一串指示。從現在開始，他們將會謹守最嚴格的軍紀。違反者將立即被槍斃。戰事激烈時，任何細節都必須清清楚楚、不容有誤。大夥靜下來後，憲兵開始宣讀一張因膽小而被處決的清單。「甘迺迪、理查，面對敵軍時逃跑，槍決；麥斯特斯、保羅，不服從命令，槍決……」

史蒂芬聽著這份名單，轉頭看看杭特、萊斯利與伯恩斯迷惘而恐懼的臉龐。那位曾在戰壕尖叫而被架走的男孩提波，當時他臉上的神情也是如此茫然。即便是樂天的布萊恩也一臉蒼白。許多人看起來就像懵懂的男孩，既想要上陣殺敵，又渴望能回到母親身邊。史蒂芬不想繼續聽這份名單了。

「辛普森、威廉，逃兵，處決……」

他們離開歐雄維萊爾村時，史蒂芬的心中閃過與亞札爾一家在河邊度過的炎熱夏日。他們遇到了幾個從巴黎遠道而來的家庭，只為了在知名的勝地昂克爾河畔釣魚。也許他明天終於能品嘗到蒂耶普瓦勒糕點店的「英式下午茶」。

他想起伊莎貝爾那張率直可愛的臉龐；他想起了她的脈搏，那壓抑的慾望暗流也展現出她獨特的一面。他憶起莉瑟特脹紅著臉的輕佻神情，她又是如何拿起他的手放在她身上。那交織著各種情感的那一日是如此荒誕而不真實，就與他將帶領弟兄們穿越田野、進駐預備壕的這個下午一樣。

史蒂芬聆聽著弟兄們的腳步聲，低頭看著腳上那雙磨損嚴重的軍靴。當他們遠離村莊與那裡的平凡生活時，時間彷彿瓦解了。接下來的三天轉瞬即逝；那些景象都充滿了令人恐懼的停滯感，留在腦海中揮之不去。

大夥在路上分配到了鐵絲鉗。

「我以為槍就能轟斷鐵絲，」布萊恩說。「兩個防毒面罩？為何要兩個？」

當普萊斯將一個三角錫片[44]貼在提波身後時，提波露出了一個瘋狂的微笑。「這樣你後面的觀察者就會看見你，年輕人。」普萊斯說道。頭頂的空氣有著濃烈的金屬味，大地因轟炸而撼動。

即便是沙場老兵也不曾見過這種景象。預備壕和交通戰壕就像尖峰時刻的火車車廂，只聽得見普萊斯不斷咆哮著維持秩序。哈瑞頓的排走錯方向，他們朝著塞爾市（Serre）去了。B連在盧卡斯的帶領下完全迷路。弟兄們既困惑又緊張，身上三十幾公斤的背包讓大夥汗流浹背。一陣夏季的暴風雨忽然從波濟耶爾市（Pozières）襲來，浸溼了德國戰線，接著又朝西方推進，

44 第一次世界大戰期間，英軍為了讓軍機和砲兵辨明敵我，會在背部繫上一個錫製的三角標誌。

英國人的腳下也變得一片泥濘——一口氣發生了這麼多事情。

麥克・威爾站在高處凝視著山楂嶺。史蒂芬從戰壕爬出來走向他。威爾的臉上有一種怪異的興奮神情。「這裡就要發生大爆炸了，規模大到會讓你倒抽一口氣。」他說道。「我們才剛埋好導火線。費爾布雷斯已經在地底安置好了。」

史蒂芬恍然大悟。「你明天要做什麼？你要去哪裡？」他開始關切起來，嗓音困惑。

「我會在安全的距離看著。」威爾大笑。「我們已經完成工作了。如果你們人力不足，我有幾位下屬願意充當擔架兵。希望屆時來得及與你們共進晚餐。德國戰線看起來很美，對吧？」

史蒂芬看著戰線旁的雜草與沿途綻放的黃色金雀花，山丘上白土的痕跡就是主要防線的挖掘點。那些從炸毀村莊飄來的磚瓦碎屑，如今成了懸浮在他們頭頂上的紅霧。錐狀彈殼引爆時發出了黃白色的光芒。當太陽破雲而出，一道淺淺的彩虹在他們的頭上驀然現身。

威爾咧嘴笑。「開心嗎？」

史蒂芬點點頭。「開心啊。」

他回到戰壕，重新加入弟兄們的行列。他心想：就讓一切順其自然吧；我打算隨波逐流了。「可憐的德軍，」一個聲音說道。「在砲聲下一定快瘋了吧。」

杭特在他身旁，被身上沉重的背包壓得喘不過氣。他的背包旁有一個小木籠，裡頭有兩隻鴿子。史蒂芬望著牠們空洞的渾圓雙眼。

只有夜間才能談判，接著一切便開始了。大夥已各就各位。普萊斯不知怎麼的已經就定位了，講究細節的裴洛西下士正在讓整排弟兄整齊列隊。這是個很不錯的戰壕。「這是我見過最好的背牆，」裴洛西說。「而且前面終於有純木製的護欄了。」

「看，是預備牧師！」

霍洛克斯一席白袍、穿著卡其色長褲，禿頭閃閃發光，他與弟兄們站在一起，手上拿著一本祈禱書，就像地上一隻無用的鳥兒；他是真正的牧師、也是唯一一個牧師，之所以被稱為預備牧師，是因為他總是待在後方。弟兄們有些恐慌不安，一些不信神的人也因為恐懼聚集在牧師身邊。

史蒂芬．瑞斯福德也加入了他們。他看見了傑克．費爾布雷斯沾滿泥土的臉。體型碩壯、神情嚴肅的亞瑟．蕭則站在他身旁。

弟兄們即將在早上發動攻擊，他們跪在地上，一手掩住臉，被困在了他們自己的痛苦地道內，在黑暗中失去了時間感，試著鼓起勇氣面對死亡。牧師的聲音幾乎快被轟炸聲蓋過了。

史蒂芬感覺自己非常渺小。他摀住臉，感覺自己只是個可悲可憐的林肯郡男孩。他的血液、肌肉或骨頭沒有感到絲毫恐懼；但想到一觸即發的慘烈戰爭、以及有多少弟兄身處在這片恐怖的轟炸之下，他的自制力逐漸瓦解了。

他發現自己嘴裡唸著耶穌基督。他屏息一遍又一遍地說著。像是在禱告，也像是在褻瀆。耶穌，耶穌……情況從來沒有這麼糟過。

他享用了聖餅與甜酒，但他還想再要一些。聖餐已經結束，但某些弟兄雙腿發軟、站不起來了。他們繼續跪著。他們害怕面對前方等待著的命運，只想在此刻死去。

史蒂芬回到戰壕時，發現弟兄們亂成一團。

「已經推遲兩天了，」布萊恩說道：「太潮溼了。」

史蒂芬閉上眼睛。耶穌、耶穌。他已經準備好要上戰場了。

格雷臉上有一絲焦慮。兩人走向一堆地道泥土堆成的小丘。

「讓我們冷靜一下。」格雷說，但史蒂芬看得出來這非常困難。「我再重新整理一次計畫。砲兵會先製造彈幕，你們就能隱身在彈幕後面。煙霧散去後，拿下你們的目標，接著不斷重複這個步驟。這個作戰能夠一路保護你們。德國的鐵絲網已經被切斷，他們的許多大砲也毀了。我想只會有一成的傷亡。」

史蒂芬對他微笑。「你真的這樣覺得嗎？」

格雷深吸了一口氣。「我正在命令你。我們正處於主要攻擊位置的側翼，必須得靈活調整營隊。我們是偉大戰鬥部隊的其中一員。阿爾斯特的第二十九師[45]——他們剛剛從加里波利半島（Gallipoli）抵達這裡。」

「剛剛？」史蒂芬問。

格雷看著他。「如果我死了，瑞斯福德你還活著，我希望你能接管這個連。」

「我？為什麼不是哈瑞頓？」

「因為你是一個瘋狂冷血的惡魔，我們正需要這種人。」

天色漸漸暗了下來，格雷已經舉起二十幾次望遠鏡了。他將望遠鏡交給史蒂芬。「敵軍前線的戰壕有一面旗幟，你看得見上頭寫了些什麼嗎？」

史蒂芬仔細看，上頭寫著一句巨大的標語。「看得見。上面寫著『歡迎來到第二十九師』。」他感到噁心。

格雷搖搖頭。「鐵絲網沒有被炸毀。雖然我很不安，但我不希望你告訴弟兄們，而且我保證好幾百公尺的鐵絲網都完好無缺。」

「我以為從這裡到三蘭港的鐵絲網都毀了。」

「是參謀搞砸的，就是黑格、羅林森這一群人。別告訴你的弟兄，瑞斯福德。別告訴他們，為他們禱告就好。」

格雷用雙手抱住頭。史蒂芬心想，他的聰明才智與書架上滿滿的書，如今完全幫不上忙。

弟兄們利用多出來的四十八小時平復心情，將自己調整到最佳的戰鬥狀態。

這場戰役的第一槍伴隨著尖銳的爆裂聲。伯恩斯對著上顎開槍自殺了。

夜幕降臨，眾人開始寫信。

麥克．威爾寫道：

45 為攻佔伊斯坦堡，英軍第二十九師（Twenty-Ninth Division）曾在一九一五年～一九一六年攻打土耳其加里波利半島。

親愛的父親和母親，我們就要進攻了。大夥已經在地底準備好幾天了。我的隊伍也加入挖掘的行列，我們也達成任務了。有些人自願上戰場擔任擔架兵。士氣非常高昂，希望這能讓我們一鼓作氣打贏這場仗。應該只有為數不多的敵軍能在這場轟炸中活下來吧。

謝謝你們送來的蛋糕和草莓。我很欣慰你們能在家中的花園找到樂趣。大夥都很喜愛你們寄來的水果。我常常想起你們以及家中的平靜日子，但我希望你們別擔心我。願你們的禱告能與戰場上的弟兄們同在。母親，謝謝妳寄給我的肥皂，我保證會好好使用。很開心知道你們與派爾森夫妻共度了愉快的夜晚。請替我向史坦頓先生和夫人致哀。我剛剛才聽說他們兒子的消息。

我很確定我離開時已經結清了給裁縫師的費用，但是如果我記錯了，請替我代繳，我回去後會再還你們。拜託了，請別擔心我。這裡非常溫暖，事實上有點太熱了——所以我什麼都不缺，不用再寄襪子或套頭毛衣給我了。你們的兒子，麥克。

提波寫道：

親愛的爸媽，他們讓我回到隊上了，我很驕傲能夠與大夥待在一塊兒。這是一場精采的戰役，各個連的弟兄都奮力參與。我們的槍口爆出燦爛的火花，就像煙火節[46]一樣。終於要進攻了，我們已經等不及要讓德國佬嘗嘗苦頭！將軍說，我們不能期待敵軍的反擊，因為我們的機關槍已經統統將他們解決掉了。我們原本昨天就要進攻，無奈天氣實在太糟了。等待真的太煎熬了。有些士兵心情低落。我曾經跟你們提過的布萊恩，他跑來跟我說別擔心。我很高興聽見佛萊德．坎貝爾安然無恙。好戲要上場了。

就這樣，我親愛的爸媽，我大約就是要說這些。明天就會知道我們哪天能相聚。別擔心我。我不害怕前方等待著我的命運。你們細心呵護著我長大，我不會讓你們失望的。請再寫信給我，我真的很想收到家裡的消息。請寄來一些聖奧爾本斯鎮（St. Albans）的風景畫。替我向凱蒂問好。你們永遠是我最親愛的爸媽。你們的兒子，約翰。

在史蒂芬讀完這封信、並緘封起來後，他有些哽咽。他想起格雷的臉以及他不祥的預感。他感覺自己被一股狂暴的憤怒淹沒了。他從筆記本撕了一張紙，提筆寫道：

親愛的伊莎貝爾，我想將這封信寄到妳亞眠的家，雖然那裡可能也被夷平了，我之所以寫信給妳，是因為我不曉得還能寄信給誰。我現在正坐在一棵樹底下，這裡靠近歐雄維萊爾的村落，我們曾在那裡度過了美好的時光。

我與戰場上數以千計的英國士兵一樣，正深刻思索著自己的死亡。我寫信是為了告訴妳，妳是我唯一愛過的人。

46 英國節日，起源於十七世紀，在這一天，英國各地會舉行煙火表演，也有家家戶戶買煙火給孩子施放的習俗。

妳也許永遠不會收到這封信，但我還是想與某個人分享坐在草地上的感覺：在這個六月的週五，我感受著蝨子爬過我的皮膚，腹中滿是熱燉菜與茶——這也許是我最後一次填飽肚子了——砲聲正從我頭頂的天空呼嘯而過。

我深深感受到，人們即將犯下一些違反自然的罪行。這些男人與男孩曾是雜貨店員、園丁或者父親——他們的孩子還很年幼。國家承擔不起失去他們的後果。

我怕死。我親眼見識過砲彈的威力。我害怕負傷之後只能終日躺在彈坑裡。伊莎貝爾，我害怕會孤獨死去、無人陪伴在身旁。但我必須成為弟兄們的榜樣。

當清晨來臨，我就得帶領弟兄踏上戰場。陪伴著我，伊莎貝爾，在精神上與我同在。鼓勵我引領弟兄們面對前方靜候的命運。

永遠愛妳的史蒂芬。

傑克．費爾布雷斯寫道：

親愛的瑪格麗特，謝謝妳的來信。文字難以表達我的哀痛。他是我們的兒子、他是我們生命中的光亮。

但是親愛的瑪格麗特，我們必須堅強起來。這裡還有一些事能夠讓我分心，但我非常擔心這件事對妳的打擊。

我相信一切都是神的旨意。我們本來可以將他留在身邊，但神會做出最好的安排。妳還記得他在運河邊，追著蒲公英的種子跑嗎？以及當他還是寶寶時，總會替尚未認識的事物胡謅有趣的綽號嗎？

這些都是我時常想起的回憶，而神是仁慈的。祂讓我想起約翰小時候的點點滴滴，我回想起了許多細小的瑣事。每當我在夜深人靜想起這些時，總能獲得一絲絲慰藉。我總是想像他就躺在我的懷中。

他的生命對我們來說是一種祝福，是神賜予的禮物。他是我們生命中最美好的禮物。我們必須心懷感激。

明天大夥就要展開攻擊了，而我相信我們會大獲全勝。戰爭很快就會結束，屆時我就能回去陪伴妳。愛妳的丈夫，傑克。

布萊恩不像其他弟兄一樣會定時寫信回家，但他也找了一小張紙片寫信給弟弟。他工整地用藍色墨水寫著：

親愛的泰德，我想先寫下幾句話給你，因為我怕我們再也無法相見了。我們明天就要進攻了，每件事都非常順利——會豎起大拇指的那種稱讚——接下來就是相信我們會走好運了。

請代我問候那些親密的好友。

請替我獻上最誠摯的愛給媽媽、湯姆、黛西和小寶貝們。

希望這是再見而非永別。愛你的哥哥，亞伯特。

他寫完這封信後，久久無法將信封緘。他又將信紙拿出來，在結尾斜斜地寫下：「要開心喔，泰德，別太擔心我，我很好。」

距離進攻時間還有八小時。砲聲漸漸減弱，他們要為清晨的進攻保留彈藥。

夜色降臨，但沒有人睡得著。提波凝視著萊斯利和史都。現在已經沒有任何魔法能將他帶離這裡。他最後的機會已經溜走了。他只能振作起來，等待天明。

史蒂芬打量著一旁布萊恩的臉。但當布萊恩轉頭看他時，他卻移開了視線。布萊恩也猜到了他會這樣做。

史蒂芬走向杭特，他正跪在戰壕的地面上禱告。史蒂芬拍拍他的肩膀，又將手放在他的頭上。他接著走向提波，他在他的肩膀上打了一拳，又用力握了握他的手。

史密斯下士和裴洛西下士正擠在一群不情願的弟兄間檢查裝備。

布倫南獨自坐著抽菸。「我想起了道格拉斯。」他說。史蒂芬點點頭。布倫南唱起了愛爾蘭歌謠。

他看見布萊恩一把將提波拉起來。「快要進攻了，就快了。」

快要四點了，這是夜色即將消逝的時刻，戰線上一片死寂。沒有人說話，連鳥鳴也靜了下來。

終於，山坡上出現一點亮光，河畔的霧氣逐漸散去。開始下雨了。

格雷站在交通壕口急急宣布：「七點半開始進攻。」

排長們大吃一驚，「天都亮了耶？在大白天？」他們有些退縮，神情憂慮。

早餐來了，還有裝在汽油罐裡的茶。杭特認真地在小爐子上煎培根。

失眠一夜的史蒂芬，感覺胃酸湧上了舌尖。

有人送上了蘭姆酒，大夥又開始聊天。許多弟兄拿起酒瓶猛灌，一些年輕男孩的身子變得搖搖晃晃，還不停地大笑。

德軍原本零零星星的砲火變得越來越猛烈，這讓弟兄們感到詫異，因為長官曾說德國的大砲都被摧毀了。

英軍開始反擊。他們終於近到能看清砲兵的攻擊，而弟兄們看見砲擊命中敵軍後歡欣鼓舞。史都和萊斯利揮舞著手臂大吼大叫，兩人的氣息中還聞得到蘭姆酒的味道。他們看見德軍戰壕前方的地面被炸出了一股一股的泥漿噴泉。

頭頂的轟隆聲越來越響亮。七點十五分。他們快要抵達作戰區了。史蒂芬跪在地上，一些人從口袋中拿出家人的照片，親吻妻子和孩子們的臉。杭特開始講冷笑話。裴洛西緊抓著一個銀製十字架。

轟炸變得前所未有的猛烈。爆炸的巨響似乎讓頭頂的空氣凝固了。爆炸聲如浪潮一般不斷層層疊加。這不是屬於人間的聲音。老天，史蒂芬說，老天，老天啊。

埋在山脊的地雷爆炸了，霎時大地粉碎、粉塵瀰漫。開始延燒起了數十公尺高的火焰。史蒂芬心想，這太驚人了。他被爆炸的威力所震懾。爆炸的震波也撼動了戰壕，震得布倫南從射擊踏台上跌下來，摔斷了腿。

史蒂芬心想，我們該出發了。但他還沒收到任何指令。布萊恩疑惑地看著他。史蒂芬搖搖頭。還有十分鐘。

德軍開始用機關槍掃射，英軍戰壕邊緣的泥土四濺。史蒂芬閃躲時，聽見弟兄們驚恐地大叫。

「時間還沒到。」史蒂芬尖叫。戰壕上頭的空氣變得凝重。

他手錶上的秒針緩慢地移動。七點二十九分。哨子在他的嘴裡。他一腳跨在梯子上。他用力吞了吞口水，然後吹哨。

他奮力爬出戰壕，環顧四周。轟炸停止了，德軍也沒有開火，周遭瞬間安靜了下來。雲雀在萬里無雲的藍天盤旋高歌。他忽然感覺非常孤獨，彷彿誤入了世界誕生的時刻。

砲兵開始製造第一道彈幕，德軍再次開火。史蒂芬看見他左邊許多弟兄好不容易爬出戰壕，卻在站起身前就中彈了。鐵絲網間卡了許多屍體。他身旁的弟兄開始衝鋒陷陣。他看見格雷一面在戰壕上方奔跑，一面大吼著激勵大夥。

他極為緩慢地向前，身子緊繃。為了不讓雙眼受傷，他側著身子前進。他在震耳欲聾的轟炸聲中弓起身子，宛如一名駝背的老婦。

布萊恩聽從指令在他的身旁緩緩行動。史蒂芬向右瞥了一眼，看見一長列隊伍正搖搖晃晃地前進，像是一排卡其色的泥人偶——弟兄們一個個邁著僵硬的步伐前進，那些被擊中的人張開手臂無聲地倒下、接著換另一個人倒地，不斷重演這個過程，彷彿大夥正在狂風中艱難地挺進。他試著捕捉布萊恩的眼神，對方卻沒有注意到他。四周充斥著德軍的機關槍響與英軍砲兵的轟炸聲。

他看見杭特在他的右手邊倒下。史都彎腰想救他，頭盔卻滑落了下來，接著就看見他的頭被子彈轟得鮮血直流。

他小心翼翼地踩在破碎的大地上。前進了二、三十公尺後，他開始覺得彷彿已脫離了自己的身體，他的軀體並非出於他的意志移動，而是自主地前進。他如同置身夢境，在這硝煙瀰漫的戰場上如行屍走肉。在這恍惚的狀態中，史蒂芬升起了一種如釋重負、甚至接近歡欣幸福的情緒。

巴克萊上校帶著一把刀，在前方十公尺靠右的地方，他正往前走。

史蒂芬忽然被炸飛了。他摔到一個彈坑裡，身旁有一名鮮血直流的弟兄正瑟瑟發抖。英軍的彈幕離他們太遠了。德軍也開始製造彈幕。錐狀的砲彈爆裂，沒有任何角落能逃避被轟炸的命運。

史蒂芬心想，總有彈殼炸不到的地方吧。雙方交鋒的火花在他們的頭頂爆開。他已經聽不見身旁弟兄尖叫的聲音。史蒂芬替他包紮完腿傷後，也回頭確認自己有沒有受傷。他毫髮無傷。他爬到彈坑邊緣，見前方還有其他人，起身再度前進。

也許和他們在一起更安全。他麻木地在被炸得慘不忍睹的大地上走著，每隔幾公尺就會看見堆積如山的卡其色屍體。他的背包太重了。他回頭張望，便看見了第二列隊伍正步入無人地帶的彈幕中，就像再度席捲而來的海浪。屍體已堆高到開始阻礙後續弟兄的推進。

他身旁一名弟兄的臉已經被炸爛了，但仍舊舉著步槍，正以夢遊似的姿態恍惚走著。他的鼻子鬆垮地掛在臉上，史蒂芬能從失去的臉頰看見他的牙齒。他從未聽過如此恐怖的聲響，這股聲音緊貼著他的皮膚，連他的骨頭都開始發顫。他想起上頭命令大夥，不要因身後的人停下腳步，便繼續緩步前進，當前方的硝煙散去時，他看見了德國的鐵絲網。

鐵絲網完好無損。弟兄們在一片混亂中四散奔逃。許多人被掃射的機關槍擊中，他們卡在鐵絲網上的身體不斷地抽搐。但大夥仍在奮力反擊，兩名弟兄在屍堆裡盲目地揮著刺刀，卻引來了狙擊手瘋狂射擊，隨後便倒地不起。

史蒂芬右方三十公尺處有個洞口。他立刻衝了過去，因為他知道雙方之後將在這裡激烈交戰。他進入洞口時深深吸了一口氣，緊繃地等待死神迎面而來。

但他的身體只迎來了一陣清新的空氣，他笑了出來，開始拔腿狂奔，當他滾進戰壕裡時，感受到背包重重地壓在身上。這裡一個人也沒有。

我還活著，他心想，感謝老天，我還活著。他暫時遠離了戰火。他心想，這只是法國天空下一片普通的田野而已。原來，砲火喧囂之外仍舊有高大的樹林、仍舊有滿是魚兒的河流，正潺潺流過山谷。他感到乾渴的喉嚨開始灼燒，便拿出了水瓶。當溫熱的液體流進體內時，他沉醉地閉上雙眼。

戰壕裡沒有人。他沿著棧板往前走。這裡有著高聳的護牆，就跟索塞克斯郡（Sussex）護牆的作工一樣細緻，還有形狀漂亮的入口通往深處的防空洞。他又回頭看完全暴露在強大火力下的英國戰線，不禁悲從中來。硝煙瀰漫中，他看見零零落落的英軍正機械化地前進，緩步邁入機關槍的殺戮世界。

深入二十公尺後，戰壕的形狀變得曲曲折折。他無法看見外頭的動靜。他悄悄爬上戰壕，朝護牆外丟了一顆手榴彈後立刻趴下。沒有反擊的砲火。他站起身，戰壕邊緣落下的泥土卻落進了他眼睛裡，原來他被第二戰壕中的狙擊手瞄準了。史蒂芬猜想，隨他一起進攻的大部分弟兄大約都陣亡了。第二波攻勢還沒抵達，也許永遠也到不了。他思考著是否應該先撤退，再加入後續反攻的行列，但他收到的命令是繼續往博蒙阿梅勒挺進，直到抵達博庫爾的河畔。普萊斯曾經跟大夥說，軍人的座右銘是：有疑問的時候，繼續向前走。

他繼續在戰壕裡走著，接著便發現了一列梯子。機關槍不斷掃射他前方的地面，他只好匍匐著爬過空地，最後爬進了一個彈坑。六個蘭開夏的燧發槍兵正猛烈地轟炸德軍的預備壕。當他滑入彈坑時險些被猛刺了一刀。

一名弟兄舉著槍不斷轟炸，又轉頭對著他說了些什麼，但史蒂芬聽不清楚。他的唇型看起來像「媽的死光了」。對方一手扯下史蒂芬的軍團徽章，用手指比劃著切斷喉嚨的手勢，又回頭指了指無人地帶的那場大屠殺。他們在彈坑裡架了一支路易士機槍，史蒂芬猜想他們應該是想把槍搬到樹林後面，這樣就能掃射德軍的戰壕。

史蒂芬從一具屍體上解下步槍，架在彈坑邊緣開始射擊。雙方已交戰了一小時、或許是兩小時，但德軍第二戰壕的攻擊火力卻越來越猛烈。敵軍的防線幾乎毫髮無損。鐵絲網仍然沒有被切斷、防空洞依舊完好無缺。他們即將開始反擊了。

史蒂芬環顧彈坑，蘭開夏的弟兄們已精疲力盡，他們明白自己已經無路可逃。有什麼東西在他腳下動了動，是一名頭部中彈的弟兄，正大聲哀求別人殺了他，但史蒂芬拒絕了，因為對方不是他的下屬。他給了他自己第二個水瓶，當他彎下腰時，對方仍不斷乞求史蒂芬射殺自己。在烽火喧囂之中，史蒂芬心想，不會有人知道的。他朝腳邊開了兩槍，那是他那一天奪走的第一條生命。

傑克．費爾布雷斯與亞瑟．蕭站在一處他們稱為「獨木山」旁的高地上仔細張望。他們原以為英軍能迅速殲滅敵人。

傑克喃喃自語，蕭則一言不發。他們看見蘇格蘭人從戰壕中衝出來，彷彿穿了裙子的發狂女子，接著在黃褐色的土地上一個個死去。他們看見漢普郡人邁著穩定的步伐前進，彷彿正跳著緩慢的舞步，像是即使回不來也無所謂了。他們看見弟兄們從四面八方湧上，無力地走進一個吞噬大夥的暴風圈裡。

他們那一天的貢獻，就是在七點二十分炸開了一個巨大的洞，反倒讓敵軍有十分鐘可以從容就位。他們看見了無數年輕士兵死在彈坑邊緣，兩人做夢都想不到傷亡竟如此慘重，他們倆甚至連一槍也還沒開。

看到如此悽慘的戰況，他們難受地緊抓著彼此的手臂。

「他們不能一直讓弟兄們去送死，」傑克說道：「他們不能這樣。」

蕭傻了似地站著。他已經見識過太多血肉模糊的場面，原以為自己對暴力已麻木了，但眼前的景象卻是另一種人間煉獄。

傑克心想，神啊，求祢，讓這場戰爭結束吧。求求祢別再讓更多弟兄捲入這場風暴。

霍洛克斯牧師來到他們身旁。他在胸前劃了個十字，對他們說了一些安慰的禱詞。

眼前的畫面傑克不忍目睹，當他別過頭時，感覺內心有什麼正逐漸死去。

蕭哭了起來。他用那粗糙的工兵雙手抱著頭，淚水從臉龐滑下。「男孩們、男孩們，」他不停地說。「喔，我可憐的男孩們。」

霍洛克斯全身發抖。「一半的英國人都死了，我們該怎麼辦？」他語無倫次。

不久，他們都沉默了。下方的戰壕衝出一批人，如月球表面般傷痕累累的大地上再次展開了另一場交鋒，那或許是艾色克斯郡（Essex）或威靈頓公爵的士兵，但他們看不清楚。這群人才衝出來不到十公尺就開始畏縮了，落單的人首先被擊中而後搖晃著倒地，他們終於衝進了彈幕，卻還是越來越多人中彈；德軍開始拿起機關槍掃射時，這群人就像被風吹過的玉米田般一浪一浪地倒下。傑克彷彿嗅到了肉被燒焦的味道。

霍洛克斯拉出胸前的十字架丟到一旁。他的膝蓋反射性地跪了下來，但並不是在禱告。他一直跪著，手掌撐在了地上，最後他舉起雙手捧住低下的頭。傑克知道自己心底死去的究竟是什麼了。

史蒂芬站在剛剛殺人的位置，想到了先前享用的聖餐。沒有什麼是神聖的了，一切都是褻瀆。不斷有吼叫聲傳進耳中，但他只能辨認出其中幾個字。

「……媽的路易士機槍……媽的要被生吞活剝。」

四周仍充斥著撼天動地的砲聲，他們依舊得逃出這個煉獄、去奮力殺死敵人。兩名弟兄扛著路易士機槍到彈坑邊緣，卻在緩慢拖著笨重的彈藥桶時，被一陣暴風般的子彈掃射。史蒂芬身邊的其他人開始想投降。某個人丟出白色手帕之後從彈坑爬了出來，眼睛卻被無聲的子彈精準擊中。

史蒂芬回頭，看見一排整齊有序的支援部隊趕來。但這支隊伍的弟兄在前進三十公尺後便接連被機關槍擊中，最終全軍覆沒，成了一動也不動的屍體。

他在身旁弟兄的耳邊大吼，對方也向他吼了些什麼，但他只能聽清楚「耶穌」，以及「該死的槍」。史蒂芬又朝前方丟出了兩枚米爾斯炸彈，炸彈一引爆，他就立刻衝回榆樹下方的壕溝裡。

此時日正當中，炙熱的太陽灼燒著他的頭頂；萬里無雲，沒有一絲微風，四周仍是砲聲震天。他這才發覺自己已精疲力盡、開始想睡了。他伸手摸索水瓶，但兩個水瓶都消失無蹤。德軍戰壕周圍的戰況極其混亂。他看見有些弟兄不確定該往哪裡走。德軍已奪回了早上掩護他的戰壕。他身後又有一波敵軍的來襲。

他相信他必須堅持下去。他先前歡欣鼓舞的心情早已消失了，取而代之的似乎是某種發自本能的決心。但他得先喝水，否則就會渴死。他的嘴裡像是有兩條舌頭，像公牛的舌頭一樣腫脹。史蒂芬想起了在他右側山丘潺潺流動的昂克爾河。他的隊伍幾乎全軍覆沒，在哪裡打仗都無所謂了。他起身開始奔跑。

他看見殖民地軍團的士兵正穿過一處狹窄的隘口走入深谷，他猜測是加拿大人。他花了四十分鐘繞著軍團外圍前進，眼睜睜看著整個營區全軍覆沒。只有三個人衝到了德國鐵絲網旁，但也隨即被射殺。

他憤怒地狂奔，夢遊似地一路奔向了下游。他在右邊看見了一個熟悉的身影。是布萊恩，他的右臂鮮血直流，但仍勉強繼續走著。

「發生什麼事了？」史蒂芬尖叫。

「我們被殲滅了，」布萊恩在他的耳邊吼道。「上校死了，兩位連長也是。我們應該要重新整頓，再與燧發槍團一起進攻。」

「在水上進攻嗎？」

「對。」

「你還好嗎？」

「我原本要回去，但又折返回來，因為第二波援軍在戰壕中被殺光了，屍體多到把路都堵住了。」

「你有水嗎？」

布萊恩搖搖頭。

在德國戰線附近，他們遇到一群睡在彈坑中的男孩。他們因為連續轟炸失眠了多日，再加上今天這個令人精疲力竭的早晨，令他們疲倦到即使是睡在敵軍的地盤也無所謂了。

砲火再度襲來，布萊恩與史蒂芬在一名睡著的男孩旁躺下，附近還躺著一名感覺已經死去多時的男人。他部分的腸子流到了地上，正被陽光烘烤著。

左邊一名中士正激烈用唇語催促著弟兄，打算要攻擊靠近火車鐵軌的德國戰壕。

「那些是我們的人。」布萊恩說。

那是哈瑞頓的排——或者說他僅剩的人。

「我們得跟他們走。」史蒂芬說道。

兩人再次投身自殺戰線，艱難地走進德軍機關槍瞄準的死亡陣式中。渾身是血的史蒂芬，只能眼睜睜看著一批批的生命帶著自己的回憶與愛，跌跌撞撞地摔到地面，回歸塵土。死亡已經失去了意義，但一想起那不斷攀升的陣亡數字，就令人感到極度恐懼。

哈瑞頓發出一聲淒厲的尖叫，他左半邊的身體被擊中了，他開始想用顫抖的手拿出隨身攜帶的嗎啡。

大夥擠在彈坑裡轟炸德軍的戰壕，展開最後一輪猛攻。一名男孩因為爆炸的衝力撞到了樹上，其他人不是倒下就是槍被炸毀了。

布萊恩悄悄朝著那名尖叫的男孩前進。他躲在樹後面，樹皮被炸得七零八落。當布萊恩為男孩包紮時，他看到穿著白衣的擔架兵從後方趕來，但也引來敵軍一連串的猛攻。

史蒂芬面朝下趴在泥巴中，嘴裡塞滿了土。他閉上眼，感覺真的受夠了。你會下地獄。亞札爾目送他離開時說的這句話，在他腦海中縈繞不去。這句話隨著周遭刺耳的砲聲深深鑽進他的心裡。

布萊恩終於將男孩帶回了彈坑。史蒂芬希望他不要這麼做，因為那個男孩明顯快要死了。哈瑞頓的中士開始大聲鼓舞大夥再次衝鋒陷陣，十幾名弟兄出動了。當這群人抵達第一道鐵絲網時，史蒂芬才發現布萊恩也在人群裡。他試著殺出一條穿過鐵絲網的路，卻被敵軍攔截了下來。隨著他的身體被子彈打成蜂窩，他的腿也不停晃著。

史蒂芬與男孩、早上死去的男人躺在彈坑裡。整整三個小時之後，太陽才開始西沉。他試著不去聽男孩想要喝水的哀求。有一具屍體身上掛著水瓶，但水幾乎從彈孔流光了，只剩一些混了血液與泥土的水，史蒂芬倒了一些在男孩嘴裡。

他身旁受傷的弟兄想爬出彈坑撤退，卻總是引來機關槍的掃射。大夥只好回到原位繼續頑強回擊。

無人地帶停火後，第二戰壕的德國人開始攻擊卡在鐵絲網上的屍體。他們在兩小時內一點一點轟掉了布萊恩的頭，最後他的肩膀間只剩下一個窟窿。

史蒂芬乞求著黑夜降臨。自早晨展開攻擊後，他就喪失了求生的意志。當他狂奔著穿過鐵絲網的縫隙，想像身體被砲彈擊中時，心中只充滿了深深的無奈。他渴望這一天能夠盡快結束，希望新的一天能讓他逃離這令人難以忍受的恐怖現實。

夜幕低垂後，大地也許就能回歸自然的秩序，或許多年以後，白天發生的一切都會被視為日常中偶然的失序；但對此時此刻的史蒂芬而言，規律似乎顛倒了：所有的四季更迭、自然法則早已消失無蹤，這就是新的現實、是他們注定要面對的世界。

他再也受不了彈坑裡腐肉的氣味，決定不計一切代價逃走。他左邊的一小波反擊暫時引開了德國機關槍的注意力，而或許是運氣、命運或是迷信，他意識到這就是最好的時機了，於是他掩護自己迂迴地向後跑，那些等不及夜晚降臨的弟兄也隨他跑了起來。

史蒂芬快崩潰了，他踉蹌地走向河邊，終於喝到他渴望已久的河水。他將步槍放在岸邊，接著步履不穩地走進水裡。他一頭潛入緩慢的水流中，感受冰涼的液體滲進皮膚的毛孔，像魚一樣張開嘴巴。

他站在河床上，努力保持清醒。他抬起手讓掌心向上，彷彿正虔心地懇求。夾岸傳來的砲聲震耳欲聾，在他的腦海裡隆隆作響。他想起在鐵絲網上抽搐的布萊恩，像一隻鼓動翅膀的烏鴉。他們能將水倒進他脖子上的大洞嗎？他要怎麼喝水？

他強迫自己冷靜下來。布萊恩死了，他不需要喝水。恐怖的不是他的死亡；恐怖的是這個失序紊亂的世界。最恐怖的也並非那些壯烈犧牲的千萬弟兄，而是他們的死，證明了人類能夠違逆自然的法則。

他試著走到對岸，但水流比想像中還要強勁。精疲力竭的他腳下一滑，便被沖往下游。

一到了下游，他立刻被德軍團團包圍。有個男人湊近他大吼著外語。史蒂芬緊抓住男人，其他人也緊抓彼此，掙扎著想逃跑。這些人殺了他的朋友、他的弟兄，但此刻雙方卻近到可以看清對方的皮膚、毛孔與大睜的雙眼，他才發覺他們其實與自己很相似。一位年長的灰髮下士正在大吼。一名黝黑的男孩正在哭泣。史蒂芬試著喚起對他們的憎恨。

德軍吸飽了水的沉重衣物緊緊靠著他，他們與他在河裡推擠著，根本不在乎他的身分。他們發出了史蒂芬聽不懂的哀號，人人都想活下去。

河上有一座英軍建造的粗糙窄橋。德國人試著攀上去，卻被英國士兵踩住手。史蒂芬抬頭，看見一個沒戴頭盔的英國士兵，正鄙夷地俯視他們。

「讓我上去，」史蒂芬喊道。「讓我上去。」

英國士兵伸手要拉他。史蒂芬感覺水中其他手臂緊抓著自己，身體像快被撕裂了。士兵朝水中開了幾槍，史蒂芬終於爬上了橋。一些人驚訝地看著他。

「都是戰犯，」拉他出來的人說道。「我們為什麼要幫他們渡河？」

史蒂芬蹣跚地過橋，走到了遠處的河岸，躺在泥濘的草地上。

伊莎貝爾、紅色房間、他外公的小屋……他努力專注在特定的回憶片段，試著想像一個可能實現的未來。他的回憶定格在東印度公司船塢辦公室的霉味，有那麼幾分鐘，他感覺自己在船塢樓上的房間裡。

此時已經黃昏，天色即將暗下來，但天光像嘲弄著他似的徘徊不去，砲火聲仍不絕於耳。史蒂芬再度被激起了好奇心，他想知道究竟發生了什麼事。既然早上接到了進攻的命令，那麼無論自己身在何方，都應該繼續前進。他右前方是一大片蒂耶普瓦勒的樹林。他努力站起身，朝德國戰線走去。忽然間，他感到一陣天旋地轉，彷彿被一塊磚頭砸中了太陽穴，而後便倒下了。

當他甦醒過來時，眼前不是船塢辦事員、伊莎貝爾，或是他母親的面孔，而是威爾的地道工兵。

「天啊，你在離營區很遠的地方，你一定走了整整兩公里半的路。」工兵說，同時解開了他的繃帶。

史蒂芬咕噥著回答。男人的聲音很親切，但他想不起來男人是誰。

「我叫泰森，我們都是『自願』入伍——你應該懂我的意思。德軍停火後，我們就被派到這裡來，卻發現擔架兵都死了。阿爾斯特的隊伍也全軍覆沒，你的連也傷亡慘重。」

「我的傷勢還好嗎？」

「只有左腳上有些皮肉傷，不太嚴重。我去找威爾上尉過來。」

史蒂芬躺回彈坑，絲毫感覺不到腿上的疼痛。

普萊斯開始核對名冊點名。倖存的弟兄在他面前列隊。黑夜籠罩著他們憂鬱不安的臉龐。他原本打算先確認失蹤者的下落，卻發現這是個費時的任務。活下來的人都不太確定誰陣亡了。大夥筋疲力竭、垂頭喪氣，彷彿全身上下都乞求著解脫。

普萊斯加快速度，匆匆唸過那些沒有得到回應的名字：布萊恩、杭特、瓊斯、提波、伍德、萊斯利、伯恩斯、史都、理查森、沙爾、湯姆森、赫德森、勃肯蕭、萊維林、法蘭西斯、阿克萊特、鄧肯、席亞、賽門斯、安德森、布倫、費爾兄弟。這些名字飄盪在黃昏裡，勾勒出他們祖先的落腳之地——他們的家人會收到電報，許多戶人家會拉上百葉窗，門後會傳來低泣與哽咽；那些曾經撫養他們長大的地方，將會變得如修道院般死氣沉沉。那裡再也聽不見父親或孩童的聲音，工廠與田野中也看不見年輕人勞動的身影，許多婦女成為遺孀，酒館沒有閒聊低語，原本可能出生、成長、工作，甚至懷抱夢想或治理國家的孩子，來不及感受父子溫情，因為父親早已粉身碎骨、躺在種著甜菜的腐臭彈坑中，而他們的家鄉也只是一一立起花崗岩墓碑，任青苔與地衣爬滿冰冷的墳頭。

全營八百名弟兄，只有一百五十五人活下來。普萊斯這次沒有在閱兵場上鬼吼鬼叫，只是溫和地命令他的連解散。弟兄們轉身，以全新的隊形呆板地移動，身旁都是陌生的戰友。隊伍就這樣一一合併了。

傑克・費爾布雷斯與亞瑟・蕭迎接歸來的大夥，問起他們都做了些什麼。無人回應，弟兄們彷彿還在夢遊。有些人吐了一口口水，有些人將頭盔戴好；多數人看起來心情低落，面無表情卻充滿悲傷。人人走進帳篷，倒頭就睡。

史蒂芬躺在彈坑裡，遠眺蒂耶普瓦勒的山丘，等待著降臨的黑夜能終結一切。

麥克・威爾滑進彈坑，坐在他身旁。「泰森跟我說你在這裡，你的腿還好嗎？」

「還好，至少腿還能動。你來這裡做什麼？」

「我是自願來的。前線一片混亂。無法運走所有傷患，因為火車班次太少了。包紮站擠滿了人。你進攻前待的那個戰壕只剩一堆屍體，那些人連上陣的機會都沒有。」威爾的聲音有些發抖，他躺在史蒂芬受傷的腳旁。「兩名將軍自殺。太慘了，真的太慘了。真的——」

「冷靜，威爾，冷靜下來，挪過去一點。」

「舒服一點了嗎？你發生了什麼事？」

史蒂芬嘆了一口氣，靠在泥土上。轟炸聲逐漸消失。兩方的砲兵停止轟炸，但偶爾還是會傳來砲聲。

「我不記得了，」他說。「我不知道。我看見布萊恩死了。我記得我們一開始很順利。接著我只能回想起抵達河畔後的事了。我不知道，我好累。」

天色終於暗了下來。夜色從上方的山脊傾瀉而下，砲聲終於停了。

大地開始蠕動。他們右邊有個從第一波攻擊開始便躺著不動的傢伙，這個人慢慢起身，他受傷的腿卻無法撐住體重，又摔了一跤。另一個弟兄一拐一拐地想爬出彈坑，像蟲子般蠕動著。幾分鐘內，山坡上擠滿了傷兵，人人拚命地想返回自己的營地。

「天啊，」威爾說：「我不知道這裡有這麼多人。」

眼前那些人，就像是企圖尋回生命、從墳墓中復活的死屍。他們因痛苦而蜷曲的身軀綿延了二十公里。這片土地彷彿吐出了一整個世代的夢遊者，人人帶著殘缺的肢體，試圖掙脫這片不情願的大地，與其他同樣飽受摧殘的手足相連聚集。

威爾全身顫抖。

「沒事了，」史蒂芬說道。「轟炸已經停止了。」

「不是因為這個，」威爾說道。「是那個聲音，你沒聽見嗎？」

起初，史蒂芬只能聽見砲聲消失後的寂靜；但當他更專注聆聽時，便了解威爾在說什麼了：那是一陣不斷迴盪的低沉呻吟。他不知道是哪些人如此痛苦，但是這種低吟一路傳到左側的河堤、越過山丘至少半公里或更遠的地方。在耳朵習慣了周遭的寂靜之後，史蒂芬聽得更清楚了：那就像是大地的呻吟哀號。

「喔，天啊，天啊！」威爾哭了。「我們究竟做了什麼？我們做了什麼？你聽聽，我們犯下了恐怖的罪刑，再也回不去了。」

史蒂芬按住威爾的手臂。

「安靜，」他說。「你得撐下去。」

但他了解威爾的感受，因為他也感覺到了。他聽見了大地的反抗，也聽見了一個新世界的聲音。假使他不再拚命克制自己，也許他永遠回不去曾經活過的現實世界了。

「天啊，喔，天啊！」當那陣低吟如溼冷的陰風刮過蒼穹與綠地時，瑟瑟發抖的威爾開始抽泣。

史蒂芬暫時淨空他早已枯竭的心靈，隨著這股聲音進入一個只有恐慌的世界。但他猛然驚醒，又努力讓自己沉浸在舊有的人生裡，即便他的人生已物是人非，但只要他繼續堅信，也許就還有重返的機會。

「抱我，」威爾說。「拜託，抱我。」

威爾爬過來，將頭靠在史蒂芬的胸口。「喊我的名字。」

史蒂芬緊緊抱住他。「沒事了，麥克。沒事了，麥克。撐住，不要放棄，撐下去，撐下去。」

第三部——

英國　一九七八年

地鐵在黑暗的隧道停滯不前，伊莉莎白．班森不耐煩地嘆了口氣。她想要回家查看信箱，深怕錯過打來的電話。路人的冬季大衣從臉上擦過，伊莉莎白將手提箱抓得更緊。她才剛結束兩天一夜的德國商務旅行，卻得直接從機場前往辦公室。車廂內漆黑的伸手不見五指，她沒辦法看報紙，於是閉上雙眼，努力讓想像力將她帶離這窄小隧道中靜止的車廂。

現在是週五的夜晚，她疲憊的心中浮現了許多美好的畫面：夕陽下的羅伯特，他濃密的頭髮中夾雜著幾絲灰髮，眼中充滿了對夜晚的期待；廠商送來了她精心設計的大衣成品。

車廂裡有個瘋子開始唱音樂廳的曲目：「到提伯雷立郡（Tipperary）的路依舊漫長……。」[47]他咕噥了一句便不出聲了，彷彿有人在黑暗中用手肘撞了他一下，希望他閉上嘴巴。

火車再度啟動，駛入隧道，光線忽明忽暗。到了蘭開斯特門站，伊莉莎白穿過人群，走上月台。戶外大雨滂沱。耳際傳來溼滑的輪胎輾過海德公園落葉的聲音，車輛緩慢地移動。她低頭頂著細雨，走向眼前的綠色酒鋪，商店招牌的燈光閃爍。

幾分鐘後，她將手提箱和噹啷作響的塑膠購物袋放在階梯上，打開維多利亞式建築的大門。信件仍夾在前門的鐵絲籠中：樓上女孩們的明信片、五間公寓的淺黃色信封、基里亞德斯夫人的瓦斯帳單，以及一封從布魯塞爾寄給她的信。

她一回到公寓便沖了個澡，當她舒服地躺在浴缸裡時，也拆開了信件。

平時，羅伯特只會焦慮地打幾通簡短的電話過來而已，如果他選擇寫信，通常表示他懷抱著罪惡感，不然就是真的被委員會的事絆住了，甚至來不及回家看妻子。

「一大堆工作……英國代表準備的無聊報告……下週在盧森堡……希望可以在週六回到倫敦……安的期中假[48]……」

伊莉莎白微笑，將信放在浴室踏墊上。她非常熟悉信中的用語，雖然她不確定要相信多少，但她仍舊思念著羅伯特。正當她享受著漫過肩膀的溫水時，電話鈴聲響起。

她赤裸地跑出浴室，溼淋淋地站在客廳地毯上拿起話筒。她像往常那般納悶話筒裡面是否有電流，耳朵裡的水又是否會讓電流竄過腦袋。

是她的母親，她想確認伊莉莎白明天會不會到特威克納姆區（Twickenham）喝茶。伊莉莎白表示會依約前往，掛斷電話之後，她的身體已經乾了，似乎沒有必要再回頭泡澡。她打了通電話到布魯塞爾，聽著歐陸單調的轉接聲。電話響了二十還三十聲——她想像羅伯特混亂的客廳中堆滿了書與文件、沒倒的菸灰缸與髒杯子，而電話就在這片混亂中發出輕微的響聲，完全被人忽略。

在馬克和琳賽房子的前走廊，有一台嬰兒車和學步椅正在迎接她。伊莉莎白遞給了馬克一瓶酒——從大學開始，她總是這樣遞酒給馬克。

47 歌詞源於一首一九一〇年代的愛爾蘭民謠〈提伯雷立在遠方〉（It's a Long Way to Tipperary），因詞中飽含了深切的思親與懷鄉情感，在英軍中引起廣泛共鳴，遂成為大戰期間最受歡迎的歌謠之一，也是英國歷史上最著名的戰時歌曲之一。

48 傳統上，英國中學每一學年可分為三個學期，每學期結束後會有五天左右的期中休假（half-term）。

伊莉莎白踏進寬敞的客廳時，立刻放鬆了下來，開始與大夥談笑風生。馬克和琳賽有時也會邀請其他人，今晚來了一對鄰近的夫婦與一位頗為可疑的男子。伊莉莎白抽著菸，紅酒順著喉嚨滑下。

馬克和琳賽是伊莉莎白認識最久的朋友。琳賽生性衝動，喜歡主導；馬克則是個沒有遠大志向的居家型男人。在他們二十幾歲的聚會上，時常出現那種喜愛自吹自擂、渴望成為全場焦點的客人；與那時相比，現在的夜晚已變得相當乏味了。除了生孩子之外，三十八歲的馬克和琳賽幾乎沒有什麼改變。如今，每當大夥閒聊到一個段落後，往往會開始討論學區裡的孩子，此時伊莉莎白便得關起耳朵，部分是因為無聊，部分則是因為潛意識裡的不悅。

為了伊莉莎白，琳賽曾經邀請許多陌生男子參加聚會。兩三年的時間裡，他們認識了各式各樣的單身男子：絕望的、離婚的、酗酒的……但最終還是對原本的三人組心滿意足。

「妳的問題，」琳賽有一次說：「就是會把男人嚇跑。」

「我的問題？」伊莉莎白說。「我都不知道我有這種問題。」

「妳知道我的意思，看看妳，一身時髦的洋裝，長得跟阿努克．艾梅（Anouk Aimée）[49]一樣美麗。」

「妳讓我感覺自己像是中年婦女。」

「妳明明知道我的意思。男人真的太膽小沒用了。妳必須溫柔地對待他們，讓他們感到安全才行。」

「然後妳就能隨心所欲？」

「當然不是。看看妳，伊莉莎白，妳有時候必須妥協一下。記得我曾經介紹給妳的大衛嗎？他人很好，也是妳喜歡的類型，妳卻從沒給過他機會。」

「妳似乎忘記我那時已經有男友了。我不用瞪大眼睛與丹尼斯、或大衛、或阿貓阿狗調情，我已經名花有主了。」

「妳是說那個歐盟官員嗎？」

「他叫羅伯特。」

「妳明明知道他不會離婚，不是嗎？男人都說會離開，但永遠不會這麼做。」

伊莉莎白平靜地微笑。「我不在乎他會不會離開。」

「別告訴我妳寧可不結婚。」

「我不知道。我的工作太忙碌了，不可能花時間找老公。」

「那麼小孩呢？」琳賽問。「我猜妳會說不想要小孩。」

「我當然想要小孩，但我得要有足夠的理由。」

琳賽大笑。「妳根本不需要理由。生物學表明，三十九歲生孩子已經太晚了。」

「事實上我只有三十八歲。」

49 一九三二年～二〇二四年，法國女演員，以出眾的美貌與精湛的演技聞名。

「妳的身體會警覺到快來不及了，妳與世界上其他幾百萬名女性一樣。天啊，妳根本不需要理由！」

「我覺得需要。我認為當人們處理事情——特別是乍看之下不必要的事情時，都需要一個理由。」

琳賽苦笑著搖頭。「老姑婆的言論。」

伊莉莎白笑道，「好啦，我會嘗試，我保證。我會盡最大的努力，主動找上丹尼斯，與他墜入愛河——」

「是大衛。」

「隨便妳要找誰撮合我都好。」

在大衛顯然放棄追求伊莉莎白後，琳賽在某天晚上做了最後的努力：她介紹了一位叫史都華的男人。史都華有著捲曲的棕髮，戴著眼鏡。他細長的手指拿著一只大酒杯，滿臉沉思。

「妳的工作是什麼？」史都華發問。

「我經營一間服飾公司。」伊莉莎白不喜歡這個問題。她覺得初次見面時，應該先了解對方是怎麼樣的人，而不是從事哪一行，這令她感覺彷彿工作才能定義一個人。

「所以妳是老闆？」

「對，我在十五年前成為設計師，後來才開始經商。我們成立了一間公司，我是總經理。」

「了解，這間公司叫什麼名字？」史都華問道。

伊莉莎白告訴他，史都華說道：「我應該說久仰大名嗎？」

「我們生產連鎖店服飾，但這些店都堅持要用自己的商標。不過，我們自有的品牌也有生產一小部分我們稱之為時裝的產品，你可能已經看過那些服裝了。」

「所謂『時裝』究竟是什麼？」

伊莉莎白微笑，「其實就是你說的洋裝。」

閒聊一段時間後，史都華漸漸放鬆了下來，伊莉莎白也發現自己對這個傢伙有一些好感。許多人認為婚姻與工作難以兼顧，所以越勤奮工作的女人，未婚的機率就越高，而伊莉莎白已經習慣人們的眼光，懶得多費唇舌了。她為了安穩生活而認真工作；她不喜歡乏味的工作，才選擇現在的職業；她也不願尸位素餐、敷衍度日——她不懂這三件事，與排斥男性與孩子有何關聯。

史都華說他會彈鋼琴，兩人聊起各自的旅遊見聞。他沒有喋喋不休地討論資本市場，不會跟馬克一樣唇槍舌戰，但也沒有刻意討好伊莉莎白。伊莉莎白的發言時常逗笑史都華，她發現對方好像有些驚喜，不像是某些男人，只覺得她難以相處。史都華沒有向她要電話，伊莉莎白鬆了一口氣，但也同時感到有些失落。

她沿著熟悉的路開車回家，腦海中想像著婚後日子的模樣。當她經過富勒姆路的英國聯合電影院時，鋪設人行道的工程讓整條路擠得水洩不通。每當塞車時，她總會深吸一口氣，彷彿這樣車身就能變小，能夠擠進大車之間，她看見護欄上有些緋紅色的痕跡，是經過的大車留下的刮痕。她思忖著，婚後也許可以由丈夫駕駛，但隨即想起，身邊的夫婦好像都是由妻子負責開車。

回到公寓時已經凌晨一點了。她打開客廳的燈，看見還沒有收拾的行李箱。她到廚房泡茶，才想起從地鐵回來的路上忘了買牛奶。水槽邊還有兩天前沒收拾的早餐杯盤，她匆忙出發去機場後就擱置在那裡。

她嘆了一口氣。不重要了。明天是週六，她想睡多久就睡多久。她可以在床上看報紙，聆聽收音機溫柔怡人的音樂，沒有人可以打擾她平靜規律的生活。

計畫總是趕不上變化。首先，她得先換衣服，再走到商店買牛奶；接著，當她帶著報紙與一壺茶回到床上時，電話響了兩次。

之後，她總算能獨享整整一小時。報紙上的頭版新聞與各家媒體及時提醒了她：一九一八年停戰協定的六十週年紀念日[50]快到了。報紙上刊登了許多退伍軍人的訪談與歷史學家的評論。伊莉莎白讀過報導後，被深深的絕望感淹沒：這個題材太過浩大、太過遙遠，也太令人感到不安了，她一時難以全盤接受，但文章中又有什麼東西困擾著她。

下午，她驅車至特威克納姆。會計師建議她為公司買一輛大一點的車子，表示一台新車不但能令客戶印象深刻，現在還有免稅優惠。伊莉莎白買了一輛閃亮的瑞典轎車，加速時有些粗暴，偶爾還會耍脾氣不肯發動。

「妳就是太認真工作了。」母親說，將茶壺的茶倒進迷你粉紅玫瑰茶具組，茶中飄出了忍冬香。

六十多歲的芙蘭西瓦風韻猶存，面容線條溫柔，略施脂粉，顴骨有些斑點，儀態優雅，湛藍的眼睛散發出嚴肅的光芒，看起來非常端莊。雖然一頭灰髮讓她看起來像是鄰家奶奶，但透過五官的輪廓、平整的髮線、細膩的臉蛋與率真的氣息，仍能想見她年輕時的風采。

伊莉莎白微笑，伸長腿靠近壁爐。她總是能輕易猜中母親想聊些什麼，不過兩人總是點到為止。芙蘭西瓦當然希望女兒能開開心心地來探望自己；但她的想法與琳賽不同，不認為結婚才能讓人生圓滿。芙蘭西瓦之前嫁給一名叫艾列克．班森的酗酒男子。班森渴望擁有一個男孩，所以伊莉莎白的誕生令他大失所望，他轉而遠走非洲，尋訪一名他曾在倫敦邂逅的女子，期間曾幾次返家，芙蘭西瓦也耐心地包容他。她還是很喜歡班森，但她更希望女兒過上更好的生活。

餐具櫃上放著一張伊莉莎白三歲時被外婆抱著的照片。家中都知道外婆很「寵愛」伊莉莎

50 原稱「停戰日」（Armistice Day），又稱國殤紀念日，紀念一九一八年十一月十一日上午十一時，德意志帝國代表簽字結束第一次世界大戰。英國會在距十一月十一日最近的星期日舉行停戰紀念活動，當天會進行兩分鐘默哀，一般會有王室、軍隊與民意代表等人參與儀式，並由退伍軍人、童子軍與醫療團體等社會組織獻上花圈。

白，她本人卻對外婆毫無印象：外婆在拍下這張照片後的隔年便去世了，照片中的她看起來確實很疼愛外孫女，但這難以回報的愛對伊莉莎白而言，卻讓她有種難以名狀的不安。

「我正在讀一篇關於停戰協定週年紀念日的文章。」她對母親說。芙蘭西瓦瞄向她手中的報紙。

「對啊，報紙都在講，對不對？」

伊莉莎白點點頭。如果說，她對外婆的事不甚了解，那她對外公就更是一無所知。母親偶爾會提起「那場可怕的戰爭」，但是伊莉莎白不怎麼關心。後來，伊莉莎白總算發覺為何戰爭的話題總是令她感到尷尬，因為這會暴露出她的無知。但這篇戰爭報導卻觸動了她的心，這股不安令她感到陌生，卻又好似與她的人生及抉擇密不可分。

「妳還留著外公的舊文件嗎？」她說。

「大部分都在搬家時丟掉了，但可能還有一些文件在閣樓裡。怎麼了？」

「喔沒什麼，只是剛好想到而已。我有點好奇，大概是因為年紀大的關係。」

芙蘭西瓦抬起眉毛，但她對女兒私生活的探究就到此為止了。

伊莉莎白撥了撥頭髮。「這是我第一次產生這種念頭，我覺得與家族史失去連結有點危險。也許真的是年紀的關係吧。」

雖然伊莉莎白嘴上說有點好奇，其實她早已下定決心：就從母親閣樓的開始，她要弄清楚外公的故事：為了彌補這遲來的興趣，她會竭力探索外公的過去。至少，她也能藉此更加了解自己。

伊莉莎白對鏡梳直頭髮，穿上一件麂皮裙子、一雙皮靴與一件黑色喀什米爾毛衣。她將濃密的黑色長髮撥到耳後，微微側頭，戴上一對有著深紅色裝飾的耳環，又在睫毛塗上一層薄薄的睫毛膏。她蒼白的肌膚其實沒有琳賽說的那麼像法國人，不過五官輪廓很深，省去了濃妝豔抹的麻煩。今天是週一早上，該慢慢走到蘭開斯特門站了，她的嘴唇仍因喝下匆匆煮好的即溶咖啡而發燙，此時收音機告訴她已經八點三十分了。

中央線地鐵準時抵達，就像步槍的子彈一樣精準。當列車如往常般，在石拱門站與龐德街站的黑暗中突然停下時，伊莉莎白瞥見了隧道中的管線與電纜——這條倫敦最深、最悶熱的地鐵線，由地道工人的血淚打造而成。列車再次平穩地滑進龐德街站，人們焦急等待著誤點的列車。伊莉莎白在牛津街附近下車後向北走，迅速穿過三名並肩而行的路人，接著左轉進入商店後的街區。

五年前，伊莉莎白成立新公司時，首席設計師埃里希與艾琳卻拒絕搬離舊辦公室，連門牌都不願更換；伊莉莎白只好在每週撥出三天到舊址拜訪他們。

伊莉莎白曉得自己已經遲到了，索性走進一間義大利小咖啡館，點了三杯咖啡外帶。頭髮灰白、身材壯碩的服務生盧卡，為她拆了一盒瑪式巧克力棒搭配咖啡。她端著咖啡，小心翼翼地走到幾公尺外的一扇門前，磚牆上的黃銅門牌寫著：布倫、湯姆森和卡門（Bloom Thompson Carman），零售、織品與設計。

「抱歉，我遲到了。」她說，踏出二樓的電梯，走進敞開的門。

她將臨時托盤放在大夥笑稱為接待處的辦公桌上，再回頭拉上電梯的百葉門。

「我幫你帶了咖啡，埃里希。」

「謝謝妳。」埃里希從房間走出來。他七十歲出頭，一頭狂野的白髮，戴著金邊眼鏡，開襟羊毛衫袖子上有個大破洞，手肘都快要露出來。他的眼袋透露出深沉的疲倦，總是不斷抽著大使牌的菸。他焦慮地撥弄著電話的圓形轉盤，又對緩慢的回轉感到不耐，不時見他拿著金色剪刀在布料上迅速移動。

「地鐵又停駛了。」伊莉莎白說。

伊莉莎白坐在桌緣，用臀部將雜誌、樣式卡、發票和型錄推開，黑色緊身襪上的裙子因而掀開一角。她啜了一小口紙杯內的滾燙熱飲，咖啡嘗起來混合了橡果、大地與蒸氣的味道。

埃里希遺憾地看著她，目光在她濃密的頭髮、大腿的線條、露出的膝蓋與穿著板栗皮靴的腳趾遊走。「看看妳，如果是我的媳婦該有多好。」

「喝你的咖啡，埃里希。艾琳到了嗎？」

「當然、當然。八點半就到了。我說過，十二點鐘會有大客戶來訪。」

「所以你才穿上這套在塞維街訂做的西裝？」

「少管閒事，女人。」

「至少梳一梳你的頭髮，把開襟毛衣換下來。」

她給了埃里希一個微笑，接著走進工作室去找艾琳。

「什麼都別說。」伊莉莎白說道。

「說什麼？」艾琳說，從縫紉機上抬頭。

「『看看這隻貓把什麼帶進來了』。[51]」

「我沒有這樣說，」艾琳說：「只是我太忙了，沒空閒聊。」

「我帶了咖啡給妳，週末還愉快嗎？」

「還不賴，」艾琳說道。「我的鮑伯在週六晚上吃得很少，結果原來是消化出了問題。他以為是盲腸炎，真是大驚小怪。那妳的鮑伯怎麼樣？」

「我的鮑伯？他沒打電話過來，我不清楚。但我收到一封信，感覺有些蹊蹺，對吧？」

「那還用說，我的鮑伯除非是要在折價券上簽名，否則絕對不寫字。」

「我以為他是考古學家。」

艾琳抬起眉毛。「伊莉莎白，別這麼計較了。」

51 原文為 Look what the cat's dragged in，英國俚語，通常會以戲謔的口吻說這句話，意即「真是稀客啊！」，常用於親朋好友之間。這句俚語源於貓喜歡將受傷的動物送給主人，但主人通常難以消受這些特別的禮物。

伊莉莎白在桌上騰出一點空間，接著開始打電話。有些會議要開，也有得去巡視的衣物倉庫，更別說還要安撫買家。一九三五年，埃里希從奧地利移民英國，這令他的維也納客人大失所望——這些人原本荷包滿滿，期盼著他炫目的流行新品。埃里希抵達英國後，最初只是聘艾琳為裁縫師，卻隨著年紀漸長越來越依賴她。公司的經營狀況在十五年前下滑到谷底，伊莉莎白就在此時加入了他們的行列。停損之後，公司的業績急速成長。三人在埃普索姆鎮（Epsom）的總部雇了十五名員工，即使在經濟蕭條時期，仍然生意興隆；但在營收入庫前，通貨膨脹又吃掉了利潤——埃里希說，簡直就像威瑪共和[52]時期。埃里希自認已江郎才盡，已不指望大展鴻圖，何況公司推出的那些成功產品，多數出自伊莉莎白聘用的年輕設計師之手。

他們在中午時稍作休息，走向盧卡的咖啡館。

「今天的千層麵很好吃。」盧卡用小鋼珠筆指著小摺板說道。

「好，」伊莉莎白說。「我就點這個吧。」

「很棒的選擇，女士。」盧卡說道。他喜歡站在伊莉莎白旁邊，這樣他的大肚腩就可以透過濺滿汙漬的白色圍裙壓在她黑色的喀什米爾毛衣肩頭。「我會送一些沙拉過來。」

他總會暗示替伊莉莎白準備了特殊招待，例如早上從比薩空運來的新鮮茴香以及義大利野生蘑菇切片，完全由他本人祕製，還用上了特級初榨橄欖油；但又生怕引起其他客人嫉妒，所以帳單上不會列出這道餐點。「拜託不要放太多洋蔥。」伊莉莎白說。

「我只要酒就好了。」埃里希說道，點起一根香菸。「我也要千層麵。」艾琳說。盧卡搖搖擺擺地走開，藍色格紋褲的頂端露出肥肉；接著他端了一瓶濃郁如墨汁的液體與三只酒杯回來，但只斟滿了其中一杯。

伊莉莎白環顧餐廳，這裡擠滿了購物的人潮與上班族，以及在牛津街上閒晃的零星遊客。這些重要的事物，交織成了她生命的脈絡：訂單、盧卡的沙拉；等待羅伯特的來電；琳賽與母親的批評；罷工和經濟危機。她盡量不抽菸，還得時時留意體重；與三五好友到西班牙租個房子度假；抽空與羅伯特到亞爾薩斯大區（Alsace）或布魯塞爾共度週末。她的衣服、工作與公寓：她每週會請人來家裡打掃一次，以維繫她那渺小有序的生活，而不用像那些已婚的朋友那般，永無止盡地討論托兒所內的複雜生態、或是找日間托嬰的方法。倫敦就要入冬了，公園傳來此起彼落的喇叭聲。在寒冷的週日早上，她會散步到貝斯沃特區（Bayswater）的酒吧與朋友們愉快地聚會，但只要閒聊超過一小時，她就會開始感到疲倦了。她覺得體內有一個更加自由的生命，這個生命中因閱讀過的書籍與美術館中的作品而振奮，畫作對她的影響尤為巨大。她的內心總感覺未被滿足，好似她需要誰來理解自己。

有時，她也會獨自遠走英國北方，在荒野間閱讀與散步。她並不會自憐自艾，旁人的對她人生的擔憂只令她感到有趣。她會尋找旅遊指南中介紹的民宿或小酒吧，有時會和老闆或其他旅客聊天，有時只是在壁爐邊看書。

52　一九一八年，德國各地代表在威瑪集會，制定憲法及選舉總統，史稱「威瑪共和」（Weimar）。一九一八年～一九二四年期間，威瑪共和國經歷了惡性通貨膨脹，使國內局勢更加動盪，也導致德國日後須向他國借款，以支付戰爭的費用。

一次她到了約克郡（Yorkshire）谷地的一個村莊，一名看起來不到十九歲的男孩與她攀談。伊莉莎白戴著閱讀用的眼鏡，穿著厚重的灰白相間毛衣。男孩有著一頭棕髮，留著看起來有些輕浮的鬍子。他是一名大學生，只是出來散步、找個地方閱讀，思考自己的學術研究。起初，男孩表現彆扭，他不斷從兩人都看過的書籍或電影中引用一些令人啼笑皆非的句子，簡直像是若不引用別人的話語，他就會變成啞巴似的。在灌下兩三杯啤酒後，男孩稍微冷靜了下來，開始分享自己的動物學研究與家鄉的情人們，暗示自己的感情生活放蕩不羈。伊莉莎白喜歡他的熱情，也欣賞他及時行樂的態度，即便他們不過是在約克郡山坡上的一間簡陋酒吧裡，享用著地主準備的牛排與牛腎派。

午餐後，當伊莉莎白走上狹窄的階梯準備回到房間時，突然發覺男孩跟在身後，此時她才意識到，男孩不僅僅是想聊天而已。當他在門外笨拙謹慎地攔下自己時，她差點噗哧一聲笑出來。她親吻男孩的臉頰，讓他先繼續看書；一小時之後，男孩敲了敲門，伊莉莎白這才讓他進房間。

男孩非常興奮，連一分鐘都按捺不住。在寒冷的清晨時分，他又想再試一次。漫步了一整天的伊莉莎白非常疲憊，她只能不情願地從深眠中醒來，勉強迎合男孩。天亮之後，男孩無心閒聊，只想匆匆離開。伊莉莎白對男孩湧起了一絲柔情，她不知道這段短暫的邂逅在他的生活與對自我的理解留下了什麼樣的影響。

伊莉莎白喜歡獨居。她能隨心所欲地大快朵頤，享用一盤盤的蘑菇和烤馬鈴薯、葡萄、桃子或自己煮的湯，不用在乎是否營養均衡。她會在杯中裝滿冰塊和檸檬片，再倒入琴酒，傾聽冰塊的碎裂聲；她總是將酒斟得很滿，連通寧水也不加。她會直接蓋上塑膠杯蓋，留到第二天飲用。

她也會獨自去看電影，沉浸在感傷的畫面與音樂中，無人打擾，也不用與人交談；如果遇到一部難看的電影，她就會在腦海中譜寫新的劇情。一個人看電影偶爾也令她不安，她擔心在大廳遇見準備出門約會的情侶，因此通常選擇在週六下午前往電影院，看完電影時已經天黑，而夜晚才剛剛開始。

週日下午，伊莉莎白渴望找個人聊聊天，因為那些報導與電視畫面令她坐立難安。她想知道別人是否也會如此在意那場戰爭。

「妳了解戰爭嗎，艾琳？」她問。「第一次世界大戰。」

「『打包你的麻煩』那些嗎？」艾琳問。「很慘烈的戰爭，對吧？」

「妳的父親有參戰嗎？」伊莉莎白一面問，一面切下番茄的毛絨絨內莖。

「我想沒有，我從沒問過他。但他應該有參與一些戰事，我看過他的勳章。」

「他是在哪一年出生？」

「嗯，我出生時他還不到三十歲，所以應該是一八九五年吧。」

「所以戰爭時他正值壯年？」

「妳可以繼續問，但我真的什麼都不知道。妳去問埃里希，男人才會對這些事情瞭若指掌。」

埃里希將瓶中的水倒進玻璃杯。「我的年紀沒辦法上戰場，那時我還是小學生。」

「當時的戰況如何？」伊莉莎白問。

「我毫無概念，也從未想過那場戰爭，或許妳們英國的學校會教一些戰爭的歷史？」

「應該有吧，但我沒有專心聽課。以前我覺得戰爭、槍枝和死亡之類的主題很無聊。」

「沒錯，」埃里希說道。「執著於這場戰爭很病態。這種事我這輩子見過夠多了，誰還想要翻舊帳。」

「妳為什麼突然對古老的歷史感興趣？」艾琳問。

「我不認為這是古老的歷史，」伊莉莎白說，「第一次世界大戰並沒有離我們很遙遠，一定還有曾經參戰的老人們健在。」

「你應該要問我的鮑伯，他什麼都知道。」

「可以上咖啡了嗎？」盧卡問。

〜

轉過一個大彎後，這條大路就可以俯瞰多佛港（Dover），以及伊莉莎白左側的灰色海洋。伊莉莎白一看到海，便升起一股孩童般的喜悅；這是假期的開始，這裡也是英國的盡頭。在這週四的冬夜，她似乎從日常的束縛中解放了。

她隨著路牌的指示，從高聳的跨軌信號桿下方駛上一處坡道，穿過狹窄的標線車道，經過售票亭時，裡面的男人將一張紙放在她的擋風玻璃上，揮手要她開到無人排隊的車道。她下了車，感受海風拂過頭髮。她左手邊有兩輛貨運卡車，碼頭附近也有十幾輛小貨車正在排隊。她去商店買了法國東北部的地圖以及歐洲公路圖，希望可以幫助她順利抵達布魯塞爾。

伊莉莎白心想，說不定自己會待在甲板上，便在顛簸的船艙裡拿了書本、眼鏡與一件沒穿過的毛衣。她一面慶幸逃離了大卡車的柴油廢氣，一面爬上陡峭的階梯，走到旅客專用的甲板上。

她感覺自己太自以為是了。三十八年來，她總是對戰爭的紀念活動與枯燥的新聞短片置若罔聞，如今的她，究竟又想要發掘什麼？所謂的「戰場」又會是什麼樣子？是將雙方位置標示清楚的明確場所嗎？上頭會有建築物和樹木嗎？或許當地居民會對這個話題很敏感，甚至厭惡她這種詭異的觀光客，彷彿她是拿著照相機在空難現場拍照的遊人。她心想：更有可能的是，當地人也對此一無所知，畢竟那是很久以前的事了。「什麼戰役？」他們會問。對戰爭話題感興趣的人，她只能想起學校的一名男同學：他風趣溫和，精通代數，講話時呼吸帶有咻咻的喘氣聲。歷史將會攤在自己眼前，或者全部隨風而逝？在戰爭過去六十年後——特別是對於她這個先前絲毫不感興趣、不過是一時興起的局外人而言——國家有義務向她揭露往事嗎？而如今法國與英國的景致也相差無幾了：四處充斥著塔樓、工業、速食與電視。

伊莉莎白將頭髮往後撥，戴好眼鏡，拿出向艾琳的鮑伯借來的書。這本書讀起來很艱澀，似乎是寫給軍官與熟悉軍事用語的讀者；這讓她想起父親買給自己的飛行雜誌——那是父親最後一次試著讓她成為自己期望中的男孩。不過，這本書的內容客觀，還提供了各種統計數字與精確的地理資訊，引起了她的興趣。其中最精彩的就是那些照片，其中一張，是一位圓臉男孩不耐煩地看著鏡頭。伊莉莎白心想，這就是他的人生與現實——對這名男孩而言，戰爭就像旁人的商務會議與風流韻事一樣真實，如同現代的英國人在渡輪休息室中的庸俗氣息一樣真實。但是男孩的恐懼與迫在眉睫的死亡是如此確鑿而無可逆轉，就像對伊莉莎白而言，酒吧中的那杯酒、夜幕下的飯店，以及和平年代所有華而不實的享受一樣無可逆轉。

雖然伊莉莎白的外婆是法國人，但她其實對這個國家所知不多。當面無表情的警察將手伸進她在甲板上的車窗，嘴裡咕噥著某項要求時，她絞盡腦汁也不知該如何回應。大卡車聲勢浩大地從碼頭開走，似乎沒有其他車子打算在冬天跨越到這黑暗冰冷的大陸。

離開加萊港（Calais）後，她開上南下的公路，思緒飄向了羅伯特，想像他們即將在布魯塞爾度過的夜晚。羅伯特介紹的餐廳很棒，他也保證兩人能放鬆聊天，不會遇到熟人。事實上，婚外情並不是什麼新鮮事，因為大多數長期離家的外交官和生意人，早就替自己「安排」好了；不過，羅伯特的狀況比較不便，因為妻子和情婦都在英國。想到這裡，伊莉莎白笑了出來。羅伯特就是這樣不切實際，既想保住忠誠的形象，又因為罪惡感而偷偷摸摸，不像他那些世故的同事們，總是光明正大地帶著情婦參加商業聚會，引介給朋友、甚至是妻子，羅伯特卻隱瞞了伊莉莎白的存在。這讓伊莉莎白不太高興，但她另有盤算。

她選中了阿拉斯的一間旅館，因為鮑伯說這裡離墓園與戰場很近。走到旅館前得行經一條狹窄的小巷，往下走則直抵安靜的廣場。她穿過鐵門，走上碎石子路到前門。走進大廳後，右手邊的餐廳垂掛著低矮的吊燈，有六個人正各自享用晚餐，瓷器刀具叮噹作響，一位駝背的侍者在廚房入口盯著他們。

在接待櫃台階梯下方的角落裡，一位將鐵黑色頭髮捲成髮髻的婦人放下筆，透過厚重的鏡片看著她。伊莉莎白的房間有獨立衛浴設備；稍後有人會將她的行李扛上樓。應該在旅館裡用晚餐嗎？伊莉莎白否決了這個想法。她提著小行李箱，走下一條長長的走廊，隨著她一路向前，天花板的燈好似越來越黯淡，最後她終於找到對應的房號。房間很寬敞，華麗的壁紙貼滿整個房間，大概是想蓋過十九世紀最初的粉刷痕跡。四帷柱大床與頂罩散發著宮廷的氛圍，但橢圓形的瓷器門把與大理石板床頭櫃感覺了無新意。室內聞起來有著溼氣很重的櫥櫃味，或是十年前的菸草味，還夾雜著某種更香甜的戰前刮鬍水氣息，也許是試圖掩蓋故障水管飄出的臭味。

夜色降臨，伊莉莎白走到街上，看著右手邊的廣場與車站，與遠處大教堂的尖塔及前方的小教堂。她朝著尖塔前進，穿過狹窄的街道，一路尋找適合單身女子用餐的餐廳。她走進一個廣場，這裡與布魯塞爾的大廣場很相似。她試著想像廣場滿是英國軍團、卡車與馬匹的情景，但她不確定當時是否有卡車，或者說，那時是否還有使用馬匹。她在一間小酒館用餐，裡面擠滿了玩手足球的年輕人。門上的喇叭播放著震耳欲聾的搖滾樂，外頭偶爾急速駛過的機車，讓一切顯得更加喧鬧。

她在鮑伯的書中搜索阿拉斯的簡介，上面提到了參謀總部、運輸，以及一些陌生的軍團、步兵團及軍官名稱。侍者送上了鯡魚與馬鈴薯沙拉——這兩樣似乎是從同一個罐頭倒出來的——又在酒杯旁放了一瓶紅酒。

他們在鎮上做了什麼？她想像在遼闊鄉野大地上的戰爭交鋒。

伊莉莎白喝了點紅酒。這些重要嗎？她在這裡短暫逗留，不過是為了與羅伯特見面罷了。她讀了幾頁，又喝了一點酒。書本與酒喚醒了她小小的決心：她要好好了解、釐清一切。她的外公曾經參戰，即便自己沒有孩子，也應該要知曉家族的歷史，應該要了解自己無法延續的這支血脈。

侍者送上一塊牛排，炸薯條堆得跟小山一樣高。她將牛排抹上芥末，看著肉汁染紅薯條邊緣，努力吃完餐點。她熱愛觀察生活中的種種細節；此刻若是與一群人聚餐，大夥只會不停聊天、狼吞虎嚥而已。

食物與紅酒令她放鬆下來，她靠在紅色塑膠長椅上，發覺酒館中兩名高瘦的年輕人望著自己。她連忙低頭看書，免得他們將自己的閒情逸致解讀成鼓勵搭訕。

伊莉莎白適才渺小的決心，此刻轉化為類似意志力的信念。她認為這一切都非常重要，因為她的外公——與她骨肉相連的血親，曾出現在這裡、在這座鎮上、在這個廣場上。

隔天，她驅車至巴波姆，與往阿爾貝的方向相同。鮑伯說阿爾貝是一座小鎮，附近有許多歷史遺跡，據書上所寫，還有一間小博物館。

前往巴波姆的路極其筆直，伊莉莎白靠在座椅上放鬆地駕駛。她在那宮殿般的房間睡得很好，旅館的濃咖啡與冰鎮過的礦泉水也讓她身心舒暢。

十分鐘後，她瞥見了路旁的棕色小標示，而後便看見一座墓園，就像許多公墓一樣深藏在圍牆後方，發出隆隆聲的卡車不斷冒出白煙。路牌越來越多，但這裡離阿爾貝尚有十公里。伊莉莎白看向右方，遠處的田野中央立著一座不甚美觀的拱門，坐落在莊稼與樹林之間。起初她以為是甜菜油工廠，但隨來發現拱門的規模更大：也許是磚塊或石頭打造的紀念碑，彷彿是倒在草地上的萬神殿或凱旋門。

在好奇心的驅使下，伊莉莎白駛離原本通往阿爾貝的小路，轉向另一條和緩起伏的田野小徑。一路上，她始終能清晰看見那道奇特的拱門，彷彿經過設計者的精心計算。她終於來到了建築物之間，由於建物過於分散，這裡還稱不上是一座村落。她下車走向拱門。

拱門前方是一處鬱鬱蔥蔥、修剪整齊的草地，英式草坪周圍還有一條碎石路。她走近拱門後，能更清楚感受到宏偉的規模：憑藉四根巨型柱子支撐，以征服者的姿態雄踞地面。野蠻的現代化設計使拱門更加龐然，即使看起來像紀念碑，卻讓伊莉莎白想起阿爾伯特·施佩爾

（Albert Speer）為第三帝國設計的建築[53]。

伊莉莎白走上通往拱門的石梯，一位身穿藍色外套的男人正在清掃環形支柱中央的大片空地。

伊莉莎白走到拱門前，發現上頭刻著一些文字，她湊過去瞇眼細看。原來那些紋路是密密麻麻的英國姓名，輪廓分明的大寫字母，從她腳踝的高度一路延伸到大拱門的頂端；甚至在每根巨柱的表面也刻滿了名字，長度足以綿延數百公尺。

男人打掃時，她在拱門下的空間徘徊，發現其他柱子表面也爬滿了姓名。

「他們是誰，他們……？」她指著那些名字。

「他們？」拿著掃把的男子聽起來很訝異。「下落不明。」

「他們是戰死的士兵嗎？」

「不是，是下落不明的軍人，始終沒有找到屍體。其他士兵都在墓園下葬了。」

「所以就這樣……找不到了？」

她看著頭上的拱頂，彷彿永無止盡的刻紋壓迫著她，宛如天空也被刻上了註腳。

伊莉莎白冷靜下來後，又開口問道：「是這場大戰所有的失蹤者嗎？」

男子搖搖頭。「只有在這邊打仗的士兵。」他揮手示意。

伊莉莎白在紀念碑旁的階梯坐下。她腳下是一座正式的花園，幾排潔白的墓碑底下滿是悉心照料的花叢，在冬日稀微的日照下顯得更加美麗。

「沒有人跟我說過。」她以塗著紅色指甲油的手指梳理濃密的黑髮。「天啊，沒有人跟我說過。」

～

在布魯塞爾開車繞了快一小時後，伊莉莎白幾乎放棄找到羅伯特的公寓了。她一度很接近目的地，卻為了遵守單行道的方向越開越遠。最後，她將車停在工地旁，招了一輛計程車。

當司機穿梭在車陣中時，伊莉莎白興奮了起來。但她也有些緊張，生怕羅伯特無法滿足自己的期待。羅伯特得證明，他值得她拋下一切——為了他，她只能獨自生活，拒絕了生命中的其他男人，甚至得過著欺瞞他人的人生。然而，羅伯特也是最膽怯的那種男人，他從不為自己辯解，也從不給她任何承諾，又總是勸伊莉莎白為自己著想。但或許，這也是她愛羅伯特的原因之一。

付完計程車錢後，她衝去門口按門鈴，羅伯特的聲音透過對講機傳來，大門嗡嗡開啟。她跑上樓，腳步聲在木梯間迴響。二樓公寓門口有一位巨熊般的邋遢男人，手上拿著菸，西裝的領口鬆開，領帶只打了一半。伊莉莎白奔入他的懷抱。

53 納粹黨人將政權視為繼神聖羅馬帝國與德意志帝國後的「第三帝國」，施佩爾（一九〇五年～一九八一年）則是納粹德國時期的內政領導人之一，希特勒曾委其設計帝國總理府與紐倫堡等建築。

每次與羅伯特見面的幾分鐘前，伊莉莎白總感覺特別不安，渴望著能被安撫。當她解釋路況時，羅伯特大笑，然後說他們最好去把車拿回來，停在地下停車場。

半小時後，他們回到公寓，兩人終於能夠好好相處了。伊莉莎白洗了個澡，羅伯特將腳跨在茶几上，開始打電話訂餐廳。

伊莉莎白洗完澡，換上一件全新的黑色洋裝。羅伯特遞給她一杯酒。「我保證沒有加通寧水，我只是沒有撕掉標籤。妳看起來好美。」

「謝謝，你看起來也很不錯。你要穿身上這件，還是換其他衣服？」

「我不知道，我還沒有想過這個問題。」

「我就知道你會這樣。」

他挪開沙發上的書本和報紙，坐在伊莉莎白身旁。他是身形健碩的高大男子，有著寬厚的胸膛和肥肚腩。他開始撫摸伊莉莎白的頭髮，親吻她充滿光澤的嘴唇。他將手伸進伊莉莎白的裙子，在她的耳畔低語。

「羅伯特，我已經穿好衣服了。不要這樣。」

「你會把我的妝弄花。」

「我是說認真的，你的手安分一點，應該要等晚一點。」

他大笑。「這樣我才能放鬆享用晚餐。」

「羅伯特！」

他刮破了伊莉莎白的絲襪、弄花了她的口紅，不過伊莉莎白還是能趕在出門前打點整齊。伊莉莎白心想，他說得也對，親密之後兩人總是能更自在地相處。

晚餐時，羅伯特問起自己的近況，伊莉莎白便聊了一些工作與母親的事情，也提到最近開始對外公外婆感興趣的事。當她談著這些時，一切彷彿變得明朗了。她不該是家族中年紀最小的人，應該要有更年輕的下一代才對，她的孩子此時應受著祖父母與父母的庇蔭，安逸享受著奢侈的安全感。但是，伊莉莎白沒有小孩，所以她只能回頭檢視自己、思考不同世代的命運。一想到先人們逝去的人生，就令她感到不安，但同時也湧起了強烈的孺慕之情。

她也提到在艾琳家遇見了鮑伯。艾琳說，鮑伯很少上夜店或酒吧，也從來不打牌，結果她見到了一名像鳥一樣嬌小的男子，戴著厚重的鏡片。鮑伯在一間擺滿書的房間中抽出一兩本書，建議伊莉莎白好好閱讀。

「但這一切都沒有讓我對所見所聞有任何心理準備。紀念碑像大理石拱門一樣宏偉，甚至更為壯觀，每一寸都刻滿了文字，看起來是最近才建造的。清潔人員向我展示了上週在樹林發現的砲彈殼。」

羅伯特一面聽她說話，一面為她斟酒。當他們離開餐廳前往大廣場時，她感到渾身輕飄飄的。布魯塞爾似乎是一座勤快的城市，法蘭德斯的勞工勤勤懇懇，吻合法國人想像中豐衣足食、太平和樂的景色。

伊莉莎白拚命想證明：並非所有平淡的生活都只是過眼雲煙，人們身上那些珍貴的事物，都必須經過一番淬鍊才能延續下去。當他們走進一條狹窄的巷弄時，天空開始下雨。羅伯特催促她到一間咖啡館躲雨，找個地方消化大餐，所以兩人走過了轉角，踏入大廣場。伊莉莎白抬頭看著商業大樓的鍍金門面，在毛毛細雨下閃爍著金光，被廣場柔和的燈光點亮。

週日下午，伊莉莎白因即將與情人分離而感到心情低落。有時她感覺才剛剛與羅伯特見面，就已經開始害怕離別了。

羅伯特放了一張唱片，躺回沙發聽音樂，抽了幾口菸。

「我們什麼時候才能結婚？」伊莉莎白問。

「那張紙下面有菸灰缸嗎？」

「有。」她將菸灰缸遞給他。「所以要等到什麼時候？」

「哎，伊莉莎白。」羅伯特起身。「妳就是太沒耐心了。」

「喔？是我的問題嗎？我已經聽過你各式各樣的藉口了，我不覺得已經等待兩年的人會缺乏耐心。」

「我會離婚，但現在時機不對。」

「為什麼？」

「我說過了，安才剛進新學校，珍得先熟悉新家的環境，並且——」

「這對安不公平。」

「沒錯。她才十歲而已。」

「而且她快要考試了。珍會漸入佳境，你也會找到新工作。」

羅伯特搖搖頭。

「一年後，」伊莉莎白說道：「就太遲了。」

「什麼太遲了？」

「你跟我。」

羅伯特嘆了口氣。「這不容易，伊莉莎白。我答應過妳，我會離婚。如果妳要的話，我可以給妳期限：三年內。」

「我不能單憑你這句話獨守空閨，」伊莉莎白說道。「我不能把一生都賭在這微不足道的承諾上。」

「妳想生孩子嗎？」

「我希望你不要用這些字眼：我不是母雞。但每當我看見孩子，就得停下腳步深呼吸，因為我心中湧現出強烈的渴望。難道你單憑那幾個字，就能表達我所有的感受嗎？」

「我很抱歉，伊莉莎白。我真的很抱歉，我對妳來說不夠好，妳還是放棄吧。我保證不會為難妳尋找新對象，別人也許更適合妳。」

「你真的不懂，不是嗎？」

「什麼意思？」

「我要的是你，我只愛你一個人。」

羅伯特搖搖頭，似乎被伊莉莎白的真情打動了，卻依然無能為力。「這樣一來，我就不知道該給什麼建議了。」

「娶我，你這個呆子，這是你應該要給的建議。追隨你的心吧。」

「但我總是掛念著安，我不忍心傷害她。」

伊莉莎白隱約預料到羅伯特會這樣說，於是軟化了。「我會照顧她，」她溫柔地說。「如果她跟我一起住，我會好好照顧她。」

羅伯特起身走向窗戶。「妳必須放棄我，」他說。「妳心知肚明，不是嗎？這是唯一的答案。」

儘管伊莉莎白竭力克制自己，但當她在地下停車場跟羅伯特道別時，還是哭了。當他擁伊莉莎白入懷時，感覺是如此厚實可靠，而她鄙視此刻無助的自己。「我會打電話給妳。」羅伯特說道，然後關上駕駛座的門。

她點點頭，將車子開走，捲入下午茶時段的車流中。

週四晚上，伊莉莎白到特威克納姆探望母親，她正在廚房忙碌。伊莉莎白走上閣樓，裡面堆滿了文件、照片與書。她沒有告訴母親為何要翻找閣樓，只說在找一本從前的筆記。

母親家的閣樓太低，伊莉莎白只得彎下腰尋找；不過閣樓中倒是裝了電燈，讓她可以看清接下來要面對什麼樣的艱鉅任務。

閣樓中有五個大型皮革行李箱與六只黑色錫罐，幾個貼著標籤的硬紙盒，多數被隨意塞了東西，例如聖誕節的裝飾、遺失重要零件的舊桌遊，還有成捆的信件與收據。

伊莉莎白從皮革行李箱開始翻找。她不曉得母親愛看戲——這裡有幾捆倫敦西區劇院的節目單與雜誌，登著她最近才在電視上看到的老演員們，這群人顯然在三十年前曾上演過精彩的戲碼，黑色眼線圈出他們明亮的眼睛，蕾絲袖口與修剪整齊的頭髮閃閃發光，深具魅力。

另一個皮箱裡有個盒子，上面貼的標籤寫著「艾列克．班森的財產」，當中有各式各樣的遺囑文件。儘管有一些令人感興趣的債務，卻偏偏沒有錢。芙蘭西瓦不知道丈夫持有紐馬克特鎮（Newmarket）[54]某家馬匹運輸公司的股份，他透過賣出這些股份償還了一些債務。其他則是一堆雜亂的認股說明書，以及在不同公司的持股通知，有賣出也有買進；多數都來自肯亞，甚至還有來自坦噶尼喀（Tanganyika）[55]的文件。從這些檔案可看出公司缺乏資金，但又帶有一種即將發現黃金國[56]的樂觀態度。其餘是南非和羅德西亞（Rhodesia）[57]的文件，以及一捆被仔細

54 位於英國沙福郡，以眾多的養馬場聞名。
55 現為坦尚尼亞的一部分，第一次世界大戰後曾被劃為英國的殖民地。
56 一座南美神話中的黃金城，傳說該城的國王富可敵國，會在舉行儀典時於全身灑上金粉並至湖中沐浴，十六世紀的西班牙殖民者稱其為 El Dorado。
57 英國於一八九五年在非洲南部建立的殖民國家，為現今辛巴威的前身。

保存的高爾夫球卡，總分七十九分、差點六分、淨桿數七十三桿[58]。在一個來自南非約翰尼斯堡（Johannesburg）的箱子下方，有人用潦草的字跡寫著「一九五〇年八月十九日」。

在一開始翻找的金屬行李箱裡，伊莉莎白搜出一件卡其色的陸戰上衣，她將上衣拉出來，在燈光下仔細端詳。只是一件普通的上衣，但保存良好，粗糙的毛邊沒有記號，袖子上面的縫線整整齊齊。還有一個錫製頭盔也狀況良好，織帶甚至還在，只有外殼稍微破損。行李箱底部有一個小型皮製文具盒，裡頭有一本從未用過的便箋，以及一張一群只穿著內衣的軍人坐在裝甲車上的黑白照片，背後潦草地寫著：「突尼西亞，一九四三年——無畏五人組（少了賈維斯）。」

不是這場戰爭，也不是這群人。那些名字被刻在巨大的拱門上之後，竟然又爆發了一場戰爭，前後不到二十年。如果她有兒子，又怎麼能保證他不會在沙場煉獄中虛度人生？

她蹲下身子，挪到閣樓屋頂下那排金屬行李箱旁邊。第一個行李箱裡只有更多的垃圾：一些她以前的玩具，以及與買下這棟房子相關的信件和帳單。

伊莉莎白沉浸在眼前幾樣微不足道的小東西中，深深觸動：厚重的藍色債券上債務與利息的金額，打字機輸入的紅色數字，某人以黑色墨水堅定地簽名。那些如今看來毫無意義的利息總額，在當年是極為可觀的一筆數字，讓她平靜的內心再起波瀾。伊莉莎白醒悟到，這些文件是她家庭的縮影。無論這個家是多麼脆弱、多麼不穩定，起碼還有一間房子與一個孩子，父母想必也是滿懷決心，希望這個家庭能越來越好，至少她的母親是如此。於是，芙蘭西瓦一肩扛起了債務，也犧牲了個人的抱負、遊歷，以及或許更美好的人生。然而，憑藉前幾個世代的犧牲，才造就自己現今人生的論調，伊莉莎白仍然很難接受。

在第三個金屬行李箱靠近底部的地方有個包裹，被麻繩綁著，紮了一個結，滿是灰塵。她咬緊牙關打開繩結。包裹裡的物品掉了出來，其中有筆記本、信和文件，還有幾條七彩緞帶、三面獎牌和小酒壺，看起來比行李箱中其他物品更加老舊。

文件中有些法文，上面還有一個盧昂的地址。伊莉莎白開始有一些罪惡感，但她其實看不太懂其中的內容。那是手寫的華麗筆跡，墨水已然褪色，而她的法文程度還不足以理解內容。第二封信是同樣的筆跡，提到了一個慕尼黑的地址。

在文件下方有兩本書。第一本是給軍官的軍用手冊，扉頁上寫著史蒂芬．瑞斯福德上尉，一九一七年。伊莉莎白翻開手冊，在給軍官的指示裡，有一則告訴他應該要「嗜血，不斷思考應該如何殲滅敵人，協助弟兄殺敵」。「嗜血」二字讓伊莉莎白不寒而慄。

另一本則是以粗藍線條分隔頁面的筆記，一團一團的文字紀錄分散在頁面上，都是由墨水寫成。

比起信件，伊莉莎白對於筆記本有更多的疑問。筆記本的內容看起來像是希臘文。她很困惑，如果這份筆記屬於一位陌生的外國人，為什麼會放在外公的私人物品裡？她將筆記本放

58 差點（handicap）為度量業餘高爾夫球手潛在能力的數值，淨桿數（net）則指總桿減去差點的數值

進裙子的口袋，把剩下的文件收回包裹。

母親正在客廳讀書。

「之前搬家時，妳讓我把一堆東西放到閣樓，還記得嗎？有一本筆記提到了多年前的舊地址，但我現在找不到那本筆記了。」伊莉莎白巧妙地提到了包裹。

「我記得啊，希望妳已經清掉一些東西了。」

「我之後會整理。我在找筆記時，發現了一個小包裹，應該是外公的文件。」

「我以為都丟掉了。從前的東西實在太多，但我搬家時也弄丟了不少。」

「包裹裡是什麼東西？」

「有一些裝滿筆記本的箱子，他從第一次到法國就開始寫筆記了。好像有二、三十本吧，但我完全看不懂，似乎是某種密碼。」

「閣樓上還有一本，看起來像是希臘文。」

「沒錯，」芙蘭西瓦說道，放下手中的裁縫。「還有更多本。我始終相信，如果他希望別人能看懂，就會用英文寫日記。」

「外公是個什麼樣的人？」

芙蘭西瓦從躺椅上坐起，臉頰浮上了紅暈。「真希望妳見過他，他一定會很愛妳。就算只見一面也好，真希望他能好好摸摸妳的臉蛋。」

週六，伊莉莎白再次搭上了地鐵。列車急速行駛、叮噹作響，在城市底下布滿管線的黏稠泥土隧道中穿梭。到了史特拉福站，她走進冬天的陽光下，轉乘公車，並咒罵自己那輛不肯發動的閃亮瑞典轎車。

鮑伯與艾琳的房子在廣場旁邊，六棵光禿禿的梧桐樹佇立在鐵欄杆後方的草地上。廣場另一邊的盡頭是一座沙坑，旁邊則是讓小孩攀爬的橘紅遊戲架，有人在那華麗的表面上噴漆，塗鴉著原創者才懂的經文。在伊莉莎白看來，這是基本教義派的憤怒警告。今天天氣太冷，小孩不適合在花園玩樂，一位裹著羊毛圍巾的女士，被一隻瘦小的德國牧羊犬拖到泥濘的綠地上，隨後狗兒停了下來，在沙坑重重坐下。

伊莉莎白快步走到屋前按了門鈴，接著看見艾琳正彎下腰，設法讓她家的獵犬不要對著門吠叫。艾琳一面語帶威脅地哄騙狗兒，一面安撫伊莉莎白。她半開著門，待兩人都進屋後旋即關上。

兩人走進客廳，伊莉莎白坐下後，艾琳泡了茶。房間貼著深棕色的壁紙，但大部分都被書作與書架遮住了，書架上放了鳥類標本、瓷杯與茶碟。這裡還擺了兩具裁縫用的假人模型，一具穿了十九世紀的紫羅蘭色洋裝，另一具的軀幹上則垂掛著別緻的蕾絲。房間有幾張小桌子，桌上擺著青銅色的古玩和人偶。

「希望鮑伯不會介意我把他當作圖書館。」當艾琳帶著一壺茶回來時，伊莉莎白說道。

「不會啦，」艾琳說。「他應該很高興有人問他問題。那些書有用嗎？」

「很實用。我告訴過妳，我看到了紀念碑。我現在對這些東西非常著迷，想要知道更多關於戰爭的事。我發現了外公的筆記本——至少我認為是外公的——收在他的遺物中，而且是以一種不熟悉的語言書寫。我想鮑伯可能會知道是什麼語言，畢竟他有考古學的背景，知識淵博。」

「類似埃及象形文字？」

「呃，不是埃及文，但是——」

「我了解。他曾經上過類似的課，也研究過各種語言。雖然我想他應該不會口說，但也許會知道那是什麼文字，尤其是古老的語言。鮑伯對現代世界不感興趣，有一次我送他一套卡帶，希望他為我們的國外旅行學一點法文，結果他連聽都沒聽。」

直到艾琳催促鮑伯三次時，他才從花園進來，與伊莉莎白握了握手後，又替自己倒了杯茶。她向鮑伯分享近期造訪法國的經歷，他點點頭，一面大聲喝茶，一面專心傾聽。他比太太還要矮，禿頭、戴著圓框玳瑁眼鏡。他歪著頭傾聽伊莉莎白說話，偶而抬起肩膀蹭蹭下巴。當她解釋自己第二次造訪的理由時，鮑伯忽然迫切了起來。

「我可以看一下這篇令妳煩心的文章嗎？」他伸出手。

伊莉莎白將筆記遞過去，又感到了一絲罪惡感，不太確定是否該將外公多年前寫的文字交給這個奇怪的矮小男子檢視。

「原來啊，」他說道，動作很像鑑定鈔票的銀行行員，伊莉莎白擔心筆記本古老乾燥的頁面就這樣碎裂了。「他寫了很多呢，妳還有其他資料嗎？」

「沒有，只剩下這些文件了。」

「我想我們得到書房一頁一頁研究。我們待會兒回來，艾琳。」他快速起身，向伊莉莎白招手，示意她尾隨自己穿過漆黑的走廊，走進後方能俯瞰花園的房間。午後的最後一絲陽光已經消失，籬笆下只能看見手推車與熄滅篝火的陰影。

「我把你借給我的書帶回來了。」伊莉莎白說道。

「謝謝，放在旁邊就可以了，我忙完這個再放回架上。」

鮑伯一面來回翻著乾燥書頁，一面吸氣，不斷地嗯哼。「我知道這本筆記是怎麼一回事了。」他喃喃自語。「我有個點子……」他從落地書架拿出一本書。架上的書以字母排序，貼著打孔的標記膠帶，標明不同的主題。鮑伯坐進深色的真皮扶手椅中，也邀請伊莉莎白在書桌前的木椅坐下。

「……但話說回來，這些也不太對。」鮑伯將筆記放在大腿上。他推了推眼鏡，揉揉眼睛。

「妳為什麼想知道裡面寫了什麼？」

伊莉莎白悲傷地微笑，搖搖頭。「我不知道，真的不知道。這只是我一時興起而已，我相信這本筆記能解釋一些事情，但不認為其中有什麼重大的資訊。這可能只是英國士兵的名單，或者一些私人紀錄。」

「有可能，」鮑伯說。「如果妳願意的話，其實可以拿去給專家鑑定。妳可以拿到博物館或大學部，請相關領域的專家看看。」

「但如果只記錄了小事，我就不想打擾他們。你沒辦法幫我嗎？」

「我可以試試，但也得看這些密碼有多私密。舉例來說，假設妳在筆記裡稱呼艾琳為貝絲女王，解密的人只會知道貝絲女王是密碼，但對於究竟在指誰仍然一無所知，對吧？」

「我想也是，不過我不希望你花太多時間在上面，鮑伯。為什麼不就——」

「不，不，我其實很感興趣。我也想知道裡面的祕密。可以確定的是，筆記的內容並不在於書寫的文字。這是希臘文，但又不能完全算是希臘文，我認為他使用了一種混合語言，也許加了一些私人用語。」

「你是說，原始的語言有可能不是英文？」

「是的。當初語言學家解碼線性文字 B[59]時，也苦思了好幾年，原以為可以使用希臘文解碼，其實不然，因為其中的內容完全不是阿提卡希臘文[60]；而當他們恍然大悟之後，一切都一目瞭然。不過這不代表這封信的密碼跟線性文字 B 一樣困難，這我可以保證。」

伊莉莎白微笑。「你怎麼會知道這麼多關於密碼的事情？」

「我總得做點事情，才能跟上艾琳的步伐。生意好時她總是非常忙碌，我只能在這裡工作，利用閒暇時間做一點研究。令人驚訝的是，只要花一點時間看書就可以學到這麼多東西。這樣好了，假使我兩週內沒搞清楚，妳就拿去給其他人看看。」

「你確定這不會打擾到你？」

「不，我樂在其中。我熱愛挑戰。」

伊莉莎白在琳賽家認識的那位男人——史都華，打電話過來。伊莉莎白很訝異，但並沒有感到不快。史都華邀請她共進晚餐，伊莉莎白同意了。她和其他男人出去時，總是會感到愧疚，而即便羅伯特對她如何「不忠」，仍無法減輕她的罪惡感，但她也不會因此回絕這場約會。

他們去吃了中國菜，史都華堅持這間餐廳比英國其他中國餐廳更正宗。他曾在香港工作一年，當時學了一些中文。他點了六道菜，甚至說了幾句普通話，服務生似乎聽懂了。伊莉莎白饒有興趣地聽他解釋每道菜，這邊的菜色跟她熟悉的柏靈頓區（Paddington）附近的外帶餐廳差不多，但史都華堅持這家的餐點更正統。伊莉莎白真希望他們能喝酒，而不是喝茶。

吃飽後，史都華邀請伊莉莎白到他的公寓坐坐，就在聖約翰伍德區（St. John's Wood）的一間大樓中，離餐廳不遠。伊莉莎白對他感到好奇，也想看看他住在什麼樣的地方。她的目光迅速掃過史都華家的木紋地板、品味高雅的地毯與書架。淺灰色的牆上只掛了三幅畫，但非常優雅合宜，是那種巧妙介於裝飾與藝術品之間的作品。

當她喝咖啡時，史都華走到一架大鋼琴前，點亮罩著紅色燈罩的檯燈。

59 一種古希臘邁錫尼文明的音節文字，一九五二年由英國語言學家麥可・文特里斯成功釋讀。
60 又稱雅典方言，是最接近現代希臘語的古希臘方言，是古希臘語研習的標準形式。

「你可以彈一首曲子嗎？」她問。

「但是我很久沒彈琴了。」

史都華猶豫了一會兒，終究還是搓搓手坐下，開始彈琴。

他彈了一首伊莉莎白不太熟悉的曲子；旋律聽來精緻柔美，但從頭到尾似乎只有兩三個音符。他彈奏的手法非常溫柔，總會在微妙的時間點停滯，令人動容。伊莉莎白細品著迴盪的樂音。

「拉威爾（Ravel）[61]，」他結束彈奏時說道。「很美，對吧？」

史都華和她討論拉威爾和薩提（Satie）[62]，又拿蓋希文（Gershwin）[63]與他們相比。原以為這幾位音樂家毫無關聯的伊莉莎白驚嘆於他的博學，印象深刻。

伊莉莎白打電話叫計程車時，已經接近午夜了。她在下樓時愉快地哼唱史都華彈奏的曲調。她在回家路上想到了羅伯特，心底湧起一股奇特的感受。伊莉莎白不斷提醒羅伯特，對於他不願意離開珍一事感到很不悅，甚至向羅伯特保證自己才能讓他獲得真正的幸福。她渴望與羅伯特共度一生；然而，當計程車駛過埃奇韋爾路時，她也在心中坦承：或許正因為無法擁有羅伯特才選擇了他，因為唯有這樣，她才能繼續享有獨立的人生。

61 喬瑟夫・拉威爾（Joseph Ravel，一八七五年～一九三七年），法國鋼琴家，作品以纖細豐富的情感著稱，與德布西齊名。

62 艾瑞克・薩提（Éric Satie，一八六六年～一九二五年），法國前衛音樂的先聲。

63 喬治・蓋西文（George Gershwin，一八九八年～一九三七年），美國鋼琴家，音樂結合了古典樂、爵士樂與藍調。

第四部——

法國　一九一七年

微光逐漸消失，史蒂芬．瑞斯福德在細雨中瞇起眼。沉重的軍服與武器遮掩了前方的弟兄。大夥看似即將遠征極地的冒險家，準備探索地球的盡頭。史蒂芬納悶著，究竟是什麼力量驅策著自己繼續前進。

雨已經下了三週，細雨又變成了豪雨，一兩個小時之後，烏雲再度蓋過冬陽，籠罩法蘭德斯的地平線。弟兄們的大衣已經溼透了，每一絲羊毛都狼吞虎嚥地吸飽水分，再加上武器的話，整整又重了九公斤。他們從營地行軍到大後方，背部因沉重的行囊不斷摩擦而變得紅腫。在前往支援壕的路上，大夥一路吟唱著軍歌，然而夜色降臨之後，他們卻發現距離目的地還有五公里。隊伍漸漸安靜了下來，當大夥在泥濘的土地上費力前進時，前方弟兄溼透的後背就成了他們的全世界。

交通壕中的橘色黏液沾滿了他們的靴子與綁腿。前線傳來的惡臭越來越清晰。才走不到一公里，腳下的路面就成了污水池，深及大腿的污泥被溢出茅坑的排泄物稀釋，又因裡頭混著腐爛的屍肉變得更加濃稠，連戰壕的溝牆都暴露了出來。

前排有人走得太快摔了一跤，引來了大夥一陣憤怒的咆哮——這是非常危險的情況，因為他們極有可能因此越走越偏。幸好，弟兄們不是第一次來這裡了，或許能在黑暗中摸索著前進。他們已習慣了這些謾罵與抱怨，說好聽一點，大夥彷彿因目睹了一些人類前所未見的事物而無比自豪。

他們認為自己所向無敵，沒有煉獄能夠融化、沒有風暴能夠摧毀，因為他們已經赴湯蹈火且活了下來。

在極偶爾的時刻裡，史蒂芬幾乎能感受到自己對部下的關愛，就像格雷要求他付出的那樣。他們身陷絕境時奮力一搏的英勇，確實令人激賞。他們越是殘酷堅強、或越是嘴上不饒人，自己反倒更在乎他們。但史蒂芬仍感到難以置信，因為他無法理解弟兄們為何容許自己被戰爭驅使。他很好奇大夥的極限在哪裡，但當答案浮現時，他的興致也隨之淡去了：沒有他們無法跨越的界線，也沒有他們無法忍受的極限。

史蒂芬看著弟兄們裹著羊毛毯的臉與頭盔底下露出的軍帽，像是另一種生物。有人穿著家鄉寄來的開襟羊毛衫和背心，有人用繃帶或布條固定手上的傷口，替代被偷走或消失的手套。從村莊找來的衣物與羊毛衫，被當成備用軍襪或一層額外的防護，也有人將法蘭德斯的報紙塞進長褲中。

他們生來注定要忍耐與抵抗，像是某種被禁錮在地獄的生物。史蒂芬很清楚，他們心底深鎖著恐怖的景象，眼前的堅韌自豪、輕鬆快活不過是假象。他們只是以嘲弄的姿態掩飾所見所聞；在破布下的悲傷面孔之後，史蒂芬看見了他們不願面對的沉重包袱。

身在同一個戰場上，史蒂芬明白弟兄們的感受，而即使他已歷經了這麼多場戰事，也並未變得更加堅毅冷酷，而只感到羞愧困窘。史蒂芬像弟兄們一樣故作堅強，然而他有時又會以缺乏愛的憐憫眼光，鄙視大夥與自己。

有人會說，至少他們活了下來，但這也是一個謊言。史蒂芬的排只剩下他、布倫南和裴洛西在前線，其他人的臉孔與名字都在記憶中變得模糊了。史蒂芬想起一群穿著軍大衣與骯髒綁腿的弟兄，雪茄的煙霧籠罩著頭盔底下的臉孔。他想起某人的聲音、微笑以及神情舉止，他想起那些支離破碎的軀幹，還有那種槍砲才能造成的傷口；他甚至能想起不知屬於誰的裸露內臟。兩三名弟兄返回英國，餘下的人或是下落不明，或是葬身萬人塚，或是像李維的弟弟，被風帶走了碎屑般的屍塊。

若真要聲稱大夥倖存下來的話，不過也是因為他們緊密團結且合併了各處的增援部隊。格雷替代巴克萊成為營長，史蒂芬則接管了格雷的連。哈瑞頓踏上漫長的旅途返回蘭開夏郡，他將左腳的殘肢留在昂克爾河的河床上，鴉群在上空愉快地盤旋。

他們抵達前線時，已經入夜了。休假的弟兄交出了長及大腿的橡膠靴——他們已經穿著這些軍靴八個月了。靴子的內裡早已軟爛如泥，混雜著滿滿的鯨魚油與腐爛破布，已無尺碼之分。眾人在黑暗之中感到焦慮，千里之外的爆炸光亮反倒令人安心，但戰壕附近偶爾傳來的聲響與可疑的人影，仍令大夥如坐針氈。史蒂芬有時覺得，他們或許只能透過這些事物確認自己還活著。

第二戰壕的防空洞雖然是連隊指揮總部，不過是個有屋頂的窟窿。雖然很小，裡頭還是有簡易的床鋪與桌子。史蒂芬在這裡放了一些東西：一本素描、一包巧克力與香菸、一支望遠鏡，以及一件他向一位老太太買的針織背心。他和一名喜歡在床上讀書的紅髮下屬共用這個空間，這名年輕人叫埃利斯，雖然感覺還不到二十歲，但非常穩重合群。他總是在抽菸，且拒喝所有酒精飲品。

「下次放假時，我想拜訪亞眠。」他說。

「亞眠很遠，」史蒂芬說道。「你沒辦法去那麼遠的地方。」

「副官准許了，他認為這能提高軍隊的效率。一段愉快的休假——這是軍官們應得的。」

「祝你好運。」史蒂芬說道，在桌邊坐下，將一瓶威士忌推到他面前。

「你不跟我一起去嗎？」

「我？應該不會吧，亞眠不過是個鐵路中樞罷了。」

「你去過嗎？」

「戰前去過。」

「那是個什麼樣的地方？」

史蒂芬倒了一杯酒。「如果你喜歡建築物的話，那裡有一座很棒的教堂。但對我來說，那只是一座冰冷的建築物罷了。」

「呃，無論如何我還是要去，如果你改變心意再跟我說。長官說你講了一口好法文。」

「他真的這樣說？」史蒂芬喝光酒杯裡的酒。「我去看看大家是不是都安頓好了。你知道地道入口在哪裡嗎？」

「往那邊走大約五十公尺。」

埃利斯指的方向有個洞。史蒂芬詢問哨兵，下一輪士兵何時會進駐。

「再半個小時，長官。」

「威爾上尉和他們在一起嗎？」

「是的。」

「如果你在我回來前見到他，讓他在這裡等我一下。」

「好的，長官。」

史蒂芬穿過戰壕。一些弟兄睡在前牆挖出的洞裡，他被從洞口伸出的長腿絆倒了兩次。他納悶著，是否真的能夠到亞眠一趟。自他與伊莎貝爾搭夜班列車離開的那一晚算起，已將近七年了，現在返回應該很安全；德國的占領與轟炸也是七年前的事情了，應該不會遇見什麼令人不安的人事物吧？

史蒂芬在地道中遇見了麥克．威爾。兩人有些尷尬，也沒有握手。自七月那個酷熱清晨的先發攻擊結束後，威爾的連隨即被遣返原駐地；幾個月後，史蒂芬的連也返回，這似乎讓威爾很高興。

「你有好好休息嗎？」威爾問。

「算是有吧。地底的情況還好嗎？」

「我們又運來一批金絲雀，這讓弟兄們很興奮，但也擔心底下真的有毒氣。」

「聽起來很棒。如果你不介意的話，我們可以一起喝酒。這附近感覺很平靜，我們的巡邏隊稍後就出發，但應該不會發生什麼事。」

「你有威士忌嗎？」

「有，萊利總是能變出一瓶。」

「太好了，我的已經喝完了。」

「我不信，你不能叫更多的酒嗎？」

「顯然我已經喝光了配給的份。」

威爾握著酒瓶，用顫抖的手在防空洞中將酒杯斟滿。埃利斯在床上默默看著他們：不修邊幅、胡言亂語的威爾，只能仰賴酒精恢復一些力氣與理智，令他感到害怕。威爾的年紀已不適合帶著炸藥在地道中爬行了，況且他的手還抖得非常厲害。

威爾大口喝酒，在酒精滑下喉嚨時抖了一下。地下漫長的輪班工作，對他來說越來越難熬，即便帶著酒壺也無濟於事。所以他總是找藉口推託，改派其他人帶下屬下去地道。

威爾曾在假期返回英國。他在黃昏時抵達父母位於利明頓溫泉的維多利亞風別墅。他按了前門的門鈴，連應門的女傭都不認得他。他的電報遺失了，沒有人接到他要回來的消息。女傭表示他的母親外出，父親在花園裡。那是一個十月的夜晚，距昂克爾攻擊已經過了三個月。

威爾將軍大衣放在大廳的椅子上，又把背包丟在地上，一路走到屋子後方。那裡有一片大草坪和月桂樹叢，角落還有一棵高大的雪松，蚊蚋在潮溼的空氣中亂舞。他踏入修得短短的草坪，極度茂密的草叢在腳底很柔軟。空氣中瀰漫著濃郁的花香，他也不太習慣四下凝滯般的寂靜。而後他聽見屋內有人用力關門的聲響，烏鶇開始啼叫，一輛卡車在安靜的郊區街道上開走。

草坪左側有一間大型溫室，威爾看見門邊飄出一縷煙霧。他走近時，便嗅到了父親菸斗的熟悉味道。他站在門邊，看見父親正跪在一個架子下方，好像在跟誰說話，架上整齊排放著小型的種籽箱。

「你在做什麼？」威爾說。

「餵蟾蜍啊，」父親頭也不抬地說道。「不要出聲。」

他從地上的老菸草罐中拿出一隻死掉的小蟲，用食指和大拇指捏碎，再慢慢將捏著蟲子的手伸到架子底下。威爾只能看見父親磨損到反光的褲底以及光禿禿的後腦勺。

「就是這個，我的小可愛，這一隻可是冠軍呢。你看看牠有多大，我們已經好幾週沒看到蟲了。你來看看牠。」

威爾走上父親刻意未鋪水泥的溫室小徑，在他身旁的礫石跪下。

「看見了嗎？在角落？」

威爾從父親指的方向聽見呱呱聲。「看見了，」他說道。「很不錯。」

父親從種籽箱下方退出，接著起身。「你還是進屋吧。你的母親去唱詩班了。你要回來的話，為什麼不先說一聲？」

「我有發電報，一定是遺失了。我也是臨時得知可以休假。」

「沒關係。還好有收到你的信，大老遠回來一趟，你也許會想洗個澡？」

當兩人走過草坪時，威爾看著父親壯碩的身影。他穿著襯衫，外面搭了一件硬挺的高領開襟羊毛衣，加上深色的條紋領帶。威爾心想是否該與父母寒暄，但他們一路走到客廳的法國風窗戶前，顯然已經錯過了閒話家常的時機了。

父親說：「如果你打算過夜，我就讓女傭幫你鋪床。」

「如果方便的話，」威爾說。「反正我只會住一兩個晚上。」

「當然沒問題。」

威爾將背包拿上樓，走向浴室。水流在水管中轟隆作響，房間也因氣閘而不停震動，水從寬闊的出水口傾瀉而出。他將衣物放在地上，沉入浴缸中。他以為自己會有熟悉的感覺。他走向原本的房間，小心翼翼地穿上法蘭絨長褲與格子襯衫：他等待的就是這一刻，回歸熟悉的日常、回歸原本的自己，才能清晰回顧這兩年的回憶。他發現衣服有點寬鬆，褲子掉到髖骨的位置。他在衣櫥裡找到了吊帶，但穿上後褲子仍舊鬆垮。光亮的紅木櫃充滿異國風情，很難想像自己曾經見過這個櫃子。威爾走向窗戶俯瞰熟悉的景象，花園的盡頭是雪松，隔壁房子的一角、後方的陽台以及長長的排水管遮蔽了天空。他憶起幼時無聊的午後，自己也是這樣望著窗外，但這些回憶並沒有帶給他歸屬感。

他下樓時，發現母親回來了。

她親吻威爾的臉頰。「你看起來有點瘦，麥克，」她說道。「你們在法國都吃些什麼？」

「大蒜。」他說。

「難怪！」她笑道。「我們收到了你的信。你的夥伴感覺人很好，我們很放心。最後那封信寫了些什麼？」她轉向威爾的父親問道。

「大概兩週前收到的，你說你們轉移陣地了。」威爾的父親站在爐火旁，在另一個菸斗中填滿菸草。

「沒錯，」威爾說道。「我們轉移到博庫爾，但很快又要轉移到伊珀爾，靠近某個叫梅森的地方，我們會在那裡重新整頓——我不確定能不能透露這麼多。」

「真希望我們能提早知道你要回來，」母親說。「我們把下午茶的時間提前了，這樣我才可以練唱。如果你餓的話，家裡還有些冷火腿和豬舌。」

「這樣就好。」

「好，我讓女傭先到餐廳擺盤。」

「你來不及吃到我種的番茄。」父親說道。「今年有得獎的冠軍作物。」

「我問問女傭能不能找來一些萵苣。」

威爾獨自在餐廳用餐，女傭擺上了水和乾淨的餐巾，旁邊的碟子上有一片麵包與奶油。在安靜的用餐時光中，他狼吞虎嚥的咀嚼聲顯得更加響亮。

餐後他和父母在客廳玩牌，到了十點，母親說該睡覺了。

「很高興看到你健全無缺，麥克。」她一面說，一面拉緊身上的開襟羊毛衫，走向門邊。「你們不要聊太晚。」

威爾與父親面對面，坐在爐火旁。

「生意還好嗎？」

「還可以，沒有你想像得這麼忙碌。」

兩人沉默不語，威爾不知道該說些什麼。

「如果你願意，我們可以邀請一些人過來，」父親說。「假設你要住到這個週末的話。」

「好，沒問題。」

「我想你會希望有人作伴，畢竟……你知道的。」

「法國？」

「對，至少有點不一樣。」

「真的很糟，」威爾說。「我得說，非常——」

「我們在報紙上看到了，真希望可以盡快結束。」

「不，現在情況更糟了，糟到你無法想像的程度。」

「怎樣更糟？比報紙上說得還糟？有更多人傷亡嗎？」

「不，不是。我不知道如何形容。」

「你得放鬆一下，不要太沮喪。你也知道，每個人都在盡自己的義務。我們都想結束這場戰爭，但依舊得繼續努力。」

「不是這樣，」威爾說。「是……我可以喝點酒嗎？」

「酒？什麼酒？」

「啤酒吧。」

「家裡沒有啤酒，櫥櫃可能還有些雪莉酒，但你應該不會想喝吧？不會在這種時候喝。」

「我想也是。」

威爾的父親起身。「你應該好好睡個覺，我明天會叫女傭買些啤酒。我們得讓你胖一些。」

他伸出手，拍了拍兒子左背上的二頭肌。「那麼，晚安了。」他說道。「我會鎖門。」

「晚安。」威爾說。

當父親上樓的腳步聲消失後，威爾走到角落的櫥櫃，拿出一瓶三分之二滿的雪莉酒。他走進花園，坐在長椅上點起一根菸，接著用顫抖的手舉起酒瓶。

~

「幫我占卜。」威爾說。

史蒂芬微笑。「你真是個無可救藥的惡魔，不是嗎？」他對在床上圍觀的埃利斯說：「他想要我告訴他是否能活下來。」

「那麼開始吧。」威爾說。「別假裝不信，是你自己吹噓說很會占卜的。」

史蒂芬起身，走向防空洞口的防毒氣簾。「萊利，」他大喊：「幫我抓一隻老鼠。」等待萊利時，史蒂芬從門邊的木架上拿出一疊撲克牌、幾根蠟燭和一些沙子。他將牌面朝下，用沙子將牌相連，在桌上排出一個五角形。他點燃蠟燭，放在五個等距的點。他感覺埃利斯從背後盯著他們。

「這是我為了打發時間發明的巫術。不懷好意的上帝，總比無動於衷的上帝好，而威爾很喜歡這種受到眷顧的感覺。」

埃利斯什麼都沒說，他對兩人的關係感到迷惑不解。這位來自地道的軍官顯然快崩潰了，但自己的長官瑞斯福德卻如此冷靜，總是極盡嘲諷、殘酷地對待威爾，對方卻從未反抗。威爾總是渾身發抖地到防空洞尋求威士忌以及安心感，顯然非常依賴冷酷無情的瑞斯福德。但當夜深人靜時，埃利斯總覺得兩人堅定的友誼有著不為人知的另一面。他低頭看著瑞斯福德凹陷的雙眼，在燭光下更顯幽黑。這雙眼睛似乎鎖定了緊張的威爾，彷彿非常依賴他，因為他能補足自己缺乏的某些特質。埃利斯曾經想著，瑞斯福德也許是真心關懷著威爾。

萊利抓著老鼠的尾巴進來。「長官，庫克抓到了。他在刺刀上放了乳酪當陷阱。」

埃利斯厭惡地看著萊利。萊利是個非常聰明的小矮子，總會在最佳時機現身。埃利斯羨慕他的機靈，但同時也發現他會逢迎上級，也不太守規矩。

「喝一杯吧，萊利。」史蒂芬說道。「吃一點巧克力。」

萊利在埃利斯的注視下猶豫了一會兒，最後還是答應了。

「埃利斯？」史蒂芬問。「你今天晚上要喝酒嗎？這樣我們就不用扛你上床了，你可以直接躺在那裡。」

埃利斯搖搖頭。外頭烽火連天，但他依舊無法分辨槍聲、榴彈，以及敵軍各種火砲的差異。他在訓練期間曾研究過砲彈爆炸的效果，也曾經見識過地圖與靶場上展示的毀滅性力量；他曾畫過彈片的錐狀射程與迫擊砲複雜的爆破範圍示意圖。就在這一週，他兩名戰友的粉紅皮肉被炸飛到沙袋區，這是他第一次看見被炸得血肉模糊的人體。當砲火再度響起時，不安襲上心頭。這些聲音就像一陣陣喧囂的急浪，起初他還能夠忍受；可怕的是聲音消逝後，隨之而來的恐懼暗流。他被捲入了砲火聲中，變得越來越脆弱。

「他們知道今晚要瞄準射擊哪裡，」萊利說道。「這一週不斷有飛機盤旋。」

史蒂芬沒有抬頭。「把煤氣燈滅掉。威爾喜歡暗一點。」他對埃利斯說：「這會讓他害怕。」

他將自己刻的小人偶放在桌子正中央，閃爍的燭光照亮了粗糙的人偶。他從口袋拿出一把單刃小刀，一刀刺入老鼠的胸腹，從前腳劃開，一路往下，再換手抓老鼠，將老鼠的內臟攤放在桌面上。

儘管已經看過眼前的景象，威爾仍目不轉睛。木桌上有一大團混雜著砂礫的紅綠色脾臟與肝臟。史蒂芬將小刀插進老鼠體內，掏出其餘的器官，威爾靠在桌邊觀察。

「這是什麼？」他說。

史蒂芬大笑。「我哪知道？只是一隻死老鼠罷了。那是腸子嗎？我想是腸子沒錯。牠之前好像吃了……這是什麼？肉嗎？」

「你排上那兩名弟兄叫什麼名字？」威爾說。

「我的天啊，」埃利斯說。「太噁心了，我要出去。你們應該感到羞恥，無知的傻瓜才會做這種事。你們應該要以身作則。」

「對誰以身作則？」史蒂芬說。「你嗎？」

埃利斯下床起身，史蒂芬把他推回去。「坐下來好好欣賞。」埃利斯不情願地坐在床沿。

史蒂芬將小刀插入內臟。「結果很奇妙，」他說。「占卜預示了一個美好的未來，前提是你跟女人或牧師不能有任何瓜葛。如果你跟他們有關係，那就麻煩大了。」

「哪張牌代表牧師？」

「十，」史蒂芬說。「十代表十誡，王后代表女性。」

「那我該抱著什麼希望？」

史蒂芬將小刀插入桌上的那一團混亂。「和平，偶數，以及代表你的數字——四。你是四月出生的，對不對？」

「是。」

「現在我要翻牌了，」史蒂芬說。他將刀尖插入最靠近的那張牌翻過來。是八。「很好。」他說。

下一張牌是紅心四，威爾看起來很高興。史蒂芬慢慢翻開下一張牌。是梅花二。「我認為天上那位站在你這邊，威爾。」他說。第四張牌是紅心A。「和平。」史蒂芬說道。「A代表力量與穩定。對你來說，這是最好的占卜結果了。」他用小刀將最後一張牌迅速翻開。是方塊四。

「你作弊。」威爾不相信，史蒂芬搖搖頭。

「你早就知道桌上有哪些牌，只是捏造我想聽的話而已。」

「你有看到我作弊嗎？」

「不，但很明顯。」

「那你為什麼要我參與這場荒謬的演出？你根本不相信結果！庫克想要回他的老鼠嗎，萊利？」

「我想他沒這個打算，長官。」

「你該回去了，我會把這裡收拾乾淨。離開時把煤氣燈點上，可以嗎？」

萊利離開後，有一段很長的沉默。埃利斯拿起他的書，點起另一根菸。威爾盯著桌上黃色的沙痕，彷彿非常著迷。

「為什麼你那麼想活下來？」史蒂芬問道。

「天曉得。」威爾說道。「如果生命是我唯一能掌握的東西，我就會想堅持下去。也許等到我嘗試去做其他事情時，才會明白為什麼吧。」

史蒂芬用一把舊刷子將桌面清乾淨時，忽然感到既空虛又羞恥。

埃利斯從床鋪往下看。「大部分士兵都想活下來打贏這場戰爭，我們是為國家而戰。」

威爾在煤氣燈的光芒下睜大雙眼。不知何故，他將老鼠血抹在了臉上，嘴巴難以置信地張大。史蒂芬微笑。

「所以，」埃利斯說。「你不同意嗎？這不就是我們打仗的理由嗎？我們只能忍受這場戰爭，目睹英勇的士兵們受苦死去，因為他們是為了偉大的目標而犧牲。」

史蒂芬說：「埃利斯，我曾和你們排上的弟兄一起巡邏，那時他正在抽一種叫『黃金未來』的菸。他是在哪裡拿到的？聞起來跟夏天的馬廄一樣臭。」

「菸是和配給一起送來的。」埃利斯說道。「這些菸的名稱都很酷，例如『榮譽男孩』、『勇莽騎兵』。但你還沒回答我的問題。」

史蒂芬倒了更多威士忌。他很少喝超過兩杯，除非是為了陪威爾；而這天晚上他已經喝掉半瓶酒了，也許只是為了激怒埃利斯。他感覺舌頭變得笨拙、下巴無力，有些口齒不清。

「威爾，其實你很愛這裡，對吧？」

「我休假的時候只覺得這裡臭死了，」威爾說。「那些肥豬根本不知道自己過著多麼安逸的人生。我希望能夠從皮卡迪利一路轟炸到白廳[64]，讓他們粉身碎骨、全部死光。」

「即使是你的家人嗎？」

「尤其是我的家人。我試著向他們解釋戰爭的種種，但你們知道嗎？我父親竟然覺得無

64 倫敦西敏市內的一條大道，從英王的舊宮殿之一白廳宮（Palace of Whitehall）前方的道路擴建而來，因大道上有國防部、內閣辦公室等重要政府機構，成為英國中央政府的代名詞。

聊，他對戰事感到很厭煩。我非常想要連續轟炸他們的大街五天，尤其是對那些上街遊行要求工廠支付更多薪資的傢伙。我們可是在這裡，每天為了賺一先令而犧牲。」威爾的聲音發抖。「我要看見他們排著長長的隊伍走向敵人的槍口，為了一先令而死。」威爾的口水流到了下巴。

「那麼你呢？」埃利斯對史蒂芬說道。「你和這個人一樣苦悶嗎？」

史蒂芬喝酒後總會變得滔滔不絕；酒精激發了他許多靈感，也讓他更加勇於表達。他說：「我已心無家國，我們是在為田野、樹籬與大樹而戰嗎？也許我們應當如此，因為人們對自然也有情感，值得我們犧牲。我曾經造訪的工廠、工業城鎮、街道，以及倫敦的建築物與碼頭——也許那些石頭和砂漿，比起敵軍在漢堡或慕尼黑的碼頭更有價值。如果人們如此熱愛田野和山丘，我們就應該赴死，任子彈與砲彈撕碎身體，守護這片綠野平疇。」

「你是說土地比起這些人與我們更有價值？」埃利斯問。

「不是那樣的。」

「那你是為何而戰？」

史蒂芬說：「如果問我為何而戰，我想是為了那些死去的弟兄，而不是賦閒在家鄉的人們。為了在這裡壯烈犧牲的那些人——維金森、李維和他失蹤的弟弟。還有卡在鐵絲網的布萊恩，我也為他而戰。」他的聲音變得濃重，握緊了拳頭。「還有我認識的其他人，史都與那位不知叫什麼名字的棕髮弟兄，他們總是形影不離。天啊，我居然忘記他的名字了。」

威爾說：「不要擔心，只要你現在記得他們是誰就好了。」

「當然，我當然記得。嚴格來說，這個排還沒消失，裴洛西和……布倫南，當然，還有新來的弟兄。還有一個人叫作戈達德，還有巴洛和庫克，以及其他許多人，他們都是好人。布倫南的朋友叫什麼名字？他流了好多血……道格拉斯。地底才不會失去這麼多弟兄。」

「我們也在博蒙阿梅勒失去了戰友：泰森以及地道裡的其他人。但是我還不打算死。」黑夜降臨，希望與陶醉點燃了威爾眼中的光芒。他稀疏的柔細髮絲從耳際冒出，聲音因興奮而高亢。

「別一臉懷疑，你不會從不相信世界上有魔法吧？」威爾說。

史蒂芬實在喝得太醉了，他開始告解。他不再滔滔不絕，開始吐露真心話。「我小時候確實相信過，就像我們總是設法讓死去的靈魂復活。我曾經到市集裡找人算命，想知道自己肩負著什麼重大的使命。我想活在一個虛幻的世界裡，因為我受夠了自己真實的人生。」

防空洞因砲彈爆炸的威力而劇烈晃動。

威爾看起來很驚訝。「你確定？」

「當我在醫院時，格雷有一次告訴我，小孩經常會……他是怎麼說的？『被奪走童年的魔法』……諸如此類。」

「格雷怎麼知道？」

「他的奧地利醫生說的。」

在床上聽著這段對話的埃利斯開口：「你受傷時發生了什麼事？」

「我開始相信一些事情了。」

「相信什麼？」

史蒂芬用手撐住下巴，沉默許久。而後他含糊不清地開口，斷斷續續的文句間，夾雜著外頭刺耳的轟炸聲。「我聽見一個聲音，來自身外的一個無形之物。我原本一直很堅信，除了肉體與當下的意識之外，這個世界沒有其他存在了……僅此而已。我還曾經很迷信，一心追尋……」他揮了揮手。「老鼠之類的，但什麼都沒找到。接著，我聽見生命消逝的聲音。那種感覺是如此……溫柔。我很後悔從前沒有多加留意，所以我開始相信先人的智慧……我發現那些單純的事物，有可能再真切不過……從前，我認為最好還是獨自面對一切，所以從不相信這些。」他流暢地說：「你可以相信一些事情，但仍舊得盡力活下去。」

威爾沒聽懂。埃利斯咳了一聲。「所以你相信什麼？」

「一間房間，一個令人安心的地方。」史蒂芬的頭快要垂到桌面上，聲音近乎耳語。「就是一間房間，一個能夠被理解的地方。」

埃利斯說：「我想你跟基督徒還差得遠。」

史蒂芬從桌上抬起頭，雙眼逐漸盈滿憤怒，他身為農場男孩的脾氣上來了。他踉蹌地走到床前，一把抓住埃利斯的襯衫將他撂下來。

「聽著，我很抱歉，我不是有意冒犯你的。」埃利斯被史蒂芬的表情嚇到了。「你喝醉了，放開我。」

史蒂芬深吸一口氣，鬆開的手垂到了身子兩側。「去看看你的弟兄，」他溫柔地說。「已經三點了，去和哨兵聊聊天吧。你知道他們有多麼害怕。」

埃利斯拉起大衣，從防空洞退出去。史蒂芬看著他離去，轉向威爾。「這樣可以吧？威爾？他也得去察看弟兄們是否安然無恙。」

「誰？埃利斯？你應該要踹他一腳。讓我在他回來前睡在他床上吧。自從亞當斯受傷後，我就一直是一個人睡。」

傑克．費爾布雷斯與亞瑟．蕭蜷縮在防空洞裡，這個寬六十公分、長一公尺的空間擠了十名弟兄。當大夥全擠進來之後，所以人就動彈不得了。傑克已經習慣整晚側身入睡；體格壯碩的蕭連翻身都沒辦法。蕭深沉的呼吸聲，讓傑克也昏昏欲睡；他已經習慣了蕭睡在一旁。兩人共眠時，傑克能像在倫敦與瑪格麗特同床共枕時一樣熟睡——連從後窗嘎嘎經過的列車聲都聽不見的那種熟睡。

早上，傑克寫了一封信回家：

親愛的瑪格麗特，包裹已安全抵達，謝謝妳，裡面的東西我都很喜歡。高湯塊很有用，蛋糕也很受歡迎。我們最近的駐紮地點比較好，我的身體狀況也不錯。我們甚至有防空洞可用——不再專屬於軍官！這確實是很奢侈的享受，大家都睡得很好。

我們也開展了一些新工程，我想步兵團沒有那麼排斥我們了，而我們現在的準備，對下次的全面攻擊非常重要——沒錯，還會有一場大攻擊。當然很危險，也許還會有毒氣警報，但我們也養了一批新的金絲雀，所以還滿有把握的。我猜敵軍真的有埋地雷，只是我們還沒遇到罷了。雖然我這樣說，但請不要擔心，否則只會讓我後悔告訴妳這麼多事情。

步兵團總想把雜事推給我們，但我們在地底已經夠忙了，才不要替他們蓋戰壕，這我能拍胸脯保證。我們會幫忙埋電話線，但最多也就這樣了。現在有一些步兵也會來幫我們的忙，這才像話嘛！

步兵團為了洗澡，趕著我們走了八公里，但我們昨天就洗好了，這讓弟兄們怨聲載道。如果不能換衣服，沖澡有什麼意義？衣服上面早就住了很多「訪客」。但能用熱水淋浴、洗個舒服服的澡真的很痛快。終於可以稍作休息了，這讓弟兄們很高興，我們還到餐廳裡喝啤酒，雖然回營時被中士狠狠斥責了一頓，不過非常值得。

妳說家中沒什麼事，又說我一定會覺得妳的信很無聊——絕對不會。我們非常渴望收到家鄉的消息，一心只想著：回家、回家、回家。

我也很思念兒子，一想起他，我就無法保持開朗的心情。我們會在週日做禮拜，牧師的講道很有趣。上週他說了浪子回頭的故事：一位富人有兩個兒子，其中一人誤入了歧途，但當他返家時，父親仍為他宰殺了最肥嫩的牛隻。我也想要為約翰盡心盡力，可惜我們的緣分已經盡了。

我會努力振作起來，妳千萬不要擔心我。請幫我向哈伯德小姐表達謝意，盡快回信給我，

愛妳的，傑克。

︷

他們將地雷埋得很深，埋設時還挖到了藍礦泥[65]。弟兄們在最深的洞穴前挖了一個大坑，大夥就能在坑裡休息，不用再返回地面睡覺。他們渾身惡臭、忍著不清洗身上的裝備，只為了找到一處安全溫暖的地點。只要不必待在一直下雨的天空底下，每分每秒都令人感激；他們只求一處能遮風避雨的庇護所，別讓刺骨的寒風凍僵溼透的衣褲，去任何地方都行。這裡氣味難聞，但是待在地面也沒有比較好，因為漂白粉似乎也無法減緩腐爛血肉的味道，氣味好像還更重了。大部分的茅坑都被掩埋或廢棄，大家寧願吸進火盆的毒霧，也不願聞到糞便的臭味。

已經挖了兩年多的地雷深坑逐漸拓寬，朝山脊推進。威爾的隊伍則在開挖一處淺層地道，以監聽敵軍埋設地雷的行動。一天早上，他們聽到了上頭傳來德軍的動靜，附近似乎有一處梯子能讓敵軍潛入地底，他們甚至能聽見靴子重重踏過頭頂地道的聲響。威爾命令弟兄們撤離，只留下兩三人監聽，確保德軍不會炸毀戰壕，但是無人自告奮勇，他只好要求大家輪班。大夥都帶了蠟燭，這樣就能夠一面監聽、一面看書。已經有二十名弟兄平安輪班歸來，但還是發生

65 一種源自風化火山灰的礦物，藍色來自於其中的雙矽酸鋁鹽和鈉鹽，與珍稀礦物青金石的成分相同。

了爆炸——德國人在掩護下成功引爆了地道，兩名監聽的士兵就這樣被活埋在數千噸法蘭德斯的土壤下。

爆炸發生時，威爾正在向史蒂芬訴苦，表示輪流監聽也是無奈之舉，兩人正在戰壕中喝茶。當他們腳底的土地撼動時，威爾的臉色頓時變得蒼白。熱茶溢了出來，濺到了他顫抖的雙手上。

「我就知道，」他說。「我就知道他們會炸毀地道！我必須下去。讓他們待在那裡是我的主意。喔，天啊，我**就知道會爆炸！**」

威爾看了史蒂芬一眼，渴望他能同理自己的心情，接著便起身準備下去地道。

「等一下，」史蒂芬說道。「你或許失去了幾個下屬，但假使敵軍在戰壕下挖地道，我的連就會失去一半的弟兄。你最好先確認他們的地道通往哪裡。」

「如果你這麼擔心就一起過來。我必須優先考慮我的下屬。」威爾說。

「你找一個人向我回報吧。」

威爾憤怒到連顫抖都停止了。「不要指使我該怎麼做，如果你真的那麼擔心，你就——」

「我當然擔心！如果他們認定下面有地雷，一定會亂成一團，絕對不會乖乖待在那裡二十四小時。」

「不然我們一起下去看看？」

「在地底爬行又不是我的工作。」

史蒂芬跟著威爾走到放置地道補給的地方。威爾提起一個關著金絲雀的小木籠，轉向史蒂芬。

「你害怕嗎？」威爾說。

史蒂芬猶豫地瞥了籠子一眼。「當然不會，我只是——」

「那就一起來吧。」

史蒂芬很少會被威爾說服，但他曉得自己現在別無選擇。

「下去一小時就好，」威爾說，他看見史蒂芬有點退卻，口氣又轉為安撫，兩人沉默了一會兒。「你上次不是受傷了嗎？我還以為你不敢下去。」

「沒問題，」史蒂芬說：「我不怕。」

威爾遞給他一頂附有頭燈的頭盔以及一把圓鎬。「底下很窄，抵達爆炸區時得清理一些殘骸。」

史蒂芬默默點頭。他讓最靠近的弟兄轉達埃利斯自己的去向，接著就隨著威爾前往地道入口。

一塊防水油布鋪在戰壕前牆幾公尺的木造結構上，這些裝滿土的沙袋，之後會被一袋一袋運走、倒在大後方，這樣敵軍的飛機就無法辨別真正的挖掘點。兩人準備下去的洞口比兔子洞還小。

威爾轉頭看著史蒂芬，神情焦慮。「盡可能跟上我。」

戰壕欄杆底下是深入黑暗地底的垂直豎井。幾公尺外有個木梯，威爾熟稔地咬住金絲雀籠的把手爬下去，史蒂芬卻得小心地用腳探索下方的每一根木條。

終於，他降落到了一處木製平台上，威爾正等著他。

「快過來吧，就是這裡。地道很淺。」

史蒂芬大口喘著氣：「你不是應該派擔架兵來嗎？」

「已經知會他們了，但沒有指揮官指路，他們是不會下來的。」

威爾蹲下來，在黑暗中小步前進，左手提著鳥籠。史蒂芬在他身後約三到四步的距離。金絲雀正在啼叫，但他不知道這鳥鳴是出於恐懼還是喜悅。史蒂芬聽到鳥鳴便瑟瑟發抖。他想到上方的陸地：無人地帶滿布積水的圓型彈坑，老鼠在尚未回收的死屍上嬉戲、享用大餐；還有約十公尺厚的堅實黏土層，土壤中的水正滲入他們的頭頂。

隨著地道的高度降到一公尺，威爾改為匍匐前進。兩人爬行的同時，地道也越來越窄，史蒂芬完全看不見威爾頭燈的光芒。他的頭燈似乎只能照亮威爾的靴底，偶而才能瞥見他緩慢前進的後背。

兩人繼續深入前進，史蒂芬感覺雙手沾滿了泥土。他將手臂撐在地道的牆上，騰出空間呼吸。只要威爾讓他與鳥籠保持距離，他就能熬過被泥土嚴密包圍的重量以及任何恐懼。只要不靠近那隻鳥，他什麼都能忍受。

威爾呼吸急促，大口喘著氣，他一手抓著籠子，只能用另一隻手爬行。史蒂芬感覺被一塊小石頭割破了左手。他們頭頂的土壤已被有毒的孢子汙染了，毒素來自於農民作為肥料的馬糞；史蒂芬只希望毒素還沒有滲得太深。威爾繼續前進，努力用手臂撐住身體。他們只能在窄小的空間中吃力而緩慢地爬著。

威爾突然停下，他開始咒罵。「到此為止了，」他說。「已經到盡頭了。前方本來還有十公尺，但他們炸掉了整條地道。那兩人必死無疑。」

史蒂芬爬向前，他看著前方的土牆，突然感到一陣恐慌。假使他們身後的地道也垮了……他挪動雙腳打算轉身：這場爆炸必定讓地道結構變得更脆弱。

威爾從背包裡拿出一個圓形木盤，壓在地道牆上。接著拿出聽診器，按著圓盤表面中央專注傾聽。他舉起手指放在唇上，史蒂芬也認真傾聽。四下安靜得詭異，在靜謐之中兩人有些不安：沒有聽到槍聲。

威爾將聽診器從耳邊扯下。「什麼都沒有。」他說。

「那個東西有用嗎？」

「挺有用的，是一位巴黎科學家發明的，但不可能非常精準，對吧？」

「誰在那邊？」

「蕭，我想還有一位叫史丹利的新人。」

「怎麼樣才能救他們？」

「我們無能為力。繼續挖掘只會讓地道坍塌，得先派人下來用木條撐住。要是他們能過來最好，但我想把這裡封起來了。」

「如果外援到不了那裡呢？」

「我們只能禱告了，反正所有人最終都會歸於塵土。」

「你現在想要禱告嗎？」

威爾的臉離他很近，史蒂芬甚至能聞到他呼出來的陳年酒味。

「我不會禱告，」他說。「你會嗎？」

「我可以自己發明。」金絲雀發出小小的啼聲，史蒂芬嚇了一跳，心臟好似開始絞痛。他開始喃喃唸著：「在祢手裡，神啊，我們讚揚這兩名弟兄的靈魂，願他們得以安息，讓這一切不會徒勞，奉耶穌基督的名，阿門。」

「走吧。」威爾說。「最好讓我帶路。我會試著從你身上爬過去。後退一點，就是這樣，靠在牆上。」

史蒂芬趴好，讓威爾爬過自己。當威爾緊貼著他時，圓鎬敲到了地道。一些泥土掉在威爾身上，接著更多沉重的土塊落下砸中他的右臂，他發出一聲慘叫。史蒂芬試著退到較寬的位置，免得地道坍塌下來。威爾一面咒罵一面呻吟。

「我的手臂斷了，讓我出去、讓我出去！快點，地道快要崩塌了。」

史蒂芬爬到威爾身旁，小心清掉他身上的土塊，又將泥土壓回地道牆面。威爾痛苦地不斷哀嚎。

「把土清掉、把土清掉！我們得離開了。」

史蒂芬咬牙切齒說道：「我盡力，我得輕輕弄。」他趴在威爾身上，清理砸中他手臂的土塊；接著他蠕動身軀，想辦法爬過威爾，威爾的頭被他的重量壓進土裡。史蒂芬終於爬回了原位，兩人面對面趴著，威爾的腿朝牆壁，史蒂芬朝向出口。威爾吐出嘴裡的土。

「你還好嗎？」史蒂芬問。

「我的手臂斷了，肋骨可能也是。我得用另一隻手爬回去，你去抓那隻鳥吧。」

史蒂芬的手伸向籠子——脆弱的木籠被土塊砸碎了，裡頭空無一物。

「鳥不見了，」他說。「我們走吧。」

「該死，」威爾說。「我們不能把鳥留在這裡，必須把牠帶回去。否則如果被德國人發現，他們就知道我們——」

「拜託——他們就是知道我們在哪裡才會炸毀地道。」

威爾疼痛難耐，吐了一口痰。「你絕不能拋棄這隻鳥，絕對不能任牠自生自滅。手冊上有寫，你如果那樣做，我就會被處罰。找到那隻鳥。」

史蒂芬再度爬過趴著的威爾，利用頭燈微弱的光芒搜索黑暗的地道。當他在土塊掉落的空穴左側看見黃色微光，他簡直要哭出來了。他溫柔地朝鳥兒伸出手。

史蒂芬的心跳劇烈，好似連地面都在震動；他的衣服已經溼透，汗水甚至流進了雙眼。他穩穩舉著手，在黑暗中打開手指靠近那隻鳥。拜託，上帝，他咕噥道，拜託，拜託……當他的手離金絲雀不到十五公分時，他猛然撲向牠。鳥兒起飛，翅膀刷過他的手背。史蒂芬尖聲大叫、身體痙攣，踢到威爾的大腿。

「天啊，怎麼了？你這樣會讓地道垮掉。」

史蒂芬閉上雙眼，氣喘吁吁地趴著。

「不要動，」威爾說道。「天啊，你冷靜一點。牠飛到我附近了。」

史蒂芬安靜地趴著。威爾沒有動靜，只是吹出小小的口哨聲，試著撫慰那隻驚弓之鳥，或者說想把牠騙到手上。史蒂芬依然面對著死路，因為威爾的身體擋住了出口的方向。

威爾忽然動了。「我抓到了，」他說。「在我手上。」

「好，那我們回去吧。你負責帶路，我跟著你。」

「我只有一隻手能動，沒辦法拿這隻鳥。」

「那就把牠殺了，不過是一隻金絲雀而已，走吧。我抽筋了，我要離開這裡。」

威爾只是靜靜地待著，最後他說：「我不能殺牠，我做不到。」

史蒂芬的心中一沉。「你一定要殺了牠。」他說。他的嘴唇乾澀，說出來的話卻無比溫柔。

又是一陣沉默。然後威爾說：「我不能這麼做，瑞斯福德。我做不到，牠只是一隻小鳥，牠是無辜的。」

史蒂芬試著冷靜下來，「拜託你殺了牠。把牠捏碎、咬下牠的頭，隨便怎麼樣都可以。」

「那你來殺牠。」

「不！交給我太危險了，牠有可能會飛走！」

威爾翻身仰躺，左拳舉向史蒂芬，將鳥頭夾在大拇指與食指中間。「在這裡，」威爾說。「我握緊牠了，你可以拿小刀割斷牠的喉嚨。」

史蒂芬覺得威爾的眼神像是要燒死他似的，他從口袋中拿出小刀，接著將手伸到威爾的膝蓋上。威爾用力挺起後背，迎上史蒂芬出現在他小腿間的眼神。兩個男人望著彼此間那顆小小的鳥頭。史蒂芬回想起一步步走向槍口的弟兄；想起那一天，世界在蒂耶普瓦勒的暮色下呻吟。威爾定睛看著他。史蒂芬將小刀放回口袋，戰勝了幾乎要奪眶而出的淚水。如果威爾讓這隻鳥逃走了，自己可能就會碰到牠。

「讓我拿吧。」史蒂芬說道。

「你還得用兩隻手挖掘與爬行。」威爾說。

「我知道。」

史蒂芬用手帕為鳥做了一條吊帶。他將三個角綁在一起，其中一角先不打結。

「好了。放進來吧，我要把牠包起來。」

他咬緊牙關，對威爾伸出雙手。當威爾將鳥放進手帕時，史蒂芬驚恐地感受著掌心中不斷拍動的翅膀。他用顫抖的手指摺起手帕的第四個角，與其他三個角一起綁好。他咬住結，從威爾身上爬過。

他們慢慢撤退，史蒂芬將鬆動的泥土壓回牆壁，盡可能拓寬地道；威爾則用左手拚命奮力地爬行。

在這狹隘的黑暗地道裡，史蒂芬感受著臉頰下羽毛的份量。有時鳥兒會鼓動翅膀掙扎，有時則因恐懼而靜止不動。史蒂芬彷彿看見了鳥兒伸展的翅膀骨架、俯衝時的姿態與烏黑的雙眼。他努力轉移注意力，但腦袋彷彿已經停止運轉，只浮現出了一幅畫面：這隻鳥如果變成化石，就會像斜紋石灰岩層中的翼手龍一般，有著細長尖銳的鳥喙以及史前時代的鉤爪，尤其是那脆弱翅膀內側的結實羽毛，一端插在血管中，一端覆蓋著翅膀的三角區。在他的想像中，這隻受驚的生物瘋狂撲動翅膀，幾乎足以撞上他的臉，猶如敵意十足的狂風驟雨，準備用巨大的鳥喙啄去他的眼睛。

他口中銜著的小金絲雀輕巧地動了動，橙黃色的羽毛從手帕中露出來，輕柔地拂過他的臉。他閉上雙眼繼續前進。他渴望回到泥濘與戰壕中，渴望聽見砲彈的隆隆聲。

威爾在後方奮力爬行。他哀求史蒂芬等一下，接著將手臂塞入前襟試著支撐自己。骨頭摩擦的劇痛讓他痛苦地大喊。

兩人抵達梯子旁，終於能站起身。史蒂芬拿出嘴裡的手帕交給威爾。

「我爬上去後，會指派幾名你的下屬來協助。你要撐住。」

威爾點點頭，史蒂芬注意到他臉色蒼白。他給了史蒂芬一個眼神空洞的微笑，這種微笑總是讓埃利斯憂心忡忡。威爾說：「你很勇敢，瑞斯福德。」

史蒂芬抬起眉毛。「你在這裡等著。」

隨著爬上地道豎井，史蒂芬的心情也逐漸平復下來。他踏上泥濘的土地，此時大雨滂沱，他站在昏黃的光線下舒展手臂，又深深吸進漂白粉的氣味，彷彿這是里沃利街最迷人的香氣。

他看見埃利斯在地道口緊張地待命。

「啊，埃利斯，找一些地道工兵下去好嗎？威爾上尉的手臂斷了。」

「長官，你們去哪了？」

「去支援工兵啊，我必須展現出誠意才行。如果你好聲好氣地詢問，他們甚至會幫你挖一個防空洞。」

「長官，我只是很擔心。其他人跟你們一起下去不行嗎？」

「好了，埃利斯，兩個人就夠了。天氣不是很好嗎？我去散散步。」

當史蒂芬沿著戰線散步時，聽見普萊斯正在命令筋疲力竭的弟兄們修復戰壕，他不禁微笑。無論是歐陸大地的田野變得荒蕪，還是阡陌縱橫再次浴火新生，普萊斯都會繼續完成任務的。

～

「你當然可以去，」格雷上校說。「這是一場文明的戰爭，我們也知道你去哪了。別讓年輕的埃利斯帶你亂跑就好了。」

史蒂芬點點頭。「謝謝你，長官。」

格雷拿起書，將腳跨回桌上。史蒂芬和埃利斯離開作為營部的房間時，他又翻了一頁《修昔底德》（*Thucydides*）[66]。

第二天，列車將他們帶往一處激戰後的鄉下地方。史蒂芬起初覺得非常詭異：在被轟炸戰壕的幾公里外，依舊有著尋常鄉間生活。歷時近三年的戰爭，讓地面上散落著各種垃圾。路旁滿是被丟棄的汽油罐、彈殼、木箱、金屬罐頭、各種補給物的包裝與彈藥。

十分鐘後，他們看見了第一棵綠樹——這是第一根沒有被炸毀燻黑的樹幹。上頭的樹藤交錯蔓生，聚集著鴿群與畫眉鳥。

埃利斯遞給他一盒香菸，史蒂芬拿起菸盒端詳。「你是怎麼拿到『標竿』的，埃利斯？」

「我正在蒐集各種品牌的香菸，現在還沒找到『基奇納的小兄弟』這個牌子。」廉價煙味瀰漫了整個車廂。

自埃利斯提到亞眠之後，史蒂芬的內心便漸漸柔和了下來。曾經，他以為永遠不會回到亞眠，但對於如今的他而言，往事種種不過是一場獨特的經歷，不會影響他現在的人生分毫。也許不應該這麼早舊地重遊，但此時的他也無意喚醒任何感性與悲傷，只是懷著對這座小鎮的些許好奇心罷了。格雷說，整座城鎮被砲彈轟炸得體無完膚。

「跟我說實話吧，長官。」埃利斯問。「那天晚上的撲克牌。你是否——」

「你知道，其實不用叫我長官。至於那些牌……你覺得呢？」

「我覺得你作弊。」

史蒂芬微笑。「我當然作弊，連威爾都知道。」

「那他為什麼還要請你算命呢？」

「因為他很害怕。」

埃利斯疑惑地看著他。

「我知道這樣很奇怪。威爾什麼都不相信，但又需要某些事物支撐他堅持下去。他必須相信自己的存在值得他為此而戰——幾乎可以說是為此而死。」

「撲克牌有幫助嗎？」

「也許吧。他是個膽小的男人，也許會欺騙自己。」

「我懂了，」埃利斯的聲音有點僵硬，「那他第一次恐懼抓狂是什麼時候？」

史蒂芬非常溫柔地說：「我不認為那是恐懼，他並不害怕毒氣、砲彈或被活埋。他是害怕這些事毫無意義、沒有目的。他害怕自己誤入了錯誤的人生。」

「原來如此。」埃利斯仍然滿腹疑問。

列車匡啷匡啷地開往亞眠，他滿心期待著這趟旅程。雖然埃利斯不是最理想的旅伴，但史蒂芬也不想過於苛待他。威爾在阿拉斯附近的復健中心休養，雖然他想回家一趟，卻因傷勢備

66 前四六〇年～約前四〇〇年，古希臘歷史學家、思想家，有《伯羅奔尼撒戰爭史》（*History of the Peloponnesian War*）傳世，該書記述了西元前五世紀斯巴達和雅典的戰爭。

受質疑而作罷。曾有步兵為了逃避上戰場，故意讓齒輪絞斷手臂。

埃利斯拿出一疊信紙，開始寫信給家人。史蒂芬凝視窗外，戰爭的聲音已離他遠去。史蒂芬發現自己能很快遺忘這一切，不像威爾，即使待在家裡安靜的臥室中，仍揮之不去隆隆的砲火聲。

七年前的他是什麼樣子？他曾經生活在什麼樣的世界，又過著怎樣劇烈而目眩神迷的生活？當時一切似乎都很合情合理；他的身體裡滿溢著強烈的情感，日復一日耽溺在愉悅的感官體驗中，那份情感似乎構成了某種重要的事物。那時，他感覺自己已經洞悉人生、甚至證明了某些事，如今卻已完全說不清明白了什麼。

「你想在亞眠做什麼？」他問埃利斯。

「我不確定，這是我第一次休假，也不清楚城裡是否還過著正常的生活。我可能會去戲院，不然還能做什麼？」

「多數人只想喝得爛醉或嫖妓。」史蒂芬聳聳肩。

埃利斯皺眉道：「我不認為自己會喜歡這種事。」

「你是說哪一件事？喝醉？」史蒂芬大笑。

「不，另……另一件。」

「我想你應該去看看。軍中認為與女人定期往來有利於健康。憲兵特許軍人上妓院。」

「那你會去嗎？」埃利斯挑釁地問。

史蒂芬搖搖頭。「不，我完全沒興趣。」

「那我也沒興趣。」埃利斯說。

「你在寫信給誰？」

「我母親。」

史蒂芬微笑道：「我提議的時機可能不太好，但我絕對會去酒吧，你一定要讓我請一杯香檳。我們就從這裡開始吧。」

列車進站時，史蒂芬沒有立刻認出這棟建築。他原以為會沉浸在回憶中，卻什麼也想不起來。他站在月台上抬頭看著拱頂，接著朝中央大廳走去。他和伊莎貝爾當初是從遠處的另一個月台離開。他想起兩人準備出發時，自己曾經透過馬車窗戶凝視外面的綠色大門。他從軌道望去，那扇門依然矗立在那裡。

當他和埃利斯走上鵝卵石鋪成的車站前庭時，已經中午了。天色灰濛，但仍能夠看出長達半年的漫長冬季終於要結束了。雨停了，微風並不刺骨。

他們走到了大教堂，一些老建築被炸得傷痕累累。在戰線後方幾公里的亞眠區深受戰爭所苦，但近來在盟軍的保護下已安全多了。轟炸停止後，平靜的索姆地區漸漸恢復生機：商店開始營業，晚上八點後原來是酒吧與餐廳的宵禁時間，如今禁令也全部解除了。

史蒂芬饒富興味地觀察回憶中的街道，儘管有些牆壁已被拆除，還有被彈藥燻黑的斑駁石材，但保留了大致的原貌。在史蒂芬離開的七年間，他不曾主動回憶這些事物，他甚至很少想起這個小鎮，但當他走上熟悉的道路時，腦海中自然浮現出亞眠的地圖。

角落有一棟半木造的建築，伊莎貝爾曾經從敞開的窗戶中聽見喜愛的曲子，但她丈夫的朋友伯納德不以為然。右邊一條窄巷中，有一間他從前經常前去享用午餐的餐廳。也許他最喜歡的座位還在窗戶旁，當年那位巴黎人說不定還在酒吧中。

「埃利斯，你想來這裡看看嗎？我記得這裡有一間小餐館。」

「只要有賣香檳就好，那間餐館是叫哥貝爾嗎？有人向我推薦過。」

「我不記得名字了。只記得老闆在巴黎的奧德翁廣場也有一間小餐館。」

兩人站在外面，史蒂芬透過窗戶窺視。木製隔間已經消失了，一側是空蕩蕩的櫃台，另一側有一些看起來很廉價的桌椅。他推開鑲嵌著玻璃的輕薄木門，在石頭地板發出刺耳的摩擦聲。空無一人。他們走向酒吧，後方有一些存放物品的架子。

一名滿臉風霜的禿頭男子無精打采地走下樓，身上的圍裙非常油膩。他穿過房間盡頭的一扇小門，嘴裡還叼著一根菸。男子咕噥打了聲招呼，史蒂芬點了兩杯啤酒。

「你知道原來的老闆去哪裡了嗎？」他說。

「他現在是德國的囚犯。他們在一九一四年被圍捕。」

「誰被圍捕？」

「亞眠區所有男人，當時德國人占領了這個城鎮。」

史蒂芬拿起啤酒。「你是說，鎮上所有男人都被帶去德國了？」

男子聳聳肩。「只有傻瓜，還有膽小鬼。剩下的人他們另有安排。」

史蒂芬問：「那你呢？」

「我太老了，他們不感興趣。」

「他在說什麼？」埃利斯問。

「他說這間餐廳之前的老闆被送到德國了。這真是個淒涼的小地方，對吧？這裡曾經擠滿了精力充沛的年輕學生，是那麼生氣勃勃。」

史蒂芬將啤酒杯放在鋅製櫃台骯髒的金屬環上。他突然醒悟，知道那些曾經大聲點餐、身上帶著刺鼻香菸味的學生們，如今人在何方。那些沒有死在凡爾登戰役中的人們，如今正集結在一塊，聆聽著將軍的陣前喊話，準備攻下埃納河。

「我們走吧，」他說。「去別的地方。」

「為什麼？我才正要開始——」

「這裡太令人感傷了，走吧。」史蒂芬在櫃台留下幾枚硬幣。

天色漸暗，史蒂芬有些焦急，擔心自己的傷感毀了埃利斯的第一次休假。

「你挑一間酒吧，」他說：「我請你喝酒。」

他們走過大教堂，成堆的沙袋直堆到窗戶下。石牆依舊完整，但有些玻璃不見了，史蒂芬注意到許多穿著喪服的亞眠婦女在哀悼。

他們停在一間叫「牡蠣」的酒吧前，裡頭當然不賣牡蠣。酒吧裡有來自各地的軍人：英、法、比利時、葡萄牙。史蒂芬買了瓶香檳，斟滿埃利斯的酒杯。兩人舉杯敬酒，祝福彼此身體健康。史蒂芬渴望酒精能讓自己遺忘一切，因為他發現自己越來越難適應這個相對正常的世界。在場的眾多軍人令他不安，他曉得許多人前一天還困在及腰的泥濘中，甚至在成群的老鼠中爬行，如今卻繫著閃亮的腰帶，臉上的鬍子刮得乾乾淨淨——假使他們現在能表現得如此幸福和樂，還有什麼詭計是他們無法假裝的呢？

一些未服喪的亞眠婦女，似乎對外國軍人的態度比較友善。她們接受喝酒的邀請，在桌邊坐下，試著聽懂英國軍官生硬的法文。

在喝完第二杯酒前，埃利斯向旁人推薦史蒂芬當翻譯。有位年約三十歲的少校正吸入一大口煙以掩飾自己的難為情，因為他身為蘇格蘭軍官，卻正試圖搭訕一位喝著紅酒、大聲喧嘩的法國女人。

「告訴她，他想帶她參觀防空洞。」蘇格蘭人說道。

史蒂芬翻譯了這句話，然後回覆，「她說她認為他是個很帥的年輕人，看他要不要帶她去什麼好地方共進晚餐。」這比那位女士實際上說的話更直接。

這位少校試圖結結巴巴地回答，但他的法文程度只能說出「有可能嗎」，之後他拿起菸斗，做了許多很紳士的手勢。

「我認為她想要一杯酒。」史蒂芬說。

「原來如此，真的很抱歉，我——」

「不用擔心，我會給她一杯。你們繼續聊。」

蘇格蘭人試著解釋史蒂芬話中的笑點：在軍隊中，「聊天」指的是清除蝨子；但他不知道「蝨子」或「清除」的法文是什麼，只能以手指模擬昆蟲的樣子，然後用拳頭在桌上做出壓碎的動作。女人困惑地搖頭，他又拿出打火機靠近衣服上的縫線，然後躺在地板上，四腳朝天不斷猛踢。

史蒂芬回來時，發現女人正捧腹大笑。埃利斯不太確定地抬頭看史蒂芬，當他看見史蒂芬對自己微笑時，也笑了起來，一面敲著桌子，酒吧裡的客人寬容地看著他們。史蒂芬閉上雙眼，開始猛地灌酒，他在酒吧買了一瓶老奧克尼威士忌與一只香檳杯。當他再度睜眼時，對在場的人們湧起一股融化般的溫暖感受，終於放鬆下來了。

蘇格蘭人說：「告訴她，下一次休假的週末，他想要帶她去巴黎玩，他打算去紅磨坊。」

「紅磨坊，」女人大笑著回應：「很好。」

她的英文受到眾人稱讚。她對史蒂芬說：「告訴他，我的英文是跟鎮上的一位將軍學的。」

「她認為你很快就會晉升將軍。」

少校謙虛地搖搖頭。蘇格蘭人的神色讓史蒂芬想起了威爾，他對這位不在場的朋友湧起了一股憐憫，史蒂芬希望他也在這裡。可憐、奇特的威爾，以他最不情願的方式，體驗了一番超乎想像的經歷。

顯然蘇格蘭人正假裝自己幫助了英國友人，希望能令女士印象深刻。

「請問這位小姐，她是不是亞眠人？詢問她有沒有多的空房，能讓兩位品行端正的軍官暫住，我們是蘇格蘭高地最優秀的軍人之一。」

這名婦女以探詢的眼神看著史蒂芬。她有著慧黠的棕色雙眼與玫瑰色的肌膚。「呃，」她說：「我認為他想上床。」

史蒂芬忍笑。「我有同感。」

女人笑了。「告訴他，如果想要更便宜的住宿，就去找一間點著藍光或者紅光的房子。我會提供三位男士上等的晚餐，一間有乾淨床單的房間，早上會有新鮮的蛋和咖啡，價格也合理，但恐怕沒有別的了。有興趣的話就過來吧。」

「謝謝你，鎮上哪裡還有當地人會去的酒吧？不只是給官兵，是當地人會拜訪的酒吧。」

「有，這條路朝博韋街的方向有兩三間酒吧，其他地方也有。」

「來吧，老兄，」蘇格蘭人說。「她說什麼？」

「她說那裡有你需要的地方。」

「我的天啊，」少校說，用力喘氣。「這話聽來像女祭司的神諭似的。」

蘇格蘭人的眼神不太確定，史蒂芬擔心自己壞了他的興致。「不，不，」他說。「她非常友善，會給你一張過夜的床還有……我確定她想繼續聊聊。」

蘇格蘭人看起來如釋重負。「好，這樣很好，我們去點更多酒。安德森，換你了。」

史蒂芬湊上前，在埃利斯耳際悄悄說：「我出去一下，這裡好熱。如果我沒有回來，你一個人待在這裡可以嗎？你有錢嗎？」

「有。我很享受，這裡的氣氛很好。」

史蒂芬在他的杯子斟滿威士忌，然後將酒瓶放回口袋。「好了，」他說道：「待會兒見。」

街頭寒冷，彷彿冬日再次降臨了，不過在感受過酒吧的暖熱與煙霧之後，史蒂芬很享受撲面而來的冷風。他揢緊身上的大衣，將衣領豎起。一條狗在路邊嗅聞，在小巷中敏捷地穿梭，白色的尾巴在微弱的月光下高高舉起，看來牠有要事在身；跟大部分鎮上的居民一樣。儘管商店已經打烊，漆黑一片，史蒂芬仍可以透過窗戶看見安靜的櫃檯後方放著布店老闆的布匹與藥劑師的藥瓶。第二天麵包店同樣會人潮洶湧，顧客向老闆道早安，也會和其他人打招呼；客客氣氣買了麵包後，彼此道謝。居民們彼此抬眉或聳肩示意，明白一切已不如以往。照常度日的那些人，只是因為別無選擇。麵包店隔壁的肉鋪販有三種等級的馬肉，史蒂芬心想，肯定少不了支援壕與水溝中的肉源，他盡可能不去想像最低等的肉類品質有多糟。

他聽見遠處街道的酒吧傳來歌聲，決定走過去看看。史蒂芬進門後，再度被軍人所圍繞，幾乎都是普通的英國軍官。他們年輕的臉龐因酒精而脹紅，許多人邊聊邊大笑，像是在咆哮。既然已經踏入酒吧，史蒂芬也不能無禮地立刻離開，於是他擠入人群，點了一杯酒。

一名年輕軍官在角落彈琴伴奏，但大夥其實都各唱各的曲子。一位年輕人悄悄湊近了史蒂芬。

「我從來沒在查理酒吧看過你，你是哪個軍團的？」

他抓起一顆史蒂芬的外衣鈕釦細細檢視，露出不以為然的表情。「你有參與任何行動嗎？」

「有參加幾次。」

「可憐的老傻瓜，你總是在槍底下奮力求生嗎？」

「對，通常只能靠自己。」

「別這樣。真的很抱歉，我想我快吐了。」

年輕人將史蒂芬推開，跌跌撞撞地走向門口。

「你最好去照顧你的朋友。」史蒂芬對身旁的軍官說。

「喔天啊，又來了！他吐了，對不對？他總是這麼令人操心，失陪一下。」

史蒂芬感覺被酒吧的人潮來回推擠，人們開始高歌。他終於脫身之後，奮力衝出門口，快步走到博韋路上。

他找到一間掛著潔白窗簾的酒吧，一群男人站在櫃台前，腳跨在欄杆上，狐疑地看著他，但仍然點點頭回禮。

史蒂芬坐在窗戶旁喝了一杯酒。這裡安靜涼爽，能讓他好好整理思緒。他閉上雙眼，試著沉浸在這種遠離槍聲的靜謐之中，但依舊警戒著周遭。他納悶如果再多喝一點，或許就能更放鬆一些。史蒂芬心想，他真正需要的是與人連結的親密感，不是戰場上的患難之情，而是發自內心的友誼。

他睜開雙眼，抬頭看見一名女子走進了酒吧，正準備買一瓶綠色利口酒。她蓋著黑色的頭紗背對著史蒂芬。她拿著酒瓶轉過身，史蒂芬感覺胃部緊縮，一股震顫從體內流竄至掌心。

女子環顧四周，瞥見了他痛苦的神情後，立刻警戒著別過頭，看起來有些擔憂。她的眼神與史蒂芬交會後立刻移開，然而史蒂芬仍凝視著女子。

她尷尬地匆匆走到酒吧門口，步伐在木地板發出清脆的響聲。史蒂芬驚訝得闔不攏嘴，連忙推回椅子，踉蹌地跟在她身後，而酒保在他身後呼喊，說他還沒付錢。

史蒂芬衝向戶外的鵝卵石街道，快步走到這位女士身旁。

「請問一下……」

「先生，請不要打擾我，否則我要報警了。」

「不！求求妳聽我說！我想我認識妳，我不會傷害妳，我保證。」

這名女子勉強停下腳步，謹慎地盯著史蒂芬瞧，史蒂芬端詳著女子距離寬闊的雙眼及高的身材。

「請問妳……不好意思，聽來可能有點可笑，請問妳的名字……是金妮嗎？」

這名女士似乎有些不情願，不過最後還是承認了。

「妳的姓氏，是傳門葉嗎？」

她點點頭，沒有說話。她的舉手投足都神似妹妹伊莎貝爾。

史蒂芬說：「妳知道我是誰嗎？」

金妮抬起頭，無奈地看著他的眼睛。「沒錯，我知道你是誰。」

「妳介意留步嗎？」

她沒答話。酒保這時拿著史蒂芬的軍帽追過來，史蒂芬向他道謝，付了酒錢。

酒保離開之後，史蒂芬問：「我們可以到哪裡聊聊嗎？我有一些問題想問妳。」

「好吧，跟我來。」

史蒂芬跟上前。其實他沒有什麼想問的、也沒有什麼需要知道的。在他看見金妮的當下、猜出她的身分時，他明白自己要不就是忽視她，要不就是與她打招呼。他不假思索地選擇了後者，不顧一切。

金妮走到市政廳廣場的長椅坐下，史蒂芬不安地站在她面前。

「我們不能在這裡談，不能進屋裡說嗎？」

金妮搖頭。「我不想被人看見與你一起待在酒吧裡。」

「不然到妳家？我們不能……？」

「不，不行。你想問我什麼？」

史蒂芬深深嘆了口氣，捂緊了大衣，呼出來的氣在煤氣燈下有如脆弱的雕像。

他說：「也許我該告訴妳發生了什麼事。」金妮看起來並不信任他，他認為自己若表明沒有傷害她或伊莎貝爾的意圖，也許她就能安心一些。史蒂芬簡單地交代他與伊莎貝爾共度的短暫時光——儘管金妮應該知道了，但如果能證實她已經知曉的事，或許也能證明自己可信。金妮傾聽，不時點點頭。

隨著他向金妮講述過去，他漸漸明白自己想知道什麼，也被自己簡單直白的想法震驚：他想知道伊莎貝爾是否還愛著他。看著她姊姊的雙眼時，他彷彿正面對著伊莎貝爾，心中重新燃起對她的渴望，隨之而來的還有無窮的好奇心。

「我回到法國後就開戰了，一直在戰線附近行動。時光飛逝，也許戰爭有一天會結束。」他感覺自己結束得很蹩腳。他不想告訴金妮太多戰場上的細節，想必她已從親友那裡聽得夠多了。他也無意博取金妮的同情，畢竟這是他個人的經歷，也是數百萬名軍人的共同經歷。

「那麼，妳呢？」他問。「妳住在亞眠嗎？」

金妮點頭，稍微將頭紗往後推，史蒂芬看見她圓滾滾的棕眼，以及蒼白到幾近透明的肌膚。比起伊莎貝爾，她的臉龐更具線條感，膚色與五官搭配完美，緊實的肌膚更為細膩。她的聲音低沉柔軟。

「我住在這裡一段時間了，我到這裡是為了……去年十一月，有人請我過來。」

「妳結婚了嗎？」

「沒有。」

「妳一個人住？」

「不，我和……朋友一起。」

史蒂芬不確定她是天生寡言，或是有事隱瞞，但自己的獨白顯然無法讓她全然放心。北風吹過廣場，史蒂芬打了個寒顫。他看著金妮將披肩裹在身上，他得更直接一點。

「我想知道伊莎貝爾過得好不好，或者是否開心幸福。我不想讓事情變得複雜，我知道妳可能對我的印象不佳，因為我是讓她婚姻破碎的罪魁禍首；然而，無論她現在過著什麼樣的人生，我都無意打擾。六年之後的現在，我只想知道她是否安然無恙。」

金妮點點頭。「了解，先生。她很好。你得理解，對她的先生，尤其是她的孩子來說，你帶來了巨大的痛苦。那是一樁醜聞，伊莎貝爾當然也難辭其咎。她的人生毀了，人們將整件事歸咎於她。至於你，我想有些人會很樂見你被槍斃。」

「我了解，我無意粉飾過錯，這對我們而言也是很嚴肅的問題。妳知道伊莎貝爾與亞札爾的婚姻真相嗎？她曾跟妳提過嗎？」

「伊莎貝爾將一切都告訴我了，先生。我是她唯一的朋友和知己，她會向我傾訴一切、告訴我所有細節，就像姊妹、朋友與家人之間的分享。我什麼都知道。」

「那就好。她與亞札爾並不幸福，但這完全無法為我們的所作所為脫罪。關鍵是妳如何理解，曉得她是因為不快樂才會如此抉擇。」

金妮說：「我不怪罪任何人，我就像你一樣，有自己的立場。伊莎貝爾信任我，我別無選擇，只能回報她對我的信任。我無法背棄她，也沒有資格這麼做。」

史蒂芬贊同金妮的話。「沒錯，」他說：「忠誠不是單方面的，必須是雙方的。我向妳保證，我對伊莎貝爾非常忠誠，我忠於她的幸福，遠遠超越我自己或任何人，妳必須相信我。」

「我們沒有熟到足以讓我信任你。我相信你，是因為我聽過妹妹談論你，加上我親眼所見的一切；但是有些事情最好一開始就不要說明白，也不該說出口。我認為我們該說再見了。」

史蒂芬焦急地抓住金妮的手腕，阻止她離去。「告訴我，妳為什麼來亞眠？」

金妮打量著史蒂芬，最後說：「我來照顧伊莎貝爾。」

「伊莎貝爾住在這裡？她在這裡？妳說『照顧她』是什麼意思？她病了嗎？」

「我不想透露太多，擔心會誤導你。」

「太遲了，」史蒂芬說道，嗓音在安靜的廣場迴盪。他試著壓低聲音。「告訴我，她在亞眠嗎？她的身體不舒服嗎？發生什麼事了？」

「好吧，我會告訴你，但講完之後你就要讓我離開。你想知道的一切我都會解釋清楚，然後我就要回去了。你不能跟蹤或者試圖聯絡我，懂嗎？」

「好，我知道了。」

金妮小心翼翼地開口，彷彿在衡量可以說出多少真相。「伊莎貝爾聽了我的建議，回到盧昂的家。家人原本不太願意讓她回去，但在我的堅持下妥協了。幾個月後，我父親與亞札爾達成協議，讓伊莎貝爾回到他身邊。不，聽著，我告訴你，她在這件事上別無選擇，否則我父親會把她趕出去。亞札爾承諾要和她重新開始，兩人一如既往，當作什麼事都沒發生。谷瑞瓦乞求她回去，我猜是他說服了伊莎貝爾。她之所以回到亞札爾身邊，還有一些我無法明說的理由。你也知道，戰爭爆發的第一年，整座城鎮都被德軍占領。許多人被帶走，包括亞札爾。然後……時光飛逝，發生了許多事。伊莎貝爾留在了杜康熱大道的大宅，但房子與後院被砲彈擊中了。無人傷亡，不過伊莎貝爾搬到了考馬爾廷街的公寓。莉瑟特嫁人了，谷瑞瓦長大後，離家上學，明年就要從軍了。去年十一月，亞眠遭到連續轟炸，兩位民眾死亡，考馬爾廷街的房子也被擊中，伊莎貝爾受了傷，但幸運地活了下來。她寫信告訴我說她在醫院，問我能不能照顧她，我才從盧昂趕來。她現在已經康復出院了，當然沒有之前那麼……健康。我會再陪她幾週。」

「原來是這樣。」金妮喚醒了史蒂芬對伊莎貝爾的記憶，往事歷歷在目，史蒂芬感覺伊莎貝爾彷彿就坐在他們之間的長椅上；但顯然有些事、甚至可能是許多事，金妮仍然避而不談。

「我想見她。」史蒂芬很驚訝自己這麼說。當他困在泥濘中時，絲毫不希望看見伊莎貝爾，寧可她不過是個偶爾浮現的模糊回憶；史蒂芬不想見到真實的她，不願想起她的肌膚、肉體或長髮。然而，金妮的話消融了史蒂芬的這份冷漠，也許他太過在乎伊莎貝爾，所以自己的回憶或是金妮的轉述難以讓他安心，必須親眼見證她的幸福才行。

金妮搖頭。「不，不可能，這不明智，畢竟都發生這麼多事情了。」

「拜託。」

金妮溫柔地回應史蒂芬。「你仔細想想，想想這會帶來的傷害與痛苦。要重新揭開這些傷口實在是太瘋狂了。」她起身要離去。「先生，我已經告訴你太多或許不應該說的事，但見到你之後，我感覺可以信任你。我也覺得對你有些愧疚，因為伊莎貝爾離開你時沒有留下隻字片語，而我認為你為人正直，因為你沒有追上她，或讓她的處境更加艱難。我認為你值得我坦誠相告。但是我必須忠於伊莎貝爾，正如你所說，忠誠應該是雙方的，不能有所妥協。」

史蒂芬站在她身旁。「我懂，」他說道。「謝謝妳如此信任我。但是我想請妳做一件事：妳是否至少能告訴伊莎貝爾我在這裡？告訴她我想見面，只是短暫拜訪並祝福，見面與否全讓她決定。」

金妮面露難色，抿起嘴唇搖了搖頭。史蒂芬繼續說：「妳這樣並非不忠誠，只是將選擇權交給她。畢竟這是她自己的人生，不是嗎？」

「好吧，要是我就不會見面，但我會告訴她我們曾偶遇。現在你得讓我離開了。」

「我要怎麼知道答案？」

「明晚九點也在這間酒吧見面，我必須回去了。」

兩人握了握手，史蒂芬望著金妮拿著利口酒瓶的身影穿過廣場，消失無蹤。

⁓

他穿過小鎮，將大教堂拋在身後，朝杜康熱大道走去。成堆的沙袋守護著教堂冰冷的歌德建築，彷彿信仰也無法抵禦爆炸的威力；他走到了運河河岸，當他第一次造訪這座城鎮時，曾經在一個溫暖的月夜看見男人們捲起袖子撐篙，準備渡過這條安穩的索姆河。

那些他原以為早已死去、成為化石的回憶再度甦醒，在心裡躍動燃燒。事態的發展出乎意料，因為即便深陷於最孤獨的時刻、身處最猛烈的轟炸之下，迫使他不得不尋找最本真、最單純的慰藉方式時，他也從未回憶起那段人生。他從未想起伊莎貝爾、從未想起他們之間的種種，他也不願意讓那些回憶成為希望或者被賦予任何意義，或讓自己因此得以逃離這個受困的現實。然而，與金妮相遇的意義非凡：即使他依舊不明白這三年軍旅生涯的意義何在，但這場邂逅將這段時光變得簡單、變得能夠掌控了。

他走過林蔭大道的南端，不敢相信那棟大宅就這樣驀然現身了；大宅的形象與他對死亡的記憶一樣虛幻——在他垂死之時，他的生命以一些不確定的承諾引誘他重返人間；同樣虛幻的還有腦海中殘存的戰爭片段，在那些時刻裡，時間好像瓦解了。

而後他看見五葉地錦攀上一樓陽台的石階；那肅穆的大門以及華麗的鐵飾；灰色石板屋頂下，錯落著各種格局的房間與走廊。這堅實牢固的外觀散發出難以動搖的強大氣息。

他彷彿又品嘗到那些日子的滋味，似乎聞到了拋光木頭地板的香氣，那位女僕叫作……瑪格莉特；亞札爾習慣在晚餐開幾瓶要價不斐的紅酒，入口濃郁而乾澀；此外還有腳步聲，總是令人難以分辨來人究竟是遠或近；客廳的菸斗味；伊莎貝爾穿過的衣物隱約飄動的玫瑰香氣，那些服飾乾淨平整，而她平日的服裝總是精心搭配，彷彿那是她的戲服，只不過並非為了生活而打扮，而是為了她想像中的另一個世界。一幕幕回憶生動地在腦海中浮現，如同那時伊莎貝爾隱藏的內心世界，以某種方式與自己的人生合而為一了。當他站在漆黑的街道上望著大宅，更深刻想起當時想法印證時的狂喜衝動。

他過到對街，想更仔細觀察宅邸：大門上鎖，裡面沒有一絲亮光。他上前幾步，端詳著房屋側面。房子後方覆蓋了一塊長長的防水油布，似乎正在整修，還有幾堆尚未清理的磚頭。大宅的絕大部分都被摧毀了，可能是重型機關槍的傑作，而且絕對是直接命中屋子，或是被連續轟炸了兩次。史蒂芬猜想，主要的客廳以及樓下的幾間房大概都被炸毀了。樓上曾是後半部的寢室，包含女傭宿舍和那間紅色房間。

他坐在道路盡頭的樹底下，被回憶淹沒。過去種種在他的腦海一一浮現，變得非常清晰。紅色房間生火的壁爐、中世紀的騎士、窗戶旁的鐵線蓮……他試著阻擋洪流般的畫面，感覺自己的生命力因這些回憶而復甦了。

他起身離開房子，沿著運河河岸走回鎮上。他忽然想起了埃利斯，不知他獨自一人是否安好？鎮上有許多專供士兵住宿的地方，好心的軍官們會告訴他該怎麼走，但他毫無睡意。他已經接近水岸庭園了，他曾經在那土壤肥沃的庭園河流撐篙，與亞札爾一家及伯納德夫婦度過悶熱的午後。

他徹夜走著，偶爾在長椅上歇息，試著整理思緒。清晨時，他已經到了聖勒區，聽見了黎明的聲響：麵包師點燃火爐，金屬牛奶壺在街道的手拉車上鏘鐺作響。

早上七點，他在一間小餐館吃了炒蛋與麵包，還喝了一杯咖啡。屋主指示他到後方的小房間梳洗，他已經習慣徹夜不眠，熬夜根本不算什麼。或許他可以找到放電影的地方；如果找不到，就買一本書到大教堂的花園中閱讀。

他時而期待，時而焦慮，就這樣度過了一天。下午，他睡得很沉，他在小旅館的房間從來沒睡得這麼熟過。傍晚時，他換了身衣服，準備出門見金妮。走近酒吧時，他注意到身上乾淨的襯衫還是有蝨子，跟他換下的那件一樣。

九點過後不久，金妮走進酒吧。史蒂芬放下酒杯，起身為她拉開椅子，他已經等不及進入正題了。史蒂芬想請金妮喝一杯，同時試著從她的表情窺探伊莎貝爾是否有任何消息。

「妳跟伊莎貝爾說了嗎？」

「是的，我說了。」金妮婉拒了喝酒，雙手疊放在桌前。「她聽見你在亞眠時很驚訝，更沒料到你居然想要見她；她一直到傍晚才下定決心。先生，這個決定對她來說很不容易，你之後會懂的。她最後同意了，我今晚會帶你去她的住處。」

史蒂芬點點頭。「好吧，再拖下去也沒什麼道理。」他的態度冷漠，彷彿這只是巡視戰壕之類的例行公事。

「好吧。」金妮起身。「沒有很遠。」

兩人沉默不語，並肩走在漆黑的街道上，史蒂芬感覺金妮不希望他問太多；她似乎對自己的任務感到悶悶不樂，顯然有些難言之隱令她非常困擾。

他們終於走到鑲著黃銅門把的藍色大門前。金妮抬頭望著史蒂芬，她深邃的雙眼在頭巾的陰影下閃閃發光。她說：「先生，你得遵循自己的心。保持冷靜與堅強。別讓伊莎貝爾難過，也別讓自己沮喪。」

她的溫柔打動了史蒂芬，他點點頭。兩人走入屋內。

樸素的走廊有一盞光線微弱的燈，還有一張靠牆擺放的桌子，桌上有一盆雛菊，就擺在一面鍍金大鏡下。史蒂芬跟著金妮上樓，兩人沿著一處小平台走向盡頭一扇緊閉的門。

「請在這裡等一下。」金妮敲門時說道。史蒂芬聽見有個聲音從門內回應。金妮走了進去。他聽見椅子移動與低語的聲音。他環顧四周，看著門旁的圖畫以及牆壁的灰白塗料。

接著，金妮又從房內出來。「好了，先生。你可以進去了。」

經過史蒂芬時，她鼓勵似地拍了拍他的手臂，而後便消失在走廊盡頭。

史蒂芬口乾舌燥，連口水都難以吞嚥，他推開門。室內一片漆黑，除了一張邊桌上有一盞燈，其餘什麼也沒有。房間的一角有張適合打牌的小圓桌，在另一角，他看見了伊莎貝爾。

他又往前走了幾步，心想：這就是會令男人在彈坑前畏縮或開槍自盡的那種恐懼。

「伊莎貝爾。」

「史蒂芬，真高興見到你。」她低沉的嗓音一如往昔，他彷彿回到了當年的那一天：她回應伯納德的無禮挑釁的那一天。這個聲音竄過了史蒂芬身體的每一條神經。

史蒂芬又靠近她一點，更仔細地端詳她：眼前是那一頭栗紅色的長髮，以及她的大眼睛與肌膚。他想起從前自己能從伊莎貝爾膚色的微妙變化，窺見她內在的感受，假使這裡能再亮一些就好了。

還有別的。她的左臉有一條從耳際延伸到下巴的長長凹痕，破壞了原本美麗的輪廓，那傷疤一路延伸到脖子，隱沒在高高的衣領中。他看得出來那裡曾皮開肉綻，所幸如今已經癒合，耳朵也復原了；然而那扭曲的下巴線條仍能讓人想像當時砲彈的衝擊力道，即使傷口已經癒合，但這種震撼足以令人重回那椿憾事發生的當下。她左半邊的身體笨拙地靠在椅背上，似乎無法自主行動。

伊莎貝爾順著他打量自己的目光看去。「我猜金妮已經告訴你了。我被砲彈炸傷了，第一次是大宅被擊中，搬到考馬爾廷街後又被轟炸了一次，運氣真是不好。」

史蒂芬說不出話來，他感覺自己如骨鯁在喉。他舉起右手，掌心朝向她。他原本是想表達，自己對於她活下來感到多麼欣慰、他曾見識過更糟的景況，以及對於她的同情與其他的感受，但顯然這個手勢並沒有傳達出什麼。

伊莎貝爾似乎早就做好心理準備。她繼續冷靜地說：「很高興看見你安然無恙。你又老了一些，對吧？」她微笑。「至少你在這場糟糕的戰爭活下來了。」

史蒂芬咬緊牙關，轉身握緊拳頭。他不斷搖頭，卻說不出話，想不到自己竟會如此渾身無力。

伊莎貝爾繼續說，儘管她的聲音也開始不穩。「我很高興，你想見我，更驚喜你真的赴約了。不用擔心我的傷口，雖然很醜陋，但我並不覺得痛苦。」

伊莎貝爾對著史蒂芬的後背顫抖地說。史蒂芬內心翻騰的感受漸漸平息，她的聲音幫助他整理思緒，慢慢冷靜下來。

當史蒂芬轉頭面對她時，喉頭發出半像釋懷、半像驕傲的聲音。他簡單地表示：「我很幸運，能遇到妳姊姊，她人很好。」

兩人凝視彼此，史蒂芬走到桌前，坐在她對面。

「我不知道該說什麼，但我真的很抱歉。這一切對你而言實在太突然了。」伊莎貝爾伸出右手，史蒂芬用雙手握住，久久捨不得放開；而後他將手收回，擔心自己會開始動搖。

史蒂芬說：「伊莎貝爾，我可以喝杯水嗎？」她微笑。「親愛的史蒂芬，角落的桌上有一壺水，請自便。你等等一定得喝一點英國威士忌。這是金妮下午特地外出買回來的。」

「謝謝。」

史蒂芬走向桌子，喝完水後又倒了點威士忌在杯中。他的手終於停止顫抖，轉身時還能強迫自己微笑。

「你平安無事。」她說道。

「對，沒錯。」他從上衣口袋的金屬盒中掏出一根菸。「戰爭至少還會再打一年，或許更久。我幾乎完全遺忘戰前的人生了，我們這些活下來的人已經不會回憶過去種種。」

他告訴伊莎貝爾自己曾二度負傷，也聊到了後來康復的過程。兩人的對話似乎毫無火花，但他已經非常滿足了——這樣才是對的。伊莎貝爾說：「希望你不會被我的樣子嚇到。與其他人相比，我已經算非常幸運了。」

史蒂芬說：「我沒有被嚇到。妳真該看看我目睹的那些場面，我就不細說了。」

他曾經見到一位弟兄的臉被炸開。他的前額與兩側下顎形成一個敞開的三角形，什麼也不剩，只留下一隻眼睛，幾顆牙齒還埋在肉裡，僅存的臉皮翻了出來。但他還有意識，而且非常清醒，因為他能聽見、也能遵循醫官的指示。比起這個人的傷勢，伊莎貝爾的傷輕微多了。

但他還是說了謊。事實上，史蒂芬對眼前的景象感到非常震驚——在習慣光線之後，他看得出伊莎貝爾左側太陽穴的皮膚被拉開，這讓她左眼的形狀顯得怪異。不過，令他震驚的不是這個，而是他透過她的血肉之軀，湧上了一種不適的親密感——爆炸的金屬碎片不應該帶來這樣的感受。

在氣氛緩和下來後，她總算開始向史蒂芬娓娓道來。她迅速帶過他們在一起的時光，甚至提到了聖雷米與兩人造訪過的地點。

「所以，我回到盧昂的老家。我彷彿又變成了孩子，但早已失去原有的純真，也看不見自己的未來。被家人包容的感受很溫暖，但我的內心早已被自己挫敗的人生禁錮了。你能想像嗎？我彷彿是因為桀驁不馴，才會被送回家重新開始。」

「我的父親溫和地勸我回亞眠。一開始我以為只是玩笑，因為我覺得亞扎爾永遠不想再見到我了——更別說我鬧出的家醜。但我父親是位精明的談判者，他使用了與當初撮合我婚姻相同的手段：他帶莉瑟特和谷瑞瓦來見我。當我見到他們時，開心到哭了出來。莉瑟特成熟了很多，已長成一位年輕女子，不需要受我照顧，卻能盡釋前嫌，對我很客氣，而她大可不必這麼做；谷瑞瓦則是苦苦哀求我，我被他們打動了。我不敢相信，在我對他們的父親做過那些事之後，他們仍然願意原諒我。他們只說一切都過去了，我想這是因為他們不願再失去另一位母親。他們原諒了我，只因為他們愛我，他們愛的是我這個人。」

「後來，我和亞扎爾見面，我非常害怕。奇怪的是，他似乎很慚愧，因為我為了另一個男人離開他，我想這讓他感覺自己很低賤。他對我的態度變得很溫順，甚至承諾會成為更好的丈夫。我不敢相信眼前的一切。我原本不想回去，最終卻決定回頭，因為我待在家裡非常不快樂——我的人生都被父親巧妙利用了。」

「妳還是回去了？」史蒂芬問。除非伊莎貝爾還隱瞞了什麼原因，否則這一切毫無道理，簡直不可思議。

「是的，史蒂芬，我回去了，但這並非我的本意，而是因為我別無選擇，這也讓我非常沮喪。在我走進那棟房子後，立刻就後悔了，可是我知道已經不能改變心意了，我只能留下。幾個月後，他們所謂的『社會』就接納了我，我獲邀與伯納德夫婦共進晚餐，一切彷彿回到了從前，只是處境更糟了一點。不過，這場戰爭拯救了我，也許是因為這樣，我現在才能這麼泰然自若吧。」她用右手手指摸了摸脖子，史蒂芬忍不住好奇那會是什麼觸感。

「那年八月，當我看著英國部隊進城、聽著他們高唱〈天佑國王〉（God Save the King）時，心中暗自期待能見到你。之後情勢開始惡化，八月底時，軍隊決定棄守這座城市，任憑我們被德軍宰割。我想逃走，但亞扎爾是議員，他堅持留下。我們煎熬地等待了兩天，敵軍終於來了——他們沿著阿爾貝直抵聖勒區。一開始，全城氣氛沸騰，宛如過節一般。但隨後，我們明白了德軍想做什麼：他們給市長兩天的準備時間，向我們索取大量的食物、馬匹和裝備。德軍想要十二位人質作擔保，有十二名議員自願參加，我丈夫就是其中一位。」

「他們接管了杜康熱大道的宅邸，讓十幾名德國軍官借宿，我丈夫當天晚上被留在議事廳。但市府整備的速度太慢，德國人便威脅要殺掉這十二個人。他們在城裡訓練了一批狙擊手，瞄準了市區。第二天，我們聽說所有人質都被釋放了；但事實上，因為市長付的贖金不夠，有四位人質——包括我丈夫——被扣留。三天後，德軍認可市長已經達成條件，便釋放了所有議員。但這座曾被占領的城市已經面目全非。」

伊莎貝爾很快進入下一段敘述，沒有提及其他人。

所有符合服役年齡的男子都要接受檢查，並被驅逐出境。許多人藉機離開了城鎮，但有四千名男子願意投降。德國人對他們的歸順很苦惱，因為他們無法一次安置這麼多人，最後只留下五百名俘虜，釋放了其他人。他們抵達隆戈郊區時，一些膽大的人發現似乎沒有人在監督，便偷溜回家了。在佩羅納區（Péronne），無處可去的人被安置在徵用來的法國車輛中，全部被載往德國。亞扎爾認定自己身為議員，必須與亞眠區的人共患難，便隨著這些人離開了。儘管年邁的他有許多逃脫或被釋放的機會，但他依舊堅持與市民共進退。

對伊莎貝爾來說，這個被占領的城市早已不復以往；不過在杜康熱大道的宅邸中，她卻重拾了自由的生活。

德國軍官很守時，也有絕佳的幽默感。一位叫麥斯的年輕普魯士人特別關心伊莎貝爾的兩歲女兒。他會帶孩子到花園玩耍，又說服同袍說伊莎貝爾還得照顧女兒，雜務讓後勤處理就夠了。在他的堅持下，伊莎貝爾獲准保留了最好的房間。

當伊莎貝爾向史蒂芬回憶過去時，完全沒有提到孩子。她是因為女兒才同意先回盧昂、再到亞眠：因為孩子需要家與家人。她無法向史蒂芬提起孩子的事情，即便那是他的女兒。她守著懷孕的祕密，也要金妮發誓絕對不可以告訴史蒂芬。因為她深信，如果史蒂芬知道了孩子的事，他們之間的問題會變得更加複雜。

為了同樣的理由，她隱瞞了孩子的存在。她向史蒂芬提及了麥斯，是因為她認為這樣會讓事情變得更簡單，如果史蒂芬終究必須知道，或許這能讓他更容易下定決心。

雖然德軍只占領了幾天，但這短短的戰爭時日已經足以讓伊莎貝爾與這名陪她女兒玩耍的軍官墜入愛河，也因為他的特別關照，母女倆才能過上更舒服安逸的生活。麥斯非常有紳士風度，為人沉穩又幽默風趣。這是她在人生中初次覺得，終於遇見了一名無論自己深陷任何情況、身處任何國家，都能讓她感到快樂的男人。伊莎貝爾知道麥斯很在乎她，若自己也回應了他這份純粹的熱情，即使日後情勢不變、甚至烽煙再起，也無法破壞他們這與世隔絕的幸福。她與史蒂芬曾有過一段熱烈的激情，而如今的這段戀情雖然也無法見光，但非常踏實，令她深深滿足，並且相信自己終究會成為不被束縛或謊言阻礙的女人，為孩子帶來平靜的人生。

麥斯對這份天大的好運非常興奮。他幾乎不敢相信自己的感情能被回應，這令伊莎貝爾頗為意外。在兩人短暫共度的時光裡，麥斯這份不確定的感情，反而突顯出他的從容與睿智。伊莎貝爾唯一顧慮的問題是麥斯的國籍，在那些夜裡失眠的日子，她總認定自己是個不折不扣的叛徒，而且她不只一、兩次背叛丈夫，這已經是第三次了，這一次她甚至背叛了國家與同胞。她無法理解自己的命運為何總是如此古怪，她自覺不過是最單純的人，只是一個需要受人關愛的小女孩，期盼著能與父母融洽相處——為什麼如此簡單的渴求，反倒讓她成為一個被放逐的人？

這個問題棘手難解，無論她如何想方設法，每當她再次糾結在這個疑問上時，她只感覺到痛苦；好在，如今她已經找到更踏實的生活方式了。麥斯是個有血有肉、充滿靈魂的好男人，這一點比國籍更為重要，即便是身處在這恐怖的時刻也不例外。對人生中的艱難抉擇，伊莎貝爾有著與生俱來的直覺，這讓她總能朝著自己認定的正確道路前進。

她與麥斯保持聯繫。當他休假時，伊莎貝爾會偷偷到維也納見他。漫長的分離絲毫沒有沖淡兩人的感情，反倒使她的意志更為堅決，因為這是她最後一次救贖自己、並為女兒創造美好生活的機會。

一九一六年六月，麥斯的軍團調去增援索姆河畔原本平靜的馬梅斯市（Mametz）；此時，伊莎貝爾收到史蒂芬前線的來信。六個月以來，她完全不敢閱讀報紙。一想到史蒂芬與麥斯可能會激烈交戰，就令她難以忍受。她在醫院寫信給麥斯，而伊莎貝爾受傷的消息也讓麥斯更加憐香惜玉。戰況越緊繃，兩人就越深切明白：履行對彼此的承諾是多麼重要。

「這並不容易，」伊莎貝爾說。「這些抉擇都非常、非常困難，但戰爭持續越久，我們的感情就越堅定。」

她交代完一切後，望著史蒂芬。史蒂芬在她說話時不發一語。伊莎貝爾納悶他是否真正了解自己在說什麼。她沒有提到孩子，解釋起來比想像中更加困難。他似乎有些疑惑。

史蒂芬變了，自己幾乎認不出來，她心想：他顯然不清楚自己已容顏大改。他的短髮灰白、滿臉鬍髭，而且常常不自覺抓揉著自己的身子。

他向來深邃的眼神，如今卻彷彿深不見底，不見一絲光芒。從前他的嗓音有著抑揚頓挫，彷彿迴盪著深意與細語，如今卻毫無起伏，甚至偶爾會咆哮。他像是被帶到了另一個世界、陷在那裡的深坑中，因為缺少自然的情感與互動，再也無法脫身。

伊莎貝爾深受這些改變所震撼，卻也害怕伸手觸碰他的世界。在史蒂芬離去後，她將為他流淚，但她必須先讓他確實了解一切。

史蒂芬從菸盒中拿起另一根菸在桌上輕彈。他笑了，唇形意外地像在嘲諷。「妳就是不選輕鬆的路走，對吧？」

伊莎貝爾搖搖頭。「但我不是自願面對這些阻礙，只是剛好都發生在我身上而已。」

「莉瑟特還好嗎？」

「她結婚了，令我丈夫不高興的是，她嫁給了路西恩。你記得吧？那位罷工領袖。」

「我還記得，我之前很嫉妒他。她幸福嗎？」

「是的，非常幸福，但路西恩也從軍了。如果戰爭沒打完，明年谷瑞瓦也要從軍。」

「我很想見見莉瑟特，她是個好女孩。」

「她住在巴黎。」

「原來。」史蒂芬點點頭。「那是什麼聲音？」

「應該是貓，金妮養了兩隻貓。」

「聽起來像小孩。」

他們聽見走廊傳來腳步聲，又聽到一扇門打開又闔上的聲響。

即使史蒂芬面無表情，伊莎貝爾也知道他內心滿溢著強大的衝動與慾望。

他說：「伊莎貝爾，我很高興妳跟我分享了這些，我不會再要求與妳見面了。我只是想知道妳過得如何，祝福妳和妳的德國朋友一切都好。」

伊莎貝爾感覺眼中湧上了看不見的淚水。史蒂芬怎麼能說出這句違心的祝福就離去呢？

她不願見到他如此心碎的模樣。

史蒂芬前傾靠在桌面上，輕聲說道：「我可以摸摸妳嗎？」

伊莎貝爾望進他深邃的雙眼。「你的意思是……？」

「就是妳想的那樣。」他緩緩點頭。史蒂芬伸出右手，她用雙手握住，感受他大而粗糙的手指。伊莎貝爾的雙手輕微顫抖，緩緩引導這隻手撫過自己的臉，放在耳下的下巴。

她感覺史蒂芬的手指溫柔地滑過傷口，伊莎貝爾讓他感受自己的皮膚。她不知道史蒂芬手上的老繭是否會影響觸感，不知道他是否能分辨不同的傷口質地。

當他的手指撫摸傷疤時，伊莎貝爾被慾望淹沒，彷彿傷口不在她的臉頰上，像是他的手指正探索她大腿間的私處；她再次感受到他舌頭柔軟地侵入；再次體驗到羞愧與占有的狂喜。她的皮膚因充血而脹紅；她的腹部彷彿有什麼正在融化，湧上一股熱流。她因被撩起的慾火滿臉通紅，洋裝底下的肌膚變得滾熱。

史蒂芬的頭動也不動，專注地看著自己的手緩慢地撫過猙獰的傷口。當手指到了她洋裝的領口時，他停留在傷疤上。接著他將手背靠在伊莎貝爾臉頰柔軟無傷的肌膚上，他從前已做過這個動作無數次了。

他起身，不發一語地離開房間，伊莎貝爾聽見他和金妮在樓梯間談話。腳步聲逐漸遠去，她用雙手摀住自己的臉。

史蒂芬抵達車站大廳時已經傍晚了，天色漸漸暗了下來。他看見埃利斯正在月台等著，便朝他走過去。

「你還好嗎？」埃利斯半是緊張、半是惱怒地問道。

「我遇見了一位朋友。」

他們在列車上找了兩個座位，史蒂芬望著窗外，看著車站呼嘯而過。

埃利斯點起了菸。「感覺就像在週日等待晚禱的第一聲鐘響，」他說。「只要能讓我不用回去，我願意付出任何代價。」

史蒂芬閉上雙眼。他已經不再特別渴望、或特別抗拒做什麼事了，列車自會帶著他們遠離這裡。

第二天，他到營部會見格雷上校。

當史蒂芬打開辦公室的門時，格雷放下他的書，這間辦公室原本是農舍的起居間。

「坐吧，瑞斯福德。你有好好休假嗎？」

「有，謝謝你，長官。」

「恐怕你的連明天得回前線了。」

「沒問題，」史蒂芬說道。他交叉雙腳，對格雷微笑。「我們就一直打下去，直到戰爭結束。」他喜歡格雷的直率坦誠，只是招架不住他奇特的心理學論調。

格雷點起了菸斗。「上頭施壓要讓你擔任參謀，」他說。「這次你必須接受命令了。」

史蒂芬的聲音緊繃起來。「我還不打算拋棄弟兄。」

格雷靜靜地說。「哪些弟兄？」

「我相處了超過兩年的弟兄。」

格雷默默搖頭，抬起眉毛。史蒂芬吞了吞口水，看著地板。

「他們都死了，瑞斯福德，」格雷說道。「他們全都死了，你原來的排只剩兩個人。」

史蒂芬舔了舔唇，眼含淚光。格雷說：「你累了。」

「不，我只是——」

「我知道你沒有推卸責任，你總是很勤快地參與巡邏與突襲行動，聽說你還跟著地道工兵下去地道。你絕不是在推卸什麼，只是很疲倦了，對嗎，瑞斯福德？」

史蒂芬搖搖頭，無話可說。已經很久沒有人以這種關懷的口吻對他說話了。

「這沒什麼好羞恥的。天啊，你做的事跟這個營的任何人一樣多，而現在最適合擔任軍旅參謀的人就是你。他們需要你的好法文，在彈坑說一口流利的法文是沒有用的。」

「要去多久？」

「幾個月而已。我們跟法國盟友間有點小麻煩。幾乎可以肯定他們不會主動分享這些情報，但我們得知道真相才行。」

史蒂芬點點頭，他找不到拒絕的理由。

「你會有幾天的探親假，這回也輪到你了。」

格雷的勤務兵華金斯端了茶和核桃蛋糕過來，這些是格雷的妻子從英國送來的甜點。

兩人沉默地吃了一會兒，接著格雷說：「一些B連的戰俘下場很慘，你聽說了嗎？漫長轟炸之後，弟兄們都精疲力盡了，還是拚命拿下了十幾名德軍；但當他們發現得在大雨中走八公里的上坡路，才能抵達押解俘虜的地點時，就把人帶到灌木叢邊全部槍斃，負責的軍官卻對此視而不見。」

史蒂芬知道格雷正在觀察他的反應，猜測這可能是為了要試探他而編出來的故事。「這些人應該要受軍法處置。」他說道。

「我還以為你對我們的德國朋友毫不留情呢。」格雷說道，蘇格蘭口音略為上揚，表示他開始好奇了。

「我的確很痛恨他們。」史蒂芬說道，放下茶杯。即便是營部的茶，仍舊有汽油罐的味道。「我發現這個職位最難達成的任務，就是說服弟兄跟我一樣痛恨德國人。休整的時候我懶得管，但是一旦我們接近前線，他們就會開始討論『可憐的老傑瑞』[67]；最糟的是，當他們聽見敵軍聊天或唱歌時，我就知道麻煩大了。我會提醒他們想一想那些死去的弟兄們。」

「那你呢？」

「我內心的仇恨之火一直很熾烈，」史蒂芬說。「我跟他們不一樣，我學會了熱愛軍人守則，也學會了遵從『嗜血如命』的指令。我會想起德國人對弟兄做了什麼，大夥又是如何壯烈犧牲的。」

史蒂芬越說越激動。他試著讓自己冷靜下來，免得講出一些不明智的話。他想起布倫南，他的弟弟在前幾天巡邏時失蹤了。

此時連連點頭的格雷宛如一位外科醫師，好似他剛剛發現了一顆足以引發學術界熱議的膽結石。

「我不認為軍官應該將個人仇恨投射在敵人身上。」他說道。「他們當然要奮勇殺敵，但腦袋也得保持清醒，才能確保弟兄們的安全。」

「我一直都是這麼想，」史蒂芬說。「如果你見過我去年七月經歷的那一切，你也不願再讓任何一名弟兄白白犧牲。」

格雷用茶匙敲敲牙齒。「若是可以徒手殺死許多敵軍，你會感到興奮嗎？」

史蒂芬低頭望著桌面，一想到伊莎貝爾與她的普魯士情人，他的心情就異常沉重。他想像自己看見對方時會怎麼做：他會毫不猶豫地扣下左輪手槍的扳機，或拉開手榴彈的插銷。他不確定格雷想聽見什麼答案。他的思緒混亂，只剩下一個清晰的念頭：既然已經到了這個地步、死了這麼多弟兄，無論如何都不能妥協或者逃避。他坦承地說：「我會很高興的，死的人越多越好。」

「但你仍然對弟兄射殺了十幾名讓自己人生悲慘至極的戰俘深感不妥。」

史蒂芬微笑。「我知道他們是怎麼樣的人——他們一旦作戰失敗，就會急著投降，嘴裡不

67 「傑瑞」（Jerry）是同盟國軍人為德軍取的外號。這個稱謂可能源於一戰時德軍的鋼盔樣式，英軍認為它狀似尿壺或大酒瓶（Jeroboam），另一說是來源於對德國（German）的戲稱。

斷叫著『伙伴』[68]，試圖賄賂你。可是，戰場上仍不能為所欲為。雖然聽起來很怪異，但我們把生活搞得如此墮落，總得為人類的尊嚴留點空間。現在不這麼做，未來也總有一天要面對這一切。不只是為了你我，也是為了我們的下一代。」

格雷吞吞口水，點頭不發一語。最後他終於開口：「我們之後會讓你晉升，但你必須先放下仇恨。還記得我去醫院探望你時，我說不要再玩狗屁倒灶的巫術了——你做到了嗎？」

「那是威爾上尉拜託我，我才做的，沒有人會請我占卜。」

「你自己其實並不信這一套？」

「牌都是我自己排的，我怎麼可能相信？」

格雷大笑，抹去嘴邊的麵包屑。「那你相信什麼？」

「戰爭。」

「什麼意思？」

「我想看看會如何結束。」

「還有呢？」格雷又恢復他那如醫師般的探問神情。

「有時候，」史蒂芬疲倦到懶得迴避問題了，他說：「我確實相信某種更為宏大的樣態，相信各種層次的經歷，深信一切終有解釋。」

「我就猜到你會這麼想，」格雷說道。「但多數人不這麼認為。他們看得越多，就越難相信戰爭的意義。」

史蒂芬起身，堅定地說：「在我們準備攻擊博蒙阿梅勒的那個七月清晨，我在交通壕口接受你的號令時，看見了你的神情。」

「那又怎麼樣？」

「你的眼神完全是空洞的。」

自史蒂芬認識格雷以來，這是他頭一次看到格雷如此手足無措的模樣。格雷咳了一聲，然後低下頭。當他再次直視史蒂芬時，說道：「那是很私密的時刻。」

史蒂芬點點頭。「我知道，當時我感覺你的靈魂彷彿破了一個大洞，而你也看見了我的靈魂之洞。」

大夥埋了亞瑟．蕭與比爾．史丹利，這兩人同時喪命了。他們必須開挖發生意外的地點，四名特別工作組的弟兄花了三天才挖掘完畢。大夥在地道中架起木樁，一直架到掩埋遺體的地點。這是很危險的任務，威爾極為反對；但因為他還在後方休養，弟兄們便趁機向那位性情和順、名叫卡特萊特的臨時指揮官求情，希望能收回遺體。

預備牧師在葬禮上禱告時，傑克．費爾布雷斯就站在瓊斯與伊凡斯中間。他們手上抓著軍

68 原文 Kamerad 為德語。

帽，又各拿了一把泥土，灑在戰友的遺體上。傑克對這起意外毫不驚訝，他沒有理由相信朋友會活得比兒子更久。當他聽見德軍地道的爆炸聲時，只是靜待惡耗傳來：兩名弟兄在地道裡，其中一位就是亞瑟・蕭。菲爾丁告訴他消息時，他只是點點頭。無人能抵禦這個世界隨時都會發生的暴力，即使設法找出原因也無濟於事了。

他們齊唱〈遠方有綠丘〉(There is a green hill far away)，傑克知道蕭很喜歡這首歌。傑克低頭瞪著靴子旁的黃色泥濘，心想，確實到遠方了。號角響起，大夥腳步沉重地離開。蕭終於回歸塵土。

傑克那一組還在備戰狀態，他們在一間農場小屋紮營。泰森、蕭和他曾合買了一個小爐子，如今由他獨享。他邀請瓊斯與伊凡斯共享罐頭燉菜，伊凡斯也帶了一些家裡寄來的豆子及蛋糕。

「這樣不夠，」傑克說。「我們應該為蕭的健康乾杯。」他走向小屋門口，將剩餘的燉菜和豆子倒在外頭的地上。

天色暗下來後，他們穿過了支援壕到村莊，前往一間菲爾丁介紹的友善小餐館。一行人跟著傑克，走進大街盡頭的一間小屋中。

抵達小屋時，傑克才發現自己的手凍僵了，他的制服衣領摩擦著冰冷的血管，像是有一股微小的電流從軀幹竄到指尖，他的身體渴望著熱水。小餐館裡人潮洶湧，大夥都聚集在牆邊，設法擠到房間盡頭的煤爐旁，爐上放著一個鍋子，裡頭的油正劈啪作響。兩個女人抓了一把馬鈴薯丟進鍋內，之後就端上了炸馬鈴薯與炒蛋，這讓那些在長桌邊找到座位的幸運兒大聲歡呼。

傑克一路推擠，到了一名拿著淡啤酒的女子身邊——他知道這種酒是喝不醉的。他點了一瓶白酒，瓊斯則從一名準備離席的男子那裡要來一些糖漿。他們迅速喝光了那瓶酒，伊凡斯對一位正在炒蛋的老婦人粗聲吆喝，老婦人也不甘示弱地回嘴，兩人直到上菜後才停止對罵。

他們又點了更多的酒，嘴裡油膩的馬鈴薯與家鄉的一樣新鮮美味。傑克用袖口擦了擦嘴，舉起酒杯。伊凡斯和瓊斯在擁擠的人群中緊貼著他。

「為亞瑟・蕭乾杯，」傑克說道。「史上最棒的夥伴。」

大夥一杯接著一杯，傑克帶著與在地道中工作一樣的深刻決心喝酒。所有與蕭有關的回憶——這些痛苦的回憶還清晰地停留在他的腦海裡。他希望酒精把這份清醒一點一滴帶走，直到完全消失、抹去所有往事。

小餐館將在八點半打烊，屆時憲兵會來清點人數。剩下二十分鐘了，大夥開始灌酒，伊凡斯唱起了歌，瓊斯的威爾斯祖先早在幾世代之前就移居倫敦，但他體內的凱爾特記憶再度甦醒，催促他高歌一曲。眾人也起鬨傑克・費爾布雷斯出來秀一手。

當伊凡斯請大夥安靜下來時，傑克倍受鼓舞。他先講了一些老笑話暖場，弟兄們起初因閒聊被打斷而感到不快，但隨即轉為鼓譟歡呼。他以老練冷靜的語氣帶出每個笑點，只留一點停頓的時間吊弟兄們的胃口。酒後的傑克變得從容灑脫，他感覺自己再也不會緊張忘詞了。他的自信中幾乎帶著某種不屑，甚至有點刻薄。

儘管都是老調重彈，大夥還是聽得津津有味。傑克的台風令人信服，他們很少聽到說得這麼精彩的老笑話。傑克沒怎麼笑，但他曉得自己的表演感染了聽眾。他們的笑聲在他耳裡猶如海潮，而他渴望笑聲越來越響亮；他希望大夥的笑聲能淹沒這場戰爭。如果笑聲夠響亮，這個世界或許就能恢復秩序，甚至能夠讓人死而復生。

有人遞給傑克一個酒壺，傑克又喝了更多酒。他終於從這個異常冷靜的狀態中解放了，徹底失去控制，開始胡言亂語，隨著感知與渴望放縱自己的想像力，觀眾也哄堂大笑。於是他開始重複笑話的關鍵字，揮手鼓譟觀眾回應。有些人感到疑惑，其他人則失去興致，轉而回頭繼續聊天。

傑克的表演總是以唱歌作結，奇怪的是，最簡單的事物往往是最美好的；這些旋律讓弟兄們開始想家了。他開始唱〈如果妳是世上唯一的女孩〉，聲音上揚，並揮手邀請弟兄們加入。大夥也慶幸這場表演終於要結束了，許多人加入了合唱。

看著底下鼓勵的友善臉龐，傑克深受感動與激勵，然而，他的眼前卻再度浮現出已逝摯友的臉龐。在他奇特的第二人生中，他唯一在乎的人就是蕭：他英俊的面容、坦率的眼神、強壯的身軀與滿是粗繭的大手。此時此刻，傑克幾乎可以感覺到與蕭一起擠在狹窄發臭的防空洞，蕭總是讓他睡在裡面，這首愚蠢曲子的歌詞令他哽咽。現場群眾越來越多，大家都盯著他看，那些原本友善的眼神，如今似乎想將他穿透。他的目光掃過人們脹紅的臉龐，上次他唱這首歌時，也是如此眺望遠方。當時他已下定決心，不願再與這些人成為朋友了，因為他很清楚等待大夥的是什麼樣的命運。

傑克熱淚盈眶，悶熱嘈雜的房間令人頭暈。他心想，我已經犯過這樣的錯，再也無法承受任何人離去了。

帶著這無助絕望的念頭，傑克跌下椅子，倒在瓊斯和伊凡斯的懷裡。在大夥冷漠而迷惑的眼神下，他們將傑克帶離餐廳，走入夜色。

兩天後，大夥迎來了部隊珍貴的淋浴時間。傑克的隊伍行軍五公里，抵達了一間老舊的啤酒廠。傑克很享受這個儀式，但也覺得沖澡的年輕軍官們很可笑，因為他們深信軍中的衛生問題只要洗個澡就解決了。

起初，傑克只覺得身上的蝨子是惱人的寄生蟲。光是想像牠們醜陋的淺黃色身軀鑽進毛孔中便令他噁心；他熱衷於拿著蠟燭，慢慢地將蝨子從衣物的接縫處挑出來——牠們總是潛伏在那裡繁殖。蝨子總是靜靜地死亡，不過偶爾也能聽見令人滿足的劈啪聲。他也會替蕭除蝨，因為蕭的手不如他靈巧，一不小心就會讓內衣著火。如果沒有蠟燭，也可以粗暴地用指甲掐死。大夥在除蝨之後總能安心下來，就像打死吸飽了鮮血的蚊子一樣：傑克總覺得這些蟲子無權待在那裡。蝨子變少的一大優點，就是大夥身上那股酸腐的氣味也變淡了，但更強烈頑固的體臭往往會蓋過所有味道。

與大部分的弟兄一樣，傑克總是一直抓癢，但後來也漸漸麻痺了。然而，並非所有人都如此逆來順受。泰森曾經癢到快要抓狂，醫官只好讓他休息十五天。比起對槍砲或死亡的恐懼，這沒完沒了的發癢更讓人疲於應付。

弟兄們在舊啤酒廠中列隊交出衣服。成堆的內衣像一座密實的灰色小山，不幸的難民們只得一一拾起，再帶到部隊的洗衣間。弟兄們嘲笑那些戴著手套、用手帕蒙住臉的洗衣婦。在排長的指揮下，瓊斯將防毒面罩給了一位瘦弱的比利時婦人。士兵們將外衣與長褲交給其他人，那些人又把衣褲拿到一個狀似穀倉的房間的角落，那裡有一台福登牌消毒器正上下移動，這台機器被人從前線拖了過來，之後還要再搬回去。

傑克隨著幾名弟兄爬進浴缸，儘管還有先前的人留下的肥皂泡沫，不過水還是熱的。他們搓遍全身，在滿室的氤氳熱氣中開懷大笑。倫敦的地道工人沒有淋浴的福利，傑克往往弄得渾身汗水、帶著一身髒汙回家。如今在這個舊啤酒廠內，他感到前所未有的友善與放鬆。伊凡斯和歐隆開始對彼此潑水，傑克也加入了戰局，但一想到那些死去的弟兄們，就不禁湧起了罪惡感，彷彿這樣做是對他們的不敬。但那股感覺很快就消失了。只要能好過一點，那麼還是及時行樂吧。

洗完澡後，他們發抖地站著，等待軍務長檢查襯衫和內衣是否已清洗乾淨。大夥穿上消毒過的外套，站在春日稀微的陽光下抽菸。天氣逐漸回暖，不過夜裡仍是刺骨的嚴寒，白天的空氣則悶熱凝滯。傑克想起家鄉沿著運河河岸盛開的水仙，回憶起自己陪約翰玩耍的時光。他會教兒子用釣線做餌，或者花上好幾個小時來回踢球。他原本希望這樣能夠幫助約翰與街上的男孩打成一片，但好似沒什麼效果。傑克只看到兒子興奮泛紅的臉頰、抱著球來回奔跑的身影，而球在那小小的胸口前顯得如此巨大。他似乎聽見了約翰興奮的含糊吶喊，那股純粹的天真快樂，劃破了霧濛濛的空氣。

他不願再想下去了，於是低頭看著靴子，又抓了抓已穿上乾淨襪子的腳。他們預計今晚要修復前線的戰壕，便列隊行軍回到了紮營處。伊凡斯曾表示，上前線與待命的不同，就是在前線時至少能夠待在地底，不用被轟炸。

返回營區的路上，傑克的皮膚又開始發癢，短短三小時，他的體溫孵化了數百隻潛伏在襯衫縫隙內的蝨子。當他們回到前線時，他的皮膚再次變得生意盎然了。

第二天早上，有一封從亞眠寄給史蒂芬的信。那是他從未見過的筆跡，卻與聖雷米那家人的字跡神似。他拿著信到防空洞中，趁埃利斯找哨兵聊天時拆封，這是開戰後他第一次收到信。

他在燈光下把信翻面，仍舊很驚訝信上竟然寫著自己的名字。淺藍色信紙展開時發出了一陣劈啪聲，令他感到一股奇特的親密感。

是金妮的來信，她說伊莎貝爾已經離開亞眠，前往慕尼黑。她的德國男友因為身受重傷必須返鄉休養，麥斯為此得付一大筆錢，才能讓她穿過瑞士抵達德國。伊莎貝爾向金妮告別，表示永遠不會返回法國了——因為對於她居住的城市以及娘家來說，她已經是個叛徒。

「你曾問我，會不會寫信給你，」這封信的結尾寫道，「你說你想知道何謂正常的人生，而我猜我們都沒有預料到，居然是我先告訴你這麼重要的消息。總之，既然你想知道亞眠的日常瑣事，就讓我告訴你吧，這裡一切都好。工廠忙著生產軍隊的制服，當然，現在男人們已不再穿著紅色長褲，製衣業也沒什麼令人振奮的前景了。大家的生活意外地平凡，在我回去盧昂前，會繼續在這裡待一陣子。如果你下次休假時願意來訪，我也非常歡迎。你可以到上次光顧的那間餐廳，我想大概不如和平時期的水準了，但是比起前線的伙食，我們這裡的餐點已經算是人間美味了。祝福你一切都好。金妮·傅門葉。」

史蒂芬將信放在粗糙的桌上，桌面凹陷處有老鼠乾掉的血跡。他將頭靠在手上，那個曾讓他心心念念的疑問，已經有了簡單的解答。伊莎貝爾不再愛他了；或者，即使還愛著他，也是以一種疏離的態度，且這份愛已經無法動搖她的行為、以及她對另一個男人的感情分毫。

史蒂芬評估了一下自己的狀態，發現自己還能承受得起。他告訴自己，他們有過的一切依然存在，但都已成為往事了。

他曾經站在亞眠冰冷的大教堂內，那時他便已預料到屍橫遍野的未來。那早已不是預感，而是一種認知，他告訴自己，生死之間的區別不在於事實，只是時間的問題罷了。正是這種信念，讓他能在蒂耶普瓦勒的山坡上忍受弟兄們瀕死前的哭喊。如今，他相信自己與伊莎貝爾對彼此的愛，完好地停留在最熱情的狀態——並沒有消失，只是曇花一現，與現在以及未來的任何一種感情一樣重要，因為那些感情終究會歸於漫漫幽冥。

他將金妮的信放進口袋，走入戰壕，埃利斯沿著棧板滑進來。

「很平靜，對吧？」史蒂芬說道。

「還可以，」埃利斯說。「我遇到一個問題。我想派一組人帶回夥伴的屍體。你剛剛也說現在很平靜，接下來可能就沒有更好的機會能帶走他們了。」

「帶屍體回來有什麼問題？」

「除非我也一起去，否則弟兄們不肯行動。他們堅持要帶上一名地道工兵，但指揮官說這與他們無關——總之，他們也受夠替我們處理雜務了。」

埃利斯布滿雀斑的蒼白臉孔看起來很惱怒。他將軍帽推高，露出他後退的髮際線，那頭薑黃色頭髮越來越稀疏了。

史蒂芬微笑，搖搖頭說：「我覺得無妨，所有人都應該去。只是搬運屍體而已。」

「那麼，你可以請威爾上尉派一名工兵同行嗎？」

「我可以問問他，也許他會想去，他的手臂已經好多了。」

「你是認真的嗎？」埃利斯生氣地問。

「我不知道，埃利斯。你讓我心裡不太踏實。十二點鐘前整頓好你的工作小組。我們在下一個射擊區見。」

史蒂芬向威爾提議時，威爾只是冷笑。

「會有萊姆酒。」史蒂芬說道。

這下威爾感興趣了。

當那個時刻來臨，恐懼與不真實會忽然現身。他們永遠無法預料該如何面對靜候的死亡，也不清楚自己會如何壯烈犧牲。先前史蒂芬極度緊張的時候，感覺自己像是置身於不同的時空，失去了時間感，只能僵硬地面對一切。

中午，史蒂芬戴著防毒面罩站在射擊踏台上準備集合。他深吸一口氣，心想這就是死亡的氣味吧。庫克將沙袋做成了手套，「戴上這個。」他說。地雷工兵的代表是費爾布雷斯與費爾丁，步兵團有牛奶一般蒼白的埃利斯、巴洛、貝茲、加達及亞倫；威爾將萊姆酒倒進威士忌裡，有些不穩地站在梯子上。

「你怎麼在這裡，布倫南？」

「我也要去。」

他們走向一個彈坑，此時烈日高照，頭上有一隻俯瞰蒼穹的雲雀，但這幾雙眼睛視若無睹，因為他們眼中只看得見泥濘污穢。他們壓低身子進入坑洞，因為軍務繁忙，屍體已經在那裡躺了好幾週了。「看能不能把他抬起來。」儘管沒有聽到槍聲，他們仍警戒著周遭的動靜。「抓住他的手。」從面罩透氣口傳出幾乎聽不見的命令，幾隻手輕柔地向前。「不是這樣，不要扭斷他的手。」一隻大老鼠爬過威爾的衣領，背上拖著什麼紅色的東西。一隻烏鴉不安地呱呱大叫，又突然騰空飛起，振翅劃過空氣。庫克、巴洛不斷搖著頭驅趕蒼蠅。死屍焦黑的皮膚已變為綠色，加達忍不住吐了，眾人在面罩裡偷笑；加達脫下面罩，大口吸氣，可吸進去的味道比吐出來的還糟糕。威爾雙手套了雙層的沙袋，試探地伸手，在一名工兵的胸前摸索著名牌，再一把抽走放進褲子口袋。即使隔著粗糙的衣料，傑克摸到海綿般的屍體依舊會畏縮，他看見一隻皮毛光亮、身形圓潤的老鼠從肝臟鑽進腸子之間，吃得圓滾滾的，在屍體上竄下跳、大快朵頤。他們一點一點地蒐集殘肢，讓擔架兵帶走，泥濘的大地上四散著肉塊。史蒂芬心想，這些已不是他的弟兄，只是蒼蠅和死屍。布倫南焦急地撕開一具無頭屍的衣服，雙手使勁將沒有腿的屍體從坑口拖上去，他的手指陷進奶油般的慘綠爛肉。那是他的弟弟。

當他們返回安全的戰壕時，傑克對於自己和費爾丁被迫同行非常惱怒，但威爾表示還有三個人還沒被埋葬。加達不斷乾嘔，但他的胃早已空無一物，現在正坐在射擊踏台上不斷啜泣——他只有十九歲。麥克．威爾不自然地笑笑，他向費爾丁和傑克表示這週不用處理雜務之後，便到史蒂芬的防空洞喝威士忌。

「真不知道我父親會說些什麼，」威爾若有所思地說。「當然他們都只是『盡自己的本分』，這是他說的。」威爾吞了一口口水，舔舔嘴唇。「只是他的『本分』和我的天差地遠。」

史蒂芬看著他，搖了搖頭。「你知道我真正害怕的是什麼嗎？」他問。「想到那裡面可能還有人活著。」

威爾大笑。「已經過了這麼久，怎麼可能有人還活著？」

史蒂芬說：「還是有可能。」他想了想又問：「布倫南呢？我們回來時你有看見他嗎？」

「沒有。」

史蒂芬在戰壕中尋找布倫南的蹤影，最後發現他默默坐在防空洞附近的射擊踏台上，那裡是他與弟兄睡覺的地方。

「我很遺憾，布倫南，」他說道。「這對你來說實在太殘酷了，剛剛你其實可以不用跟來。」

「我知道，是我自願的。我現在好一點了。」

「你真的好一點了嗎？」

布倫南點點頭。他的頭型細長，油膩的黑髮看起來很厚重，當他抬起頭時，表情平靜。

史蒂芬說：「至少先洗手，布倫南，抹一點漂白粉在手上。你可以休個假，我會請中士讓你退出雜務工作。」

「謝謝你的好意，其實我覺得自己很幸運。去年七月地雷爆炸時，我不是從射擊踏台跌下來摔斷了腿嗎？看見你們那麼多弟兄送死，我認為自己算運氣不錯了。」

「對，但我還是很遺憾你弟弟過世了。」

「沒關係，最重要的是我找到他了。我把他帶了回來，而不是讓他躺在那裡，現在他會被好好安葬，人們也能在墓碑前緬懷他。等戰爭結束，我會再帶一束花回來。」

布倫南居然如此堅信自己能夠倖存，這令史蒂芬非常驚訝。當他轉身離開時，布倫南開始輕柔地哼歌，這是他們準備發動攻擊的那天早上他唱過的愛爾蘭歌曲。布倫南的聲音高亢地迴盪著，他似乎會唱許多歌。

他為弟弟徹夜唱歌，因為他終於把弟弟帶回家了。

在布洛涅的福克斯頓飯店大廳，年輕軍官們舉辦了一場熱鬧的派對。許多來到前線尚不滿半年的弟兄，都急著想與親友分享故事。戰爭好似沒有想像中這麼糟，他們見證了死亡與傷殘，也曾經歷酷寒、溼熱與疲憊，從沒想過自己竟這麼能吃苦。不過，前線士兵擁有定期的懇親假，弟兄們至少能返鄉休息一段時間。大夥一面喝著香檳，一面吹噓回倫敦之後的計畫。他們沒有經歷過去年的大屠殺，也無法預見幾個月後在法蘭德斯泥濘大地上的殘暴殺戮。他們目睹的只是幕間演出，這種恐怖尚可忍受；大家興致高昂地互相敬酒，因活下來的喜悅而顫抖。大吊燈下，年輕的嗓音此起彼落，像一群嘰嘰喳喳的椋鳥。

史蒂芬在二樓的房間就能聽見士兵們的聲音，他正在寫信給金妮。他上次從阿拉斯裝了許多瓶威士忌回來，但如今最後一瓶也見底了，菸灰缸滿是菸蒂。史蒂芬不像他那些每天寫信的下屬們，他幾乎沒有回信的經驗。他疲憊地讀著弟兄們的信，內容幾乎都是請家人放心，或是聊聊收到的包裹，也可能是請求家人分享更多家鄉的消息。

史蒂芬不認為金妮想知道他的健康狀況，她大概也不想知道戰壕生活的細節吧。他忍著不提到伊莎貝爾，還是討論兩人共同的話題比較明智，例如亞眠、當地的居民以及沒有被破壞的建築物。

他想對金妮說，除了麥克．威爾以外，她是自己最好的朋友；而既然威爾可能會在一個月內死去，史蒂芬這麼說似乎也合情合理。他寫道：「能夠收到妳的信、讓我與正常的世界接軌，對我來說是莫大的安慰。我很感謝妳的善意，這份友誼能支撐我好好活下去。」

他撕掉信紙，丟進腳邊的廢紙簍。金妮不會想看他寫這些東西；這只是在他心裡沉澱許久的庸俗之語罷了。他必須寫得更正式才行，起碼暫時應該如此。他用手撐著頭，試著想像金妮慧黠的細長臉龐。這個女人是什麼模樣？她希望自己說些什麼？他想到金妮拱門般的眉毛下，那雙閃爍著聰慧與幽默的深棕色眼睛，帶著深深的同情。她的鼻子和伊莎貝爾一模一樣，但嘴唇更寬、唇色較深。她的下巴窄小，卻比伊莎貝爾更尖。她的五官鮮明，膚色較深，令人不敢輕侮，外貌更為男性化；但她的肌膚美麗蒼白，儘管不如伊莎貝爾誘人，但那象牙白的臉蛋與脖子卻精緻細膩，展現出一種非凡的優雅，讓史蒂芬不確定該如何親近。

當他細數前往布洛涅的列車之旅時，也向金妮保證一定會從英國寫信給她，至少會分享一些旅途趣事。

輪船在次日抵達福克斯頓港（Folkstone），碼頭聚集了一小群人。許多婦女與男孩揮舞著旗幟，對走下舷梯的步兵團高聲歡呼。但當那些準備迎接兒子或兄弟的人們看見第一批歸國軍人時，史蒂芬看見群眾的表情由興奮轉為疑惑：這些瘦弱癱軟、面無表情的男人，已不是當初他們神采奕奕、全身上下配有閃亮裝備、笑容滿面，隨著軍樂團的演奏光榮出征的親人了。有人穿著從農場買來的動物毛皮；許多人用小刀將大衣割成碎片，好包裹凍僵的雙手，讓手指舒服一些。他們頭上包著圍巾，而非鈕釦閃亮的軍帽。他們的身體與衣服沾滿泥土，眼神空洞。他們冷漠地穿過人群，讓市民心生畏懼，因為他們並沒有成為殺手，卻成了只以忍耐為生存目標的人類。

史蒂芬感覺有一隻手抓住他。「你好，是瑞斯福德上尉嗎？我是吉爾伯特。這裡由我負責，我的腳不太好，恐怕無法與你的夥伴們同樂。聽著，你拿著這些表格到車站，再與登船的官員聯絡。所有人的名字都在這裡，了解嗎？」

史蒂芬困惑地看著這個人，當他走近拿表格時，他的身體散發出一種刺鼻的腐臭味。

車站的月台湧進了更多歡迎的群眾。許多桌子上擺了志工團體供應的茶與小麵包。史蒂芬走向月台入口，當他走到紅磚候車室的視線死角時，便將厚厚的表格丟進車站制式的垃圾桶裡。

列車啟動，弟兄們擠在車廂的走道上，有些坐在行李上抽菸，有些則對月台上的人們揮手。史蒂芬將座位讓給一名戴著小藍帽的婦人。

他被擠到車廂的窗邊，只能偶爾透過同袍們擁擠的身影間，窺探一閃而過的英格蘭風景。這些景致並未勾起他的思鄉情懷，也沒有讓他燃起一絲熱愛。他只感到筋疲力竭，完全無心欣賞窗外的風光。他感受著下背的痛楚，還要想辦法不撞到上方的行李架。或許有朝一日，他也能好好享受鄉村的景色與和平的聲音吧。

「我要在下一站下車，」戴著小藍帽的婦女說道。「需要替你打電話給妻子或父母，通知他們你快到家了嗎？」

「不，不，我……不用了，謝謝。」

「你家在哪裡？」

「林肯郡。」

「天啊，那邊很遠。」

「我沒有要回去，我要去……」他沒有任何計畫，但想起了威爾曾經告訴他：「到諾福克郡吧，現在是最美的季節。」

抵達維多利亞車站後，史蒂芬努力擠過人潮走到大街上。他不想再看見軍人了，只想迷失在城市的蒼茫之中。他快步穿過公園，來到了皮卡迪利圓環，接著緩步朝北前進。他走進接近雅寶街尾的一間男性服飾店，裡頭應有盡有。他的許多衣物都在一年前轉移部隊時遺失了，得添購一些新襯衫與內衣。他站在拋光地板上，看著玻璃櫃裡色彩繽紛的昂貴領帶與襪子。一名穿著西裝的男子下樓至櫃檯後方。

「早安，先生，我能夠為你效勞嗎？」

史蒂芬看著男人上下打量著自己，目光最後停留在自己的制服與軍銜上。他留意到男人表面上雖客氣有禮，卻不由自主退縮了一下。史蒂芬不確定自己身上的哪一點讓男人排斥，他不曉得自己聞起來是像漂白水、血液還是老鼠。他下意識地伸手輕搔下巴，發現自己離開福克斯頓飯店後長出了一些短鬍髭。

「我需要一些襯衫。」

男人爬上木梯，拉出兩個木抽屜放在史蒂芬面前。抽屜裡是晚宴穿的硬挺白襯衫，也有日常可穿的無領條紋棉衫。店員看到史蒂芬沒有什麼反應，便拉出更多抽屜，拿出店裡所有的襯衫，由各種布料製成，也有許多顏色可選擇。史蒂芬瞪著眼前如調色盤般的襯衫，每一件都燙得非常平整，擁有手工縫製的釦眼、一絲不苟的袖口摺線，質料從硬挺漿平到極盡柔軟，任君挑選。

「不好意思，先生，你慢慢挑，我先去服務另一位客人。」

店員趁機躲開了，留下猶豫不決的史蒂芬，他依舊對男人的態度感到困惑。另一位客人是個六十多歲的高大男子，身穿昂貴的大衣外套，頭上是一頂霍姆堡氈帽[69]。在店員熱情地招呼下，對方買了許多商品，而當他提著沉甸甸的購物袋走出商店時，看都不看史蒂芬一眼。店員回來時，與史蒂芬保持著一定的距離，笑容已完全消失了。

最後店員開口：「我不想催你，先生，但如果你不喜歡我們的商品，或許你可以去光顧其

69 一款深受十九、二十世紀上流人士歡迎的帽子，特點為帽頂呈凹形、帽邊微微向上翻。

他店家。」

史蒂芬難以置信地看著他，此人約莫三十五歲，一頭淺棕色的頭髮，雙鬢灰白，八字鬍修剪得很俐落。

「我很難找到適合的襯衫。」他說道，開口時感覺下巴異常沉重，這才發現自己有多麼疲倦。「真抱歉。」

「我想也許你最好——」

「你不想要我待在這裡，對嗎？」

「不是的，先生，只是——」

「給我這兩件就好。」他挑了最近的兩件襯衫。他心想，十年前的自己可能會給這個男人一拳；但現在他只想盡快結帳、離開這裡。

走出店外，他深深吸進一口皮卡迪利的凝滯空氣。隔著馬路，他看見麗池飯店[70]拱門上方的燈泡點亮了同名招牌。身穿鑲邊毛大衣的女子，與她穿著灰色西裝、戴著黑色帽子的男伴穿過大門，這些人帶著一種私密急迫的氛圍，似乎趕著去處理重要的財務問題或國際事務，根本無暇注意戴著高頂禮帽與鑲金紡錘鈕釦制服的門衛臉上奉承的微笑。他們的軟呢大衣拖曳在身後，對街上或任何身外之物都視而不見，最終消失在玻璃後方。

史蒂芬觀察了一會兒，然後提著小行李箱走向皮卡迪利街圓環，買了一份報紙。有一則金融醜聞，還有一間曼徹斯特市（Manchester）的工廠發生了意外。頭條新聞對戰爭隻字未提，不過在讀者來函的版面旁邊，有一則關於第五軍團[71]軍事行動的報導，對指揮官的精湛戰術大為讚賞。

他走得越遠，感覺越孤獨。他驚嘆於鋪路石子的光滑，同時對首都如故的景色感到欣慰，卻深感自己與這種生活格格不入。要是人們給予軍人優待，他也會覺得不好意思，卻萬萬沒想到人們竟如此冷漠，甚至厭惡他，這真的很奇怪。他在萊斯特廣場附近的小旅館過夜，隔天早上搭了一輛計程車到利物浦街。

中午有一班車前往金斯林鎮（King's Lynn），買票之前，他還有時間到理髮院修剪頭髮與鬍子。他搭上一輛半滿的公車，很輕易就找到了空位。大東部鐵路幹線的座椅豪華，一塵不染，他坐進角落拿出一本書。列車顛簸了一下，便叮叮噹噹緩慢地駛出車站，接著開始加速，將倫敦東北低矮灰暗的梯田風光拋在後頭。

史蒂芬發現自己無法專心看書，他的思緒宛如一團亂線，難以跟上書中簡單的文字。雖然他的手腳有點僵硬，但這不是肉體的疲勞或疼痛；他昨晚在小飯店的房間睡得很好，也吃了早餐，但仍舊無法順暢思考。除了望向窗外變換的景色，他能做的事其實不多。田野被春陽點亮，溪流景色一閃即逝。在起伏的山丘上，偶爾可見教堂的灰色尖塔或農舍聚落，大部分是一塊塊平坦的農田，那裡顯然無人居住，潮溼深厚的土壤正經歷生長與腐敗的生命週期，在溼冷

70 位於倫敦皮卡迪利街一百五十號的五星級飯店，創立於一九〇六年，為世界上最知名的飯店之一。

71 英國在第一次世界大戰期間的野戰連，後成為西線遠征軍，曾於一九一七年參與索姆河戰役。

的天空下日復一日地循環，靜默無聲。

火車向前奔馳時，他的記憶深處似乎響起了某種節奏。他原本在角落的位置打盹，卻因為夢見了童年時期的林肯郡而驚醒；但他隨後發現，自己其實還在沉睡：他只是夢見自己醒來罷了。又一次，他發現自己身處一幢矗立於蒼茫田野中的穀倉，偶爾有列車經過。他再次醒來後有些害怕，便努力找回意識，想確定自己是清醒的；但他只是再一次夢見自己甦醒罷了。

每當他睜開雙眼，都會設法從車廂的豪華座椅起身，但他的四肢沉重，只會再次陷進去，就像他曾經見到一名弟兄在棧板上摔倒，滑進底下的汙水池，被黏呼呼的黃色淤泥淹沒。

終於，他掌握到了清醒的瞬間，便強迫自己起身，站在窗戶旁凝望田野。

幾分鐘後，他才確認自己真的醒來了。現實與夢境是如此難以區分，每每他以為自己真正甦醒了，最終卻發現還在睡夢中。

他的神智漸漸清晰起來。他緊抓著窗戶邊緣，深呼吸了好幾次。茫然的感覺消失了。我真的累了，他心想，一面從菸盒拿出一根菸。我的身心已十分疲憊，就像格雷說的那樣。或許格雷或他的奧地利醫師，可以解釋他為什麼會有這一連串的幻覺夢境。

他整理好制服與睡亂的頭髮，拉開隔間的門，在搖晃的列車上走到用餐車廂。這裡只有兩張桌子有人坐，他選了靠窗的位置坐下。侍者搖搖晃晃地走過來，遞上了菜單。

史蒂芬對豐富的菜單感到驚訝，距離他上一回可以如此自由地點餐，已經是好幾年前的事情了。他點了清燉肉湯、牛排及腰子布丁，侍者還拿了酒單。他的口袋裡都是在福克斯頓領到的英國大鈔。他點了上頭最貴的酒，一瓶要價六先令。

侍者拿著一大匙滾燙的湯回來，成功將大部分湯舀進湯盤裡，不過盛完湯之後，白色桌巾還是留下了一條長長的棕痕污漬。史蒂芬發現湯太濃，不是很美味；他對新鮮牛肉湯以及調味料的味道感到陌生。他先前在亞眠沒吃午餐或晚餐，而他的味蕾早已習慣泰克勒[72]公司生產的梅子蘋果布丁、罐頭牛肉與餅乾，以及格雷或威爾家人偶爾從英國寄來的小片蛋糕。

他能看見切片比目魚細膩的血管，牛肉潔白油花的紋理錯綜複雜，這一切對他而言都過於精緻、難以細品。侍者煞有介事地倒了一些酒到玻璃杯中，史蒂芬一飲而盡，又要求對方繼續斟酒。當他享用牛排與腰子布丁時，已經有些醉了。酒味非常濃烈，像是他的腦袋裡充滿了爆炸的氣味與顏色，他連忙放下酒杯。他已經六個月沒喝酒了，就算有喝，也是喝一些白牌的粗糙白酒。前線隨口糧發放的水就是正常水的味道，若是彈坑的過濾水，味道就比較糟；又因為他們拿汽油罐裝茶，茶總是充滿了汽油味。但當他喝這杯酒時，彷彿品嘗著法國深奧本質的精華，而非如皮卡迪利的凡俗地獄——他能品嘗到，在那處更古老純樸的田園鄉間仍有些許希望的滋味。

他顯然比預想中還要疲倦。他努力吃完牛排與腰子布丁，略過甜點，開始抽菸、喝咖啡。到了金斯林鎮，他沿著諾福克海岸支線前往謝林漢姆，終於抵達威爾中意的地方。然而，當火

72 一間二十世紀初英國林肯郡知名的果醬品牌，在一九一四年被選為軍中梅子醬與蘋果醬的供應商，第一次世界大戰期間英軍的果醬都由該廠供應。

車一路鳴笛前進時，他對於這趟旅行開始有些厭煩。他想到戶外呼吸清新平和的空氣；他渴望一間有柔軟床鋪的旅舍。抵達一處叫伯納姆的村莊後，他從行李架拖下手提箱，跳上月台。他走入村莊，道路兩側的草地美觀，想來有人悉心照顧。多數房子看起來是十八世紀的建築，室內空間寬敞簡樸，村內有藥房、船具店以及馬具行等店家。

在一棵大板栗樹後方，有一間狹長低矮的旅舍，名叫烏鶇客棧（The Blackbird）。史蒂芬走進旅舍，在樓梯下的櫃台按了鈴，卻無人回應，於是他走進一間石砌酒吧，裡面空無一人。桌上擺著午餐後尚未收拾的啤酒杯，而大約是木頭地板與沉重木梁的關係，室內的氛圍黑暗而冰冷。

他聽見身後傳來女聲，回頭便看見一名穿著圍裙的豐滿女人，與女人四目相交時，她不確定地微笑。她表示自己只是清潔人員，旅舍主人下午外出，但如果他要登記入住，也可以給他一個房間。她領著史蒂芬上樓，到了一間有桃花心木家具的小房間，房裡的木頭床架有點老舊，上頭有一床潔白的羽絨被。門邊有一張靠背椅，臉盆架上有瓷壺與洗臉盆。室內還有個小書架，放了幾本看起來長年被人翻閱了無數次的書。斗櫃後方有一扇窗戶，可以俯瞰客棧前方的草坪，一棵開滿白花的板栗樹遮蔽了天空。史蒂芬謝過這名女士，將行李箱丟在床上。這就是他想要的房間。

他打開行李後，便躺在床上閉起雙眼。他覺得很睏，眼皮卻不斷跳動；即便好不容易睡著，也會再次驚醒過來。最後，他就像適才在火車上那樣，陷入了半夢半醒的狀態，過去兩三年的經歷開始鮮明地浮現在腦海中。一些他早已遺忘的人事物又栩栩如生地出現，而後再次消失。他試著逃出這些駭人的回憶：他不斷看見道格拉斯從擔架上跌下來的畫面，當時他們正被猛烈轟炸；他能聽見失去生命的屍體摔到地上的重擊聲。另一名他早已忘記、名叫史都的男人也出現了。當史都彎腰扶起另一名受傷的弟兄時，他的頭盔被炸開，頭蓋骨被機關槍的子彈打得鮮血直流。

史蒂芬爬下床，雙手劇烈地顫抖，就像是正在被轟炸的麥克·威爾。他深呼吸，胸膛激烈地起伏。他正安穩地待在寧靜的英國鄉間，竟然仍會受到如此大的震撼，這太不尋常了。而一想起自己已回到家鄉，他的心就再也無法平靜下來。他已經回國一段時間了，也許到外面走走、好好欣賞景色能夠比較放鬆。

他沒戴帽子，就這樣下了樓，靴子在沒有鋪地毯的木梯間激起迴響，而後走過大廳來到戶外。

他抬起肩膀，長吁了一口氣，讓肩膀放鬆一點。他沿著草地散步，轉進了一條離開村莊的小巷，試著平復心緒。他心想，我曾經在砲火之下；但此時此刻，一切都結束了。砲火之下，他細品這幾個字。如此輕淺不足。

他一路行經的樹籬深邃參差，如蕾絲般開滿了白色峨參花。空氣聞起來很純淨，彷彿從未有人踏足；傍晚的第一縷微風讓四下變得涼爽。透過高聳的榆樹，他能眺望田園盡頭，白嘴鴉的啼叫與林鴿溫柔的鳴聲近在咫尺。他停下腳步，靠在一扇柵欄門上。周遭的寂靜世界彷彿超越了時空，沒有任何人聲能夠干擾。

皎潔的月亮早已在榆樹林上升起，明月旁飄散著變幻莫測的長條烏雲，雲朵的稜狀線條一路延伸到淺藍色的天空，隨後如白色蒸氣般逐漸隱沒在天際。

史蒂芬全身上下被一種高潮般的衝動淹沒，這讓他恐懼起來，以為這是身體對於危機來臨的警訊，他就要抽搐、流血或死亡了。但他隨即發覺，自己誤解了，這只是一種熱愛之情。那一路延伸到村莊的粗獷田野，以及他能一眼瞥見的教堂尖塔，這一切與無垠天空的距離難以量測，都是上天創造的一部分；而自己——這名在世俗眼中尚算年輕的男子，血液裡反覆微小的脈搏仍在跳動，也是萬物的一份子。他抬頭看著天空，在那片黑暗中有著星辰的蹤跡，無窮的蒼茫滿布暈染的星雲與隱晦不清的光：這些並非另一個世界，史蒂芬深深明白，萬物都遵循著造物主的旨意，如細碎的白雲、五月的純淨空氣，以及他腳下潮溼草地的土壤。他緊抓著柵欄，頭靠在手臂上，仍舊感到些許懼怕，深怕這股強烈的愛會將他席捲而去。他想要伸手緊緊擁抱田野、天空、榆樹和鳥鳴；他想以無盡的寬恕擁抱萬物，就像父親寬恕放浪不羈的愛子。伊莎貝爾，以及戰死的人們；他無緣的母親，他的朋友威爾：沒有什麼是不道德或無法被救贖的，一切都可以被遠處的寬容之心所諒解。當他緊緊抓住柵欄時，也希望自己所做的一切都能被原諒；他渴望萬物能融化自己的罪惡與憤怒，因為他的靈魂也與世界相連。他的肉體因這份愛而顫抖，他已在血腥的殺戮中掙扎許久，如今這份愛再度找回了他。

他抬起頭，發覺自己正在微笑。他平靜地沿著小路散步了約一小時，其實早已失去了時間感。夕陽餘暉一路伴隨著他，點亮了深淺不一的田野色彩，如樹林、灌木叢，或偶爾掉落的種子。

道路變成了下坡，轉過一個彎後，他走進了另一座小村莊。兩名男孩在水溝旁的大片綠地玩耍，這片綠地隔開了溝渠與道路。史蒂芬走進一間像是私宅客廳的酒吧，一位暴躁的老人替他點完餐後，便從後方房間的酒桶中盛酒；除了大啤酒杯外，還附上了小酒杯，裡頭殘留著類似肉桂的酒味。史蒂芬將酒杯拿到了戶外，坐在綠地旁的長椅上，看著男孩們玩耍直到太陽西下，月亮升起。

史蒂芬為了到亞眠拜訪金妮，提早一天返回法國。他調到軍旅參謀部的事推遲了，在等待的兩週期間他得重回前線。史蒂芬心想，無論格雷將他調到什麼地方，先到法國待上一晚再返回戰場，也許會好過一點。

他覺得亞眠車站就像個古老的地標，又訝異地發現，這只是他第三次來到此地而已。第一次他走向了不可思議、難以預料的結局，某種程度上來說，第二次也是如此。這一次沒有伊莎貝爾相隨，或許也不會有戲劇性的轉折了——他衷心希望如此。

金妮的信任令他滿心感激。她其實沒有必要這麼做，但這表示她心胸寬大、也展現了她的包容力。史蒂芬又心想，除非她的友善只是出於同情。他無法理解人們看待自己的眼光，不過即使金妮的態度只是出於對一位粗鄙士兵的憐憫，他也不會拒絕的。她是一位善良的女子，史蒂芬納悶為何她始終未婚：她快要四十歲了，早已不是適合生育的年齡。

他從布洛涅發電報，等待金妮的回覆。她說很樂意當晚與史蒂芬見面，且無論何時都歡迎來訪。

他穿過城鎮，仍然提著那令人尷尬的軍用行李箱，但換上了在倫敦買的新襯衫以及新內衣。他在諾福克燒光了舊衣服，估計也順便殲滅了煩人的蝨子。回程行經利物浦街時，他請理髮師將八字鬍剃光。他感覺自己又是當年抵達杜康熱大道的那個青年了。

他穿過巧遇金妮的小酒館附近的廣場，便抵達了她與伊莎貝爾暫住的房子。他按了門鈴，在等人應門時，設法回憶金妮的長相，卻怎麼樣也想不起來。

「先生，請進。」金妮伸出手。

史蒂芬再度來到這條樸素的走廊，不過這次明亮多了。金妮打開了右手邊的一扇門，領他進入客廳。木地板閃閃發光，圓桌上的玻璃杯中插了幾株小蒼蘭，大理石壁爐兩側各擺了一張扶手椅。

「這趟旅途累不累？」

「不，一點都不累，身體還不錯。」

史蒂芬在金妮指著的椅子坐下，抬頭看向她。他終於想起金妮堅毅的五官與白皙的肌膚，這讓他平靜了下來。她的眼神與轉頭的動作，偶爾會有伊莎貝爾的影子，但比起衝動的妹妹，姊姊的舉手投足更加沉靜莊重。

金妮說：「她說你常常盯著人看。」

史蒂芬道歉。「待在泥濘的這些日子——讓我失禮了。」他很高興這麼快便提到伊莎貝爾，至少他們可以迅速帶過這個話題。

「最近有聽到伊莎貝爾的消息嗎？」

「有，」金妮說道。「她過得很幸福，雖然麥斯傷得很重，但他會活下來的。她很感激你來看她，我認為這對她而言意義重大。她的人生一直很不順遂，或者說她非常傻——我父親會這麼說。她所有的決定都很不容易。再見你一面、明白你至少會希望她幸福之後，我認為這給了她活下去的勇氣。」

「我很高興。」史蒂芬說，雖然他並不真心這麼想。

如今，在伊莎貝爾的生命中，自己不過是一個給予安心感的小角色罷了，一想到這裡，史蒂芬就有點迷惑。「我很高興。」他重複地說著，而在他虛偽回答的當下，感覺心中最後一抹伊莎貝爾的身影也遠去了，不是因為他刻意去遺忘，而是真正地消失了。

他轉向金妮。「妳打算在亞眠待多久？妳家不是在盧昂嗎？」

金妮低頭看著雙手。「我父親年紀大了，他希望我能留下照料他。雖然母親還健在，但身體也不太好，無法時時刻刻看顧父親。」

「所以妳之後會回家嗎？」

「我不知道，」金妮說。「我一直是個盡責的好女兒，但是我渴望獨立的生活。我喜歡亞眠、喜歡這間小房子。」

「當然，」史蒂芬再度想起金妮的年齡。「妳的其他姊妹呢？難道她們不能照顧他嗎？」

「不行，她們都結婚了。先生，我們再一個小時就要吃晚餐了，我去看看準備好了沒。我不確定你想先休息一會兒，或者先來點餐前酒……我不習慣這種事，」她揮揮手，「這種情況不常發生。」

「凡事無定律。」史蒂芬微笑。「謝謝妳的諒解。好吧，請給我一杯酒。」

金妮回他一笑。這是史蒂芬第一次看見她微笑，也是他見過最獨特、最不可思議的神情。一開始，她的嘴唇緩緩展開，接著她蒼白的臉龐亮起，不是像伊莎貝爾那樣雙頰泛紅，而是內在的光彩讓金妮發光，那光輝甚至漫進她的眼神，轉化為令人信服的幽默感，最後綻放為一臉的美好喜悅。史蒂芬心想，她不僅僅是表情燦爛而已，而是滿臉都洋溢著寬容與真誠。

她說：「在你來訪前，伊莎貝爾請我去買一種叫老奧克尼的英國酒，聞起來很可怕。」

史蒂芬大笑。「是蘇格蘭酒，我很常喝。」

金妮帶來酒瓶和一瓶水，史蒂芬倒了一點在透明的小玻璃杯中，接著在金妮走進廚房時環顧房間。他聽見平底鍋和餐具碰撞的聲響；微弱的香草與酒精味激起了他的食慾。他點了菸，在優雅的小房間中搜尋菸灰缸的蹤影。有一些陶瓷小盤，但他不敢隨意當成菸灰缸使用，只好將菸踩熄扔進壁爐。儘管身上的衣物清爽乾淨、也沒有蝨子，但他在這個整齊、女性化的房間中依舊感到笨拙尷尬。他懷疑自己是否還能在正常的世界裡自在地活著，或者他已經成了一種棲息在鐵皮天花板與木頭牆面之間的生物，只靠懸掛在椽架屋頂下那種防止老鼠啃咬的食物包裹過活。

兩人在房間角落的桌邊坐下，金妮從碗中舀出她煮的湯。她說原本想做一道第厄普市（Dieppe）風味的湯——那裡離她在諾曼第的家鄉很近——可惜她無法在亞眠找到所有的食材。史蒂芬想起了伊莎貝爾，她曾經因自己說亞眠不以美食聞名非常惱怒。

「大概是戰爭影響了供給吧。」他說道。

「我不確定，」金妮說道。「也可能是因為亞眠人對食物的要求不高。你想喝一些酒嗎？我不知道這是不是好酒，但我父親會喝。」

史蒂芬依舊無法確定：金妮是因為將他當作難民，所以跟那些熱心人士一樣殷勤照顧他嗎？還是這一切真的出自單純的友誼？史蒂芬在席間開始向金妮提問。

金妮的話不多，舉止友善而靦腆，似乎是擔心今晚的碰面不為禮教所容，彷彿隨時會有人破門而入、前來阻撓。史蒂芬猜想，金妮是出於孝心才留在家中，這位父親似乎就像對伊莎貝爾一樣，總是將自己的意願強加於金妮身上。但比起逆來順受的妹妹，她成功阻撓了父親親自擇婿的打算，只是父親為了反擊，也會干預她的選擇。正如老傅門葉嚇跑伊莎貝爾的軍人朋友一樣，曾有一位鰥夫想帶走金妮，也遭到了他的強烈反對。

金妮的談吐很有分寸；她的態度有些嚴肅，但眼中又流露出一絲幽默，舉手投足閃爍著歡快的光芒。

金妮總能令史蒂芬平靜下來。他發現自己很喜歡聽她說話，所以當她提問時，史蒂芬也會誠實答覆，即便是討論戰事也不例外。

天色漸晚，他開始害怕回到軍隊。自從史蒂芬小時候被帶離農場、轉送到育幼院之後，他就一直非常害怕分離的時刻：對他而言，這就是遺棄。他完全無法想像回到戰壕的日子，隨著那一刻漸漸逼近，他就越來越難放鬆閒聊。

金妮說：「你正想著該回去了，是嗎？感覺你很心不在焉。」史蒂芬點點頭。

「戰爭不會一直打下去。我們正在等待坦克車和美國人的支援——這是貝當（Pétain）[73]將軍說的。我們必須有耐心，不如想想下次的休假。」

「我可以再來拜訪嗎？」

「可以，如果你願意的話。好好度過每一天、每一週，注意安全，你的新職務聽起來比較安穩。總之，一定要小心謹慎。」

史蒂芬說：「也許妳是對的，」他嘆了一口氣。「但已經過了這麼久了。我想到和我在一起的弟兄，而——」

「不要再想那些死去的夥伴。你已經為他們鞠躬盡瘁了。戰爭結束後，你可以緬懷他們，但現在你必須專心保護自己，設法熬過這場戰爭。畢竟多戰死一個人，對那些犧牲者也毫無幫助。」

「我辦不到，金妮，我辦不到，我好累。」

金妮看著他懇求的臉，他幾乎要落淚了。「我已經付出了一切，」史蒂芬說。「不要逼我繼續打仗了，讓我留下來。」

金妮再度微笑。「這不像是在昂克爾河戰役英勇帶領弟兄的人會說的話。現在已經沒那麼危險了，我相信你可以在後方平安度過幾週。」

「不是危險的問題，是有沒有一鼓作氣的力量，我已經沒有那種心情了。」

「我知道。」金妮將手放在他的手上。「我懂，但你必須堅強起來。我為你鋪了一張床，我猜你可能想在這裡待一晚。我早上會準時叫你起來，來吧。」

史蒂芬不情願地隨著她走到房門口，明白自己第二天還是要返回戰場。

梅森戰役[74]的戰略縝密。經過去年七月的惡戰之後，老兵們現在格外重視新兵們的生死。

73 亨利·貝當（Henri Pétain，一八五六年～一九五一年），於第一次世界大戰期間擔任法軍總司令，曾提出「等待坦克和美國人」的策略，以讓法軍休養生息。

74 一九一七年六月七日至十四日，為第一次世界大戰期間英軍在比利時梅森附近的攻擊行動，目的是要奪取德軍山脊上的防禦工事。

「我有好消息告訴你。」當史蒂芬回報時，格雷說道。「在你調職之前，還有時間率領大夥對敵軍的戰壕發動一次大突襲。我們的新戰法就是小心翼翼、知己知彼，偵查也是其中一部分。」

「了解，」史蒂芬說，「如果我們發現面對的是第四十一軍團，而不是第四十二軍團，對我們的戰略會有很大的影響嗎？」

「這點我也很懷疑，」格雷說道。「但我接到的命令是盡量蒐集戰線上的情報。我猜你的連這週就會出動，對你這種前線軍人而言，這是最好的機會了。」

「謝謝你，長官。」

格雷大笑。「好了，瑞斯福德。放鬆一點，我真正希望你做的事，是帶領大家攻擊運河左岸，我們必須在那裡站穩腳跟、駐紮陣地。這只是一次局部攻擊，你和其他隊伍一起在清晨出發，之後黑鄉區（Black Country）的盟友會前來支援，你覺得如何？」

「比起在確認敵軍的帽徽時被打死，聽來是比較有意義的死法。」

「這就對了，瑞斯福德，繼續努力吧。我知道你辦得到。」

「你是怎麼堅持下去的呢，長官？」史蒂芬問。

格雷大笑。「因為我流著蘇格蘭人的血液，對我們而言，這些根本不算什麼。」

男人們再次走上前線，大夥穿過長長的交通壕，進入沙袋下方的泥濘大地。九個月以來，他們僅僅是巡邏和突襲而已，沒有發起任何進攻。幾個準備安置雲梯的弟兄正焦慮地爭論不休。整個早上充斥著敲擊與鋸木頭的噪音，他們切割木料、計算距離，將木頭嵌進護牆裡。史蒂芬總覺得，儘管弟兄們對黑格將軍極為重視的比利時大進攻感到不安，但深信至少不用面對另一場槍林彈雨了。

傑克．費爾布雷斯從地底輪班回來，當他在一旁看著這些戰前準備時，先前塵封的回憶再度浮上心頭。他想起在那個夏日清晨，他是如何為弟兄們潛心禱告，深信他們會平安歸來；但這一次，他已經沮喪到說不出任何禱詞了。

他走進地道口的大型防空洞，弟兄們正在歇息。他泡了茶與伊凡斯一起享用，然後拿出素描本。如今蕭已經過世，不能再為他作畫了，於是傑克改畫起史蒂芬的肖像。自史蒂芬在地道撲入自己雙臂間、從爆炸中全身而退的那一刻起，傑克就對他起了濃厚的興趣。他以各種角度與姿勢描繪他濃密的黑髮——他的雙眼偶爾會難以置信地睜大，或是堅決地瞇起；他對威爾上尉懊惱無奈的微笑；或是那次自己在輪值中打瞌睡被他發現時，他那彷彿失憶般的空洞神情。他沒辦法畫出約翰的模樣，因為兒子的臉已經在記憶中漸漸模糊了。

距離進攻已經沒有多少時間了，大夥卻沒有因此放鬆下來。史蒂芬與排長們聊天，排長將率先踏上梯子，領頭衝入外面混沌未知的世界。

「你絕對不能動搖，」他說：「等待你的一切無法改變，假使你有所遲疑，就會讓其他弟兄陷入危險，而這是可以避免的。」

他看見埃利斯舔舔嘴唇，蒼白的額頭有一道汗水。轟炸已經開始了，防空洞從地面到天花板都在劇烈搖晃。

史蒂芬的口氣冷靜老練，但這絲毫無法寬慰他的心靈。即使他經歷豐富，也不代表接下來也能沉著面對。當那個時刻來臨時，史蒂芬必須再度面對自己的極限，而他也擔心自己早已改變了。

轟炸只持續了一天。砲兵向他們保證空中偵察的結果非常精確，表示這一次絕不會有沒被切斷的鐵絲網，敵軍也不會從完好的混凝土堡壘中開火。

威爾在午夜回到了防空洞，他的眼神狂野、頭髮凌亂。史蒂芬看見他沮喪的樣子，開始擔心自己也會被威爾的恐懼感染。

「這些聲音，」威爾說道。「我再也無法忍受了。」

「你已經說了兩年，」史蒂芬犀利地指出：「事實上，在英國遠征軍中，你是適應力最強悍的士兵之一。」

威爾掏出香菸，又滿懷希望地環顧四周。史蒂芬不情願地將一瓶酒推向他。

「你什麼時候要出發？」威爾說道。

「同樣的時間。一切會沒事的。」

「史蒂芬，我擔心你，我有不祥的預感。」

「我不想聽。」

「你一直是很棒的朋友，史蒂芬。我永遠不會忘記，我們躺在彈坑時你對我說的話，而——」

「你當然會忘了那些話，先給我閉嘴。」

威爾發抖。「你不懂。我是想謝謝你。我只是有一種預感，你記得上次我們用紙牌算命，你——」

「我動了手腳、我作弊了，那些牌一點意義也沒有。」史蒂芬受不了這樣的對話。

威爾既驚愕又沮喪，他又猛地灌了口酒。「我知道不該說出來，這樣太自私了，但是——」

「給我閉嘴，威爾。」史蒂芬大叫，接著他聽到抽泣的聲音。他將臉湊近威爾。「幫幫忙，如果你真的心懷感激，那就幫幫我。天啊，你以為我想要這樣？你難道認為我是為此而生嗎？」

威爾看史蒂芬憤怒得口沫橫飛，便退縮了。

威爾想要反駁什麼，但史蒂芬怒火中燒。「這些男孩才十八、十九歲，我明天早上就要帶領他們進攻，眼睜睜看著他們送死！拜託聊聊其他事吧，不要再講這些了。」

威爾喝得爛醉，但他跟史蒂芬一樣激動。「無論你會不會生氣，我一定要說出口！因為有些事情很重要。我想謝謝你、跟你道別，如果——」

史蒂芬揪起他的衣領，將他拖到防空洞外。「滾開，威爾。別擋我的路，讓我一個人靜一靜。」他推了威爾一把，威爾跌進了爛泥裡。他緩緩起身，回頭以責備的眼神看著史蒂芬，而後抹開臉上的汙土，沿著棧板獨自離開。

史蒂芬終於能夠獨處了，這是他最渴望的時刻，好在黎明前細細檢視內心。他看著自己的身體，回憶起雙手曾觸碰的一切；他看著指紋，將手背靠在柔軟的嘴唇上。

他躺在木頭床鋪上，感受靠在臉頰上的羊毛毯。這是他從小熟悉的氣味，他緊閉雙眼，想起關於母親的最初回憶，她的雙手、聲音與香味。他將自己包裹在回憶的斗篷中，希望能安全地躲在裡頭，不用恐懼襲來的砲火。他吞了吞口水，感受著熟悉的舌頭與喉嚨。還是相同的身軀，與當初那名天真的男孩一模一樣。一切會安然無恙的。史蒂芬對世界重新燃起的愛，讓他對於可能會離世的念頭更加難以承受。

破曉前一小時，萊利帶來熱水讓他刮鬍子。史蒂芬喜歡這位聰明的小夥子與他彬彬有禮的態度。他還煮了一大壺茶。史蒂芬仔細地刮完鬍子，再繫上萊利為他擦得光亮的腰帶。

他走進戰壕時，發現有人正在煎培根當早餐，配給口糧已準時送達。他在陰暗的戰壕裡小心走著，隨時注意腳下的情況。他看見普萊斯中士在檢查裝備，動作有條不紊，這對他頗有幫助；彷彿今天不過是尋常的一天。之後他又去找裴洛西聊天，裴洛西先前是他那一排的下士，那張熟悉的黝黑臉孔看著他，彷彿正期待著什麼。史蒂芬回頭，走向巴洛、庫克、加達等人，這群初次上前線的弟兄現在全都緊緊靠著梯子。史蒂芬停下來與他們交談，即便在黑暗之中，他依舊能看見大夥臉上緊繃的神情，幽幽地發著光。他們沉浸在各自的心事裡，無法回應史蒂芬，彷彿時間靜止了，他們卻孤立無援。

砲兵開始在無人地帶製造彈幕，他們看見有泥土濺過堆著沙袋的護欄。史蒂芬看了看手錶，還剩四分鐘，他跪在射擊踏台上無聲地祈禱。

一切發生得太快。七月進攻之前那場漫長的轟炸令人難以忍受，但至少弟兄們有時間整裝待發。而在這次攻擊的幾小時前，他才剛剛與金妮共進晚餐，現在卻已準備赴死。儘管這次只是小型的攻擊，但其實並沒有什麼差別，畢竟死亡是冷酷無情的。

他起身返回射擊踏台，看見埃利斯正盯著手錶。他上前拍拍埃利斯的肩膀。愁眉苦臉的埃利斯反倒鼓舞了他；他擠出一個安慰的微笑，又捏了捏埃利斯的肩頭。普萊斯站在交通壕口，手上拿著書寫板。他向史蒂芬伸手，兩人握了握手。雖然普萊斯沒有加入進攻的行列，卻得負責盤點損失的情況。

史蒂芬抬頭望向天空，第一道曙光從雲層透出。這使得他全身顫抖，長嘆一聲：「喔，神啊！喔，神啊！」他深吸一口氣，感覺一股寒顫竄下了背脊。何謂神愛世人？再過一分鐘就要進攻了，他這才像大夥一樣猛然意識到，已經無法回頭了。他渴望地看向擁擠的交通壕，接著轉身面對前方。哨聲響起，弟兄們背著沉重的背包笨拙地爬上梯子，衝進了滿布槍林彈雨的戰場。

史蒂芬看著他們笨拙如螃蟹的動作，感覺自己因對他們的同情而變得強大了。他奮力擠過人群，跟著弟兄們上陣。

他們沒有接到像去年一樣緩步進攻的命令，大夥在破碎的大地上全速衝刺。機關槍在前方製造彈幕，正面迎擊敵軍的防衛砲火。耳邊的砲聲震耳欲聾，史蒂芬趕緊低下頭，盡可能用鋼盔保護自己。他一路上不斷繞開倒下的屍體，或是跳過泥濘中的彈坑。他看見前方的弟兄已經快要衝到敵軍的戰壕，而他的連隊剛好處於支援的位置，他們距離敵軍僅有約莫五十公尺的距離。

史蒂芬滑下三公尺，踏進一灘爛泥。他遇見了加達與艾倫，後者在包紮手臂；庫克則在另一名弟兄的掩護下觀察彈坑外的戰況，拿著雙筒望遠鏡努力窺看前方軍隊的信號。

庫克跳回泥濘中。「什麼都看不見，長官。」庫克在噪音中對史蒂芬尖叫。「沒有信號、什麼也沒有。他們似乎已經穿過鐵絲網了，戰壕中的米爾斯炸彈隨時會爆炸。」

史蒂芬的內心一震，升起了一絲希望。也許砲兵真的切斷了鐵絲網，大夥再也不用成為敵軍機關槍底下的玩物了——這是前所未見的大好消息。

裴洛西跌跌撞撞地爬進彈坑，全身滿是黑色爛泥，所幸沒有流血。

「來自 B 連的信號，長官，」裴洛西喊道。「他們攻進去了。」

「好，我們走吧。」

史蒂芬爬上彈坑，站在邊緣揮舞著旗幟。地平線那端出現了數百公尺長的隊伍。德軍從支援壕中開火，四周變得更加嘈雜。儘管 B 連的弟兄努力地掩護，但步槍仍難以與機關槍的火力抗衡。攻入戰壕前的最後五十公尺，大夥在戰火中迂迴前進，又要不斷跳過倒下的屍體，簡直像是跳躍躲避槍彈的練習。

史蒂芬跟隨兩名弟兄穿過德軍鐵絲網上的破洞，跳進一處擁擠的射擊區。沒有人知道發生了什麼事，只見成群的德國戰俘沿著棧板走來，臉上帶著緊張的微笑，似乎對於被俘虜感到放心，但又擔憂在戰爭尾聲慘遭不測。他們不斷給 B 連的弟兄紀念品和香菸。德軍寬闊得深不見底的戰壕與精心打造的護牆讓英國士兵大開眼界。大夥不斷東張西望，他們一直非常好奇這裡長什麼樣子。

史蒂芬將戰俘安置在一處完好的防空洞中，讓裴洛西與三名弟兄看管他們。他知道裴洛西對於無須繼續推進感到鬆了一口氣，且滿心期待著必要時能殺掉戰俘。史蒂芬穿過戰壕，發現渾身是汗的埃利斯，他的眼神依舊空洞，彷彿戰爭是發生在另一個世界。

左側緊鄰運河的戰壕裡頭仍有零星的戰鬥。半小時後，他們看見更多德國戰俘被帶出來，砲火聲漸漸平息了。

埃利斯期待地看著史蒂芬。「現在怎麼辦？」

「援軍會在中午從右方樹林趕來，格雷說那些是我們在黑鄉的盟友。我們得守住運河，繼續朝第二戰壕逼近。」

埃利斯不確定地笑了笑。史蒂芬扮了個鬼臉。「我們已經開始轟炸他們的第二戰壕了。」

他大吼，上方傳來了轟炸聲。「戴好頭盔，向上帝祈禱吧。」

大夥不斷堆高沙袋，好從後方攻擊德國的支援壕，許多弟兄卻在尋找射擊點時被擊中頭部，摔了下來。路易士機槍手想找個安全的地方瞄準，但他們也擔心敵方搶先發起反攻。砲兵瞄得越來越準了，戰壕口忽然傳來爆炸的巨響，許多弟兄被炸了出去。德國砲兵開始嚴陣以待。軍營總部遲遲不發布指令，在一片喧囂與屠殺中，史蒂芬只能繼續遵照原定計畫行動。他爬上一個臨時射擊踏台，看見有些德軍正準備撤退到預備壕中。如果他能夠給予砲兵指示的話，就可以在敵軍撤退時逮住他們。

在一連串呼喊與難以聽清的命令下，大夥展開了第二波攻擊，雖然比第一波進攻更加混亂、更無章法，但倖存的弟兄們一鼓作氣，開始猛攻第二戰線。由於距離太近無法使用步槍，大夥便帶著刺刀進入了敵軍的戰壕。一些英國砲兵未能收到第二波攻勢的通知，在跳下戰壕時反倒被英軍砲火炸死。史蒂芬穿過鐵絲網時踩到了一名德國下士，雖然他的腿已經被炸斷了，但仍一息尚存，正拚命地想爬到安全的地方。大夥決定先集合起來，再分頭探索敵軍戰壕的兩端，以免敵軍從背後偷襲；但因為還有一些弟兄才準備要跳進戰壕，這意味著他們無法將手榴彈丟到護牆上，否則有可能誤殺自己人。大夥別無他法，只能盲目地繞過每一個轉角，而領頭那兩三名士兵的命運，就是後面弟兄的警訊。史蒂芬看著弟兄們發瘋般地不斷前進，他們踏過戰友身上、淨空一座座戰壕、互相推擠。他們心中仍然有死去的弟兄與朋友，只是恐懼之心早已被狂熱所淹沒了。他們現在樂於殺戮，已經不是正常人了。

他們在接近中午時守住了支援壕。史蒂芬派出一個小組到運河挖掘掩體，準備迎擊。在增援部隊趕來掩護側翼的攻擊部隊之前，必須守住戰線才行。

史蒂芬希望戰俘能盡快離開，因為光是看著德軍就讓他憤恨不已。儘管外頭仍在不停轟炸，仍有不少人自願押送俘虜。一個上午便拿下了兩條戰壕，這對多數弟兄來說，已經是天大的好運了。經過五小時的殲滅行動後，大夥只想喘一口氣。史蒂芬羨慕地看著他們離去的疲倦背影。

激烈的戰火平息了一會兒，砲火再度來襲。右翼遭到了一陣猛攻，但他們不曉得敵人是埋伏在哪裡開火。史蒂芬還無暇細品這場重大推進的喜悅，就發現大夥再次被包圍了。戰壕鋸齒狀的結構讓他們聽不清楚外頭的動靜，但感覺德軍占了上風。

他聽見戰壕的右側有一些動靜，看來幾個最遠的射擊點不是被殲滅，就是被壓制了。他攀上矮牆的梯子，在林間尋找增援部隊的蹤影。沒有人出現，他跳回戰壕時發現了一支望遠鏡，便向後望了望無人地帶，卻只見遠方押解戰俘的影子。他閉上雙眼，在砲火風暴中無聲地嘆息。

一位叫司布利的排長在他耳邊大吼，詢問增援部隊究竟何時會抵達。

「沒有人會來！他們不會出現了！」史蒂芬怒喊。

「為什麼？」司布利問。史蒂芬不發一語。

一小時之後，德軍返回了戰壕的另一頭，英德雙方展開了肉搏戰。不久，指揮官命令B連退到他們早上占領的敵軍前線戰壕中。弟兄們跨過矮牆時再度進入了德國機關槍的攻擊範圍——德軍已經在支援壕中重新整備完畢了。

埃利斯對史蒂芬大吼，但隆隆砲火聲已讓他停止思考。「我們要完蛋了，我們要完蛋了！」埃利斯用唇語表示。

史蒂芬搖搖頭。

埃利斯將嘴湊近史蒂芬耳旁。「B 連全軍覆沒了。」

「我知道、我知道。」史蒂芬沒有多說什麼。他原本的任務就只是占領而已，至於原本就打算進攻的 B 連，有權利自行決定挺進的時間——但史蒂芬不可能讓埃利斯知道這些，他仍想要達成格雷上校的命令。

一位滿臉是血的中士擠到他們身旁，他的後方跟著一大群弟兄，想逃離正被猛攻的右翼。敵人開始反擊，一大群德軍從預備壕中衝了過來，大夥即使有兩架路易士機關槍仍然招架不住；而若敵軍從河岸進攻，他們就會被團團包圍。史蒂芬迅速評估了一下成功撤退的機率，戰壕裡有這麼多德軍，敵方馬上就能在矮牆後就定位，趁英軍逃跑時從他們的背後展開狙擊。

埃利斯開始啜泣。「怎麼辦？」他哀號。「我要救出我的弟兄，我們該怎麼辦？」

史蒂芬心中只有一個畫面：他連上弟兄們的屍體如沙袋般一具具往上堆疊。這並不是他的選擇，但這是他們唯一的結局。

「我們該怎麼辦？」埃利斯在轟炸中哀嚎。

「我們要守住這條戰線，我們要守住這條該死的戰線！」史蒂芬無聲地尖叫。

大夥在戰壕的各個角落浴血奮戰，絕望地試圖撕出一條生路。史蒂芬也加入了戰鬥，盼望著能殺出重圍。

三點前，一個約克夏口音在史蒂芬耳畔響起，來者是一位陌生人，史蒂芬困惑地看著他的眼睛。原來，這個人是威靈頓爵士軍團的中尉。他對史蒂芬大喊，說弟兄們已經控制住另一端的戰壕了。

他們在一小時內返回了運河，更多增援部隊帶著迫擊砲和機關槍來到戰壕。德軍暫時不會反擊了，脫隊的敵軍也退回了待命狀態。

當史蒂芬沿著棧板走進防空洞時，遇見了另一名威靈頓爵士軍團的少校。

「你已經全力以赴了，」少校興奮地說道。「上頭要你撤退，我們是來掩護你的。雖然上次出了差錯，但這次是預期中的勝利。」

史蒂芬看著少校的臉。史蒂芬心想，他看起來是如此年輕，卻創造出了一個奇蹟。

「你接下來要怎麼做？」史蒂芬問道。

「掩護你們撤退之後，我就要離開這個鬼地方。」

史蒂芬和這少校握了握手，然後走出防空洞。

他們先抬走陣亡的弟兄與傷患，其餘的人則在夜幕降臨時返回戰壕。埃利斯死在機關槍下。一小群倖存者拖著身軀，踏過他們早上經過的泥濘。他們只想回去躺下，已無心問起戰友的命運了。

史蒂芬的新職務似乎就是查看地圖，確認各個軍營的位置。他住在村莊一間舒適的小屋中，但偶爾也會在預備壕裡的防空洞過夜。即便如此，新工作已經比他預想中好太多了。進攻梅森橋的計畫已迫在眉睫，史蒂芬也開始忙了起來。他確認威爾的地道連會在進攻前稍作休息，不禁感到諷刺且好笑。地道工兵埋設完地雷之後，會由其他人接手引爆。

一位叫史丹福的軍旅少校，他的行事風格讓史蒂芬想起了巴克萊上校。史丹福少校時常無緣無故地吼叫，他的命令總是非常簡短，一副十萬火急的樣子；但假使出現意料之外的狀況，他就會立刻發布一串複雜的命令，表現出一切盡在掌控之中的模樣，以彰顯自己的指揮地位，即便那些小問題士兵們通常可以自行解決。

在史蒂芬調職的那一天，他必須先完成一件令人不快的任務：軍方已通知埃利斯的母親她兒子的死訊，但他仍得寫一封信給她。在提筆寫信前，史蒂芬在辦公室咬筆思索了超過半小時。那是個炎炎夏日，烏鶇和畫眉鳥在花園中嬉戲。

他難以下筆，因為他原本想要描述攻擊的來龍去脈，或者他與埃利斯在防空洞以及亞眠相處的時光；但到頭來，他只寫了幾句弔唁的話。

親愛的埃利斯夫人，我之所以提筆寫這封信，是想要表達我最深摯的哀悼之意。您可能已經聽說了，埃利斯在七月二日早上的攻擊行動中不幸喪生。他是在弟兄們奮力占領德國戰壕時，被敵軍機關槍的子彈擊中。他與帕克中尉以及戴維斯中尉合葬，墓上有相應的碑文，地點已回報給墳墓登記委員會。

在我們最後一次的對話中，他說自己並不害怕死亡，且已準備好接下任何任務。

不論在何種情況下，他總是以弟兄的福祉為優先。

弟兄們愛他，所以我不僅僅是表達我的哀悼，也是代替許多的弟兄向您致意。為了帝國堅持捍衛的正義，他與許多人一樣付出了高昂的代價。我們將弟兄們的靈魂交還給仁愛的上帝慰憐。

當史蒂芬重新閱讀這封信時，他在「何種」二字底下畫線，「在何種情況下……」這是真的。在短短幾個月內，埃利斯就贏得了大夥的尊敬，因為他毫無畏懼，即便害怕也不會表露出來。他已經是一名優秀的軍人了，最終卻幫不了他自己。

史蒂芬不想再寫這種信了，他注意到自己的文字變得非常枯燥、毫無情感。他心想，這些句子不知道會帶給這位焦心的遺孀多大的衝擊。她唯一的兒子已經走了……史蒂芬不忍再想下去。

發動攻擊的前一週，傑克的連隊轉移至梅森橋下的深礦坑中，他們為此特別準備了成噸的艾蒙納爾火藥[75]。

發動攻擊的前兩天，地道的工程終於結束了。傑克精疲力盡地回到陽光下，後頭跟著伊凡斯、費爾丁和瓊斯，大夥站在地道入口互相慰勞了一番。他們得先向上頭回報才能解散，一行人便沿著棧板走向威爾的防空洞。

「聽說你能放懇親假了，傑克。」費爾丁說。

「不可能吧，他們會先叫我們挖到澳洲。」

「我們不必再挖了，」伊凡斯說。「地道已經夠複雜了。如果可以離開前線躺在鬆軟的床上，身旁擺上一兩杯酒，我就心滿意足了。」

「我有同感，」費爾丁說道：「也許再加上法國女孩。」

傑克沉浸在思緒中。對他而言，戰爭最糟糕的部分已經結束了。他放任自己思念瑪格麗特，她正在倫敦的家中等待他回家。

威爾沿著棧板走來，看起來比平時還要愉快。他戴著軟帽，穿著大衣與軍靴。當他走近時，傑克注意到矮牆上有一些沙袋移位了，是先前被步兵團踢翻的。在傑克出聲警告他之前，他已經爬上了射擊踏台，讓配給隊伍經過。子彈當場射穿威爾的頭部，穿過眼睛上方，他的腦漿流到沙袋上，噴濺至身後的牆。

剎那間，威爾的身體似乎還未及反應，彷彿還要繼續行走。接著，他便像木偶般四肢癱軟，臉朝下摔進泥濘中。

第二天晚上，史蒂芬從一名叫蒙特福的情報官那裡得知威爾的死訊，當時他正待在預備壕的防空洞中，擔任第二波攻擊時與總部溝通的聯絡員。蒙特福簡單地表示：「我相信他是你的朋友。」他說。他看著史蒂芬的表情，曉得自己應該要馬上離開。

史蒂芬靜靜坐了一會兒。他最後一次看見威爾時，還將他推倒在戰壕的地面上，不料卻成了最後的道別。他在幾分鐘內腦袋一片空白，只想到威爾將臉上的泥濘抹掉時，那既受傷又譴責的神情。

儘管如此，史蒂芬是真的關愛他。正因為有威爾，他才能在這場戰爭中繼續堅持下去。威爾對轟炸的恐慌也會感染史蒂芬；他既天真又誠懇，這讓史蒂芬經常嘲弄自己，因為自己早已失去了這些特質。威爾比他更勇敢，即使生活在恐懼中，依然堅強地活著，並以奇特的頑固戰勝了恐懼。他不曾認輸，他是死在了戰場上。

史蒂芬將手肘靠在粗糙的木桌上，從未感到如此寂寞。只有威爾與他一起去過他一息尚存的現實邊緣；只有威爾曾聽見迴盪在蒂耶普瓦勒天空中的哀鳴。

史蒂芬躺在床上，雙眼乾澀。凌晨三點過後不久，底下的地道突然爆炸，震波使他的床不

75 英軍在第一次世界大戰期間大量使用的一種炸藥，他們在索姆河戰役與梅森戰役中投入了數十噸的艾蒙納爾，炸死了數萬名德軍。

住地搖晃。「在倫敦也能感受到爆炸。」威爾曾經如此吹噓。

電話鈴聲響起，史蒂芬走向桌前的椅子。早上，他花了好幾個小時回覆訊息。九點，第二軍團抵達了梅森橋。與他通話的人難掩喜悅：事情終於開始好轉了。工兵模仿加拿大人炸穿了巨大的地道，大夥宏亮的歡呼聲似乎連鐵絲網都能穿透。

中午時，史蒂芬暫時有空檔休息，他躺在床上想要入睡，德軍的戰線卻不斷傳來轟炸聲。他詛咒自己升遷的好運氣，害他不能跟弟兄們一起上戰場。他現在可以回答格雷的疑問了：他會毫不猶豫獻上自己的生命。他嫉妒弟兄們能對絕望的敵軍開火、將刺刀插入敵軍毫無防備的身體，或是用機關槍瞄準殺死朋友的敵人。若不是被困在這裡，他現在也能無所顧忌地大開殺戒。

他應該要這樣想才對：威爾會非常滿意梅森橋的勝利，他終於能為朋友報一箭之仇了。但他實在無法清晰想像出這些情景，因為威爾永遠缺席了。史蒂芬想起他茫然而真摯的臉孔，當他醉醺醺時，灰白的皮膚會開始泛紅；他想起威爾的禿頭與震驚的眼神，但這一切都掩飾不了他的純真。他想起威爾可憐的身體，尚未體驗過魚水之歡就已回歸塵土。

當天晚上與隔天，史蒂芬動也不動地躺在床上。當蒙特福來叫醒他時，他仍舊不發一語。他無心進食。想起自己最後一次對威爾的態度是如此不耐而詛咒自己。他痛恨自己如此自私，因為比起他死去的朋友，他覺得自己更加可憐，而他怎麼樣也甩不開這個念頭。他與其他弟兄一樣，早已學會抹去心中亡魂的影子，但無論如何，他都擺脫不了這份孤寂。現在威爾走了，再也沒有人能理解他了。他試著哭出聲，卻沒有眼淚能表達他的疏離無依，以及他對可憐瘋狂的威爾的那份愛。

第三天，格雷上校來探望他。

「終於成功了，」他說道。「這些地道工兵幹得真好。我可以坐下嗎，瑞斯福德？」

格雷進門時，坐在床沿的史蒂芬想起身敬禮，但格雷揮手示意他坐下，史蒂芬便對著桌前的椅子比了個請坐手勢。

格雷翹起二郎腿點菸。「德國佬不曉得自己被什麼炸到了。我不太信任這些留小洞讓敵軍能趁虛而入的下水道老鼠，但即便如此，我也不得不承認他們這次做得好。」

格雷繼續聊這場行動，顯然沒有注意到史蒂芬毫無反應。

「大夥在戰壕中待命，」他繼續說道。「最後卻沒有派上用場，我覺得有些人甚至很失望呢。」他吸了口菸斗。「不過這種人不多啦。」

史蒂芬用手將凌亂的頭髮往後梳，他不確定格雷是受命來找他，或者只是自願來拜訪。

「史丹福，」格雷說道。「他看起來就是典型的英軍參謀，對吧？肥壯、自滿、無知——原諒我，我對英格蘭人沒有偏見——你懂我的意思，瑞斯福德。不過，不應從外表批判他，他確實計劃周詳，我相信他這次拯救了許多人的性命。」史蒂芬點點頭，一絲好奇滲透到他悲傷的空虛中，彷彿鮮血流回麻木的肢體。

格雷一面抽菸，一面繼續說。「對我們高貴的法國盟軍而言，他們正面臨一個微妙的棘手困境。為什麼這麼說呢？自從魯莽的尼維爾（Nivelle）[76]將軍被撤職後，法軍變得越來越消極，如今的貝當將軍雖然不會再草菅弟兄的性命，但情況還是令人擔憂。我們警覺到，現在三分之二的軍隊都被法軍的情緒感染了，也許近五分之一的師團都軍心渙散。」

史蒂芬對格雷的這番話好奇了起來。與英軍相比，法軍在同樣的戰況下表現更佳，也展現出驚人的恢復力，似乎難以想像會發生兵變。

「史丹福會讓你與蒙特福同行，這是一場非正式的會晤。因為負責此事的法國軍官正在休假，所以會議是由朋友安排的。」

「了解，」史蒂芬說。「我很意外這場會議能進行，我們幾乎不會與法國人接觸。」

「沒錯，」格雷帶著一絲勝利的微笑，他成功讓史蒂芬開口說話了。「這次的會面是未經許可的，只是與朋友的午餐聚會。但我既然來了就不得不說：你看起來真的糟透了。刮刮鬍子、沖個澡吧。我對你工兵朋友的事感到很遺憾，起來吧。」

史蒂芬眼神空洞地看著他，感到全身乏力。他凝視格雷的雙眼，試圖從這位經驗豐富的前輩身上找回一絲力量。

格雷看到史蒂芬試著回應自己，聲音變得柔軟了。「我了解孤身一人是什麼感覺，沒有人能分擔你的一切。但你還是要堅持下去，瑞斯福德。我打算舉薦你獲得運河行動的褒獎，你願意接受嗎？」

史蒂芬的思緒再度翻騰。「不，我當然不願意。拜託，你不能在犧牲了一群弟兄之後頒給我勳章。」

「這麼坦白說出來是好事。」格雷微笑道。史蒂芬再次湧上那種被他操弄的感受。

史蒂芬說道：「推薦其他人吧，把勳章頒給埃利斯或其他死去的弟兄。對他的母親來說，這會是很大的慰藉。」

「沒問題，」格雷說。「但也可能會讓她更傷心。」

史蒂芬站起來。「我會回總部換衣服。」

「很好，」格雷說道。「如果你動搖了，等於是剝奪了埃利斯生命的意義。你必須撐到最後，他才能安息。」

「你明明知道，從博蒙阿梅勒開始，我們的生命就失去意義了。」

格雷用力吞了吞口水。「那麼，為我們的後代子孫而戰吧！」

史蒂芬拖著僵硬的軀體走出防空洞，步入夏日的空氣中。

史蒂芬環視四周屹立的樹林與建築，仰看頭頂的天空，他感到心中對這片土地湧起了像對英國一樣的親密情感。他得強迫自己採取行動，儘管他對於不斷逼近的現實也感到害怕。

76 羅伯特·尼維爾（Robert Nivelle，一八五六年～一九二四年），曾於一九一六年擔任西線法軍總司令。在他的指揮下，英法兩國軍隊付出三十多萬人的代價才突破德國陣地，由此被譴責無視士兵生命，造成法國軍隊兵變。

他幾乎每天都在同樣的時間寫信給金妮，卻也時常感到自己無話可說。金妮會在回信中細數亞眠的生活瑣事，或分享法國報刊的戰爭評論。

他和史丹福及蒙特福搭車前往阿拉斯，在飯店與兩名分別叫拉勒芒與哈特曼的法國軍官會面。拉勒芒比較年長，體型胖碩、圓滑世故，原本是一位民事律師。午餐時他喝了許多酒、吃了不少鷓鴣肉。當他撕開鷓鴣肉時，肉汁從他下巴滑落，滴在他塞入衣領的餐巾上，史蒂芬難以置信地看著他；另一位軍官哈特曼則是一名黝黑嚴肅的年輕人，也許只有二十歲出頭。他的表情深不可測，看起來口風很緊。

用餐期間，拉特芒幾乎都在談論他的狩獵和野外生活。史蒂芬為史丹福少校充當翻譯，少校總是狐疑地看著這些法國佬；而會說法文的蒙特福，則向拉特芒關切法軍的紀律情況，而拉特芒一面擦去臉頰上的肉汁，一面向他保證現在是法軍紀律最嚴謹的時刻。

午餐過後，拉特芒借助史蒂芬的翻譯，詢問史丹福英國家庭的情況。兩人擁有共同的好友：一位法國婦人是史丹福妻子的親戚。拉特芒又將問題轉向英國軍隊，詢問對戰況的看法。史丹福的回答出乎意料地坦誠，反倒讓史蒂芬對他們警戒起來。他認為史丹福洞悉許多內情，而蒙特福只是感覺事情有異而已。

即便在這種非正式的場合，史蒂芬仍不習慣收集情報，他只想知道長官們何時會討論到法國軍紀的渙散問題。下午茶開始之前，他已經將英國遠征軍的行動細節轉述完畢，表示大夥現在士氣萎靡，梅森橋和維米嶺的勝利只能稍稍提振弟兄們的精神，憂鬱開始滲入士兵的骨子裡，那些得知可能會在伊珀爾發起進攻的人更是悶悶不樂。

拉勒芒最後用餐巾將嘴巴擦乾淨，建議他們去一間他朋友推薦的酒吧，似乎就在大廣場附近。他們在酒吧待到十點時，史蒂芬被派去找史丹福的司機，這才發現司機居然在後座睡著了。他們向法國人道別時，天空開始下雨。史蒂芬回頭，凝視著站在滴水廊柱下的拉勒芒和哈特曼。

他在八月與九月都去拜訪了金妮，兩人時常在城中散步，但史蒂芬婉拒了她遊覽水岸庭園的邀請。

金妮對於史蒂芬的無精打采感到憂心忡忡，因為他看起來已經放棄希望、隨波逐流了。史蒂芬說，英國人民竟對士兵如此冷漠，又怎麼能不萬念俱灰呢？

「那麼，為了我堅強起來吧，」她說。「對發生在你與朋友身上的一切，我不會無動於衷、也不會失去耐心的。我會等你。」

這番話讓史蒂芬受到了一些鼓舞。他與金妮分享返回英國休假時的感受，以及當他站在田野之間時，忽然湧上的那一股感情。

金妮說：「看吧！上帝依舊存在，一切都有存在的意義，所以你一定要堅強起來。」

她牽起史蒂芬的手，緊緊握住。他則是看著金妮蒼白的臉龐，充滿了懇求之情。

「為了我堅強起來，」她說。「回去吧，回去他們要你前往的地方。你很幸運，你會活下來的。」

「我覺得很愧疚，我活了下來，但其他人都死了。」

史蒂芬回到了旅司令部，但他不想當參謀了。他只想回到戰壕，加入弟兄們的行列。

他只想知道該如何活下去。

他的人生再度變得灰暗孱弱，如同隨時會熄滅的光；只留下一片死寂。

第五部——

英國　一九七八年～一九七九年

「有什麼進展嗎？」伊莉莎白在這個週末拜訪艾琳時問道。

「沒有，」艾琳說。「鮑伯說這比他想像中更困難。他得再努力一下，妳外公似乎藏得很隱密。」

自伊莉莎白將筆記本交給鮑伯後已經過了兩個月，她打算也在其他方向上探索看看。她在軍官手札中查到了外公隸屬的軍團，又循線找到了軍團總部。

在打過無數通電話、留了許多無人回覆的留言後，她才發現這個軍團在十年前就已解散、併入其他團中了。於是，伊莉莎白決定在週六下午開車前往白金漢郡（Buckinghamshire）的總部。

總部對她的來意很是懷疑，在徹底搜過一遍她的車、確認她不是炸彈客之後，這才通知她稍候一會兒。一名年輕的軍人在一個小時後現身。

伊莉莎白從沒見過軍人，但來者與她想像中完全不同，更像是政府官員或是機關主管。他說軍團文件歸檔在其他地方，不易取得，而且這是機密文件，民眾也沒有權限查閱。

「是這樣的，」伊莉莎白說：「我的外公有參戰，我只是想深入研究這場戰役，很少人懂得軍人做過什麼樣的犧牲。我只是想知道他隸屬的……軍營、軍團名冊，什麼都可以，軍隊應該都會留下完整的紀錄，不是嗎？」

「我保證所有文件都有妥善歸檔，難處在於取得文件的方式與機密等級，這我剛剛已經解釋過了。」

兩人坐在大門旁的會客室內。這位下士雙手交叉，他的面容蒼白，有著一頭棕色短髮，看起來有些孱弱。

伊莉莎白再度微笑。「你抽菸嗎？」她在桌上遞過香菸。

「這樣好了，」他說道，同時身體前傾，點燃了菸頭。「我可以讓妳參觀一下軍團史，妳至少會看到一些名字，不妨從這裡開始研究吧。當然，我不認為還有多少老兵健在。」

「那我們就別浪費時間了。」伊莉莎白說道。

「妳在這裡等一下，我去拿通行證。」

他離開會客室後，另一位背著步槍、看起來更年輕的下士過來站崗，他們簡直像怕伊莉莎白會發動攻擊似的。

下士遞給她一張有安全密碼的識別證，她將證件別在胸前，便隨著他走進一棟大型紅磚建築。她走進了另一個房間，裡頭擺著普通的桌子及兩張椅子，在伊莉莎白看來，簡直就像是偵訊室。士兵又遞給她一本有著紅色書皮的厚重名冊，而後就站在角落盯著她翻閱。

這個軍團裡最知名的人物之一，是從上尉晉升為上校的格雷。伊莉莎白拿出包包裡的信封，在上頭記下了許多名字。這位下士顯然不會協助她尋找地址，即便找到了，也不會允許她將資訊外洩，於是伊莉莎白盛情感謝他，開車返回倫敦。

當晚她打電話給鮑伯，詢問筆記的解碼工作是否有進展。伊莉莎白說：「我找到了一些名字，我猜是外公的同袍吧，但我不知道怎麼和他們聯繫。有個叫格雷的上校是軍團的重要人物，如果他還健在的話，一定已經很老了。」

她聽見鮑伯在電話那頭吹了聲口哨，接著沉思了一會兒。「妳試過找《英國名人錄》（*Who's Who*）[77]嗎？」他說。「如果這個叫格雷的人曾獲得動章、或在退役後繼續擔任官職，可能就會被記錄在裡頭。」

伊莉莎白在波徹斯特路的公共圖書館找到一本三年前的《英國名人錄》，開始仔細閱讀五十二位格雷的生平事蹟。書中將這些人區分為商業活動與政治服務兩大類，有幾個人在一九一八年前出生。經過一番篩選，只剩下一個格雷了。

「格雷・威廉・艾倫・麥肯錫，」她唸道。「亞歷山大皇后醫院資深顧問，愛丁堡，一九三二年至一九四八年；一八八七年九月十八日生於加爾各答；湯瑪斯・麥肯錫・格雷與梅西・麥克南之子；一九一〇年與艾蜜莉亞・威廉斯結婚，A・R・威廉斯醫師之女；學歷：湯瑪斯坎貝爾學院；聖安德魯大學理學學士，一九〇九年。」

她繼續往下讀，直到讀到了「一九一四年至一九一八年於第一次世界大戰期間服役」，並列出了相關細節。

條目下方有一個拉納克郡（Lanarkshire）的地址和電話號碼。唯一的問題是，這本書已經出版三年了，即便他還健在，伊莉莎白在心裡計算……也已經八十八歲了。

的確不能再浪費時間了——她先前也是這樣對下士說的。她匆匆趕回公寓中打電話；但在拿起話筒前，電話就響了起來。

「哈囉。」

「是我。」

「請問你是？」

「史都華。」

「喔，史都華！你還好嗎？」

「我很好，妳呢？」

「喔，就是你知道的那樣。還不錯，謝謝你。我只是有點忙。」伊莉莎白停頓了一會兒，想聽史都華說明來電的理由。但他只是沉默，伊莉莎白只好閒聊了一會兒，但她說完之後，史都華仍舊不發一語。最後伊莉莎白說：「所以，還有什麼事……嗎？」

「我不知道打電話給妳需要理由。」他聽起來不太高興。「我只是想跟妳聊聊而已。」他已經不是第一次這樣了——打電話來聊天，卻什麼也不說。伊莉莎白繼續聊著近況，心想也許他只是太害羞了。每每伊莉莎白與別人道別時，總覺得至少要裝出兩人很快就會再見的樣子；結果等她意識過來時，她已經開口邀請史都華吃晚餐了。

「你真的要來我家看看。」伊莉莎白說。

「是嗎？」他問。「那麼妳想約什麼時候？」

77 英國出版的人物資料參考書，自一八四九年問世以來逐年增修，截至二〇二五年已收錄了超過三萬三千名各界知名人士，是英國最重要的傳記參考書之一。

「呃……天啊。週六怎麼樣？」

算了，她也對史都華有好感，也許那天還有時間做飯呢。她又拿出包包裡的信封，準備打電話到蘇格蘭。

當伊莉莎白的手指撥到零時，她想像在拉納克郡一間冰冷灰暗的農舍中，桌上的古董電話鈴聲大作，一位老態龍鍾的男子從幾間房外的扶手椅起身，蹣跚地走過來接電話，只因為一位陌生人想詢問他六十年前戰爭的陳年往事。

這真的很可笑。伊莉莎白在線上越等越焦慮，最後掛了電話。

她走進廚房倒了一些琴酒，又在裡頭加了三顆冰塊和一小片檸檬，還加了幾滴通寧水，最後點了一根菸回到客廳。

她到底為什麼要這樣做？她想了解外公的人生，所以她才能……才能怎麼樣？才能更了解自己？才能向她尚未擁有的孩子講述家族史？無論是不是一時衝動，她都決定要追查到底了，反正最糟的情況不過是尷尬而已，沒什麼好怕的。

她又撥通了電話，聽見鈴聲響起。八聲、九聲、十聲，電話鈴聲一直響著。十四聲、十五聲。說真的，再走不動的老人也應該要——

「喂？」是一個女性的聲音，讓伊莉莎白很驚訝。

「喔，請問是……格雷太太嗎？」

「我是。」對方帶一點愛丁堡口音，蒼老的嗓音有些淡漠。是艾蜜莉亞。

「抱歉打擾了。我的名字是伊莉莎白・班森，我有一個很特殊的請求。第一次世界大戰時，我的外公與妳的先生曾在同一個軍團服役，我想要知道一些外公的往事。」

格雷太太不發一語，伊莉莎白不確定她是否聽清楚了。

「我知道這樣的請求很怪異，」她說。「也很不好意思打擾你們。但我真的不曉得還能聯繫誰了。哈囉？還聽得見嗎？」

「好吧，我去叫我先生過來。妳可能要有耐心，而且他有重聽，所以妳得講大聲一點。」

當格雷太太重重放下話筒時，伊莉莎白感覺掌心因為緊張與興奮刺痛了起來。她想像話筒躺在大廳的桌上，冷風從木梯的縫隙鑽了進來。她等了一分鐘、又過了一分鐘。最後，一個顫抖但宏亮的聲音從話筒傳來。伊莉莎白再說明了一遍原委，但格雷聽不清楚，她又重複了第三遍，大聲說出外公的名字。

「妳知道這麼多要做什麼？天啊，那都是陳年往事了。」他聽起來有些惱火。

「很抱歉，我真的不想打擾你。我只是很想跟認識他的人聊聊，了解他是什麼樣的人。」

格雷在電話另一頭不耐煩地嗯哼。

「你對他還有印象嗎？你曾和他一起作戰嗎？」

「對，我還記得。」

「他是個怎麼樣的人？」

「怎麼樣？怎麼樣？怎麼樣的人？天曉得，妳不會現在就想一口氣了解吧？」

「但我想知道。拜託了，我真的得知道。」

格雷在電話那一頭嘟嘟囔囔了什麼。最後他說：「深色頭髮、高瘦、是孤兒、非常迷信——是他嗎？」

「我不知道！」伊莉莎白發現自己在大吼。她不確定鄰居基里亞德斯太太是否會樂於聽見隔牆的對話。「我就是希望你能告訴我！」

「瑞斯福德，天啊……」他又發出哼氣聲。格雷說：「他是個怪人，但也是一名了不起的戰士，有著超乎常人的堅韌毅力。不過他並不快樂，好像總是煩惱著什麼的樣子。」

伊莉莎白問：「他是個善良的人嗎？是弟兄們的好朋友嗎？」她不知道自己的軍隊用語是否說對了，但她盡力了。

「善良？我的天啊。」格雷似乎在大笑。「我會說他是個獨行俠。」

「他很……有趣嗎？」

「有趣？當時在打仗耶！妳的問題真奇怪。」

「但他幽默嗎？你覺得呢？」

「我想有吧。他很喜歡挖苦別人，即便是對我這個蘇格蘭人也不例外。」

伊莉莎白感覺格雷開始回想往事了，她抓緊時機追問。「那你還記得什麼關於他的事嗎？我想知道。」

「他從來都不想休假，因為他說自己已無家可歸。他喜歡法國。我曾在一九一五年去醫院探望他——不對，應該是一九一六年。」

格雷花了好幾分鐘回想正確的年份，伊莉莎白只能焦慮地等著。

「還有其他什麼事嗎？他有沒有朋友？我還能找到記得他的人嗎？」

「朋友？我不認為他會交朋友。不對，他好像跟一個年輕人交情不錯，但我忘記名字了。他總是獨來獨往。」

「但他是一名好軍人。」

在格雷思索伊莉莎白這句評語時，電話線路開始劈啪作響。

「他是一名很棒的鬥士——這跟妳剛剛的說法有些不同。」

格雷太太的聲音從話筒傳來。「抱歉，但我得讓我先生掛電話了。討論這些會讓他不太自在，我也不希望他太累。妳能體諒嗎？」

「沒問題，」伊莉莎白說。「非常感激兩位。希望沒有打擾到你們。」

「不會，」格雷太太說道。「我丈夫曾經寫信給一位叫布倫南的人。他住在紹爾德市（Southend）的嘉德勳章之家，離倫敦不遠。」

「真的很謝謝妳，妳幫了我一個大忙。」

「再見了。」

對方將話筒掛回了電話座。

安靜下來之後，伊莉莎白能聽見公寓樓上傳來富有節奏感的樂聲。

伊莉莎白的瑞典房車又拋錨了，這迫使她從芬喬奇街搭車，在這裡能搭乘到英國國鐵最新的車廂，嶄新的亮橘色絨布長椅無比舒適。她拿著咖啡走進搖晃的車廂，當滾燙的液體從杯蓋滲出、流到手上時，她不禁皺起眉頭。等咖啡涼到能入口時，她才發現其中已混雜了柴油引擎與香菸的氣味，根本嘗不出咖啡的味道。車廂中的暖氣極強，這讓乘客們彷彿也變得精神恍惚，所有人都茫然地瞪視著窗外艾塞克斯郡的低地風光。

伊莉莎白致電給安養院的負責人，對方表示布倫南不值得她跑一趟，但如果她真的要來訪，還是能夠安排他們會面。一想到自己能親眼見到那個年代的人物，就令伊莉莎白感到坐立難安。她就像一名讀遍史料的歷史學家，終於有機會接觸到第一手資料。她在腦海中勾勒出布倫南的模糊形象，雖然伊莉莎白曉得他已經很老了——用負責人的話來說，幾乎是垂垂老矣、近乎凋零，但她仍能想像出布倫南穿著軍服、配著步槍的樣子。

當她抵達紹爾德車站時，天空正下著雨。她在站前攔了一台藍色的佛賀牌計程車，途經閃亮的街道，沿著前方破舊的碼頭與搖搖欲墜的麗景飯店前進。當他們駛上山丘時，司機指了指沙灘，遠處有一艘正在捕撈扇貝的漁船，類似真空管的器械垂掛在漁船後方勤快地運轉。

安養院是一棟紅磚打造的維多利亞式建築，外頭有著曲曲折折的太平梯，伊莉莎白付完車錢後走進了室內。幾級石階上去後就是櫃台。挑高天花板的寬敞長廊向兩側延伸。櫃台後方有一位戴著玳瑁眼鏡的豐滿女士，身穿紫紅色的開襟羊毛衫。

「他是在等妳嗎？」

「對，我想是吧。我和負責人辛普森太太談過。」

接待人員按了兩次電話按鍵。「對，布倫南的訪客，好、好的。」她掛回電話。「有人會來帶妳。」她對伊莉莎白說，又拿起剛剛在閱讀的雜誌。

伊莉莎白低頭，撥掉一些裙子上的麵包屑。

一位穿著護士服的女性前來，表明自己就是辛普森太太。

「妳來找布倫南對吧？方便的話，請先到我的辦公室一趟。」

她們在走廊走了幾公尺，接著進入一個擺滿檔案櫃的溫暖小房間。牆上月曆的圖片是一隻待在籃子裡的小貓咪。桌上有一盆螃蟹蘭，綠白相間的葉子快垂到了地板。

「妳沒有來過這裡吧？」辛普森太太問。她出奇地年輕，一頭漂染過的金髮，鮮紅色的唇膏與一身護士服格格不入。

「妳必須先了解，他們幾乎待在這裡一輩子了。這裡是他們唯一認識的地方，也是他們唯一記得的地方。」她起身從櫃中拿出檔案夾。「找到了，就在這裡。妳的布倫南先生，他是在一九一九年入住。一九二一年出院。一九二三年再度入住，之後便一直待在這裡，住院費用由政府全額負擔。他的家人都過世了，姊姊死於一九五〇年。」

伊莉莎白心算了一下：他已經待在這裡將近六十年了。

「他們與現實完全脫節了，大多數老人都是這樣。他們無法與時俱進，不懂現在的世界是什麼樣子。我們鼓勵他們多聽收音機和看報紙，但他們就是無法跟上腳步。」

「布倫南先生的情況怎麼樣呢？」

「截肢了，」辛普森太太說道。「我確認一下。沒錯，他在一九一八年十月的最後一次攻擊行動中被炸傷，左腳在戰地醫院被截肢。他返回英國後，原本待在南漢普頓醫院，後來轉院至北米德爾塞克斯醫院，又轉到了羅漢普頓區（Roehampton）。他在一九一九年入院，患有彈震症[78]——妳知道這是什麼嗎？」

「心理創傷？」

「沒錯，但這只是籠統的說法，其實就是腦袋生病了。有些人能夠撐過去，其他人則會崩潰。」

「我懂了，那麼他會知道我是誰嗎？我是說，在我說明來意之後？」

「我不確定是不是我剛剛沒解釋清楚。」辛普森太太的語氣從溫和轉為了惱怒。「這個人活在自己的世界中。他們全都是這樣，對外面的世界毫無興趣。當然，有些人是被迫留下來的，因為在這裡能得到妥善的照護，像是用餐或是如廁。」

「有很多人來探望他嗎？」

辛普森太太笑了出來。「很多人？喔，親愛的。他的上一位訪客是……」她查看了一下檔案。「他姊姊。一九四九年。」

伊莉莎白低頭看著自己的手。

「如果妳已經準備好了，我就帶妳去見他。不要抱著太高的期望，好嗎？」

兩人走過鋪著綠色油氈地毯的走廊，兩側的牆上貼著高度及腰的磁磚，面前出現了一根高過頭頂的半圓梁柱，上頭懸吊著散發出黃光的大型流蘇狀燈飾。

她們連續轉過了兩個轉角，經過成堆的洗衣籃與一扇旋轉門，高麗菜、肉汁加上消毒水的氣味撲鼻而來，最後終於停在一扇上了藍漆的大門前。

「這是他白天活動的房間。」辛普森太太說。她推開門，幾名老人圍坐在房間角落，有些人坐著輪椅，有些人坐在套著淺棕色塑膠椅套的扶手椅上。

「他就在窗戶旁邊。」

伊莉莎白一面走過房間，一面小心地呼吸，免得吸進室內夾雜尿味的悶熱空氣。她走近一位坐在輪椅上的嬌小男人，他的大腿上蓋了一條毯子。

伊莉莎白向他伸出手，他抬頭，也握住她的手。「不是他，」門邊的辛普森太太說。「他在下一扇窗戶旁。」

伊莉莎白微笑地放開男人的手，繼續走入房間。房間正中央鋪了橘棕相間的地毯。她開始後悔進來這裡了。

78 專指在第一次世界大戰中曾受轟炸攻擊的英國人，患者會產生失眠的症狀，也可能喪失味覺、聽力與記憶，現被歸納為創傷後壓力症候群（PTSD）的一種。

那位坐在輪椅上的小老頭，像是棲息在枝幹上的鳥兒。他戴著厚厚的眼鏡，一邊的鏡架有修復的痕跡。伊莉莎白望進他水潤的湛藍眼睛。

伊莉莎白伸出手。老人沒有任何表示，她便拉起對方垂在大腿側的手握住。

她很不自在，像是闖入了別人的地盤。她為什麼要來這裡？都是自己虛榮心作祟的關係。多麼愚蠢的自以為是。她拉過一張椅子坐下，再度牽起布倫南的手。

「我的名字是伊莉莎白·班森。我是來探望你的，你是布倫南先生嗎？」

布倫南的藍色眼睛浮現出一絲驚訝，伊莉莎白感覺老人抓緊了她的手。稀疏的灰髮油膩地貼在他的頭頂上。

她想抽回手，卻感覺被對方抓得更緊。她只好作罷，將椅子拉近了老人。

「我是來找你的，因為我猜你認識我的外公，史蒂芬·瑞斯福德。你們應該是在大戰期間認識的，你還記得他嗎？」

布倫南默默無語，伊莉莎白看著他。他穿著無領的條紋羊毛襯衫，最上頭的釦子緊扣，外頭罩著一件棕色的針織開襟衫。他是如此嬌小，還失去了一條腿，這讓伊莉莎白不禁開始好奇布倫南的體重

「你還記得戰爭的事情嗎？你對那些日子還有什麼印象嗎？」

布倫南的眼神依舊充滿驚訝，弄不明白發生了什麼事。

「須要我再多說一點嗎？還是我們就這樣靜靜坐著？」

他仍然沒有回答，伊莉莎白只好對他微笑。她將另一隻手放在老人的手背上，搖搖頭想要擺落垂在臉頰上的頭髮。

布倫南忽然開口。他的聲音如女孩般高亢，痰聲很重，伊莉莎白甚至可以聽見痰液積在他肺部的聲響；而他每吐出幾個字，就得喘上好幾口氣。

「煙火好美啊！我們都在場，整條街的人都來了，還有人在跳舞，大夥玩樂了一整晚。芭芭拉和我——她是我姊姊。她摔倒了，在燈火管制[79]的時候，我們每晚都得將窗戶蒙起來。她從梯子上摔下來。」

「你姊姊從梯子摔下來？」

「當時人人都會唱一首歌。」他又吸了一口氣，想唱給伊莉莎白聽。

「你記得戰爭的事情嗎？可以跟我聊聊外公的事嗎？」

「那是梅富根戰役[80]的時候。他們送來了一種很難喝的茶葉，我完全沒喝，根本是垃圾。都是可惡的希特勒害的。」他的手在伊莉莎白的掌心中溫暖了起來。

茶水車叮噹噹地推進房間，朝他們推過來。

「哇，湯姆，你有客人啊？」推著茶水車的女人說。「你和這個漂亮女孩在這裡做什麼？你

79 兩次大戰期間，為了防止敵方飛機的偵查，許多參戰國會在城鎮實施燈火管制，民眾在夜晚須用厚窗簾、紙板或油漆覆蓋所有門窗，以防止光亮逸出。

80 一八九九年～一九〇〇年，為第二次波耳戰爭中，英國在南非最著名的軍事行動。

是不是又在耍那套老把戲了？我就知道，你這個老不休。我把杯子放在這裡好嗎？」她將杯子放在布倫南手肘旁的小桌子上。「他從來都不喝，」她對伊莉莎白說道。「來一杯嗎，親愛的？」

「謝謝。」

茶水車又叮叮噹噹地離開了。伊莉莎白啜了一口茶，卻對這股特別的味道非常反感，便迅速將杯子放回碟中。

她環視房間，這裡空氣滯悶，約有二十個人。沒有人說話，有一個人正在聽小收音機，但人人都瞪視著前方。伊莉莎白想像在這裡待上六十年、日復一日地無所事事會是什麼樣子。布倫南又開口了，滔滔不絕地說起許多不連貫的回憶碎片。伊莉莎白傾聽著，她看得出來，布倫南深信自己還活在過去的歲月：那些往事成了他的現實。他多數的回憶來自一九〇〇年前後，或是四〇年代初期，也有一些是關於閃電戰[81]。

伊莉莎白再次提起外公的名字；如果布倫南依舊沒有回應，她就決定放棄了，再也不插手與自己無關的任何往事。

「我的弟弟，我終於把他帶回來了——我真的很用心照顧他。」

「你的弟弟？是戰爭期間發生的事嗎？你們曾一起作戰嗎？那我的外公呢？瑞斯福德上尉呢？」

布倫南提高了音量。「我們所有人都覺得他瘋了，這個人，以及和他在一起的那個傢伙。我的夥伴是道格拉斯，他是一名好戰友，他說『那個人很怪』。但是聽說那個人在道格拉斯死前緊緊抱著他。他們全都瘋了，連普萊斯也是，他是士官長。戰爭結束的那一天，普萊斯渾身赤裸地衝了出來，他們把他關進了精神病院。他們還帶了這種茶給我，我說我不需要。雖然我弟弟對我很好。他們還抓到了一些魚，我喜歡吃魚。妳應該看看那些煙火，整條街上的人都在跳舞。」

他再度失去時間感，伊莉莎白卻被剛剛聽見的故事打動了。她的眼神從布倫南身上移開，低頭看著橘棕相間的地毯。

布倫南說了什麼並不重要，但他說自己的外公很古怪，不知道這在當時的情境下意味著什麼；他說大夥覺得外公與某一個友人瘋了，而且——儘管說得不太清楚——但外公曾經寬慰了一位瀕死的戰友。她不想逼布倫南說清楚，因為即便他是清醒時說出口，伊莉莎白也覺得不重要了。老人雖然無法清楚地表達，但他依稀記得那些斷斷續續的回憶。當伊莉莎白聽著那嬌小殘缺的身軀尖聲說話時，她也拼湊起了那一連串的過去。

伊莉莎白感到一股強烈的柔情油然而生，她繼續坐著握住布倫南的手，聽他重複回味著那一些記憶。十分鐘後，她才起身離開。

她親了親老人臉頰，迅速穿過寬敞的房間。她告訴布倫南，假使他願意，她會再來拜訪，而她實在不忍心回頭看那蜷縮在輪椅上六十年的嬌小身軀。

81 一種出其不意的速攻戰術，目的為防止敵人建立防線，德軍在二戰中大規模運用此戰術，成功封鎖了波蘭、法國和蘇聯前期的進攻。

走出這幢維多利亞式建築的高牆後，她跑向大海，佇足俯瞰海面，用力吸進帶點鹹味的空氣，指尖插入了掌心。她總算找回重要的連結了，這項小小的任務總算有所收穫；但她做不到的——更讓她深深詛咒自己、痛徹心扉的是——她無法讓可憐的布倫南恢復正常的人生，也無法幫助他抹去哀傷的過往。

︵

「找妳的，」埃里希說，一臉疲憊地將話筒與纏成一團的電話線交給伊莉莎白。「是男的。」

「男的，」伊莉莎白說。「埃里希，你的提示也太明顯了。」是羅伯特。他說今晚在倫敦沒有安排，詢問她想不想到公寓小聚一下。

「很抱歉這麼突然，」他說。「我也是剛剛才發現有空檔，我想妳應該很忙吧？」

伊莉莎白正準備去看電影，晚一點還要到南倫敦參加派對。

「我當然有空，」她說道。「我們約八點可以嗎？」

「那就待會兒見了。妳可以留宿一晚嗎？我會買些食物過去。」

「別擔心，我會準備好。」她想起之前讓羅伯特買餐點的經驗，立即接口。

她推掉原本的行程之後，走進了埃里希的辦公室，看看能否幫上什麼忙。

「所以，」他說，幾縷開襟衫上的灰塵隨著他的語音落下。「出軌騎士打電話來了。」

「我希望你不要偷聽我講電話。」

「如果妳把辦公室當作社交場合，我也很難不偷聽吧？」

「我根本沒什麼社交生活，不是嗎？只是和男人一個月約會一次而已，有的人連一次都沒有呢。開心一點嘛，埃里希，今天的午餐我請客。」

埃里希嘆了一口氣。「好吧，但我們不要再去盧卡餐廳了。我受夠那個男人了，每天都端來一模一樣的三明治。他根本只是把醬料塗在一樣的沙丁魚醬上面，底部那層醬可能從他一九五五年來倫敦時就塗好了。」

「你怎麼知道他是哪一年來英國？」

「我們這些移民——妳也知道——總是聚在一塊兒。內政部跟警察總愛來找碴，所以絕對要記住自己是哪一年來的[82]。」

「那些內政部官員也教你們怎麼經營三明治酒吧嗎？即使來自於不同的地區，這些移民也都是在美食國度義大利長大，卻在英國製作一樣的蛋黃醬、不新鮮的沙丁魚捲，還有味道像橡果的咖啡——義大利的咖啡明明嘗起來像花蜜。這是因為內政部提供了特殊設備嗎？」

「妳可以尊重一下我們這些可憐的難民嗎？小心我逼妳帶我去倫敦最貴的餐廳。」

「任君挑選，埃利斯，你想吃哪一間餐廳都行，這是我的榮幸。」

82 第二次世界大戰結束後，義大利蕭條動盪的國內局勢，促使大批義大利人移民到其他歐洲國家，這波移民潮又於一九七〇年代達到頂峰。

「天啊，那個男人真的讓妳的心情很好，不是嗎？就像聽見鈴鐺聲音的史金納老鼠。」

「你是說帕夫洛夫的狗[83]吧？」

「不，我現在是盎格魯－撒克遜人，史金納已經很好了。妳該繼續工作了吧？我一點鐘會準時回來檢查。」

伊莉莎白走回辦公桌前，心想埃利斯說對了。光是聽見羅伯特按門鈴就令她雀躍不已，羅伯特的嗓音也使她感到快樂。不過，擁有些許的幸福，總比一無所有好吧？她曾接受他，也曾拒絕他，一再改變心意；她分析過自己的感情，不斷猜測著他的想法；她試過所有能讓羅伯特離婚的方法，卻全部失敗了。她不得不放棄未來，因為她已受夠針鋒相對的對話與滿是淚水的離別了。

羅伯特在富勒姆路附近有一間房子，位於頂樓。等待伊莉莎白到來的同時，他也忙著抹除家人的生活痕跡，但這幾乎是不可能的事。公寓的廚房與客廳相通，中間只隔著一道竹簾。房間的木櫃中有兩支奇揚地酒瓶，還有兩根紅色蠟燭，伊莉莎白總批評說，這裡簡直像六〇年代切爾西區（Chelsea）的小酒館。但也不能丟掉，因為羅伯特的女兒很喜歡這些酒瓶。

妻子大部分的衣服都收在衣櫥裡，浴室櫥櫃裡還有她的化妝品。羅伯特至少可以將側櫃上的相框拿走，藏在抽屜裡的桌巾底下。但每每他這麼做，都會感到一股深深的罪惡感，像是他向妻子的照片狠狠刺了幾刀。他不想讓妻子傷心，也很感激她的無私奉獻，但又深深渴望與伊莉莎白在一起。

他多數的男性同事都認為這樣的安排很方便，他們可以愜意地享受著生活中的小樂趣；他曉得伊莉莎白也認同這種想法，但費盡了唇舌相勸，她仍舊聽不進去。當他反駁自己不是這種輕薄之徒時，她只是大笑。認識伊莉莎白之前，羅伯特也有過一夜情的經歷，但他試著向伊莉莎白解釋：她與先前的那些女人完全不同。他深信自己娶錯了人，但也不願恢復單身，只覺得能與伊莉莎白在一起就滿足了。一開始，羅伯特只是迷戀她的肉體，與她分開一週便覺得空虛難耐。伊莉莎白嘲弄他的那般自信，反倒引起了羅伯特的興趣。如果真如她所說，他只打算跟她逢場作戲，為什麼他一點也不快樂？為何同事們暗示這種關係中蘊藏無窮樂趣，他卻只感到難受？

羅伯特走向沙發時，聽見了對講機的門鈴聲。

「這件到底是什麼？」伊莉莎白指著他的毛衣。

「我沒空換西裝，所以我——」

「你在哪裡買的？」

「今天下午買的，我覺得該好好打扮。」

83「史金納的老鼠」與「帕夫洛夫的狗」指兩場著名的動物實驗，皆與動物接受刺激後的反應相關。伯爾赫斯・史金納（Burrhus Skinner，一九〇四年～一九九〇年），美國心理學家；伊凡・帕夫洛夫（Ivan Pavlov，一八四九年～一九三六年），俄羅斯生理學家兼心理學家。

「那你可以把這件毛衣丟掉了。這些是喇叭褲嗎？羅伯特，別鬧了吧？」

「歐洲每一位單身男子都有一件喇叭褲。店裡找不到其他褲子。」

伊莉莎白走進寢室，找到了一條舊燈芯絨長褲以及一件普通的毛衣。當伊莉莎白干預他生命中的瑣碎小事時，羅伯特表面上不滿，其實心底暗暗高興。他喜歡伊莉莎白幹練的一面，也對她如此在乎自己感到開心。

總算打扮得體後，羅伯特拿出飲料，伸手環抱伊莉莎白，她正準備烹煮帶來的食物。這是他最喜愛的時刻，滿心期待著剛剛開始的夜晚。

兩人共進晚餐時，羅伯特聊起了工作近況，伊莉莎白也會提問，想聽他分享更多的細節。羅伯特擔心她無聊，但她似乎很喜歡聽自己揶揄那些會議與飯局。

兩人對那些困難的決定避而不談，愉快地共度了一晚。羅伯特很高興，伊莉莎白也是。早晨，她的心情依然雀躍，踏著輕盈的腳步離開了公寓。

週六下午，芙蘭西瓦來電，說在閣樓又發現了二十本筆記，伊莉莎白立刻將筆記全部帶走。當晚，她沒有其他安排，所以可以泡很久的澡。她為了研究筆記放棄了晚餐，看看能否在鮑伯卡關的地方有所突破。

她點燃客廳的壁爐，想在泡澡時先暖和一下室內。每當冬天來臨，幾乎每個產業都會開始罷工，她納悶著能否立法禁止天然氣管理局不工作。如果他們不供應天然氣，軍隊會接手處理嗎？她可以住到母親家，借用那裡的燃油暖氣系統，但她還得帶上鄰居基里亞德斯夫人，否則這麼冷的天氣，她可能一天都熬不過……。

伊莉莎白將思緒拉回了筆記。她穿著睡袍蜷縮在沙發上，打開第一本筆記。封面的年份是一九一五年。她發現每一本筆記都有記錄日期，時間介於一九一五年到一九一七年之間。她給鮑伯的是一九一八年的筆記。手邊這本筆記上寫了幾句英文：「十點回到連總部。格雷還沒指示如何進攻。」伊莉莎白看見「格雷」二字後興奮起來，她再度與過往相連了。這一切不再只是歷史，而是外公珍貴的親身經歷。

她隨手翻了翻筆記，幾乎都是完整有序的紀錄，但她注意到筆記在一九一六年六月三十日後中斷了兩個月——發生了什麼事？

她帶上閱讀書報用的眼鏡，拾起了另一本筆記。此時門鈴響了。

她穿過客廳，走向對講機。「哈囉？」

「是我。」對講機劈啪作響，聲音很模糊。

「誰？」

「當然是史都華。外面好冷。」

伊莉莎白愣住了。史都華，天啊。之前曾經請他來家裡坐坐。

「上來吧，我剛剛……在浴室。上來吧。」她按下開門鈕，衝回臥室。她摘下眼鏡、拿掉頭上的髮夾，又用浴袍緊緊裹住自己。伊莉莎白聽見史都華在敞開的門上輕輕敲了敲，他一定是用跑的上樓。

她側頭露出了一邊臉頰。「抱歉，我好像來不及準備好。」

「嗯，」他說道。「我正納悶怎麼沒有聞到食物的香味。」

「請進、請進，抱歉家裡一團糟。」地上散落著打開的筆記，早餐的咖啡杯仍擺在桌上。她來不及收起那些掛在壁爐前烘乾的衣服，很難為自己完全忘記有訪客的事實開脫。

但史都華似乎沒注意到這些。「我帶了這個過來。」他說道，遞來一瓶酒。伊莉莎白將包裝紙撕開。

「太好了，」她說道。「慕斯卡德白酒，這種酒很特別嗎？我對酒沒什麼研究。」

「我想妳會喜歡。」

「我必須失陪一下，先去穿衣服。很抱歉家裡這麼亂，請先倒一些酒來喝吧。」

伊莉莎白一面穿衣服，一面痛斥自己。她穿上一件新買的及膝海軍藍羊毛裙，還有羊毛褲襪與靴子。她不確定要搭什麼上衣，可不能看起來太邋遢；但話說回來，等等她還要在寒冷的夜裡外出。她從抽屜中拿了一件高領毛衣，又從衣櫥裡拿出一件舊皮夾克。沒時間化妝，她只能以素顏見史都華了。太恐怖了，她一面咕噥，一面迅速梳整頭髮。

琳賽絕對想不到，總是泰然自若的她也會有今天。她穿過客廳時，也迅速別上了紅色的耳環。

「啊！真是令人驚豔的轉變。太美了，妳——」

「對了，我們的晚餐是義大利麵，但我忘了買，很扯吧？我現在就出去買，你有沒有需要什麼？菸？你先看電視、喝杯酒，我很快就回來。」

在史都華試圖攔阻或反駁之前，她已經快步踏出前門了。她一路跑到了普雷德街的超市，迅速拿齊了晚餐需要的食材。萬一那瓶酒不夠史都華喝，家中還有很多羅伯特買的紅酒；雖然她不確定合不合史都華胃口，但手上的購物袋已經快滿出來了。

「既然我都去超市了，就多買了一些東西回來。」她一面解釋，一面將食材塞進廚房。她倒了杯琴酒給自己，這才開始準備晚餐。

「這是什麼？」史都華站在門邊問，將手伸出來。「看起來像腰帶釦環。」

伊莉莎白拿起它。「神與我們同在[84]。」她讀著上面的文字。

「神與我們同在，」史都華翻譯。「這是我在地毯上發現的。」

「這是我逛舊貨店時買的。」伊莉莎白說。釦環應該是從其中一本筆記中掉出來了，但她不想多作解釋。

伊莉莎白直到晚餐上桌後才放鬆下來。史都華似乎不太在意她混亂的安排；事實上，他感

84 原文 Gott mit uns 為德文。

覺完全不介意。他稱讚食物美味，不斷斟滿兩人的酒杯。

「那麼，自我介紹一下吧，伊莉莎白．班森。」他往後靠向椅子說道。

「這是第二次自我介紹了吧？我們也認識了一陣子，你應該很了解我的背景了。再多聊聊你的工作內容吧，你是行銷顧問對嗎？」

「對，沒錯。」

「顧問的工作是什麼？」

「那得看生產線有多長。」

「你知道我的意思。會有人諮詢你如何販賣商品——是這樣嗎？」

「這只是其中一小部分，行銷工作遠比這複雜許多。」

「那請你繼續介紹吧，我相信我能聽懂。」

「在我待的產業中，我們自認為是仁慈的獄卒。我們有一把能應用在任何場合的萬用鑰匙，而這把鑰匙能開發出企業的潛能。我們必須教導人們如何善用它，例如哪把鑰匙符合哪道鎖。但最重要的是，我們得引導大眾提出正確的問題。」

「原來如此。」伊莉莎白遲疑了一會兒，又詢問道：「所以，若你的回饋提升了銷售量，就能抽取百分之一的利潤，是這樣嗎？」

「因為產業是環環相扣的，所以在開發產品的過程中，必定會遇到層出不窮的疑難，而除非你問出正確的問題，否則很容易失敗。我總是說，行銷顧問的目標，就是教導人們如何擺脫對我們的依賴。」

「我怎麼知道何時能脫離你的協助？」

「這是一個很好的問題。」

「你也會引導我問這個問題嗎？」伊莉莎白忍住了笑意。

「沒這麼簡單。」

「我想也是。總之，我覺得你是個音樂家。」

史都華用手將頭髮往後梳，將眼鏡扶正。「我的確是音樂家，」他說。「只是我不靠這一行吃飯。妳也不是廚師，但妳仍會料理，對吧？這樣妳懂嗎？」

「我想也是。你的鋼琴真的彈得很棒。」

「謝謝。」

「甜點恐怕只能吃冰淇淋了，可以嗎？我本來想做的，但時間不夠。」

當伊莉莎白在廚房泡咖啡、並試著不要折斷挖冰淇淋的湯匙時，才猛然意識到自己的人生是多麼乏味且輕浮，而她其實已經不是第一次出現這個念頭了。

伊莉莎白的人生中充斥著許多無足輕重的危機；總是一團亂的金流、幾次小小的勝利、偶爾的一夜情、抽太多菸、錯過不重要的截止日期、與別人激烈爭吵、購買新衣服，也曾經真誠地想解決一些重大問題。以上種種，與其他的經歷構成了她的人生，其中最關鍵的字眼是「不重要了」。雖然她很滿意現在的生活，但也很氣惱自己只是這樣輕鬆自在、無甚意義地活著。

她想起了湯姆．布倫南，他曾在生與死的邊界徘徊，正邁入人生的最後一哩路——然而她這一代人，卻沒有什麼值得全心投入的事物了。

她將咖啡與冰淇淋端進客廳。史都華放了一張唱片，正閉上眼聆聽貝多芬的鋼琴協奏曲。伊莉莎白微笑，將冰淇淋放在他面前。她想她已清楚對史都華的心意了——史都華精湛的琴技令她讚嘆，她也很榮幸能獲得他的青睞，但她實在無法忍受他的說話方式。

兩人坐在沙發上，史都華閉著眼向她解析這首曲子的結構，以及就他的觀點來看，獨奏者哪裡出了錯。唱片播完後，伊莉莎白起身要換另一張，史都華卻拉住了她。

「坐下，小莉。我有些事情想問妳。」

「什麼？」

「我希望妳仔細聽我說。我不知道妳覺得我是什麼樣的人，也不確定這一點是否重要，但我想跟妳說一則故事。」

伊莉莎白想打斷他，史都華卻舉起手請她安靜。

「從前從前，有一位非常有魅力的女孩。她有許多朋友、有一份很好的工作，還在城裡有一間公寓，羨煞了旁人。隨著時光流逝，她的友人們紛紛結婚生子，女孩也蛻變成一位獨具風韻的女人，但依然未婚。年紀越大，她越假裝這一切都不重要，實際上卻深深渴望著孩子與丈夫。她越是拚命假裝對婚姻不屑一顧，越容易令男人們卻步，只因為這些可憐的小生物都上當了，以為她真心滿足於單身生活。」

伊莉莎白看著地板。她感到無比尷尬，同時也萌生出一種病態的好奇心。史都華倒是非常自在地直視前方。

「有一天，她遇見了一位無所畏懼的男人，不但幽默風趣，而且非常體貼。她再度湧起了結婚的念頭，渴望實現這個深藏已久的夢想。最後，他們移居到了鄉間、生了許多孩子，從此過著幸福快樂的日子。」

伊莉莎白吞了吞口水。「然後呢？」

史都華轉過身面對她。「這是我的求婚。我知道這樣很矛盾——我們才見過三次面而已，我也沒有圖謀不軌，因為我就是這麼可愛又守舊的傢伙。妳是個非常特別的女人，而我也不是什麼庸俗的男人，若妳肯接受我的求婚，我相信妳不會失望的。」

伊莉莎白拿起菸抽了一口，起身氣急敗壞地說：「你人……真好，我真的受寵若驚，但恐怕你找錯人了。我已經有男友了，我——」

「他不是結婚了嗎？我猜猜看：妳每個月和他見一次面，每次都匆匆做愛，再淚流滿面地告別。雖然他向妳保證會離婚，但我們都曉得這是謊言，不是嗎？這就是妳要的嗎？這就是妳的未來嗎？」

伊莉莎白的嗓音變得冰冷。「你不該隨意評論不認識的人。」

史都華站起來張開手臂。「拜託，我們都是大人了，都很清楚一夜情要付出什麼樣的代價。很抱歉打斷了妳的自怨自艾，但這件事很重要。我有說過我很有錢嗎？或者妳的拒絕與性事有關？妳想要先來一發嗎？」

「你說什麼？」

「嗯，至少我沒做什麼越軌的行為，這點很值得讚許。」

「你憑什麼認為你值得我以一生相許？」

史都華別有意味地聳聳肩。「我很抱歉，小莉。我說得太過火了，先打住吧。妳就當作我種下了一顆種子。幫我個忙，偶爾澆點水、考慮看看。」

他從掛鉤拿下外套，回到客廳。「謝謝妳帶給我一個美好的夜晚，」他說。「妳是否願意偶爾為種子澆澆水呢？」

「我……不會忘記的。絕對不會。」

「很好。」史都華微笑，吻了吻她的前額，就這樣離開了。

～

之後數天，伊莉莎白都沉浸在震驚的情緒中。她反覆思索史都華那番自以為是的發言，就像突然的肢體接觸般令人不適。

她在海德公園散步許久，深深吸入一月的冷冽空氣。她買了兩本與第一次世界大戰相關的書籍，又在辦公室一路忙到深夜。她許了幾個新年新希望：少抽一點菸，而如果布倫南允許的話，可以兩週探望他一次；假使他不願意，她也能去探視其他年齡相仿的老人。她試著償還內心的虧欠，想讓這個圓再度完整。

當她在新的一年初次拜訪湯姆・布倫南時，暗暗希望可以發掘出更多外公的故事。但她也很清楚布倫南的精神狀態，所以沒有抱著太大的期待，即使沒有聽到與外公相關的回憶，能獲得一些有參考價值的訊息也好。

因為休息室的中央空調太過暖和，伊莉莎白這次刻意穿得薄了一些。她曾聽見布倫南抱怨伙食，便帶了一片母親烘焙的蛋糕給他。打包蛋糕時，她感覺自己就像當年準備寄包裹給戰地士兵的家人。她也裝了一小瓶威士忌——至少布倫南在戰場上不會收到酒。她還將兩顆樟腦丸放在手帕中，雖然有些不好意思，但這樣她才能放在一旁嗅嗅樟腦味，而不是室內那怪異難聞的尿味。

他待在窗戶旁同樣的位置，將手放在伊莉莎白手中，兩人輕鬆地對坐。伊莉莎白詢問他過去幾週的近況，以及前幾年過著什麼樣的生活。他的答案似乎與提問牛頭不對馬嘴。他談起了梅富根戰役，以及燈火管制期間姊姊如何從梯子摔下來。他也表示不喜歡這裡的食物。

伊莉莎白發現他偶爾能理解一兩個問題，因為那厚重鏡片下的眼神會透露出一絲警覺。他會咕噥幾個字，接著就陷入沉默，或繼續說故事。伊莉莎白懷疑她已經聽完所有故事了。

這一次，她沒有督促布倫南講述關於外公的事情。她上次已經建立起重要的連結了，若布倫南又想起了什麼，總會說出來的。而若他日後更習慣伊莉莎白的造訪，說不定就會將一切坦誠相告。

她將蛋糕、威士忌留給他，留話說兩週後會再來拜訪，接著就在門口遇見了辛普森太太。

「我還以為妳不會來了，」她說。「聊得開心嗎？」

「呃……不確定，我不清楚他是否喜歡我，但我會再來探望他。我可以給他一個小包裹嗎？」

「這要看裡面的東西是什麼。」

伊莉莎白覺得威士忌會被禁止，但她在目睹酒被沒收之前就離開了。

當天晚上伊莉莎白待在家中，她在心裡盤算了一下。有一件事，因為她害怕知道結果而不敢面對，已經拖延很久了。她翻出去年的日記，推測上次經期開始的時間應該是十二月六日，因為她記得那一天為了找藥局，在午餐聚會遲到了。今天已經是一月二十一日了。她沒有記下最後一次與羅伯特碰面的日子，但似乎是在聖誕節前一週，她記得商店掛起了節慶裝飾。在假期的前一天，羅伯特終於能擠出時間與她約會；她第二天得上班，所以那一天一定是在平日而非假日。她將時間範圍縮小到十二月二十一日或二十二日，無論哪一天都在週期中段，那幾天都是危險期。她開始拚命回想當時做了什麼避孕措施。先前伊莉莎白遵照醫囑，停服了已經吃了四年的避孕藥；停藥之後，他們也嘗試了其他的避孕方法。兩人都非常小心，而在伊莉莎白看來，羅伯特幾乎可說是謹慎到神經質的程度。

第二天早上，她在克雷文路的藥局買了驗孕棒。這是一根扁平、長方形的塑膠棒，上頭有兩個方框。她拿著驗孕棒到浴室，五分鐘後，再按照指示查看方框：兩條清晰的藍色線。這不僅僅是陽性反應而已，這是生命的火花。

接下來一整天，她不斷在歡喜與絕望之間來回擺盪。她有兩次差點就要向艾琳吐露祕密，但最終還是將話題岔開了。她獨自外出吃午餐，吃到一半時忽然熱淚盈眶。她已經對體內的小生命湧上了一股荒謬的愛。

晚上，她打電話給羅伯特。無人接聽，她只好在羅伯特新買的答錄機留言，希望他盡快回電。

她去泡了個澡，溜進了水底下。她注視著小腹，想像底下微小的生命動態。她擔憂人們對自己改變的體態指指點點，但這股焦慮又被狂喜淹沒了。鈴聲響起，浴缸中的伊莉莎白驚跳起來，溼漉漉地衝過房間接電話。

是鮑伯。

「我解開祕密了，」他說道。「我很抱歉，花了這麼久的時間。密碼其實很簡單，我知道這個怪老頭在想什麼了。希臘字母、法文以及私人密碼。真的太簡單了，親愛的華生！當然，我不敢保證正確解出了所有單字，所以將一些比較奇怪的地方標記起來，但總算大功告成了。」

雖然不是羅伯特來電令伊莉莎白非常失望，但她依舊說：「太棒了，鮑伯！真的非常謝謝你，我什麼時候可以拿回筆記？」

「如果方便的話，妳可以在這個週末過來。今天早上我已經寄了幾頁過去了。我才剛解碼完最後兩頁的筆記，我也是從這裡開始著手的。如果郵局不罷工的話，大概明天就送達了吧——不過誰知道呢？」

「也是，我希望明天就能收到。」

「我也很期待。」鮑伯說。「內容有些灰暗，建議妳先倒杯酒再開始讀。」

「你真的很了解我，鮑伯。再次感謝你。」

結果，羅伯特過了午夜才打來，伊莉莎白正在睡覺。她原本打算輕描淡寫地開場，但她實在是太睏，便直接告訴羅伯特自己懷孕了。「我絕對不會跟任何人透露父親是誰，就讓這成為祕密吧。」她說。

羅伯特非常震驚。

「你沒有我想像中那麼興奮。」伊莉莎白說。

「給我一點時間。」他說。「我為妳開心，也為自己與這個孩子感到高興。但我需要一點時間消化這件事。」

「好，」伊莉莎白說。「我愛你。」

第二天是週六，鮑伯的包裹在早上送達了。

伊莉莎白將包裹放到一旁，吃完早餐後，才小心翼翼地用小刀拆封。鮑伯重複利用了那種裝著老式型錄或傳單的棕色大信封，白色貼紙上寫著伊莉莎白的名字以及地址，覆蓋了他原來的使用資訊。

裡面是兩大張薄而易碎的白紙。當伊莉莎白看見鮑伯工整的墨水筆跡時非常興奮，她的心願終於達成了。

格雷的訊息從拉納克郡傳來，聽起來一切都好；這讓伊莉莎白得以窺見布倫南混亂回憶中的清晰片段，令她振奮。而最終，總算得到她最想要的：歷史透過密密麻麻的字跡，正在她微微發抖的手心中重獲生命。

她開始閱讀：

> 我不知道時光是怎麼流逝的。我的憤怒與血氣已經消失無蹤了。我們坐著看書，總是有些人在睡覺、有些人在巡邏。軍糧已經送來了。我們並非真的在讀書，只是看看雜誌而已。有人正在吃東西。總有人不在場，有些人甚至生死未卜、下落不明。
>
> 自從威爾？？？死後，我就與現實脫軌，像是獨自佇立於超越恐懼的曠野之中。時間終於在我面前瓦解了。今天早上，我收到金妮的信，她說自上次見面後，已經過去了兩個月。
>
> 那些從英國來的新人，就像來自陌生之地的使者。我已經無法想像和平的模樣，也不曉得太平世界的人們過著什麼樣的日子。

偶爾能讓我們脫離恍惚狀態的唯一方法，就是與弟兄們有關的回憶。當我看著一名新兵的雙眼時，想起了道格拉斯，或者（名字難以辨認，或許是里夫？）。一想到這些就讓我全身僵硬，彷彿又看見了那個夏日清晨的光景：當他想彎腰照料同袍時，腦袋也開了花。

昨天一位通信兵和我攀談，他的舉止令我想起了W。我能清楚回想起他的神情，不是最後一次看見他摔倒在泥濘中的模樣，而是他在地道或戰壕裡睜大雙眼的樣子。這個畫面一閃即逝，接著時間又瓦解了，再度從我身前飄過。

格雷傳我明天去見他，也許他也有同樣的感受吧。

我們並沒有輕忽砲火的威力，只是已經喪失感到恐懼的能力了。即使預備壕要被炸毀，我們還是會繼續閒聊下去。大夥已經對這些血肉模糊的場景麻痺了。一個失去雙腳的男孩躺在鍋子旁，往來喝茶的弟兄們卻直接從他身上踩過。

我試著抗拒陷入這個不真實的世界，卻缺乏抵禦的勇氣。我太累了，這種疲倦已經深入我的靈魂。

我曾多次躺下盼望死去。我覺得自己毫無價值、罪孽深重，因為我倖存了下來。然而死亡就是不願降臨，而我則在永恆的現實世界中隨波逐流。

我不明白自己究竟做了什麼，才得繼續苟活於這個世界中；我不知道身旁的誰做了什麼，才使得這個世界逐漸扭曲——我們本來只打算在這裡度過幾個月而已。

無論是下一代還是未來的世代，都不可能懂得這種感受——他們永遠無法理解。

這場戰爭結束後，我們會沉默地活在人群之中，緘默無聲。
我們會聊天、睡覺，跟普通人一樣繼續工作。
我們會將目睹之事緊緊深鎖心中，不與任何人談論這一切。

第六部——

法國 一九一八年

史蒂芬將筆和筆記本放在一旁。已經入夜了，山丘後有一輪明月。他點了一根菸，便開始看雜誌。他剛剛已經快速翻閱過椅子上的另一堆雜誌了，但即使眼睛掃過了每一頁，卻沒有真正讀進去。

他走到小屋後方的院子中，雞群在他腳前散開。

他沿著小巷散步，這條巷道還在整修。他感受到腳下的水窪與鬆散的礫石，走到了大路上環顧四周。遠方傳來的砲聲聽起來很柔和，像是列車駛過路堤上的隆隆聲。

他駐足，深吸了幾口氣。他在巷中慢慢踱步時，聽見了貓頭鷹的啼叫。這令他想起兒時的玩伴，那群男孩能夠用手發出貓頭鷹的聲音。屬於他的人生似乎逝去已久，彷彿有另一個人正代替他過著原本的生活。

他一回到營區，就看到蒙特福坐在桌前，與一名叫泰勒高特的中尉玩牌。他婉拒了打牌的邀請，恍惚地看著他們將油膩的牌擺在木頭桌面上。

隔天早上，他到一公里外的總部會見格雷上校。

史蒂芬才走進房間，格雷就冒了出來。「瑞斯福德！真高興再看到你，你們這些參謀人員也太有教養了吧？連電話也不先打。」

格雷看起來沒變多少，他歪頭的樣子就像一隻困惑的獵犬。他的鬍子與頭髮已經斑白，但動作依舊精準俐落。

他拉開椅子向史蒂芬示意，史蒂芬坐了下來。

「抽根菸吧，」他說。「還在整理地圖和清單嗎？仍樂在其中嗎？」

史蒂芬深吸了一口氣。「我們……還活著。」

「活著？天啊，這不像是你從前線歸來之後會說的話。」

「我也覺得不像。長官，如果你還記得的話，我並沒有要求調職。」

「我記得很清楚，那時我感覺你已經身心俱疲了——但你必須明白，大部分人根本無法升到你這個軍階，他們在那之前就會先被炸死了。」

「我知道自己很幸運。」史蒂芬吸入香菸煙霧時咳了一聲。

格雷將腿跨在桌上，看向窗外。「你也知道，我們已經善盡本分了。索姆河一戰傷亡慘重，但哪一次不是這樣？除此之外，其他消息都還不錯，兩個營的戰力都恢復得差不多了。」

「對，我也收到消息了。」史蒂芬說，他微笑。「我很清楚我們的部隊現在有多少實力——比打仗時更清楚。」

格雷連連點頭，又用筆敲敲牙齒。「猜猜看，」他說道：「戰爭結束後，軍團設立的紀念碑上會寫一些什麼？」

「不知道，會有許多座紀念碑吧，應該會列出每個軍團參與的行動。」

「沒錯，」格雷說道。「這是一張令人驕傲的清單，不是嗎？」

史蒂芬沒有答話。想起那一串令人不忍卒讀的烈士名單，他絲毫不感到光榮。

格雷說：「我有好消息要告訴你。你的任期已經結束，可以回到戰場上了。」他停頓了一會兒。「我猜這是你的願望。」

「我……是，我想是吧。」

「你看起來沒有我想像中那麼高興。」

「在戰爭結束以前，我都無法真心感到喜悅。能回到前線我確實很欣慰，只是表現得比較冷漠而已。」

「那你聽著：我們快要進攻了。我們打算拉長戰線，迅速挺進德國。你應該也曉得，有些弟兄已開始行動了。如果你想帶領原來的軍團也沒問題，臨時指揮官會聽從你的號令。」

史蒂芬嘆了口氣，什麼話也沒說。他寧可自己感到開心或是興奮。

格雷起身，繞過辦公桌靠近他。「想想紀念碑上的文字，瑞斯福德。想想那幾座臭氣薰天的城鎮與骯髒血腥的村莊，這些地名將在倫敦那群癡肥的歷史學家筆下成為光榮的戰蹟。而真正身在戰場上的我們，卻只能眼睜睜看著弟兄們橫死在各種噁心的地方，天曉得這是不是老天的懲罰。我痛恨看見他們的名字、痛恨聽見他們的聲音、也痛恨想起他們，所以我才不願意提醒你。但聽著，」他貼近史蒂芬的臉。「紀念碑底會刻上一些字，而後人總有一天會注意到這些銘文。即使他們讀過其他文字時感到不快，但看見這幾個字時，一定會稍稍低頭敬禮：『最終挺進追擊。』——你難道不希望自己的名字留在上面嗎？」

史蒂芬笑道。「我才不介意——」

「**說啊，**」格雷像狗一般地咆哮。「一定有幾個字是你中意的。」

史蒂芬說：「我想有吧，『最終』。」

格雷抓住他的肩膀搖了搖。「好傢伙！我會告訴弟兄們你已經在路上了。」

{

地道工兵的工作量，在梅森橋爆炸時達到了顛峰。威爾的連被三個皇家陸軍野戰部隊吸收了，這些皇家野戰連附屬於史蒂芬的部隊。對地道工兵而言，皇家部隊的工作雖然更加輕鬆，但也更加無聊了。

傑克．費爾布雷斯寫道：

親愛的瑪格麗特，我正好有空寫信給妳。包裹昨天送達了，但包裝有些破損，妳在裡頭放了刮鬍刀片嗎？

我們又開始修路了。這是個辛苦的工作，但大部分人都覺得比挖地道好太多了。我們得用石頭和他們稱作柴捆[85]的東西填補大洞——多半是一堆堆從破房子裡撈出來的廢棄木材。

一連下了好幾日的雨，到處都是泥窪跟牲畜屍體，讓我們多了好些苦差事。看著那些馬屍

85 原文 fascine，泛指捆綁在一起的木柴，通常呈圓柱形。第一次世界大戰期間，士兵會使用柴捆來填平壕溝、加固橋梁或作為其他臨時結構的地基。

尤其令人難受，這麼美麗的動物卻被炸得支離破碎，馬兒其實才是最無辜的犧牲品吧。

我們仍在拚命挖掘。指揮官表示，雖然地道工兵已經在戰爭中貢獻良多，但現在地面作戰的進度也要加快了——我倒要看看什麼時候才能打完這場仗。弟兄們已經開始推進了，而我真心認為只要再加把勁，一切就會結束了。

大夥都士氣高昂。伊凡斯拿來了一副新牌，我現在也是吹牛遊戲的大師了。我甚至還有空畫一些素描。

我相信妳能好好照顧自己，我們很快就會團聚了。愛妳的丈夫，傑克。

史蒂芬歸隊之前，放了兩天早就該休掉的假前往盧昂，因為金妮在德軍發動春季攻勢[86]時搬過去了。

他在一個炎熱的週日下午抵達盧昂。街道上瀰漫著節慶的氣氛，一些家庭開著古董汽車出遊兜風，也有人駕著馬車或騎著四輪腳踏車閒逛。幾個男孩在鵝卵石路上奔跑，調皮地對著車輛駕駛大叫。

史蒂芬有些困惑地走在人群中。他按照金妮的指示走到了一間大教堂，再轉進中世紀老城區，她在那裡租了一個房間，打算住到能夠返回亞眠為止。

金妮讓史蒂芬坐在房中的扶手椅上，仔細端詳著他。他變得更瘦弱，眼角也出現了不少皺紋。他的眼神不再充滿戒備，反有一些空洞茫然。他出現了不符年紀的白髮，舉止有點像在夢遊，彷彿周遭的空氣過於厚重，逼得他必須緩緩推開。他抽著菸，但菸灰都撒在了衣服上，似乎沒有意識到自己正在做什麼。

這就是八年前讓她妹妹神魂顛倒的男人。伊莎貝爾從未提到兩人床事的細節，但她曾描述史蒂芬的肩膀、眼睛與靈巧的雙手，讓金妮留下了強烈鮮明的印象。然而眼前的男子，與妹妹口中的史蒂芬判若兩人——金妮一想到這裡，就感覺自在多了。

兩人在城中散步，又去逛了博物館，最後在館裡的花園坐下。

「妳在春天時發生了什麼事？」史蒂芬問。「我好久沒有收到妳的信了。」

「我有寄信，」金妮說。「但德軍進攻時，城裡湧入了大量的難民，我想信件或許在這一片混亂中遺失了。後來亞眠被連日轟炸，市長命令民眾撤離，但因為我不想返回盧昂，又逗留了一陣子。德軍總是在夜晚發動攻擊，他們會先發射照明彈，確認砲擊路徑之後就開始轟炸——真是太可怕了。我還曾去幫他們收拾大教堂的彩色玻璃，用毯子將玻璃包好。最終我還是得離開亞眠，不過沒有告訴父母我去了哪裡，這個落腳點是我的兒時玩伴幫忙張羅的。總之，我的父母不曉得我在盧昂。」

「他們不會生氣嗎？」

86　一九一八年三月至同年七月，又稱為皇帝會戰、魯登道夫攻勢，是第一次世界大戰期間，由德意志帝國於西方戰線發動的連續攻勢，為德軍自一九一四年以來挺進幅度最深的行動。

「我也不確定，但我想他們已無力繼續管教女兒了吧。我的父母已經知道伊莎貝爾去德國了，因為他們收到了一封信，寄件人是亞札爾在亞眠的朋友伯納德——他覺得他們有必要知道伊莎貝爾的下落。」

史蒂芬溫柔地吟唱，「而小船已走遠……」

「這是什麼曲子？」

「我知道這個人，當我住在亞札爾家時他常常來訪。他是個無理粗魯的矮小男子，總是覺得自己很重要，不過似乎確實有一些影響力。」

「我寫信給伊莎貝爾，告訴她發生了什麼事。她在回信裡透露，當德軍第一次占領亞眠時，這個叫伯納德的傢伙以為德軍會長住一段時日，竟然提供房子給指揮官借宿。但德軍沒過幾天就離開了，鬧了個笑話。根據伊莎貝爾的說法，他為了挽回顏面，開始四處宣揚自己有多麼痛恨德軍。」

「但他沒有從軍？」

「沒有，也許是因為他的年紀太大了。雖然麥斯的身體不太好，還得截肢，但伊莎貝爾說她很快樂。她很細心地照顧他。」

史蒂芬點頭。「可憐的傢伙，很遺憾聽到這些事。」

「那你過得還好嗎？」金妮問。她像牽起妹妹般溫柔地牽起史蒂芬的手，又輕輕捏了捏。

「你看起來心不在焉，臉色也很蒼白。我之前不是說過嗎？我很擔心你。我猜你也沒有好好吃飯。」

史蒂芬微笑。「我過得很好，現在的伙食好多了，菜色也很豐富。」

「那麼你為什麼那麼瘦？」

他聳了聳肩。「我不知道。」

金妮深色的雙眸亮起嚴肅的光芒，她按住史蒂芬的手，讓他看著自己。「史蒂芬，你不能放棄，你絕對不能放棄自己。戰爭就快要結束了。打完這場仗之後，你就能回歸原來的人生。」

「回歸？我已經完全忘記戰前的自己是怎麼過活的，大概再也找不回那種感覺了。」

「你絕對不能這樣想。」金妮生氣了。這是史蒂芬認識她以來，第一次見到她的蒼白臉龐湧上了血色。她左手輕拍著木頭長椅，彷彿強調著接下來說的一字一句。

「你當然不會繼續在巴黎當一個漂泊不定的木匠。你可以做更好的事、更有價值的事。」

史蒂芬緩緩將目光轉向她。「金妮，妳是個可愛的女人。我會盡力照妳的話做，但我遺忘的並不是過往人生中的細節，而是失去了活著的感覺。」

金妮熱淚盈眶。「那麼我們必須找回這種感覺，我會替你找回來的。我會幫你尋回失去的一切，沒有什麼是無法補救的。」

「妳為什麼對我這麼好？」史蒂芬問。

「因為我愛你——難道你看不出來嗎？在這一切的錯誤與混亂中，我想做一些正確的事情。我們一定得試試看，答應我，你會試試看。」

史蒂芬緩緩點了點頭。「我們一起試試看。」

金妮站起身，心中充滿了希望。她牽起史蒂芬的手，領著他走過花園。應該如何鼓舞他，才能讓他重拾失去的現實感？當然只有一種方法，儘管有些複雜。畢竟這應該順其自然地發展，或者根本不該發生。

在返回金妮住處的路上，兩人在餐廳享用了晚餐，席間金妮不斷向史蒂芬勸酒，希望酒後的他能夠開心起來。一杯杯波爾多紅酒滑下史蒂芬的喉嚨，卻沒有點亮他死寂的眼神。

回家路上，金妮說：「等等走過庭院時，得小聲一點，我擔心門房發現我帶男人回房間。」

史蒂芬終於笑了出來。「妳們這些傳門葉家的女孩真是夠了，真不敢想像妳們的父親會怎麼說？」

「別說了。」金妮說，很高興讓他笑了。

這是個悶熱的晚上，天色還沒暗下來。廣場上有個小型樂團正在演奏，周遭的小餐館正準備將燈泡掛上榆樹。

史蒂芬小心翼翼地走過庭院的石磚地，沒有發出一點聲音，平安抵達了金妮的住處。

「我在角落的沙發為你鋪好床了，你現在想上床睡覺嗎？還是要坐著聊天？我應該會喝一點白蘭地。我們可以在小陽台喝酒，但也必須小聲點。」

兩人坐在柳條椅上，俯瞰了無生氣的花園。

「你知道我想做什麼嗎？」金妮問。「我想讓你笑——這就是我的計畫。我要改掉你盎格魯–撒克遜人的憂鬱性格，讓你變得跟我們法國的農夫一樣樂天，整天開懷大笑。」

史蒂芬微笑。他說：「我會像諾曼第的農夫一樣，一面說故事、一面拍大腿叫好。」

「而且永遠不去想戰爭以及死去的人們。」

「永遠不去想。」他一口喝乾了白蘭地。

金妮再次牽起他的手。「我要找一間有後花園的房子，種滿玫瑰花叢還有各式各樣的花朵，也許還有讓小孩玩耍的鞦韆——假如我沒有小孩，也歡迎其他孩子來遊玩。房子會有落地窗，廚房永遠備著美味的餐點。我要在客廳擺放小蒼蘭與紫羅蘭，牆上掛著米勒或庫爾貝（Courbet）[87]的畫，或是其他偉大畫家的作品。」

「我會去拜訪妳。也許我們可以同居，震驚全盧昂。」

「我們週日去划船、週六聽歌劇，然後在大廣場吃晚餐。每兩年就在家裡舉辦一次派對，室內會擺滿蠟燭，侍者端著銀盤穿梭其中，還要舉辦舞會——」

「不要舞會。」

「好，沒有舞會。但會有樂團，也許是弦樂四重奏，或者吉普賽小提琴手。至於那些想要

87 古斯塔夫·庫爾貝（Gustave Courbet，一八一九年～一八七七年），與米勒齊名的法國現實主義畫家。庫爾貝作為反對浪漫主義的先驅之一，為後來的印象派和立體派藝術家樹立了重要的典範，在十九世紀的法國繪畫中占有重要地位。

跳康康舞的賓客，就隔出一間房給他們吧。我們也能邀請歌手來表演。」

「也許我們可以說服伯納德。」

「好主意，他可以獻唱向德軍指揮官夫婦學來的德國民謠。我們的派對將會遠近馳名——

但我不確定該如何負擔這些花費。」

「我會靠發明致富，而妳的父親會留下幾百萬的遺產。」

他們又喝了更多白蘭地，金妮有些頭暈了，但史蒂芬絲毫不受酒精影響。氣溫降了下來，兩人回到了室內，史蒂芬也說想睡了。金妮領他到了床邊，又拿了一瓶水給他。

金妮回到臥室中換衣服。史蒂芬的反應令她振奮；但她也看得出來，他是為了不掃興才配合演出。但有開始總是好事。她赤裸地走過地板，準備拿起門後的睡袍。

當她伸出手時，門打開了。史蒂芬穿著襯衫，光腳站在門外。

他有些退縮。「抱歉，我在找浴室。」

金妮下意識拿起椅背上的浴巾，設法以最端莊的姿態遮掩身體。

史蒂芬轉身要走回客廳。

金妮說：「等一下，沒關係。你回來吧。」

她將浴巾掛回椅背上，站直身子。

房裡一片漆黑，但秋月的光芒清晰地照亮了室內。

「讓我抱著你。」她說，一抹淺淺的微笑在臉龐綻放。

史蒂芬緩緩走近金妮高瘦的身軀。她蒼白的手托起渾圓的乳房，在幽微的光線下，她的雙手就像肋骨旁神祕的美麗白花。史蒂芬跪在她腳邊，將臉靠在她側邊的身體上。

金妮希望史蒂芬還有剛剛強顏歡笑的輕盈心情。

史蒂芬的手圈住她的臀部，她雙腿間的細軟毛髮長而黑。他將臉頰靠在上面一會兒，而後靠在金妮身上。他開始啜泣。「伊莎貝爾，」他說著：「伊莎貝爾。」

史蒂芬歸隊時，大夥正在大肆慶祝。弟兄們懷抱著小小的希望，期盼下一次的進攻就是最終之戰，史蒂芬也因為在昂克爾河之戰與運河行動兩役後成功倖存而聲名大噪。即便他離開了隊上一段時間，後進的弟兄也將他視為幸運符，甚至謠傳他曾在防空洞施展巫術。

工兵們時不時得維護一下戰壕。有一條通向無人地帶的長地道會定期檢修，地道最遠端則通往一處監聽站——這裡非常靠近離德軍戰線，雖然目前尚未被敵軍發覺，但還是要小心戒備。據裡頭的弟兄回報，他們聽見前線的德軍提到了撤退的打算。

德軍的砲擊有固定的模式：他們會精確地瞄準大後方轟炸，但幾乎不會威脅到前線，還會在午餐時間暫停一小時。在英國政府的報告中，顯示官方也觀察到了同樣的規律，史蒂芬才能在歸隊第一天享用一頓平靜的午餐。萊利已經熱好一些罐頭燉肉，還找來了一些新鮮高麗菜增添風味。

下午時，工兵指揮官卡特萊特前來找史蒂芬。對步兵團而言，卡特萊特不過是個不堪一擊的小角色，而這份被看扁的不甘，也讓他變得既頑固又好辯。

「你也知道，」他說：「我們說好要互相幫助，但我認為我們並沒有站在互惠互等的立場上。」他的下巴緊縮，臉色蒼白。「上頭命我們擴大監聽站的規模——就是地道盡頭的那一個。這是個好主意，但最後離開監聽站的那個人說，他聽見了敵軍在上頭偷偷摸摸地幹什麼。」

「我懂了，你想讓我派人和你們一起下去。」

「是的，這樣很合理。」

「我以為所有挖掘工作都結束了。」

「我們永遠不懂那些德國佬朋友，對吧？」

「的確是這樣。雖然似乎沒有必要，但是——」

「即使你之前不在隊上，也該知道發生了什麼事。這些工作也是為了保護你的下屬。」

「你跟威爾一樣惡劣——為什麼總想逼我們去地底呢？」

「因為我們替大夥挖了很棒的排水溝，又蓋了這座防空洞。」卡特萊特指了指木牆與床鋪上方的書架。「這總不是你下屬做的吧？」

「好吧，」史蒂芬說道。「我下去看看，但我不能離開超過一小時。你還得派一個人帶我回來。」

「我會安排好的，那我們明天中午就出發。」

秋陽照亮了樹林中斷裂的樹樁。當大夥在地道口集合時，戰壕的地面已經乾燥多了。在六名經驗豐富的地道工兵中，其中三位是傑克．費爾布雷斯、伊凡斯與瓊斯，他們正忙著將頭盔、煤氣燈和防毒面罩發給步兵團。卡特萊特對傑克說：「費爾布雷斯，等瑞斯福德視察結束後，由你負責帶他回去。」

「你不打算一起下來嗎？」史蒂芬問，將手電筒放進口袋。

「如果我們兩個人都在下面，什麼事都做不了。」卡特萊特回答。

史蒂芬抬頭看著天空。那是一片澄淨的淡藍色，看得見一些卷積雲，蓋著防水油布的地道口通往幽深漆黑的地底。

他想起自己第一次到地底時，與杭特以及布萊恩一起保護傑克．費爾布雷斯，杭特當時恐慌的慘白神情帶給了他不小的衝擊。自那一次經歷以後，史蒂芬變了；如果被迫再次進入狹窄的地道中，他不確定是否還能保持冷靜。他扶著戰壕的護牆深吸一口氣。世界失去了界限，他透過跳動的脈搏，與這個世界緊緊相連在一起。即使身處地底，他也能感受到溫暖的空氣、輕柔的雲朵與鳥鳴。

他尾隨地道工兵爬下樓梯，感覺梯子裂開的木頭刺入了掌心。豎井一路往下，梯子的級距很大。雖然史蒂芬心中還是很猶豫，但還是緊抓著木梯一路往下踩，一步步往下進入黑暗。頭頂的亮光漸漸變得模糊，而後縮小成如同遠方窗玻璃透出的微弱光線，最終完全消失。

傑克在下方喊著就快到了。史蒂芬終於跳下梯子，落在一處約三公尺寬的泥濘平台上，傑克與其他兩位步兵正提著燈等他。所有成員都抵達之後，上頭的人垂吊了一些木樁下來。瓊斯與伊凡斯將木樁解下，開始往地道裡走。

三位地道工兵打頭陣、另外三位殿後掩護，將六位不情願的步兵夾在中間。地道前段的高度尚可供步行，大夥順利地走在乾燥的石灰地面上。前進五十公尺之後，一名蘇格蘭資深地雷工兵洛里默中尉表示，從現在開始盡可能不要發出任何聲響。他們進入了一條很長的側廊，從這裡又左右延伸出許多接近敵方的地道。大夥會先一起沿著主地道抵達前方的監聽站，當地道工兵開始進行拓寬工程時，再讓一名地雷工兵帶領步兵團到另一條平行的地道中掩護。所有人都提著燈。

史蒂芬看見弟兄們互換焦慮的眼神，而後大夥便爬進了主地道。空氣聞起來非常潮溼，當他們爬過一個小出口時，因為過於緊張喘得很厲害，隨後發現這裡其實能夠半蹲著前進。史蒂芬注意到，一公尺半外有幾塊堅固的木板；而就他的觀察來看，地道工程進行得非常完善，工兵們也非常平靜，並未特別害怕或神色有異。

六位步兵在一位名叫克勞蕭的中尉的帶領下，努力跟上領頭的工兵。大夥被身上沉重的步槍壓得寸步難行，史蒂芬聽見了他們粗重的喘息聲。

史蒂芬心想，這樣子打仗實在是太詭異了。這些工兵就像活在另一個世界裡的大老鼠，雖然他們不用面對大舉的進攻與堆積如山的屍體，但地底世界也有著深不見底的恐怖。

史蒂芬打算在抵達監聽站之後，就堅持返回地面。他相信工兵們能感受到他釋出的善意，這樣雙方才能繼續合力度過之後的難關。

地道變得越來越窄，大夥只好再次趴伏著前進。帶頭的工兵忽然停下，後面的人在黑暗中擠成一團。

「我想他們聽見了什麼。」克勞蕭對史蒂芬耳語。「大夥不敢輕舉妄動。」

一行人擁擠地躺在地上，殿後的伊凡斯開始在背包中翻找什麼，之後又一路擠過中間的步兵，爬到帶頭的三名同袍身邊小聲說話。他爬到一面乾燥的土牆前，用聽診器的扁平小圓盤緊貼著牆。克勞蕭將手舉至唇邊，雙手比了個向下的動作，大夥立刻在地面躺好。史蒂芬感覺一顆石頭摩擦著臉頰，他想轉頭，卻被某人的腳困住，動彈不得。他感覺心臟正靠著肋骨緩慢地跳動。

伊凡斯將聽診器緊貼著地道牆面，像一名沒洗澡的業餘醫生傾聽著敵人的生命跡象。

史蒂芬閉上雙眼，心想如果在這裡待得夠久，也許就能緩緩進入人生最終的沉睡了吧；但他的思緒接著就被大夥的躁動打斷了。透過貼著自己的緊繃身軀，史蒂芬能感受到他們有多麼恐懼。他們消極的態度讓這個任務更顯艱鉅；即便是迎面襲來的砲火，他們總有反擊的機會，但對於頭頂上壓著的沉重泥土，大夥卻無計可施。

伊凡斯將聽診器拿下來，放回口袋。他搖了搖頭撅起嘴巴，小聲地向中尉報告，中尉向史蒂芬回報。

「什麼也聽不見。也許只是轟炸地面的聲音吧，我們要繼續前進了。」

大夥騷動了一番，再次起身半蹲，準備繼續深入。

史蒂芬冷汗直流，但他曉得弟兄們也非常緊張，因為緊挨著他的人開始散發出濃重的汗味。戰壕的環境已經改善了不少，但在沒有沖洗設備的情況下，即使在非常炎熱的天氣裡，弟兄們仍舊無法洗澡。

地道的天花板變高了一些，較矮的弟兄如伊凡斯與瓊斯已經可以站立行走了。他們來到一個交叉口，洛里默中尉表示，主要挖掘小組得前往監聽站；其他人則要到另一條戰時地道中，現在他手指的地方就是戰時地道的入口。

史蒂芬看見弟兄臉上的神情後，不禁微笑：他們已能從最初的心不甘情不願轉為自嘲的神情，他也很清楚這正反映出大夥真實的心情。他很欣慰地發現，自己準備要進入的這個洞口，看起來是地道裡最大的一個。他絲毫不害怕前進，因為他隱隱有種能平安歸來的預感。那次與威爾一同被困在地底下時，他最擔心的就是地道會崩塌下來，當時他一度感覺無法脫身。

克勞蕭開始檢查部下是否都有帶手榴彈與步槍，他也佩了一把左輪手槍，正威脅似地對著地道入口比劃。史蒂芬猜測，他大概是想表現出無所畏懼的樣子，或許他的下屬也真的相信他什麼都不怕。

他看著工兵們走遠，想起自己看著部下走上戰場或前去巡邏時，內心曾湧上的那股溫柔；他想像過部下的生活與希望、家園和家人，以及在心上與背上挑起的小小世界。他能回憶起自己當時的關切之情，但如今的他再也無心留意了。

他的小組距離監聽站還有二十五公尺，洛里默再度停下，舉起手指放在唇上。

史蒂芬緊張地深吸一口氣，開始後悔下來地道了。此次例行視察如此耗時，如果不是洛里默疑神疑鬼，就是前方真的有危險。伊凡斯帶上他的監聽儀器到鄰近的地道中。洛里默要求傑克．費爾布雷斯將耳朵靠在牆上傾聽。

傑克用手蓋住一隻耳朵，閉上眼睛專心聆聽。有半分鐘的時間，大夥一動也不敢動。在地雷工兵頭燈的光芒下，史蒂芬瞪著十五公分外的一小片木頭。他的眼神掃過上頭細膩的線條與壓痕，想像它被木工的刨刀削成了彎曲的木板。

傑克後退，轉向洛里默。大夥聽著他急促的呼吸聲。

「有德軍走回戰線的腳步聲。他們在西邊有一條地道，大約在我們上方三公尺。」

洛里默臉色凝重。他沉默了好一會兒，然後說：「你是說我們應該要撤退？」

「對。」

「但是我覺得應該要繼續執行任務。」

「我懂，」傑克說道：「但他們可能埋好炸藥了。我是說，他們可能有許多考量才——」

「再等五分鐘吧，」洛里默說道：「之後我們再繼續。」

「天啊，」史蒂芬說。「你不會是要讓大夥冒險——」

史蒂芬的話還沒說完，就被一陣強烈的爆炸震飛了，他撞上了地道的牆壁，胸中的空氣瞬間被抽光了；激烈的震波捲起了一波波塵土，將他們團團籠罩。史蒂芬的頭撞上了木樁。眾人頭燈的光芒四散，史蒂芬在一切灰飛煙滅前，只來得及看見飛舞的布料碎片、工具、頭盔與人類殘骸，伴隨著憤怒的咆哮在地道中迴響。

史蒂芬仰躺在地面上，他還活著。他感覺眼睛與鼻孔裡填滿了沙土，還有一些土塊沉重地壓在他身上。他試著移動，卻像是被釘在了地上，身上的土壤有如一條厚重舒適的毛毯包裹住他，催促他進入夢鄉。狹窄的地道中還迴盪著爆炸的巨響。一想到回程的路已經被封死，他就感到一陣恐慌，但在動彈不得的情況下，這股懼怕又漸漸平息了。爆炸的迴音終於消失了。

他豎耳傾聽，爆炸的迴響被熟悉的人類呻吟聲取代，那是四肢被炸斷、或是頭骨被炸碎的哀號。起初，他什麼也聽不見；但在最後一縷塵埃落定之後，他聽見了此起彼落的囈語；他從未聽過這種聲音，但他曉得這是好幾個人同時發出的哭號。

他羨慕他們可以平靜地吐出最後一口氣，讓靈魂隨之逝去。他成功移動了雙腳。他縮起肩膀與手臂，感覺右上臂傳來一陣尖銳的刺痛。他想吞口水，但塞滿泥土的嘴無法積聚足夠的唾液。

他花了幾分鐘，才確認自己沒有受重傷。他的雙腿完好無缺；受傷的右手沒有大礙，卻無力挖洞逃生。他必須先清掉身上的瓦礫，才能去尋找其他生還者。他努力窺探外頭，發現地道天花板幾乎是完好的。古老的幸運之神再次眷顧了他，他那讓人鄙視的巫術再度應驗了。

史蒂芬開始用左手撥掉腿上的泥土，減輕了一些腿上的重量後，他終於能夠將土堆踢開。他伸展雙腿，發現除了瘀青之外沒有其他傷口。他弓起身子，像是要推開被子坐起身，但手臂上的劇痛又逼得他停下來喘氣。他吐掉了好幾口混著沙土的口水，終於慢慢積聚起了足夠的唾液、能夠吞嚥了，接著他便開口。他在一片漆黑中呼喊，旁邊有一盞倒下的煤氣燈，碎裂的玻璃中透出了幾絲光線。

無聲無息。史蒂芬四肢跪地，拿起燈開始往前爬。適才爆炸時，他排在隊伍的最後面；若還有任何生還者，必定會在他的前方。有四名地雷工兵正準備去拓寬監聽站，另外兩人則是步兵。史蒂芬不確定爆炸的範圍有多廣，也或許平行地道中的人已經走遠了，沒有受到波及。

他爬到了一堵堅固的碎屑土牆前。天花板的土塊如雨般不斷灑下，看起來隨時都會崩塌。史蒂芬轉往其他方向，又環顧四方，發現身後的路似乎很寬敞。儘管看起來得先爬行十公尺，但他確定這條路能通往剛剛解散的交叉口。他心想，之後的路程應該會比較輕鬆，只要先返回主地道，再回到豎井下方就可以了。

前方的土堆忽然傳來了動靜，但他看不清楚；接著他聽見一個微弱的摩擦聲。當他的手朝傳出聲音的方向摸索時，碰到了一小片金屬。有一隻手臂或一隻腳動到了這塊金屬片，剛剛就是從這裡發出的動靜。

史蒂芬一想到得拯救肢體的主人，心情就越來越沉重。他跪下，開始用左手挖土。

他的右手無法派上用場，只能一面用左手奮力將土撥到身後，一面閃避掉落的瓦礫，聚集成一座小土堆後，再把土堆踢到其他地方踏平。

他提起煤氣燈，藉著光芒查看挖掘的進度。他總算在金屬片的位置挖出了一個洞，露出了底下的袖子。他將手伸進去洞口緊緊抓住對方的手臂，摸索了一番後終於碰到了肩膀。土堆內傳來了人聲，聽不清是在痛苦呻吟，還是想開口說些什麼。

史蒂芬開始大聲鼓舞對方。他休息了一會兒，又脫下外衣，裡面的襯衫已經溼透了。當他伸展右手時，看見上頭沾了黑色的血漬。

他再次開始挖掘，又擔心天花板失去泥土的支撐後會崩塌，將地道完全封死。

一小時之後，他已經在這個人的頭與肩膀周圍挖出了一小塊空間。一片木板斜跨在他上頭撐住了泥土的重量，恰好讓他免於被活埋的命運。他已經很幸運了，史蒂芬能更靠近說話。

「撐住。」他說道。「維持這個姿勢不動，我會帶你離開這裡。」

史蒂芬心想其實不太可能，因為男人的腿上重重壓著土塊，但他仍舊一面清理土堆，一面本能吐出鼓勵的話語。

傑克·費爾布雷斯被深深掩埋在土堆裡，隨著鼻腔吸進稀薄的空氣，感覺自己的生命之火明滅不定。從被壓碎的腳傳來的劇痛竄過了脊椎，痛苦使他的意識變得朦朧不清，即使喘著氣清醒過來，很快又會陷入昏迷。他試著移動四肢，因為這種劇痛才能使他神智清醒，繼續活下去。

此刻，他認出聲音來自於曾撲入他懷中的那個男人，當時他也處於死亡的邊緣。他感覺一隻無力的手努力撥開困住他的泥土，心中湧上一股感覺，好像這個曾被他搭救過的男子注定也要拯救他；他堅信史蒂芬可以帶他離開這裡。

傑克必須與自己奮戰。他的戰役在於努力對抗那不斷襲來的柔軟睡意，這是身體對於腿上痛楚的自然反應。他只有頭部能夠移動，於是奮力搖頭，想甩開那股昏昏欲睡的感覺。

史蒂芬那令人寬心的聲音傳入他的耳中。傑克感覺一隻手抓住了他的腋窩，試圖將他拖出來。

「沒用的，」傑克說道。「我的腿卡住了。」

「你聽得到我的聲音嗎？」史蒂芬問。

「聽得到。」

「你是誰？」

「傑克．費爾布雷斯，原本要帶大家平安回去的傢伙。」傑克對自己還能好好說話感到很驚訝，與人交流提振了他的精神。

「到底發生了什麼事？」史蒂芬問。

傑克哼了一聲。「德軍可能只是假裝要離開。他們就在上面，一定很清楚我們的地道在哪裡。他們鐵定蹲守在這裡好幾週了。」

「還會有其他爆炸點嗎？」

「天知道。」

「你傷得很重嗎？」

「我的腿沒有知覺了，無法移動，但手臂沒事。等你挖的空間夠大，我就能夠幫你一起挖。我……」

「怎麼了？你還好嗎？」

說話讓傑克費盡了力氣，他的意識再次變得模糊。「我還好。你別問了，繼續挖吧。」

「萬一泥土塌下來怎麼辦？」

「挖就對了。」傑克說道，聽起來很喘。

史蒂芬捲起襯衫繼續工作。傑克感覺史蒂芬正爬進他剛剛清理出的空間。他要史蒂芬設法用一些瓦礫撐住上方的泥土。史蒂芬在傑克的指示下單手挖掘了約莫一個小時，最後終於製造出了能容納一人的小空間。傑克協助他將木頭頂回上方，又用雙手清掉身上的泥土，直到腰部以上完全淨空。

最後史蒂芬說：「我得休息一下，只有幾分鐘也好。」

史蒂芬將頭靠在傑克的胸口，躺在剛做出來的巢穴中立刻睡著了。傑克感受著他呼吸時起伏的胸膛。他嫉妒睡著的史蒂芬卻不敢入睡，因為他害怕自己就此一覺不醒。

他擔心史蒂芬抱有過多的期待，沒有多說什麼，但他認為搜救小組早該從戰壕出發了。即便他們想先確認敵軍的動向，動員時間也不該這麼久。

他在黑暗中失去了時間感，傑克估計他們已經在地底待了六個小時了，即便從史蒂芬發現受困的他後算起，也差不多過了五個小時。

他想像卡特萊特在明亮的夏日豔陽下組織搜救小組。假使自己能回到地面上，他發誓永遠都不願再來地底了。他要在地面上度過餘生，渴望和煦的陽光與溫暖的雨水灑在臉上。他的意識又朦朧了起來，思緒像變成了夢幻的光圈緩緩飄浮著。

他感覺死神再度在身邊徘徊，於是決定叫醒史蒂芬。他抓住史蒂芬的肩膀搖了搖，他卻倒回了自己身上。傑克又拍打他的臉，史蒂芬咕噥一聲後再度睡去。四年疲憊的軍旅生涯似乎將他完全壓垮了。

傑克開始咒罵他所能想到的任何髒話。他繼續拍打史蒂芬的臉，但已然沒有什麼能滲透他深深的困倦。

接著他們身後——就在原來的路線上——再次傳來了爆炸的巨響。傑克閉上眼蜷縮在地面上，等著另一波爆炸的火焰與四散的土塊襲來。

史蒂芬醒了。「天啊，那是什麼聲音？」

傑克從燈下看著史蒂芬焦慮的神情。

「另一次爆炸，引爆點離我們很近。他們完全鎖定我們了。」

「這代表什麼？」

「不代表什麼，但我們得設法逃出去。」

傑克心想，這代表搜救小組不可能抵達這裡了，一切取決於爆炸的地點。

這也意味著，如果史蒂芬一開始就從原路折返、不試著營救他，可能幾個小時前就已安全回到地面上了。

傑克柔和地說：「你還是試著把我拉出去吧。比起受困在這裡，我離開這裡對你更有幫助。」

史蒂芬再度開始他精密的作業，又設法在傑克指導下，在腿上搭出一個木帳篷。這令他想起對面病床的那位毒氣男孩，醫護人員也曾為他蓋過一個類似的帆布帳篷。他現在得一面清掉土壤、一面搭建帳篷。傑克則開始清理兩人背後的泥土。

史蒂芬一面忙碌，一面擔憂會再次發生爆炸以及連帶的傷亡。他感覺一度渴望的死神已經逼近，但他還不願意就此屈服。

傑克腿上的泥土與瓦礫少了許多，史蒂芬能夠將他拉出來了。傑克就像拔離酒瓶的軟木塞一樣，終於從土堆中奮力脫身，劇痛使他不停地慘叫。

他顫抖地躺在地上，史蒂芬努力安慰他。如果有帶水就好了，他們沒有帶水瓶下來，因為大夥以為只會在地底待上一小時。

「你的傷勢很重嗎？」當史蒂芬心想傑克應該能好好說話時，開口問道。

「我猜兩條腿跟肋骨都斷了。這裡非常痛。」他摸著胸口。
「你的頭上有一道很深的傷口，很痛嗎？」
「還好，但我沒什麼力氣、頭也很暈，像是被擊中一樣。」
「讓我揹你吧。」史蒂芬說道。
傑克說：「謝了，就像我上次揹你那樣。」
「我保證會盡力救你。你覺得我們能逃出去嗎？」
「這要看崩塌的地點在哪。」
「我想應該先去找其他生還者。」
傑克說：「這會是個艱困的任務，你最好想清楚。我覺得沒有人生還了。如果你堅持要搜救也可以，但依我在地底的經驗，我們兩個人能活下來已經是奇蹟了。」
史蒂芬穿上襯衫及外衣，揹起了傑克。傑克的體型並不壯碩，但史蒂芬每前進幾公尺就得停下來。傑克則緊咬著史蒂芬的衣服，以免痛到喊出聲。
他們回到了交叉口，靠著牆面坐下。傑克開始發燒、全身發抖，同時感到睡意襲來。史蒂芬喘著，不斷吸進灼熱的稀薄空氣，又試著變換姿勢，好稍稍放鬆背上的肌肉。
他們休息了一會兒，史蒂芬說：「我們是從哪邊過來的？我迷路了。」
「這很簡單。我最好解釋一下，以免……以免我沒機會向你解釋。想像一根三齒叉，」傑克盡可能清晰說明。「中間的叉齒通往叉尖的監聽站，地道爆炸時，我們正在前往叉尖的路上，兩側的叉齒則是戰時地道。三個叉齒的連接處——我們現在就在這裡。洛里默就是在這裡派我們分頭前往其他地道。」

史蒂芬看了看周圍的木造與泥土結構，外觀看起來都差不多。

「如果要折返，」傑克說：「就要繼續直走，回到叉子的把柄。把柄的中段就是我們第一次駐足傾聽的地點——這裡非常窄，記得嗎？叉子把柄的末端則與主地道交會。我們走過這裡，離豎井下方很近。」

解說完畢後，傑克精疲力盡地靠回牆上。

史蒂芬說：「好，我懂了。那麼你先留在這裡，我去看看戰時地道有沒有生還者。」

「你不用看了，」傑克指著左邊的地道。「他們全都走進了右邊的地道。」

「你確定嗎？我想最好還是檢查一下。」

傑克咬緊牙關，「你記得我在發燒嗎？如果你把我留下，就是讓我等死。」

史蒂芬看著傑克痛苦的神情。那不是肉體上的痛苦：他正在天人交戰，苦思自己與戰友誰比較有可能活下來。「我不想一個人待在這裡太久。」他說道。

史蒂芬吞了吞口水。他的直覺是盡快回到豎井下方，但又想起如果地道中有生還者，一定正祈求著誰來解救自己，就這樣拋下他們是不公平的。看著傑克開始發青的臉色，史蒂芬不抱什麼希望了。

他抓住傑克的手臂。「我會盡快查看那條沒有人進去的地道，再回來確認你的情況，接著檢查另一條地道。我保證不會超過十分鐘。」他摸索口袋，看有沒有什麼東西能讓傑克放鬆。他找到了幾支菸和一片巧克力。

傑克微笑。「小心火燭，這裡有沼氣——但還是謝了。」

史蒂芬留下他，提起燈走進左側的地道。這裡的支撐結構不如主地道。他看得出用鎬挖掘的痕跡。

他模仿工兵們蹲下，在地道中搖搖晃晃地前進。來到地道盡頭時，爆炸後的殘局映入了眼簾。這裡不比主地道糟糕多少，但坍塌得太嚴重，已看不出天花板原來的高度了。

史蒂芬停了下來。這裡沒有任何危險，而且非常安靜。他嘆了一口氣，用手將頭髮往後梳。稍稍放鬆下來後，他開始重新思考接下來的對策。他決定了：除非他親自確認過只有自己與傑克生還，否則就不折返。若這場搜救讓他更接近死神也無妨；這些人為了保家衛國奮戰許久，他們垂死時也應得到此種禮遇。

史蒂芬開始在黑暗中叫喚。他走到土牆前，在鬆動的土堆上掘開一個洞，對著洞口大喊。但眼前的土牆過於密實，聲音根本無法穿透。即便原本有人在這道牆之後，想必也已粉身碎骨了。

他轉身走回傑克躺著的位置，在他身旁跪下。傑克雙眼緊閉，史蒂芬一度以為他已經死了。他伸手測量脈搏，卻在粗糙的襯衫下感受到脈搏微弱的跳動，發現傑克還活著。

史蒂芬輕拍他的臉讓他轉頭，傑克驚醒了。

他說：「別再留下我一個人了，別走。」他的聲音聽起來很乾澀，但史蒂芬感受到了他話語裡的沉痛。

「不會有人生還的，」傑克說。「就是那條地道被炸了，我們只是被牆壁傳來的震波炸傷而已。」

史蒂芬看著他。即使傑克正忍受著劇痛又非常怕死，也沒有理由不信任他，因為他對地底瞭若指掌。

「好吧，」史蒂芬說。「我們會想辦法逃出去。你感覺好些了嗎？你想要再休息一會兒嗎？」

「我們現在就走吧。」

史蒂芬伸展了一下身體，接著再度彎下腰來。他扛起傑克的上半身，再用左手撐住他的大腿抬起，像揹著一個睡得很沉的孩子，傑克則是將燈高舉過史蒂芬的肩膀。

走了幾公尺之後，史蒂芬被迫停了下來。他受傷的右手再也支撐不住傑克了，左手在拚命挖掘後也變得癱軟無力，傑克的腿不斷滑下來。他讓傑克靠在牆上，再次跪下，設法讓傑克重新在他的左肩趴好。他雙手使盡全力抓緊傑克的話，一次可以前進十公尺。但史蒂芬每次讓傑克起身，他就會暈過去；同樣的情形發生三次之後，史蒂芬改為跪著休息，這樣傑克就能繼續趴在肩上、不用起身了。他的臉壓在地面上，又閉上雙眼，以免前額的汗水滴進眼睛。他詛咒著自己的人生，以及正刺進膝蓋的石灰岩碎片。

在緊靠著彼此緩慢前進一個小時後，他們抵達了地道盡頭：眼前是上千噸的法國泥土。他們無處可走了。

史蒂芬咒罵了傑克一聲。他無意讓傑克聽見，只是就這樣脫口而出了。意識不清的傑克在肩膀上動了動，史蒂芬將他放到了地上。

「你他媽帶錯路了。」他筋疲力竭，低著頭直喘。

傑克被放下時，驚醒了過來；又甩了甩頭，試著集中注意力。

「我們是直走對吧？」他向後看，天花板那盞燈是伊凡斯掛的。

這是個糟糕的徵兆。傑克又轉頭看著前方。他輕聲說道：「這條路沒錯。這裡不是盡頭，是第二次爆炸發生的地方。我們離主地道還有二十公尺。」

史蒂芬發出一聲哀號，閉上了雙眼。他心想，死神抓住他了，而自己將要隨祂而去。

兩人耗盡了體力，便在原地休息一個小時。僅有的那條生路被封死了，身受重傷的傑克撐不了多久；史蒂芬則會死於缺水與飢餓。

史蒂芬將左輪手槍放在一旁。等內心的希望之火完全熄滅後，他就會對準上顎開槍，讓子彈穿過腦中盤根錯節的意識和回憶。一想到他可以殺死自己，而非死於敵人之手，就讓他難以抑制這股怪異的衝動。

兩人認清了現實之後，開始聊了起來。史蒂芬詢問傑克，上頭會不會派出更多人下來援救他們。

「我覺得不會，」傑克說。「即便加派人手出動，也很難挪開這麼大量的泥土。他們得先將瓦礫炸開，但若天花板垮下來就糟了。而且這裡離我們的戰線太近，爆破十分危險。他們只會將我們列為失蹤人口，在做禮拜時禱告。」

「你也不能怪他們，畢竟戰爭快結束了。」

傑克問：「你怕死嗎？」

「應該吧。」史蒂芬對自己的回答很驚訝。「幸運的是，除了幾個特定的瞬間之外，我在地面上從未感到害怕。但現在我覺得……很孤獨。」

「但你現在並不孤單——我在這裡，至少有我陪著你。」傑克倚靠在瓦礫上說。「你叫什麼名字？」

「史蒂芬。」

「我可以這樣叫你嗎？」

「沒問題。」

傑克頓了一下，然後說：「真的很奇怪，不是嗎？我應該會在你身邊死去吧。我這輩子認識了那麼多人，最後卻跟你待在一起。」

「如果可以選擇，你想死在誰身邊？」即便已經快被瀕死的念頭壓垮，史蒂芬仍然對這種事情感到好奇。「在你遇過的所有人當中，你想讓誰握住你的手、緊緊擁抱你，陪伴你進入永恆的長眠？」

「你是說，廝守、陪伴、永遠？」

「對，就是你生命中的另一半。」

「我的兒子。」傑克說。

「他多大了？」

「他在兩年前死於白喉。他的名字叫約翰。」

「我很遺憾。」

「我好想念他，我真的很愛他。」在黑暗的地道中，傑克再也難掩悲痛。自接到約翰的死訊以來，他一直故作堅強；但在這瀕臨死亡的時刻，他再也無法壓抑自己的感受。「我愛我的小男孩，我愛他的每一絲頭髮、每一寸肌膚。我會殺了傷害他的每一個人。他就是我的全世界。他出生時我已經不年輕了，而在這之前，我真的不曉得自己過著什麼樣渾渾噩噩的人生。我非常珍惜他對我說的每一句話。他做的每一件事、他轉頭說話的模樣，都深深烙印在我心中。但我也隱約感覺到，這種幸福的日子不會太久。他彷彿來自另一個世界，於我而言，他已經是一個過於美好的祝福了。」

史蒂芬不發一語，任傑克默默在他懷中啜泣。即使有著如此巨大的傷痛，他似乎也沒有懷抱著恨意。他樸實的臉龐與細長的雙眼盈滿了感激，彷彿難以相信自己曾經擁有至愛。

在傑克稍微冷靜下來之後，史蒂芬說：「聽起來彷彿你曾經深深愛過。」

「對，」傑克說道。「我想那就是深愛過的感覺吧。我很嫉妒他，希望他也愛著我。當我看著他與別人快樂玩耍時，真的感到很欣慰，但我知道我們兩人的遊戲才是最棒的。我相信我們共處的時光是最美好的——那是世界上最純真的時刻。」

傑克聊起兒子的純真無邪，他又是如何改變了自己，但等到他再也找不到任何言語能形容這份舐犢之情時，又開始哭了起來。

史蒂芬的手臂搭上了他的肩膀。「沒事的，」他說道。「我會帶你離開這裡。你會再有孩子的，約翰不會是最後一個。」

「不會有了。瑪格麗特的年紀太大，已經無法生育了。」

「那麼，就讓我替你生小孩吧。」

傑克再度平靜下來後，他說：「我猜你不會想跟我死在一起，畢竟我對你沒什麼幫助。」

「你做得很好了，」史蒂芬說道。「而且誰知道呢？上天說不定有更好的安排。我也曾在生死關頭遇見可以信任的弟兄，像是布萊恩或道格拉斯。我相信他們會為我而活、也願用心臟為我輸送血液。」

「他們是你最珍視的人嗎？你會想與他們一起赴死嗎？」

「一起赴死嗎？不是他們。唯一讓我有這種感覺的是一個女人。」

「她是你的情人嗎？」傑克問。「不是你的親生骨肉？」

「她也是我的血與肉。我深信她是。」

史蒂芬似乎有點恍惚，傑克沒有回話。時間一分一秒過去，傑克設法讓自己清醒一些。

「我們必須找到出路，」他說。「返回豎井不是個好主意，我們應該往前走。」

「這樣做有什麼意義？地道盡頭只有牆壁而已。」

「至少我們能做一些什麼，而不是等死，或許可以製造聲音求救。如果你還有力氣揹我，就拿下防毒面罩吧——這只會礙事——我也會拿下來。把面罩留在這裡吧。」

史蒂芬跪在地上，協助傑克攀上自己的肩膀，盡力掩飾自己的絕望。走回頭路顯然毫無意義，因為三條地道中，已經有兩條被封死了；又根據傑克的說法，第三條地道被炸毀的情形尤其嚴重，他們只有微乎其微的機會，能夠奇蹟似地回到新鮮的空氣與明朗的陽光中。

當他們回到黑暗中時，史蒂芬感覺他們的希望過於渺茫可笑。兩人正瀕臨死亡邊緣，卻沒有其他事可做。應該要有效利用時間才對，例如做好接受命運的心理準備，而非沉迷於天真的希冀當中。

然而這似乎鼓舞了傑克。他們回到了交叉口，史蒂芬一將傑克放下來，便氣喘吁吁地在他身旁倒下。傑克閉上眼，忍受著腿上傳來的痛楚，史蒂芬也注意到他腿上的傷口已經開始散發出血腥味。

傑克睜開眼微笑。「現在只剩一條路了。我們到那群可憐人走的第三條地道看看吧。」

史蒂芬點點頭。「先讓我喘息一下。我想也沒有更好的辦法了，至少我們會知道……」

他沒把話說完，對眼前顯而易見的事實難以啟齒。

傑克接下他的話。「這會不會就是結局了。」

思考這些並沒有令傑克不安，他開始坦然面對將死的念頭。儘管一種原始的恐懼徘徊不去，但身體的痛楚與對倖存的絕望，令他開始渴望即將到來的結局。他依然愛著瑪格麗特、想再見她一面，但她如今過著另一種生活，與自己現在身不由己的處境全然不同。無論如何，她也終有一死吧。他信念的基礎開始搖搖欲墜。約翰的純真、那些從美好世界捎來的消息，都已經從他身邊被奪走了。他已不可能與瑪格麗特重逢、或者再次愛上誰了。愛背叛了他，他也不再盼望能重新回到過去的生活。

每當痛楚消失時，他會感受到短暫的寧靜。在漆黑的隧道中，沒有什麼比肉體的感受更加真實；他們已經盡力在地底求生了。史蒂芬拚命想拯救他，他試著拯救垂死之人的這種正義感，令傑克平靜了下來。

他們來到了右邊地道的入口，史蒂芬爬進去之後，也將傑克拖進支離破碎的洞口。在越來越黯淡的燈光下，傑克抬頭望著搖搖欲墜的天花板。戰時地道的天花板不應該這麼低，他在心中暗罵負責這條地道的工兵。爬行了一會兒後，史蒂芬可以半蹲前進了，但每前進幾公尺就得停下來喘口氣。

傑克心想，史蒂芬最合理的作法就是拋下自己、獨自尋找一絲希望或可能的奇蹟；但他並沒有如此提議。他似乎懷抱著一股怪誕的決心，眼前的路途越是艱難，他就越是堅決要扛起這沉重的負擔。

被炸毀的第三條地道又是另一番光景，顯然牆面因為吸收了爆炸的衝擊力而變窄了。史蒂芬改以跪姿前進，他再度揹起傑克，傑克依舊提著那閃爍不定的燈。

一隻冰冷的手忽然擦過臉頰，傑克尖聲大叫。史蒂芬停下，傑克高舉燈光查看。一隻手臂從地道牆面伸出來，身體卻被掩埋在牆中。

他們繼續前進。傑克看見一隻腳從地上伸出來，兩人再次停下來查看。

「是伊凡斯，」傑克說道。「我認得出來，他縫過這裡的衣角。他是個好夥伴，我們會一起輪班。」

「我很遺憾。但他已經死了，對吧？」

「沒關係，」傑克說。「他脫離苦海了，我們都脫離苦海了。蕭、泰森、伊凡斯、瓊斯和我。我們小組裡所有的人。」

史蒂芬繼續往前爬，但傑克再也無法保持沉著了。他開始顫抖，不斷試著甩開想像中擦過臉上的手。他在一條滿是幽魂的長廊裡，這裡飄盪著他的許多戰友與夥伴，以及被殺死的敵軍幽靈——那些躺在上方泥土、被地雷炸死的德國人屍體：這群在漫長戰役中枉死的亡靈，正用冰冷的手拍打著傑克的臉。這些亡魂怨懟傑克害死了自己，嘲笑他還苟活於世。

傑克抖得太厲害了，史蒂芬不得不先放他下來。他躺在黑暗中恐懼得直冒冷汗、連連發抖，甚至讓他暫時忘卻了腿上的痛楚。

「我們快死了。」傑克說，他的聲音失去了冷靜自持，充滿了會逼瘋人的純粹恐懼。

史蒂芬在他的對面坐下，把臉埋進手心裡。「沒錯，」他說。「我想這就是結局了。」

傑克閉上雙眼，蜷縮在角落。他希望先前努力抑止的高燒能再次襲來，讓他沉沉睡去。

史蒂芬說：「死掉也無所謂，已經犧牲這麼多弟兄了，我們也沒資格期盼老天給我們更好的結局。但假使死前能實現一個願望，我希望能喝到一小杯水。光是想著小溪、池塘以及水龍頭，就能讓我堅持下去。」

傑克開始輕聲囈語，史蒂芬已經聽過許多次這種聲音了。這是一種卑微的本能呼求，從前自己被抬去見軍醫時也這樣喊過——傑克在呼喚他的母親。

史蒂芬透過傑克溼透的襯衫，感受到他的身體正不斷發抖。他因為負重與挖掘而汗流浹背，沒有乾燥一點的衣物能給傑克蓋著。他想讓傑克躺得更舒服一些，便將他留在原地，往地道更深處爬行。

他渴望獨處，想找一個地方好好躺下來，並在入睡時祈禱能就此長眠不醒。

他不斷往前爬，抵達了一處不小的空穴——大概也是被炸出來的。他蜷縮著躺下，盡可能忽視手臂上的痛楚，漸漸睡著了。

兩人就這樣相隔幾公尺躺了數小時，各自沉沉睡去。

史蒂芬醒來時，黑暗潮溼的地道使他誤以為回到了防空洞中。他伸展身體時，手碰到了這狹窄墳墓的內壁。

史蒂芬清醒後開始輕聲啜泣。當他摸索著有什麼可以支撐受傷的左手時，碰到了一個觸感像衣服的東西。

他立刻縮回手，就像傑克剛才的反應一樣，以為碰到了一具屍體，自己還不知不覺與它在這裡躺了好幾個小時。然而，這個東西的觸感比軍衣更粗糙。他感覺口袋裡裝著在地道入口拿到的手電筒。他在手電筒微弱的光線下繼續用手指摸索——是沙袋。

他立刻坐起身，將沙袋拉近。他將腳踏在地道牆面上移動重心，最終成功將沙袋拉近了自己幾公尺。他看見後方還有另一個沙袋。這面牆似乎是由沙袋堆成的，或許是地雷工兵放在這裡的，因為堆疊緊密才沒有被爆炸的衝力震垮。

在史蒂芬的經驗裡，沙袋只是拿來緩衝砲彈或子彈的攻擊。也許是工兵認為這裡的地道特別脆弱才堆在這裡的——如果是這樣，那麼他們一定知道附近有敵軍的地道；若真是如此，為何他們要繼續在這裡工作？他得去問問傑克。

他隱約感覺沙袋後面應該有些什麼。雖然也許只是額外的防護，但後方也有可能通向另一條地道。但如果是這樣，為何傑克不曉得？

史蒂芬爬回去找傑克，發現他正蜷曲著身子發抖。史蒂芬扶起他的肩膀，試著搖醒他。傑克開始語無倫次地大吼，在史蒂芬聽來，好像是一些與「盾」相關的話題。

史蒂芬溫柔地搖著傑克、呼喚他的名字，讓傑克緩緩回神。他感覺自己很殘忍，正迫使傑克回到苟延殘喘的現實，昏迷可能還比較好。

傑克抬頭看著他，那是希望史蒂芬能立即消失的眼神。史蒂芬明白，對傑克而言，看見自己也就是提醒傑克他還活著。

「聽著，」他說道。「我發現了一個沙袋，這代表著什麼？」

「完整的沙袋？」

「對。」

傑克沒有回答，只是虛弱地搖搖頭。史蒂芬用力捏緊他的手腕，當他將臉湊近傑克時，嗅到了從他肺裡飄來的腐爛氣味。

「那只是用來支撐牆面的嗎？還是有其他的用途？你們會利用沙袋做什麼？拜託，回答我，說句話啊！」他用力拍打傑克的臉，聲音在狹窄的空間裡迴盪。

「我不知道……我不知道……就只是個沙袋而已。我們從前挖中央線地鐵時，會在潛盾[88]裡塞滿沙袋。我們一直挖到河岸才停下。」

「天啊，究竟為什麼會有一面沙袋牆？我們可不是在邊打仗邊挖法國地鐵。」

「我們在一九一二年挖到了利物浦街。但我後來就不再挖了，因為太辛苦了。」

傑克繼續說著他在倫敦地底的工作。史蒂芬放開了他的手腕，傑克的手臂重重掉落到他不能動的腿上。突來的疼痛似乎讓傑克嚇到了。

他抬起頭，以不尋常的眼神望著史蒂芬。「我們會將沙袋堆在監聽站後面，就放在彈藥庫旁邊。」

「但這裡是戰時地道，」史蒂芬說。「無論如何，沙袋被分成了兩堆。」

傑克哼了一聲。「兩堆？你瘋了。」

史蒂芬再次舉起傑克的手。「聽著，傑克。我可能瘋了，也許我們兩個人都瘋了。但我們就快死了，你在死前能不能好好想一下、幫我想一下。我已經揹著你走了這麼遠，快幫我想想沙袋為什麼會在這裡！」

在微弱的光線下，史蒂芬緊盯傑克的雙眼。傑克掙扎著想擺脫他的手，絕望地想斬斷與人間最後的連結。傑克搖搖頭，準確來說，是任憑身子左右搖晃。他閉上眼靠回地道的牆面。他的嘴角冒出泡泡與唾液，面無表情、眼神茫然，似乎更為退縮了。接著，他眼中閃過了一道光芒。

「除非……不會吧……除非是奇異果們[89]。可能是奇異果們。」

「你在說什麼？奇異果？什麼意思？」

「他們堆沙袋的方法不太一樣，紐西蘭人。我們會在彈藥庫後方排滿一列一列沙袋，但他們會開挖一條跟主地道垂直的小徑存放炸彈，這樣就不需要擺那麼多沙袋了。」

「我不懂，你是說他們的彈藥庫不在主地道中？」

88 一種隧道工程中的防護結構。當開挖鬆軟或不穩定的平面時，為了防止建材掉落造成危害，就會使用潛盾作為臨時的支撐結構，材質通常為混凝土、鑄鐵或鋼。

89 指紐西蘭人，據稱這源於他們熱愛的國鳥奇異鳥，奇異果與奇異鳥的英文皆為 Kiwi。

「沒錯。他們聲稱這樣威力更強，我也覺得這樣的安排確實更方便，畢竟不需要擺那麼多的沙袋了。」

史蒂芬試著壓下他的興奮，又問說：「也就是說，沙袋後方可能有炸藥？」

傑克終於肯看著他。「有可能。最近我們比較少下來，但我知道紐西蘭工兵來過這裡。」

「你是指他們隱瞞這裡有一個擺滿炸藥的房間？」

「他們應該跟上尉回報過了，但沒必要跟我說這些。他們從來不會告訴我任何事。自從我們轉移到這裡之後，我只來過地底兩次。」

「又因為我們沒有預計要炸毀什麼，只是將這裡作為掩護監聽站的戰時地道？」

「我們最近都在打雜，好幾個月沒有接觸爆破工程了。」

「我懂了。假設這些沙袋後面有一個裝滿炸藥的房間，我們有辦法引爆嗎？」

「我們需要金屬絲或導火線，還得看看有多少炸藥。這甚至可能會炸毀半個法國。」

「但我們別無他法了，不是嗎？」

傑克看著地上。「我只想平靜地死去。」

史蒂芬跪下來，將傑克調整為蹲姿後再度揹起他，又緊咬手電筒，搖搖晃晃地走入黑暗中。他的體內再度湧現出力量，這股力量使他忘記了手臂的疼痛、傑克的重量，以及嘴中難熬的飢渴。

當兩人回到剛剛發現沙袋的寬敞空間後，史蒂芬才將傑克放下來。他絕望地祈求傑克能活下來，他才能知道如何引爆彈藥。

每個沙袋約長一公尺、寬五十公分，裡頭密實地填充著傑克稱之為廢土以及挖掘殘渣的東西，為的是盡可能降低爆炸的衝擊。史蒂芬只有一隻手可以拖沙袋，所以進度非常緩慢，每拖十五公分就得停下來喘息。

他一面工作，一面與傑克聊天，希望這樣能使他保持清醒，但那頹然倒在地上的身軀卻毫無反應。儘管進度只能以公分計算，史蒂芬仍帶著希望拚命工作。他想像著之後頭頂的田野被炸出了巨大的彈坑，兩人便能從沙袋堆起的庇護點後面爬出來——儘管他們現在仍在十公尺深的地底，最終仍能迎來外頭的微風細雨。

在這片寬敞的區域中，史蒂芬能夠起身、甚至能伸展背部。他每次休息，都會彎腰查看傑克的狀態，想半哄半騙地把他叫醒。傑克通常會回應些什麼，也許只是語無倫次地咕噥幾聲，似乎又變得不太清醒了。

史蒂芬再度忙碌起來。他將手電筒關掉，繼續在黑暗中工作。當他將一打的沙袋挪到主地道中之後，這裡的空間也變大了，總算能夠比較輕鬆的繼續工作。他想去看看傑克的狀況，但又擔心浪費掉搬運沙袋的時間，反而會讓他更接近生命的盡頭。

他拚命搬運沙袋，當左手力氣不夠時，他就像獵犬一般，改用牙齒咬住沙袋拖行。他的門牙被一塊石灰岩弄斷了，刺入牙齦的異物弄得他滿嘴是血，但他幾乎忘了疼痛。終於，只剩下幾包紐西蘭人整齊堆好的沙袋了。

他返回地道，拾起地上的電筒，再爬進剛剛清理出的空間。他在手電筒的光芒下，看見這裡有幾箱標示著「危險。極易爆炸。硝酸銨／鋁」的物品。這些炸藥被堆在牆邊，面對著德軍的戰線。

一股小小的興奮竄遍史蒂芬全身。他停了下來，發覺自己的眼眶溼潤。他讓自己沉浸在希望中——他就要自由了。

他小心翼翼地返回，握住傑克的手。

「醒一醒，」他說。「我找到炸藥了。我們能出去了、我們自由了！你會活下來的。」

傑克抬起沉重的眼瞼，勉強睜開雙眼，視線渙散。「你找到了什麼？」

「很多箱火藥。」

「有多少箱？」

「我沒數，大概有兩百箱吧。」

傑克噗哧一聲笑了出來，嗓音聽起來還是很虛弱。「那就是四百五十公斤的火藥了。只要五百公克就能炸毀市長官邸[90]。」

「那我們就搬一些箱子出來，只留下需要的數量。」

「只要一箱就能夠讓他們知道我們在這裡。」

「幫幫我，傑克。」

「沒辦法，我動不了了——」

「我知道，你只要替我加油打氣就好。」

「好，那放手去幹吧！也許你真的辦得到，因為你實在很瘋狂。」

休息半小時後，史蒂芬再度爬進了洞裡。

木箱上有繩柄，每個箱子約二十公斤重，普通男性能用雙手輕鬆拿起；但對於只能使用左手的史蒂芬而言卻非常費力。為免左手承受不住重量讓箱子摔到地上，他只能盡可能一氣呵成地抬起木箱。

一小時後，他已經將六箱炸藥挪到戰時地道中，並與炸藥保持安全距離。他拿出手錶計算：要花費近三十小時才能搬完。若這中間他筋疲力竭或出現脫水症狀，還得花更多時間休息，甚至需要睡上一覺。

他看著趴在地面上的傑克，自問這些努力是否值得。他心想，說不定在他搬完箱子前傑克就死了，他也不確定自己能否活著完成任務，但至少他在彈藥庫發現了空氣——極為稀薄的汙濁空氣，從某處涓涓滲出。他可能會炸毀通風管。地面上有一小灘水，他含了些水在嘴裡，但又馬上吐了出來。水惡臭到難以下嚥，但無論如何，他還是得補充一些水分。

90 原文 Mansion House，指倫敦中心的歷史城區倫敦城（又稱倫敦市，但並非大倫敦市）首長的官邸，建於一七四〇年代，為倫敦市舉行正式儀式的重要場合。

在這堆箱子中央，有一大捆緊挨著金屬絲的火棉[91]，史蒂芬將火棉放到了一邊。當他運完四十個箱子後，便躺在傑克旁邊睡著了。手錶的時間顯示現在是兩點十分，但他不曉得是凌晨或下午，也不清楚他們已經待在地底多久了。

他盡可能不使用手電筒，只是跟從野性、愚蠢又盲目的本能行事。他不去多想自己在做什麼、或是為何要這樣做。他在地面上的人生已經完結了。他不會再想起格雷、威爾、金妮或伊莎貝爾——他們已經消失在他的潛意識深處，他的人生宛如一場殘忍的夢。

史蒂芬有時會被傑克絆倒，有時也會踢傑克一腳，希望他能給一點反應，偶爾也會跪下來吸吮地面水坑中的水。

當史蒂芬快搬完箱子時，又開始害怕自己會在完工前死去。他的動作慢了下來，開始花更多時間歇息、確認自己的心跳。

光是淨空彈藥庫，就花了史蒂芬三天的時間。當他完工時已筋疲力盡，難以集中精神思考如何引爆留下的那一箱炸藥。他躺下後馬上就睡著了；醒來後，他起身去找傑克，用手電筒照亮他的臉。傑克雙眼大睜，瞪視著前方，史蒂芬以為他死了，搖了搖他。傑克因被搖醒而開始呻吟抗議。

史蒂芬表示彈藥庫已經淨空了，又為了鼓勵傑克開口，他從水坑小心翼翼地捧了水回來，潑在他臉上。

「先告訴我怎麼引爆吧，然後你想喝多少水都可以。」

傑克的聲音小到幾乎聽不見，史蒂芬只好將耳朵湊近他乾燥的嘴唇。傑克說，他們使用的是電纜線。

「我可以改用導火線嗎？」

「可以，如果你做得出來的話。而且一定要夠長，我們才有時間避難。」

「如果我將沙袋撕成一條一條，再綁在一起呢？」

「如果沙袋很乾燥就沒問題，但一定要有底火[92]。也就是說，沒有火棉就無法引爆，火藥只會空燒而已。」

史蒂芬走回他堆沙袋的地方查看，確認沙袋都相當乾燥。他又返回擺放衣服的地點，掏出小刀與一盒火柴。他割開、倒空沙袋之後，點燃了一根火柴。沙袋鋸齒狀的邊緣發出火光，慢慢燒了起來。這樣無法引爆炸藥。

「要是我打開一箱火藥，沿路鋪火藥粉呢？」

傑克笑了。「你得小心一點。」

「我們得離多遠？」

「一百公尺，我們得躲在堅固的牆壁後面。這還會釋出沼氣，你得戴上防毒面罩。」

史蒂芬開始計算，割好沙袋、綁成一百公尺長需要花費多少時間——不可能達成。他也

91 一種由棉花或其他植物纖維經過硝化反應處理而成的高能化學物質，燃燒時會迅速分解並產生大量氣體，推進火藥發射。
92 爆炸鏈中的第一環，作用是產生初始的能量（火焰或小型爆炸）以點燃炸藥。

不能使用乾燥的火棉。看來，他只能沿路鋪火藥粉了。

他先把傑克揹回戰時地道中，沿著左邊的地道走出幾公尺才放下他，心想那裡應該很安全，又從第二個爆炸點拾回防毒面罩給他。

接下來，他先用刀刃、再用刀柄小心地撬開頂端的那一箱火藥，再抓起一把把灰色的粉末裝滿沙袋。他將沙袋運回房間，把作為底火的火棉插進箱子裡，再將粉末倒在上面。接著，他在三條地道的交叉口倒了一道約五公分寬的引線。沙袋倒空之後，他回頭補充粉末，又回到適才停下的位置繼續相同的作業。他來回裝滿兩次沙袋，讓粉末盡可能繞開這些箱子。他盡可能遠離引線，只能放手一試了，因為他不可能將箱子全部移走。走到地道的一半時，他停止倒粉末，又把沙袋倒空，最後割開六個沙袋、綁成一條導火線，一頭留給自己點火。

史蒂芬在傑克身旁坐下，替他與自己戴上防毒面罩。荒謬的希望讓他的心臟跳個不停。

「就是現在，」他說。「我要引爆了。」

傑克沒有回應。史蒂芬走進地道，在長約十公尺的沙袋導火線盡頭跪下。他們能否得救，全看火藥是否能成功點燃了。

他頓了一會兒，絞盡腦汁想擠出幾句適合在生命盡頭誦念的禱詞，但他早已心力交瘁，手也開始蠢蠢欲動。

他用火柴頭劃過火柴盒，抱著不顧一切的心情看著火柴點燃。他摸了摸沙袋，看著它冒出火光，心也隨著火焰躍動：他想活下去。這個念頭令他大笑出聲，他的眼神狂亂、滿臉鬍渣，像是一位住在洞穴裡的隱士。

火苗四處噴濺，火焰熄滅了一會兒，又再度燃燒起來。火苗走了兩公尺後，似乎就停下來了。史蒂芬大聲咒罵，抓起手電筒察看。天啊，熄滅的導火線上又竄起了火焰，接著就碰到了火藥。史蒂芬看著一大片火焰捲上地道的天花板。他轉身跑向三步之外的傑克，但還沒停下腳步，地道天花板、牆壁與泥土便轟天一炸、瓦礫四散飛舞，他則被爆炸的衝力猛轟向前。

爆炸的威力讓射擊踏台上的列維中尉嚇了一跳，他正配著香腸與麵包喝豆子湯，煮湯的鍋子是從德國大老遠運來的。

英軍已經連續轟炸了他們的前線三天，可以想見他們即將發動大規模攻擊。列維納悶著何時才能回到漢堡工作，戰前的他已是當地小兒科的權威醫師。他想盡了辦法拖延入伍，但德軍傷亡慘重，他仍舊無法逃離從軍的命運。他只好離開醫院的病童，返家與妻子道別。

「我不想跟法國人打仗，」他告訴妻子說。「我更不想打英國人。但這是我們的家園，我必須盡自己的義務。」

妻子給了他一個家族相傳的小小六芒心黃金墜飾，又將墜飾串成項鍊掛在他的頸項上。不只猶太區的人民捨不得列維醫師離開，有一小群民眾甚至到車站為他送行。

德軍的春季攻勢已經停止了，但敵方因美國人的加入而戰力大增，許多坦克車駛進了前線。列維心想，若繼續轟炸下去，過幾週就能與妻子重逢了。他對德國即將戰敗感到些許恥辱，但這股恥辱隨即被渴望和平的喜悅淹沒了。

「你以前是醫師吧，列維？」連長趁著轟炸稍緩的時候下來戰壕找他。

「兒科醫師，但我——」

「哪一科都可以。你最好下去看看。我們有一支巡邏隊在地底，你再帶上兩名弟兄，克羅格和萊姆好了——這兩人是最佳人選，他們對這邊的地道系統瞭若指掌。」

「通常會有兩次爆炸不是嗎？我們不是應該在這裡等嗎？」

「等一個小時，之後就下去。」

動身的三十分鐘前，克羅格和萊姆前來報到。克羅格是一名教養良好的聰明男子，多次婉拒晉升。他出身良好，對社會正義有自己的原則；萊姆則比較單純，他是一位英俊的深髮色地雷工兵，氣質沉穩，是典型的巴伐利亞人。

萊姆表示，為了預防爆炸釋出沼氣，最好戴上防毒面罩，大夥也帶了鎬、繩索與其他裝備。萊姆也準備了少量的炸藥。

「有多少人在下面？」列維問。

「三個，」萊姆說。「他們剛剛下去監聽。」

「我以為三、四天前就已經炸毀他們的地道了。」

「應該炸毀了吧。我們正在監聽他們進攻的時機，我也不覺得他們會整修地道。他們完全被蒙在鼓裡，我們才能成功引爆兩次炸藥。」

克羅格說：「可以走了嗎？我寧願待在地底下，也不要在這裡等著被轟炸。」

他們聽見砲彈從頭頂呼嘯而過，在後方的支援壕引爆。列維跟著其他人沿著一處斜坡下去，緩步走入地底十公尺。儘管他覺得這裡比較安全——畢竟砲彈沒辦法擊中——但他也不喜歡被封閉在地底。他們被配給了三天份的食物與水，看來有人判定這是個漫長的任務。

他們沿著主地道走了十分鐘，天花板上的電燈線路已被炸斷了。德軍的地道系統是在經過縝密測量之後，以精準的技術打造而成。半路上，萊姆和克羅格唱起了歌。德軍的地道系統與英軍相似，但主地道還會連通到鄰近城鎮的下水道。他們的監聽站非常靠近英國戰線，僅僅由一條比英國地道淺三公尺的戰時地道掩護著——但也正因如此，他們才能夠往下挖掘、設置好兩處引爆點，讓現在敵軍的地道系統幾近癱瘓。

但在他們抵達中央地道之前，就遇到了一個巨大的路障。當萊姆和克羅格試著用鎬挖開路障時，列維坐在一旁等著。他心裡浮現一個驚悚的念頭——他的弟弟也在這個工兵連中。弟弟曾表示，他偶爾得去巡視地道，確保英軍的地道已被完全封鎖。他不常下去地底，但會定時視察。列維已經三天沒見到弟弟了，這其實並不稀奇，但他真的不確定弟弟是否在地底——真的不確定。

「這個路障很難突破，」萊姆說。「我們先擱置吧，先去看看戰時地道發生了什麼事，必要時再回來。」

列維問：「你知道哪些人在下面巡邏嗎？」

「不知道，」萊姆說。「你呢？」

「不清楚，但我知道有三個人。我只是納悶其中一個人會不會是我弟弟。」

克羅格說：「我想連長會告訴你。」

「我不確定，」列維說。「他可能沒時間管這些，他還得規劃大規模撤退。」

「我們只能懷抱希望了，」克羅格說。「但他們會活下來的，或許正在勤奮工作呢。」

萊姆一臉不信，他將鎬塞進背包一側的釦環中，帶著大夥返回地道起點。他們爬過狹窄的入口進入戰時地道，繼續向前走。地道越來越狹窄、越來越暗，大夥變成蹲伏前進，終於抵達一處天花板挑高、木椿牢靠的地道——這裡的工程品質比較符合德國工兵的施工水準。

又走了五十公尺後，映入眼簾的是爆炸後的一片狼藉。爆炸規模比預想中還要大，地道牆面被炸毀、整個空間滿是瓦礫。三名德國軍人疑惑地面面相覷。

「主地道被炸穿了，」萊姆說。「是同樣的爆炸點。」

「我不懂的是，」列維說道：「誰炸毀了地道？又是什麼東西引爆的？我還以為敵方全軍覆沒了，總不會是我們的人幹的吧？」

「我的猜想是，」克羅格說：「可能是一場意外。也許下面有個彈藥庫，雖然那些炸藥不是用來爆破的，卻不慎走火引爆了。」

「另一個可能性是，」萊姆說道：「敵軍的行動。」

「但他們怎麼可能這麼快反擊？我們不是炸毀了整個地道系統嗎？」列維問道。

「沒有人再進去，只是裡面的人被困住了。當我們引爆地道時，不知道有多少英軍在下面，可能有些人活下來了吧。」

「但他們應該早就窒息了。」

「不見得，」萊姆說。「他們有通風管。就算這些都被炸毀了，還有氣穴與廢棄的通風口。我們也有人只靠一瓶水撐過了八天。」

「天啊。」列維很震驚。「所以在這些殘骸中，可能不只有三名我們生死未卜的弟兄，還有人數未明的英國士兵，他們帶著炸藥、靠著氣穴存活，就像，就像……」

「就像老鼠。」萊姆說。

他們開始用鎬挖掘。兩個人工作時，第三個人就能夠休息，或是清走挖出來的廢土。連續工作五個小時後，三人都筋疲力竭了。他們吃了一些餅乾和肉乾，盡可能少喝水。

列維的弟弟叫作喬瑟夫，天資聰穎，拉丁文與數學的學業成績尤其優異，得了不少獎項。喬瑟夫後來成為海德堡一所大學的科學家，接著取得了博士學位。許多公司爭相聘用他，甚至還有公家機關來招攬。不過，列維發覺這位戴著眼鏡的耀眼男子，對那些奉承的人們總是冷眼相待，而他很難將這個形象與心目中那個幽默有趣、決斷力十足，又患有氣喘的小弟連結在一起。喬瑟夫從小就對哥哥有著強烈的勝負欲，但兩人的歲數相差太多，令他難以超越。列維從喬瑟夫出生後就一直非常疼愛他，因為弟弟也是他世上最深愛的兩個人——他的父母——的結晶。他迫切地希望喬瑟夫能了解雙親為何如此重要、他們的處世方式又是多麼令人驕傲。他最擔憂的莫過於弟弟不能理解家族榮耀、或是令家人失望。也正因如此，當喬瑟夫的學業表現屢獲外界肯定時，他只感到欣慰，從未有一絲嫉妒。

不過有時，小弟的任性也會激怒列維。儘管兩人有許多共同點，但喬瑟夫似乎不願完全追隨哥哥的道路，常常做出不同的選擇、培養不同的喜好，而這對列維來說，幾乎就像是在故意與他作對。他覺得這是弟弟的蓄意挑釁，但他也沒有因此厭棄他，反而將心中的惱怒轉化為寬容與保護欲。

在爆炸時奮不顧身地衝進狹窄的地道——這也很像喬瑟夫會做的事。列維奮力挖掘時，腦海中隱約浮現了喬瑟夫蒼白無神的面孔：他躺在地上緊閉著雙眼，整個世界就這樣沉重地壓在他患有氣喘的胸口上。

在挖掘的休息空檔，他們聽見上方傳來了轟炸聲。

「他們逼近了。」克羅格說。

「我們鑿不開的，」萊姆說。「聽見砲彈砸下來的聲音了嗎？我得想辦法炸開這裡。」

「你會讓天花板塌下來，」克羅格說。「你自己來看。」

「我只會用一點炸藥而已，而且會綁得很緊，盡可能縮小爆炸規模。別擔心，我們回去時絕對能躲開。你們覺得如何呢？」

「好吧，」列維說。「如果這是唯一的辦法的話。但還是謹慎為上，爆炸的威力越小越好，我們總有機會可以再試一次。」

他不希望喬瑟夫被爆破後的落石砸死。

萊姆又花了兩個小時才清出他滿意的洞口。他綁緊炸藥之後，將導火線一路牽到斜坡的入口。他把導火線連接到留在那裡的引爆裝置上，確認列維和克羅格都在身後安全無虞，壓下把手。

史蒂芬被困在窄小的墓穴中，唯有一個跟縫衣針針口一樣小的洞口能流入空氣，四周漆黑一片，他的耳畔迴盪著爆炸的巨響。希望流遍他全身。他們已經派出搜救小組了，威爾的老連隊沒有讓他們失望：雖然來得很晚，但總算出動了。他想稍稍轉換身體的重心，但幾乎沒有空間容他伸展。他臉的一側是堅固的石灰岩，將他們與殘破的主地道隔開——這是他唯一能分辨自己在哪的地形特徵；地道其餘構造都因爆炸而錯位了，他們只能坐困愁城。

「你還在嗎，傑克？」史蒂芬說。他伸出一隻腳，感覺到傑克的肩膀在他的靴底，底下傳來一陣微弱的呻吟聲。

史蒂芬想要喚醒傑克，試著與他聊天。「你恨德國人嗎？」史蒂芬說。「你恨他們的一切、恨他們的國家嗎？」

從爆炸到現在，傑克一直意識不清。

史蒂芬想激怒他。「他們殺了你的朋友，你難道不想看見他們戰敗嗎？你難道不想看見他們連連敗退、受盡羞辱嗎？你難道不想坐在坦克車上駛進他們的國家嗎？你難道不想看看德國婦女敬畏的眼神嗎？」

傑克沒有回應。史蒂芬心想，只要傑克還活著，他就還會抱持著一絲希望；如果剩下他孑然一身、沒有他人需要他去拯救，他就會身陷絕望的深淵，而就客觀的事實來看，他早該放棄求生了。

他不確定空氣從何而來，不過似乎是從他們的上方流入。他每隔一段時間就會和傑克換位置，兩人共享著這股氣流。他想像那一絲絲微弱而珍貴的氣流，從地表透過被炸彎的通風管輸送過來。

最令史蒂芬焦慮的是黑暗。爆炸過後，周遭一片漆黑，伸手不見五指，手電筒也摔碎了。兩人雖然一身是泥，但慢慢來總還是能清乾淨。他們目前躺臥的空間約五公尺寬，窄得連雙手都無法打開。當史蒂芬意識到空間有多狹小時，終於絕望地哭了。

顯然他們現在最好的選擇，就是靜靜躺著等待死亡到來。先前史蒂芬奮力挖掘時弄丟了襯衫、外套與佩槍的腰帶。他仍穿著長褲與軍靴，想自殺的話，得先掏出口袋中的小刀才行。

他在黑暗中彈開小刀，將刀刃貼在脖子上。他沉浸在這片精心磨製的熟悉刀刃緊貼在皮膚上的觸感，感受血液從大腦流入身體，以及那靜靜劇烈跳動的脈搏。他準備好下手了，準備要終結這令他難以呼吸的恐懼。

他右手指尖的脈搏狂跳，對周遭的一切毫無所覺。無論他是田野中的少年、或是已然長成的年輕男子，無論他身處何地、無論目睹了什麼光景，他的脈搏始終不懈地跳動著，史蒂芬忽然為此震懾了。

「傑克，你聽得見我的聲音嗎？我想和你聊聊德國人，我又是多麼地痛恨他們——我要告訴你，你為什麼一定要活下去。」

沒有回應。「傑克，你絕對不能放棄求生，必須相信自己能活下來。」

當史蒂芬將傑克的身體拖向自己時，他曉得傑克一定疼痛能耐。

「你為什麼不想活下去了？」他說。「你為什麼不願意再試試看呢？」

傑克因為劇痛稍稍清醒了一些，終於開口。「我所見過的那一切……讓我喪失了生存的意志。你指揮進攻的那一天。我們看見你了。我和蕭、還有那個扯下十字架的牧師——我忘記他的名字了。你若見過那一切就會明白的。我的兒子，也走了。我們為他打造的世界竟然是這個樣子，這讓我很慶幸他死了，真的很慶幸。」

「總會有希望的，傑克。不管有沒有我們，世界都會持續運轉。」

「但我已經沒有希望了。我已經失去雙腳，只能在安養院裡度過餘生，我也不想要他們的憐憫。」

「所以你寧願死在這個洞裡？」

「天啊，沒錯。他們的憐憫也……無濟於事。」

史蒂芬發現自己被傑克說服了，再去爭論為何而活也沒有意義，他的求生欲只是出於某種粗暴的欲望或直覺。

「一旦我死去，」傑克，「就會與那些理解我的人同在了。」

「但你曾被妻兒與父母深愛過，他們仍會愛著你。」

「當我還在襁褓中時，父親就過世了。除了撫養我成人的母親，還有許多女人陪伴著我長大，但她們也都不在人世了。我身邊只剩下瑪格麗特，但世事無常，我再也無法見到她了。」

「你不想見證我們的勝利嗎？」史蒂芬不禁覺得這是個空虛的提問。

「這場戰爭沒有贏家。讓我一個人靜靜吧。泰森去哪了？」

「聽聽這個故事吧，傑克：我在八年前來到了這個國家，在離這裡不遠的一座城鎮中，住進了大道上的一棟豪宅裡。當時的我年輕氣盛、充滿好奇心，魯莽且自私。那時我感覺到了一股洶湧的慾望，那是一股如今的我會選擇視而不見的危險——因為那些衝動都太冒險了。但年少輕狂的我無所畏懼，自以為已看透人生、洞悉一切，深信船到橋頭自然直。你明白我的意思嗎？事實上，沒有人愛過我，但當時的我不懂得這一點。你還能與母親相依為命，但沒有人會關心我在何處、是生或死。不過，正因為沒有人真正在乎我，我才得不計代價好好活下去、堅持逃離這裡。如果迫不得已，我會為了自己啃出一條生路，就像是老鼠一樣。」

傑克再度變得神智不清。「我現在不要喝啤酒、現在不要。透納呢？讓我從交叉架下來。」

「我認識了一個女人，她是豪宅的女主人。我愛上了她，我相信她也愛著我，這是我第一次對別人有這麼強烈的感受。也許當時的我只是因為曉得有人愛自己而欣喜萬分、鬆了一口氣吧。但這不只是被慾望沖昏頭而已，對於這份愛，我也有憧憬與夢想；不，不對，沒有憧憬，這真的很奇怪。起初只有肉體的慾望，後來才有了憧憬。」

「他們把壓縮機帶進來了。去問蕭。讓我下來。」

「重點不在於我愛她，雖然我真的愛她、也會永遠愛她；也不在於我想念她，或是我嫉妒她的德國情人。關鍵在於我們相遇後發生的種種，讓我開始想聆聽世間萬物的聲音，彷彿我走過了一道門，門外的遠方還存在著各式各樣的聲響。這些聲音是如此令我迷惑，但既然我已經聽見了，便再也無法否認聲音的存在——此時此刻也是如此。」

傑克開始猛烈咳嗽，他不確定傑克是在忍笑或是在啜泣。

「扶我起來。」傑克說，終於能順利呼吸了。

史蒂芬扶起傑克，讓他坐在自己的大腿上。傑克的腿不能動，只能垂掛在一旁，頭向後垂在史蒂芬肩膀上。

「我本來可以愛你的。」傑克的聲音變得清晰。他再度開始嗆咳，他的頭離史蒂芬的頭很近，史蒂芬聽見傑克在笑，那笑聲在狹窄的黑暗中顯得如此孱弱而諷刺。

傑克再次陷入昏迷，史蒂芬開始用小刀末端規律敲打石灰岩牆面，祈禱搜救小組能聽見這個求救的訊號。

萊姆在瓦礫中炸開了一個足以讓他們三人穿過的小洞。

忐忑不安的列維焦急地跟上兩位夥伴。他們找到了德軍的主地道，透過粉碎的木造結構，大夥可以看出爆破的力道非常強。

克羅格示意另外兩人停下來，又指指前方：地面上有個大洞。他們小心翼翼地盡可能靠近洞口，萊姆從背包中拿出一條繩索，將其中一頭綁在一根完好的木樁上。

「我下去看看，」他說。「你們倆抓緊繩索，我擔心木樁會折斷。」

大夥望著萊姆慢慢消失在深淵中。萊姆每往下踩兩三步便會呼喚他們。最後，萊姆總算發現了一處能夠站立的梯子，他將繩索牢牢綁在身上，叮囑上面的夥伴繼續緊抓繩子。他將煤氣燈舉高，環顧四周，看到黑暗中閃爍著金屬的光芒。他彎身查看，發現是個頭盔。他跪下摸索泥土，隨即碰到了某種堅固、但肯定不是石灰岩的東西，手上有一種黏稠感。那是人的肩膀，穿著德軍的灰色制服。與肩膀相連的軀幹，腰部以下都埋在殘骸中。透過還算完整的頭部特徵，萊姆認得出來，那是列維的弟弟。

他深吸了一口氣。他還不想大聲宣布這個消息，但瞞著列維似乎不太公平。他再次高舉燈光，確認有無更多屍體或是生還者。他摸索著死者的手，確認他是否有戴戒指，又從他的頸項取下名牌，試圖蒐集一些不那麼令人心碎的證據，好讓他的哥哥指認。死者的手指上空無一物，但他找到了手錶，將它放進口袋。

他拉了兩下繩索，向夥伴們大喊要上去了。克羅格和列維拉加重了力道，他感覺繩索被拉得更緊了。萊姆深入了約六公尺，大夥花了好幾分鐘才將他拉上來。

「怎麼樣？」列維問，氣喘吁吁的大夥剛緩過氣來。萊姆英俊的臉龐神色有異，令他不安；

萊姆似乎不敢直視自己。

「我找到一具屍體，是我們的弟兄。他一定是當場身亡。」

「你有找到他的名牌嗎？」克羅格問。列維僵住了。

「我找到了這個。」萊姆將手錶拿給列維，他勉強收下。他低下頭，看見了喬瑟夫的手錶。列維心想，這可能是父親在家庭聚會上送他的成年禮物，或是學校授予他的殊榮。

列維點點頭。「傻孩子，」他說。「戰爭就快結束了。」

他走入地道，與其他人拉開距離獨處。

萊姆和克羅格在地道裡席地而坐，享用著帶來的食物。

一小時後，列維禱告完畢回來了，但因為戒律的關係，婉拒了萊姆遞來的食物。

他搖搖頭說：「我必須禁食。我們等等得繼續搜索。」

克羅格清清喉嚨，溫柔地開口：「我在想繼續找下去是否明智。萊姆和我討論了一下，見識到爆炸規模之後，他認為再往下找也不會有生還者了；或者說，那些人生還的機會比你弟弟還小。我們已經完成搜救小組的使命了。我們已妥善處理好突發狀況，可以帶你弟弟回到地面、好好安葬。如果繼續待在地底會有生命危險，畢竟不曉得下面發生了什麼事。我們做得夠多了，我想該回去了。」

列維不停搔著下巴的鬍渣。他在這段期間不能刮鬍子，意味著哀悼期結束後他會有一臉的落腮鬍。

他說：「我有同感，但我們不能撤退。我們還有兩位同胞在地底的某處。就算他們死了，我們也得找到屍首下葬；如果還有人倖存，就需要我們伸出援手。」

「機率根本是——」

「機率是多少不重要，我們必須完成任務。」

克羅格聳聳肩。

萊姆認為再拖下去會出問題。「底下很熱，」他說道。「他的身體——」

「肉體很脆弱，剩下的部分也不會腐爛。屆時我負責揹他回去。」

萊姆低下頭。

「不要害怕，」列維說道。「下面的人都是我們的同胞。這些為國捐軀的弟兄們會渴望回到深愛的家鄉，而不是被棄屍在異國的地底。難道你們不想回國嗎？」

「當然想。」萊姆回答。他看得出來沒有繼續討論的必要了，便接受了命令。他起身收起繩索，準備繼續行動。

「我愛祖國。」列維說道。「在這種關鍵時刻，家人之死讓我更愛祖國。」列維挑釁地看著克羅格，克羅格不悅地點點頭，像是認為列維的熱情不過是一時的衝動。

列維按住他的肩膀。「可以吧，克羅格？」聰慧的克羅格還是一臉質疑。列維知道克羅格並不甘願，但至少默許了。克羅格前去幫助萊姆整裝，準備再度出發。

列維讓克羅格在上頭休息，自己隨萊姆一起下去。當兩人抵達德軍主地道下方六公尺處時，再次開始用鎬挖掘。他們不確定自己在找什麼，但希望挖開這些泥土後能搞清楚究竟發生了什麼事。

工作到一半時，兩人熱到脫下了上衣。當他們挖到堅固的石灰岩盤時，鎬發出了巨大的迴響。

史蒂芬拿下了錶面的玻璃，在黑暗中摸索著指針。現在是三點五十分，他再度聽見了挖掘聲，但他不確定外頭是白天還是黑夜。他猜想自己與傑克已經在地底待了五天，也可能有六天之久。

輪到傑克呼吸空氣了，史蒂芬再度將他拖向微弱的對流風口。他將手指放在錶上，開始在這悶熱的洞穴棺材中倒數半小時，又因為擔心消耗太多氧氣而不敢移動。

被封閉的恐懼仍縈繞不去。他說服自己，既然最糟糕的事情已經發生，被活埋在這窄小的空間也沒有什麼好怕了。真正的恐懼只存在於仍有所期待的時候。他仍感到恐慌無助。有時他必須逼迫自己繃緊身體，才不會出聲尖叫。他渴望點燃一根火柴，即使火光微弱，只要能照亮這個囚籠就夠了。

生命又流逝了幾分鐘，他的想像力與感官漸漸失靈，如大房子中一盞盞熄滅的燈火，最後只留下一絲絲模糊的微光，憑藉著意志力繼續燃燒。

躺下數小時後，他仍對自己的遭遇難以釋懷。他有一種強烈的厭惡感，儘管極度的飢餓與疲倦使這股感覺時強時弱，但他的憤怒與怨恨就像某種明滅不定、又永不熄滅的光芒。

半小時到了，他爬回去躺在傑克身旁。

「你還在嗎，傑克？」

他聽見咕噥聲，接著傑克的聲音穿過重重意識傳來，聽起來是他數天以來最清醒的一次。

「幸好有這些襪子可以讓我枕著。戰爭開始後，我每週都會收到家裡寄來的新襪子。」

史蒂芬扶起傑克的時候，也摸到了他臉頰旁的針織羊毛。

「我從沒收過包裹。」他說。

傑克再度大笑。「你在開玩笑吧？三年來一個包裹都沒收到？我們每週至少會收到兩件。大家都是這樣，至於信——」

「安靜。你聽見了嗎？搜救小組來了。你有聽見他們的挖掘聲嗎？仔細聽。」

史蒂芬將傑克挪向牆壁，讓他的耳朵能貼在石灰岩面上。

「他們來了。」史蒂芬說。透過迴聲，他判定小組距離兩人還很遙遠，卻哄騙傑克說他們快要到了。

「我想他們隨時都會抵達，我們快能夠離開這裡了。」

「你一直以來都是穿軍襪嗎？可憐的乞丐，即便是最窮的士兵在部隊也都有——」

「聽著，你要重獲自由了。我們能出去了。」

傑克還在笑。「我不想要出去了，不想要出……」

他的笑聲轉為嗆咳，隨後開始在史蒂芬懷中抽搐，胸膛激烈起伏。他的咳嗽聲迴盪在洞穴中，最後戛然而止。傑克吐出一聲長長的嘆息後，肉體也得到了他最渴望的結局。

史蒂芬抱著傑克的屍體好一會兒，表示對他的尊敬，接著便將傑克放回密閉的洞穴中。他將嘴巴湊到風口，大口呼吸。

他伸展雙腿，將屍體推遠自己，感到深深的孤獨。

周遭只剩挖掘的聲音——但他現在不得不承認，那聲音遠得令人絕望，只有沉重的泥土與他相伴。他在口袋中找到火柴，已經無人能阻止他渴望亮光了。但他最終還是忍住了擦亮火柴的衝動。

他對傑克的死感到忿恨，氣他不相信自己能夠逃過一劫。在憤怒慢慢平息後，他開始專注於遠處開挖石灰岩的規律節奏。除了這個聲音，他也聽見了自己脈搏的跳動。他再度拿出口袋裡的刀，開始用盡全力以小刀末端敲打牆壁。

挖了四小時後，列維和萊姆有小幅的進展，列維便呼喚克羅格下來與萊姆換班。

等待克羅格抵達時，列維坐下來休息了一會兒。對他而言，找到弟弟的戰友是一種榮耀。喬瑟夫不會希望他悲傷到無法工作。與其說自己，不如說喬瑟夫的榮譽才是最重要的。他至少能讓底下那幾具支離破碎的屍體重拾尊嚴。

在他們粗重的呼吸聲中，列維隱約聽見了非常微弱的敲打聲。他將頭靠在牆上仔細傾聽。起初，他以為是老鼠發出的窸窣聲，但是聲音又太過規律，而且是來自更深的地底。這股聲音清晰地表明，源頭距離他們相當遙遠：只有人類能夠將聲音傳播這麼遠。

克羅格從繩索末端跳下來，列維示意他過來。克羅格也開始傾聽。

克羅格點點頭。「一定有人在那裡。我想是在比這裡深一點的位置，但是與我們幾乎平行。聽起來不像鎬或鐵鍬發出的聲音，我猜是有人被困住了。」

列維微笑。「我就說我們應該要繼續。」

克羅格一臉疑惑。「問題是，我們該怎麼突破路障？中間有太多石灰岩了。」

「我們先用少量的炸藥炸開。我會讓萊姆代替我下來，他知道怎麼安置炸藥。」

列維的表情滿溢著熱情與決心。克羅格說：「假使這個聲音不是來自我們的弟兄，而是受困的敵軍呢？」

列維的眼睛睜大。「我不相信誰能苟延殘喘這麼久，即使真的是敵軍，那麼……」他兩手攤開聳聳肩。

「那麼怎樣？」克羅格立刻反問。

「也可能是殺了我弟弟和他兩名同伴的傢伙。」

克羅格不悅地看著他。「以眼還眼……你不會是想尋仇吧？」

列維的笑容消失了。「我不打算做什麼。我的信仰足以指引我一切。但無論如何，我並不害怕與他碰面——如果這是你的疑問的話。我知道該怎麼做。」

「我們應該俘虜他。」克羅格說。

「夠了。」列維說。他走到繩索旁，呼喚萊姆拉他上去。

萊姆原本已經快睡著了，但當列維向他說明計畫時，他便默默將炸藥放入背包，沿著繩索下去了。

混著泥土的石灰岩極難挖掘，他們花了五個小時，才成功挖出一個萊姆滿意的洞口，終於能埋炸藥了。列維與萊姆交換位置幫忙克羅格。他們將裝滿的沙袋緊密排列在炸藥後方。

克羅格稍作休息，開始喝水、吃帶來的肉乾和餅乾。列維仍舊謝絕了他分享食物的好意。心力交瘁的列維開始頭暈，但他仍然堅決繼續禁食。他拚命工作、無視刺痛眼睛的汗水，補充沙袋的手指不停地顫抖。

他不確定自己期待在土牆後看到什麼東西、見到什麼人，他只想堅持下去。他的好奇心完全是因為喬瑟夫的逝去而起的，唯有找到那個倖存者、與他面對面，弟弟之死才能得到解答與救贖。

他們鋪設好電纜線，退回連接地面的長坡底部。他們能聽見砲彈的轟炸聲，迫擊砲與槍聲交相響起。萊姆將炸藥埋好，地面開始在腳下震動，一陣轟鳴的熱浪湧上又退去。頃刻間，聽起像是有顆夾雜著石灰與塵土的大火球衝過了地道。隨後這股巨響消失了，剩下一片死寂。

大夥迅速穿過低矮的木造結構，先爬行了一會兒，又拖著身體跑回炸開的洞口。然而粉塵讓他們不住地咳嗽，只好暫時撤退，等待煙霧散去。

列維讓克羅格待在後方，與萊姆一塊兒下去。他得讓萊姆評估爆炸的結果，也有點懷疑克羅格能否全心投入搜救行動。

他們走入被爆破的洞口，又盡可能將洞口拓寬。結果他們竟因此走進了英軍的監聽站，兩人對陌生的木造結構很感興趣。

「你聽。」列維將手放在萊姆的手上。

瘋狂的敲打聲離他們更近了。

列維興奮到一躍而起，頭撞到了天花板。「我們到了，」他說。「我們成功了！」

他們已經炸毀了障礙物，現在只須用鎬挖開土牆、徒手搜索就可以了。

正受困在狹小空間中的史蒂芬，被方才傳來的爆炸聲嚇了一跳。他翻身趴在地上，用雙臂護住了頭部，以為世界開始崩塌了。不過，儘管爆炸聲仍在耳畔迴盪，周圍的一切看起來似乎依然安全穩固。

躺著的史蒂芬開始踢腿。他壓抑已久的幽閉恐懼，如今開始強烈地席捲而來。搜救小組就在近在咫尺的地方行動，他害怕他們聽不見、找不到自己。

他的瘋狂扭動震落了一些泥土，直到土塊重重地砸到腿上，他才冷靜下來，抱緊自己試圖克制一些。

他繼續用小刀尾端敲打，開始使盡全力大吼：「我在這裡！在這裡！」

他想像威爾隊上的弟兄正努力援救自己，他們頭盔底下的臉龐洋溢著鼓舞的微笑。是誰？是哪些人要帶他回去？他想不起任何名字與臉孔了。本來還有傑克相伴，但史蒂芬已眼睜睜看著他死去；一頭棕髮、表情空洞的泰森過世很久了；還有那些似乎連在地面上也無法挺直身軀的小個子士兵，也許他們在第一次爆炸時也在地底。

史蒂芬的思緒清晰起來，腦海中浮現出世界在正軌上的模樣：人們和平地生活、做愛與喝酒，也有女人、小孩、各式各樣的活動與笑聲。他想起金妮，那旭日般的燦爛微笑點亮了她的雙眼。這醜陋狹窄的世界、塵土、汗水與死亡，並不是唯一的真實處境，他馬上就能脫離這窄小的牢獄與被禁錮的幻覺了。

他忘記了飢渴與疲倦；他對這個世界、星空、樹林，以及在地球上人們的熱情再度甦醒了。他們如果真的找不到他，他也要撲到地底的牆壁上，用抓、用咬、用吞的，無論用何種方法也要開闢自己的道路，回到光亮之中。

「繼續努力。」列維的眼神熠熠。當他奮力用鎬挖鑿牆面、拆毀木造結構時，皮膚因汗水而發亮。

萊姆亂髮下的臉龐變得猙獰，他瞇起雙眼看向列維。

「繼續，」列維大吼：「繼續。」

當列維再次將鎬高高舉起、敲入牆面時，他近乎是譫妄狀態了。他的腦海中只看見親愛的弟弟喬瑟夫。他如此深愛、一起長大的弟弟；他多麼希望喬瑟夫能夠有所成就，能夠汲取他的經驗繼續成長、擁有比自己更優渥的生活，並光耀門楣、將家族榮耀傳承下去。

萊姆賣力工作，他的肩膀肌肉在溼透的灰色背心下不斷鼓動著，最後終於鑿開土牆了。萊姆呼喚十公尺外的列維，大喊著挖到了。列維推開他，開始瘋狂地徒手挖掘，像狗兒一樣將泥土撥到身後。他對底下受困的弟兄大喊。他們就快到了，他們與他同在。

最後，迅速將困住史蒂芬的泥土掘鬆的人，是列維而非萊姆。史蒂芬爬過傑克．費爾布雷斯僵冷的身軀，總算逃出了那棺材般的洞穴。

史蒂芬在他炸出來的瓦礫中爬行。往前爬了一公尺後，他看見了完好無損的地道——萊姆就是炸穿了這裡。列維推開萊姆，獨自爬進英軍的地道中，卻被史蒂芬敲擊的迴音誤導至錯誤的方向，越爬越遠。

史蒂芬吐出嘴裡的泥土，一面爬一面大吼。他看見前方閃爍著光線。他呼吸到空氣了。聽見他吼叫的列維折返回來。

地道的天花板被掀起，史蒂芬蹲下來再次大吼。燈光照到他身上。

他抬頭看見搜救者的雙腿。來人身穿德國軍服——他夢魘中的那種原野灰[93]。

他蹣跚地想要起身掏出左輪手槍，腰際卻空無一物，只有溼透的破爛褲子。

他看著面前的男子，握緊拳頭，宛如準備要打架的農村男孩。在史蒂芬的內心深處，遠在枯竭心靈能觸及的角落以外，他靈魂的衝突如浪潮般拍打、摩擦著海灘上的鵝卵石。他生命中一條遠方的小徑呼喚著他；被屠殺的弟兄臉孔，棺材中麥克・威爾緊閉的雙眼；他對敵軍熾熱的仇恨，麥斯與所有陪伴他到這一刻的人們；伊莎貝爾的軀體與愛，以及她姊姊的雙眼。

在他意識過來之前就下定決心了：他發現自己高舉著雙手迎接對方。

列維看著這位眼神狂亂、彷彿心神盡失的男子，他就是殺死弟弟的人。但列維不知為何也張開了雙臂，兩人倒在彼此的肩膀上，為自己苦澀且不可思議的人生痛哭失聲。

他們扶著史蒂芬走到繩索末端，給了他一點水。接著把他抬起來，讓列維攙扶他走到地道出口，萊姆及克羅格則回到黑暗中，搬出傑克・費爾布雷斯的屍體。

列維引導史蒂芬慢慢地走上斜坡，進入光亮之中。強烈的陽光迫使他們必須抬起手遮住雙眼。列維扶著史蒂芬一步一步走，總算返回了德軍戰壕。

93 原文 Feldgrau，一種偏綠的灰色，是二十世紀德國軍服的官方基本色。在諸多語境裡被用於代指德國軍隊，如德意志帝國陸軍，以及後來的國家防衛軍、德國國防軍和國家人民軍。

史蒂芬不斷地深呼吸。他看著遠方的藍天飄過各種形狀的雲朵。他坐在射擊踏台上，將臉深深埋在手中。

大夥在空無一人的戰壕中聆聽著鳥鳴。

列維攀上矮牆，舉起一副望遠鏡。英軍戰壕中也沒有人，他望向德國戰線後方，卻只看到了八公里外的地平線。水壩已經被炸毀，德軍已全軍覆沒了。

他回到戰壕坐在史蒂芬身旁。兩個人都沒有說話，各自傾聽著這神聖的寧靜。

終於，史蒂芬轉身面對列維，用英語問道：「戰爭結束了嗎？」

「是的，」列維也用英語回答：「結束了。」

史蒂芬低頭瞪著德軍戰壕的地面，無法理解究竟發生了什麼事。漫漫四年就這樣過去了，時間卻彷彿停留在這一刻。所有在他眼前死去的戰友，他們的屍體、他們的傷痕。麥克．威爾蒼白的臉孔從地底浮現。像一隻無頭烏鴉的布萊恩。以及在那個夏日清晨中，數以萬計與布萊恩一起犧牲的弟兄們。

他不知道該怎麼做，不曉得該如何尋回自己的人生。

他的下唇開始顫抖，熱淚盈眶，靠在列維的肩膀上啜泣。

他們抬出傑克的屍體，大夥休息過後，為傑克和喬瑟夫．列維挖了墳墓。他們將兩人合葬，因為戰爭結束了。史蒂芬為傑克禱告，列維也為弟弟禱告。他們摘了一些花放在墳上。四個人都哭了。

萊姆從防空洞中找來了水與食物罐頭。他們在開闊的天空下吃著，隨後回到防空洞中睡了一覺。

第二天，史蒂芬說想返回英軍軍營。他與克羅格及萊姆握手後，最後輪到了列維。在他見過和碰過的血肉之軀中，只有這名醫師的手象徵著他的解脫。

列維還不讓史蒂芬走，他要史蒂芬承諾回到英國後會寫信給他。他將腰帶上的釦環送給史蒂芬作為紀念：神與我們同在。史蒂芬將小刀送給了列維。兩人再度滿懷不捨地緊緊擁抱。

接著史蒂芬攀上梯子，走入無人地帶。這一次，沒有暴風般的彈幕襲來，也沒有會撕裂血肉的金屬碎片擦身而過。

當他走回英國戰線時，感受到靴子下乾燥的滾滾紅塵。一隻雲雀在頭頂平和的天空中高歌。他難以癒合的身心已疲憊到無法言語、難以修復，但如今也已沒有什麼能阻止他靈魂中微小的喜悅。

第七部——

英國　一九七九年

一想到母親得知自己懷孕後的反應，伊莉莎白便感覺焦慮不安。芙蘭西瓦總是對這類事情大驚小怪，這也讓她絕口不提男友已婚的事實。而每當母親追問她為何不正式引見羅伯特，伊莉莎白總以「他在國外工作」為藉口。

她不斷拖延將此事告知母親的時間，但從三月開始，她的體重明顯增加了不少。伊莉莎白心想，與其拚命在特威克納姆喝下午茶時尋找開口的時機，不如乾脆一點，邀請母親吃晚餐，當作是慶祝懷孕之喜。她也在心中坦承，這頓晚餐的其中一個目的，就是希望讓芙蘭西瓦措手不及；但她也確實渴望母親能分享這份喜悅。與母親敲定日期之後，她就訂下了餐廳。

她向埃里希與艾琳宣布消息時，氣氛也極為尷尬，因為懷孕意味著她得待業一陣子。埃里希將這個消息視為對他們父子倆的侮辱，因為即便他的兒子早就擁有美滿的婚姻了，他仍固執地認為伊莉莎白更適合當他的媳婦。

但更令伊莉莎白困惑的是：艾琳似乎也悶悶不樂。艾琳總是無條件支持自己，是她最好的朋友之一；但在這件人生大事上，她似乎無法分享伊莉莎白雀躍的心情，只發了許多關於家庭與婚姻的牢騷。不過，在伊莉莎白宣布消息幾週之後，艾琳到了伊莉莎白的辦公室致歉。

「妳宣布懷孕的消息時，我只感到莫名沮喪——親愛的，我想這只是因為我嫉妒妳，但我現在真的很替妳感到高興。我為寶寶做了這個。」她遞給伊莉莎白一個紙袋，裡頭有一雙手織羊毛襪。

伊莉莎白緊緊抱住她。「謝謝妳。很抱歉，是我太粗心了，我早該想到這一點的。艾琳，謝謝妳。」

然而，當人們詢問孩子的父親是誰時，伊莉莎白卻不願多說。一開始，眾人對這個答覆非常不滿。不曉得羅伯特的人們，會勸說「妳也很清楚，大家遲早都會知道是誰」、「妳不能讓孩子沒有父親」。伊莉莎白只是聳聳肩，表示這是她自己的問題。至於那些知曉羅伯特的朋友，一口就咬定他是孩子的爸爸。「這是祕密，我才不告訴你們。」伊莉莎白說。大夥的惱怒與好奇心終究會淡去，畢竟人人都有各自的生活，即使她仍要傻氣行事，那也是她自己的決定，與他人無關。說得更直白一點，自己的人生只能由自己掌握。

與母親的飯局訂在週六晚上。當天早上，她讀完了外公的最後一本筆記——由鮑伯布滿青筋的雙手解碼完成。這本筆記的內容豐富詳盡，其中有大量的篇幅是關於他與傑克．費爾布雷斯一同被活埋在地底的回憶。

伊莉莎白對其中一段對話印象深刻，雖然鮑伯暈開的字跡有些模糊，但兩人似乎是在談論孩子，以及戰後會不會生育的話題。對話似乎在「我許諾會為他生一個孩子」這裡結束了，其中比較清晰的部分，是史蒂芬在回憶傑克早逝的愛子約翰。

讀完所有筆記與兩三本與戰爭相關的書以後，伊莉莎白在心中描繪著戰爭的場面。金妮——伊莉莎白外婆的名字在筆記的結尾頻繁出現，儘管史蒂芬從未提到對她的感情。在鮑伯的譯文中，最常出現「和善」這個含蓄的字眼；偶爾會出現「溫柔」的描述，但筆調平淡、並不熱情。

伊莉莎白曾拿紙筆計算過：外婆在一八七八年出生。母親……她不確定母親的歲數，大概是介於六十五歲到七十歲之間吧。我在一九四〇年出生——感覺有哪裡不太對勁，但也可能是她的數學不好——但也無所謂了。

她為了晚上的聚餐精心打扮。她利用等待母親的時間打掃公寓，又為自己倒了杯酒。她站在壁爐前，將上頭的東西擺放整齊：一對蠟燭、一封邀請函、一張明信片與腰帶釦環。擦拭過的釦環，如同剛鑄造出爐般嶄新，上頭的字眼閃爍生輝：神與我們同在。

芙蘭西瓦抵達時，伊莉莎白正拿出一瓶已喝了一半的香檳。

「我們要慶祝什麼？」芙蘭西瓦問，微笑著舉起酒杯。

「慶祝春天、妳與我，慶祝這一切啊。」她發現這份消息比想像中還要難以啟齒。

她挑了一間羅伯特朋友推薦的餐廳。這是一間位於布朗普頓路的北法料理餐館，室內空間昏暗狹小，擺放著赭紅色的豪華長椅，灰褐色牆壁掛滿了描繪諾曼港（Norman）的油畫。兩人剛剛抵達時，伊莉莎白有些失望，因為這不是她想像中那種燈火通明、嘈雜熱鬧，適合宣布好消息的餐廳。

侍者用筆輕敲記事板時，兩人才開始瀏覽菜單。芙蘭西瓦點了朝鮮薊與第厄普比目魚；伊莉莎白的開胃菜點了蘑菇，主菜則選了菲力牛排。她點了昂貴的熱夫雷－香貝丹，但不確定是紅酒或白酒。兩人啜飲著琴酒和通寧水，期待著上桌的美食。伊莉莎白忽然非常想抽菸。

「妳戒菸了嗎？」芙蘭西瓦問，看著女兒躁動不安的手。

「完全戒了。一根都不抽。」伊莉莎白微笑。

「所以妳才變胖了嗎？」

「我……嗯，我想是吧。」

侍者送上第一道菜。「女士們，這是妳們的餐點嗎？朝鮮薊與蘑菇？兩位女士，哪位想先品酒？」

侍者離開後，兩人終於開始用餐。伊莉莎白尷尬地開口：「我確實變胖了一些，但我想不是因為戒菸。是因為我懷孕了。」她已準備好面對母親的各種反應。

「太好了，我很高興！」芙蘭西瓦握住她的手。

伊莉莎白感覺淚水漫進了眼裡，她說：「我以為妳會很生氣，妳也知道——我還沒結婚。」

「我只是替妳感到高興而已，這是妳真心想要的嗎？」

「喔，是的，沒錯！我真的渴望這一切。」伊莉莎白微笑。「妳好像沒有很驚訝。」

「這確實在我的預料之中。我發現妳微微變胖、也不抽菸了。雖然妳說過今年的新年願望是戒菸，但妳從前的新年願望總是半途而廢。」

伊莉莎白大笑。「好吧，妳不想問問孩子的父親是誰嗎？」

「我應該問嗎？這很重要嗎？」

「我覺得不太重要。他很開心——呃，確實很快樂。他會金援我，儘管我沒有要求他這樣做。我想一切會很順利的，他是個很好的男人。」

「那就好，我不會再多問什麼了。」

即使已預想過母親的反應，也做好了心理準備，伊莉莎白仍對芙蘭西瓦的冷靜感到驚訝。

「妳不介意外孫的母親未婚嗎？」

「我為何要放在心上？」芙蘭西瓦說。「我的父母也沒有結婚。」

「外婆嗎？」伊莉莎白大吃一驚。

「不。妳的外婆並不是我的生母。」芙蘭西瓦溫柔地看著伊莉莎白。「我一直想要告訴妳，但這似乎是多此一舉。真相已經不重要了。戰爭結束後，妳的外公在一九一九年娶了金妮，也就是外婆。但我那時已經七歲了；而他們初次見面時，我已經五歲了！」

「我就在想是不是算錯了！我在讀完筆記後估算了一下，我還以為是自己數學不好呢。」

「裡頭有提到一個叫伊莎貝爾的女人嗎？」

「有提到幾次，我猜是外公以前的情人。」

「她才是我的生母，她是金妮的妹妹。」

伊莉莎白瞪大眼睛看著母親。「所以金妮並不是我真正的外婆？」

「從血緣上來說——確實不是。但她撫養我長大、視我如己出。開戰之前，妳的外公曾寄宿在一戶家庭中，卻與女主人伊莎貝爾有了婚外情，兩人最後決定私奔。後來，伊莎貝爾發現自己懷孕了，便離開了外公，回到丈夫身邊。過了幾年，妳的外公於戰爭期間在亞眠區遇見了外婆。外婆替他牽線，讓他與伊莎貝爾重逢，但伊莎貝爾也要外婆承諾，絕對不能透露孩子的事情。」

「那個孩子就是妳？」

「沒錯。但我覺得這是很愚蠢的藉口——我也不太清楚——伊莎貝爾大概是不願再傷害他吧。他一直到與金妮結婚前才得知真相。我是在德國長大的，生母過世後才被送養給金妮。她死於流感[94]。」

「流感？不是吧？」

芙蘭西瓦搖搖頭。「我是認真的。當年，流感肆虐全球，戰後有數百萬名歐洲人病死。伊莎貝爾常說，如果她有任何不測，外婆會接替她撫養我成人。這是她隨著情人前往德國前，她們姊妹之間的約定。她的德國情人名叫麥斯。」

「難道麥斯不想撫養妳嗎？」

「我並不這麼想。他因為戰爭而重病纏身，不久便過世了。再說，我也不是他的親生孩子。」

「所以妳就被史蒂芬和金妮撫養長大？」

「沒錯。外婆很棒，我就像有了第二個媽媽。我們的家庭很幸福。」

94 指爆發於一九一八年至一九二〇年的西班牙流感（Spanish flu，命名原因為西班牙是第一個大量出現流感案例的地區），造成了全球約兩千萬至五千萬人死亡，是歷史上致死人數最多的流行病之一，僅次於黑死病。

侍者端上了其他餐點。

「妳介意嗎？」幾分鐘後，芙蘭西瓦追問。「這對妳來說很重要嗎？但願不是如此，因為這於我而言無關緊要。只有人們心中有愛，就像我的家庭一樣，其餘都只是枝微末節罷了——愛比血緣更加重要。」

伊莉莎白思考了一會兒。「我同意，」她說。「雖然需要花一點時間消化，不過我一點也不介意。聊聊外公的事吧，他過得快樂嗎？」

芙蘭西瓦抬起眉毛，深吸一口氣。「呃，當時他的狀態不是……很好。戰爭過後的頭兩年，他完全沒有開口說話。」

「什麼？一句話都不說嗎？」

「對，一句話都不說。我不確定，不過我想他至少在婚禮上有開口說『我願意』吧。他應該說過一些話，但也只是為了生活所需而已。之後我就再也沒聽見他說話了。據妳外婆所說，他沉默了整整兩年，她也清晰地記得起妳外公再度開口的那天。某天早上，他吃完早餐後突然起身，微笑說：『我們今晚到倫敦看戲吧，午餐時搭車過去。』我不敢相信自己聽見了什麼。那時我只有十歲。」

「當時妳們住在英國嗎？」

「對，住在諾福克。」

「他之後有好轉嗎？」

「呃……好多了。他會開口說話，對我很好——他真的把我寵壞了。但他的身體不是很健康。」

「他曾提起戰時的往事嗎？」

「從來沒有、完全沒提過。妳的外婆說，自戰爭結束那天起，他就開始假裝一切從未發生。」

「他是什麼時候過世的？」

「就在我嫁給妳父親之前，當時他才四十八歲而已。他在戰後抱病終生，就像那一代的許多老兵一樣。」

伊莉莎白點點頭。「就在我出生的前兩年。」

「是的，」芙蘭西瓦悲傷地說。「我真希望他有機會見到妳，我多麼希望他能看看妳！他一定會……更快樂。」

伊莉莎白低頭看著餐盤。「那外婆呢？她是怎麼熬過來的？」

「她是個很棒的女人。她深愛妳的外公，如同他母親似的照料他。她就是這段故事的偉大女主角，妳應該對她還有印象吧？」

「我當然還記得，」伊莉莎白撒了點小謊。「當然。」

「很抱歉。」芙蘭西瓦有些哽咽，用餐巾拭去了臉上的淚水。「我不是故意在公共場合失態的，伊莉莎白，我不願毀掉妳美好的一天。我只是不禁想，這對金妮而言，意義多麼重大。」

「沒事了，」伊莉莎白說。「沒事了，一切都會順利的。」

整個夏天，伊莉莎白都在住處附近的醫院做產檢。她發現自己被醫護人員視為「高齡產婦」，感受到了院方的關切。但醫院並沒有替伊莉莎白安排固定問診的醫生，可見他們並未特別擔憂。

「謝謝妳，班布里奇太太，」當她懷孕八個月時，醫生說。「我想妳已經很熟悉之後的過程了。」

「不好意思，你的意思是？」

「這是妳的第四胎，應該已經得心應手了。」

原來他看錯病歷了。伊莉莎白納悶著自己被錯認為哪一位孕婦。他們先替她預約了預產期當天的床位，也吩咐她這段期間不要搭飛機。

「記住，」護士說。「大多數孕婦都需要花很久的時間生產，除非妳開始頻繁陣痛，否則先不要聯絡醫院。如果妳來得太早，我們也只能先請妳回家休養。」

艾琳告訴她說朋友的女兒曾經報名了一些孕婦課程。伊莉莎白報名之後，前往克爾本區（Kilburn）的一間公寓上課。裡頭的女老師態度嚴厲，一班有六位準媽媽，她會向她們介紹生產的各種階段，以及可服用的止痛藥。伊莉莎白抄了筆記，提醒自己要在容許的時間內盡早施打麻醉。

寶寶時常在她體內翻滾踢腿。她腹部的皮膚會如波紋般起伏，在寶寶伸展翻身時突然鼓起。她的背部疼痛，才到了夏末，她就已經開始盼望寒冬來臨，屆時一切都能告一段落，她也能夠再度好好呼吸了。

有時，她會打開窗戶、赤身裸體地坐在床沿，渴望能捕捉到一縷拂過的微風。她用掌心捧著肚皮下的寶寶，那裡已經出現一條細細的棕色紋路，一直向下延伸到她的腹股溝。髖骨上方的肌膚被延展開來，顯現出小小的白色疤痕，但還不算太糟——至少比她在試衣間瞥見的那些女人好一點，她們的肚皮慘不忍睹。孕婦課程大部分的學員們，都很關心能否恢復原本的身材以及性生活，伊莉莎白卻不太將這兩件事放在心上。

她對腹中的孩子有著強烈的好奇心。她感受到心中的母愛與保護慾，同時一股敬畏之情也隨之升起。孩子是獨立的個體，有自己的個性和命運；孩子選擇在她體內降生，但伊莉莎白忍不住有一種孩子早已存在於世的念頭。她無法相信自己和羅伯特從無到有創造了一個獨立自主的生命。

羅伯特在撒了許多謊、偽造行程與利用答錄機營造假象之後，總算將事情安排妥當，才能趕在伊莉莎白生產前一週陪伴她。他還打算多休幾天假，直到伊莉莎白的體力恢復到足以南下與母親同住，妻子則以為他去德國開會了。

他無意親臨分娩現場，但又認為自己應該隨侍在側，免得伊莉莎白臨時需要他的協助。他在多塞特郡（Dorset）租了一間海邊小屋，讓伊莉莎白可以在孕期的最後幾天好好待產，他也能就近照顧。他們計劃在預產期前三天返回倫敦。

當他們開著伊莉莎白的車穿越漢普郡的鄉間時，羅伯特仍然對這樣的安排有些焦慮。「萬一提早開始陣痛怎麼辦？」他說。「我該怎麼做？」

「什麼都不用做。」伊莉莎白說，從副駕駛座動作侷促地轉身看他。「只要替嬰兒保暖就好。總之，第一胎生產通常會花上十二個小時，即使你開這麼慢，我們應該也能及時抵達普爾市（Poole）或伯恩茅斯市（Bournemouth）的醫院。而且第一胎很少提早報到，所以別擔心了。」

「妳現在變成專家了是吧？」羅伯特說道，同時稍微加速，回應她對自己龜速的批評。

「這個夏天我還蠻悠閒的，是讀了不少書。」

小屋坐落於山坡旁的小路上，俯瞰濃密翠綠的鄉間林地，離最近的城鎮約有十五分鐘的車程。打開前門就是客廳，裡頭有個大型的石砌壁爐，還有些磨損的印花棉布家具。室內配有老式廚房，有一個連著瓦斯罐的油膩陳年鍋具，也有幾個玻璃門櫥櫃。後門通往一處不小的花園，盡頭有一棵高聳的栗樹。

伊莉莎白很開心。「你看見那株小蘋果樹了嗎？」她說。「我要在那裡擺一張椅子。」

「我來就好，」羅伯特說。「我最好在商店打烊前去買一點食物。妳要跟我一起去嗎？」

「不，我列好購物清單了，我相信你不會亂買的。」

「萬一妳突然要生了怎麼辦？」

伊莉莎白微笑。「別擔心，離預產期還有八天。方便的話，請替我把椅子放在那裡，我沒事的。」

車子駛離小路，引擎聲漸行漸遠，此刻，伊莉莎白忽然感受到急促而尖銳的宮縮。這類似於她的腿偶爾在晚上抽筋的感覺，但這次就在她的子宮內、或很靠近子宮的位置。

她深呼吸。她不能驚慌，因為院方已經提醒過，這幾週可能會出現幾次虛驚的前兆。這種宮縮甚至是以發現的醫師命名，貌似叫布拉克斯頓[95]之類的名字。儘管如此，伊莉莎白還是翻出了電話簿，先記下最近醫院的電話號碼也無妨。

她在客廳找到了想要的東西：有一張「常用電話號碼」的清單就釘在電話簿的封面上。清單上有醫院與當地醫師的電話號碼，離這裡只有五公里遠。

伊莉莎白感到如釋重負，又走回花園，坐在蘋果樹下。但尖銳的宮縮再度襲來，她痛到將手緊緊按在肚子上。疼痛逐漸緩解後，她升起一股平靜且異常強大的力量。一個新生命正撞擊著她體內，她會努力生下這個孩子，將這段奇異的家族史延續下去。她想到自己的外婆伊莎貝爾，納悶她是什麼時候、又是如何生下母親。當時她是否孤身一人背負著未婚生子的醜聞，面對恐懼？或者有人——也許是金妮——在身旁幫助她？一想到伊莎貝爾可能是獨自面對這場可怕的疼痛，伊莉莎白就極為焦慮不安。她告訴自己：不，她一定準備好了，金妮一定陪伴著她。

95 即假性宮縮，又稱為布拉克斯頓・希克斯收縮（Braxton Hicks contractions）。假性宮縮的成因尚不明，但主流說法有二，一是身體在分娩前的預備動作；二是因胎兒受到刺激，需要從血液中獲得更多氧氣。

一個小時之後，羅伯特採買完雜貨歸來，還帶了一杯飲料給她。羅伯特在伊莉莎白腳邊坐下，她則伸手梳理他厚重糾結的頭髮。

八月的沉悶熱氣已經消散，這是個溫暖的九月夜晚。「再過幾天，一切就完全不同了，」伊莉莎白說。「真是難以想像。」

羅伯特握住她的手。「妳可以的，我會在妳身邊。」

伊莉莎白在客廳指示羅伯特如何準備晚餐。兩人準備開動時，天已經黑了，氣溫轉為陰涼，他們不得不生火取暖。柴火的煙味從爐排冒出來，室內煙霧瀰漫。他們將前門打開了一條縫，才將煙逼回煙囪裡，但冷空氣流入之後，壁爐的火光就沒有那麼溫暖了。

伊莉莎白上樓拿開襟毛衣，當她爬上狹窄的階梯時，又感到了另一陣宮縮。她沒有跟羅伯特說，他一定會帶她去醫院，而院方可能會讓她等上數天、甚至要她先回家。但她喜歡這個小屋，也很珍惜和羅伯特相處的時光。

她找不到舒服的姿勢入睡，夜間睡得不太安穩，小屋的床太軟了。清晨來臨，外頭此起彼落的鳥鳴反倒令她舒心下來。她很快睡著了。

早上，羅伯特帶著一壺茶進房間，他望著伊莉莎白的睡顏，她是最美的女人，他心想。他將她臉頰上的一縷黑髮往後撥，對她即將要面臨的考驗感到難過。他將茶壺留在床邊，悄悄走下樓梯。

羅伯特一直走到花園的栗樹下，才轉身回到屋內。今日陽光普照，附近的田野傳來牽引機的噪音。雖然他很冷靜，卻感覺暫時失去了人生的控制權，像是在鐵軌上自行前進的列車。他眼前有一關艱難的試煉。

當晚，伊莉莎白的宮縮變得越來越頻繁。當羅伯特從廚房走出來時，看見她在客廳痛苦地彎下腰。

「沒事，」她說。「只是什麼布拉克斯頓收縮而已。」

「妳確定嗎？妳的臉色看起來很蒼白。」

「我很好。」她說，咬緊了牙關。

他們在午夜就寢，羅伯特很快就睡著了。凌晨三點時，他被伊莉莎白痛苦的喘氣驚醒。伊莉莎白坐在床邊，羅伯特從窗簾透進來的月光看著她的臉。

「時候到了，對吧？」他說。

「我不確定，」她說道。「我不知道這是不是規律的陣痛。你有戴手錶嗎？我需要你幫忙計時。」

羅伯特開燈，看著秒針在錶面緩慢移動。他又聽見伊莉莎白大口喘著氣。六分鐘過去了。

「感覺怎麼樣？」他說道。

「我不知道，可能要生了——可能！」她聽起來心煩意亂。羅伯特心想，不曉得伊莉莎白要恐懼或疼痛到何種程度，才會放棄依賴她的知識與直覺，不再強迫羅伯特聽從她的判斷。

「先別管，」她說。「我不想去醫院。」

「這太蠢了，伊莉莎白。如果妳——」

「別管我！」

伊莉莎白已經警告過羅伯特，自己可能很容易會被激怒。許多女人在分娩時會咒罵她們平時幾乎不會說的髒話。

一個小時過去了，宮縮越來越強烈頻繁。伊莉莎白在屋內踱步，羅伯特讓她獨處。他猜想伊莉莎白正試著找出能緩解疼痛的姿勢，也不希望他在場。羅伯特在另一個房間都能聽到她在客廳的腳步聲。

羅伯特一聽見伊莉莎白喊自己的名字，就立刻衝向她。她的頭靠在客廳的沙發上。「我好害怕，」她啜泣。「我不想生了，我好怕，太痛了。」

「沒事的，我會叫醫師還有救護車過來。」

「不、不要！」

「抱歉，我一定得這麼做。」

「不要叫救護車！」

「好吧。」

撥通醫師的號碼後，另一頭傳來一名男子的聲音。「你需要我太太的協助，但她好像出門看診了。她一回來我會立刻通知她。」

「謝謝。」羅伯特放下聽筒後咒罵了幾句。

「寶寶要出來了，我感覺到孩子的頭了！喔天啊，我要生了！幫幫我，羅伯特，幫幫我！」

羅伯特深吸一口氣。在恐慌的壓力下，他的思緒清晰了起來。孩子也是血肉之軀，總是能活下來的。

「我來了，親愛的！我來了！」他先去了廚房，又跑去樓上的浴室。伊莉莎白整個人靠在沙發上，羅伯特將幾條浴巾鋪在伊莉莎白膝蓋下的地毯上。

「浴巾，」她啜泣，「你會把浴巾弄髒的。」

羅伯特拿了一疊壁爐旁的報紙鋪在浴巾上。

他走過去跪在伊莉莎白身邊，她已將睡袍拉至腰際。當她緊閉雙眼再度呻吟時，他看見伊莉莎白兩腿間流出了鮮血與黏液。

「天啊，寶寶要出來了，要出來了！」伊莉莎白說著，哭了出來。她的上半身再次開始抽搐，腹部起伏膨脹，但只是冒出了更多鮮血。

「走開，」她大叫。「走開！留我一個人就好！」

羅伯特起身走進廚房，替伊莉莎白倒了一杯水。窗戶外頭的天色漸亮，他看著山谷裡的一間小屋。他想像著裡頭住戶的日常起居，嫉妒他們能安穩入睡，不用面對死亡與戲劇性的人生，腦海裡只有早餐與平凡的一天。

「羅伯特！」伊莉莎白尖叫，他衝過廚房，跪在血泊中的伊莉莎白身旁。

「我不確定，」她呻吟道。「我不知道是否該用力推，還是不要推，我忘光了」

羅伯特抱住她。「如果妳想推的話，就推吧！繼續，親愛的，我在這裡。繼續，就是現在！用力推！」

另一陣巨大的痙攣穿過伊莉莎白的身體，羅伯特看見了她兩腿間的血肉。鮮血不斷湧出，在客廳檯燈的光線下，他看見一顆灰色的頭顱在她身體的開口蠕動著推出。

「我看到頭了，我看到了！寶寶要出來了！妳做得很棒，真的很棒。幾乎要出來了！」

當伊莉莎白將身體前傾時，疼痛稍微緩解了，但她等待著下一次痛楚襲來。羅伯特看著她身體下方一張大開著的報紙，心想這一版很恰當，因為是「公告」版。

當伊莉莎白再次開始喘氣時，羅伯特看見胎兒的頭顱頂端已經被推出來了，寶寶正試著找到出口。母體因寶寶而敞開；沾滿血液與黏液的頭部完整露出來了，寶寶的頸部正好困在伊莉莎白大張的陰道口。

「繼續，」他說道：「繼續！再用力一次！寶寶就出來了。」

「我不行了，」她說。「我在等待陣……」伊莉莎白的聲音變得微弱。羅伯特湊近親吻她。她的臉埋進印花棉布的椅墊中，臉上的髮絲因汗水糾結在一起。

羅伯特捧住嬰兒的頭。

「別拉，」伊莉莎白喘氣。「你看看臍帶有沒有繞在寶寶脖子上。」

羅伯特擔心會撕裂寶寶的皮膚或血肉，盡可能溫柔地用手指摸索。「寶寶沒事。」他說。

伊莉莎白睜開雙眼，羅伯特看見了一股從未在任何人身上見過的決心。伊莉莎白仰起頭，脖子上的青筋如骨頭般突出。那狂亂野蠻的眼神，讓羅伯特想起緊咬著馬銜、嗅出歸途的老馬：世界上沒有任何事物能阻止那股結合了肌肉、直覺與意志的力量，驅策著自己奮力奔向終點。

伊莉莎白尖叫。羅伯特低頭，看見寶寶的肩膀已經跟頭部一起推出來了。他俯身接住寶寶的肩膀，準備要拉出來。

寶寶的肩膀在掌心中有些溼滑，當他更用力拉時，突然發出了一種類似於巨大軟木塞被拔開的聲音。寶寶隨著一股血流滑進他手中，又輕又短促地哭了一聲。寶寶的皮膚是灰色，背部與胸口覆蓋著一層濃稠滑膩的白色物質。他一路往下看，看見了泛紫的腫大臍帶，纏繞在伊莉莎白沾滿鮮血的雙腿下方，而後是嬰兒的生殖器官，因媽媽的賀爾蒙而紅腫。他朝孩子的臉吹了口氣，寶寶便斷斷續續地大哭起來。是個男孩。

羅伯特說不出話來，不過他設法找到了一條沾血較少的浴巾，用浴巾裹住寶寶。他抱著寶寶穿過伊莉莎白的雙膝中間交給她。她坐在報紙堆和血泊中，緊緊抱住孩子。

「是男孩。」羅伯特沙啞地說道。

「我知道。就叫……」她掙扎說出：「……約翰。」

「約翰？好，好……沒問題。」

「這是承諾。」她說著，開始嚎啕大哭。「承諾……是我外公做出的承諾。」

「這真的很好、太好了。」羅伯特跪在伊莉莎白與小男孩身旁，緊緊抱住母子倆。他們就這樣坐在地板上許久，直到被一陣敲門聲打斷。兩人抬頭。一位女士正敲著敞開的門，因為沒有人聽見她的來訪，她只好提著公事包闖進來。

「看起來我來晚了，」她微笑。「大家都還好嗎？」

「是的。」伊莉莎白喘著氣說，將寶寶遞給醫生。

「他真可愛，」醫生說。「讓我來剪臍帶吧。」

她跪在地上，抬頭看著羅伯特。「你現在最好出去呼吸一點新鮮空氣。」

「好的，沒問題。」他輕撫伊莉莎白的頭髮，又碰了碰約翰的臉頰。

戶外陽光普照。早晨的空氣清新，在歷經小屋的黑暗與恐慌後，外頭的世界顯得更加明亮了。

羅伯特終於不須再強迫自己保持冷靜，他開始抽泣，又做了幾次深呼吸，肩膀不斷上下起伏著。

他走到了花園中，被滿心的喜悅淹沒。

他感到歡快之情流經四肢、攀上頭頂。他內心湧上的感覺，像是要飛起來似的；他的精神高昂，彷彿靈魂即將脫離肉體、展翅高飛。

他沉浸在狂喜之中，走到了花園盡頭。他停下腳步低頭一看，發現自己站在一夜落下的歐洲栗之間，有些栗子的帶刺青翠外殼爆裂，露出裡頭光亮的果實。他跪了下來，撿起兩三顆閃閃發光的栗子。當他還是男孩的時候，每年都非常期待這一天的來臨，如今有了兒子約翰，他又能重拾這份渴望了。

他喜悅地將果栗拋上天空。樹枝上的一隻烏鴉受了驚，展開雙翅騰空而起，朝遠處的天空飛去，那刺耳模糊的叫聲，如一陣一陣的長浪迴盪在大地之上，想必所有人都聽見了。

編按：本書內容以第一次世界大戰為背景，針對主要場景補充資料說明如下。壕溝戰是第一次世界大戰最主要的作戰方式之一，地雷戰則是壕溝戰極為重要的一環。各國士兵為了埋設地雷而挖掘的地道，不僅能夠從地底摧毀敵方要塞，也能讓敵軍感受到極大的恐懼與壓力，進而打擊敵方士氣。本書提到的一九一七年梅森戰役，英軍埋設的地雷爆炸之後，花了不到十二小時便攻占所有目標、俘虜德軍七千多人。當時的一些報導指出，連倫敦與都柏林都能聽見這場發生在比利時的大爆炸，瑞士甚至將其記錄為一次地震。〔參考資料：線上 1914～1918：第一次世界大戰國際百科全書（1914-1918-online. International Encyclopedia of the First World War），改寫自〈地雷戰〉（Mine Warfare），尼可拉斯·莫瑞（Nicholas Murray）〕

潮浪小說館 004

鳥歌

Birdsong

作　　者 賽巴斯欽・福克斯（Sebastian Faulks）
譯　　者 陳佳琳
主　　編 楊雅惠
責任編輯 簡敬容
校　　對 簡敬容、楊雅惠
封面設計 王瓊瑤
視覺構成 賴思名
出　　版 遠足文化事業股份有限公司 潮浪文化
發　　行 遠足文化事業股份有限公司（讀書共和國出版集團）

電子信箱 wavesbooks.service@gmail.com
粉 絲 團 www.facebook.com/wavesbooks
地　　址 23141 新北市新店區民權路 108-3 號 3 樓
電　　話 02-22181417
傳　　真 02-86672166

法律顧問 華洋法律事務所 蘇文生律師
印　　刷 中原造像股份有限公司
出版日期 2025 年 3 月
定　　價 720 元
ISBN 978-626-9889-33-4（平裝）、9786269889310 (PDF)、9786269889327 (EPUB)

歡迎團體訂購，另有優惠，請洽業務部 02-22181417 分機 1124、1135

潮浪文化社群平台

國家圖書館出版品預行編目 (CIP) 資料

鳥歌 / 賽巴斯欽 . 福克斯 (Sebastian Faulks) 著 ; 陳佳琳譯 . -- 新北市 : 遠足文化事業股份有限公司潮浪文化 , 2025.3
面 ;　公分 . -- (潮浪小說館 ; 4)
譯自 : *Birdsong*
ISBN 978-626-98893-3-4(平裝) `

873.57　　113011226